中国艺术学文库·新媒体艺术理论文丛

LIBRARY OF CHINA ARTS · SERIES OF ART THEORY ON THE NEW MEDIA

中国网络文学编年史

欧阳友权　　袁星洁　　编著

本书系 2011 年度国家社科基金重点项目
"网络文学文献数据库建设" 结题成果之一。

中国文联出版社
http://www.clapnet.cn

图书在版编目（CIP）数据

中国网络文学编年史 / 欧阳友权，袁星洁编著 . --
北京：中国文联出版社，2015.10
　（中国艺术学文库·新媒体艺术理论文丛）
　ISBN 978-7-5190-0663-1

Ⅰ . ①中… Ⅱ . ①欧… ②袁… Ⅲ . ①中国文学—当
代文学—文学史研究— 1991 ～ 2013 Ⅳ . ① I209.7

中国版本图书馆 CIP 数据核字 (2015) 第 254924 号

中国文学艺术基金会资助项目
中国文联文艺出版精品工程项目

中国网络文学编年史

编　　著：欧阳友权　袁星洁	
出 版 人：朱　庆	
终 审 人：奚耀华	复 审 人：邓友女
责任编辑：曹艺凡　曹军军	责任校对：叶立钊　腾　达　李　琳
封面设计：马庆晓	责任印制：陈　晨

出版发行　中国文联出版社
地　　址：北京市朝阳区农展馆南里 10 号，100125
电　　话：010-65389682（咨询）65067803（发行）65389150（邮购）
传　　真：010-65933115（总编室），010-65033859（发行部）
网　　址：http://www.clapnet.cn
E － mail：clap@clapnet.cn　　　　caojj@clapnet.cn
印　　刷：天津旭丰源印刷有限公司
装　　订：天津旭丰源印刷有限公司
法律顾问：北京市天驰洪范律师事务所徐波律师
本书如有破损、缺页、装订错误，请与本社联系调换
开　　本：710×1000　　　　1/16
字　　数：508 千字　　　　　印张：35.25
版　　次：2015 年 10 月第 1 版　　印次：2023 年 4 月第 2 次印刷
书　　号：ISBN 978-7-5190-0663-1
定　　价：106.00 元

序　言

黄鸣奋

　　将文学网络化的努力，或许可以追溯到哈佛大学毕业生纳尔逊在20世纪60年代开发在线出版系统的努力。英国科学家伯纳斯－李在20世纪80年代末发明万维网，为此后网络文学的流行准备了必要的技术条件。我国改革开放推动了海外留学大潮，既让莘莘学子在发达国家率先接触网络服务，又让他们萌生了以汉语书写网络文学的强烈冲动。就是在这样的背景下，汉语网络文学在20世纪90年代登上了历史舞台，演绎出回肠荡气的好戏来。

　　作为新生事物，汉语网络文学的诞生标志着"互联网＋"在语言艺术领域的最初应用，其历程是互联网思维逐渐深入到创作、传播和鉴赏各个环节的体现。它不仅圆了海外留学生的思乡之梦、港澳台青年的文学实验之梦，而且圆了祖国大陆诸多文学爱好者的创作与发表之梦，让他们的创造力像火山一样喷发出来。将文学与互联网联系在一起，既意味着拥抱第五次信息革命以来崭露头角的新科技、新媒体，又意味着将视野扩展到全球村、知识经济等新潮流、新趋势。产业化运作使网络文学逐渐被纳入ISP、ICP等各种公司的发展战略，不仅具备了网络地址的IP身份得以在各种数码媒体平台上链接与流动，而且形成了产权运作的IP空间，得以通过各种衍生产品展示其魅力。

　　相对于纸质文学而言，网络文学由附庸至蔚为大国，这已经是一种令世人瞩目、令商人动心、令领导重视的现象。如何对其历史经验予以总结、对其发展趋势予以引导、对其社会价值予以评价，是学术界面临的重要历史任务。这些年来，有许多学者对此做出值得铭记的贡献，不论是意识形态层面的激浊扬清，或者是艺术形式层面的阐幽发微，还是社会运作层面的解剖分析。就此而言，由欧阳友权教授带领的中南大学团队是当之无愧的网络文学研究大本营。就我所知，他们的重要贡献之一是以丛书（2004年以来已经出版了五套！洋洋大观）的形式展示网络文学研究的多种取向、多种潜能、多种角度，其范围包括专著、论文集、评论选辑、名篇赏析、大事汇编、关键词诠解、写手评点、网站评介、博客评述等。作为国家社会科学基金重点项目"网络文学文献数据库"的成果，和相关软件及《网络文学词典》等相配套，欧阳友权教授及其所指导的研究生新近推出《中国网络文学编年史》《网络文学研究成果集成》，为我们把握汉语网络文学从创作到研究的走势及概况提供了重要依据。不论是按照时序梳理我国网络文学的发展脉络，或者是根据媒体来整理我国网络文学研究的相关成果，都是相当重要的基础性工作，需要尽可能搜集、静心过滤并整理海量信息，考虑编排和体例等问题。尽管要做到尽如人意比较困难，但这两本书对于读者的参考价值是显而易见的。

随着信息革命的深化，网络在技术上不断升级换代，在应用上日益深入生活。与之相适应，网络文学势必不断推陈出新。互联网和移动通信平台先后推出多种服务，创造了网络文学多样化的契机，从早期的BBS文学、主页文学，到短信文学、博客文学，再到后来的微博文学、微信文学等，都可以为证。新媒体所推动的社会变革，促进了我国信息生态的重大变化，网络文学由此形成了自己独特的艺术定位，从语言风格、作品内容到体裁结构，都显示出某种有别于纸媒文学的特色。今后，网络文学还会给我们怎么样的惊喜（或者说对我们的文学体验带来什么样的挑战）呢？

也许，它会顺应这一拨O2O大潮，致力于线上线下的互联互通。有数字出版平台作为依托，只要你扫描印刷品的二维码，就可以在手机、电脑或其他终端上看到对应的文字、图画、音频与视频等内容。

也许，它会和位置服务、增强现实相结合，强化和地理信息系统的联系，让我们不论走到哪里都能听到或看到与特定景观相联系的文学作品。当地居民也好，外地游客也好，都可以将自己对这些景观的观感和体验用诗歌、散文或小说形式发布上网，与途经此处的其他人共享。

也许，它会乘4.5G、5G等媒体技术的东风，将人工智能当成自己创新的推手，让用户可以用口授的方式进行创作，由系统自动进行语音识别，并根据需要自动配乐、配图，转换生成超媒体的作品，发送给个性化定制的用户，实现基于网络的"按需文学"（Literature on Demand）。

也许，它会随着互联网星际化而扩展出太空版，让月球、火星或其他星体上的人类移民变成自己的写手或粉丝。今天宇航员可以通过网络向全球直播他们的诗歌朗诵，明天网络完全有可能在跨星球文学交流中扮演更重要的角色。

…………

到那时，一定会有新的"网络文学编年史"，一定会有新的"网络文学研究论著集成"。如果说纳尔逊、伯纳斯－李等先驱所书写的是它们的引子的话，那么，我们正在书写的是它们的开篇。至于续曲、高潮甚至尾声，必然由后人来构思和创作。如果自古至今的文学作品都数字化、上了网，如果世界上的文学爱好者都用上了网络，甚至，如果将宇宙"一网打尽"真有可能，那么，网络文学必然像江河流入大海一样，无处不在，又无处在。

是为序。

2015 年 夏

目　录
CONTENTS

1991 年

4 月 5 日

全球第一个华文网络电子刊物《华夏文摘》在美国创刊，它以电子刊物的形式，通过电子邮箱免费订阅，每周一期。创办人是中国留学生梁路平、朱若鹏、熊波、邹孜野等。其发刊词写道："作为海内外第一份通过电脑网络传送的综合性中文杂志"，《华夏文摘》是编辑们"为促进中文信息电脑化、主动化、网络化所做的一个新的尝试"。其内容"主要选摘海内外各大中文杂志的出色之作，在每个周末通过全球电脑网络传送给读者"，并囊括政治、经济、文化、艺术、科学等各方面。其选稿的原则注重新闻性、趣味性、知识性和资料性，使读者在周末消闲的时光中得到收益和享受。虽然它不是纯文学的刊物，但是它是全球中文网络文学写作第一个园地，至今活跃，成为众多华裔家庭周末必读的"精神美餐"。

《华夏文摘》还保存了创刊至今的所有发布的文学作品，是目前我们研究和发掘北美华文网络文学作品和文本的重要数据库之一。

4 月 5 日

美国普林斯顿大学（Princeton University）访问学者张郎朗的《太阳纵队传说》，发表在《华夏文摘》第 1 期上，是目前发现的最早的华文网络原创散文。

4 月 16 日

美国普林斯顿大学访问学者张郎朗的《不愿做儿皇帝》，发表在《华夏文摘》第 3 期上，是目前发现的最早的华文网络原创杂文。

4月26日

德州大学（University of Texas）的博士生少君以笔名"马奇"在《华夏文摘》第4期发表的《奋斗与平等》，是目前发现的最早的华文网络原创小说。全文两千多字，讲述了一个中国留学生从初到美国的情感失落、生活落魄到自强努力、主动融入美国主流文化，学业有成之后事业顺利的奋斗故事，当时在读者中引起了强烈的反响，展现了网络带来的前所未有的文学关注度、文学交流量和文学批评量。

少君在海外华文网络文学创作领域的一个独特贡献，是创造了一种自白式的小说体。这种文体，介于小说与报告文学之间，以第一人称的叙述方法，用被采访人自述的口吻来讲述自己的人生经历。他发表在网上的林林总总的作品，虽然不是网络文学的高峰，却是黄海上的水准基点，由此才可以一步步量出珠穆朗玛峰的高度。

4月26日

《华夏文摘》第4期发表了目前所能见到有准确的时间记录的最早的网络诗歌，作者为舒婷，题为《读杂志时的寂寞》：最具生态魅力的汉字/主动脱离装订线/有如异色珍禽/优美的翔出/它们宿夜的那一片杂木林//它们自己择伴而飞/令有限的旅程绵绵无尽/赋音乐于无声/寓无声于有形//想留住它们固然枉费心机/损害它们徒然凌辱自己/来时就来了/去时就去了/被它们茸茸的翅翼掸过/许久/我空白的稿纸/和雨霁的天空同色苍青

（这首诗注明1990年5月10日在福州创作，据《华夏文摘》的一位老编辑回忆，这首诗歌可能是转载而非原创。）

4月26日

阿贵的《文如其人》发表在《华夏文摘》第4期上，是目前发现的最早的华文网络原创文学评论。

9月

欧洲粒子物理研究所（CERN）的科学家提姆·伯纳斯-李（Tim Berners-Lee）开发了万维网（World Wide Web）。他还开发出了极其简单的

浏览器（浏览软件）。此后互联网开始向社会大众普及，现代互联网模式开始形成，商业互联网信息交换协会（CIX）成立并突破了网络中商业运作的种种障碍。广域网中的信息服务诞生（WAIS），为人们提供了一套互联网中信息检索和获取的机制，大量知识在网络中出现：电子邮件信息、文本信息、电子书籍、各种帖子、代码、图片、声音甚至数据库的关键字检索也被逐步完善。这些信息成为我们在互联网中检索信息的基础。

10 月

在中美高能物理年会上，美方发言人怀特·托基提出把中国纳入互联网络的合作计划。

11 月 1 日

《华夏文摘》第 31 期发表了第一篇中文网络原创小说《鼠类文明》，小说以拟人的手法描述了老鼠的一次聚会。作者在按语中说，小说作于1987 年，但是一直未发表，1991 年修改之后交给了《华夏文摘》，由于《华夏文摘》是当时唯一发表小说的网络华文媒体，因此可以确定这篇文章是第一篇中文网络小说。

有研究者认为作家少君 1991 年 4 月 26 日发表于《华夏文摘》的文章《奋斗与平等》是第一篇网络小说，实际上该文章转载于一本杂志，并非网络原创，而且文章与其说是小说，不如说是散文。《华夏文摘》在发表时就未将文章归类为小说，文章发表后《华夏文摘》又刊登了一位读者来函质疑其真实性，说明读者也未将该文视为小说。

12 月 25 日

《华夏文摘》编辑姚明辉在 1991 年圣诞节编完了一期《华夏文摘》之后，撰文描写自己心中的寂寞和对中华文化的怀念：

> 已是火树银花、圣乐飘飘的圣诞季节。圣诞、元旦对我们这些身在异域的学子来说，可能只是日历向前机械的翻动。此时，你或许也和我一样，望着窗外的璀璨灯火，想着的却是爆竹声声的除夕之夜和那热气腾腾的饺子、汤团。华夏文化哺养的炎黄儿女，不管走到哪

里，似乎总也忘不了那块古老的土地和那土地上产生的事情。学习工作之余，如果能够通过华夏文字，感受一下那块土地散发出的气味，实在是一件快事。于是，八个月前，有了《华夏文摘》这份综合性中文周刊，而且是靠全球性电脑网络为媒体的。自从盘古开天地，这是全球第一家。

12 月

保罗·昆兹建设了第一台 Web 服务器。

12 月之前

全球第一个华文网络纯文学交流群——"海外中文诗歌通讯网"创建。它由纽约大学布法罗分校的王笑飞创建，实际上是一个邮件订阅系统，以张贴古典诗歌为主，也发表原创诗歌，这是全球第一个华文网络纯文学交流群。成员主要来自美国、加拿大、英国、丹麦、澳大利亚、法国等国家的中国学生、学者，有 360 多人，大家以电子邮件的形式随时随地交流诗歌和其他文学作品。

"中文诗歌网络"的具体创建日期已难以考证，最早的记录为 1991 年 12 月 20 日《华夏文摘》第 38 期的介绍："'中文诗歌网络'是为诗歌爱好者分享和讨论诗歌而建立的，目前有二百多人参加。该网络不设编辑，也不定期出版，大家随时都可以把自己喜欢的诗歌发送到该网络上。"此后，世界各国相继出现了中文网站，其中有一些本身就是文学网站。

冬天

该年冬天录入的《孙子兵法》是目前发现最早的华文电子典籍，现存于"中文诗歌网络"，由德克萨斯州美国超级超导对撞机实验室李晓渝等人录入制作。"中国诗歌网络"文库中还有《老子》《论语》《诗经》《唐诗三百首》《三字经》等电子文本，由于多数文章没有注明制作时间，从该电子文库最后保存时间判断，这些电子文本制作时间应该在 1991—1993 年之间。

是年

黄易出版社有限公司成立。黄易原名黄祖强，香港中文大学艺术系毕业，求学期间专攻传统中国绘画，曾获"翁灵宇艺术奖"，后出任香港艺术馆助理馆长，负责推广当地艺术和东西文化交流。1989 年辞去工作，隐居大屿山专心从事创作。黄易作为传统武侠五大家中的最后一位，也是武侠小说走向玄幻的第一人，其作品除了武侠（《破碎虚空》《覆雨翻云》等），还有科幻（《凌渡宇系列》等）、玄幻（《大剑师》等）、历史架空（《大唐》等）、穿越架空（《寻秦记》等）。从黄易开始，"玄幻"一词正式进入了人们的视野。

◆天津诗人徐江发起成立"葵诗社"，同年与朋友创办著名同仁诗刊《葵》，后创办"葵"文学网。理论辑有《"现代诗"与"新诗"》《新诗和现代诗若干问题刍议》《试论口语诗的意义和影响》等。

◆网络作家图雅的《短歌行》系列发表，注明时间为 1991 年。

◆中国香港和台湾地区加入互联网。

◆因特网由美国国家科学基金会解禁，原因是这一组织意识到单靠美国政府已很难担负互联网的费用，于是私营企业开始介入，同时也开启了互联网的商业化目的。

◆美国作家史都尔·摩斯洛坡（Stuart Moulthrop）创作了超文本小说《胜利花园》，这是一部较其他同类作品更为精湛的作品，其故事的复杂性、结构的精巧性、形式的丰富性以及思维的开拓性在当时首屈一指。《胜利花园》最大的特点是提供了一幅为读者导航的主题地图，读者可以根据地图的提示进行相应的阅读，即通过"内部链接"点击文本单元内那些有下划线或颜色特殊的词句（摩斯洛坡称之"会生长的词句"），读者可以随机进入不同的页面之中。这种"卡拉 OK"式的自我参与方式意味着文学消费的传统格局出现了裂痕。

　　这一时期，台湾地区的李顺兴等人的《围城》《文字狱》等作品，可以看作是中文超文本小说的典范。早期的中文超文本小说是在每一段情节之后，排列出几种选择让读者挑，后来发展为在小说中设置多处链接。大陆超文本实验很少见，东北的诗人阿红是其中一个。在朦胧诗大争论的年代，他曾尝试用电脑进行随机诗实验。他把许多诗句都输入电脑，然后让它们随机排列，创造新的诗篇。不管成功与否，荒诞与否，这种实验在我国超文本文学实验史上写下了第一笔。

1992 年

1 月 25 日

俄勒冈州立大学（University of Oregon State）博士生图雅以"恒沙"笔名在《华夏文摘》上发表短篇小说《破瓮记》。它是目前所知的第二篇网络小说，也是图雅的第一篇网络小说。从小说艺术的角度看，《破瓮记》还很稚嫩，但是它显示了网络文学的基本特征——从传统的文学刊物编辑手中解放出来，无论水平高低，都可以自由地写作、发表。

图雅是早期中文网络媒体的活跃人物，在《华夏文摘》、中国诗歌网络和 ACT 中文新闻组中发表了许多诗歌、散文和小说，并担任过《华夏文摘》的编辑，是早期海外华文网络公认的最早一批具有影响力的网络作家。《华夏文库》的编者林玮曾这样介绍图雅："图君 1959 年生于北京，曾任本刊编辑，1988 年获数学社会学博士学位。为了方便读者在此一并收集他以恒沙、涂鸦、小三为笔名的作品，他还用过其他一些笔名。除了文学、数学、侃山，图君还擅挖蛤蜊做红烧肉。"一般人认为图雅于 1996 年7 月以后销声匿迹，从此绝迹网坛。但实际上，他只是不再在 ACT 中文新闻组或者其他的网络论坛发表文章而已。图雅离网之后常常为网友所怀念。大约在 2001 年，"海纳百川"的中文论坛评选全球中文论坛十大写手，尽管有人援引诺贝尔文学奖的评选先例，提出图雅早已在论坛销声匿迹，不该列入评选行列，但是网民民意"如此强悍而又公正"，最后图雅光荣当选。2002 年，现代出版社策划出版了《图雅的涂鸦》文集，并别出心裁地在新浪网和书的扉页发布"寻人启事"：图雅，别名涂鸦，昵称鸦。50 年代出生于北京。具体年龄不详。可能为男性。专业与数学有关。1993年 7 月上网，1996 年 7 月离网，从此失踪。曾旅居北美。图雅，看到此"寻人启事"后请与以下地址联系，以便领取此书出版后的大额版税，并为翘首以待的读者、网络后辈写手以及崇拜者们签名。凡提供图雅准确信息的朋友，将以重礼酬谢。所有线索请致：xzwk@ vip. sina. com 或留言。可惜图雅始终未露面领取这"大额版税"，也未理会"翘首以待"的读者和网络后辈。

5 月 1 日

图雅在《华夏文摘》第 57 期上发表的诗歌《祝愿——致友人》，是目前发现的第一篇华文网络原创诗歌。"当你升起船帆，波涛涌起，风把你的头发搅乱……你解开缆索，命运就在手里，未来却依旧遥远……"诗歌充满失落、彷徨和苦闷，表达了当时海外留学生普遍面临的夹缝中生存的焦虑和困境，引起了各国留学生的巨大共鸣。

6 月 28 日

美国印第安那大学中国留学生魏亚桂在 Usenet 上请该校的系统管理员建立了第一个使用 GB－HZ 编码的中文互联网新闻组 ACT（alt. chinese. text)，中文网络文学开始在全球的互联网上传播开来。ACT 是一个华文虚拟空间，在这里任何用户不需要申请就可以自由发表意见，内容广泛，文学评论、诗歌唱和、旅游感受、海外生活体验是其中重要组成部分，ACT 的出现虽然仅仅意味着在国际互联网的某个局部的功能上开始使用中文，但它是世界上第一个在网络上直接用中文进行交流的论坛，在中文国际互联网的发展史上具有开创性的意义。在 90 年代中期至末期新浪、搜狐、文学城等海内外中文网络论坛兴起之前，它是全球最大的中文网络社区。一批留学生在 ACT 上发表了小说、散文、诗歌等大量的汉语文学作品。这些网络文学作品各具特色，图雅、百合的小说和散文，莲波、方舟子的散文备受欢迎。

ACT 初期以简体中文发行，其目标读者是中国大陆的海外留学生，后来为方便来自台湾、香港地区的留学生阅读，又推出了繁体中文镜像版，即 alt. chinese. text. big5，简称 ACTB。

关于 ACT，方舟子先生曾回忆道：当时的互联网络，直接传递二进制文件还很不可靠，因为用于定义国际码的非美标符号在传递时经常丢失。为了保险起见，在传递之前必须用加密方法把它改编成文本文件，到达终点后再解密还原成二进制文件供阅读。因此，在当时的互联网上，是没法直接阅读国际码中文的。为了解决这个问题，1989 年，黎广祥、魏亚桂、李枫峰等人提出了一个新的解决办法，即恢复国标码为纯文本本来面目，但在中文的段落之前和之后各加上控制符号与英文区别开来，这些控制符也属于美标。这样，整个文件就是一个纯文本文件，可以在网络上直接传递了。这种编码方法，被命名为"汉字"码，简称 HZ。建立 ACT 的动机，就是为了推广、使用 HZ 码，所以，该新闻组对张贴的内容没有任何要求，唯一的要求是必须使用 HZ 码张贴。因为 HZ 码属纯文本，所以才有新闻组名称后面的那个奇怪的 text，一度聚集了大量海外华人在上面以汉语一抒思乡之情。

10 月

中国加入《保护文学和艺术作品伯尔尼公约》，这是以完善保护作者经济权利为主要内容的国际条约。

12 月

《联谊通讯》（*Lian Yi Tong Xun*）创刊。由加拿大渥太华中国学生学者联谊会主办，每月 25 日出版，综合性月刊。是继《华夏文摘》之后创刊的第二份海外中文电子版刊物，以发表留学生自创作品为主，力求反映学子们在海外的真实生活，是第一个取得国际统一编号的中文电子版刊物。1996 年 9 月并入《枫华园》。

年底

美国微软公司推出 windows 视窗系统，实现了华文在网络中的直接输入与阅读。

是年

◆建置于高雄中山大学的 BBS 站成为中国台湾 BBS 的滥觞。台湾大学"椰林风情"和成功大学"猫咪乐园"的 story 版汇聚了最早一批的网络小说写手，后者在 90 年代中后期成为引领网络小说的写作和阅读潮流的领头羊。

◆1992 年，陈村花了两年工资买了一台电脑。

是年前后

◆美国小说家罗伯特·库佛率先在布朗大学开设超文本小说写作班，珍妮特·默里教授也在麻省理工学院开设了"交互式和非线性小说"课程。网络上也出现了讨论超文本小说的专门网站，如"超地平线"，为读者阅读超文本小说提供向导。一些优秀的超文本文学作品被制作成光盘版发行，这表明，超文本小说已具有商业价值了。

◆1992 年，30 多台由我国自主研发的支持 10 兆以太网的 RIP 协议路由器搭建的局域网完成建设，并于 1993 年初实现了互联。这项连通了中科院和清华大学、北京大学的局域网被命名为"中关村示范网"，而科研人员亲切地称它为"三角网"。这个"三角网"，实际上便是中国互联网的雏形。

1993 年

2 月 1 日

"海外校园"在美国创建。

2 月

《华夏文摘》100 期的时候，全球十几个国家和地区 700 多名读者、参与者通过网络捐款，结束了这个发行了 10 多万份的电子杂志没有一台专用电脑的历史。据说，当时《华夏文摘》电子刊物的读者遍及全球 50 多个国家和地区，但是华文网站出现之前的访客来源没有数据统计，难以证实。

对于中华文化的执着是《华夏文摘》的编辑们不计报酬任务工作的最大动力。《华夏文摘》的义务编辑谢天蔚在编完第 100 期后意犹未尽，忍不住在编后记中抒发自己的感叹：

> 在美国这样的社会里，时间就是金钱，为什么有那么多的"傻子"愿意花那么多的时间来做这件事呢？不是好玩，只是感到亲切，感到这是我们自己的杂志。特别在这异国的土地上，用我们自己的母语来抒发自己的思乡之情特别亲切……有了这样一个园地，心声可以得到表达，还能不亲切吗？我在编辑第一百期的时候流过泪。

3 月 29 日

CND 以 China New Digest International, Inc. 的名义在美国马里兰州正式注册。

3 月

诗阳开始通过电邮在网络上大量发表诗歌作品，此后在互联网中文新闻组和中文诗歌网上刊登了数百篇诗歌，被学术文献确认为"第一位中国网络诗人"。

诗阳，原名吴阳，出生于安徽省芜湖市，1985 年赴法、英、美等国留学并获得博士学位。根据美国布法罗大学的中文诗歌网档案和当年 Usenet 的新闻组的资料记载，诗阳于 1993 年使用电脑网络创作和传播诗歌，并长期致力于中文诗歌网的发展。1995 年创办了历史上首份诗歌网刊《橄榄树》，并不断组织和带动其他诗人的加入和参与，在互联网上形成了由一批优秀诗人所组成的早期网络诗人群。诗阳不仅是开拓网络诗歌文学的先驱，也是推动诗歌文学网络化、信息化的许多重要历史事件的发起者、参与者和见证人。

诗阳提出了以虚拟创作为重要特征的"信息主义"的诗歌创作理论，以《水祭》《火赋》等为其第一类代表作，《独弈》《佚说》《湖说/雪赴》等为其第二类代表作。此外，《在时间的岛上》《对称：所没看见的》《百科全书》《遗墟日记》以及写于 21 世纪的长诗《虚拟的命题》等诗歌也体现出其虚拟创作实践的艺术风格。他发表于 1993 年初的《诗意》《思念》等早期作品被一些刊物作为中国最早的网络诗歌历史文献资料收藏。

诗阳 1995 年和 1996 年曾任第一、二届《橄榄树》主编，2006 年起任《时代诗刊》《网络诗人》《信息主义》诗刊主编、名誉主编。著有诗集《远郊》《晴川之歌》《世纪末，同路的纪行》《人类的宣言》和《影子之歌》等。

5 月

《窗口》（*Life's Window*）月刊创刊，由加拿大卡城中国学生学者联谊会主办，生活性综合杂志，原为印刷版，1993 年 5 月开端发行网络版。

7 月 1 日

《威大通讯》（*Wei Da Tong Xun*）季刊创刊。由美国威斯康星大学（麦迪逊）的中国留学生、学者主办，综合性刊物。由 1981 年创刊的印刷版发展而来，内容丰富，除校园运动外，经常有诗歌、散文、娱乐、健康信息等。

8 月

方舟子开始涉足 ACT，并于 10 月开始在海外中文诗歌网上张贴他自己的诗集《最后的预言》。

9 月 20 日

《枫华园》（*Feng Hua Yuan*）十日刊创刊。由加拿大中国学生学者联合会主办，首任主编李跃。该刊以全加学联和多伦多大学联谊会合办的印刷版季刊《天南海北》为基础，并接收了《联谊通讯》和《窗口》的编辑经验和编辑人才，多数工作人员为加拿大各地甚至是世界各地"招募"的志愿人士。"创刊 10 日便获得 600 名订户"，是"集文学艺术、科学技巧、文化娱乐、消息时事等为一体的综合性电子刊物"。全球发行量仅次于《华夏文摘》。

10 月

《北极光》（*Northern Lights*）月刊创刊。由瑞典律勒欧中国学生学者联谊会主办，微型生活性杂志。其办刊宗旨是为中国留学生供给信息和娱乐，服务范畴遍及全部北欧。北欧的留学生们称："北欧有一道光，那就是《北极光》"，被称为"为散居于北欧广阔冰天雪地中的华人华侨和中国学生、学者，供给了一个在漫漫永夜中以母语交换情感的温暖园地"。

10 月

图雅以 ACT 上的佳作为主体，为《华夏文摘》编辑了一期"留学生文学专辑"，使海外留学生创作的网络文学作品第一次以整体的形象出现在读者的面前，产生了广泛影响，深受好评。

12 月

《格拉斯哥学联通信》双月刊创刊，该刊由英国苏格兰的 Glasgow 地区的中国学生、学者主办。

是年

◆欧洲核子研究组织宣布万维网（World Wide Web）对任何人免费开放。

◆伊利诺大学美国国家超级计算机应用中心的学生马克·安德里森等人开发出了真正的浏览器"Mosaic"。该软件后来被作为 Netscape Navigator 推向市场。此后互联网开始得以爆炸性普及，联网主机数突破两百万，出现了 600 个 WWW 站点。NSF 建立的 Inter NIC 机构开始提供以下服务：目录数据库服务、注册服务、信息查找服务。商业和媒体开始关注互联网，白宫和联邦政府开始在互联网上安家。

◆《利兹通讯》（*Leedz Tong Xun*）双月刊创刊。该刊由英国利兹中国学生学者联谊会主办，是综合性刊物，主要登载散文、杂文、诗歌、随笔等，同时也介绍一些实用信息，报道当地中国学生学者联谊会的活动等。

◆ACT 进入鼎盛时期，已拥有数以万计的固定用户。根据当时活跃在 ACT 的方舟子所说，"当时 ACT 的读者保持在五万多，ACT（繁体字）的读者数保持在两万多……ACT 用的是简体字，那五万读者可以说是来自中国大陆，当时中国大陆的留学生不过十几万，也就是说，几乎有一半的大陆留学生在阅读 ACT，不读的人大都也知道 ACT"。ACT 是当时全球最大的中文网络社区，它是以英文为基础语言的互联网中第一个独立的中文虚拟空间。

附：当时，ACT 上张贴的内容跟其他外语新闻组没有什么大的差别，如果要说有什么特色的话，那就是在那里偶尔可以读到一些古典、现代的文学名作。这些作品，都是一些热心的网友花费了许多时间无偿输入的。当中文扫描识别技术还未被开发出来的时候，中文输入的艰辛可想而知。正是这些海外先驱者的艰辛劳动，为中文典籍电子化、也为以后的各中文电子书库，打下了坚实的基础。这些汉文电子化的先驱者，包括张家杰（输入《孙子》《鬼谷子》）知更（输入

《周易》《庄子》)、弘甫（输入《离骚》《九歌》)、不亮（输入《水浒传》《三国演义》的一些章节和鲁迅《呐喊》)、莲波（输入几位宋词人的选集和鲁迅《朝花夕拾》)、裴明龙（输入李白、王维诗选）、方舟子（输入《荀子》、杜诗、几位词人选集、鲁迅《野草》和一部分杂文）、笑书生（输入钱钟书《围城》)、幼耳（输入钱钟书短篇小说、散文集）、程鹦（输入张承志《北方的河》)、海生（输入几部当代长篇纪实文学）、黄鱼（输入几部当代中篇小说）、柱子（输入长篇纪实）等。值得一提的是，有几位学习汉语的外国友人也加入了汉文电子化的行列，其突出者包括美国人施铁民（原名戴维·斯蒂尔曼，输入《红楼梦》全书和柳永全集）、井作恒（原名约翰·简金斯，输入"四书"）、奈得·瓦尔希（输入《唐诗三百首》)和韩国人金明学（输入柔石《为奴隶的母亲》等几篇现代作品）。

◆中国大陆留学生"网文八大家"评选出台，入选者为冬冬、凯丽（男）、晓拂（女）、不光、图雅、散宜生、嚎、方舟子等。从现在已经结集成书或散见于网络的创作来看，这些率性而为、随写随贴的文字，常有灵光乍现的神来之笔，但总体上还是显得粗糙、散漫。

◆这一年，当中文国际网络创建起来的时候，计算机还远未像现在这样普及，上网张贴也不像现在这么简单，有条件上网和知道怎么上网的，基本上是在海外大学校园从事理工科工作的学生学者，而且以男性为主。正如方舟子所说："最初操练中文网络文学的，也就是这些不曾接受过任何文学训练的'野路子'。他们不曾把网络当文坛，也不会刻意追求什么文学的思想性和艺术性，之所以要张贴，或者是为了交流，或者是为了发泄，鲜有出于创作的冲动。所用的形式，大体上是随意为之的随笔、杂感；其内容，从评论世界大事、鸡毛蒜皮到相互进行人身攻击，无奇不有；而其特色，则是嬉笑怒骂皆成文章，无所顾忌，也不会受到任何的限制、审查。如果这也算文学的话，不妨称之为'随意文学'。其上乘者，以讥讽、挖苦为能事，辛辣幽默，令网人肃然起敬——但能有这等水平、这等心思的骂人高手屈指可数。到后期海外的互联网络已进入了平民百姓家时，家庭主妇们在相夫教子之余，也可以上网打发时间了。这时候，在中文网络，就出现了另一类随意作品。无非是小女子见花落泪，对月伤心，油盐酱醋，厨房卧室，孩子尿布，爱情手册，育儿七日记，好幸福好伤心好苦闷好生气——总而言之，日常生活的流水账和廉价的擦面纸是也。"

1994 年

1 月 1 日

《未名》双月刊创刊。该刊由美国肯塔基州路易维尔市的《未名》杂志社主办，是一个综合性的"文化交换园地"，主要刊登散文、杂文、诗歌、文艺评论等，另有各种实用信息，如生活顾问、故乡食谱、旅美常识、商业指南等。

1 月 1 日

《美人鱼》（*Little Mermaid*）双月刊创刊。该刊由丹麦中国学生学者《美人鱼》杂志编辑部主办，是在原有印刷版基础上发展而来的综合性电子杂志。内容以留学生原创作品为主，也有编译及文摘，与《美人鱼》印刷版同时发行。

1 月 1 日

肖淑在《时代潮》1994 年第 1 期发表的《计算机缩小美国》一文中说，全美现在有 120 万人通过计算机网从事科学研究，获得商业信息，谈论时政，切磋球艺甚至谈情说爱。最初提出计算机联网设想的是大学和政府部门的计算机爱好者们，他们决定使用同种软件以便沟通信息。当时，他们恐怕没有想到联网促成了一次计算机革命。如今，名目繁多的网络相继出现。于是，"球迷组织"、"父母协会"、"文学研究会"等层出不穷。计算机以其独有的便捷方式拉近了人与人之间的距离。

2 月 1 日

《红河谷》（*Red River Valley*）月刊创刊。该刊由加拿大温尼泊市曼尼托巴大学中国学生学者联谊会主办，除电子版之外，每期同时发行印刷版 1000 份。

2 月 10 日

《布法罗人》（*Buffalo Man*）双月刊创刊。该刊由纽约州立大学布法罗分校中国学生学者主办，每逢双月 10 日出版。刊物声称"谈学术，谈艺术，谈净化心灵的各种宗教和信仰系统，谈身边及世界上产生的各种富于兴味和意义的人和事。谈一切可以丰富心灵修养的题目；谈一切可以增进审美趣味的题目；谈一切可以进步知识境界和思维才能的题目。盼望借助于这样的交谈，布法罗人的精神世界更加高尚，留学生活更加充实，校园气氛更加活泼，并且富于色彩"。"通过这本杂志，我们打算在布法罗营造一个外观精美的现代沙龙，一座内修高雅的古朴聊斋。我们等待着由于大家在这里热烈的交谈，布法罗人的声音将被外界所倾听，布法罗人的形象将被外界所注视，布法罗人曾经做过的事情将被外界所讨论，布法罗人对生活的思考将像不远的尼亚加拉瀑布一样，激起外界的回响，并在人们心里留下不灭的记忆。"设有"学术讲坛"、"艺文沙龙"、"世事聊斋"等专栏。

2 月 10 日

《新语丝》网站在美国加州注册。这是第一份网络中文纯文学刊物，以邮递目录的形式刊发诗歌和网络文学，设有"卷首诗"、"牛肆"（随笔、杂感）、"丝露集"（文学创作）、"网里乾坤"（文史小品）和"网萃"（个人专辑或专题讨论）等五个固定栏目和"电子文库"、"鲁迅家页"等文学板块。该刊推重 70 年前鲁迅等人在《语丝》所主张的"任意而谈，无所顾忌"，是第一份不隶属于任何机构、以远离时事政治为特色、自始至终百分之百刊登创作稿件的中文电子刊物，风格清新。

《新语丝》的创办者和主持人是"资深电网文人"方舟子。方舟子，原名方是民，1990 年从中国科学技术大学本科毕业后赴美留学，1995 年获美国密歇根州立大学生物化学博士学位。先后在美国罗切斯特（Rochester）大学生物系、索尔克（Salk）生物研究院做博士后研究，研究方向为分子遗传学。从创办至今，《新语丝》电子杂志每月一期，从不间断，至今按时出刊，是历时最长的、以文学为主要板块的北美华文网站。

《新语丝》由散居世界各地的志愿者组成编辑委员会，主意将这份刊物"建筑成一面镜子"，尽量全面真实地去"反射"散居异乡、无根也不落叶的魂魄们"形而上及形而下的形形色色"。编辑部不设总编辑，而由各位编辑"轮流坐庄"做主编。这一做法是为了防止"总编有凌驾于义务编辑之上的权利而随便增删稿件，从而保证刊物内容及思想观点的多元化特点"。

关于《新语丝》的属性，李大玖认为，准确地说，《新语丝》是第一份中文网络文化期刊。有新语丝自述为证："《新语丝》为文化性综合刊物，登载文学、艺术、史地、哲学、科普等方面稿件。"顾名思义，纯文学网络媒体内容应该是发表原创诗歌散文小说、电影电视剧本等，还可以是欣赏或者评论古今中外文学作品。一般而言，文化刊物的内容比文学要广泛得多，其差异如同"文化"与"文学"两个词所具有的内涵与外延的差异一样。

该网站至今活跃，是美国历时最长的、以文学板块为主的华文网站。

3 月

中国获准正式加入国际互联网，域名为"cn"，并在同年 5 月完成全部中国联网工作。从此，诞生于海外华人留学生的汉语网络文学便开始在国内孕育和成长。

4 月 20 日

1994 年 4 月 20 日，通过美国 Sprint 公司的一条 64K 国际专线，中关村地区教育与科研示范网络（NCFC）工程完成了与国际互联网的全功能 IP 连接。至此，中国打开了通向国际互联网的第一扇大门，成为真正拥有全功能 Internet 的第 77 个国家。

4 月 20 日

互联网进入中国普通人的生活。"博客教父"方兴东首次在北大发出一封电子邮件。

5 月

中国实现了与 Internet 和 TCP/IP 连接，从而提供了网上全功能服务。此后，在中国又陆续建成了中国科学技术网（CST-NET）、中国公用计算机互联网（CHINANET）、中国教育和科研计算机网（CERNET）和中国金桥信息网（CHINAGBN）四大互联网络。这四大互联网络的建立给中国社会带来了巨大的冲击。在这样的社会背景下，文学在网络媒体的巨大影响之下也随之发生了前所未有的转变。

6 月 1 日

《谜径通幽》（*Riddle Magazine*）（灯谜季刊）在美国创建，是"游子吟谜社"专刊。"游子吟谜社"是由散居世界各地的灯谜爱好者自愿组成，以互联网为交换空间的灯谜俱乐部。谜社的宗旨是：以谜会友、消闲找乐、交换谜艺、怡情益智，并为弘扬国粹，推动中华灯谜在海外的发展而努力。

6 月 3 日

CND 和《华夏文摘》的万维网网站 www.cnd.org 正式开通，是当时全球最大的华文网络虚拟空间。网站建立后，访客数据就有记录了，目前的访客数据显示出明显的全球化特征：主体访客 43.7% 来自美国，12.1% 来自日本，7.6% 来自加拿大，5.8% 来自瑞士，4.5% 来自中国大陆，2.3% 来自英国，2% 来自德国，2% 来自中国香港，2% 来自新加坡，1.5% 来自澳大利亚，1.2% 来自印度，1% 来自伊朗，0.5% 来自中国台湾以及其他国家和地区。

《华夏文摘》在第 166 期的启事中，第一次将 WORLD WIDE WEB 译为"万维网罗密布"，简称"万维网"，并预言万维网将是"全球信息资源交换的未来"，这一译名被广泛传播。

8 月 12 日

《隆德华人》（*Chinese in Lund*）半月刊创刊。由瑞典隆德华人学生学者联谊会主办。

9 月 24 日

《聊园》(*Liao Yuan*)周刊创刊。美国俄州现代中文学校《聊园》编辑部主编、总编王立国。创办之初衷是为了让现代中文学校的家长们互通情况，并且宣传表扬支持中文学校的好人好事，逐渐发展为以散文体为主的纪实性、回想性和评论性刊物，文风无拘无束。

10 月 1 日

《华德通信》(*China-Deutschland Nachrichten*)半月刊创刊。由德国柏林留学服务中心主办。该刊重视服务性、知识性和趣味性，以推动中德之间教育文化民间交流，起到留学人员之间团结友谊的桥梁的作用，以增进中国与德国的信息交换为宗旨。在有关留学政策、回国工作、回国服务等方面，给留德学人供给咨讯。

11 月

中国留学生利用 Gopher 在加拿大麦基尔大学创建了"第一个有意识地对电子化中文书籍进行起码的归类和整理、并号召网民投稿，因而也算得上是第一个中文电子文库"的"太阳升考访站"（"考访"即 Gopher，是一种只能传递文本文件的网络存储、取阅方式）。在"太阳升"建立之后的一段时间内，由于其独一无二，成为中文网络上最受欢迎的一个站点。主持人一木在 1995 年 2 月的一篇文章中记述了当月的访问情况："18903来访人次，平均每天 652 人次，共输出 177876 份文件，平均每天 6134份。"这样的一组数据，在现在自然不如一个小型的中文站点，在当时却是惊人的。

"太阳升"的收藏分为"电子刊物"、"文学读物"、"百科知识"、"百家争鸣"、"人物专集"、"各地新闻"几部分，总量据称有上亿字。

12 月 20 日

《郁金香》(*Tulip*)创刊。由荷兰中国同学会主办，《郁金香》编辑部编辑发行，设有文学天地、生活随笔、荷兰风情、百家争言、信息交换、时事经纬等栏目。

12 月 27 日

《东北风》（*Dong Bei Feng*）综合性半月刊创刊。该刊由日本仙台东北大学 6 位留日中国学生创办，1995 年 3 月并入日本 COM 电子杂志编辑部，成为日本 COM 编辑部发行的电子刊物之一。1996 年 11 月改为双周刊，现为日本 COM 主笔部发行的电子通信之一。主要内容为介绍旅日华人和学生学者的生活，并介绍日本的政治、经济、风土人情、观光信息等。

是年

◆中国开通因特网的 64K 国际专线，实现了网络的全功能连接，从此被国际上正式承认为拥有全功能 Internet 的国家，华文网络文学写作的技术门槛大大降低。

◆互联网商业化运作正式开始，联网主机数达到三百万，建立了一万个 WWW 站点，一万个新闻组。

◆截至 1994 年，留学生们在网络上建立了许多文件存取中心，其中最大的三个中文电子书籍存放中心是：网络书籍促进会文件存取中心 Gutenberg Project、电子文本存取中心和 George Town 大学电子文本存取中心。这些电子文库中存有小说、神话故事、辞典、历史文献、宗教读物、参考资料等。其中有《失乐园》《呼啸山庄》《红字》《星球大战》《一千零一夜》《伊索寓言》《爱丽斯漫游奇遇记》等名著。历史文献有《美国独立宣言》《美国宪法》《解放奴隶宣言》《人权宣言》等。参考书以美国中央情报局编的《世界实况手册》最为有名。宗教读物则包括《圣经》《可兰经》等。

1995 年

1 月

《神州学人》杂志成为中国第一家网上媒体。

2 月

台湾交大研究生 Plover 完成《往事追忆录》，成为十几年后仍然为许多人回忆的最早的网络文学作品之一，Plover 也被推为台湾地区最早也是最有影响力的网络写手。

3 月 1 日

诗阳、鲁鸣等人创办第一份网络中文诗刊《橄榄树》（*Olive Tree*），是最早也是当时唯一的纯诗刊。诗阳、鲁鸣、亦布、秋之客、马兰、祥子、建云、梦冉、京不特、桑克等网络诗人，以该电子诗刊为核心形成了第一个北美华人网络诗人群。曾经留学日本，获得过人民文学奖，现为中国实力派作家的陈希我就说过，"严格来说，作为真正作家的陈希我，是从《橄榄树》诞生的。"

3 月 1 日

《虹索》（*Hong Suo*）在美国创刊。

3 月 15 日

《北欧华人》（*Nordic Chinese*）综合性刊物创刊。

3 月 15 日

《大路》（*Da Lu*）创刊。

3 月中旬

美国《华尔街日报》推出全球第一份完全为个人读者需求服务，每份报纸发行量只有一份的个人电子报《个人日报》。一个作家完全有可能根据个别订户的要求，在《个人日报》上为读者提供只有个别人所需要的小说。

4 月 20 日

《真言》（*Zhen Yan*）创刊。该刊由联邦德国中国学生学者联合会主办。

4 月

《西线》（*Xi Xian*）（德国文学刊物）创刊。

4 月

斯坦福大学四位来自中国台湾的美籍华人，硕士蒋显斌、洪瑞英、林欣禾和本科生许安德共同创办了第一个中文的商业性门户网站——华渊网（sinanet. com）。

5 月 1 日

《四大广场》（sdgc. org）创刊。

5 月 6 日

《中华评述》（cdjp. org）创刊。

5 月

张树新创立了第一家互联网服务供应商——瀛海威，中国的普通老百姓开始进入互联网络。

6 月

"新语丝"决定另外建立一个使用国标码、以收藏中文古典作品和鲁迅著作为主的电子文库"新语丝电子文库"。文库开始只是一个公用存档点,供网众用 FTP 的方式下载、离线阅读或打印。随着文库的发展,收藏范围也逐渐扩大,目前文库共有六个收藏部:《新语丝》杂志,收藏自《新语丝》创刊至今的各种版本正刊和增刊;"新语丝之友"张贴,收藏"新语丝之友"通讯网设立以来的所有张贴;"中国经典",现有七个分支,分别收藏诸子百家、古典诗歌、古典小说、古文、古典文学评论、古典情色文学和鲁迅著作;"电子书籍",现有现代文学和文史资料两部分,现代文学收藏现代、当代著名作家、诗人的作品;文史资料收藏哲学、历史、宗教等方面的资料;"中文网人作品",收录了网络上活跃的文学写作者的作品。总量近一亿字,全部向读者免费开放。新语丝网站是目前收藏中国文学经典作品最为齐全的网络公共存档点,也是海外国标码中文网站中流量最大的一个,每天都有十几万人次取阅,对于华文文学的网络存在、满足海外学人和华人的华文网络阅读需求、激发华文文学写作发挥了巨大的作用。

8 月 1 日

"大千世界"网站在美国创建。

8 月

图雅在其所作的《砍柴山歌》的后记中有这样的自白:"几十万字,信手涂鸦,说明这两年还挺有心情。这个也值得高兴。生活是许许多多大大小小的着急构成的。一会儿要交作业,一会儿要去饭店洗碗,一会儿又要去车站接同学,每一件事都刻不容缓,每一个人都讨债似的追你,一直把你轰进坟里才罢休。这就导致了生命质量的显著下降。在如此劣质的生活中,能'偷得浮生半日闲',往键盘上打一篇玩意儿,不是相当对得起自己吗?"文字简洁明快、议论机智诙谐、故事活色生香,没有过多的渲染和雕饰,这种隐身、即兴、自由、非功利的写作状态,正是真正热爱文字的人对于网络文学的期待。

8 月

"水木清华"站建立了 BBS，这是大陆第一个互联网上的 BBS，随后其他高校也陆续紧跟而上。"水木清华"的读书、文学、武侠等版面人气较旺，不乏论坛本土和转载来的网人原创，这应该是大陆最早的自发型网络原创。当时大陆的网络文学主要是追踪台湾，以转载台湾的网络原创作品为主，如兰斯洛的《天使与修罗》等。

9 月 1 日

"语文与信息"在美国创建。

9 月 10 日

汪成为在《电子出版》1995 年第 9 期发表文章《计算机软件将是人类文化和艺术的一部分》认为：多媒体将发展为许多实用的灵境系统。这种实用的灵境系统就为仿真建模、文学艺术、音乐美术等的创作提供了一个崭新的环境。这是一个使人能沉浸其中、超越其上、进出自如、交互作用的环境，在这个环境内，人不只是能进行更逼真的仿真和建模、更遐意的绘画和创作，人还可以在这个环境内获得新的知识，形成新的概念。人和计算机之间的隔阂将大大地减小，人在这个环境中的能动作用将得到极大的发挥，在认识世界、改造世界和文艺创作的过程中，人和环境的智能将得到同步的提高。

10 月 1 日

《浪漫年华》（*Colorful Years*）月刊创刊。这是在旧金山市林肯高中 ESL（英文作为第二语言）科主任方帆的指导下，由中学生自己编辑的电子月刊，是全球最早的由中学生编辑制作的中文网上电子月刊，目的是使盼望学习中英文双语的学生可以在互联网上学习中文，也是全美第一个利用互联网以中文与中国海峡两岸及香港地区和英国建立国际交换的网络媒体。现在，该中学学生的中文网站笔友已经遍及全世界。

10 月 1 日

"普渡风华"在美国创建。

10 月 5 日

"中华导报"在加拿大创建。

10 月 24 日

美国联邦网委员会（FNC）经过与互联网和知识产权研究人员协商后一致通过一项决议，给"Internet"（统称"因特网"、"互联网"或"网络"）下了这样一个规范的定义："Internet"指的是全球信息系统——（1）它是由一个基于互联网协议（IP）或它的后续扩展/发展之上的全球地址空间逻辑连接起来的网络；（2）它能够通过传输协议/互联网协议（TCP/IP）或它的扩展/发展或者其他的与互联网协议建通的协议进行通讯；（3）它能够提供、应用或开发公众或是私人可以获取的、构架在此处所描绘的通讯以及相关基础结构之上的高级服务项目。

10 月 30 日

《图书馆》（双月刊）1995 年第 5 期摘发王周生《在电脑冲击下文学将如何变化?》一文。文章说，纯文学作家和文学研究者们完全有理由将电脑文学看成是创作的歧路，它使高雅的文学变成一种游戏，它抹杀了作家的创作天才和灵气，总而言之，电脑文学匠不能算是作家。但是，有理由相信，作为文学园地里一个光怪陆离的新品种，电脑文学必然汇入通俗文学的潮流，发挥着娱乐百姓的功能。

11 月 1 日

"筑波园"在美国创建。

11 月 10 日

王周生在《上海社会科学院学术季刊》1995 年第 4 期发表题为《信息时代与文学》的文章中说，不久的将来，不用计算机联网的科研，绝不会是一流的科研，自然科学研究是如此，社会科学包括文学研究同样也是如此。实际上，现代意义的文学本身，是工业化的产物，信息时代必将产生属于它的文学。应该对两种文学——纯文学和通俗文学都给以必要的关注和认真的研究；应该建立一支使用计算机的文学研究队伍，才能适应全球化的信息时代。

12 月 7 日

《侨报》中文日报网站创立。

《侨报》是全球最早上网的中文报纸之一。《侨报》以增进美中友谊、保护华人华侨的合法权益、推动中国和平统一为宗旨。《侨报》创刊初期为 28 版对开套红的周刊。1990 年 8 月 31 日改为每周出版 6 天的彩色印刷综合性日报。1992 年和 1994 年，《侨报》相继在旧金山、洛杉矶增印西部版，成为美国东西两岸同步印刷、行销全美的日报。1995 年，《侨报》创立北美首家华文日报网站，为全球华文读者供给即时服务。2000 年，《侨报》实现一年 365 天、天天出报的凤愿。2001 年，《侨报》在北美华文日报中率先采用横排版式。2002 年，《侨报》再次进行改革，成为北美第一家应用简体字的日报。2007 年 9 月 2 日，中国消息社和美国《侨报》实现跨国联合，以目前海外华文传媒中技巧最先进、数据最新的电子报系统推出侨报网和侨报电子报，读者可以随时在网上浏览最新的《侨报》《侨报周末》《侨报奥运周报》等系列纸质产品；并同步推出功效更强大的侨报网，进一步拓展了平面媒体的发行空间。

年底

正在发展中的《橄榄树》发生抄袭事件，由此引发了反对派与支持派激烈的争论。纷争过后作者与读者都大量流失。后来，《橄榄树》由马兰与祥子负责，改为诗歌、小说、散文、戏剧、评论、文史等文体无所不登的综合性文学网刊，网络上第一份单纯的中文诗刊，至此寿终正寝。作为综合性文学网刊的《橄榄树》，其特点是每期分成 ABCD 四册，读者可以各有所好，自行捡取。每期"首页"，重点推出一位作者。刊物不但分小说、散文、诗歌、评论等几大版块，还有可以作者名字来检索文章的功能，类似现在的博客。如此分文别类，存取自如，查阅起来十分方便。作为综合性文学网刊，《橄榄树》与它同时期的网刊都有其特殊历史时代不可替代的功用。

是年

◆藤井树开始接触网络，1999 年藤井树在 BBS 上发表第一篇短篇小说，从此一发不可收拾，目前已在网络上公开发表的文章已经超过 80 万字。作品主要有《我们不结婚，好吗》《猫空爱情故事》《这是我的答案》《有个女孩叫 Feeling》《听笨金鱼唱歌》《B 栋 11 楼》《这城市》等 7 部长篇小说，及短篇合集《从开始到现在》。其在台湾地区出版的作品，销量已达百万之多，每部作品销量都在 10 万册以上。藤井树的作品具备网络小说能够成功的一切特质：幽默、风趣、兼备感性与感动，接近日常生活，且文字极为细腻优美。包括海岩在内的大陆著名畅销书作家对他都予以了关注，他们认为藤井树作品所表现的正是专属于"e 时代"男生女生的那种时尚的优美。很多人喜欢上藤井树还因为他敏锐的创作思维、独到的细腻笔触以及对平常人情感世界纯粹而彻底的描述。台湾网上最新流行的话语是：如果你不知道藤井树，那说明你已经落伍。

◆传统的拨号入网系统（如 Compuserve、美国在线、Prodigy 公司等）开始提供网络接入服务。许多网络相关公司在 Netscape 的带动下纷纷公开上市，域名注册服务不再免费，新的 WWW 技术、搜索引擎等技术开始浮现，并出现互联网分布环境运行技术、虚拟环境技术、网际协作工具技术等。

◆中国的网吧开始陆续出现，但仅限于少数用户。

◆摩斯洛坡运用定时跳转功能创作出超文本小说《网际漫游》。进入这部小说后，倘若不去碰其中的超级链接，也不使用浏览器的停止功能，那么小说页面会在三十秒内自动跳转，一路引领读者穿越其中的非线性内容。1997 年这部小说的增订版在网上出现，其内容由杂乱无章的小说和风格各异的评论片段组成，令人联想到斯泰恩小说《项狄传》中的自由论述风格。从传统的眼光看，《网际漫游》很难称为小说，但是通过纷乱无序的"漫游"，文本内在的秩序隐约可见。1999 年，摩斯洛坡在其新作《里根图书馆》中再次运用了定时跳转技术。由于这种跳转是计算机从多个被链接的页面中随机选定，读者每次阅读都会遇到由不同片断组合的文本，其意义自然也会有不同。

是年前后

◆第一批网络文学作者成名于海外网络之中，他们包括方舟子、少君、图雅、滴多、马兰、祥子、曾晓文等人。这一代作者大多有很高的文学才华，他们大多是学理工科出身的，曾经作为文学青年喜好文学。理工科专业出身给了他们严谨的思维训练，他们的文字简练、生动，有知识底蕴也有文学情趣。他们的文字以短篇杂感、诗歌、散文居多，小说作品大多篇幅不长。他们主要的文学阵地是《华夏文摘》和《新语丝》。在方舟子的努力下，《新语丝》一直办到现在，在国内外华语圈内产生了很大的影响。

◆一些爱好文学的大学生开始把他们接触到的海外网络文学转贴到国内高校的 BBS 上，使更多的人接触到网络文学这一新生事物。网络文学作家邢育森说，当时"在北邮 BBS 的原创风气还不浓厚时，文学爱好者主要阅读海外和台湾的文学作品。最受欢迎的是百合的作品。《有这样一种关系》《哭泣的色彩》已经深刻的揭示了人地内心世界和欲望冲突。《台北爱情故事》也流传一时。"

1996 年

1 月 1 日

"法音"在美国创建。

1 月 1 日

"中信"在美国创建。

1 月

Plover 完成了网络小说《台北爱情故事》，全文共分两部分，在半年内分 36 篇上帖，共计 11 万余字。其后，作者还发表了《风流手札》及带有自传性质的《风和鸟的故事》等小说、散文。此外在创作期间及在此之后，作者还上贴了一系列与《台北》一文有关的后记、邮简以及杂谈等 3 万余字。Plover 自 1996 年下半年开始淡出网络，后基本上无重要作品流传。可以说《台北》一文是 Plover 顶峰时代的最佳作品，自 1996 年底在大陆论坛开始转载以来，受到了大陆广大读者的喜爱，不少中文书库网站都收集了这篇中文网络上相当早而又相当完整的小说。并且，由于作者本身写作技巧的高超，营造气氛的生动，使得整篇小说超越了早先 BBS 上原创作品的随意性和不完整性，被许多站点收藏在"现代文学"，而不是"网络文学"的栏目中，这也从另一面体现了对作者及其作品的肯定和赞扬。

1 月 24 日

几位原来活跃于中文诗歌网的女性作者创办了第一份网络女性文学刊物《花招》，著名作者有鸣鸿等。

2 月

"新语丝之友"电子邮件通讯组成立，接龙创作了几回《红楼别传》，以后在那里也接龙创作过一篇没完成的爱情小说。"小说接龙"因此成为国内 BBS 上常见的栏目。

2 月 1 日

"杏花村"在美国创建。

4 月 25 日

"你好澳洲站"在澳大利亚注册，内容涵盖新闻、文化教育、留学资讯、生活服务等多方面，包括即时更新的澳洲和国际新闻、生活、时尚、文学、艺术、财经等专栏，网上互动电视节目——网络电视、网络广播，并集合全球一百多家电视台精彩节目实时播放。

5 月 12 日

"中文电子文摘"在美国创建。

6 月 1 日

"新世纪"在美国创建。

6 月 18 日

台湾《中国时报》刊登了杨照先生的文章《身份与故事》，从而引发了一场"网络文学论战"。其辩论的重点是"网络文学到底烂不烂"，有些在副刊上出现的主流作家，对在 BBS 上发表作品的作家不以为然，后者对前者也很反感，因此双方出现了文字交锋。三年之后的 1999 年，台湾各大报纸的副刊陆续上网，大家都成了网络作家，作品都成了网络文学，当初辩论的主题转移了方向。

7 月 1 日

"阿贞开讲"在美国创建。

7 月

图雅突然从网络上消失，留下了诗歌、散文、小说等近 30 万字的作品，成为北美华文网络文学的传奇。正如方舟子所言，"鸦在 1993 年 7 月上网时，正是国际中文新闻组 ACT 开始进入繁荣的时期。鸦在 1996 年 7 月离网时，ACT 正走向衰落，海外中文网就要四分五裂，（中国）国内网络也就要兴起，网络商业化的大潮也就要汹涌而来。所以，鸦在中文网的三年，恰恰是中文网络统一、非商业化的黄金时代，鸦也因此成了那个时代的一个象征。"

附：阅读图雅的作品，可以感受到这位旅居美国的理工科留学生的网络写作与纯粹的纸质文学写作的不同：在无边际的写作自由之中，他融合了理性思维与诗性精神，诙谐自由地表述对人的食欲、性欲、人性、生存等人生终极关怀的深刻体察，显示出了与纸质文学作品以及纯粹的文学作品的差异。正是这种不纯粹，带来了北美华文网络文学的独特之处，也因为这种不纯粹，我国文学评论界通常认为北美理工科留学生的网络写作是一个难以界定、难以评述的另类文学现象。但是，海外华文网络文学自由涂鸦的价值是不容置疑的：自由开放的网络，为这些深谙科学理性、满怀寂寞又受到诗性精神召唤的离散者提供了一个享受自由书写的平台，他们以诙谐自由的涂鸦文字记录下个体在社会中的欲望、人性和生存。从某种意义上说，北美华文网络文学中对欲望、人性、存在等终极关怀的自由涂鸦，其中漫溢着的真实、坦诚、诙谐、自由之精神，更接近纯粹的"艺"的真意，所以，对终极关怀的自由涂鸦可以看作是网络带给文学的一次从写作形式到思想内容的大解放。

7 月

方舟子在加拿大多伦多的"电脑网络与中国文化"会议上，把网络文学称为"流放文学"的一部分。他在题为《在网络上流放》的演讲中认为，这些文学创作在内容上具有流放文学的特点：一是怀旧，回忆在国内时候或苦或甜的生活；二是描写文化冲击，是以一个外来者的身份抒发在居住国的感受。在形式上，多采用散文、随笔、诗歌这种便于直抒情怀、短小随意的形式。在质量上与常规文学存在着较大差距。他还认为，网络文学是"文学创作的另类"，只具有实验意义，并不具有多大的欣赏意义，它们对创作者的价值远比读者大。"所谓'网络化的文学'也就只能是网络文学中被忽略的一个变种，如果有人要对之大力提倡，恐怕也只能是徒劳的。毕竟，对文学而言，个性化的文字才是最根本的。"

8月20日

"枫莲"在美国创建。

10月

《新语丝》建立了万维网主页。其服务器曾几次搬家，目前位于美国加州。

11月21日

"涩橘子的世界"在美国创建。曹志涟在其上进行了超文本文学的试验。曹志涟对超文本文学有自己的独到见解，她一方面强调网络"是未来的稿纸"，"开启了想象的多重空间感"；另一方面，她又以为在超文本中，"'超'是形式，'文本'是内容"。因此，她认为超文本文学必须以文学为主体，"文字本身就要有足够的可读活力，必须灵活到逼着读者去感觉它的新，逼着读者去想用其他的标准、非文以载道的标准去品味。"为此，她创作了《某代风流》先声夺人，创作了《想像书1998》《想像书1999》去实践她的创作理想。此外，平路的《歧路家园》《禁书启示录》《虚拟台湾》等融合多种媒介元素的迷宫体也为网络超文本小说提供了有益启示。

12月

世界知识产权组织在瑞士召开了"关于著作权及邻接权问题的外交会议"，通过了两个被新闻界称为"互联网条约"的《世界知识产权组织版权条约》（WTC）和《世界知识产权组织表演和录音条约》（WPPT）。这两个条约从法律的角度，确认了对网络著作权的保护，保护了著作权人的利益。

年底

《新语丝》面临着被商业公司"亚美网络"吞并的危险，这种外部威胁导致了内部分裂，新语丝创办人方舟子坚决地把它注册为非营利机构，另一些人因此退出《新语丝》，去往亚美网络办《国风》。自那时以来，方舟子坚持自己的办刊宗旨，有效地避免了商业网站"烧钱"的通病。目前，该网站有两个镜像站点（国际版 www.xys.org，国内版 www.xys2.org），其点击数合计约 40 万，在海外中文网站里名列前茅。而《花招》为了壮大自身，成立了公司，兼顾服饰、饮食、保健等业务。

是年

◆美国人巴洛（John Perry Barlow）发表《赛博空间独立宣言》，他满怀激情地宣称："工业世界的政府们，你们这些令人厌烦的铁血巨人，我来自于赛博空间新的精神家园。以未来的名义，我要求过时的你们不再干预我们。你们在我们这里是不受欢迎的。在我们聚集的地方，你们不再享受主权。我宣告，我们正在建立的全球性社会空间必然要独立于你所寻求强加于我们身上的专制统治。你们既不享有治理我们的道义权力，也不拥有任何值得我们真正有理由害怕的强权手段。"

◆"网络文学"（中国台湾叫"网路文学"，新加坡称"网际文学"）一词正式进入纸介传播媒体。1996 年《中国时报·资讯周报》推出了"网络文学争议"专栏，被认为是"网络文学"在我国印刷传媒中的首次正式采用。

◆由杨震霆建立的网站"完全上网手册（carboy. 163. net）"在中国网民中享有很高的知名度，被中文 Yahoo 推荐为"酷站"、中文 Netscape 推荐为"精彩网站"、《电脑报》1997 与 1998 年十大个人主页之首、《南方周末》1997 年最佳个人主页、163 电子邮局 1998 年最佳个人主页、1999 热讯十大个人主页最佳男性站长。国内看"完全上网手册"而学会上网技巧和制作主页的网民不计其数。杨震霆曾经出版《完全上网手册——由对Internet一窍不通到会制作主页》一书，该书销量超过10万册，被评为全国图书优秀畅销书。

◆"未名空间"在美国马萨诸塞州注册。这是一个大型海外门户网站，以"未名空间"为主体，设有"未名博客"、"未名论坛"、"未名网络电台"、"未名交友"、"未名人才"、"未名周刊"等多样化板块，集社区论坛和电子商务为一体，提供海外新闻、海外生活等信息。

◆"佳礼中文论坛"在马来西亚注册，是综合性论坛，并提供马来西亚网站分类目录及搜索引擎服务。

◆《新大陆》诗刊上网。《新大陆》是除《橄榄树》外另一份在北美影响广大的诗刊。先是平面媒体印发，1990年12月创办于美国洛杉矶，诗刊创办者陈本铭、千瀑、陈铭华三人，都是来自越南的华裔诗人。创办之始，因陋就简，从打字、编辑到印刷、装订，一切以电脑作业为主，手工为辅。1992年初《新大陆》进行改组。除扩大编委会，吸收了来自中国内地的两位诗人达文和远方，又争取到来自中国台湾的著名诗人纪弦、非马和秦松三人加入成为顾问，此后逐渐得到华人社会各界的认同和资助。

《新大陆》诗刊从创刊号至第30期采用双主编制，发表了种类丰富的各色特辑，如"沙漠风暴诗专辑"、"微型诗辑"、"女诗人小辑"、"网路中文诗选辑"等。诗刊虽是同仁形式，印刷量不多，但有限的资源都能充分利用，加上网络版的普及，读者、作者分布面遍及东南亚、中国、欧澳二洲和美加等地。《新大陆丛书》亦已出版了诗、散文、小说、评论、书法等各类书籍25种。

作为一份汉语纯诗刊，《新大陆》坚持了整整18年，并且将一如既往地继续下去，如期出刊，这在北美，甚至在整个海外诗坛都是绝无仅有的。

◆宁财神开始网络写作。宁财神，原名陈万宁。他说，当初上网注册网名时，他本意是想叫"宁采臣"，谁知这个和著名女鬼小倩恋爱的著名痴情书生已被别人抢注。考虑到广东话里，宁采臣谐音宁财神，于是就有了这个网名。

1991年，他以少年大学生的身份考进了上海财经大学金融系，毕业后他跟随朋友来到北京。1997年，宁财神第一次听说因特网。他是天涯虚拟社区早期网友之一，曾担任过影视评论版主，知名帖子有《天涯这个烂地方》等。2000年夏天，他成为著名文学网站"榕树下"的编辑，并作为可与蔡智恒匹敌的网络写手参加了电视台的脱口秀节目。这年7月，宁财神和俞白眉、Mikko写起了情景喜剧《网虫日记》。2002年担任电视连续剧《武林外传》总编剧，大获成功，并为网友追捧。2010年宁财神编剧，朱延平执导的电影《大笑江湖》上映，率先开启贺岁档的高潮。2011年5月24日，宁财神受聘担任SMG尚世影业创意总监。

其作品多少与朱威廉有点关联，比如《聊天室泡妞不完全手册》《一个伪广告人的成长历程》。他最好的作品是《向王猫猫同志学习》《向安妮宝贝同志学习》。代表作品：《网络爱情故事》《无数次亲密接触》《缘分的天空》《假装纯情》《卤煮男女》《方寸之间》《亲朋老友》等。被誉为"中国第一代网络写手的领军人物"，是网络"三驾马车"之一。

◆笨狸（Banly）创办《无梦岛周报》（后改名《激流》），被认为是中国国内较早的网络文学刊物。笨狸，原名张震阳，常年混迹IT圈，主笔IT评论，系《新财富》《创富志》等杂志的专栏作家。国内早期的网络文学刊物除《无梦岛周报》外，还有杭州的《西湖评论》，创刊于1998年8月。另一份是南京的《六朝评论》，创刊于1999年6月。有学者认为严格意义上的网络文学，是出现了像《新语丝》《橄榄树》这样严肃的文学刊物、拥有一批有艺术追求的作者之后，才真正诞生的。目前刊登原创或转载作品的文学网站如雨后春笋、星罗棋布，除了上述刊物之外，还有《清韵书院》《暗地书》《随花园》《重庆文学》《花招》《女作家文库》《华夏文库》《黄金书屋》《亦凡书库》《文学老家》《文学天地》《嘉星文学网》《世界文学》等。

就网络文学的发展态势，笨狸认为，"像我们的古典名著，哪一部不是曾经'通俗'和'流行'的小说呢？在网络上走这样的路，要比在传统媒体上容易得多，因为会少了很多砍杀、封锁和非人文意义的长官意志导向。自由的批评和广泛的意见也给予网络作者提供了更好更实际的题材。"

◆《若玫文集》作为中文超文本写作的一个实验，在1996年完成，以后被很多人借鉴，极具研究价值。文集的内容是古色古香的全图片诗文，配以缠绵温柔的MIDI作为背景音乐，是诗、画、音的多媒体艺术展示。但这种图像、声音、文字的组合还是粗浅的，无论是从技术层面，还是从文学本身的层面。把文字表达与浏览图像、欣赏音响音乐结合起来构成一种立体化、多渠道的网络叙事，以形成对人的感觉器官的全方位接纳，这种网络作品文体创新的新模式，在打破"文学与艺术"界限的同时，改变着"文学是语言艺术"的经典定义。这对网络文学来说是一个辉煌的机遇，也是一个严峻的挑战。

◆TOM中国文学网推出的一组超文本小说，是内地作者创作的较为正式的超文本作品。这组超文本小说由《召唤术士》《魔界风云》《平凡与不平凡》《弓箭手的故事》《白夜》5篇组成，都是奇幻类小说，写"我"在魔法王国和魔界的经历。进入阅读后，每一个叙事单元后有两个链接点供读者选择阅读方向。这种阅读类似于心理测试，每一次选择都反映出读者的价值取向。这5篇超文本小说的共同特点是每个叙事单元的文字都很简短，路向纵深一般只有五六次选择，适宜于网络阅读。

◆台湾地区诗人代橘（Elea）在BBS站发表以html语言写成的诗《超情书》，被认为是中文网络中较早进行超文本诗的实验。这首诗的主体是以分行格式写作的一首普通的情诗，和平面印刷的诗不同的是，这首诗对重点段落进行了改变颜色和放大字号的处理，另有一个重要的不同之处是，在阅读的过程中，会遇到有9处字词或短语下有以下划线方式显示的超文本链接，点击这些链接转向相应的页面，会显示出一首以链接关键词为题的短诗。如诗人在开篇中写道："早上醒来时把爱情干瘪的尸体放入信封／像孩子，你定猜不到／我翻遍多少考虑皮肤才终于闻见／腐臭／然后我用我们的拖鞋／扑打它／爱情长得真像鱼／羞涩地游到东边／又游回西边继续手淫。"这里"拖鞋"一词设置了链接，点击它即出现一首与"拖鞋"有关的诗。这一段文字用的是蓝色，而后面几句则变成红色大字，显示出情绪与氛围的急剧转换。

◆台湾地区中兴法商、东海大学和清华大学合办的"晨曦诗刊",被认为是对网络诗歌创作产生"最具规模与影响"推动作用的校园BBS。它以充满理想的文学激情和迎接"台湾诗坛未来所面对的一个新诗的宁静革命"(发刊词)的展望,通过网络诗刊与纸面诗刊的互动来建构跨媒介文学社群,激活校园诗歌的创新意识。此类BBS还有中山大学的"山抹微云艺文专业站"、海洋大学的"田寮别业"、台湾政治大学的"猫空行馆"等。

◆北京在线"温馨港湾"网站集纳了2000篇网民创作的文学作品。据了解,"温馨港湾"最火的时候,在20多个国家学习、生活的许多海外学子纷纷上网,宣泄思乡之情。这些作品以散文、随笔为主,也有小说,它们真实地再现了作者细腻的个人情感。

◆有学者认为,1993—1996年是北美华文网络文学繁荣的自生期,当时有中国留学生的高校或研究机构和有华人的社区几乎都创建了华文网站,很多华文网站都开辟了文学板块,大量华文网络文学写作者涌现,最活跃的有图雅、莲波、阿待、方舟子、散宜生、王辉云、瓶儿、顾晓阳、啸尘、少君、辛容、梁醒、肖维荣、涂敏恒、慧泉、潇渝、陈秋红、春分、洁冰、莲子、瓦克、郑建业、邱正伦、方君、西岭、梦冉、晓拂、J. H.、亦布、杰地、岳涵、雪渡、岳涵、刘擎、原野、洗尘、丁乱、刘健、杜涌涛、陈曦、温宪、石永贵、黄又兮、潘庆云、严永欣、丁小辰、诗敏、晗子、海伦、王开来、晓袤、丁颖、禾苗、曹鹏、吴放、温容、小冬、洁冰、冬冬、海河、陈翔宇、徐晓鹤、谷丁、阿难、秋阳、皮皮等。当时的盛况,如美籍华人学者苏炜所说:"弹指之间,今天的'留学生'文学早已从'前现代'跳入'后现代',完全成为'网络'语境下的产物了。"

1997 年

1 月 1 日

"萃园"在美国创建。

1 月 1 日

"蓝领山"在美国创建。

年初

"太阳升考访站"增加了一个万维网接口,更名为"太阳升中文图书馆"。近年来,"太阳升"已演变成以收藏各种中文电子刊物和"美国之音"的新闻稿为主,很少再加入其他方面的收藏的网站。由于收藏内容政治观点的问题,国内的网友无法取阅。

2 月 1 日

"神州万花筒"在美国创建。

2 月 7 日

"枫雪天地"在加拿大创建。

4 月 1 日

美国密歇根大学的中国留学生陈茂等人创办的"文学城",是全球最早商业经营成功的中文网络文学网站,也是目前流量最大的海外华文文学类网站。"文学城"是最早一批实现网页直接显示跟帖内容的中文网站之一,文本正文和所有跟帖共存在同一网页直接呈现,无须层层点击。"文学城"是最早运用 web2.0 互动理念运营成功的网络文学网站,这样的设计和运营理念充分展现了网络文学的开放性、参与性、大众化、多样化等特点。"文学城"内容包括各种中文信息,文学内容是重要的部分,如小说、经、史、子、集的电子文库等文学板块,并且不断充实文学板块和内容。

4 月

加拿大在互联网络上举办了一个"全国小说"的写作活动,参加活动的作家一共有 12 位,代表加拿大全国 12 个省区的作家,12 位知名作家在 12 个小时内完成了一篇集体创作的小说。小说的主题是"跨国故事"(cross country story),但小说情节和结构的不连贯,使这一故事的写作不像是完成一篇小说,而更像是一场文字游戏。

5 月 1 日

"无梦岛周报"在美国创建。

5 月

中国生活·读书·新知三联书店出版北美华文网络作家林达的"近距离看美国"系列之一《历史深处的忧虑》,被认为是最早的网、纸两栖写作。

6 月

根据 1998 年 6 月出版的《双子星人文诗刊·网路诗专辑》中提供的资料:"上'双子星'的网友自去夏六月至今(四月下旬),已逾两万人次……"(杨平《午夜絮语》),我们大致可以判断台湾诗人杨平主持的"双子星"诗歌网站开通于 1997 年 6 月。这一期专辑共收入 Slow Hand、咪咪、夜驹等 51 位台湾诗人的介绍和发表于互联网上的诗歌作品,像鲸向海发表于"李白广场"的《实验定风波》,对苏轼的作品《定风波》做了新的演绎,很有特色。它很有可能是中国最早的诗歌网站。

7 月 18 日

中国全国科学技巧名词审定委员会将"World Wide Web"的中译名正

式定为"万维网"。

7月26日

在福建武夷山举行的"现代汉诗学术研讨会"上，美国加州大学的学者杜国清提交了名为《网络诗学：20世纪汉诗展望》的论文，这是最早涉及互联网中文诗歌的学术论文。在文中，杜国清非常有远见地提出："由于开始席卷全球的国际网络（Internet）势将改变人类未来的生活方式和思考方式，因而可能产生出一种新的国际网络诗学（Internet Poetics）。"接着，他从创作、构思、想象、意象、象征等方面探讨了网络诗学一些特殊性格和诗的效用。虽然杜国清对互联网中文诗歌形态的探讨处于笼统和粗疏的阶段，许多方面还显得陌生，更多方面还有待于深入了解和思考，但他这次探讨的起点要远远高于内地许多还处于社会学层面的关于"网络文学"的讨论，可以说这是一个新的课题和研究方向的开始。

7月31日

"东南西北论坛"在美国加州注册。这是较早建立的大型论坛之一，讨论内容海阔天空，论坛首页汇集了三百多家中国和海外的中文门户网站、论坛的链接，是海外最大的网站导航之一。

7月

大型文学刊物《今古传奇》将通过5种语言和多彩的画面，走进全球约6000万个Internet网上用户的电脑里。至此，在庞大的国际互联网上，无我国文学刊物一席之地的历史宣告结束。

8月1日

"瑞锦电子"文摘在美国创建。

8月1日

"福德海"在美国创建。

8月1日

第一个同性爱情华文电子刊物"桃红满天下"在美国创建。

8 月

罗森的玄幻小说《风姿物语》开始连载，作者以每月一本书的速度，历经 9 年于 2006 年 1 月有了完结，全篇计 77 本共 5278329 字。该书以调侃历史的轻松风格受到了很多读者的喜爱。在书里，陆游和周瑜成了师徒，皇太极和多尔衮实际上是同一个人的两次生命，李煜是飘忽不定的世外剑仙。在整本书里面，最让人怀念的英雄是白起，最让人哭笑不得的是爱因斯坦变成了善于发明各种魔法器具的魔族女子，她的父亲则是贝多芬。在诸如此类的颠覆活动中，读者和作者一起开着历史的玩笑。书中还引入了日式漫画的风格，很多读者也是在阅读此书后开始了玄幻小说的创作，所以很多人称这部小说为"网络玄幻小说的始祖"。《风姿物语》被誉为网络文学里程碑式的作品，其鲜明的风格深深影响着后来的写手。

9 月 25 日

"星岛美国"在美国纽约注册，是《星岛日报》美国版的网络版，以平面媒体内容为主。

9 月 26 日

文学期刊《山花》杂志出现在网络上，免费供读者调看。《山花》杂志（网络版）是"169 贵州热线"下的一个信息栏目。登录到它的主页后，一幅山花烂漫的图片便呈现在您的面前，白色底纹上的《山花》杂志目录一目了然，往下翻页，"跨世纪星群"、"文本内外"、"小说风景线"、"散文随笔"、"诗苑"等九个栏目以纯文本的形式带您走进高品位的文学天地。

10 月 31 日

1997 年中国互联网信息中心（CNNIC）首次对我国网络使用情况进行统计，结果表明，截至 10 月 31 日，我国有上网计算机 29.9 万台，上网用户 62 万人，cn 下注册的域名 4066 个，WWW 站点 1500 个，国际出口宽带 18.64M。

11 月 2 日

凌晨，老榕在四通利方在线（新浪前身）体育沙龙里发表了一篇名为《10.31 大连金州没有眼泪》的看球随笔，在短短的 48 小时之内，几乎传遍了整个网络，被认为"全球最有影响的中文帖子"。这是网络文学初次在传统媒体上比较有影响的登台亮相。

11 月 25 日

美籍华人朱威廉投资 100 万美元在上海创办"榕树下"文学网站，"榕树下"全球中文原创文学网站的开通，标志着中国网络文学的第一扇大门正式开启，带动我国网络文学的迅猛发展。从 1997 年开始，华文网络文学实现了全球最大的华语板块的延伸，真正实现了华文网络文学写作的全球化。

"榕树下"1999 年以前一直为个人主页，1999 年 8 月，上海榕树下计算机有限公司成立，正式运作。到 2005 年 10 月止已拥有 450 万的注册用户，全球网站浏览量排名一直保持在 400 名左右。每日投稿量在 5000 篇左右，目前稿件库有 300 多万篇的存稿，并且以每日 1000 篇的速度递增。2010 年 4 月，榕树下进行系统升级，定位为"华语文学门户"。

"榕树下"网站多次举办了网络文学大赛，余秋雨、余华、苏童、王安忆、王朔、阿城、陈村等出任大赛评委，共收到投稿近 30 万篇，吸引了全国各地近百家媒体的关注，在文化界引发了以"榕树下"为代表的"网络文学"现象的全国大讨论。

"榕树下"的网络原创精神使文学真正成为大众的文学，让热爱文字的人通过互联网圆了文学梦，并凝聚了一批在华语文学界极具影响力的作家，如安妮宝贝、宁财神、李寻欢、邢育森、蔡骏、今何在、慕容雪村、步非烟、木子美、燕垒生、郭敬明、菊开那夜、西岭雪、沧月等。

"榕树下"文学网站的产业化主要采取了"五步走"战略：一是免费建立作品库，吸纳国内外文学爱好者踊跃投稿，一般不支付稿酬。二是内容制作，即对作品进行分类处理，制作成为不同的网络频道，既能吸引眼球，增加访问量，又可以租借给其他网站使用，获得经济效益。三是电视广播转让，将网站稿件制作成节目形式，提供给电视台、广播电台使用，根据"制播分离"体制和节目贴片广告方式获得利润分成。四是书籍出版与发行，如出版并出售优秀作品单行本、分类丛书、网络获奖作品集、网络作家作品选、网络文学年度优秀作品选等。五是稿件中介，网站成立版权交易中心，将贮藏作品和签约作者进行资源开发和包装宣传，再以品牌方式转让，按一定比例收取稿费佣金。

11 月

美国报纸《达拉斯新闻》开始连载少君在网上创作的《人生自白》系列小说。少君，原名钱建军，原籍北京，北京大学物理系毕业，博士，当过工程师、记者、研究员、副市长。1987 年赴美留学并定居，在美当到公司副总裁。曾以李远、未名、马奇、赵军、程路、剑君等笔名活跃于海内外文坛。著有散文、杂文、小说、诗歌、纪实文学等多种体裁作品，出版了《凤凰城闲话》《未名湖》《怀念母亲》《人生自白》《大陆人》《奋斗与平等》《阅读成都》等多部著作。其小说被评为是"一幅'清明上河图'般的浮雕面影"，其散文被称之为"一幅长天绿水、花光百里的风情画卷"。他是最早开始网、纸两栖写作的网络作家之一，是早期海外文学网络文学的重要代表作家，并且第一个将网络作品结集出版。

少君小说兼具新闻和文学两种特性，笔下人物来自各个阶层。他的作品展示了亲历、亲见、亲闻的人和事。他的《人生自白》系列，通过对海内外三教九流人物调侃化的描述，力图以自述的方式描绘出一幅幅众生相，特别是那些有关海外人士的篇章如《大厨》《半仙儿》《杜兰朵》《洋插队》《ABC》等，常常能透视人情底蕴，探测人生奥秘，照亮人事微妙，思索人生真谛。《人生自由》系列中的每篇小说都从很小的角度切入社会生活，合在一起，全书就相当全面地再现了社会生活的图景。

通过对《人生自白》的观照，我们可以看到北美华文网络文学中"精英情结"与大众写作二元并立的审美特点。北美华文网络文学的作者群，一方面因为原有精英身份缺失而凝成这些理工科留学生内心的精英情结的持续影响，他们的网络写作中充满了对故乡人民的命运起伏的观照、对社会各类群体生存状况的怜悯、对现实社会新贵的各种作为的冷静审视，在某种意义上实现了海外游子缺失的精英身份的想象补偿；另一方面因为网络平台为他们提供了没有门槛、没有把关人、没有篇幅限制的开放园地，网络写作成为他们一种随意的发泄方式，大规模的小叙事成为独具特色的叙事模式，地域色彩浓重的方言叙事成为网络写作集乡愁与娱乐为一体的语言特色，于是，网络写作与生俱来的游戏精神与留学生、新移民内心潜藏的"精英情结"共同造就了北美华文网络文学中"精英情结与大众写作"二元并立的创作法则和审美风格。

11 月

联合副刊在"文学咖啡屋"上举办的"多结局小说网路大竞写"，最终演变成奇观、玄虚大比拼，不是陷入脑筋急转弯式的陡转，就是在重复演绎欧·亨利式的结尾。就发展趋势而言，网络超文本小说的实验难以为继。与此形成对照的是，以曹志涟、姚大钧、苏绍连、李顺兴、向阳、须文蔚等为代表的诗人不仅是超文本诗歌创作的先锋，也是网络文学尤其是网络诗歌研究的奠基人。曹志涟（涩柿子）和姚大钧（响葫芦）夫妇的"妙缪庙"、李顺兴的"歧路花园"、苏绍连的"FLASH 超文学"、向阳的"向阳工坊"、"台湾网路诗实验室"、须文蔚的"触电新诗网"、白灵的"象天堂"等个人网站，为建构超文本诗歌的多向或多文本性、多媒体性和互动性展开了多样化的探索，渐成气象。

12 月 1 日

"一角"在美国创建。

12 月 16 日

诗人杨晓民在发表于《中华工商时报》的《网络时代的诗歌》一文中最早提到网络诗歌这一概念。杨晓民以其敏锐的理论前瞻和对于诗歌的由衷热爱，率先在内地将网络诗歌这一概念推到了文学评论的前沿。《网络时代的诗歌》一文是内地最早论述互联网时代诗歌特质和发展走向的论文，是网络诗歌最初的自觉的理论建构，该文的发表在中国文艺界引起了较为强烈的反响。诗评家们称《网络时代的诗歌》一文从"理论上揭开了中国大陆网络诗歌甚至是网络文学的序幕。"

年底

香港诗人杜家祁创办《新诗通讯站》诗歌网页，它共设有"前档案"、

"留言版"和"发表区"等栏目，定期刊登的网主笔记提供了内地诗歌之外的一种新视点。

是年

◆1997 年是中国文学期刊接入国际互联网络的开端，江苏的《雨花》杂志成为第一家上网的文学期刊，《文艺报》《文学报》《中国邮电报》等媒体同时刊发了"国内首家文学期刊进入互联网"的新闻消息。网络文学开始有了纯文学的身影。

◆自 1997 年开始，武汉文联主办的《芳草》杂志开始关注网络文学，该刊在当时开设了"网上文学"专栏，每期发一篇网文。2005 年，以网络文学为主的网络版《芳草》小说月刊诞生，每期发表 12 万字网络小说。围绕网络文学发展状况，2006 年以来，每年还定期举办一次"网络文学论坛"主题活动。

◆国内的网络书屋大致是在 1997 年后出现的，网易等公司提供的免费空间，为初期书站的发展提供了物质基础。在那个全民办网的时代，有很多喜欢读书的网民都开办了自己的个人网站。网易公司 1997 年推出免费个人主页空间，从而使网络文学由电子公告栏系统（它是配备有一个或多个调制解调器为信息传递或信息中心源的计算机系统，人们可以自由地在其上发表评论或文学作品，简称是 BBS）拓展到众多的文学网站。目前，这种文学站点已如雨后春笋不断涌现，其中的文学活动正吸引着大量读者与作者群的参与。为网上的文学爱好者提供了广阔天地，也为中文文学网站的出现奠定了基础。中国的网络原创进入了迅猛成长期。

◆ "西陆"开通论坛服务，各种个性化的论坛如雨后春笋生出。"卧虎居"成为国内最早的网络小说论坛之一，其名字来源于创建者"卧虎居士"。在早期的书站中，卧虎居的校对口碑最好，其收录作品校对之精致，一时成为网友收录的首选。卧虎居在扫校实体书的同时，也在网站上连载风姿、水龙吟等原创作品。可以说，单论作品质量的话，卧虎居应该是那个时代最好的网络书站。实现以原创推荐评论为主，网络阅读爱好者互相交流的平台，远离商业化，给众多网络小说爱好者一个安静的第三方平台。

◆1997 年，在北邮攻读信息工程博士的邢育森开始上网写东西。此时，邢育森是北邮 BBS "鸿雁传情" Love 版的版主，网名 Lover。他在BBS 上发的一系列散文、诗歌，小说处女作《网上自有颜如玉》等被到处转载，每写一篇都引来无数跟帖。1997 年，邢育森的小说《活得像个人样》在网上一炮打响，迅速被所有中文网站转载，流传极广。1999 年邢育森在 "榕树下" 参加 "首届网络原创文学作品奖" 迅速走红。同年，其代表作《活得像个人样》被《天涯》杂志刊登，并与痞子蔡的《第一次的亲密接触》等作品一起，首次改编为话剧小品，在 "首届网络原创文学作品奖" 颁奖典礼上演出。2000 年《活得像个人样》在台湾地区出版，台湾一家公司以 500 美金版权费买下改编权拍成电视剧。2001 年邢育森写了长篇小说《极乐世界下水道》。2001 年后有点变味，开始拼点击量。邢育森停了下来，转身成了 "英达式" 情景剧的资深编剧。编写了《东北一家人》《家有儿女》《闲人马大姐》等一系列情景剧。其中《家有儿女》几乎广为人知。被誉为网络 "三驾马车" 之一。

◆1997 年，"江南" 开始上网写东西，但是写东西并且贴到网上，则是 2000 年之后的事情。江南的代表作有《此间的少年》及一套《九州岛》等。前者出版了两个版本，卖出了电视电影剧本。后者是和今何在、潘海天等朋友做的一个奇幻平台。《此间的少年》传播范围比较广，因为它"不经意间抓到了人们心里失落的一些东西"，和江南一样留学美国的朋友们大概更加喜欢这部作品。江南认为，网络写作或者说写作本身对于个人的修养是有好处的，但是很遗憾的是负担比较重，是一项承担起来很痛苦的娱乐。

◆中国的网吧开始在各大城市飞速发展，此时对中国网络文学产生影响的还是海外的留学生作家，如散宜生、图雅等网络名家。

◆互联网已有 1950 万主机连入，100 个 WWW 站点和 71618 个新闻组。

1998 年

1 月 1 日

"晓风"在美国创建。

年初

英国《卫报》刊登了一篇电脑创作的小说《背叛》。小说不长,只有 600 字左右。作者署名:布鲁特斯 1 型软件。讲的是胸有成竹的戴夫·斯特莱维尔意外地没有通过博士论文答辩的故事。这篇电脑写作的小说的出现是计算机软件技术和文学发展共同的历史性事件。布鲁特斯 1 型软件是美国纽约州伦塞勒工学院的塞尔默·布林斯乔德耗时 4 年研制出的人工故事生成软件,只能写作与背叛有关的欺骗和邪恶等内容。《背叛》虽然是发表在纸媒上的,但是它开启了电脑自动写作的大门,并为网络文学提供了新的形式。

3 月 22 日

台湾成功大学水利研究所博士研究生蔡智恒产生了写作的冲动和欲望,以"JHT"为笔名(后改为"痞子蔡")在 BBS 里发表了个人处女作《第一次的亲密接触》,被誉为网络文学的开山之作,令网络文学热在华文地区迅速蔓延开来。

该书描述了大学生痞子蔡所经历的网络爱情。痞子蔡长相平平,性格内向,没有女孩子喜欢,颇为压抑。他上网结识了亮丽女孩"轻舞飞扬",两人成了好朋友。在她的帮助下,痞子蔡克服心理自卑,开始恢复自信。千禧之夜,痞子蔡为轻舞飞扬买了她喜爱的 CD 香水。但患了绝症的她病情开始恶化,给痞子蔡留下一封告别信,住进了医院。最终在痞子蔡的陪伴下安详地离开了人世。纸质文本中的情爱故事虽然也不乏浪漫，但总让人感到遥远，可望而不可即；而网上则是一片任想象驰骋的空间，人们可以触动鼠标在网上谈情，也可对作家的描写参与意见，可以众手共同敲击出一个凄婉缠绵的故事。

该书在网上迅速被各大论坛火热转载、推荐，引起无数跟帖。网络文学在大陆第一次引起轰动，很多人因为这部作品才知晓了网络文学。痞子蔡的唯美爱情将数以万计的大学生吸引进网吧，以至于"网恋"成为流行之最，也是让家长最头疼的社会现象之一。该书的出版成为一个标志性事件，意味着 BBS 作为早期第一个成熟的互联网应用正式"轰动中国"；1998 年也被称为互联网界真正意义上的"BBS 元年"。但由于当时进入公共视野的可供评估的网络文学作品很少，导致《第一次的亲密接触》无形中成为网络文学整体水准的参照系，导致很多人产生网络文学水准低下的错觉。

除《第一次的亲密接触》外，蔡智恒的主要作品还包括《7—ELEVEN之恋》《爱尔兰咖啡》《槲寄生》和《夜玫瑰》等，均风靡海峡两岸，被喻为"大时代里的被动式偶像"。2008 年，蔡智恒的《回眸》出版，他在博客里写下："我们都知道回忆的力量，有时如钻石闪亮，有时如铁锈斑斑。但你在我心中，永远散发温柔的光芒。"

3 月 23 日

"音像评论"在美国创建。

3 月 31 日

"万维读者网络"在加拿大温哥华注册。万维读者网是海外最大综合性中文网站之一。"奉行政治与学术观点中立和兼容的原则，与任何政治组织及政府机构都没有关联，不受他们的资助或支配。其网络内容中出现的各种政治学术和艺术观点，均不代表网站的立场。"总部设在温哥华市。由旅居北美的华人学者创办。主要由新闻追击、星光灿烂、社会传真、体坛广角等时事新闻板块，以及天下论坛、茗香茶语、竞技沙龙、军事天地、五味斋、儿童成长、彩虹之约等网上社区板块，还有每日文摘、网墨专辑等网络杂志组成。

4 月 1 日

"缘月刊"在美国创建。

5 月

文学网站"黄金书屋"由 youth 创立，详尽的分类和多方位的信息使该站点每天的访问人数大约在 3 万人，邮件的订阅数则接近 1 万人。黄金书屋利用先发优势牢牢占据了网络书站老大的位置，号称"上网读书不识黄金书屋，再称网虫也枉然"。随着网站的发展，黄金书屋注意到了"对网上原创作品的比重还不够，在书评的重视度上也不够"的问题，办起了"网人原创"专栏，开始了对网络原创的培养。"黄金书屋"当年成为中国最具影响力的十大个人站点之一，并在 1998 年个人主页大赛上荣获亚军。后来因为种种原因，黄金书屋网站开始淡出网络，现在互联网上的"黄金书屋"是一家由网友上传作品的转载网站，上网者应该注意区分。

6 月 15 日

《福建艺术》刊载黄鸣奋教授指导研究生撰写的《电脑时代的文艺：高科技与人文精神》一组文章。该刊的编者按指出：当代传媒技术革命的进展正在深刻而有力地影响着公众的文化艺术生活形态，由此引发诸多社会人文课题期待着理论的探索。厦门大学文学艺术研究所电脑艺术研究室主任黄鸣奋教授近年来致力于电脑艺术研究，本期《影视与电子文化》栏目所刊发的一组文章，由他的 5 位研究生在其指导下撰写。这也是本刊从因特网上收到的第一组稿件。这组文章比较系统地描述了五个艺术门类的问题，并将作者自己思考后的见解渗透于行文之中，值得一读。本刊欢迎学术文化界人士和广大读者继续来稿来信，就当代艺术文化生态的变化进行评价和探讨。最后，编者还留下"本栏目网络通讯地址为 Email：atwork @ public. fz. fj. cn"。

> 附：黄鸣奋教授的导语：
> 在历史的长河中，文艺船队已经航行了几多世纪。不论如何风涛激荡，这支船队的旗帜上始终大书着一个"人"字。文艺作品是人文

精神的表现，是人的情感的流露、人的理想和希望的表现。这一点，即使在以电脑为代表的高科技日益渗透到文艺领域的今天，也尚未有根本的改变，然而，文艺船队的面貌却是不时更新的，当前突飞猛进的科学技术就是推动文艺变革的巨大社会力量之一。20、21 世纪之交的文艺船队不是处于平静的港湾，而是面临着巨大的漩涡。5 位研究生所撰写的文章，既概述了电脑给文学、音乐、美术、电影和传统游戏所带来的令人赏心悦目的变化，也表达了他们对于高科技时代文艺前景的困惑：传统小说能否在数码时代重放光彩？真人演员是否将全数从电影（从而电视）圈退役？学术界可否以现代化的数字技术谋求对古老的人文精神的新表现？从艺术到技术，人们应否对音乐的本质进行一番新的审视？本世纪崭露头角的电子游戏，到下世纪有否希望成为文艺主流，它所起的社会作用将是怎样？……如果我们不是单纯关心文艺船队所已驶过的航线，而是将视线投向航程的前方，就有必要对这些问题加以思考。

6 月 22 日

"华人之声"在美国创建。

6 月 23 日

《出版参考》1998 年第 12 期透露，两年前于"椰林风情站"连载，获得网络小说读者票选第一名的徐晓晴的《平凡人的爱》由皇冠出版社集结成册出版，至此由网络文学进军平面媒体。南方朔在这本书的序言中指出，此书是第一部非常具有网络特性，同时值得作为理论探讨的网络小说，因为它为传统文字小说开创了一个新的类型。

7 月 10 日

文学网站"书路"正式创办，是老牌的文学网站之一。目前已经发展成为首页日访问量过万的大型文学网站。"书路"的一大特色是在鼓励原创作品方面做了许多有意义的工作，其原创作品之多，令人叹为观止。

8 月

国内较早的网络文学刊物《西湖评论》创刊。

9 月 1 日

黄鸣奋的《电脑艺术学》由学林出版社出版。作者认为，电脑改变了艺术作品的形态，冲击着似乎天经地义的艺术观念，在造就一批艺术新人的同时，动摇着传统艺术的根基。所有这一切，都呼唤着人们对电脑与艺术关系的关注，为新艺术和新的艺术理论催生。该书为新时代（知识经济时代、信息时代、智能时代）的艺术实践提供理论支持。

9 月 28 日—10 月 8 日

由中国作家协会与泉州市对外文化交流协会、泉州市文联等联合举办"北美华文作家作品研讨会"在华侨大学举行。此次研讨会的主题是"华文写作的北美华文作家作品现状与展望、海外华人文学与中国文化传统、与会专家写作经验交流"，共收到研讨文章 30 多篇，50 多位代表纷纷登台演讲，抒发自己对海外华文作品的真知灼见，并对海外华文文学走向展开了热烈的讨论。会上，美国华文作家少君首次向学界介绍了北美网络文学的历史、特征、存在的问题，网络文学首次进入了我国学界的研究视野。在谈及网络文学给人们带来的冲击时，与会者认为不仅仅是写作方法的问题，而是牵连着诸如法律、责任以及观念等许许多多的问题。正是因为网络文学所具有的重大的历史和社会意义，使其在不远的将来，将超越书本和报纸杂志的阅读和普及，它对社会的政治经济和文化教育将显示出日益深刻的革命性的影响。於梨华等 25 位来自美国、加拿大的知名华文作家和王蒙、铁凝等著名作家、编辑及海外华文文学研究专家与会。

10 月 15 日

吴冠军在《粤海风》的《后现代文学的斑马线——从一部网络小说谈起》一文中指出，人类的有些规范是不能去反叛的，这样的元规范必须作为后现代反叛的一个限度。而对于回应那些借自封"痞子"、"流氓"而试图无可无不可的"反叛先锋"，我们就应该用良知和人的尊严给予世纪末的"虚无主义"与"无政府主义"以迎头痛击，并还合理意义上的"后现代性"原貌：手段只能是手段，永远不能/也不允许蜕变为目的。

10月

安妮宝贝（原名励婕）开始在网络上写作和发表作品，以《告别薇安》成名于江湖，是当时国内风头最劲的网络文学作家之一。

在《告别薇安》这本小说集里，安妮宝贝收集了她发表在网络上经典的23篇小说，包括《告别薇安》《暖暖》《七年》等一些极受欢迎的爱情小说。作者以细腻敏感的笔触，描写了一群在网络时代颓废而清醒的新生代人类。他们的如风情缘，他们的焦灼和空虚，和他们漂泊在城市边缘的温暖理想。这些作品曾在网络上被重复转贴并广为流传。

安妮宝贝的作品还包括《八月未央》《彼岸花》《二三事》《清醒纪》《莲花》、随笔集《素年锦时》《选择之道》，网上个人专集《她比烟花寂寞》等，均在众多读者中深具影响，并已流传于日本、德国和中国港台地区。被誉为网络"四大写手"（即"三驾马车"加上安妮宝贝），她是"四大写手"中唯一一个自该年起10年后还继续写作的。

11月12日

马化腾和张志东正式注册成立"深圳市腾讯计算机系统有限公司"。此时腾讯的主营业务还不是即时通讯工具，也没有人能够想到，10年以后，名为QQ的那只企鹅会成为垄断全中国即时通讯软件74%的市场的超级巨头。QQ两个多亿的用户使其被誉为世界第三人口大国。正是因为有了QQ一步步的崛起，网络上沟通的障碍才会越来越少，无形之中，也为网络文学的传播扫清了道路。无论对于读者还是写手来说，QQ几乎都成了他们首选的沟通工具。

11月15日

宿晶格在《网络文化初探》中认为，网络文学的诞生可以说是网络发展的必然产物，人们借助网络来交流，主要是应用文字。这就大大促进了网民的写作能力，也因此而产生了不同于传统文学的网络文学。网络符号与用语遍布其中，如果不是网络中人也许会是一头雾水，不知所以，网人写网事常常使网友产生共鸣。传统的文字在网上会以更快的速度传播，人人都可以当网络上的作家，很自由地说出自己的想法，这也在很大程度上促进了网络文学的发展。

是年

◆"榕树下"掌门人之一的李寻欢 1998 年开始网络创作。李寻欢，本名路金波，18 岁入西北大学读经济。1997 年毕业后进入网络公司，是网上数家著名网站的专栏作家，第一代网络文学写手的代表人物，被誉为网络"三驾马车"之一。他写作题材广泛，才思敏捷，以汪洋恣肆的幽默俏皮取胜，是网络文学中著名的少年"杀手"。在"榕树下"举办的"首届网络原创文学作品奖"活动中，与贾平凹分别代表网络作家和传统作家成为评委主任。《迷失在网络与现实之间的爱情》是其成名作，并有多部作品被改编成电视剧剧本，其作品还有《一线情缘》和《边缘游戏》等。2000 年 9 月，正式加入"榕树下"，担任内容总监一职，后担任战略发展总监，开始了由网络作者向文化经理人的转型。

◆俞白眉，原名武涛，毕业于西安电子科技大学，1998 年开始在网上写作。当时零零散散写了一些，有杂文，也有小说，大部分篇幅都不是很大。《网络论剑之刀剖周星驰》《网络论剑之大梦先觉篇》等在网上广为流传。后来在电视剧写作上获得发展，先后写了十几部二百多集电视剧。主要是喜剧作品，从《网虫日记》开始，有《房前屋后》《无敌三脚猫》《西安虎家》《相邻不远》《东北一家人》《闲人马大姐》《欢乐青春》《巴哥正传》《售楼处的故事》《旅行社的故事》以及近期开播的《延安爱情》等，他同时也还是经典话剧《翠花》《分手大师》的编剧。在《延安爱情》中，作为编剧的他和邓超再次联手，领跑 2011 年红色荧屏。

◆1998 年，中国新华社、《人民日报》《中国青年报》《文汇报》等中国传统主流媒体开始关注方舟子，中央电视台"面对面"、"新闻会客厅"、"人物"、"中国周刊"等节目和上海电视台"七分之一"、福建电视台"新闻启示录"、辽宁电视台"今晚博客"、北京电视台"魅力科学"等节目也都分别对他进行专访。

◆1998 年，沈元创办鼎鼎大名的元元讨论区和巨豆广场（"鲜网"的前身）。"鲜网"也叫"鲜鲜"，是台湾地区最有名的文学网站，总公司位于北美，在台湾地区设有分站。该站由"鲜文学网、鲜闲情网、鲜娱乐网与鲜科技网"等四个子网所组成的网站，网友来自海峡两岸及香港地区和海外各地区，号称是全球第一个架构式互动内容的网站。"鲜网"运用独特的模式建立有价值的内容网站，同时发掘出各个领域具潜力的作家新人。"鲜网"最有价值的部分就是"鲜文学网"。"鲜文学网"一般内容是以武侠小说、玄幻小说和幻小说、耽美小说为主，条目分类有诗、超类别、文艺小说、同志文学、散文/杂记、武侠/历史、奇幻/科幻、推理/惊悚和罗曼史/言情等。

◆台湾作家李顺兴将其发表在 1998 年《民众日报》上的小说《猥亵》改编为超文本上网，进入页面约等待十五至四十秒不等，页面会自动跳转，要是读者觉得翻页速度太快，还可以摁浏览器上的"刷新"键重读一遍。是中文网络中较早进行的超文本的探索。

◆曹志涟的《虚拟曼荼罗》以丰富的多媒体手段在网上吸引观众互动，成为汉语圈内一次影响较大的超写作尝试。

◆"九把刀"被推为 1998 年度网络文学风云人物。九把刀原名柯景腾，就读新竹交通大学时发表了网络小说《语言》和其他共 5 篇小说，约 30 万字，崭露头角。1999 年因为《功夫》在 KKCityBBS 站连载，备受瞩目。《交大有恐龙》是柯景腾的创作第一次登上媒体。2006 年 5 月开始于《中国时报》担任周日专栏作家，为该专栏有史以来最年轻的作家。同年，九把刀在海峡两岸图书交易大会中，被四大出版通路代表选为"两岸十大作家"之一。同年 9 月，九把刀的都市恐怖病系列小说正式出版电子书形式。2006 年，九把刀的《少林寺第八铜人》赢得可米百万电视小说奖后，成为可米瑞智经纪公司旗下的第一位作家。至今已出版超过四十部小说作品。2007 年，由九把刀作品《爱情，两好三坏》改编的电视剧由台湾民视开拍。同年 11 月，其论文由盖亚出版社出版成《依然，九把刀》，并随书发行纪录片《G 大的实践》。作品《等一个人咖啡》《爱情，两好三坏》陆续被翻译为韩文。

◆1998 年以来，田口蓝迪（原名田口惠子）成为日本文坛一位风头强劲的网络写手，出道不久即饱享"网络女王"之美名。第一本网络小说《插座》始出，即获当年的直木奖提名，被电影界看中，迅速成为畅销书。三部曲的《天线》《拼图》未出，在网上预购就勇拿桂冠。她的《裙子底下的秘密》，直面女性的性困惑；《给消费不再快乐的女人》，描写高度物质文明下的心灵的迷途；《越傻的男人越可爱》，希望男人回归纯真，为女性的自主自强而呼号。她为"不想成为十八岁"的少女写作，为在网恋中迷失的女人指路，为沉迷于"援交"的高中女生写作，为真正的心灵自由而写作。在写作中，她还原为一个最本质的女人。她被誉为日本网络文学第一人，对日本网络文学和网络文学产业的发展贡献非凡。

是年前后

◆清华大学水木清华论坛"聊斋鬼话"版日渐繁荣，国内涌现出一批原创写手。但当时的鬼故事比较简单，大部分属于传统写法，将其归类为灵异小说可能更加准确。

1999 年

1 月 1 日

由《萌芽》杂志联合北京大学等数所国内知名高校举办了首届"新概念作文大赛",目的是想纠正教育界"重理轻文"的观念,批判现行教育模式,释缓它对少年心灵的压迫,而获得一等奖的作者将有可能被保送到参与活动的名牌高校。这是"80 后"作家群诞生的起始性事件。韩寒是第一届新概念作文大赛一等奖获得者,他以一篇文字老练、讽刺意味极浓的《杯中窥人》获了北大中文系教授、作家曹文轩的充分肯定,这使他引来了同龄人的崇拜及传媒的热捧。

"新概念作文大赛"从 1999 年到 2008 年,已经成功地举办了 10 届,参赛者的人数也由最初的几千人发展到 7 万之多。已成为青春文学创作的策源地,而每一届优胜者,如郭敬明、张悦然、顾湘、颜歌、蒋峰、苏德等人,都会得到媒体的热捧。国内知名的报纸如《羊城晚报》《南方都市报》等都曾多次以整版篇幅对 80 后予以专题报道,《新京报》《中华读书报》也都多次报道 80 后的研究动态。

1 月 6 日

雷默在《互联网周刊》的《Internet 上的文学净土——由〈橄榄树〉的成长到网络文学思考》中指出,随着网络时代的到来,文学这具有几千年历史的人类精神领地已经发生了许多变化。网络文学尽管尚未引起包括许多作家在内的社会大众的重视,它对于传统文坛的动摇却是毋庸置疑的。

1月9日

"中国大全"在美国伊利诺伊州注册，主要提供中英文网站导航。

1月12日

"多维新闻网"在美国纽约注册。包括多维新闻网、多维时报、今日周刊、多维月刊，多维邮报、多维周刊、多维广播网等。与海外其他中文网络媒体相比较，多维新闻网不再局限于文摘。

1月15日

刘海峰在《Internet 信息世界休闲书屋——中文文学站点纵览》中提出，助您在文学站点中找到一个属于自己的精神家园。这些网站是：

一、刀光剑影：

"金庸全集"（http：// www. ahu. edu. cn//jinyong）

"武侠世界"（http：//web. mit. edu/xwliu/www/em）

"书剑小筑"（http：// tongwei. yeah. net）

二、浪漫情怀：

"中国古典诗词"站（Big5）（http：//www. cs. umd. edu/peng/poems/poem. html）

"中文诗歌收集"（http：//www. ee. ualberta. ca/qiu/poem/index. html）

"橄榄树"（http：/ /www. wenxue. com/gb/index. htm）

"爱心小屋"（http：// www. nease. net/fwish/）的"四维空间"（http：//www. nease. net/luo）

"恋恋风尘"（http：//www. creaders. org/bbs/love/archive）

"爱情鸟"（http：// www. rol. cn. net/netlove/）

三、什锦套餐：

"清韵书院"（http：//www. qingyun. com）

"国风"（http/www. guofen. aan. net/）

"风林火山"（Big5）（http：//xyz. ezv. com/或 http：//members. xoom. com/ wwjack/）

"嘉星文学网"（http：//book. kstar. com/karsing/book/index. htm）

"全景中文图书"（http：//www. netease. com/cnovel/）

"因特中文网"（http：//www. yinte. net/）

"书人小站"（http：// www. netease. com/changpen/）

"书路"（http：//www. nease. net/talk/）

"文学苑地"（http：// 202. 102. 15. 148）

"亦凡书库"（http：//www. sinc. sunysb. edu/Stu/yihe/）

"曼宁中文"（http：// chineseculture. miningco. com/library/literature/ b1100000. htm）

"涩柿子"（Big5）（http：// www. sinologic. com/persimmon）

《花招》杂志的"女作家文库"（http：// www. huazhao. com/collec-tion/）

"黄金书屋"（http：//goldbook. yeah. net/）

"新语丝文库"（http：// www. xys. org）

1 月 24 日

"汉林书讯"在美国创建。

1 月 28 日

黄鸣奋在《厦门大学学报》撰文《电脑时代的文艺变革》认为，电脑的发明与应用，使文艺创作和文艺欣赏呈现出新的特点，主要包括：由书写到录入（换笔）；由定向到随机；由文本到超文本；由传统媒体到超媒体；由独立创作到人机合作；由依托生物人到依托智能电脑（或机器人）；由阅读到机读；由"登攀"到"漫游"；由定性到定量；由静观到交互；由自理到代理；由立足今人到立足后人等。

1 月

新浪网与《中华工商时报》联合举办为期一年的接力小说活动。小说题目为《网上跑过斑点狗》，第一章由青年作家邱华栋、李冯、李大卫写作，其余由网民和读者共同续写，计划最终完全一篇 6 万字左右的中篇小说。小说试图反映互联网给人类的生活、工作、爱情带来的冲突与影响，揭示虚拟社会与现实社会之间的矛盾与冲突。这篇小说后来因网民和读者反应不积极等原因而夭折。

此后，"花脸道"网站开展的"花脸道双媒互动小说接龙"，人民文学出版社出版的 BBS 留言跟帖小说《风中玫瑰》，中文网络文学网站的故事接龙"谱写你自己的故事·千年之恋"，榕树下网站的网友接龙小说《城市的绿地》，亿接龙网站开设的《青青校园，我唱我歌》《情爱悠悠，共渡爱河》等接龙作品栏目，文学咖啡屋网站开展的"多结局小说网络竞写"，以及网上流行一时的《超情书》《危险》等超文本回环链接诗歌的文学实验，成为了更加接近网络文学本质的探索和挺进。有人认为，这类只有电脑才能创作、只有借助网络环境才能欣赏的作品，才是真正意义上的网络文学，应该成为网络文学的发展方向。

1 月

出现在"重庆文学"网站上的由李元胜创办的《界限》成为国内第一家网上诗刊，它力推重庆及海外汉语诗歌精品，在国内外产生了一定的影响。它最初用的是虚拟域名，比起很多一开始只做免费论坛或者免费个人主页的站点来说，它的技术起点是比较高的，而且内容要丰富得多。其中，由内地各省十几个诗人任编委的《界限诗刊》，是传统媒质诗刊在网上的延续。《界限诗刊》还出了英文版，这为中文诗歌的对外交流提供了新的思路。此外，它的藏诗楼、诗人照片收藏、民刊资料收藏也很有特色，具有较高的资料、文献价值。《界限》的开通，对中文互联网诗歌的发展起了很大的推动作用，尤其是它主办的"汇银诗歌奖"和"柔刚诗歌奖"，对于一向缺少扶助的诗人是极大的鼓励。

1 月

中国社会出版社出版《美利坚的天空下》，这是一本海外留学生的网络文学作品合集。

文学评论家苏炜在为《美利坚的天空下》写序言时，高度赞扬说："为什么'留学'、'留美'，'托（福）派'、'绿卡族'之类，仍旧成为当今时世不同年龄层次的人们趋之若鹜的潮流，似乎是永远挥之不去的热门时尚呢？其中，有什么玄奥所在呢？——这就是本书的难能可贵之处了。本书脱尽了各种隔岸观火、隔靴搔痒式的想象、猎奇与感伤，将留学生每一个时段的生活层层剥笋似的充分具象化、现场化甚至即时即景化，如此便为读者观者拓展出一个纤毫俱现的'3D'（立体）世界，足以化解掉那些概念先行的'天堂'、'地狱'一类疑团了。"

年初

汤大立、姚建刚、余雪等人创建"银河网"，是始终坚持非商业化运营的大型华文网络文学网站。它是当时全球华文网络写作规模最大的、作者读者最为集中、活跃和高质的网络平台之一，最繁盛的时候曾推出160位海外中文网络作家的专栏。

2月15日

海风在《Internet信息世界》的《休闲书屋（下）——国外文学站点拾遗》中介绍外文原文文学站点中的一小部分，希望能给喜欢读原文的朋友提供帮助，这些站点是：

在线美国文学（http：//www. americanliterature. com/）

Litrix读书屋（http：//www. litrix. com）

在线文学图书馆（http：//www. literature. org/）

奇境漫游（http：//www. wonderland. org/）

女作家（http：//jvj. com）

罗塞蒂档案馆（http：//Jefferson. village. edu. rossetti）

马克·吐温（http：//marktwain. miningeo. com/）

莎士比亚入门网（http：//www. shakespeare. com）

莎士比亚全集（http：//thetech. mit. edu. shakespeare/）

德拉库拉（http：//www. cs. cmu. edu/web/People/rgs/dractable. html）

詹姆斯·乔伊斯（http：//www. 2street. com/joyce/）

简·奥古斯汀（http：//uts. cc. utexase. edu/）

J. R. R. 托尔金（http：//www. lights. com/）

惠特曼（http：//www. cc. columbia. edu/acis/bartleby/whitman）

2月19日

"汉林书摘"在美国创建。

2 月 23 日

赵毅衡在 BBC 节目中介绍，"最'销行'的《华夏文摘》，据说每天有七八万人次访读网站，那样的话，普及面就超过国内外任何传统印刷刊物"。

2 月

"华枫网"在加拿大注册。其宗旨是"致力于建立友好，互助，充满温馨与关爱的网络社区"。设有新闻资料、互动论坛、分类广告、网络黄页等板块。

3 月

"天涯虚拟社区"创立，以其开放、包容、充满人文关怀的特色 LOGO 受到了全球华人网民的推崇。经过十年的发展，网站已经成为以论坛、部落、博客为基础交流方式，综合提供个人空间、相册、音乐盒子、分类信息、站内消息、虚拟商店、来吧、问答、企业品牌家园等一系列功能服务，并以人文情感为核心的综合性虚拟社区和大型网络社交平台。2008 年天涯启动开放平台战略，并开始构建天涯生态营销体系，开创了社区营销的新模式。目前，天涯社区注册用户超过 5000 万，被誉为"国内第一人文社区"。形成了全球华人范围内的线上线下信任交往文化，成为华语圈首席网络事件聚焦平台，是最具影响力的全球华人网上家园。

4 月 13 日

黄鸣奋在《文艺报》上发表的《信息科技进步与艺术变革》一文总结了网络艺术的六大特点：一、文艺家将不再是真正意义上的艺术主体，取而代之的将是超越日常身份而相互交往的网民，他们匿名上网，通过角色扮演而传达情思的活动将成为艺术的主流。二、艺术手段将不再是硬载体的文本，而是网络上彼此融通、声情并茂、随缘演化的超媒体。三、艺术加工方式将不再是目标明确的有意想象，而是随机性和计划性的新结合。四、艺术所奉献的对象将不再是从事仪式性、膜拜性的静观与谛听的读者、观众或听众，而是积极参与、恣心漫游的用户。五、艺术内容的来源将不再是先于艺术活动而存在的"客观生活"，而是和艺术活动融为一体、主客观密不可分的"数字化生存"。六、艺术环境的构成要素将不仅仅是人和自然，而且包括智能动物、高级机器人等由高科技创造的新型生物。

4月15日

韩庆祥在《理论前沿》评介了严耕主编的《透视网络时代》丛书，称这套丛书从社会科学学理阐释的层面和理路上，对网络以及网络化的趋势分别进行了侧重于社会学、经济学、文化学和法学等四个维度的清理、透视和解释，从而在目前纷纷然然的"网络解释"热中开辟出了一种崭新的"沉思"方式和进路。

5月12日

元辰在博客中撰写《恭喜吴过》文章，称"吴过这个网络文学评论家不是他自封的，是一张张帖子换来的别人的称呼"。常在中文文学网上冲浪的朋友，大概没有不知道吴过的。因为他是人气很旺的"原创广场"和"自由人说"的版主，著名网络文学评论家、作家。邢育森、李寻欢、宁财神、安妮宝贝、水晶珠链等，都列在了吴过的访谈对象中。有人把他列入国内网络作家"六驾马车"之列，元辰觉得并不为过。证据就是"阳光书屋"的《吴过自选集》，包括了上网后的全景式大型纪实文学《红卫兵档案》、长篇小说《活剥金瓶梅》和数十篇网访、评论、随笔。其作品开卷就会有春潮般的祥和气息袭来，确属大气浑然，蔚为壮观。

5月15日

陈海燕在《小说评论》发表《网络小说的兴起》文章，指出随着国际互联网的迅猛发展和在中国的日渐普及，一种新的文学样式又悄然出现了，而且大有向传统文学挑战和对垒的势头，这就是网络文学。目前国内各大文学网站均已在现代文学、古典文学等样目之外，特辟出网络文学的专栏，其中参与写作和阅读的人数无法计算，在规范的印刷文学之外形成一道野生而蓬勃的文学风景线。网络小说有如下的特征：第一，作者隐匿；第二，文本开放；第三，虚拟的真实；第四，接受的当下性。

5 月

《第一次的亲密接触》催生出国内"五匹黑马",即邢育森、宁财神、俞白眉、李寻欢和安妮宝贝。上海三联书店在 1999 年 5 月出版的《进进出出:在网与络,情与爱之间》一书,第一次将他们的文字归在一起出版成小说集。

5 月

鲁军、童之磊、马云、陈曦和刘颖五少年把"化云坊"个人网站演绎成"易得方舟"公司,形成了"易得方舟"的团队雏形,鲁军、刘颖也成为大学生"休学创业第一人"。1999 年 8 月,"易得方舟"获得了第一笔私人投资,方舟也从一个不到 10 人的创业团队膨胀成拥有 60 余名员工的商业公司,其鼎盛时网站的日页面浏览量突破 300 万,注册用户达到 15 万。就在"易得方舟"踌躇满志之时,IT 企业在美国纳斯达克跳水,互联网的冬天降临。"易得方舟"遭遇了资本的无情,只有童之磊在坚持做他认为具有"史诗"意义的出版革命——也即数字版权革命。10 年之后,当传统文学全面进军网络之时,人们或许才能理解当时自己打工赚钱养活员工的童之磊的眼光是多么深远。

6 月 9 日—10 日

由福建省台港澳暨海外华文文学研究会与华侨大学中文系、海峡文艺出版社、《台港文学选刊》杂志社联合主办的"跨世纪的台港澳暨海外华文文学及其研究研讨会"在华侨大学召开。华侨大学中文系主任顾圣皓教授在发言中阐述了当前北美华文文坛的基本情况和发展动向,特别是网络文学发展迅猛。顾圣皓着重分析了严歌苓的擅于编故事和刻画人物的特点,以及少君的全方位文学创作和作为网络文学代表的特色。他还指出,北美华文文学在整个海外华文文学中,益发显露其代表性和重要意义。

6 月 11 日

"六朝评论"在美国创建。

6 月 15 日

王蒙、张洁、张抗抗、张承志、毕淑敏、刘震云等 6 位著名作家，通过他们的代理律师，向北京市海淀区法院提起诉讼，状告由 "世纪互联通讯技术有限公司" 主办的 "北京在线" 网站，其未经许可将他们享有完全著作权的文学作品登载到网上，从而侵犯了他们的权益，要求赔偿经济和精神损失。中国青年报称 "这是我国首起因网络站点刊登他人作品而引起的著作权纠纷"。

6 月 15 日

刘登阁在《民主与科学》发表《计算机时代的文学》文章，指出当今的中国正面临着计算机浪潮的挑战，电脑和网络犹如 "旧时王谢堂前燕，飞入寻常百姓家"。它们正步履匆匆地朝普通家庭迈进，不仅强烈冲击着人们的生产、生活、社会交往方式，而且无情地撞击着人们固有的价值观念和思维模式，重塑着人们的情感模式、认知模式和心理结构，并日益引发深刻的文化变革：一、文学载体及传播方式的革命；二、文学创作方式的变革；三、文学消费和阅读方式的革命。

6 月 20 日

荆棘鸟创作组成立，成员 7 人。

6 月

国家版权局有关人士说，网上使用文学作品侵权与否目前有两种意见：一种认为法律对此没有明确规定；另一种则认为著作权是作者的，只有作者授权才合法。文学作品被输送上网也是被使用，它包含三种可能：一是文学爱好者出于对某篇作品的喜爱，把它输送到网上公诸同好；二是网络公司将作品上网，供网友阅读；三是网上图书馆，网友可免费阅读或查找图书。第一种虽然个人并没得到任何利益，但因为没有得到作者的授权，也是对作者版权的不尊重；第二种目前最普遍，虽可免费阅读，但大多在网页上打出各种广告，最终还是以赢利为目的；第三种形式的服务性质与出借图书或提供阅览室一样，网友们只要下载后不公开复制并发售即可。但总而言之，未经许可上传有版权的作品都应视为侵权行为。

6月

"榕树下"与上海人民广播电台联合制作的"今夜不太晚·相约榕树下"节目开播，"榕树下"由此开始进军广播业。

7月4日

邹子挺（网名：连天）、孙立文（网名：西域浪子）联手创立的西陆BBS正式上线运行，全部资产只有一台PC机。由于其自由与独立板块的特有模式，迅速成为广大网民的最爱。

7月20日

"世纪青年"正式开通，首日访问量890人次。

7月

"多来米中文网"创立，成立后即以通过整合、包装、推广、整体发展的模式迅速发展，成立至今一直稳固占据中文网站群中前10名的地位。

8月6日

云起在《上海微型计算机》上发表的《网上文学如何生存》中认为，据今春"搜狐"的网上调查，近千名受访网民中，38.1%称"经常"在网上看书，68.5%的人认为网上藏书屋对读者有利，应该继续扩大。几乎没有网民认为网上文学站点侵权。有这样强大的网民撑腰，网络公司想来也不会大撒把。最好的办法，还是让作家到网络公司入股，每部作品按稿酬算出价来，静等年终结算。公司赚钱，作家分红；公司亏本，作家当然也只好一笑了之。

8月15日

萧为在《Internet信息世界》的《"网络"＋"文学"还是"网络文学"?》中认为，有人以为弄台电脑就一步跨进了"信息时代"，敲打键盘或者请人照稿录入，发表在网络上，就是"网络文学"了。尽管网络对传统媒体具有包容的特性，以致在相当一段时期内，会允许这种混合现象存在。但是随着网络的普及和网络化进程，"文学"和"网络"的物理性拼合，就会发生生物性的嫁接变化，发布方式和技术反过来会影响创作方式和思维，出现新的文本、新的样式、新的品种。

8 月 20 日

"红袖添香"正式开通，这是"世纪青年"制作的第一个专题系列站。

8 月 23 日

"博讯网"在美国北卡罗来纳州注册。博讯的前身是电子文摘周报，1998 年年底创刊，以电子邮件的形式发行，主要内容有要闻，评论与讨论历史问题等，2000 年 3 月开始创立博讯新闻网。

8 月

孙鹏等几位网络文学爱好者创立"红袖添香网"，是目前国内最具影响力的纯文学网站，是中文女性网络阅读第一品牌，也是全球著名的女性文学数字版权运营商之一。已经开发了 MQ 短信平台，通过红袖 MQ，网友能通过手机在网上写日记，发表评论、互动交流。2006 年 7 月份，被纳入微软 MSN 读书频道。2007 年被"盛大"收购。经过多年发展，红袖添香已经成为海内外原创作家的梦中之都，更是女性作者纵情笔墨挥洒才情的美妙江湖。形成了以女性为阅读受众、言情小说为特色的原创氛围，深受白领女性喜爱。目前注册作者超过 100 万，原创作品超过 300 万部（篇），单日投稿量超过 1 万部（篇）。红袖添香一直把中国文学在网络技术语境里的全面深入发展视为己任，在栏目设置上，涵盖了小说、散文、杂文、诗歌、歌词、剧本、日记等载体，是目前中文网络创作体裁最全面的文学网站之一。

红袖添香开发出了中国首个"无线版权结算平台"，成为国内第一家实现全球范围内"移动阅读"的女性文学网站。红袖添香拥有中国原创网络文学最具商业价值的"华语言情小说大赛"品牌，是稿酬发放数额较高、作者福利体系非常完善的女性文学网站。凭借丰富的内容、独特的风格、领先的技术和优质的服务，红袖添香已成为全球女性文学领域最受推崇的知名品牌，在业界享有极高的声誉，被出版业盛赞为"中国互联网上重要的语文力量"。

8月

中国民族文学网创建，是国内第一个少数民族文学研究的专业网站。近十年来，该网一直致力于中国少数民族文学研究事业的信息化建设，在特色资源、学术品牌、专业频道等多个向度上寻求突破，在中国民族文学界、民间文艺学界、民俗学界和公共信息领域形成了较大的影响，其构想的"中国少数民族文学研究资料库/口头传统田野研究基地/中国民族文学网"三位一体的方案，使中国少数民族文学研究进入可持续性循环发展阶段。

8月

黄鸣奋的《电子艺术学》由科学出版社出版，它是厦门大学面向21世纪系列教材之一，也是高等院校选用教材。书中指出，电子艺术是以电子媒体为依托的艺术，现阶段的电子艺术是电影艺术、广播艺术、电视艺术和电脑艺术的总称。本书论述了上述四种表现形式各自的特点，并依据电子技术的发展，特别是计算机技术的发展和网络的发展，前瞻性地提出了电子艺术"诸电合一"的观点，具有系统性、科学性和先进性。

9月5日

"青青草"在美国创建。

9月6日

"木子网"在美国圣路易斯注册。是全球性中英文双语门户网站，设有新闻、文摘、评论、书库图库、木子社区等。

9月29日

《互联网周刊》的《网络文学的春天来临了吗?》一文指出，正是网络本身的不断普及和持续发展，从根本上决定了网络文学迟早会被世人所知，终将会从悄然无息的地下"浮出海面"。

9 月

"榕树下"同上海《文学报》合作开辟"榕树下网络文学专版"，同出版社合作出版"榕树下·原创网络文学"丛书。

10 月 1 日

"心意网"在加拿大创建。

10 月 8 日

茜茜在《上海微型计算机》上发表的《E-MAIL 和信》中说，也许是互联网成全了网络文学，或是网络文学丰富了互联网，不管怎么说，当人们对文学的态度越来越冷淡时，网络文学却大行其道，而且悄无声息地繁荣起来。这种独特的文化现象是互联网带给我们的，互联网不但改变着我们的生活，也改变着我们的文化。在网上写作的人，大部分为非专业的文人，也许他们的文字不很优美，结构不很严谨，选题不很严肃，但他们却写出了人间真情。正是那些从心底里流露出的文字吸引并感动了越来越多的人。

10 月 12 日

《桑克诗歌专栏》专栏开通，起名为"树权笔直而且向天"。

10 月 15 日

"华岳论坛"在美国马里兰州注册。设有时事政治、社会文化、军事战略、爱情生活等论坛及文章收藏库。

10 月 19 日

网易公司在北京举行了"网易中国网络文学奖评选活动新闻发布会"。作为专家评委的王蒙、刘心武、刘震云、从维熙、张抗抗、莫言、白烨、谢冕、戴锦华、欧阳江河、李陀、贺照田等中国文学界知名人士与会。与会的嘉宾从各个不同的侧面阐述了他们对于网络文学意义及其区别于传统文学的特殊性的认识，同时围绕网络文学作为新文化运动的先声和新时代的精神坐标的观点展开了讨论。

10 月 23 日

吴过在《电脑爱好者》上发表的《网络给文学带来了什么?》一文中认为，20 世纪最后几年，随着网络的普及，网络文学也悄然兴起。刚开始时只是在聊天室、BBS 站出现一些既幽默又颇富文学情趣的生动文字，随后由于众多文学网站、个人主页、电子文学刊物的推波助澜，忽如一夜春风来，网络上千树万树梨花竞相盛开，初步呈现出一派繁荣兴旺的景象。

11 月 8 日

方舟子在《北京青年报》发表《网络化的文学》文章，称"真正利用了网络的特点，与之密不可分的文学，我们不妨称之为网络化的文学。这样的文学如果印刷出版，即丧失了部分创作，要完整地欣赏它，只能在网上。"

11 月 11 日

"榕树下"发起的"首届网络原创文学作品奖"，曾在当时引起轰动。王安忆、余华等传统文学作家担任评委，《蚊子的遗书》获得散文类一等奖，尚爱兰的《性感时代的小饭馆》夺下小说大奖，散文家宁肯以一篇散文《我的二十世纪》进入获奖者名单，把正在兴起的网络文学推向了一个高潮。正如作家陈村所言："榕树下的颁奖，最大的意义不在于究竟有哪些作品最后得奖，而是它象征着中国文学在网络上的初次走台。这样的走台是热热闹闹的，认真严肃的，平等开放的，是人们所期盼的。网络虽然年轻，能有这一天，是许多网站和更多的网友不计功利地劳作堆积的基础，也是许多虽然没有上网但关心网上原创文学的人们的努力所推动的。"

11 月 15 日

"好亚网"在澳大利亚注册。这是一个中英双语门户网站，以澳洲本地信息为主，包括新闻、留学移民等各种生活服务信息、论坛与文艺等。

11 月 17 日

《广州日报》载文称有媒体评论中国网络文学的现状是"量多质差"，

网络成了一面任人涂鸦的大墙，陈村对此表示不认同，他认为网络文学作品并非如此平庸。对于网民的个人原创作品，陈村的态度十分宽容，他说，"网络文学创作其实与卡拉 OK 差不多，能给人以牛刀小试的机会"。

11 月 30 日

"美中网"在美国马里兰州注册，主要提供各种美国——中国资讯及生活服务信息。

11 月

《第一次的亲密接触》在国内的热销，呈现出知识出版社周密、细致、科学的营销策略：一、睿智判断，科学分析市场。二、有明确的目标和营销思路。三、对读者对象明确定位。四、有合理、准确的定价原则。五、起个好书名。六、装帧设计极具冲击力。七、选择最有利的出版时机。出版社借蔡智恒的系列作品树立了品牌，成功地开创了网络文学出版的新局面。

12 月 4 日

"美国校园"在美国加州注册。主要介绍美国教育系统、学校查询以及在美国的生活资讯。

12 月 13 日

"北美行"在美国创建。

12 月 25 日

钱建军在《华侨大学学报（哲学社会科学版）》的《第 X 次浪潮——华文网络文学》中，论述了伴随电脑网络的飞速发展而出现的新鲜事物——北美华文网络文学的诞生、发展及其主要特征，并指出网络文学对传统的冲击，它本身存在的问题和未来的发展前景。

12 月

多来米中文网以 400 万人民币的价格收购网易个人网站排行榜中前 20

位个人网站中的 16 家，包括黄金书屋、中国足球网、海阔天空下载、笑林广记等国内著名网站。资金对文学网站发展方向施加的影响力初步显现出来。

12 月

博库在美国硅谷成立。因为有美国产业资本而非风险投资的支持，以及资深的书业人士坐镇，博库的前途一度被业界看好。创业之初，博库先是在各大媒体进行铺天盖地的广告宣传，继而与中国青年出版社、北大等单位联手合作，推出"走马黄河"、"敦煌行"等活动，大造声势，后又在大量收购作品电子版权之余，以培养中国的"斯蒂芬·金"为名，与王朔、陈村等大批作家签约合作。但是，博库所倡导的收费下载与收费阅读精神，在这个免费成为通行法则的互联网争霸年代显得格格不入；加之盗版风行，使其与几乎所有的中文知名作家、作者、学者签约的几千本电子书的优势没法发挥；另外，由于上网人数少，网速慢且贵，没有便捷的支付条件。投资商在第一笔投资后，就以盈利模式不现实为由拒绝追加投资。到了 2001 年底，博库的倒闭宣告了国内第一次 ebook 收费尝试的失败。

12 月

《九人诗选》出版，成为第三条道路写作兴起的标志。据报载，"盘峰诗会"是第三条道路写作出现的大环境，小环境是"龙脉诗会"。这一写作方式的兴起标志着中国诗歌的思维模式和标准模式的彻底变革，即由长期以来的二元论向多元化的转变，莫非的《反对秘密行会及其他》，树才的《第三条道路》，谯达摩的《我的诗学：1999 年冬天的思想》明确提出了第三条道路的诗学主张，成为第三条道路最初的诗学文献，可视为第三条道路的宣言。2002 年《第三条道路》诗报创刊，之后第三条道路论坛和资料库成立，标志着第三条道路写作进入一个新的阶段。

岁末

美国网上书店"亚马逊"的创办人杰夫·贝往斯被美国《时代》周刊选为当年风云人物。在短短的 5 年中，他使自己创办的亚马逊书店的市值突破 200 亿美元，他本人则成为身价 105 亿美元的超级富翁。

是年

◆中国作协官方网站"今日作家"上开设"网上发表"栏目，以刊载自由投稿的原创作品为主，这是一个信号，它预示着网络也是中国作家的"家"。与此同时，各种类型的专业作家文学网站纷纷露脸，如展示中国新生代作家创作的文学网站"新生代文学网"，推出了包括程青、古清生、李冯、田柯、徐坤、赵波、周洁茹、朱也旷等在内的一批锋芒正露的初生代作家的作品。

◆1999 年，著名作家陈村被邀加入"榕树下"，他给自己的头衔取了个奇怪的名字：网眼。"就是网上的一只'眼睛'，来打探下发生什么事了。"但因这头衔别人不易懂，就改称为"艺术总监"。很多年轻的网络写手冲着"陈版主"而来，不少的传统文学知名作家也因陈村的"面子"参与到推动网络文学发展的进程中来。因为这样，陈村被誉为网络文学的教父。

◆随着《第一次的亲密接触》席卷大陆，"榕树下"举办了第一届网络文学大赛。由于第一届网络文学大赛是新生事物，榕树下获得了很多兄弟网站的支持，王安忆、余华等传统文学作家担任评委，"榕树下"俨然成为文学网站盟主。第一届全球网络原创文学获奖作品集分别是《性感时代的小饭馆》《我爱上了坐怀不乱中的女子》和《蚊子的遗书》。"三驾马车"（李寻欢、邢育森和宁财神）的称呼也第一次出现在传统媒体上。

◆《星星》诗刊从 1999 年开始办起了网络版。1999 年 4 月发生的"盘峰诗会论争"，民间诗歌群体向传统知识分子诗歌发难，成为中国诗歌的一个分水岭，以网络诗歌为代表的民间诗歌登上中国诗歌论坛，网络诗歌开始进入文学史的视野。

◆这一年，云中君首开网络自我炒作先河。为了推广自己的小说《一定要找到他》，他开始在各大 BBS 张贴，并自封为"中文网络第一才子"，许多网站被这"第一才子"搅得风起云涌。云中君的努力并没有白费，这本小说最终得以出版，随后他陆续出版了《数字化精灵》《爱情是个P》等网络小说，也都是以 BBS 作为推广舞台。网络炒作的随意性、广泛性、易操作性也从此为更多网络写手所认识并加以利用。

◆第二批网络文学作者成名于 1999 年前后，主要包括蔡智恒和大陆的"五匹黑马"和"四大杀手"等。"五匹黑马"是指李寻欢、俞白眉、安妮宝贝、邢育森、宁财神五人。李寻欢、宁财神、邢育森三人也被人称为是网络文学"三驾马车"。"四大杀手"是指王小山（黑心杀手）、猛小蛇（灰心杀手）、王佩（红心杀手）、李寻欢（花心杀手）四人。

◆"任我行之美国旅游篇"在美国加州注册。是由一群旅游爱好者主办的提供美加旅游信息的网站，内容包括新闻、流行服装、家庭、情感旅游、文学、运动、音乐等。

◆黑可可推出长篇小说《晃动的生活》，不仅标志着黑可可创作上走向成熟，也是迄今为止网上还不多见的较为优秀的长篇小说之一。从这部作品来看，黑可可驾驭小说语言的能力和结构故事的能力都很出色，特别是小说中的那些丰满生动的人物形象，更给人留下了深刻的印象。黑可可的网上写作有两套笔墨：一支笔写童话寓言，另一支笔写世俗的人间悲喜剧。黑可可的童话寓言类作品不多，但不乏精彩之作，主要有《怪怪婆的故事》《胡话连篇》等；世俗的人间悲喜剧类作品占了黑可可作品的绝大部分，主要有《凯瑟林杜大小姐》《缘尽不伤心》《婚姻的破洞》《雨夜浪漫》以及十多万字的长篇小说《晃动的生活》等。"黑可可不是一个人，在网上，有许许多多倾心于文学的朋友，他们只为自己的心灵而写作，任何一个网上的写作者坐在电脑前，都应该想到在网络的另一端也许还坐着一个同你一样的网络写手，这时候你的心里就会升腾起一阵阵暖意。"网人把她和其他四位——卫慧、棉棉、安妮宝贝、尚爱兰合称为"五大美女作家"。

◆龙吟，曾是一家高校的教授，进入中年才创作，1999 年因为在网上推出小说《智圣东方朔》（网名《东方怪杰》）获得了读者的好评。此后，龙吟发挥了自己的专业特长，沿着《智圣东方朔》的写作路子继续推出了《怪杰徐文长》《万古风流苏东坡》等作品。《万古风流苏东坡》曾入围鲁迅文学奖。

◆从夏天开始，《银河英雄传说》《龙枪编年史三部曲》《龙枪传奇》《黑暗精灵》《罗德岛战记》《机动战士高达》等国外奇幻科幻作品逐一出现在各地的书摊上，发行量并不大，但是迅速从高校开始席卷整个中国，这些外来作品以其独特的世界观、新奇的想象力牢牢地抓住了年轻人的视线。而在同好者将之上传到网络上之后，则产生了更广泛的影响。

龙与地下城系统（Advanced Dungeons & Dragons）也随着《龙枪》系列和《黑暗精灵》系列的普及而被国人所了解，"跑团"这个术语也出现在中国粉丝之间，而第一批跑团的战报则成了最早一批网络奇幻文学的原型，其中除了以传统的 DND 规则为模板的作品，还有大量融合了日式奇幻《罗德岛战记》特色的作品出现。可以说，这批外来的奇幻文学为未来的中国网络玄幻文学的破土而出营造了一片成熟的土壤。中国网络玄幻文学至此正式进入了萌芽期。

◆1999 年，美国小说家摩斯洛坡在新作《里根图书馆》中，尝试了随机跳转技术在文学中的运用。在跳转时，由计算机随机从多个被链接的页面中选定一个跳转，这样，便形成一个多向度的叙事。读者在每一次阅读中随机的跳转都会形成不同的文本对象，从而产生不同的文本意义。只要读者有兴趣和耐力多遍反复阅读，每一次阅读都会有新的发现和理解。

2000 年

年初

都会报（City Media）与热巢网（City-Hot）共同主办"当代华人极短篇大展暨线上征文比赛"，通过自身和网络同学会（City Family）共三个网站同时展出海峡两岸及香港地区的作品，并进行征文比赛。相关网址为www. cityhot. com。

1 月 5 日

在所有大学 BBS 上，我们能发现的最早发表的一首校园网络诗歌，是上海交大 BBS "饮水思源"站"现代诗歌"板块里 fouca 的《午睡》，发表时间为 2000 年 1 月 5 日；其次是清华大学 BBS "水木清华"站，第一首是 yymemory（由 jsdeng 贴出）的《失恋者手记》，时间为 2000 年 10 月 18日。其他大学最早发表的诗作一般在 2001—2003 年之间，比如北大 BBS "未名"上发表的第一首诗是 *quarkman* 的《独角仙的童年》，时间是 2001年 12 月 30 日；复旦大学 BBS "日月光华"里的是 jiangfeng（蒋峰）的《我的诗歌几首》，时间为 2003 年 6 月 24 日；浙江大学 BBS "海纳百川"站里的是 Hiric 的《百合花》，时间为 2002 年 3 月 25 日；武汉大学 BBS"珞珈山水"里的是 blue horse 创作的《梦一场》，时间为 2001 年 2 月9 日。

1 月 11 日

李敖在答"中国青年报"记者问"你怎么看网络文学的兴起，比如台湾痞子蔡的《第一次的亲密接触》?"时说，"（网络）这种东西是一种很好的传播工具。它是突破言论自由的很好的工具。言论自由（有一个前提），就是你对你讲的话要负责任，可是网站使人变得不负责任。小时候我在参军时看到厕所，大便时人们在墙上画图、写字，我把它叫厕所文学。现在我看到电脑网站这个东西就像厕所文学，只不过是字写在电脑里。"

1 月 28 日

网易公司举行了"网易中国网络文学奖评奖揭晓新闻发布会"。本次评奖活动共收到各类稿件 3563 篇，经过版主们的初评和专家评委的终评，蓝冰的长篇小说《相约九九》、AIMING 的《石像的忆述》、余立的《疯子》分别摘取小说金奖、散文金奖和诗歌金奖。他们将分别获得超大容量的网易金色信箱和网易网站上的重点推介 30 天。所有获奖作品将收入网易公司即将出版的《网易中国网络文学获奖作品集》中。

1 月

日本第一部手机小说《深爱》面世，一年内预订该小说的读者突破200 万人。目前已有大批年轻人通过移动电话阅读了这部爱情小说。统计显示，自从日本新潮社两年前推出手机阅读文学以来，已有 3 万用户订阅了他们提供的手机读物，其中 70% 的"移动文学"用户是 30 岁左右的女性。

日本迄今已有数万个以上的手机小说营运网站，除了大出版社经营的收费网站外，也可见许多免费公开的个人网站，以新潮社在 2002 年 2 月设立的"新潮手机文库"为例，两年多以来，会员已超过 3 万人，至于读手机小说人数则有 200 万左右，出版商为手机用户提供多达 20 类的文学作品，小说内容从言情到侦探十分广泛。而根据厂商所做的统计，在通常情况下，这些手机文学爱好者，每天接收短信的字数在 1000—2000 字，其阅读模式也较贴近一般的、文学的阅读习惯。

日本有很多作者原本在文坛沉寂，却通过在手机上连载小说，而得以跻身知名作家之列。如因《深爱》成名的 Yoshi，原本只是在个人创业的手机收费网站上发表作品，不料却吸引了超过 2000 万的浏览人次，更创下销售近 350 万本的佳绩，甚至被改编成电影与漫画；而《在世界的中心呼喊爱情》也是手机小说与相关实体出版品相互哄抬，带动电影、漫画大卖的代表作。

2 月 1 日

"爱情白皮书"在美国洛杉矶注册。这是一个中文同性恋网站，内容有新闻、文学、在线问题解答等。

2 月 13 日

"在日华人论坛"在日本东京注册，包括文化生活、留学就职、时事论坛等板块。

2 月 15 日

吴过在《Internet 信息》上发表的《世界因特网中的文学空间》中认为，网络在世界上出现的时间还不长，在中国的时间更短，但对网人来说，网络已在改变他们的生活方式，最终也必然要影响他们的思维方式、行动方式。具体到网络文学而言，网络的影响也正在慢慢浸入，正在改变网络作者的写作习惯、写作姿势以及思维方式。网络给文学带来了什么？这个问题虽然很难回答，但有一点是能够肯定的：网络给文学带来的是一次新的契机、新的希望。

2 月 17 日

《文学报》发表了一组名为《网络文学的生机与希望——网络文学新人新春寄语》的文章，代表了网络文学发展之初广大文学网民的心声。

2 月 18 日

《悟空传》最早发帖于新浪网的"金庸客栈"上，开始在网络上广为流传，被誉为"超人气网络小说"、"最佳网络文学"。其之所以成为经典，一是因为早，二是因为颠覆，三是因为周星驰，四是因为大学生。特别是他笔下的悟空，同样具有周星驰《大话西游》用无厘头诠释了叛逆、用死和生渲染了爱情的特点。让读者在声嘶力竭中渴望着情比金坚，至死不渝，在痛与泪的重复中尝试着体验人生的快感，2000 年 12 月，《悟空传》获榕树下第二届网络原创文学作品奖最佳小说奖。2001 年 4 月，光明日报出版社正式出版修订之后的《悟空传》。

《悟空传》作者今何在，原名曾雨，毕业于厦门大学，曾在一家电信网站任网管，后又进入一家电脑游戏公司担任策划。《悟空传》的推出，带动了第二波网络作品的创作热潮，也因此确立了他在网络文坛的地位。此后，王小山的《这个杀手不太冷》、沙子的《我不是一粒沙子》、心有些乱的《绝色》、南琛的《太监》等图书与《悟空传》通通纳入"光明书架"的"网络人文丛书"系列，从而形成了网络发展的第二阶段。自《悟空传》走红以后，陆续有人翻写了《天蓬传》《唐僧传》《沙僧日记》等。

2月24日—25日

由北美颇具实力和知名度的九家中文网站联合发起的海外中文网站联盟第一次会议在美国硅谷地区召开。这被认为是海外中文网站应全球中文网络的发展而趋向于相互合作和重新整合的开始。这九家网站分别是木子网、中文网络之门（又名文学城）、龙源网上书店、全球中文网排行榜、万维读者、东西南北、五湖四海、博库和亦凡等，多维新闻网、银河网等与会。这些中文网站在海外均具有相当的知名度，覆盖了海外中文上网率的绝大部分（指简体码），并在国内也有一定的影响和访问率，部分网站还跨北美和中国大陆两地运作。

2月28日

莱耳、白玉苦瓜、桑克、小西等在深圳设立"诗生活"网，它是中国互联网上第一个有自己独立域名和独立空间的诗歌站点，麾下聚集了一大批以北大诗人为核心的诗人群体和许多诗歌爱好者，写作上偏向于学院气息，追求艺术上的独立、平等、互动和包容。浏览"诗生活"网页，会发现它的主页设计格调高雅，清新自然，不同一般。网站内容丰富，特色鲜明；内部运作规范，有比较强大的编辑阵容。当年，"诗生活论坛"成了中文互联网最热闹、人气最旺盛的诗歌论坛之一，截至2000年12月中旬的统计，已有300多位作者在论坛上发表了3600多首（组）诗作。

3月9日

NASDAQ综合指数曾攀升至5000点，2001年初便探底至1500点，创历史新低，成为"网络经济"这一名词出现以来最大的一次危机，几乎波及整个互联网体系。由于网络投资过热，再加上盈利模式的不成熟，涌入大量资本之后却无法找到盈利点，从而造成网络公司集体倒闭，近乎90%的网站从此消失于互联网上。

4月5日

"蒙城华人"在加拿大魁北克注册，是魁北克省中文门户网站，包括移民、生活、留学等信息。

4月至7月

中国三大门户网站搜狐、新浪、网易成功在美国纳斯达克挂牌上市。

4月20日

《文学报》载李敬泽《"网络文学"：要点和疑问》、李洁非《Free与网络写作》两篇文章。李敬泽对网络文学是否存在提出了质疑："文学产生于心灵，而不是产生于网络，我们现在面对的特殊问题不过是：网络在一种惊人的自我陶醉的幻觉中被当作了心灵的内容和形式，所以才有了那个'网络文学'。"李洁非说："我强烈主张撇开'文学'一词来谈网络写作。网络写作根本不是为了'文学'的目的而生的。"白烨认为，由于网上作品的随意性、个人性，未经审读而良莠不齐，称其为"文学"似乎不妥，只能称为网络写作。

4月26日

在湖北教育出版社、湖北日报文艺部等联合举办的网络文学讨论会上，网络文学家代表元辰提出了《对武汉四家联办网络文学研讨会的八点建议》。一、希望评论网络文学者有三个月以上阅读网络作品与参与创作讨论的经历，这是最基本的资格；二、认清网络文学站点将是传统出版刊物稿件采集批发市场的性质，作家、出版商不上网，将会失去市场；三、不要像张抗抗等对网络作品提出应属另类的要求，可以是另类，也可以是常类，可以与传统写作相同，也可以不同，网络文学创作应该是万千气象，众星捧月；四、不要企图用网外的经验规范网内的活动，应该如何规范，参与进来才有发言权。任何摘桃子和强行规范的做法都不利于网络文学的发展；五、不要企图把游乐者、一般读者、业余爱好者赶出网外，网络的优势就在像大栅栏，大部分是和的，一部分是骨干，极少数是精英，且谁也不能离开；六、作家、出版商、图书经营商、读者应以平等心态进入文学网络，先交朋友，再用自己的真才实学和真诚引导网络文学发展。网络文学需要真诚的朋友，不需要太上皇；七、网络文学成熟的希望在网络中成长着的下一代，现在就指望网络文学与传统文学界抗衡或用能否抗衡的标准衡量网络文学是幼稚可笑的；八、网络文学是文学创作、阅读、评论、传播整体方式的转变，不是在文学之外生长一个与传统文学抢饭碗的兄弟，只有至死不肯投入的人才会被淘汰，就如只有不肯用纸印书才会被出版社淘汰一样。

4 月 27 日

上海的《社会科学报》发表了欧阳友权的文章《网络文学的五大特征》，较早总结了新生网络文学的几个主要特征。

4 月

"相约加拿大"在加拿大多伦多注册。其宗旨是"帮助中国移民在加拿大更好地发展。通过网上社区提供的功能，大家在这里互相交流，互相帮助，在友善的气氛中结识，并通过各种活动从网友发展成为现实生活中的朋友。网友们喜欢这个地方，并把它再介绍给更多的朋友"。

5 月 1 日

由计算机界资深记者汪向勇创作，第一部反映计算机业内人士（IT人）的生存状态和心路历程的小说《逃往中关村》开始在新浪网站"科技时代"独家连载，成为国内迄今为止第一本首发式在网上进行的小说。小说作者"希望通过一个若真若假的故事，讲述计算机圈内几名小人物成长为 IT 名人的经历，不希望它告诉你技术，不希望它告诉你经营。它只是讲述一种感觉，表现一种生活的状态，记录一种心灵的真实。希望通过它，让你触摸到技术和经营以外的 IT 人生。"

目前关于计算机产业的管理书籍和人物传记层出不穷，这本书从人文的角度来认识在我国计算机产业发展潮流中人的命运和生存质量，首次以文学的手段来反映计算机产业中人的生存境遇和生活信仰。这也是中国计算机产业发展到相当成熟阶段必然会出现的趋势，任何相对狭窄的社会经济生活圈层，终将会以文化和文学的方式更广泛地传播到其他领域，并以此种方式真实地记录下新闻以外的心灵历史。中国计算机产业发展到现阶段，这本小说的出现只是一个开始。

5月5日

王一川在《大家》上的《网络时代的文学：什么是不能少的？》中说："超文本文学所具有的所谓文本资源的丰富性、文本多义性和阅读的开放性如果仅仅出于网上随机选择、提取或组合，或者出自字典辞书式的资料堆积，而不是来自独特的精神创造，那它就可能是苍白无力的文本拼贴，由此也就不大可能产生出伟大的文学了。"

有研究者提出，怎样在文学作品中嵌入超文本链接或许并不难，但是要使这种链接保持在一种恰如其分的要求上，这不仅需要你会使用超文本的链接，还要求你掌握着相当范围的数据库的积累，更重要的是还要有几分文学的情思。但计算机的随机性是没有任何文本意义的"随机"，如何让每一次随机产生的文本都具有连续的可读性，而不是前言不搭后语的"天书"，也应是运用这种技巧进行创作时最大的困难。为了使随机选择的文本具有连续的可读性，创作者可能在文字上就要玩弄种种模棱两可的激发，但这样做必然导致文本意义的丧失。

5月20日

王多在《探索与争鸣》上的《解读网络文学》一文，从文学创作的主体、文学创作的模式、文学作品的存在形态和文学接受的阅读模式四个维度，系统考察网络对文学的影响以及由此所形成的网络文学自身的特征。

6月1日

漓江出版社出版《99中国年度最佳网络文学》，这是"中国年度最佳作品系列"之一。收集了由榕树下精选的1999年发表在网络上的优秀文学作品，旨在为当下正繁花似锦网络文学立下存照。入选的作品包括《虚拟的年代》《我们一定要好好地相爱》《告别薇安》等。

6月16日

燕垒生在天涯虚拟社区"舞文弄墨"论坛贴出了他的作品《瘟疫》，一时引起网友的追捧，直到一年后仍有人翻出来发帖子。这篇一万字的短篇科幻小说后来还获得了榕树下第二届网络原创文学作品大赛小说奖。《瘟疫》堪称网络科幻小说的经典。作品深入地涉及人性，它有一种文字背后的力量，直逼人心，令人不由得对作者的人格产生一种敬意。尔后，燕垒生成为三大奇幻杂志《奇幻世界》《九州》《幻王》首席作家。已出版小说集数部，以恢诡妖异为能事。目前最著名的是长篇小说《天行健》，包括第一部《烈火之城》、第二部《天诛》、第三部《创世纪》和数篇外传；另有无心系列（伏魔录、辟邪录、斩鬼录、搜神录），"雁高翔"系列，"贞观幽明录"系列，"民国武侠"系列，及科幻小说《忘川水》《天雷无妄》等。

6月30日

饶勇在《网络文学：文学发展"第三波"》一文中指出，网络时代的文学也在不知不觉中发生了某种具有革命性意义的变化，这预示着文学自口头文学发展到书面文学阶段以后，将掀起文学发展的"第三波"——网络文学阶段。

6月

刘春重新创办扬子鳄网络诗歌论坛，独自承担所有工作，随后又创办了《扬子鳄》诗刊。

7月1日

由宁人、熊继光个人出资，在文学城原创广场二人共同主持的"情是何物"专栏举办七夕网上征文（"情网征文"），成为一道亮丽的风景线。至31日，网上网下收到作品122帖，初选诗歌9组15首、散文14篇、小说25篇。

7月7日

陈平原在《南方周末》上的《数码时代的写作和阅读》中说，"作为人文学者，我不能不对电脑/网络与传统文化的关系极为敏感。在承认电脑及网络给人文研究带来巨大便利与刺激的同时，必须意识到，新时代学者所具有的技术优势，并不能保证其必定在学术上超越前人的成就。人文学科不同于自然科学和社会科学之处，在于其对学者个人的意志、慧心、悟性、情感以及想象力有较大的依赖。而在这方面，很难说一定是'长江后浪推前浪，世上今人胜古人'。先进的技术手段，对于人文学者来说，永远只能是辅助工具，而非起死回生的灵丹妙药。反过来，由于电脑及网络的诱惑实在太大了，我甚至有点担心，数码时代的人文学者，可能面临记忆力衰退，历史感淡薄、独立性减少等诸多陷阱。"

7月中旬

TOM中国文学网和"榕树下"网络原创文学网在北京举办"网络写手要不要成为传统作家"讨论会。鲁迅文学院副院长雷抒雁代表传统作家发言，认为传统作家的写作是严肃的，大家要经历一个痛苦的磨炼过程。网络写手则认为网络写作的自由和开放的特点，使得写手的思维更活跃，内容更新颖。

7月18日

"中国宝网"正式开通，这是中国文联和中国电信集团公司北京市电信公司运用电子网络的现代化手段开发中国文化艺术资源，繁荣中华文学艺术事业共同推出的网站，是中国文联对外宣传的唯一商业类文化艺术网站，是中国文学艺术界的权威网站。"中国宝网"的内容主要分为文学、表演艺术、视觉艺术、听觉艺术四大栏目，小说、散文、诗词、戏剧、歌舞、杂技魔术、木偶、美术、书法、金石、摄影、音乐、曲艺及文艺名家简介等都将在网页上显现。计划在一年内，"中国宝网"将建成包含数千位著名艺术家及其作品的网上数据库，收录各类作品将达数万件。"中国宝网"在第二期发展计划中，将陆续推出英文版、繁体中文版及日文版，把中国文学艺术进一步推广到全世界。

7月29日

赵炎秋在《社会科学辑刊》的《论网络传播对文学的影响》中指出，文学传播对于文学活动有重要影响，网络传播是文学传播方式的一次重大变革，对于文学的影响也必将是巨大的。与书籍文学相比，网络文学将具有以下特点：文学形式将会更加丰富多彩，品类构成将会发生巨大变化；文学形态将发生变化，形象构建在以语言为主的同时，还会采用音、像等手段；文学的内容与形式也将发生相应改变。

7月

沈浩波等发起创办《下半身》同人诗刊，并写下《下半身写作及反对上半身》一文。从此"下半身写作"不断扩大成为诗歌流派，并不断引起诗界争议。所谓"下半身写作"，指的是一种诗歌写作的贴肉状态，呈现出带有原始、野蛮的本质力量的生命状态。而强调下半身写作的意义，首先意味着对于诗歌写作中上半身因素的清除，上半身的东西包括知识、文化、传统、诗意、抒情、哲理、思考、承担、使命、大师等。所以"下半身"的宗旨是真实、具体、可把握、有意思、野蛮、性感、无遮拦。"下半身"强调的是写作中的"身体性"，其实意在打开身体之门，释放被压抑的真实的生命力。他们认为，他们已经与知识和文化划清了界限，他们决定生而知之，用身体本身与知识和文化对决。对于他们自己来说，艺术的本质是唯一的先锋，艺术的内容也是唯一的形而下。

创办于2000年的"诗江湖"网站，是著名的"下半身"诗歌写作团体的大本营，他们打出的口号是"中国先锋诗歌论坛"、"诗歌民间刊物发布中心"，里面活跃着沈浩波、朵渔、巫昂、尹丽川等诗人。和"诗生活"孤高自赏的"书卷气"相比，"诗江湖"更带有野性难驯、虎虎生风的"江湖气"。他们狂飙突进、自由随意的风格能够满足年轻人追新求异、表现自我的心理需求，他们在风格上也更加倾向于口语化的创作，在艺术上也更加追求反传统性和前瞻性。创办有《诗江湖月刊》《下半身》网络版两种电子刊物，在诗坛新锐群体和诗歌爱好者中有很大的亲和力和号召力。网站设有江湖新论坛、小说包间、江湖月刊、江湖诗典、诗人专栏、小说专栏、随笔专栏、电子诗集等栏目，已成为"网上诗坛"上又一道五彩缤纷、引人注目的风景线。"诗江湖"和其他多个先锋诗歌网站友情链接共同形成了一个颇具规模的网络诗歌空间，凝聚了一支不可忽视的创作力量。

7月

中国文学期刊网络联盟网站开通，该联盟全面、权威，是国内内容最翔实的专业网站之一。《人民文学》《作家》《花城》《上海文学》《大家》《山花》《钟山》《诗刊》《青年文学》《北京文学》《长城》《红岩》《美文》《黄河》《东海》《时代文学》《星星》《长江文艺》《鸭绿江》《山东文学》《广西文学》《四川文学》《边疆文学》《江南》《雨花》《西藏文学》《福建文学》《山西文学》《延河》《热风》《青海湖》《解放军文艺》《民族文学》《中国校园文学》《青年诗人》等数十家省级以上的文学期刊已签约加盟，自本月起每期内容全部上网。以上加盟的期刊今后每期均辟出版面发表本网站提供的网络文学作品。

8月9日

"湾区华人论坛"在美国加州注册。这是一个中英文双语网站，内容包括地方新闻及华人社区活动。

8月20日

南帆在《福建论坛（文史哲版）》2000年第4期发表《游荡网络的文学》。文章认为，网络原创文学表明，网络介入了文学生产的全过程。这彻底改变了已有的文学社会学，网络空间的文学权威陨落了。其次，网络语言的"速食化"倾向将对文学语言产生深刻影响。此外，网络技术形成的超文本对于传统的线性文本结构具有巨大的冲击力量。

8月25日

吴晓明在《湛江师范学院学报（哲学社会科学版）》的《网络文学创作述论》中把网络文学分为三类：一是利用网络的多媒体和WEB交互作用而创作出来的文学作品，只存在于网络，其代表有联手小说、多媒体剧本等形式；二是把传统媒体的文学作品电子化后放在网络上，比如大量的文学作品收藏站点；三是采用传统的文学手法创作并首先在网络上发表的作品，这类东西最多，也最能代表网络文学。吴晓明认为，网络改变了人们的生活方式、思维方式和行为方式，也改变了网络写手的写作习惯、写作姿势以及思维方式，它的"想说就说"模式俘虏了成千上万网人的心，故而"网络给文学带来的是一次新的契机、新的希望"，网络文学是"新文化运动的先声"、"新时代的精神坐标"。

8月

网络幻想小说《灰锡时代》成为"第二届网络原创小说奖"的小说大奖得主，超过了人气极盛的《悟空传》脱颖而出。由于本届大赛评委主要由著名传统文学作家组成，所以《灰锡时代》的获奖在很大程度上代表了来自网络以外的看法。作者 flying-max（飞马），也在网上网下引起了轩然大波。

9月1日

在北京国际图书博览会上，辽宁出版集团与秦通公司联手，利用其提供的高新技术推出第一代中文电子图书，这是一种小巧的"掌上书房"——中文电子图书阅读器，在全国出版界掀起了新一轮的阅读革命，使传统图书出版向现代出版快速转变。

电子图书对中国读者是陌生而新鲜的，它是数字化革命领域最前沿、最活跃的产业之一。此次辽宁出版集团推出的电子图书——"掌上书房"，这支"书"看上去就像曾风靡一时的手持游戏机，它小小的机身里，可容纳相当于纸质图书10万页的内容。人机界面同传统图书一样，有封面、有插图、有版式；同纸介质图书具有同样的阅读方式，整页显示、可以翻页、加批注、夹书签、划线、折页，只是这些操作是在电子阅读器上，用触屏操作来完成的。这种电子图书具有纸的内容，而价格只需传统图书的三分之一。它可以从网络上下载"图书"，存储在芯片中，离线阅读40小时，做到"随时随地"读书。其更加人性化的设计表现在：屏幕上的可调节按钮帮助调节亮度，书页画面可根据需要自行调节，同时还设有语言功能，可以用耳朵来"阅读"，难懂的词汇可以通过里面预置的词典来查找解释。辽宁出版集团创建的中国电子图书网站将于近期开通，首批提供

5000 种可下载的电子图书。

9 月 1 日

Sieg 的网络小说散文集《圈形游戏》由上海文艺出版社出版。书中收录了作者多年来的 7 篇作品。读这些文章，一点都不轻松。代表人类思维各个向度的成果被作者以特有的奇谲方式组织成一个个指向彼岸的叙事和语词的世界。字里行间那种不可遏止的古怪精灵使阅读面临许多挑战，挑战读者的学识、智慧和灵性。

9 月 1 日

玫瑰灰的网络散文集《空城记》由上海文艺出版社出版。《空城记》由一个个轻松易读又颇引人入胜的都市故事和散文集合而成。那些大大小小、恩恩怨怨、哭哭笑笑、打打闹闹的爱情故事里，有爱有恨、有情有义、有悲有欢、有离有合、有追忆有遐想。作者以她年轻的眼、女子的心深究体会同龄人，尤其是女人当下的生存状态和心灵秘密，以八音盒的方式婉婉说出。

9 月 1 日

"海狼网"在美国纽约注册。这是一个门户网站，内容主要有新闻论坛、文摘、游戏等。

9 月 9 日

席云舒在《中国文化报》发表《网络的崛起与文学的溃散》文章说，网络文学创作主体成员的溃散、网络文学的目的与意义、内容与形式的溃散以及网络文学评论的溃散，这大致能够描述出网络对于文学的冲击和网络文学的现状，而造成这一现状的便是网络所带来的自由。今天，这种自由由于缺乏应有的节制而显得有些失范，它一方面为有才华的文学作者提供了更多的机会，为文学创作提供了更为广阔的空间，另一方面也使网络文学产生了大量的泡沫作品，这也正是网络文学经常为一些传统作家、批评家所诟病的原因。

9月15日

《文学评论》发表黄鸣奋《女娲，维纳斯，抑或魔鬼终结者——电脑，电脑文艺与电脑文艺学》、杨新敏《网络文学刍议》等文章。黄鸣奋指出，从研究对象来说，电脑文艺只是人类文艺的组成部分之一。因此，以电脑文艺为研究重点的电脑文艺学只是文艺学的一个分支。在一定意义上，信息科技和传统文艺学是孕育了电脑文艺学的双亲。电脑文艺学如果真的有所建树的话，传统文艺学只会因此增辉，它应当将电脑文艺学当成自己的生命在新的历史条件下的延续，为电脑文艺学的每一进展感到高兴。杨新敏认为，网络文学即与网络有关的文学。它起码有这样两类：一是印刷类文学的网络化；二是网络原创文学。网络原创文学又可分为三类。一是虽然发在了网络上，但只要质量过关，以印刷方式发表仍然可以的作品；二是虽然可以通过印刷方式发表，却因带有另类色彩而不被印刷媒介接纳的作品；三是依靠电脑和网络技术写就，离开网络就无法生存的作品。此外，换一种分类标准来看，网络文学又是表现网络生活或体现网络文化的文学。标志主流学术期刊开始关注网络文学。

9月15日

李夫生在《理论与创作》的《网络对文学本体的挑战及对策》中从文学本体上分析了网络带给文学的挑战，他认为，网络首先对"文学是什么"问题造成本体空置：网上作品的影音并存、读写交互，依照传统的文学理念，这还能叫"文学"吗？其次，网络时代是一个"作者死了"、"读者虚位"、"形象主体欠缺"的时代，文学将出现"主体缺省"；另外，在网络虚拟空间里：文学可能性的限度在哪里。

9月25日

国务院颁布了《互联网信息服务管理办法》，这是我国首次为规范中国互联网信息服务活动、规范互联网信息服务健康有序发展而制定的重要法规。在这个办法中，首次提出了"互联网出版"的概念，并明确了国务院出版行政部门负有对全国互联网出版单位资格审核、对互联网出版活动进行监管的职责。

附：现今网络出版的定义是根据《互联网出版管理暂行规定》（中华人民共和国新闻出版总署、中华人民共和国信息产业部令第17号）第五条："本规定所称互联网出版，是指互联网信息服务提供者将自己创作或他人创作的作品经过选择和编辑加工，登载在互联网上或者通过互联网发送到用户端，供公众浏览、阅读、使用或者下载的在线传播行为。其作品主要包括：（一）已正式出版的图书、报纸、期刊、音像制品、电子出版物等出版物内容或者在其他媒体上公开发表的作品；（二）经过编辑加工的文学、艺术和自然科学、社会科学、工程技术等方面的作品。"

9月

在广东肇庆召开的广东当代文学研究会上，评论家葛红兵以"网络文学"为主题发言，认为"网络文学"是继"口传文学"、"纸面文学"之后文学发展第三阶段主导性"历史形式"，遭到质疑。尽管当时优秀的网络文学作品不多，也未引起主流文坛的关注，但它自由、肆意和大众书写的特点，让葛红兵深信，网络文学会成为文学的新生点，将和纸面文学平分天下。

9月

在贵阳举行的"联网四重奏"第六届年会决定：挑选六位有潜力的知名网络作家，为《作家》《大家》《钟山》《山花》四家著名的文学刊物离线写作一万字左右的短篇小说，由作家、评论家经过精彩点评后，分别在四家刊物同期推出；并与一家网站达成协议，请它负责在网上发表；年终举办一次评奖活动，分设专家奖和网络奖。这四家刊物联手举办的"联网四重奏"这个"纸媒与网络联网"的颇具创意的互动，虽然只坚持了两年，但是它所标志的传统刊物对网络文学的尝试性的整体介入仍然是很有积极意义的。

9月

李寻欢加盟主持"榕树下"后决定，在没有找到盈利点之前，为了控

2000年

制网站运营成本，"榕树下"大幅裁人，并与贝塔斯曼（连锁书店）进行合作。而传说在早些时候互联网火热之际，曾有包括贝塔斯曼在内的资本集团，有意出 1000 多万美金，来收购"榕树下"之事，则始终未能定妥。

10 月 1 日

尚爱兰《永不原谅》由花城出版社出版。有人评论说该书是网络文学在 2000 年的重大收获。本书是尚爱兰的长篇处女作，也是一篇感伤的青春祭文，它描述了一位少女凄楚动荡的成长历史。作者以倒叙、穿插的方式，让女主人公在虚拟的未来和灾难深重的过去之间自由出入。国营农场是特殊年代的一个象征，主人公在其中亲历了一幕幕人间悲剧，见证过人性之恶，伴随着人与人、人与畜、人与物之间通感交流的精彩描写，作品丰富而细腻地展示了主人公女性意识的觉醒，对被扭曲了的亲情、友情、恋情，怀着一种刻骨的忏悔，从而呼唤人性力量的回归。

10 月 3 日

"温哥华天空"在中国上海注册。这是一个温哥华华人的网上社区，包括经济、生活、学习等各个方面信息。

10 月 10 日

北京市一中院初步认定，中国社会出版社出版网站发表的网络原创作品构成了对"榕树下"网站出版权的侵权。不久前，"榕树下"发现中国社会出版社出版的"网络人生系列"丛书中的《烛光夜话》《寂寞如潮》《爱若琴弦》《幽默男女》《网事悠悠》五本书，未经原告许可擅自收进了原告享有专有出版权的 9 篇文章。据此，"榕树下"坚称自己的著作权受到侵害。中国社会出版社则认为，出版社作为出版者仅享有出版权，它不可能对文章是否侵犯他人的著作权进行审查。根据有关规定，作品的编辑人才对编辑作品享有整体著作权，所以编辑人应对此承担"文责自负"的责任。原告是将其自己与作品的编辑人之间的权利和义务强加在出版者身上，完全混淆了两种不同的法律关系。出版社还认为，数字化作品的下载不必征得授权，但要尊重作者的人身权利，按规定给稿费。但这应由编辑作品的整体著作权人去解决有关权益问题。在图书出版后，出版社向主编支付该书的全部稿酬，这其中当然包括被汇编作品的原始作者的报酬。因此，中国社会出版社认为，"榕树下"告错了对象，发生纠纷应该找作品主编去解决。根据双方的举证，法院初步认为，原作者签约授权网站，因而网站具有出版权。这些发表在网上的作品的著作权由网站协助行使。被告中国社会出版社侵犯了原告"榕树下"的著作权。"榕树下"最终获得中国社会出版社的正式道歉和10001元的赔偿。其中1万元分配给几位作者，榕树下只留下1元作为对自己的象征性赔偿。据悉，这是目前国内第一件"新媒体"告"老媒体"的案例。

10 月 20 日

国内第一个由知名作家大规模参与的网络站点"三九作家网"开通。该网站是由三九企业集团投资，与《中国作家》杂志合作创建的，这是国内有影响的文学杂志首次与网络公司进行深度合作。网站拥有专业的特约编委会，汇集了中国目前最为活跃和最具创作实力的作家、评论家和编辑家，全面参与网站重大活动的决策和重要稿件的审读。网站上发表的原创作品将择其精华在《中国作家》杂志上以纸介质的形式发表，《中国作家》杂志的全部内容也将以在线阅读的方式在网站发布。

10 月 30 日

周建民在《武汉教育学院学报》的《网络文学的语言运用特点》中认为，网络文学是传统文学形式和网络传播方式结合的新兴文学现象，在语言运用上很有特色。网络文学运用语言的"网络"特点，包括电脑"书写"所带来的特点，主要体现在运用网上通行的词语，以及网络、电脑的专业术语；混用电脑上的多种文字符号和非文字符号，以及利用非文字符号组合的表情符号，利用电脑、网络及其术语作为修辞方式的材料等。

10 月 30 日—31 日

上海市作协与华东师范大学中文系共同举办"90 年代文学研讨会"。与会者对于网络文学、留学生文学等热门话题，有迥然不同的预言。上海外国语大学宋炳辉认为网络文学与纸面文学如同报纸和杂志，是不可互相替代的。上海大学葛红兵分析了文学对网络的意义及网络文学的几大生长特征，对于网络给以热情支持。对逐渐走向成熟的留学生文学，上海文艺出版社副社长郏宗培回顾了它从源头到80年代的艰难成长历程，并分析了多元化的90年代留学生文学的特征及发展方向。

10月

书情小筑、石头书城、小书亭、凝风天下4个志趣相投的文学书站为了更好的发展，组成了一个松散的网站联盟，取名为"幻剑书盟"。2001年5月，幻剑书盟各成员站在小书亭站的程序基础上正式合并成一个站点，走上正规的成长之路。2002年1月，幻剑书盟的空间逐渐稳定。2003年6月成立北京幻剑书盟科技发展有限公司，标志着幻剑正式开始走商业化道路。2003年下半年正式从个人网站向商业化网站转型。2004年7月，成立了专门的队伍。2006年3月13日，"TOM在线"2000万元注资幻剑书盟，是迄今为止SP进行的首笔针对文学网站的注资，历经五年风风雨雨的经典名站终于厚积薄发，如今幻剑已在资金、技术、社会资源和品牌等方面得到了全面提升。随着幻剑书盟空间的稳定，因龙空网速问题而流失的作者和读者纷纷拥进了幻剑，逐步确立了幻剑的盟主地位。

幻剑书盟收录作品主要以武侠和奇幻为主，驻站原创作家2万多名，收录作品3万多部。目前页面访问量1200万—1500万/天，注册会员50万人，曾经成为国内最大的原创文学网站之一。随着文学思想以及图书市场的多元化，幻剑书盟在为作者提供创作平台的同时，也为作者提供了完整的出版体系，同鲜网、春风文艺、朝华等多家出版机构建立了良好的合作关系，2005—2006年推出了《诛仙》《狂神》《新宋》《末日祭奠》《和空姐同居的日子》《搜神记》《她死在QQ上》《飘邈之旅》《手心是爱手背是痛》等颇具影响力的实体书，为网络文学和实体书出版行业搭建了一个顺畅的桥梁。

10月

榕树下组织"贝塔斯曼杯"第二届网络原创文学作品大赛。

10月

"榕树下在线作品交易平台"成为沟通网络作者与传统媒体的桥梁，

平台主要为出版社、期刊、报纸等传统媒体寻找网络稿源，自己则从版权代理中获得一定报酬。"榕树下"这一跨媒体战略有力推动了网络文学的"下网"趋势，为传统媒体带来新的生长点，也扩大了网络文学的影响。

11月1日

"文心社"在美国创建。

11月8日

中华读书报消息：国内首家《网络文学》杂志由长江文艺出版社创刊。《网络文学》是一本以纯粹的网上文学为内容的刊物，除了传统的文学形式，如小说、散文、诗歌、评论等，亦有一些无法归类的新式体裁，或称跨文体写作。在第一期《网络文学》中，选入的有久负盛名的网络作家安妮宝贝、俞白眉、宁财神、尚爱兰等人的作品。

11月18日

在北京"网易"嘉宾聊天室里，由丁磊、朱威廉主持的一次网络文学讨论会上，与会嘉宾纷纷直抒己见。宁财神说："我写东西纯属扯淡，能成名我自己都弄不明白是怎么回事。"樱樱在回答"为什么在网上码字"时说："为了表达的快乐。我们很难得到机会在传统媒体上发表，而在网络上就不必有这个顾虑。可也造成了网络文坛一大批叽叽歪歪心情泛滥的现象。"可见，纯粹的诉说欲望应该是网络文学创作最单纯、最原始的目的。

11月27日

丁德文在《文学自由谈》的《网络文学的悲哀》中，对网络文学持不乐观态度。丁文指出，曾经以为网络文学是我们这个时代的光荣与梦想，最后却证明它只是个虚妄。今天我们看到的事实是，把互联网变成一个跳蚤市场的做法是行不通的，把互联网变成另一个名利场的想法也是可笑的，同样，让越来越多的人到互联网上来"提篮叫卖"，这又是多么幼稚的想法。

11 月 30 日

榕树下网站举办的第二届网络原创文学作品奖初选揭晓。本次大赛共有参赛者踊跃投来各种体裁的文学作品 2 万余篇，加上榕树下网站在自己的存稿中甄选出符合条件的文学作品 5 万余篇，共计 7 万余篇作品参赛，盛况空前。

11 月 30 日

吴晓明在《湛江师范学院学报（哲学社会科学版）》的《网络文学创作述论》一文中指出，20 世纪最后几年，随着网络的普及，网络文学也悄然兴起。从聊天室、BBS 站出现一些富有文学情趣的文字开始，经过众多文学网站、个人主页、电子文学刊物的推波助澜，使得网络文学的存在，已经是不争的事实。作为一种流行文学现象，网络文学的存在价值、生存环境，以及它在中国当代文学史上的走向，它对传统纸介质文学、传统印刷出版业的影响，网络文学的评判标准和前景等问题，正在受到关注。

12 月 11 日

陆幼青去世。这个被癌症判了死刑的人，留下了《死亡日记》，留下了中国网络文学现实题材类的先锋之作。陆幼青以其 37 岁的人生，思考爱情、亲情、生活，抒写直面死亡的感受。日记里，有他真实的勇敢和脆弱，有他对生命和死亡的感悟。留下了 2000 年最震撼心灵的网络文字！这是一本牵动无数读者心扉的"非常之书"。书中散文般优美的文字会打动每一位读者。一个平平凡凡的人，几篇普普通通的日记，引发了无数人的关注和思考：生命的意义究竟是什么？著名作家陈村在《悼念陆幼青》一文中说："即便我们失去了所有的共同语言，还可能在死亡的话题前做一次最后的沟通。"

12 月 15 日

邱安昌在《东疆学刊》的《电脑写作层次论》中认为，电脑文化正深刻地改变着人类的思维方式、行为模式、价值观念、审美取向。就写作文本说，图像 OCR 支持，图文混排技术的介入，多媒体文本支持，将文字、图形、图像、活动影像、声音等信息有机地结合在一起，做到时空交错、动静配合、色彩缤纷、音响逼真、优美。写作可调动的媒体，现在已经有声音、文本、图画、视频、动画等，将来还要有触觉、味觉、嗅觉、力觉等。集成化、智能化、数字化能够结合，真正的虚拟现实得以实现。

电脑多媒体写作另一个重要变革是，写作再也不完全是一个人的独立的个体劳动（在自己的作坊里完成写作行为），现在或多或少要依赖集体的力量。他必须联合一些编辑、动画设计师、播音员、计算机专家、美术家、音乐家、摄影师、广告人等之类的朋友，常是一个兵团性作战行为，具有智能交互的特点，阅读主体与阅读对象之间可以双向交流。

12 月 15 日

黄鸣奋在《艺术广角》的《略论文学与网络》中指出，网络是生产力的有机组成部分，随着知识经济时代的到来，这一点已经表现得相当明显了。即使我们把网络看成媒体（准确地说是注目于网络作为媒体的方面），它也不同于报刊、广播、电视，其特色就在强烈的交互性上。这种交互使得网络用户能够得到各种反馈，因此有望对于所发送或接受到的信息做进一步的考察，在调查研究的过程中将间接经验变成自己的直接经验。上述分析表明：处身于网络时代的艺术家，完全可以将上网作为自己深入生活的一条途径。

12 月 19 日

"华翼网"在荷兰注册，设有荷兰、比利时等分站，包括国家简介、商务中心、电脑网络、华人资讯、留学移民和旅游指南、欧洲足球新闻等板块。

12 月

雷立刚开始上网，当时主要是将早期写好的小说往网络论坛上张贴。成名作是长篇小说《秦盈》，获得了第三届全国网络文学大赛最高奖金，在网络上产生了比较大的影响。但是相比于《悟空传》而言，雷立刚的《秦盈》生不逢时，原定的颁奖大会因主办方"榕树下"网站改组而取消，原定的宣传活动也全部冻结。2003 年他的长篇《曼陀罗》由春风文艺出版社以 4 万册首印数出版，最近的一个长篇是《告别宣传部的年轻人》。

年底

由顾晓鸣主编的丛书《草鸡看世界》出版，被认为是标志着"网话文"正式向传统印刷传媒挺进。时代文艺出版社出版的《中国网络原创作品精选》，则首次以整体的方式将国内本土网络原创作家推向普通读者，将时下活跃于网络文学界的"腕儿"们几乎"一网打尽"。

是年

◆上半年，美国著名恐怖小说家斯蒂芬·金将其新作、仅长 66 页的《骑弹飞行》在互联网上公开出售，下载价为 2.50 美元。该书在上网发行的头两天就有 50 万份拷贝被下载，成为互联网领域的爆炸新闻。而对读书界与出版界而言，这部小说的真正意义在于它完成了完全意义上的"ebook"实验。

◆瞎子集网络灵异类小说之大成的《佛裂》入围第二届网络文学大赛，透出了作者不俗的文字能力。但未获奖，引起极大争议。多数网友认为《佛裂》不比许多获奖作品差，以至于《佛裂》在网络上的影响比多数获奖作品更高。

◆亦凡网每月进行一次网络征文，据该网站发布的公告称：只要亦凡公益图书馆存在一天，该征文评选活动就不会停止。通过他们的征文活动，确实出现了一些较优秀的网络文学作品，如《随着鹰背苍茫而去》（任意）、《小地雷战》（莫非）、《永远腐烂的童年》（樱樱）等。

◆凤鸣轩小说网于 2000 年建立，最初以论坛形式存在，多以转载网络小说为主，于 2004 年成立凤鸣轩网络科技有限公司，凤鸣轩小说网如今已经成为国内知名的原创言情小说网站。凤鸣轩言情小说网到了今天已经成为一个集穿越、都市、校园、玄幻、军事、网游、武侠等原创小说为一体，签约小说万余本，注册会员达 600 多万的综合类小说阅读/下载站。

◆戏称"刷新单册书搞笑世界纪录"的《Q版语文》成为年度无厘头人气最旺作品之一。由于将一些经典课文改成了荒诞不经的搞笑故事，《Q版语文》引发广泛争论。特别是封面上的广告语"全国重点幼稚园小班优秀教材，全球神经康复医院推荐读物"招来了读者的非议。有人认为《Q版语文》如此篡改、恶改一些经典课文是对文化精华的糟蹋。尤其当部分家长和老师说《Q版语文》很可能会误导学生的议论出现后，引起有关部门重视，导致了《Q版语文》"审查停印"。

◆2000年，80年代非非诗人群创立的"橡皮"网络论坛和"下半身"诗歌团体创立的"诗江湖"网络论坛达到兴盛期，他们与1999年改版后萧元主编的《芙蓉》杂志声气相通，许多作者通过在"橡皮"、"诗江湖"的发帖和回帖展露了才华，如竖与乌青、李红旗、尹丽川、李师江、巫昂、沈浩波、子弹、南人等人，网络第一次显示了社会交际和作家圈聚散的功能。

◆"倍可亲美国中文网站"在美国亚利桑那注册。这是一个大型门户网站，集新闻、网络论坛与电子商务为一体，包括情回中国，美国加拿大中文网站导航，设有新闻及各种生活服务信息，论坛及娱乐板块。

◆"德国热线"在德国注册。这是一个由德国学生创办的公益性交流论坛，是欧洲最大的信息交流平台之一。自称为"开放性社区网站，社区内各图文内容均为网友自行上贴，德国热线——德国实用信息网以及版主对其内容不声明或保证其内容之正确性或可靠性"。

◆2000年网易公司在网上做了一项社会调查。调查结果显示：网民们心目中的网络文学具有以下四种特征：一、通过网络进行传播；二、文字具有网络特征；三、基于网络思维；四、首发在网络上。网络文学中最流行的体裁要数小说、诗歌、散文，而其中又以小说的生命力最为强大，其内容大致可分为"言情"、"武侠"、"异幻"、"科幻"等种类。

◆中文在线2000年成立于清华大学，是中国数字出版的开创者之一。

中文在线以"数字传承文明"为企业使命，定位于中文数字出版的服务平台，以出版社、知名作家、网络原创作者为正版数字内容来源，进行内容的聚合和管理，以互联网、移动阅读终端、视听终端、数字图书馆等终端数字设备进行全媒体出版，构筑数字出版的新业态，全力助力全民阅读和国民素质的提升。网站通过与国内 400 余家出版机构、2000 余位知名作家、10 万余名网络作者的正式签约授权，每年可提供 7 万—10 万种电子图书，占每年出版图书市场的 30%—50%，大众图书市场的 70%。中文在线已成为中文电子图书最大的正版内容提供商。公司旗下网站：一起看小说网、爱看书网、书香中国、全民阅读网、四月天小说网。

◆大洋网 2000 年开办的"大洋书城"是华南地区率先开展电子商务的典范。其旗下国内第一家全英文的城市门户网站——"广州生活"不仅成为广州 40 万外籍人士了解广州的良好平台，也是广州通往英语世界的重要窗口。

◆网络文学成为出版界的热门题材也仅仅是这一两年间的事，但随着我国网民呈几何数字增长的发展趋势，网络题材的文学图书也成为当前市场的畅销书。目前大约可以分为三种情况。一是出版社直接从网上编选作品。如上海三联书店推出的《进进出出——在网与络、情与爱之间》等。二是以网络为广告口号，针对网民为消费对象的出版物。如湖北教育出版社的《网络文学丛书》，号称是国内第一套网络文学丛书。三是引进海外相关出版物。美国作家卡拉斯的《在网上遭遇爱情》、英国作家克里欧的《虚拟性爱》等西方与网络有关的作品引进后十分畅销。

2001 年

1 月 23 日

金振邦在《东北师大学报（哲学社会科学版）》的《网络文学：新世纪文学的裂变》中指出，网络文学鲜明的艺术和美学特征表现为：体裁边界的模糊昏暗、形象手段的多媒体方式、故事情节的非线性叙述、结构模式的全息开放、艺术形态的流动不息、美学欣赏的读写互动、作品信息的资源共享。关于网络文学的诸多问题还需要进行深入探索，它将开辟出极富诱惑力的新研究领域。网络文学正处于一个从非平衡态的混沌、无序向平衡态的清晰、有序发展的良好态势。

1 月 28 日

"网易中国网络文学奖颁奖评奖揭晓新闻发布会"在京举行，著名作家张抗抗、评论家白烨、诗人欧阳江河等出席了新闻发布会。本次网易文学大赛自去年 10 月 19 日正式启动后，网友投稿热烈，至 11 月 15 日截稿时止，网易公司共收到不同体裁稿件 3000 多篇。经过版主们的初评和专家评委的终评，蓝冰的长篇小说《相约九九》获得小说金奖，AIMING 的《石像的忆述》获得散文金奖，诗歌金奖被余立的《疯子》摘取。他们别致的奖品是超大容量的网易金色邮箱和网易网站上的重点推介 30 天。

1 月 30 日

林春田在《理论与创作》的《网络文学及其发展前景》中指出，网络文学的存在及发展所引发的争议不仅凸显出信息技术背景下文学理论界和创作界的集体困惑与疑虑，同时也促使文艺研究适应时代要求，尽快将文学的传播活动和技术背景纳入视野之内，这必将为文学拓展自己的研究提供一个良好的空间。

1月

2001年1月，自娱自乐、一意孤行、红尘阁和五月的天空等四个文学论坛宣布退出"西陆"，成立"龙的天空"原创联盟网站。后正式成立"龙的天空"文化公司，并开始进行网络作品的实体出版代理。由于内容丰富，阅读便捷，2001年，"龙的天空"在继"黄金书屋"之后，正式确立其中国原创网络文学的霸主地位。

2月1日

"白开水"在《数字化用户》解析了"网络文学十大素材"，分别是：网恋、轮回、魑魅魍魉、故事新编、聚焦八卦热点、性、成年人童话、宠物情缘、校园往事及亲情散记等。

2月5日

杜家和在《哈尔滨学院学报（社会科学版）》的《网络文学三议题》中认为，相对于传统文学形态来讲，网络文学具有传播上的自由性、文学活动中读者和作者的对等性以及作品与生活的同一性等特点。

2月25日

王位庆在《华中科技大学学报（社会科学版）》的《网络文学身份论》中认为，网络文学是当前学术界亟待界定的文学样式。而因特网前所未有地赋予文学新的特质，其创造出迥然不同于传统文学的特质：比如载体突变及传播的自由，创作者心态呈现为文学游戏和网络压力的奇妙重组，具体因特网技术对它的层层建构，具备触发多种感官能力的语言特征等。

2月28日

欧阳友权在《湘潭大学学报（哲学社会科学版）》的《网络文学：挑战传统与更新观念》中指出：作家身份的网民化、创作方式的交互化、文本载体的数字化、流通方式的网络化和欣赏方式的机读化等，是网络文学的基本特征；文学存在方式、文学创作模式和文学价值理念的变异，则是网络时代文学的新挑战。要构建网络的文学观，需要树立信息时代的文学生态观，培植开放而宽容的"大文学"观和"准文学"观，同时还要涤除贵族意识，倡导平民的文学观。

3月8日

"新西兰中文网"在新西兰注册。这是一个综合性门户网站，包括即时新闻、论坛、文学、生活服务信息、交友等板块。

3月12日

徐珂在《文艺评论》的《语言转换模式和网络文学的发展》中指出，从模式本身的内在深度来透视，文学语言作为文学的承载者创造了至少两种文化观念：一是作为一种语言，它传承着心灵和生活的世界；二是符号本身的独立世界。前者使语言向世界沟通，从而使语言符号自身的合法性得以确立；后者着力发展了语言符号，创造了属于自己的符号文化世界。

3月15日

"翠微居士"在"西陆"申请免费论坛，成立"翠微居"，是国内成立最早的网络文学小说网站之一。经过十多年的发展，翠微居已成为一个包括玄幻、武侠、言情、都市文学等诸多门类的国内一流原创文学书库。"翠微居"成立时间早，一直屹立不倒并拒绝被收购。作为私人性质的网站，也是少数 pr7 的原创小说网站，"翠微居"曾经和"逐浪"、"逍遥"、"清新"、"读写"、"天鹰"、"天下书盟"、"爬爬 E 站"结盟抵抗起点中文网。在运营模式上，"翠微居"实行的是"撒网政策"，只要是原创就签，很适合那些刚刚起步的新手。曾经火爆网络内外的《天鹰神谭》《不灭传说》等书均来自"翠微居"的签约写手。

3月22日

"欧洲华人及中国留学生之家"在中国沈阳注册。这是一个身在北欧各国的中国人的社区网站，包括爱尔兰、丹麦、瑞典、芬兰、挪威、荷兰等几个国家的留学生服务站。

3月25日

欧阳友权在《社会科学战线》的《高科技对文学基本理论研究的挑战》中指出，高科技时代背景下的文学已经在文学的存在方式，文学的功能方式，文学的创作、传播、欣赏方式等方面，都发生了或正在发生着诸多变异，文学的基本理论研究必须在总体构架上，由理论创新达成理论创新体系，只有这样，我们才能在迎接挑战中推进文学基本理论研究，并构筑出高科技时代的文学理论新体系。

3月

北京人艺大胆"触网"，将当时红极一时的网络小说《第一次的亲密接触》搬上了舞台。浪漫、唯美的《第一次的亲密接触》，创造了小剧场话剧的票房奇迹，57场演出场场爆满。

4月1日

南帆在《双重视域：当代电子文化分析》一书中认为，必须在双重视域之中考察电子传播媒介的意义：电子传播媒介的诞生既带来了一种解放，又制造了一种控制；既预示了一种潜在的民主，又剥夺了某些自由；既展开了一个新的地平线，又限定了新的活动区域——双重视域的意义在于人们的考察既包含了肯定，又提出了批判；既充当伯明翰学派的子弟，又扮演了法兰克福学派的传人。

4月1日

易宇在《网络文学论》的硕士论文中指出，网络文学的存在是必然的，它的"随意性"和"非功利性"，也许是传统文学永远不可逾越的障碍，同时，绝大多数网络写手都受过良好的教育，随着时间的不断推移，网络文学会逐渐展示其光明的前景。

4月26日

张华在《网络文学初论》的硕士论文中指出，网络文学不但是网络文化花园中的一枝奇葩，而且也是我们解读网络文化的一个重要突破口。因此，从理论上对中文网络文学进行研究不但是健全和发展文学理论的需要，而且也是合理阐释当下文化现象、预测未来文化前景的需要。

4 月

光明日报出版社推出网络小说《悟空传》，这是第一本在现实中出版的网络小说，引发了国人对网络小说的热情。

4 月

王怡在"天涯关天茶舍"发表大作《二十世纪之乱臣贼子（一）》，引起众多网友的跟帖，影响极大。这段时间，由于王怡、朴素的努力，"关天茶舍"人气大盛，童天一、雷立刚、求稗书斋（本名刘大生）、李宪源（网名新呐喊）、摩罗（网名 3699）、叶曙明（网名一听）、易大旗（孔捷生）、王晓华、古清生等成为"关天"的活跃网友。中国互联网络年鉴（2002）上对"关天茶舍"有如此描述："关天茶舍的文章以思想性和学术性见长，由于人气旺，讨论的氛围也不错。尤其值得一提的是，来这里的网友不乏国内著名的作家、学者，他们有些匿名参与讨论，有些就直接真名现身，这无形之中增强了论坛的影响力。"

4 月

人民文学出版社在庆祝建社 50 周年之际，首次介入网络文学出版，推出网络原创文学《风中玫瑰》，并破天荒采用了 BBS（电子公告牌）版式，意味着传统主流出版媒体对网络文学的认可。

5 月 1 日—7 日

《南方日报》举办的"阳光五月·金笔接龙"活动，要求以"古代"为题，写"祈盼的青春"。有 7 位美国女作家分 4 条线参加了这次小说接龙活动，她们是周洁茹、羽醇、施雨、野蔷、马兰、滴多、啸尘，7 位作者各人写一部分接龙成一篇完整的小说。后来，这个接龙系列被 2002 年 5 月号《香港文学》转载。在转载的时候，为了情节上更完整，添加了一位作者梦冉，所以，《香港文学》上的接龙系列《古代·祈盼的青春》为 8 篇，出自美国 8 位网络作家之手。这 8 位美国女作家都是当年最活跃的网络写手，并且除了周洁茹之外，其他 7 位都是北美大型网刊《国风》的专栏作家。

5 月 11 日

"马来西亚伊甸园"在马来西亚注册，是中文论坛，包括马来西亚及国际新闻、生活服务、创作园地、游戏及情感交流等。

5 月

网络诗人小鱼儿创立"诗歌报"网站，其基本宗旨是"向外界推荐好诗歌，让诗歌走向读者"。这是一个集网站、论坛、网刊、纸刊为一体的大型华语原创诗歌网站，现有 7000 多注册会员，并有海量的来自全球的未注册浏览者，每日论坛帖子约 1700 篇。网站举办众多网下活动（朗诵会、聚会、诗会），编辑《诗歌报》丛书等出版物，主持评选每年的"华语网络诗歌发展十大功臣"和主持"华语网络诗歌论坛风云榜"，网站还创立了"诗歌报年度诗人奖"。

5 月

湖北"或者诗群"《或者》诗刊电子刊物创刊，创办人为小引、朵朵等。"或者"提倡"或者是你，或者是我"，各自独立地写作，因此从严格意义上来说，"或者"不是一个流派，更不是一个以流派命名的诗歌团队，仅仅是个松散的、由有相同的诗歌倾向和生活趣味的青年人构成的集散地。

5 月

中国首家永久免费原创文学门户幻剑书盟创立，由书情小筑、石头书城、小书亭等网络文学爱好者所创立的文学书站合并而成。创站伊始，其就以推动网络原创文学的发展为宗旨，广聚网络写手，开创了网络奇幻小说与武侠小说的盛世。已成为国内最大原创文学网站之一的"幻剑书盟"，目前收录作品仍以武侠和奇幻为主。"幻剑书盟"以为读者营造良好网上阅读环境、提供更多高质量精品书为目的，以为创作者提供更大发展空间、更好创作平台为宗旨，2003 年下半年正式从个人网站向图书市场多元化发展，幻剑书盟在为作者提供创作平台的同时，也致力于为作者提供完整的出版体系，并为此与鲜网、信昌、上研、说频、飞象、暖流、春风文艺、朝华等多家出版机构建立了良好的合作关系。2005—2006 年，幻剑书盟推出了《诛仙》《狂神》《新宋》《和空姐同居的日子》等颇具影响力的实体书，为网络文学和实体书出版行业搭建了一个顺畅的桥梁。2006 年 3 月，"TOM 在线"以 2000 万元注资幻剑书盟，作为 SP（移动互联网服务内容应用服务的直接提供者）进行的首笔针对文学网站的注资，这不仅彰显了幻剑书盟在业界的实力，更展现了其广阔的发展前景。

6 月 1 日

沙子的长篇小说《轻功是怎样炼成的》由中国社会科学出版社出版。《轻功是怎样炼成的》是沙子修炼最长且最好的文章。不用费劲，你就可以跟上作者的想象飞翔，俯览他为你修建的这样一个庄园。故事一幕一幕地发生，一个生命在成长，另一个生命在等待死亡。这里的每个人物都有那么点天真，就连大结局的死灭也带着这种天真的快乐，好像这个世界结束了，你还可以在另一个世界里永生一样。轻功炼成了，生命炼成了，死亡，同样也炼成了。炼成的是破茧而出的豁朗，也是难得糊涂的聪明；是情到深处的暖色抒情，也是世事洞明的黑色幽默；是无法承受之轻，也是一世负担之重。作者沙子，曾被新浪网评述为"从网络走出来的最好的作家"。他的小说幽默诙谐之余又能引发读者各种各样的思考。现实中的沙子是个敦厚温良和善可亲的人，从他脸上更看不出什么"自由"、"先锋"的迹象。后来，有着博士学位的沙子在一家公司做网络技术总监。

6 月 14 日

由北京市文联研究部主办的"网络批评、媒体批评与主流批评研讨会"在天津举行，这次会上提出了"网络批评"、"媒体批评"和"主流批评"（学院批评）三分天下的看法，"网络批评"的概念正式提了出来并从"媒体批评"中分离出来。

7 月 15 日

武静在《山东教育学院学报》的《流——网络文学的本质》一文中

说，网络文学与传统文学有着巨大的差异，流是网络文学的本质。文章对网络文学与传统文学的各种本质差异做了形象描述，大体勾勒出网络文学的"体貌特征"，以"流"的形态看待网络写作与网络文体的发展，才能正确地去评价它。

7 月 21 日

"辣椒城"在加拿大多伦多注册。"辣椒城"是提供主题浏览、网络导航、新闻追踪和网上论坛的多功能大型中文网站，其宗旨为"立足多伦多，服务全球华人"。

7 月

陈村在"榕树下"一篇名为《网络文学最好的时期已经过去》的帖子引起轰动，他说："如果都把到网下去出版传统的书籍作为网络文学的最高成就，作为写手资格、夸耀的执照，那么，还有什么网络文学呢？它的自由，它的随意，它的不功利，已经被污染了。虽然我很理解这样的变化，但是，终究不是我希望看到的。"由此，他感喟："网络文学已经过了它最好的时期，老子说的赤子之心的时期。消失得太快了！"

7 月

《北京青年报》率先报道黎家明（化名）和他的"艾滋手记"，迅速引起了社会和公众的广泛关注，在短短一个多月的时间里，他的手记点击率就超过了 100 万。

2001 年，黎家明在非常偶然的初次嫖娼行为中感染艾滋病，惊惧和痛悔之后，他将自己的经历写成文字，随即开始在"榕树下"公布其"艾滋手记"，以"警示那些和我一样的年轻人"。尽管作者的初衷是为了不让别人重蹈自己的覆辙，但"艾滋手记"的影响远不止此——国内发行量很大的《读者》杂志转载了记者对黎家明的专访，当月"艾滋手记"的网络浏览量就冲上 200 万；由于反响很大，一向很少收录原创作品的《读者》随即又以很大篇幅刊发了黎家明的手记。这些自悔自省的文章，包括他与病友、网友们之间的交流，以及由此引发到现实生活中"关爱艾滋病人群"的行动，对推动全社会对艾滋病的了解和认识产生了不可忽视的积极作用。

8月1日

葛涛编选的《网络鲁迅》由人民文学出版社出版。作为展示网友对鲁迅认识的读本，该书在内容上鲜明地体现了网络媒体所具有的大众自由参与的特性，读者从中看到的将是一个被 e 化的鲁迅、一个虚拟世界中的鲁迅、一个 70 年代出生的"新新人类"和 80 年代出生的"飘族"视域中的另类鲁迅，同时也是一个多彩的鲁迅。通过阅读这些不假虚饰的网友言论，我们不难感受到中国普通民众对一代伟人及其成就的无比景仰，即便是其中的一些戏谑化的表述乃至粗鄙之语，也无不透露了大众对鲁迅的喜爱之情，这使该书成为"了解二十一世纪初普通民众对鲁迅的态度"的重要参照。该著作的出版意味着大众与学界在关于鲁迅的话题上平等交换看法关系的形成，这对宣传和传播鲁迅无疑是大有裨益的。

8月5日

藤常伟、桂晓东在《社会科学》的文章中提出，网络文学较之于传统文学完全是异质性的，这主要表现为：一、发表的自由性；二、流通的撒播性；三、文本的分延性；四、阅读接受的互动性；五、文本的多媒体化。王宏图、葛红兵则认为，上网文学、网上文学、网话文学是网络文学的三种形态；自由、快捷、恣意是网络文学的三个特征。网络文学引发的"革命性变革"，将几何级数地扩大文学话语的表现力，丰富文学表现的范围和手段，在纸面文学经历其过熟而衰退之后使其获得新的生命。

8月15日

刘莉在《艺术广角》的文章中"质疑网络文学"，认为"电脑技术消除了时间的停滞，引起人的意识和人的存在的虚无倾向。这种技术抽象，简化了过程而只保留了结果。它从人的生活中抽去了时间性的过程，也就等于抽去了人的体验和思考，剩下的就只有形象对感官的冲击所带来的即时的感受。到目前为止，网上还没有出现真正有力度、有深度的原创性作品，将来也不会。它的大众文化的本质就已经注定了这永远无法逃脱的宿命"。

8 月 25 日

耿艳娥在《西安石油学院学报（社会科学版）》的《网络语言与网络文学》中说，索绪尔的符号语言学把语言研究从思维、文化、历史的研究中解放出来，确立符号本身的独立世界。这为网络语言作为独立个体提供了可能，而网络语言又为网络文学提供了物质基础。文学艺术的创作在网络时代，又有了新的成员。

8 月 30 日

郭炎武在《南京师大学报（社会科学版）》的《试论网络文学的特质及其对传统文学的超越》中说，网络文学是指在网络上原创或改制的文学作品。由于数学化媒介技术与网络文化的整合作用，网络文学消解着传统文学文本信息单一、单向传播以及单线型叙述的局限，从而使自身呈现出了双向交流、非线型叙述以及多媒体化传播的新特质。

8 月

韩国的可爱淘开始在 Daum 网站的幽默 BBS 上连续两月连载网络小说。当时，平均每篇的点击浏览数达到了七八万次之多，作者每天能收到有近 60 封读者写来的 E-Mail。如今仅在 Daum 上就有 180 多个可爱淘的读者俱乐部，加入作者的个人网站的会员数已经超过了 300 万名。

可爱淘，原名李允世，自高中时代开始发表网络小说作品，是深受网民喜爱的网络美女作家。其网络连载小说《那小子真帅》（全 2 册）一经面世便受到了中学生们的热烈欢迎，截至现在已经销售了 200 万余册。主要作品还包括《狼的诱惑》《哆来咪发唆》《致我的男友》《局外人》等，其作品多次占据韩国、中国的畅销书排行榜前列，在国内出版至今，已经销售出 300 万册以上，创造了中国图书销售史上的一项奇迹。

截至 8 月 30 日

全球已有中文文学网站 3720 个，中国大陆以"文学"命名的综合性文学网站即约 300 个，以"网络文学"命名的文学网站 241 个，发表网络原创文学作品的文学网站 268 个，小说网站 486 个，诗歌网站 249 个，散文网站 358 个，发布剧本的 75 个，发布杂文的 31 个，发布影视作品的 529 个。其中最初独领风骚的"榕树下"全球中文原创作品网，截至 2001 年 8 月 30 日，共发表文章 619343 篇，而且以日发表作品 1500 篇左右的速度剧增。

9 月 5 日

郭炎武、王东在《社会科学》的《歧路花园中的幽灵狂欢》一文中认为，网络带给文学创作主体的影响有三：一是创作神圣感消失；二是作家身份感消失；三是线性意识状态的改变。

10 月 8 日

"海纳百川"在美国新泽西州注册。其宗旨为"共同学习倾听和沟通的技巧，培养宽容和妥协的精神。本坛欢迎讨论任何主题：文史哲经、琴棋书画，不管是汉奸、非汉奸、爱国志士和锄奸队，任何持各种不同观点的朋友，都欢迎来本论坛和大家讨论、分享。当然，辩论、吵架、打擂台无所不可"。

10 月 22 日

第二届老舍文学奖把"优秀长篇小说"授予宁肯的《蒙面之城》，宁肯在得奖后说："这对我来说是一个非常意外的时刻。首先，我是一个名不见经传的作者，虽然写作的时间不短，有 20 年的时间，但是发表的作品除了《蒙面之城》外，不到 10 万字。现在评委会把这个奖授给我，而我单薄的写作很难担当起这个奖。其实，我的这部小说主题并不明确，它写了一个流浪汉的故事。以往，这种小说是很难登大雅之堂的，所以得奖让我感到非常吃惊。"但是他相信这个时代会越来越宽容，只要写作者拿出他的创作的诚实。

《蒙面之城》的发表可谓一波三折，2001 年开春不久，宁肯就把这部小说投给许多期刊，但均未获发表，他只好转而在新浪网上连载以寻求知音。一个月后，小说的点击率超过了 50 万人次，竟然很快便被《当代》刊用。《蒙面之城》被推出的意义在于揭示了"网络改变了传统发表和出版模式"这一事实，即将"以往模式"（作者—被编辑群熟悉和接受—由期刊推出，进而被读者熟悉和接受），改变为"网络干预力增强后的新模式"（作者—通过网络被广大读者熟悉和接受—编辑群出于市场考虑不得不接受）。有学者据此认为，所谓"网络文学"本身就是个伪命题，网络对于文学而言，并非创造了"网络文学"这种新的文学样式，而是它创造了作者推出作品的全新方式。

10 月 30 日

《湖南师范大学社会科学学报》发表一组网络文学研究文章。赵炎秋在《网络文学发展中的二律背反问题》中认为，网络文学发展中存在一系列的二律背反问题，必须在一定的程度上加以解决，否则就会影响网络文学的健康发展。李莉在《超现实与网络文学的大众性》中认为，网络空间的超现实性消解了包括自我在内的一切中心，同时也决定了网络文学的大众性 。雷艳林在《网络文学的兴起与文学传播者的消解》中认为，网络文学的多媒体传播方式使传播者被解构，这是网络文学所有特性的主要根源。陈果安在《网络文学的电子主体性、文学新样式与诗性自律》中认为，网络文学要发展，必须强调主体性、寻找新形式、重视诗性和加强诗性自律。

10 月 30 日

蔡焱在《曲靖师范学院学报》的《文学自由的乌托邦：对网络文学的美学批评》中指出：网络文学借助网络应运而生，迅速成为当代文化中一种时尚的文学样式；它虽然给传统文学带来了很大冲击，但并没有使当代文学发生革命性的变化。网络文学体现了强烈的民间审美意识，具有自由、平等、互动、随意等美学特征；它的自由性特质决定了它本身具有放纵化、呓语化以及平面化等局限性。

11 月 20 日

美国新闻传播学丹·吉尔默教授应邀参加了"清华阳光传媒论坛"，演讲主题是"9·11 后世界新闻传媒的走向"，在他的演讲中特别提到了"网络日记"，他说，"所谓的网络日记，完全是个人化的日记的形式，每天更新，所以叫日记。这是一种崭新的现象"。并且向大家显示了他自己的网络日记。这是中国人第一次知道"网络日记"这个概念。

11 月 20 日—22 日

由北京大学 20 世纪中国文化研究中心与日本大学文理学部合作主办的"大众传媒与现代文学"学术讨论会在北大勺园举行，本次会议主要探讨近现代报刊和一些新兴媒体与文学关系。

11 月

宝剑锋（本名林庭锋）等爱好玄幻写作创作的作者在"西陆"网站创建了"玄幻文学协会"。

12 月 1 日

厦门大学出版社出版黄鸣奋《超文本诗学》。全书以超文本为对象，研究了超文本渊源与信息科技、超文本理念与社会思潮、超文本范畴与文艺活动、超文本美学与文艺理论、超文本前景与科技进步等问题，对于人们把握网络时代的文艺走向有一定的帮助。特别是对网络"超文本"范畴的深入解析，为数字化语境中文艺学建设提供了一个可资借鉴的理论个案。

12 月 15 日

欧阳友权在《三峡大学学报（人文社会科学版）》的《互联网上的文学风景——我国网络文学现状调查与走势分析》一文中，为廓清网络文学发展现状，对我国现有的文学网站、网上作品、网民阅读状况和网络文学的势态与走向等作了一次网上调查，以期了解我国网络文学的发展规模和水平，总结其经验教训，促进网络文学的健康发展。

12 月 3 日

"阿拉丁"在美国加州注册，设有"论坛"和"网友原创"等栏目和中国国内网站导航。

12 月 4 日

奇幻巨制《指环王》全球首映，托尔金大师营造的魔戒世界席卷全球岁末票房。在华丽的 CG 和宏大的场景紧紧抓住人们眼球的同时，奇幻文学也征服了相当一部分文学青年的心，各大奇幻论坛应运而生，一批从西陆论坛独立出来的文学网站上也开始出现了大量奇幻作品，这些初学者们以其还略显稚嫩的笔力艰难却执着地模仿着西式奇幻中拗口的语法与长句，但他们创造的却是完完全全原创的中国网络奇幻文学。虽然在当时看来，这个群体弱小稚嫩，但是他们中的很多人最终成为日后中国网络玄幻文学的奠基人。

12 月 25 日

杨新敏在《世界华文文学论坛》撰文认为蔡智恒的小说有三个特点：叙事上，它是一种网络浪漫传奇；修辞上主要表现为一种知识性幽默，包括数理推理的幽默和逞才使气的幽默；意蕴上是对虚拟与真实之间的复杂隐喻关系的一种体认。

12 月

《中华人民共和国著作权法》修订，修订之后的著作权法除了体现更严密保护著作权人的各种经济权利之外，突出之处在于新增了"网络传播权"，为网络著作权保护体系"正名"。

年底

榕树下举办第三届网络文学大赛，因其最高奖金 2 万元而吸引来 30 万件投稿。但因网络热潮全面衰退、融资困难等原因，长篇获奖作品《秦盈》（雷立刚著）和《烂醉如泥》（潘能军著）没有得到大赛承诺的多则两万少则一万的奖金，而是各自得到五千元了事，其他中短篇及散文与诗歌获奖作品一律发给了一千元，榕树下的背约举措直接伤害了其形象。

年底

沧月开始在网上发文，最初活跃于"榕树下"，后移居"清韵书院"、"四月天"以及"晋江文学城"。先以武侠成名，后转涉奇幻写作。代表作是《听雪楼》系列，书系分别是《血薇》《护铃花》《荒原雪》。她的文字既繁华浩大，又淋漓尽致，描述出激荡而细腻的情怀，她笔下的人物性格特点鲜明，坚韧决绝，许多作品都隐约透出宿命的味道，大多是悲剧，让人看了落泪，武侠与玄幻相结合，爱，恨，得到，失去，放弃……这些主题交织在一起，仿佛是一个个唯美而心碎的梦！她的出现，让女子作家在武侠和玄幻世界中占有了一席之地。

年底

北京《诗刊》的编辑、蓝色老虎诗歌沙龙等诗人提出了"灵性诗歌"的写作概念。"灵性诗歌"认为，诗歌写作是"灵"和"性"的结合，它们的存在意义在诗歌之上。所谓灵性即人性，灵性诗歌是非魔化的人性的诗歌写作，它既包含诗歌写作本质的普遍意义，也是一种自在开放的个性化创作。"灵性诗歌"的主要活动空间是"哭与空"诗歌论坛，其代表诗人有天乐、蓝野、于贞志等。

是年

◆随着2000年网络泡沫破裂之后，大部分免费空间消失，早先的个人网站纷纷关闭，西陆的BBS通过相对低廉的价格，成为网络玄幻文学的新中心，很多著名的书站都是由这里起步的。

◆2001年，第九届全国人民代表大会常务委员会第24次会议作出了修改著作权法的规定。从宏观上说是为了适应加入世界贸易组织的需要，和国际知识产权保护体系做一个接轨；在具体实践操作上，实际上就是规制了网络著作权的问题，专门增加了作者的信息网络传播权等条款，但仍然留下一些空白，如对网络上的"暂时复制"是否构成著作权意义上的复制没有涉及，对网络侵权的司法管辖原则未能明确等。

◆国家社科规划办首次以"网络文学的迅猛发展及其对策"为题向全社会招标科研立项，教育部人文社会科学研究"十五"规划第一批项目首次设立了网络文学研究课题。

◆教育部首次设立了网络文学研究的"十五"规划项目，中南大学欧阳友权《网络文学对文学理论基础理论的影响研究》获得立项，标志着政府所倡导的主流学术开始关注网络文学理论研究。

◆2001 年，《湘潭大学学报》第 1 期发表了欧阳友权的《网络文学：挑战传统与更新概念》一文，《三峡大学学报》第 6 期刊发了欧阳友权的长篇网络文学报告《互联网上的文学风景——我国网络文学的现状调查与走势分析》，这两篇文章被中国人民大学《复印报刊资料》等许多报刊转载，是网络文学研究快速进入文艺学前沿的标志。

◆2001 年，葛红兵把自己的网络文学研究成果放进其主编的《文学概论通用教程》，这也是网络文学理论第一次进入高校文艺理论教材。

◆2001 年冬天，"西陆咖啡屋"上线，当时正值网络文学迅猛发展时期，立即吸引了众多网络作者的加盟，成为最早的网络文学平台之一。这是一个孕育了中国当代原创网络文学的地方，龙空、幻剑、起点等现在知名的原创文学网站最早都是从这里开始的，卷起了"西陆风云"。

◆"潇湘书院"网站由几个热爱武侠文学的伙伴创办。经过长达 8 年的默默耕耘，"潇湘书院"已经发展成为集原创、武侠、言情、古典、当代、科幻、侦探等门类齐全的公益性综合小说阅读网站。潇湘书院的用户主要集中在广东、江浙沪、山东、北京、天津、湖北等经济发达地区，用户年龄层基本分布在 15—40 岁之间，女性用户偏多一些。访问用户每天50 万人次，页面 PV 每天 1500 万。潇湘书院成为女性原创作者群体以及读者群体中最具吸引力和归属感的原创网站。作为最早实行女生原创、付费阅读的文学网站，其 VIP 订阅量一直稳居同类女生原创网站之首。《第一皇妃》更是引领了当年穿越类原创小说的风潮，至今依然广为流传。潇湘书院成功打造了"红楼同人小说"的经典品牌，拥有一大批红楼同人作品的优秀作者及铁杆读者。

◆"烟雨红尘"网站创建，是国内三大原创文学网站之一和全球最大中短篇小说网站之一。涵盖言情、悬疑恐怖、都市、武侠玄幻、校园、耽美等原创文学，2008 年被中国社会科学院互联网研究中心评为"中国十大最具影响力文学网站"。烟雨红尘注册会员超过 300 万，作者两万多名，其中长篇独家签约作者 3000 多名；自有电子版权作品 65 万部（包括长篇连载小说 5 万部、短篇作品超过 60 万篇）。网站长期为《花雨》《知音》《故事会》等 30 多家杂志社合作征稿/供稿，同时与 100 多家出版社建立长期稳定的合作关系；已出版发行包括《中国式民工》《广州情色录》在内的一系列具有影响力的长篇小说。

◆2001 年，"乐趣园"声势旺盛的是"小说之家"和"新小说"论坛，"小说之家"由青年作家吴晨骏创办，福建才女粲然担任版主，驻站作家有马兰、赵磊、杜撰、雷立刚、陈希我、玉骨等。"新小说"由浙江作家黄立宇创办，往来作家为叶开、夏季风、艾伟、海力洪等。该论坛年轻一代作家则以李修文和巴桥为最。

◆这一年，围绕网络诗歌怎么写和写什么的问题，在"橡皮"、"唐"、"个"和"诗江湖"四个网站上展开了四次大论争，沈浩波与韩东，伊沙与沈浩波，徐江、萧沉与韩东、杨黎，韩东、杨黎与于坚等分别就网络诗歌的形式和意义展开了论战，从外部到内部，从关联到分裂，从此出现了一个网络诗歌的"江湖"世界，出现了各种派别与旗号，诸如"民间派"、"70 后"、"第三代"、"下半身写作"、"物质派"等，不一而足。

◆"硅谷女性"在美国创建。

◆"北美女人"在美国创建。

◆"德国中文网"在德国注册。包括德国新闻、经贸、文化、旅游、留学信息等栏目。

◆"华文天下"创建，2005 年拆分为"弘文馆"和"华文天下"两个品牌。

2001 年的天涯有过三次造星运动。第一次是上半年西门大官人以长篇连载《你说你哪儿都敏感》成为天涯新星；第二次是雷立刚依靠大量小说和散文迅速崛起；第三次是下半年心乱凭《新欢》的头两部创造了天涯点击的奇迹。

◆有人统计，当前有 100 多家诗歌中文网站。从"或者诗歌"网站上的"或者机场"作统计，有 47 家诗歌网站（论坛）；"诗江湖"网站的"超级链接"也有 102 家诗歌网站（论坛）；"界限"网站上的"诗向导"也列出了 92 家诗歌网站（论坛）和 15 家综合性的文学网站。

◆这一年，出现了为数不多的评述"网络诗歌"文学现象的随笔和理论文章，如《鱼戏莲叶间》（马策《诗生活月刊》2001 年第 3 期）、《透视网络诗歌》（小引《界限》诗月刊第 3 期）、《互联网时代的中文诗歌》（桑克《诗探索》2001 年第 1—2 辑）、《关于网络与诗歌的对话》（拉家渡、胡续冬、桑克、燕窝《诗生活月刊》2001 年第 1 期）、《互联网时代的中文诗歌》（桑克《诗探索》2001 年第 1—2 辑）等，大多是网界同人的"现身说法"，不成系统，难成阵势，整体上缺乏对于"网络诗歌"的自觉的理论建构。

◆2001 年，金浩植（牵牛 74）的网络小说《我的野蛮女友》改编成电影，观影人数达 200 万人次，成为韩国最卖座的浪漫爱情喜剧，并且风靡亚洲。该片一改过去韩片中女主人公温柔贤淑的形象，美丽的女主角野蛮起来比男人还粗鲁残忍，这对民风保守的韩国来说是对社会文化的一个极大突破，并掀起一股"野蛮风"的热潮。女主角全智贤更是一炮而红，在韩国最具专业权威的大钟奖评选中摘得影后桂冠，成为韩国电影的新希望以及韩国年轻男女心目中最佳的女友典型及模仿对象。之后韩国的"野蛮"系列层出不穷，也大多是因为这部电影的灵感。影片在中国也引发了观影热潮，大多数观众都是通过这部作品开始了解韩国电影，此后逐渐关注和喜爱韩国电影，足见这部影片成为韩片打入中国市场一块关键的敲门砖。

2002 年

1 月

2002 年第一期的《大家》杂志上，发表了曾被南帆等人称为"网络文学的革命"的林焱的"传媒链接小说"——《白毛女在 1971》。这篇被称为"传媒链接小说"的文本，有其纸质印刷难以展现的独到之处和显现形态，即凡是在文本中出现链接符号的地方，都需要在各种网站链接之后才能得到完整体现。如果网站发生变化，或其中某些内容发生变化，抑或阅读习惯和兴趣不同，则每个人读到的"白毛女"不尽相同。这个有着极大"戏仿"性质的小说，充分发挥了网络特性，即便在文字文本中可以读到故事的大概情节，但因网络链接的多种可能性，我们还是不可能完整地阅读它。也就是说，自《白毛女在 1971》诞生起，就意味着它是一部永远不可能有人读完的作品，这恐怕是它最大的魅力。

1 月 15 日

王晓华在《人文杂志》撰文认为，网络文学有两个特征：一、社区性；二、多元互生性。所以网络文学是：一、独特的社区文学；二、多元互生性文学。网络文学的优势和可能存在的欠缺都蕴涵于其特性中，这是我们评价网络文学时必须注意的。

2 月 28 日

黄鸣奋在《福建论坛（人文社会科学版）》撰文认为，由于数码技术日益广泛的应用，非线性传播正在包括文学在内的各个社会领域中发挥越来越大的作用。非线性传播的特点集中体现为交互性、交叉性与动态性。从对非线性传播的考察出发，我们可以对文学起源、文学本质和文学媒体等问题形成新的认识。

2 月 28 日

金振邦在《广播电视大学学报（哲学社会科学版）》撰文认为，电脑写作将改变几千年来传统的写作方式，文本的传播和阅读方式也将发生重大变革，写作中传统的线性思维方式将让位于一种新的非线性网络思维模式。网络文化为写作学科的转型提供了全新的观念和理论；写作学科在中西方新的科学理论、方法的冲撞和渗透下，将呈现出数字化、应用化、国际化的发展态势。我们要关注信息时代所面临的崭新写作课题。

2 月 28 日

欧阳友权在《求索》撰文认为，湖南文学有过自己的辉煌，然而随着文学边缘化态势的日渐加剧，湖南文学也露出疲软之态。当网络小说、网络诗歌、网络剧本悄然出现，并猝不及防地在文坛上竖起自己界碑的时候，我们须要采取怎样的应对策略，利用电脑网络来培育 21 世纪湖南文学的新的生长点呢？发展网络文学、抢占信息时代的文学制高点，是一个良好契机。

2 月

谢永新在《阅读与写作》的《网络写作的虚拟性特征》中认为，网络写作在当下已经成为一种具有鲜明虚拟性特征的文化行为，包括作者身份、性别和年龄的虚拟、作品人物的虚拟、作品情节的虚拟及超文本的虚似等。

3 月 1 日

"新西兰华人之家"在新西兰注册，是综合性门户网站，有每日更新的新闻、商业信息、分类广告、论坛、博客、文苑等。

3 月 5 日

金元浦在《社会科学》的《当代文艺学的文化的转向》中指出，互联网媒质的兴起向纸媒质发出强劲挑战，它启示我们，文学必须重新审视原有的文学对象，越过传统的边界，关注视像文学与视像文化，关注媒介文学与媒介文化，关注大众文学与大众流行文化，关注网络文学与网络文化，因为电子媒质的创生变换带来了文化本体革命，加速了世纪之交文学艺术的文化转向，是文学理论的又一次突围。

3月15日

许苗苗在《北京市政法管理干部学院学报》的《网络文学的定义》中认为，网络文学应该是由网人在网络上发布的，供网人在线阅读的文学作品。网络文学不单纯以文字，还以声音和其他视觉效果为表达方式，具有交流和互动性。网络文学是一种网络资源，它不应该被独享或垄断，更不应该被作为为少数人赢取利益的工具。网络文学是一个流动的过程，其内容是不断变化、更新的。网络文学作品只有原始版本，没有最终版本，它与其后的回应和更改构成一个整体，因此纸质网络文学书籍、网络文学影视、网络游戏故事等都是网络文学的一个方面。

3月25日

少君以丹尼、安娜、世闽的笔名撰写了《潮起潮落——北美华文网络文学中的散文简论》《如歌的行板——北美华文网络文学中的诗歌评述》《大浪淘沙——北美华文网络文学中的小说》等一系列北美华文网络文学研究论文，这个研究系列以散文、诗歌、小说分类，详细介绍了北美华文网络散文、网络诗歌、网络小说的发展情况、代表作家、文学主题和重要特色，并对其发展过程中出现的优势和问题做了清晰的分析，揭开了北美华文网络文学研究的序幕。

3月25日

彭元明在《上海师范大学学报（哲学社会科学版）》的《网络文学：断裂与认同》中认为：网络文学与传统文学有着不同的循环过程，是一场文学的裂变；但在功利性与评价标准上，网络文学是对传统文学的认同。

3月30日

陈美珍在《郑州航空工业管理学院学报（社会科学版）》的文章中，

从三个方面分析说明了网络文学出现的当下可能性。一是网络媒介的出现引起文学载体和传播方式的变化，形成了自己的文学群落，培养了一大批文学爱好者的文学受众。二是作为写作的网络文学，实际上是对当前出现的知识霸权和文学生产麦当劳化的反拨，使文学向着自由无功利和审美愉悦性传统回归。三是网络文学作为一种题材，与传统文学无本质上的区别，是网络出现后形成的一种特定群体生活状态的反映，从而在题材选取，主题表现及表现技巧上具有其独特性。

4月1日

苏州大学谢家浩在其博士论文《网络文学研究》中写道，万维网将改变21世纪人类的生存方式及精神风貌，已经是不争的事实。以文学为例，网络文学的出现，已进入了新人类书写的历史，可视为文学与科技结合的一个指标，网络文学的创作并非单纯将书写媒介由纸张移植至荧幕，而是利用计算机"断裂"、"交错连结"、"非线"、"多向"等特质，营造与印刷技术截然不同的文本。它提供文本文字无比的可塑性，更具体实现了解构理论对"文本"的各种假设。"网络"是个较"虚拟"的实体，有人以把网络作为"载体"，也有人把网络为"媒体"，这个"载"与"媒"的分别，如何影响"网络文学"的发展？事实上如果单以"载体"论"网络文学"，可能是单宣与夹宣之别，不足以论"网络文学"。"网络文学"的本体应以网络特性为经；超文本的非平面成分作为纬，加上其他视像、音讯、互动作为协调变化的，才算是"网络文学"。

5月15日

起点中文网创建，其前身是起点原创文学协会。

起点作为国内最大文学阅读与写作平台之一，长期致力于原创文学作者的挖掘与培养工作，并以推动中国文学原创事业为发展宗旨。目前已经成为国内领先的原创文学门户网站，并创立了以"起点中文"为代表的原创文学品牌，发布的各类文学作品（小说）达到14000部，超过12亿字，拥有300多部作品的独家电子版权和游戏改编权，授权进行文学发布的作者达到10000名；与此同时起点网站的影响力也在不断扩大，目前该网站每天的网页浏览次数接近3000万，作品日最高浏览量已经突破1亿人次。

近年来，随着自身实力的不断增长，起点中文网在各方面均赢得了不俗的成绩，曾先后获得过数博会"年度最佳品牌"奖、优秀网站评选"优秀传统企业"奖和"福布斯中国新锐媒体"大奖等多项荣誉。2006—2007年百度小说年度搜索排行榜前10部作品中，有8部来自起点中文网。在2008年4月份召开的上海文艺工作会议上，起点中文网创业成就激起热烈反响。

5月16日

"北美华人E网"在加拿大温哥华注册。这是一个以社区论坛和娱乐为主的休闲网站，设有论坛、交友、博客、大卖场、聊天室、游戏中心、网络电视和电子图书等。

5月28日

贺又宁在《贵州社会科学》的《网话文风格——网络文学的全新语境》中认为，网话文是网络文学新兴的语言形态，其主要风格是：千姿百态的网名链接情节，雾里看花的网络习语打造玄机，我手写我口的语体色彩表现轻松自由。

5月

黎家明的"艾滋手记"——《最后的宣战》正式结集出版，联合国艾滋病规划署工作人员将它推荐到了英国，由于这是中国第一本由艾滋病感染者自述经历的书籍，引起了对方的高度重视。

6月25日

维佳在《贵州民族学院学报（哲学社会科学版)》的《游戏、对抗与困境——论中国网络文学的写作形态》一文中，通过对大众文化构架中网络文学的写作形态、写作形态的隐喻以及写作形态面临的困境的分析，力图从写作形态的角度提示出网络文学创作的实质性因素发展前景。

6月27日

《互联网出版管理暂行规定》以新闻出版总署和信息产业部第17号令

公布，并于 2002 年 8 月 1 日起正式施行。《规定》首次对网络出版进行界定：互联网信息服务提供者将自己创作或他人创作的作品经过选择和编辑加工，登载在互联网上或者通过互联网发送到用户端，供公众浏览、阅读、使用或者下载的在线传播行为。这标志着网络出版凭借自身影响力得到了官方的认可。这是首部专门为规范互联网出版活动、促进互联网出版健康有序发展而制定的重要部门规章，标志着互联网出版开始步入规范化管理阶段。

6 月 30 日

欧阳友权在《网络文学与西方马克思主义后现代文化诗学》中指出，网络文学作为一种社会文化现象，总有其所由滋生的文化母乳和思想源头。西方马克思主义文论家如本雅明、杰姆逊以及后期法兰克福学派等的后现代文化理论，就是计算机网络文学的文化源头之一，我们对网络文学做文化学的本质诠释，有必要廓清这种文学与文化之间的"图—底关系"——"西马"后现代文化诗学的逻辑背景。

7 月 12 日

蔡之国在《文艺评论》的《网络文学：自由的文学乌托邦》一文中指出，在日益全球化的今天，分散权力的必然结果是个人拥有更多的自由话语权。而伴随着新兴数字媒体的出现，网络文学这一当代极富争议的文学样式也应运而生，并依靠自由的特性，在网络里形成了自由的文学乌托邦，并大有向传统文学叫板和对垒的势头。

7 月 23 日

敦玉林在《天津社会科学》的《网络文学：文学的新变迁》一文中指出，网络文学是在表现方法、表现内容、创作方式和传播方式等方面与传统文学有显著的差异，显示出新的基本特征，这些特征与网络的存在机制密切相联。网络文学扩大了文学的领域，也是文学的新变迁，就其发展趋势而言，必将成为文学创作和传播的主要形式和样态。

7 月 25 日

《社会科学战线》2002 年第 4 期刊出了一组笔谈文章，学者们从各自不同的角度切入网络文学的动势与反思。欧阳友权的《网络文学的媒体突围与表征悖论》是对"读屏乌托邦"现状的警示和剖析，黄鸣奋的《网络文学之我见》阐释的是栖身网页的网络文学贵在鲜活、追求互动的网络根基特质，陈定家的《火焰战争与文化垃圾》对网络文学的存在方式及存在的问题作了认真的学理反思，钟友循的《网络写作的生机与困境》以辩证的眼光考察了文学面对网络时代的挑战与机遇、生机与困境问题，而聂庆璞的《网络文学：未来文学的主流形态》则基于时代媒体变迁和网络的后现代文化特点，明确提出网络文学将成为未来文学的主流。

7 月

"海归论坛"在美国纽约注册。这是一个由海外和中国学者、工商管理和技术精英创办的一个信息知识、工商管理实践和技术科技交流的平台，是大型海外中文网上的社区之一。

8 月 1 日

"人在瑞士"在瑞士注册，是瑞士华人的中文社区。

8 月 19 日

博客中国开通，blog 首次在中国被翻译为"博客"。博客中国的开通，为同质化的世界带去一份有着自己鲜明特色的新东西，义不容辞地充当"博客思想"在中国推广和倡导的先锋。学术界汪丁丁、李希光等名人成为博客中国的专栏作家。

8 月 6 日

诗人于坚在"诗江湖"网站"乐趣园"论坛上发表了他的新作《长安行》（《作家》杂志 2002 年 10 月号转载），立即引起争论，短短几天时间，该诗点击率高达 700 次以上，上百人跟帖，创网站诗歌点击最高纪录。

8 月 29 日

博客中国发布了《中国博客宣言》，标志着以"信息共享"为特征的第一代门户之后，追求"思想共享"为特征的第二代门户正在浮现，互联网开始真正突显无穷的知识价值。

8 月 30 日

许苗苗在《甘肃社会科学》撰文认为，当下的网络文学创作可分为五种类型：BBS 网络故事型、传统文学型、大众参与型、接龙游戏型和完全网络型。

8 月 30 日

聂庆璞在《广东社会科学》的《文化转型与网络文学的未来》一文中，从后现代主义文化转型理论出发，认为传统的以真理代言人自居的（严肃）文学没落势所必然，互联网的出现，为新的文学、艺术的发展提供了新的载体，随着互联网发展成为主流媒体的时代到来，具备后现代主义文化特征的网络文学理所当然的会成为未来时代的主流文学。

8 月

"欧华网"在西班牙注册，是西班牙、葡萄牙唯一的中文门户网站。其宗旨是"以网络为媒介，促进会员对欧洲的了解以及推动欧中之间的经济往来与交流"。

9 月 3 日

来自广西的晓寒与广东的任意好两位诗人创建"广东赶路诗群"。"赶路"是"西陆"网站"文学歌赋"的主要论坛之一，是以新诗、散文、小说创作为主的纯文学综合论坛，后迁至乐趣园论坛。论坛以培养网络写手、作家为宗旨，以促进网络文学为目标，自创坛后对内引导文友开展学术争鸣活动，对外寻求传统报刊支持，目前每天访问量超过 2000 人次、发表作品超过 200 首（篇），正在努力向全国性纯文学综合大坛走近。

9 月 10 日

"星网"在加拿大安大略北约克注册，是大陆港台独立投资者共同创办的《星星生活》报的网络版。其宗旨为满足全体华人的生活需求，特别注重报道加拿大中部华人社区生活，提供商贸、文化、消费信息等。

9 月 20 日

欧阳友权在《文艺研究》的《论网络文学的精神取向》中指出，网络文学的历史认证取决于它能否走进人文审美的精神殿堂，建立自己的价值体系，而互联网之于人类精神的技术解构与审美建构将使文学的价值本体经历一次新的格式化。匿名写作对主体承担的卸落、网络作品对传统价值观的颠覆和读屏模式对诗性体验的拆解，形成了网络对文学的精神解构；而话语权对自由精神的敞亮、情感流对生命力的挥放和交互性对心灵期待的沟通等，则体现了网络文学给予人类精神世界的重新建构。

9 月 22 日

由诗人马铃薯兄弟策划、主编，江苏文艺出版社出版的《中国网络诗典》在南京先锋书店举行首发式。该书以年轻力量为主要阵容，精选了近年来在网络展露头脚的近百名优秀诗人作品，基本展示了新世纪年轻一代诗人的创作成果。全书共 420 页左右，印制精美，扎实耐读，颇具收藏价值。在该书的扉页上有这样的题词："网络改变了中国诗歌的生态与版图/网络扩张了中国诗人的活动空间和视野/网络激发了中国诗人生存的勇气和创造的活力/网络改变了诗歌的病弱状态/甚至可以说拯救了中国诗歌。"

9 月

慕容雪村的《成都，今夜请将我遗忘》在"天涯"的点击率一路飙升，又一次掀起了网络文学冲击波。

《成都，今夜请将我遗忘》一气呵成，作品以肆无忌惮的极端化书写呈现生存的残酷、现实的荒诞和人性的黑暗。众多网友按捺不住参与的激情，在作者新写好的小说片段后面跟帖，发表自己的建议或改写的文字。其在"天涯"点击量有 16 万次，而在 NET-Bugs，这篇小说曾导致社区在线人数超过了最高容纳量，首页链接的点击量是 17 万多。

作为"网络四大写手"之一，慕容雪村始终关注都市主流人群的现实生存状态，而更广为人传诵的，是他笔下对"悲观的现实"的坦然调侃。无论是令他声名鹊起的《成都，今夜请将我遗忘》，还是令众多男女落下泪的《天堂向左，深圳往右》，慕容雪村总是精力充沛地关注着欲望沉浮中竭力挣扎的普通人，然后意犹未尽地揭示他们在贪婪面前必然的溃败。"物欲吞噬人性"的话题贯穿了他当下创作的始终。

9 月

江南的《此间的少年》由西北大学出版社首版。《此间的少年》是以金庸小说人物为基础的同人小说，用作者江南的话说，"《此间》中使用的人名无一例外出自金庸先生的十五部武侠小说……但是，无论这个故事中的人物叫什么名字，他们都不再是人们耳熟能详的江湖英雄和侠女，他们更贴近于曾经出现在我身边的少年朋友们，而《此间》，也是一个全新的故事。"

江南笔下的汴京大学，虽以宋代为时间背景，我们看见的却是上世纪90 年代中国社会的基本风貌。理想的失落，物欲的攀升，身处历史大变革之中的莘莘学子，精神世界和肉身在逐渐分离。在这个意义上，《此间》无疑是一部现实主义作品，一部从有梦的青春到无梦的现实的心灵成长小说。其缺陷则在于过于温和而失去了批判精神，或者说对现实的怀疑态度没有找到落脚点，《此间》缺少的似乎正是塞林格的"守望意识"。

9 月

"读写网"正式运行，同时发布了"为推动原创文学的发展，本网计划向作者支付网络刊载的稿酬，欢迎原创作品加入"的声明。该网是第一个实行网上收费阅读的玄幻书站（当时并没有 VIP 这个提法）。

10 月 18 日

新浪网读书频道开通。

11 月 1 日

中国第一部短信爱情小说《短信情缘》由知识出版社出版，作者陈白沙。该书敏锐地捕捉了空气中那不易为人察觉的躁动，衍生出具有时代气息与趣味的爱情故事。书中的故事情节曲折委婉，自己对爱情的向往以及自己所拥有的爱情的对比，赢得众多年轻读者的青睐。

11月1日

林三洲在《文化视域中的网络文学》的硕士论文中，从媒介与文化的关系出发，具体考察网络媒介的多元性、开放性与互动性对于网络文学新质性的塑造，揭示出网络文学对旧有文学规范的颠覆；同时也将从创作心态、题材内容、表现手法、文体风格等方面，对网络原创文学自身的创作特点做出具体的探析，试图预测出网络文学发展的前景。

11月18日

"中国博客网"建成开通，作为博客的领先者，始终致力于为用户提供功能强大、不断趋于完美的多元化博客平台；始终致力于博客文化的发扬光大，为用户提供更好的服务，为他们创造更愉悦的在线体验。现更名为博尚网，是全球最大的中文 Blog 社群、全球最大的中文 Blog 托管服务商、中文博客搜索引擎、博客中文站，拥有强大的中文博客系统，是第一家免费中文博客托管服务商。根据数据库统计，在中国博客网的注册用户中，将近 50% 的用户都集中在上海、北京、广州等经济发达的商业化大城市，并且 50% 以上的用户是单身白领女性。80% 以上的用户拥有大学或以上的学历。85% 以上的注册用户年龄在 18—35 岁之间，男女比例为 4∶6，有着极强尝试欲望，是消费的中坚力量。

11月25日

钱旭初在《江苏社会科学》的《大众文化时代的文学样式——网络文学论》中认为：网络文学的创作观念、写作手段、题材选择、样式章法等都显现了自身的特点；而网络文学在当代文学的发展进程中，还将因其学术生态的作用，更明显地表现出商业化、游戏化、平面化、短小化等发展趋势。

11月26日

"美国心缘"在美国注册，是美国华人社论坛。包括美国新闻、移民信息、散文等内容。

11 月 28 日—12 月 1 日

由美国加州大学伯克莱分校亚裔研究系主办、世界海外华人研究协会（ISSCO）和美国华人文艺界会（CLAAA）联合协办的"开花结果在海外：海外华人文学国际学术讨会"在美国旧金山隆重举行。这是美国学界首次召开关于海外人文学研究的会议，大会还就"网络及海外华人文学的未来"进行了讨论，严歌苓和少君成为该论题的主讲人。

12 月 8 日

千龙研究院和博客中国在千龙新闻网络传播有限公司举办"首届博客现象研讨会"，此次研讨会旨在研究博客现象、促进博客发展和推动博客应用，博客在中国由此进入一个新的时期。

12 月 30 日

欧阳友权在《中南工业大学学报（社会科学版）》的《互联网对文学惯例的挑战》中指出，网络文学在文学存在方式、创作模式、价值理念和研究方法上的变化，构成了对文学惯例的挑战。它要求人们以网络化的思维方式重新认识文学，审视既有的文学观念。人们应该适应文学生态的历史变迁，树立通变意识，重塑网络时代的文学观，以便把互联网给予文学惯例的挑战变成文学在涅槃中新生的契机。

12 月 30 日

马丽荣在《陕西师范大学学报（哲学社会科学版）》撰文认为，网络文学是新型文学形式，有其独特之处：一、文本的开放性；二、对宏大叙事的挑战；三、解构与重构。网络文学具有鲜明的时代特征，既有其存在发展的必要性，又有其值得商榷之处。

年底

一本名叫《中华再起》的网络小说突然红遍大江南北。从传统文学的角度上讲，这篇小说甚至不能被叫作小说，只能算是一个长篇幻想流水账。但这本书的特殊性，却让中华杨的名字与架空历史小说这一网络文学的类别紧紧地联系到了一处。此后，人们提起架空历史小说，就无法忽略中华杨，无法不提《中华再起》。

《中华再起》讲述的是两个军队长大的年轻人，回到19世纪，打败列强，推翻清政府，重塑中华民族的故事。自从黄易的《寻秦记》后，现代人穿越回过去已经屡见不鲜。但像中华杨笔下这种——完全改变原来的历史，却是非常罕见。小说家的解释是，空间中存在平行时空，我们改变另一个时空中的历史时，改变的仅仅是真实世界的一个分支，而不是眼前的世界。

年底

由于《中华再起》的空前火爆，苏明璞决定与中华杨联手成立"明杨·全球中文品书网"，从第二卷开始，首次提出了VIP的概念，向读者收费以维持网站运营和为中华杨的继续写作增加动力。于是，一个千字收费两分的读书网站，没经过任何测试便开始了正式运营。凭着中华杨的金字招牌，苏明璞快速做出拓展计划。他宣布，欢迎其他网络作者到明杨发书，所有从读者头上赚取的稿费，作者有权分成，将明杨迅速推向一个高峰。

是年

◆2002年，国家哲学社会科学规划课题指南中首次设立了网络文学研究项目，中南大学欧阳友权教授的"网络文学对文学发展的影响与对策研究"被立项，这是国家社科基金资助研究的第一个网络文学课题，标志着网络文学研究首次进入"国家队"。

◆李寻欢以出版《粉墨谢场》一书的方式告别网络写作。在同名自序中，他说，"放弃"是出于对网络这个"玩具"的厌倦，以及对"真正文学"的敬畏。他认为，在网上自由写作和发泄的日子是自己网络生活的青春期，而"现在我已经过了对网络痴迷的阶段"。自此，他恢复本名路金波，成为一名文化经理人。

◆何员外的《毕业那天我们一起失恋》成为最火爆的网络闪烁小说。

小说以男女主人公何乐、桃子之间一段纯真纯美的校园恋情为主线，真实再现了温馨浪漫、精彩纷呈的大学校园生活。以极其幽默谐趣的笔调、入木三分地刻画了室友、老师、恋人、学长、校工等校园角色的众生相。

◆到 2002 年，《手淫时期的爱情》《我的北京》和《成都，今夜请将我遗忘》等具有网络特点的冷幽默小说的出现，说明网络文学已经趋于独立成型。

◆老蛋的小说《招娣》获得贝塔斯曼全球网络文学大赛中篇小说奖。老蛋，原名刘书宏，其文字灵性和行文方式在网络上和书籍读者间广受欢迎。其中《大陆、台湾、香港、美国四老妪摔掉门牙的新闻》、诗歌作品《祖国啊，我只是摆个小摊》在网络上广泛流传，并被众多杂志及海外媒体抄袭和转载。小说《卧底》以独特的视角和精彩巧妙的故事以及强烈的现实风格令读者震惊。著有《你不就是希望我快乐吗》《我就是希望你快乐》《赤色童年》《盲流》等小说。

◆17 岁的春树出版了首部自传体小说《北京娃娃》，这部惊世骇俗的著作袒露了她"无比残酷"的青春，在文坛和年轻人心里掀起了轩然大波，被文学界惊呼为"中国第一部残酷青春小说"，并成为当年畅销书之一。春树，原名邹楠，诗人、"80 后"代表作家，以"残酷青春"书写成为中国新生代的经典。已出版小说《北京娃娃》《长达半天的欢乐》《抬头望见北斗星》等，主编《80 后诗选》。2004 年 2 月，获得第五届网络金手指的网络文化先锋奖。2004 年 2 月，成为美国《时代》封面人物。2007年"中国'80 后'作家实力榜"上，与韩寒、张悦然等一起上榜。

◆盛可可的出现成为今年一个值得关注的现象。盛可可来自湖南农村，在深圳独自闯荡多年，经历了短暂的网络写作之后，迅速在传统媒体露面，并引起争议。她凭借发表在《收货》2002 年长篇小说秋冬卷上的《水乳》，一举夺得了"华语文学传媒大奖"最具潜力新人奖，从而顺利进军传统文学领域。

◆网络骑士《我是大法师》成为今年一部充满争议性的作品，被称为"确是一部奠定了 YY 之路的作品"。在文学化与商业化的分野中，《我是大法师》成了临界点，文法、文笔、人物构设、情节铺陈等，在《我是大法师》的走红下都显得苍白无力。只要市场需要的，就是好作品；人气，成了 YY 文学唯一的驱动力。

◆2002 年，由于"龙的天空"将主要精力放在了实体出版代理，并一举购下大量优质网络原创作品的版权，开始淡出原创网络文学的主流视线。其较为知名的出版物有《真髓传》《都市妖奇谈》以及《迷失的大陆》等。"龙空"的这个举动，间接造成了爬爬、翠微居等新兴的网站的崛起。

◆网络上出现了短信征集、发行的专门机构，出现了短信文学大赛。搜狐、新浪等网站开始聘请专业写手从事短信创作，10 月，知名网站天涯社区的"拇指一族"版开通，为短信文学爱好者提供了更宽广的舞台。

◆各种形式的网络出版不断浮现，E-BOOK 早已不是新名词，甚至连成熟的网络出版 POD（Print On Demand），将数字化出版物（电子书、电子报刊等）通过 POD 设备印制成纸质品也开始进入人们的期待视野，以图书为主的中国电子出版网，以期刊为主的 CNKI 已经进入稳步发展阶段。

◆"爱城华人"在加拿大创建。

◆"银河网"与中国青年出版社合作出版了"银河网络丛书"。

◆"约克论坛"在加拿大成立。创始人 Edward 在多伦多的约克大学读书，为了方便中国留学生的相互交流，就创办了针对约克大学的中国留学生论坛。是加拿大最大的中文门户网站，以在多伦多留学的中国留学生为主，拥有加拿大最大的华人社区论坛。也是加拿大中文门户网站中主要的文学栖居地。作品体裁主要涉及随笔、小说、诗词、评论、文摘。其中置顶的"中国文学史大全"、"诗词书画"等对于中国历史文化的推介深受海外学子的认同。

◆平凡文学创立于 2002 年，已整理收集各类藏书十万余册。所收作品能够体现当代人文精神与时尚风貌，尤其注重彰显文学短篇精品。平凡文学不以营利为目的，每日发表大量原创作品，风格简洁，没有广告，为广大网友提供了一个安静的读书空间。平凡文学上的上榜作品品质较高，不仅内涵丰富、寓意深刻，而且特色鲜明、通俗易懂，符合大众阅读心理。平凡文学定期进行作家访谈，注重宣传优秀驻站作家及其代表作品；栏目中附作家照片、作家简介及访谈记录；每期推荐一人，在榜时间为一周。

◆孔夫子旧书网创建于 2002 年，是全球最大的中文旧书网上交易平台，是传统的旧书行业结合互联网而搭建的 C2C 平台，是 C2C 的精准细分市场，目前以古旧书为最大特色。自创立以来，孔夫子旧书网初步探索出一条促进市场发展的草根经济模式，大量珍贵的古籍、善本、名人信札等文化遗产得以从废纸堆里保存下来，延伸、弥补了国家图书馆馆藏资源的外延，为众多学者、教授、研究者提供了弥足珍贵的史料依据，丰富了民间收藏的范围与种类。

2003 年

1 月 1 日

陈平原在《大众传媒与现代文学》（新世界出版社）一书中，指出了两种典型但迥异的研究思路：一种是以"媒介"作为资料库，触摸那些成为记忆的往事，从中寻找研究所需要的细节；另一种则是把"媒介"本身作为文学史、文化史与思想史的研究对象。在他看来，前者是以"工具性"来对待媒介，媒介不过是一件随时可以脱掉更换的外套，后者则贯彻着"媒介即信息"的新理念，媒介成为了事物、现象的内在要素，是建构和重现历史的血肉。

1 月 30 日

杨新敏在《苏州大学学报（哲学社会科学版）》的《网络文学与民间文学》中指出，网络文学体现了一种民间的自由精神，网络文学与民间文学的特征有一种惊人的相似性，网络文学在体裁、题材和创作手法上也与民间文学类似。这种相似性提醒我们，或许我们应该换一种标准来评判它。

1 月 30 日

许苗苗在《海南师范学院学报（社会科学版）》的《网络文学的作者（写手）类型分析》一文中说，网络文学的作者又称网络写手，分参与型、文人型、表演型等三种类型。参与型写手年纪较轻，作品数量多，是网络文学作者的主体；文人型写手年龄偏大，有较好的文学功底，有的甚至还是传统文学界的高手，他们的作品网络性不强；表演型写手较关注时尚话题，注重自我展示，网络写作成为他们自我展示的一种方式。

1 月 30 日

于洋在《宁夏大学学报（人文社会科学版）》的《简析网络文学的多媒体性》一文中说，互联网的多媒体特性使得以它为依托的网络文学作品成为统合声音、文字、图像的多媒体文本，从而具有了影像化的特征，在很大的程度上改变了传统诗学话语中言、象、意三者之间的关系。另一方面，网络文学的多媒体化也剥夺了读者的思考过程，使其想象力变得贫乏，而这正是网络文学发展中自身潜存的一个深层次矛盾。

2 月 8 日

改编自同名网络小说的青春越剧《第一次的亲密接触》在上海逸夫舞台成功演出。从某种意义上说，它不但是越剧步入 E 时代的一次成功尝试，也是中国传统戏曲艺术直面当代社会并切入所谓"新新人类"生活的微距特写。在 2 月 10 日下午召开的座谈会上，浙江省戏剧家协会副主席吕建华强调，"把最为时尚的网络小说搬上越剧舞台，我们主要想搞一次实验，看看越剧这个剧种究竟能否表现最贴近现实的当代生活，目的是争取青年观众，让越剧这个剧种永葆青春活力。"

2 月 15 日

杨林在《中南大学学报（社会科学版）》的《中国网络文学的禅美学视野》中说，禅文化对网络文学的美学意义包括 7 个方面："空船载月"的禅境审美、"境随心转"的定力修为、"黄花般若"的诗性本源、"直抉神髓"的禅机灵慧、"鸢飞鱼跃"的本体性游戏、"山水自见"的平常心及"以淡照脒"的虚飘风范。

2 月 19 日

欧阳友权在《中华读书报》发表《网络文学：技术乎？艺术乎？》一文，认为"网络文学作为网络时代的文学，技术的因素比历史上任何一种文学都要多，因而不仅容易出现'只见网络没有文学'的现象，而且还容易导致文学的'非艺术化'和'非审美性'"，引起学术界的激烈争论。4月 22 日的《中华读书报》发表了张晖的商榷文章《网络文学不是游戏文学》，对欧阳友权的观点提出质疑，5月21日的《中华读书报》发表了何志钧的文章《网络文学：无法忽略的物质基因》，反驳了张晖文章的观点。随之，6月18日的《中华读书报》发表了欧阳友权的回应文章《哪里才是网络文学的软肋?》，进一步阐发他对网络文学局限性的看法。这次争论的内容被《人民日报》海外版、人大报刊复印资料、《2003年中国文情报告》、《观点——2003年文学》等报刊和文集转载介绍或评论，引起学术界的广泛关注。此后，许多博士研究生和硕士研究生纷纷以网络文学理论研究为学位论文选题，网络文学的评论理论研究迅速成长为一门显学。

2月

零点调查公司在对全国10个城市、9个小城镇地区的调查中发现，其中大专以上学历以及35岁以下的年轻群体中，短信的普及率最高，短信月支出达到28.15元。可以说年轻人人际交往的频繁和对社会现实的勇于直言推动了短信文学的流行，他们的激情澎湃和创作冲动又使得短信文化逐渐成为一种时尚。

2月

"中文在线中小学数字图书馆"第一阶段成果定型，数字图书资源总量突破1万册。所选的1万余种图书中，所收新书比例占到了近两年国内基础教育类图书出版量的60%以上，有效使用率高达90%以上。目前，"中文在线中小学数字图书馆"已在全国200多所中小学校试用，反映良好。

3月20日

余三定在《北京大学学报（哲学社会科学版）》的《文学创新必须积极面对现实》中指出，文学创新必须积极面对现实，一、积极面对社会现实。要努力写出表现时代的史诗性的作品来，积极地关注社会底层民众和弱势群体，积极地弘扬民族精神。二、积极地面对读者现实。要努力追求文学的时尚和长久生命力的一致，主动适应不断提高的读者欣赏水平，努力做到社会效益和经济效益的统一。三、积极面对自身的现实。要正视文学一定程度的边缘化，要看到文学在文体和创作方法等方面的新变化。

3月20日

四川大学博士生姜英在她的论文《网络文学的价值》中，对网络文学与传统文学在文学形态、价值倾向上的显著差异做了深入论述。她说，网络作为一种基于现代科技发明的新型信息传播媒体，不仅改变了文学的传播方式和传播渠道，而且带来了网络文学与传统纸媒体文学不同的诸多特点，如个人性、选择性、综合性、交互性、瞬时性、虚拟性、共享性等功能性特点。然而，当前从文艺学、美学的角度对计算机和网络技术给文学艺术造成的全面影响做深入、系统的专业研究却十分薄弱，不少研究将上述网络文学的功能性特点误认为是网络文学的本质特征，致使此类研究局限于现象性描述，难于深入把握到网络文学的本质。

3月23日

"今华网"在美国亚利桑那州注册。由海外大陆新移民创办，内容包括新闻、今华论坛、大陆论坛精华摘编等。公开声明禁止发表反华言论。

3月24日

欧阳友权在《文艺理论与批评》的《网络文学的后现代文化情结》中指出，后现代主义的典型特征是削平深度模式，消退历史意识，主体性与个人风格的丧失、距离感消失等。正是在这些文化精神的层面上，网络及其文学中凝聚着解不开的后现代情结，即后现代话语的知识态度、边缘姿态、平面化理念等，影响了网络文学的精神建构，而网络的思维范式和话语模式犹如复调音乐中的"卡农变调"般响彻着后现代主义的思想旋律，蕴藏着后现代文化的逻辑内涵。

3月26日

方正阿帕比（Apabi，为北大方正提出的 E-book 联盟品牌，五个字母分别代表产业链上的作者、出版社、分销渠道、读者和互联网）作为中国第一套也是目前唯一一套完整的网络出版整体解决方案，在首届 E-book 产业年会上大放异彩。E-book 年会公布的调查结果显示，截至 2003 年 3 月，与方正合作进入网络出版业的出版社已达 200 家，出版正版电子书 2 万种，预计到 2003 年底可达 5 万种，成功应用方正数字图书系统整体解决方案建设的数字图书馆达 200 家，提供电子图书下载的网站有 10 家，生产电子书阅读器的硬件厂家有 3 家。

3 月 27 日

上海大学专门为郭敬明举办了《幻城》作品研讨会，出席会议的有中国作协副主席叶辛、上海作协副主席赵长天、著名作家葛红兵等。为一位名不见经传的大学生作品举办如此研讨会，这在中国尚属首次。

《幻城》1 月底上市，让郭敬明一炮走红。至 12 月，累计销售 84 万册，据有关媒体报道，在 2003 年 11 月的全国文学类畅销书排行榜上，《幻城》名列第三；而他自己也在新浪网与南方都市报等媒体联合举办的"2003 年度中华文学人物"评选活动中，被提名为"人气最旺的作家"之一。《幻城》同年被苏州交通广播——欢乐都市夜节目组制作成广播有声版，并被播出。郭敬明的《幻城》给新世纪的中国文坛带来了极大的震动，使他成为新时期少年作家的领军人物。更有甚者，在这时，他又被春风文艺出版社买断了其在大学期间所创作品的首发权。一名尚不满 20 岁的学生，在文坛上如此身价百万，当今中国实属罕见。

郭敬明，上海大学肄业，网名是"第四维"，媒体由此称他"四维"或"小四"，国内"80 后"作家群代表人物之一。2005 年 3 月，《福布斯》杂志中文版推出的"福布斯 2005 名人榜"中，郭敬明排名第 92 位。主要代表作长篇小说《幻城》，主编畅销杂志《最小说》。

3 月 27 日

"金网"在加拿大多伦多注册，是综合性网站，主要为北美华人提供综合服务信息及服务，设有"华夏各地同乡"链接。

3 月 30 日

常晋芳在《现代哲学》的《网络哲学论纲》中说，人类社会正在从工业时代向网络时代迈进，作为时代精神精华的哲学也面临着自身的变革。网络哲学正是哲学反思网络时代的产物，即用网络的方式研究哲学，从哲学的角度思考网络。主要研究对象是以网络为平台和中介的人自身、人与人、人与自然、人与社会、人与文化、人与世界的网络化关系和活动。

3月31日

新浪网推出了中国第一个原创短信专栏——戴鹏飞原创短信。戴鹏飞有"中国短信写手第一人"之称，他认为短信创作要具备以下八大素质：一、大量积累、记录生活中真实的素材；二、掌握丰富全面的百科知识，不断学习新的知识；三、扎实的文字语言能力；四、各种文体、文学手法的运用；五、认真观察生活的点点滴滴；六、善于听取他人的建议；七、忍耐创作时的孤独和时间的煎熬；八、独具匠心，另类思维。

目前，戴鹏飞在几个方面引人注目：他有中国第一个原创短信网上专栏、中国第一个平面短信文章专栏、创立了中国第一个即时新闻短信、中国第一个短信商业广告、中国第一个短信电视幽默、中国第一个短信广播小品、中国第一个短信情景喜剧剧本……曾出版发行爆笑幽默剧《郝大男的特大难题》、悬疑推理剧《神秘的古董店》、网络言情剧《e网情深》，《个人MP3作品集》等，还曾担任52集电视系列短剧《快乐女人》的编剧、副导演，更重要的是，他写了中国第一本原创短信书籍，即将由一家颇有影响的出版社出版，名为《你还不信》，以一个成语"飞短流长"将他的名字"飞"和短信之"短"以及短信的影响力融合在一起。不久，还出版了首部手机短信诗集《我只在我眼睛里》，志在挑战那些"黄段子"。

3月

"天下书盟"网站正式开通，原创文学主站率先开站。5月，其青春文学、公益图书馆、在线社区等分站相继开站，获得广大网友的青睐与好评。截至2009年10月份，天下书盟策划出版图书已突破四位数，并成功将《龙人作品集》《无极作品集》《温州商道》及"天下奇幻书系"等优秀作品推向国际市场。同时，天下书盟文化传播有限公司通过"网站与公司发展三年规划书"，追资2300万打造天下书盟原创小说阅读序列，倡导健康阅读，引领网络原创改编漫画、游戏、电影、电视作品的时代。

3月

老牌文学刊物《诗刊》杂志在全国30多个城市发起"春天送你一首

诗"活动，发出了"反对短信息污染，提倡 e 时代文明"的宣言，号召群众用诗一样的语言为传统节假日和目前流行的节日撰写文明、高尚和具有优秀文学修养的短信息。

4 月 1 日

欧阳友权等著的《网络文学论纲》由人民文学出版社出版。这是国内第一部从基本学理上系统研究网络文学的学术专著。全书从一个较高的学术层面上，对包括上述问题在内的一些网络文学"元问题"作了自己的诠释，实施了对网络文学基础理论问题研究的学术性原创。书中，作者在廓清互联网时代文学生态的基础上，深入考辨了网络文学的文化逻辑、人文内涵、意义模式、存在样态、主体视界、创作嬗变、接受范式和价值取向等问题。最后，还对网络文学的发展对策作了省思和前瞻。本书的致思致理，不啻"筚路蓝缕，以启山林"。

4 月 30 日

许家竹在《东方论坛》的《数字化生存与文学创作》一文中从创作方式、主体结构、文本模式、表达手段四个层面，阐述了在数字化生存的语境下文学创作的新气象及其生命意义。

4 月

江苏广播电视台、《东方文化周刊》联合两家网站共同主办"2003'指上论键'之中国原创短信文学大赛"，在网上发布的文字广告这样写道："用先进的技术，传播先进的文化，'指上论健'挥舞'短信文学'大旗，'指上论健'引领短信文学潮流，呼吁文明，倡导时尚"。大赛在全国范围内征集短信诗歌、短信微型小说、短信楹联，历时 8 个月分三阶段进行，还通过网络人气点击与专家推荐评选出优秀短信文学作品。

5 月

创立于 2003 年 5 月的起点中文网前身为起点原创文学协会（Chinese Magic Fantasy Union），长期致力于原创文学作者的挖掘与培养工作，并以推动中国文学原创事业为发展宗旨。作为国内领先的原创文学门户网站，起点中文网是目前国内最重要的大型网络文学阅读与写作平台之一。"起点"将寻求商业模式的进一步创新，在广告和 WAP、KJAVA 等无线产品上进行新的拓展，创造新的可持续的盈利增长点。"起点"网还将涉足实体出版、影视改编、动漫改编等领域，并寻求众多周边媒体衍生产品的合作开发。起点网还将积极拓展海外市场，致力于进一步扩大作者群和读者群，挖掘起点网成功商业模式的潜力，打造成全球最大的华文文学创作与阅读平台。

5月20日

"美国华人资讯社区"在美国亚利桑那州注册，内容包括新闻、网站指南、社区论坛以及各类生活资讯等。

5月24日

谭军武在《文艺理论与批评》的《当文学经典遭遇时尚网络》中说，网络媒介的技术性大大地超越传统纸质类写作方式技术性的局限，能提供文字、图像、动画、声音等多种形式文本的互文链接和共处。更为重要的是，网络正在改变文本的生产机制，网络文本生产的周期性大大缩短。在这里，旧有的作家身份认证机制被彻底地抛弃，没有出版商也没有销售商，网络编辑或相当于编辑的人（版主、主持人等）象征性地把管着一扇向所有人开放的门。"作家"——这具有权力色彩的社会身份符码被互联网阅读与写作的即时性和共时性所削除。

5月25日

欧阳友权在《淮阴师范学院学报（哲学社会科学版）》的《网络文学：民间话语权的回归》一文中指出，网络的平等性、兼容性、自由性和虚拟性使它以平民姿态向社会公众开启民间话语权，打破了权力话语对媒体的垄断，为文学回归民间提供了技术保障，也创造了数字化时代全新的文学社会学。它通过对话平台、全民参与、宣泄逻辑和在场诗学模式，实现了文学的广场狂欢和心灵对话，从本体上置换了文学的生存形态，开辟了文学的新民间时代。

5 月 25 日

刘志权在《南京师范大学学报（社会科学版）》的《当代文学转型中的赛伯批评空间——兼谈网络文学的若干特性》一文中指出，网络及网络文学、狂欢化的当代文学以及日益民间化了的知识分子，三者将会互为表里，互相推动，形成狂欢化文学时代的第一个里程碑，从而对未来文学创作的形式、内容、格局都将产生深远影响。

5 月 25 日

夏青在《当代文坛》的《网络文学的唯美主义倾向》一文中说，综观其近年来的发展轨迹，网络文学总体上呈现出一种唯美主义的创作倾向。一、网络文学的题材范围十分狭窄；二、网络文学的主题大多空洞苍白、消极颓废、无病呻吟；三、情节简单肤浅以及人物塑造的非主流色彩；四、多数网络作者偏重于作品的语言艺术；五、盲目追求作品的现代感。唯美主义是形式主义的一种表现形式，网络文学从一开始就明显表现出唯美主义的倾向，对网络文学这一新生文学式样的健康发展极其有害，这种情况应该引起我们的充分注意。

5 月

黎家明的《最后的宣战》获得 2003 年度"马丁文学奖"，原因是它"唤醒人们对艾滋病的关注"，这是该文学奖第一次授予一位 HIV 感染者。

5 月

京华出版社推出孙晓《英雄志》。讲述亡命天涯的捕快、落魄潦倒的书生、豪迈不羁的将军与心机深沉的贵公子，四个人在黑暗时代中交错复杂的感人故事。命运相连，爱情故事动人，武打与剧情超出预料，被公认是具有"清明上河图"风貌的武侠小说。孙晓，台湾大学政治学系毕业，美国罗彻斯特大学公共政策硕士，2000 年与人合资创办"讲武堂"，并发表第一部长篇作品《英雄志》，现仍持续于武侠小说的创作与发表。

5 月

江苏大学人文学院面向全校同学开展了短信文学大赛，倡导"健康时尚"的校园短信生活。

6 月 19 日起

木子美在"博客中国"网上开辟了一个小空间，发表私人日记。在日记中，木子美记述了与不同男性之间的性爱经历，并把日记冠名为《遗情书》，木子美由此一炮走红。10 月中旬以来，《遗情书》的访问量每日增长 6000 次以上，成为中国点击率最高的私人网页之一。至 11 月 11 日，由于访问量过大，以至于"博客中国"的服务器和程序已经无法承受。围绕木子美，网友展开了一场激烈的论争。

木子美被称为广东第一个"用身体写作"的女人，有人将她与女作家卫慧和棉棉相比，认为"她的写实作风显得更为大胆"。有网民将其走红概括为"木子美现象"。

著名社会学专家李银河在听说木子美其人其事后，认为这标志着"在中国这样一个传统道德根深蒂固的社会中，人们的行为模式发生了剧烈的变迁"，"中国社会已经开始向第三阶段过渡了（不仅男性享有性自由，女人也将享有）"。中国人民大学社会学教授周孝正指出："木子美现象并非个体现象，它只是中国社会中新兴的缺少社会责任感的群体代表。"

6 月 28 日

由传奇文学选刊杂志社、广州大然文化公司和本地相关的出版社及文化部门联合举办的"大然传奇中国首届奇幻文学笔会"在广州召开，邀请了起点中文网、幻剑书盟、龙的天空等人气旺盛的网站，和数十位著名网络写手，各位写手欢聚一堂，被称为"玄幻文学界的第一次盛会"。

6 月 31 日

"北美生活网"在加拿大注册。该网的前身是加西生活网，改版后的北美生活网以新闻、旅游、社区生活和社区服务为特色，并致力于为加拿大西部华人提供一个广阔的信息交流和娱乐的平台。

6月

北京出版社将"非典"期间北京老百姓编撰的幽默短信汇集成册,推出《弹指非典——四月里的幽默派》一书,把"非典"那段刻骨铭心日子里的调侃和祝福真实再现。

6月

从2003年6月起,血红这个名字就成为网络文学的一个符号。他的作品众多,《流氓》三部曲,可称黑道YY文的教父,流氓文风的宗师;《升龙道》开创了现代黑暗修真流,成为东西方神话体系混同的鼻祖;《邪风曲》,集众家之长,把历史仙侠文带进了崭新的"血红时代";而《巫颂》,破天荒地对神秘的夏朝与巫教进行了系统化整理。他的码字速度奇快,创作总字数达到1400万字,被誉为"网络写手第一人",是起点中文网第一位(2004年起)年薪超过百万的网络写手。

6月

幻剑组建北京幻剑书盟科技发展有限公司,开始商业化的探索与转型。

6月

著名博客王吉鹏在"博客中国"陆续发表《网站CEO的下一个称呼:老鸨》《经营网络色情的CEO能判多少年?——网络色情的法律范畴分析》及《十问张朝阳、丁磊、汪延》《一个公民的拷问:谁应该为网络色情现状负责?》等文章,发起了反对互联网传播黄色内容的运动,矛头直指国内三大门户网站,引发巨大社会影响,博客的媒体影响力第一次获得社会认同,王吉鹏成为中国反网络色情第一人。

6月30日

柯秀经在《华南师范大学学报(社会科学版)》撰文认为,网络文学是一种崭新的文学样式,它在迅速发展中,优秀的网络作品体现出独特的审美特质:审美的虚拟性、互动性、超文本的结构美、符号多元化、娱乐性。

7月10日

司宁达在《南都学坛》撰文认为，网络文学是网络作家以网络文学语言为媒介来塑造网络文学形象、反映社会生活的一种靠网络传播并适合网上阅读的文学样式，题材与主题意义的狭隘、审美的失落以及网络文学形象的平面化是其局限性。网络文学的发展轨迹是在多种因素作用下"合力"的结果，网络文学的发展绝不可能一帆风顺，它必然要经过一个漫长的发展过程才能逐步走向成熟。

7月11日

"八阕"在美国马里兰州注册。汇集着从事电子信息工作而习惯象形文字的一族，意欲在辛苦劳作之余，跨越空间，于此小憩，所谈无非苗圃桑麻之事，但求尽得天道酬勤之乐。关切祖国，洞悉时事，领略科学，纵横古今，谐趣生活，主导时尚。其情貌或略似《吕氏春秋·古乐篇》所记载的八阕，故曰"八阕"。

7月23日

新闻出版总署音像电子和网络出版管理司与中国出版工作者协会协商，成立了中国版协游戏工作委员会。同时，为了保护广大青少年的身心健康，新闻出版总署音像电子和网络出版管理司与游戏工作委员会合作，组织制订了《健康游戏忠告》，要求从2003年9月1日起，各互联网游戏出版机构出版的互联网游戏出版物、电子出版单位出版的游戏类电子出版物，应设置必要的程序，在游戏开始前，在画面显著位置登载《健康游戏忠告》。

7月30日

周林妹在《辽宁教育行政学院学报》撰文认为，网络批评是一种新的批评方式，是一种在互联网上展开的"在线批评"或"即时批评"，它使文学批评活动实现了自由，使文学批评活动趋向大众化和传媒化。

7 月

明杨与读写网在原创作品更新信息共享方面开展合作，在双方网站首页显著位置提供对方的最新书讯。这应该是最早的 VIP 书站间的合作了。

年中

以《永不放弃之混在黑社会》为代表的"黑社会"小说，掀开了边缘题材的浪潮，在幻剑论坛展开了大量对于该类题材的争论，随着《我就是流氓》的上榜，这种争论更是达到了高潮。

8 月 1 日

晋江原创网创立，是全球最大女性文学基地，中文网站前百强。

> 附：晋江原创网的前身是晋江电信所创办的一个小 BBS，后发展成为晋江文学城和晋江原创网。目前，已有超过 100 本长篇小说通过原创网与出版单位签订了版权转让合同，与 6 家杂志社确定了合作关系，作为其供稿基地。同时，原创网也已与近 2000 名作者达成了长期代理协议，并计划 2009 年将签约作者人数增加到 3000 名。目前，日访问量超过 2000 万，拥有注册用户近 90 万，日平均新增注册数在 3000 人以上；注册作者 27 万；小说 30 多万部，并以每天 500 多部新发表的速度继续发展。网站平均每 2 分钟有一篇新文章发表，每 10 秒有一个新章节更新，每 2 秒有一个新评论产生。

8 月 23 日

北京邮电大学网络文化研究中心成立暨网络文化与社会发展学术研讨会在北邮科技大厦隆重举行，著名学者季羡林先生发来热情洋溢的贺信。会上，网络文学问题引起与会者的浓厚兴趣。北京师范大学王一川教授生动揭示了网络文本的虚拟性、双向性、无纸无言性、口语性、反传统性和分延性等特点，并由此强调指出网络文学明确以日常逻辑结构取代想象逻辑，体现了"日常生活第一"的新的生活哲学。中国社会科学院文学所孟繁华研究员认为网络文学已经成为这个时代的表征之一，它不仅塑造了自己的文学英雄，而且建立了自己如江湖语言一般的文学语言。从这个意义上说，不应夸大网络的开放性、自由性、平等性神话，进入网络文学首先遭遇到的依然是等级/权力关系。

8月25日

"起点"第二版改良版发布。这次改版可以称得上是网络文学史上最成功的一次改版。在随后的日子里，这个版本的优点不断地被其他文学网站模仿，以至于2005年以后，几乎80%文学网站的界面都和起点雷同，甚至Tom等门户网站也全盘采用起点的界面。即便是起点自身也难以进行更好的改进，以至于起点的第三版已经成了传说中的名词。

几乎是和起点改版的同时，幻剑也进行了改版，取消了积分系统。但取得的效果却截然相反，相当数量的读者对新版表示不满，更有大批读者无法登录，导致了这些读者纷纷转投起点。（值得一提的是，"风灵儿女王"因改版后无法登录幻剑而驾临起点，更是对双方的消长起了决定性的作用。）虽然幻剑在随后的日子里不断参照起点成功的经验，对界面进行改进，但收效甚微。到了2004年11月，幻剑被迫将评论区改回到旧版，变相承认了2003年这次改版的失败。

8月29日

魏岳发表了题为《疑问幻剑对文章的监督审核》的帖子，一时间名家云集，纷纷对幻剑的文学环境的恶化表达了自己的关注。最终"川子女王""要是真的建立商业化公司的话，最重要的倒不是人气有多高，而是有支付能力的人气有多高"的一番言论，得到了幻剑管理层的认同。第二天，幻剑就宣布为了"改进排行榜的弊端，纠正目前书盟的不良现象"，修正作品审核的条件，限制部分不符合规格的作品进入排行榜。

8月31日

幻剑发布作品收录原则2.1版，宣布将内容有较多情色、暴力描写的作品，定级为限制性作品，禁止该类作品上榜。血红等作者被驱逐，大量作者转投起点。

9月8日

"美国中文"在美国亚利桑那州注册。定位于为美国各地华人提供生活服务信息的大型综合中文社区门户网站,内容着重于美国社会与美国生活的方方面面。包括新闻中心、社区活动、专题报道、在线游戏、论坛聊天等板块。

9月23日

于洋在《天津社会科学》撰文认为,超文本链接技术的应用,使得网络文学作品的创作和接受不同于以往的传统文学作品,也使得网络文学体现出一种对传统文学的"颠覆"性的改造,成为解构主义思想的不可多得的生动"例示"。而这既是文学发展的一个推动力和宝贵机遇,同时也体现出网络文学自身潜存的深层矛盾。

9月30日

欧阳友权在《中国文学研究》的《网络文学对传统诗性的消解》一文中指出,网络文学所依凭的后现代主义文化逻辑,导致传统诗性的价值消解。其表现是:网络化的欲望写作以自况式的展示价值替代了诗性深度的膜拜价值;网络作者对诗学信念的技术化演绎如游艺化、超媒体、超文本、链接修辞等,造成了对宏大叙事的能指飘浮和审美逻各斯的消弭;网络作品对文学书写的淡化和对图像感觉的强化,抽空了艺术审美体验的心智基础。

9月30日

欧阳友权在《理论与创作》的《网络文学自由本性的学理表征》一文中指出,"自由"是文学与网络灵犀融通的桥梁,是艺术与电子媒介结缘的精神纽带,网络文学最核心的人文本性就在于它的自由性,网络的自由性为人类艺术审美的自由精神提供了新的家园。

9月

9月份,国内各书站的流量都开始了飞速增长,一直到了2004年初逐渐平稳下来。流量的增加为各网站开展 VIP 提供了坚实的基础，文学网站迎来了自上世纪末的黄金时代后的第二个发展高峰。

10 月 1 日

"东方网"在加拿大创建。

10 月国庆期间

"天下"推出自己的 VIP，并号称付给作者 1 角钱 5 千字的稿酬。

10 月国庆期间

起点中文网全面实行付费阅读，推行分级付酬的网络版权签约制度，商业化运作迅速提升了其知名度与影响力。付费阅读模式并非起点中文网的原创，但其运作模式获得了媒体的高度关注，也受到受益的网络写手的拥护。起点中文网开发的 VIP 阅读模式的主要特点为：一是对网上优秀作品进行签约，前半部供读者免费试阅，后半部需付费阅读；二是以章节为单位，按 2 分/千字的价格进行销售，如仅选择部分感兴趣章节，费用更低；三是作者可获得用户付费额的 50%—70% 作为基本报酬，且按月结算；四是作品创作、发布、销售、反馈以分钟为间隔，作者与读者实时互动；五是尊重版权、严格准入，每个作者必须提供真实身份，对新上传作品必须声明版权所有权。起点所开创的付费阅读模式带来了行业内的巨大变化，而今，几乎所有的文学网站都"复制"着起点的模式。

10 月 15 日

欧阳友权在《中南大学学报（社会科学版）》的《网络文学的审美设定与技术批判》中指出，探寻网络文学的学理原点须要确证这种文学的人文性审美设定，据此开辟人类的审美空间，提升文学的价值道义。在网络文学迅猛发展的时代，人类应该保持对网络技术理性的批判精神，避免网络写作中以游戏冲动替代审美动机，以技术智慧替代艺术规律，以工具理性替代价值理性。

10 月 15 日

姜英在《中南大学学报（社会科学版）》的《论网络文学的文体学创

新》中说，从文学文体学角度对网络文学的文体学创新进行研究，认为网络文学的文体创新主要表现为三个方面：即体裁创新、语体创新和风格创新。三者共同构成了网络文学较之传统文学不同的文体特征。它们赋予网络文学以生机，同时也提出了一些值得进一步思考的问题。

10 月 23 日

首届中国国际网络文化博览会在北京中华世纪坛隆重召开。此次网博会是以"繁荣网络文化市场，发展信息文化产业"为主题，旨在推动我国网络信息技术与文化产业的有序繁荣、健康发展，并营造一个国际化的交流平台。从某种意义上讲，本届网博会同时亦在我国网络领域与文化产业引发了一场关于人文问题的深刻反思。

10 月 30 日

柯秀经在《华南师范大学学报（社会科学版）》的《网络文学的审美特质》一文中说，网络文学是一种崭新的文学样式，它在迅速发展中，优秀的网络作品体现出独特的审美特质：审美的虚拟性、互动性、超文本的结构美、符号多元化、娱乐性。

10 月

10 月份的转签风波可以说是起点建站以来最严重的一次危机。在起点的 VIP 之路陷入绝境的时候，刚刚流浪到起点的"蛤蟆"挽救了起点。《天鹏纵横》的热卖，为起点带来了大批会员，终于挺过了难关。其间，天鹏 VIP 章节的提前泄漏，一度导致起点十分被动，好在蛤蟆迅速修改了剧情，通过发布与泄漏章节不同的版本消除了不利影响。

10 月

逐浪网成立，是中国最大的小说综合门户网站之一，前身为国内著名的文学站点——文学殿堂，曾经获得《电脑报》编辑选择奖和二十大个人站称号。2006 年 6 月，逐浪网归入南京地区最大民营书店大众书局（原南京书城）的旗下，被收购后的逐浪网发展迅猛，每天访问量超过千万 PV，拥有 700 万注册会员，每天独立访问用户超过百万。提供的文学作品主要包括武侠修真、玄幻、都市等类小说，拥有数万部优秀小说的版权交易代理权、数十万部授权小说库及国内外大批优秀的作者。

10 月

"东方网"在加拿大温哥华注册，是一个以服务于本地区华人为主的综合性社区网站。内容涉及华人生活的方方面面，为华人之间的交流提供一个互动平台。主要板块包括论坛、生活服务资讯、网友个人专栏、跳蚤市场、博客等。

10 月

起点中文网总结了收费阅读的经验教训，尝试建立了 B2C 平台，是指提供企业对客户间电子商务活动的平台，即企业通过互联网为消费者提供一个新型的购物环境——网上商店，消费者在网上购物和支付。

10 月起

起点中文网又实行了"原创文学作品网络版权签约制度"，同时还推出"职业作家体系"。玄幻网站为网络玄幻武侠小说职业作家提供稳定的保底年薪以及高额提成，并对畅销书作者进行物质奖励，此时网络玄幻武侠小说的"VIP + 实体书出版"的赢利模式已经初具规模。同时，网络玄幻武侠小说的畅销又带动了原有武侠期刊的发行上升和改版。至此，以网络玄幻武侠小说为主体的网络商业文学产业链完全形成，网站和作者都得到了极好的回报。

10 月底

起点参加了 2003 年全国个人网站大赛并获得第一名，这也是起点参加的唯一一次网站大赛。以后随着起点在业内领先的幅度越来越大，起点也失去了参加这种大赛的兴趣。

11 月 1 日

在 2003 年全国个人网站大赛上，起点中文网从 2000 多家参选网站中脱颖而出成为第一名。

11 月 21 日

方正阿帕比数字版权保护系统（Apabi DRM）获得 2003 年度"信息产业重大技术发明奖"。DRM 技术的核心是解决网络阅读防盗拷、防扩散、限制用户等关键性问题，从而保护出版者合法权益和科学统计网络阅读数据等。方正集团荣获此项大奖，标志着国内的网络出版核心技术开发取得突破性进展，进入网络出版时代在技术上已成为可能。根据北大方正有关统计资料显示：截至 2003 年底，全国已有 300 家出版社全面启动网络出版；超过 100 万册电子书被读者下载阅读；500 家图书馆把 E-book 作为核心电子资源之一启动数字图书馆建设。

11 月

由新浪网主办，旨在挖掘并推出新生文学力量的网络文学年度赛事。除 2004 年以外，每年都举办一次，截至 2011 年，共开展了 7 次。

11 月

南海出版社推出了菊开那夜的《空城》。《空城》的"空"，是现代都市的茫然。空城，灭寂般、扑火灯蛾般奋不顾身追寻某些理想，而每每扑空，过于仓促的脚印只是浅现，执着追寻有时原来只是执迷于幻觉。将那么多种悲痛遭遇戏剧性地集中在一起展示，不知道是否为了印证《圣经》那句"远离爱，无惊无怖"。看着书中人物的命运，不由感慨起一句老话："幸福只有一种，不幸有许多种。"《空城》里面那些女子似乎都无法逃脱其命中的定数，性格即命运，一切在作者塑造人物其性格及影响其性格的遭遇已经注解。

菊开那夜，原名吴苏媚，自由撰稿人，已出版作品有《隐忍的生活》《空城》《一直到厌倦》《有一种疼，微微》《声声叹》《得不到，已失去》《七宗爱》《丽江无恋事》《爱别离》《我的他，我的她》《星空下的咖啡馆》《你给的冬天》及《永不原谅》《红杏出墙》《找到那棵树》《十二女记之不过如此》等。

11 月

南通师范学院"羚网杯"校园短信文学大赛拉开帷幕。

11 月

新闻出版总署有关部门又制订完成《互联网游戏出版管理办法》，并在 12 月于昆明召开的全国音像电子和网络管理工作会议上，向与会者提交了《互联网出版管理暂行规定》的修改草案。

12 月 6 日

第二届中国互联网大会暨 2003 年中国互联网协会会员大会在北京举行。此届大会是在互联网经济开始复苏、互联网产业与传统产业开始有机结合、互联网产业链开始重新整合的形势下召开的。与上次大会相比，本次新增加的论坛有网络游戏论坛、网络经济论坛等。会议同期还举办了中、日、韩互联网协会共同主办的第二届亚太宽带论坛。

12 月 16 日

"新媒体与当代诗歌创作"研讨会在首都师范大学中国诗歌研究中心举行。

12 月 18 日

新闻出版总署会同信息产业部、国家工商行政管理总局、国家版权局、全国"扫黄""打非"工作小组办公室等部门联合发出了《关于开展对"私服"、"外挂"专项治理的通知》，明确认定其为非法网络出版活动，决定自 2004 年 1 月 1 日起，在全国开展为期三个月的打击游戏"私服"、"外挂"的专项治理活动，清查和依法取缔从事"私服"、"外挂"经营行为的网站及销售"私服"、"外挂"客户端程序光盘，游戏充值卡的网点，依法查处有关责任单位和个人。

年底

教育部哲学社会科学研究重大课题攻关项目《博客（Blog）技术及其

对组织沟通和社会交流方式的影响研究》正式立项，这标志着博客研究在中国学术界正式展开。

是年

◆著名文学网站"黄金书屋"在 2003 年开始提供专供下载和在线阅读的部分手机文学作品。并对手机文学做了诠释："手机文学，为手机量身定做。方寸之间，领略都市生活的流行趋势；指掌之上，品味网络文字的风趣睿智。"该网站短信栏目分类（"行走都市"、"没完没了"、"读图时代"）全部具有手机短信式的简洁。

◆广东作协首创先河，开通了官方网站"广东作家网"，由机关单位工作人员负责，展示作协新闻、作家作品等信息，并在随后数年先后进行过两次大型的升级改造。

◆2003 年，萧鼎的《诛仙》现身网络，是最早连载于幻剑书盟网站上的一部网络古典仙侠小说。

《诛仙》情节跌宕起伏，人物性格鲜明，书中反复探究的一个问题就是"何为正道"。"天地不仁，以万物为刍狗"是这本小说的主题思想。创作中，萧鼎稳稳地立足于中国传统文化，坚定地承袭着中国古典志怪、神魔小说的衣钵，将玄怪奇幻与江湖风云很好地捏合在了一起。在其中，读者可以毫不费力地发现《西游记》《封神演义》《镜花缘》等中国传统神魔小说的影子，这非但没有令人产生陈旧之感，反而因其在内容与形式的构成要素上所具有的亲切感，而颇受欢迎。上网后掀起了玄幻小说的热潮，曾以每天 200 万人次的点击率向前推进，出版了 8 本还是欲罢不能，成为与《飘渺之旅》《小兵传奇》并称为"网络三大奇书"中唯一的一本武侠小说。《诛仙》证明了奇幻小说的"热"，同时也证明了它的"冷"，因为传统出版市场对"武侠小说"的阅读期待是比较高的，而对所谓的"奇幻武侠小说"仍持观望态度。《诛仙》因为具有传统武侠小说的基本要素，又具有强烈的奇幻性，所以才赢得了"武侠迷"和热衷奇幻小说的青少年读者的同时青睐。

◆玄雨在起点中文网首发《小兵传奇》，亦被誉为"2003年网络文学三大奇书之一"。这不是一部科幻作品，因为除了未来的背景外，一切都符合玄幻的要素。次年，在新浪网的热词榜中，《小兵传奇》位列十大热门小说之首。而在百度最新的小说排行榜中，玄幻小说已经占据了绝对优势，其中前两名分别为《小兵传奇》和《诛仙》，这是玄幻小说首次进入主流话语范畴。

◆萧潜在鲜网推出《飘渺之旅》，被誉为"2003年网络文学三大奇书之一"。《飘渺之旅》开启了修真类小说的先河，并创造了一个较完整的修真体系；从此书开始便冒出了许许多多的修真类小说，带动了一股修真的热潮。这是一本成功的网络小说，值得广大写手们借鉴。

◆痞子蔡（蔡智恒）在2003年新推了作品《夜玫瑰》——"每个人的灵魂深处都有一朵他（她）深爱的玫瑰，一本寂寞的人写给寂寞的人看的书。"从《第一次的亲密接触》《雨衣》《爱尔兰咖啡》《榭寄生》到如今这第五部小说，痞子蔡在同时代的写手当中，是少数几个依旧坚持不离开网络的写手，虽然他这五部作品具有很多内核上的相似性，然而读者依旧认可痞子蔡，认可他的变与不变。从某种意义上说，痞子蔡更像是网络文学的精神领袖，在下一个能与他的影响力匹敌的作者出现之前，他的生命力与人们对于中文网络文学生命力的牵挂与期待丝丝相扣。

◆在上半年的图书排行榜上，钱钰的《奇迹幕天席地》填补了中国原创青少年魔幻类畅销书的缺席。该书是一部开创性的小说，它是从网络游戏发展而来，又赋予网络游戏以文化意义，一问世就得到了网络业和媒体的普遍关注。小说还尝试网上网下的真实互动，每本书赠送的光碟和点卡，都使小说实现了"物超所值"。

◆2003年，"古典小说之家"论坛将足本的《姑妄言》拖到了网上。据"书香古色"制作的《姑妄言汇编》网络版提供的资料称，清代奇书《姑妄言》是继《金瓶梅》之后最著名的艳情小说之一，作者以明亡清兴前后数十年为背景，提供了又一幅《金瓶梅》式的风俗画卷。目前已有多个网络版，其中最流行的是"钱建文 e 书制作"24 回"二校本"。参与《姑妄言》"网络抢救与修复活动"的有 mr63698、小李飞刀、一条大河、mkwch、yiming、liang4988、thomasluo1、lao1g、siketefu12、chm、imrockit、fbp2001、cdliao_ xr、wave99、l4z5 等网友。从这个意义上说，e 版《姑妄言》"重出江湖"，正是网络时代文学生存与发展样态的生动写照，是"网络神话"所演绎出的又一个"奇迹"。

◆"北极星海外文学与生活"在加拿大创建。

◆"火凤凰"在美国创建。

◆2003 年的网络上依旧喧哗，但文学作品的关注集中度似乎不如从前，遵循着网络造星机制，在慕容雪村和何员外之后，登场的是苏昱和《上海夏天》。苏昱的《上海夏天》对慕容雪村的《成都，今夜请将我遗忘》做了某种精神上的观照和沿袭，70 年代生人将一段记忆抛锚在一个地名里，虽然《上海夏天》中的一切其实有些"不上海"，它联通了 70 年代一代人关于青春的记忆。

◆中智博文图书有限公司成立。2010 年成为盛大文学旗下成员，是一家专业从事图书策划、营销推广和发行代理的民营图书企业。在开卷 2011 年社科类市场最畅销的 1000 名榜单中，中智是入榜最多的民营出版公司。

◆快眼看书是 2003 年成立的一个搜索引擎，根据网络上的内容列出索引以方便查找小说的最新更新。快眼看书独有的章节自动聚合技术，将杂乱无章的搜索结果按照不同网站的相同章节清晰地分类汇总后呈现在快眼看书，为读者提供免费、舒适的阅读体验。

◆2003 年，烂醉如泥先生的《永不放弃之混在黑社会》，掀开了边缘题材的浪潮，也引发了该类题材的争论。

◆2003 年值得一提的是，老作家的重出江湖。先是当年写《杨小邪》

系列的李凉，在从商多年后重出江湖，不过不是写他赖以成名的嬉笑武侠，而是改写"具星际大战之科幻和中国神秘传说结合之魔幻、神奥系列"；接着更厉害的，是辍笔已经近三十年之久的萧瑟先生，为稻粱谋而写新武侠《霸王神枪》。

◆在今年数也数不清的"回到过去"的作品之中，《变革》和《梦幻王朝》，是能够让笔者留下深刻印象的作品之一。《变革》之所以能够脱颖而出，是由于作者切入点新奇，肯下功夫翻阅当时的资料，设想主角在过去的时代中的行为。作者态度的认真，比起那些对笔下的年代一无所知就开始创作，写作途中猛然发现问题才匆忙问人的写手，不可同日而言。网络幻想类作品日益同质化，个个看起来都面目相似，作品如何保持自己的特色，变成了一门很大的学问，只有这样，才能在众多作品中脱颖而出。

◆2002年底到2003初，一本名叫《中华再起》的网络小说突然红遍大江南北。从传统文学的角度上讲，这篇小说甚至不能被叫做小说，只能算是一个长篇幻想流水账。但这本书的特殊性，却让中华杨的名字与架空历史小说这一网络文学的类别紧紧地联系到了一处。此后，人们提起架空历史小说，就无法忽略中华杨，无法不提《中华再起》。

◆据新闻出版总署有关部门统计，目前实际从事网络出版业务的机构和企业超过500家，到2003年上半年正式向新闻出版总署申请互联网出版许可的就达180多家。网络出版从业人员总数超过3万人，其中各类编辑人员超过1万人，除一部分来自传统的编辑出版行业外，其他大部分都是各类专业人员。

2004 年

新年

起点发生了开展 VIP 后的第一次当机事件。虽然问题得到了很快解决，但在以后的很长时间里，当机的阴影一直笼罩着起点，发生了多起当机事件。直到 2004 年 10 月被盛大收购后，才依靠盛大的资源彻底解决了这个问题。

1 月 1 日

"龙域华人"在中国北京注册，是一个以丹麦为主的欧洲中文网站。内容包括欧洲新闻、中欧文化、中国欧洲商务交流等各方面。

1 月 1 日

被媒体评为"中国十大青春小说"之一的《草样年华》由远方出版社出版。

本书是一部描写大学生活的长篇小说，以邱飞和周舟的爱情生活为主线，塑造了邱飞、杨阳等个性鲜明的人物。本书曾经创下过新浪 300 万点击的辉煌。能吸引如此众多的目光，是因为每个人都能在这本书中找到自己的影子。爱情、生活、人生，我们跟着主人公畅游其间，同时也在此中感受自我。源于生活又高于生活，作者把小说的精髓发挥得淋漓尽致。

作者孙睿，刚从大学毕业，其鲜活生动的文笔；幽默诙谐的文风，深得京味文学的精髓，常常使人在怅然若失之余又忍俊不止。被网友们视为"青春小说的新掌门"、"青春小说的最后一个酷哥"。

1月5日

"新浪·万卷杯"原创文学大赛（第一届华语原创文学大赛）在京举行颁奖仪式，中国作协副主席张炯等出席颁奖仪式。本次大赛共收到参赛作品18517篇，经激烈角逐，最终有15篇小说、2篇抒情散文获奖。其中段战江的《寂寞山水苏格兰》、乡村的《忧伤的河流与屋檐》获优秀抒情散文奖，安昌河的《忧伤的炸弹》获最佳短篇小说奖，铸剑的《黑耳朵》获最佳中篇小说奖，阿闻的《纸门》获最佳长篇小说奖。铸剑成为本次原创大赛脱颖而出的黑马，他的中篇小说《黑耳朵》、长篇小说《合法婚姻》（获全场大奖）得到众多评委的赞誉。

1月5日起

网名为"竹影青瞳"的写手陆续把自己在天涯社区发表的文字转到社区的个人博客中，并在每篇文字后面贴上自拍的裸照，其博客在一个月内点击率飙升到13万。有知情人统计，截至2月初竹影青瞳的裸照被删除，她粘贴在自己博客上的照片共有三四十张之多。竹影青瞳在自己的天涯博客宣言中说："我的热血那么容易就澎湃，于我而言，写作是出于被迫，因为我非写不可，不需要原因，而我对我自己身体的自拍，只是因为我有冲动要这么做。我的鲜血直往头上涌，我想看见自己美丽的样子，然后让人也看见。我在担心我会不会有一天彻底抓狂，自恋至死。"有网友把竹影青瞳称为网络上的"竹子美"，并称竹影青瞳的裸照现象为"后木子氏时代"。

1月13日

新闻出版总署批准设立了首批50家互联网出版机构，这50家互联网出版机构可分为五大类，一是现有出版单位增加互联网出版业务的机构，二是经营互联网出版业务的综合网站，三是电信部门所属ICP经营互联网出版业务的网站，四是主营互联网出版的网站，五是各类互联网游戏出版网站。

1 月 15 日

中国互联网络信息中心（CNNIC）发布的第 13 次《中国互联网发展状况统计报告》称，截至 2003 年 12 月 31 日；中国互联网用户数量达到了 7950 万，占全国人口总数的 6.2%，居世界第二位，比 2002 年增加 2040 万，年增长率为 35%；上网计算机数量达到了 3089 万台，比 2002 年增加 1006 万台，年增长率为 48%；网络国际出口带宽总数达到 27216M，比 2002 年增加 17836M，年增长率为 190%；CN 域名总数达到 34 万个，半年之内增长了 9 万个，平均每月增长约 1.5 万个；WWW 站点数量达到 59.6 万个，半年之内增长了 12.6 万个，平均每月增长约 2.1 万个。互联网产业已经成为中国影响最广、增长最快、市场潜力最大的产业之一。

2 月 2 日

春树登上美国《时代》周刊亚洲版封面，与韩寒、曾经的黑客满舟、摇滚乐手李扬等 4 人被认为是中国 80 后的代表，并与美国 60 年代"垮掉的一代"相提并论。

2 月 24 日

在新闻出版总署音像电子和网络出版管理司的指导下，上海天之图网络科技有限公司与中国最大的软件销售商北京连邦软件股份有限公司、电信巨头中国电信集团互联星空事业总部以及全球最大的芯片巨擘英特尔公司，携手成为战略合作伙伴，志在打造中国的民族网络游戏联盟，开创网络游戏应用合作领域的新纪元。

3 月 1 日

欧阳友权在《网络文学本体研究》的博士论文中，运用本体论哲学思维探究网络文学时，借鉴"回到事物本身"的现象学方法和"存在先于本质"的本体论追问模式，聚焦网络文学"如何存在"又"为何存在"的提问方式，选择从"存在方式"进入"存在本质"的思维路径，从现象学探索其存在方式，从价值论探索其存在本质，即由现象本体探询其价值本体，解答网络文学的存在形态和意义生成问题。

3月3日

由北京人文大学文学院举办的黎将长篇小说《在美丽间我们交换爱情》（新世界出版社）研讨会在中国现代文学馆举行。《在美丽间我们交换爱情》和一大批同类作品的出现，标志着现代青年一代借助网络文学的捷径对传统写作模式的打破，改革开放后成长起来的新青年正以空前的勇气、非凡的才学和冲击力迅速占领文学空间。

3月11日

《北京晨报》刊登了树儿的《娘，我的疯子娘》。这是一篇近期在众多中文论坛中被转载的帖子，而且每一次的转贴，都赢得惊人的点击率，每一个回复的内容都与"哭"字有关。在网上文字铺天盖地相互湮灭的今天，这个帖子无数次被泪水擦亮，受到持久的关注。在中青论坛，这个帖子已被作为"每日精彩"而置顶数日，版主在回复中称"近年来所见文章，此篇当居第一"。

3月15日

姚鹤鸣在《学习与探索》的《法兰克福学派文艺技术化批判的批判——兼论网络文学存在的合理性》一文中指出，文艺的技术化毫无疑问与传统的文艺观相悖，但从另一个方面观察，它又能够促使文艺的发展，促使文艺功用目的的真正实现。科学技术和文学艺术不是截然对立的两物。网络文学正是这两物矛盾对立统一在崭新时代的产物，它有它存在的合理性——体现了真正的"创作自由"，拓展了创作的空间，为多种艺术样式的融合提供了可能。

3月

中国第一套诗歌网络丛书——"诗歌报网站诗丛"在上海首发。

3月

由《星星》诗刊、南方都市报和新浪网联合举办的"甲申风暴·21世纪中国诗歌大展"中，除了少量"散户"，主要是以"民刊·社团"和

"网站·论坛"为单位展出各派代表诗人及其代表诗作，表明网络和民刊已成为新世纪诗人群体集结的主要方式。

3 月

天方听书网创建。天方听书网专注于有声读物的研发和市场运作，为广大听友提供最时尚最前沿的听书资讯和听书内容。网站内容涉及经济管理、中外文学、古典文学、现代文学、儿童文学、探案悬疑、科幻文学、百科知识等近 20 个大类。天方听书网 2004 年正式运营，成为国内建站最早且独有特色的听书网站，曾获"中国 Web2.0 100 佳网站"等殊荣，是国内唯一一家拥有国家广电总局颁发的"网络视听节目传播许可证"的正规听书网站。

4 月 1 日

随着新版 VIP 阅读器的推出，起点 VIP 作品总数增加的 100 部，无论从数量还是从质量上来说，都远远超过其他网站。在起点的公告中称"经近半年的不断努力和发展，其中稿酬最高已经达到创纪录的千字 40 元（即单章节 2000 人次订阅，就稿费而言已与国内出版稿费持平），数十部作品稿酬收入在千字 20—40 元间，起点累计发放稿酬已近十万余元，仅 3 月份起点 VIP 作者稿酬冠军就得到超过 4000 余元的月收入"。

4 月 15 日

欧阳友权在《中南大学学报（社会科学版）》的《论网络文学的平民化叙事》一文中指出，互联网的兼容与共享性，使它以平民姿态向社会公众开启文学话语权，从而形成了网络文学平民化的叙事模式，即民间本位的写作立场，凡俗崇拜的认同范式和感觉撒播的表达视界。

4 月 15 日

吴苑在《网络文学：媒介与文化间的行走》的硕士论文中，试图从媒介与文化的关系出发，具体考察网络媒介的多元性、开放性与互动性对于网络文学新质性的塑造，揭示网络文学对旧有文学规范的颠覆；同时也将从创作心态、题材内容、表现手法、文体风格等方面，对网络原创文学自身的创作特点做出具体的探析，尝试揭示网络文学存在的危机，预测网络文学发展的前景，并试图给出一定的具体措施，以使得网络文学能够从不容乐观的发展态势中走出来，重新获得自由健康的发展。

4月15日

周芳在《重庆社会科学》的《试论网络文学的语言特点》中，从网络写作的特殊风格出发，提出"网络语言"这一概念，从语言学的范畴分析网络文学语言的三个特点：文字与数学符号组合，语言简洁幽默；超文本链接与互动书写并用，语言纵横伸展；多种艺术材料组合，语言文字为主。

4月23日

舒晋瑜在《中华读书报》上撰文《华夏出版社热推网络文学》，称"华夏出版社近年来推出了数量可观的网络文学作品，令人印象深刻"。如该社的《情调EMAIL——网络文学采撷本》《我的大学没恋爱》《点一支烟燃烧孤独》《我想告诉你我不配做你的兄弟》《理工大风流往事》《华山论"贱"》《热恋网络》《失恋网络》和《一点正经没有——戏仿名作》等，都为网络文学注入了一股新鲜的血液，也引起了良好的市场反响。

4月30日

王菊花在《黄冈师范学院学报》撰文认为，用巴赫金的狂欢理论去观照当下流行的网络文学，可以发现网络文学具有丰富的狂欢特性：网络文学具备全民性，同时还具备虚拟性、符号化特征，网络文学还充满着激情的宣泄和个性张扬的狂欢气氛。

5月1日

谭德晶的《网络文学批评论》一书由中国文联出版社出版。该书是网络批评研究的集大成之作。全书分为五章，"多维视野下的网络文学批评"，"网络文学批评的主体""网络批评的美学特征"，"批评文本的革命"，"回顾与展望"，内容丰富，论述较为严密，是"网络文学批评"研究的标志性著作。

5月1日

罗立桂在《网络文学的创作特征及其对传统文学写作品格的解构》的硕士论文中，在揭示网络文学创作特征的基础上，一方面深入研究网络文学对传统文学写作带来的挑战，以求变革旧有的文学写作理论，另一方面重点分析网络文学的负面影响，试图对网络文学创作从理论上加以引导，切实解决工具理性膨胀与人文精神失衡的问题。

截至5月8日

中国最大博客网站 CNBlog 目录集中 3022 个登记的日志中总共只有 117 个文学日志，还有一些与文学相关的日记，情感、个人生活类的网络日志占了不小比例。

5月11日

中国社科院文学所白烨研究员在《2003 年中国文情报告》学术成果发布会上，向学界介绍了此项课题研究的思想脉络和过程。白烨说，目前我国的文学在"市场"与"艺术"的两极上游走，出现了一些新的特征。在文化多样性的时代，应注意和加强文化的正确导向。包明德、李德顺、谢寿光等出席会议，认为此课题比较系统地对 2003 年文学进行了分门别类的追踪与考察，清点了年度文学的成果，描绘了年度文学的风貌，记录了年度文学的足迹，梳理了年度文学的脉络，特别是通过对一些倾向性文学现象的捕捉，整理了年度文学的宏观走向与主要问题。可以说，该报告是一份较详细的文学历史记录。

5月21日

棉花糖开始撰写《谈谈心，恋恋爱》。该书以充满青春气息的笔调，描写了新一代大学校园的清纯爱情故事：心地单纯、与人为善的大二男生棉花糖，有贼心没贼胆却又至情至义，漂亮、聪明、古灵精怪女主人公林巧儿对棉花糖的贼心总是"该出手时就出手"，"收拾你没商量"。棉花糖每次以为这"贼心"可以得逞时都会被聪明又"野蛮"的林巧儿兜头一顿狂 K……他们相互"收拾"却真正是至情至爱，演绎出清纯如水又感人至深、令人捧腹的爱情喜剧。被誉为中国版《我的野蛮女友》。

新浪网称此书为 2004 年度最受追捧的网络青春纯爱小说。在搜狐网上，此书的点击率超过一千万，但此书的作者却相当神秘，媒体上很少出现过有关他的访谈。

5 月 25 日

欧阳友权在《三峡大学学报（人文社科版）》的《网络文学的后现代文化逻辑》中指出，网络文学的"游戏规则"是倡导平面化的表达、无深度的言说、零散化的复制，因而网络文学与后现代话语在诗学层面上也就有了逻辑上的偶合，网络对诗学的后现代价值结构正在数字化的蛛网重叠与触角延伸中悄悄地展开。其一，网络化的欲望写作是以自况性展示价值替代诗学深度的膜拜价值。其二，网络对诗学信念的技术化演绎，造成对宏大叙事的能指漂浮和理性逻各斯消解。其三，网络作品对文字书写的淡化和对图像感觉的强化，抽空了艺术审美体验的心智基础。

5 月

"小说阅读网"创办。该网站分设男生版、女生版和校园版三大板块，其网站中的小说论坛为国内最大文学在线交流平台，主要提供原创小说，以其独特的风格和丰富的内容受到广大文学小说爱好者的推崇，目前日访问量近 5 千万。

5 月

发生"天鹰的逆袭"事件。从"玄幻网站风云录"一文中可以看到，天鹰依靠拉人甚至是埋内奸的方式，让起点新书榜惨不忍睹，并成功从起点拉走了大批的作品和人气。天鹰对起点的逆袭取得了"圆满成功"，使得起点新冒出的作品（大多是网游）80% 都被天鹰和爬爬瓜分。而天鹰和爬爬的 VIP 共享也吸引了大量作者的加盟，促进了会员的高速发展。由此，天鹰的 VIP 获得了巨大的发展，迅速超越了幻剑，直逼起点。

5 月

"爱尔兰华人论坛"在爱尔兰注册，是爱尔兰最大的华人与中国留学生论坛。

5 月

金振邦在《中文自学指导》撰文认为，比特新媒体决定了网络文学的全新艺术特征。它主要表现为以下几个方面：超文本的全息辐射，文本结构的开放性，故事叙述的非线性，解读方式的多路向，形象呈现的立体化，语言风格的数码化及审美取向的互动性。

5 月

中南大学文学院网络文学研究团队出版了我国第一套网络文学研究丛书《网络文学教授论丛》（1 套 5 本），包括欧阳友权的《网络文学本体论》、聂庆璞的《网络叙事学》、蓝爱国、何学威的《网络文学的民间视野》、谭德晶的《网络文学批评论》和杨林的《网络文学禅意论》等。丛书由欧阳友权主编，这是学界第一套专题研究网络文学基础学理的丛书，它标志着源于数字技术、起自都市民间的网络文学走进了学院派。

5 月

《金陵晚报》联合"新浪"、"西祠"、"榕树下"、"天涯"、"西陆"等大型网站共同举办了"今世缘·我的网络生活"有奖征文大赛，据称在传统媒体上举行网络文学大赛尚属首次。

6 月 1 日

起点中文网世界 ALEXA 排名第 100 名，成为国内第一家跻身于世界百强的原创文学门户网站。

6 月 4 日

湖北平行诗群"平行文学网"在武汉建立，主要成员为李以亮、韩少君、杨晓芸等。平行写作群的文学理念是：把写作视为上苍对我们生活的奖赏来加以领受，而非自恃才华公然与生活为敌。平行的第一要务是培植我们各自的爱心，提升我们爱的能力。2005 年春颁发首届"平行文学奖"，林白获"年度成就奖"，苏瓷瓷获"年度诗人奖"。至今已出网刊 15 期，电子书 10 部，诗人专栏 22 个。

6月6日

"清境论坛"在美国加州注册。这是一个以中国台湾人为主体的论坛，设有休闲生活、资讯科技、游戏区、娱乐等论坛板块。

6月14日—17日

由中南大学文学院、《文学评论》编辑部、《文艺理论研究》编辑部联合举办的"网络文学与数字文化"学术研讨会在长沙召开，这是第一次全国性的网络文学研讨会。来自全国高校和科研院所的近百名专家学者和作家，围绕网络文学的性质、定位、价值导向和审美嬗变等问题进行了广泛的交流和探讨，表明理论界对于网络文学的研究和认识都已经达到了一个新的高度，对于规范和引导我国网络文学的健康发展具有十分重要的意义。

> 附：中南大学文学院的网络文学研究成绩斐然，它们在全国高校中第一个成立了网络文化研究所，率先获得了省级、教育部和国家级的网络文学研究社科基金项目，出版了国内第一本网络文学研究专著——《网络文学论纲》和第一套"网络文学教授论丛"（《网络文学本体论》《网络文学禅意论》《网络文学批评论》《网络叙事学》和《网络文学的民间视野》），并创办了互联网上第一个"网络文化研究"网站（www.web-culstudies.com）。

6月15日

罗怀在《中南大学学报（社会科学版）》的《试论网络文学审美的特殊性》中认为，网络文学因其存在方式的特殊性显示出不同于传统文学的审美特性：运动的审美方式，快感式的审美体验，生命本真的审美内涵和艺术欣赏的多维审美角度。

6月15日

聂庆璞在《中南大学学报（社会科学版）》的《网络文学的文本特

征》中，以解构主义对文本的解放与解构为理论原点，分析了网络文学的三个文本特征：作者的散佚，结构的无意识化，表达方式的多媒体化。

6月30日

金振邦在《网络时代：文本写作理论的多元裂变》一文中指出，网络时代一种多元化的文本写作理论正在崛起，其研究视角的互补结构、理论体系的多元走向和课题探索的边缘空间，为我们展现出极为诱人的新的学术研究领地。由于现实世界和网络空间将长期并存，因此，文本写作理论的传统和现代两极将并行发展，在互动中呈现出某种和谐的张力。

7月1日

金子的《梦回大清》首先在晋江文学网上开笔，作品以其清晰、幽默、含蓄、曲折的文风，逐渐受到广大读者的喜欢。2005 年，《梦回大清》开始被各文学网站竞相转载，并被网民评为"时空穿越的巅峰之作"、"网络十年最恢弘曲折、越看越好看的爱情故事"。2006 年年初，《梦回大清》出版上市不到两个月，已经跻身各大图书畅销榜。金子因此成为知名女性阅读品牌"悦读纪"最具影响力的作家之一。2007 年《梦回大清》终结篇出版，金子成为网络文学界领军人物之一。

7月9日

广东作家千夫长的手机短信连载小说《城外》新闻发布会在广州召开，引起了各界关注。这部用 3 个月时间创作的仅有 4200 字的作品，是国内首都手机短信连载小说，书名来自钱钟书先生的《围城》，书中的内容主要围绕着"婚外情"故事，对现代人的婚恋观念进行了形象的解读，并不乏深刻的思考。8 月，中国电信运营商——华友世纪通讯公司以 18 万元的高价与千夫长签署了《城外》版权协议，并以有偿短信连载的方式推出，这里的版权包括《城外》的 SMS 短信、WAP 手机上网和 IVR 语音业务等版本，用户可以通过短信或手机上网、手机接听等方式多角度欣赏《城外》。次年 1 月，《城外》由百花文艺出版社出版。

由于受传输技术的限制，手机短信的字符，英文不能超过 140 个，中文不能超过 70 个，因而人们也叫它 70 字文。《城外》开创了中国手机短信文学先河，并率先引出"手机文学"的概念，对文学创作样式有着极大的创造性，"手机文学"可望成为继"网络文学"之后的文学新样式。

7月10日

一种全新样式的"三位一体"小说月刊由日本老牌出版社中央公论新社创刊。这份名为《WEB小说中公》的杂志，通过小册子、因特网、手机网络三种形式向读者发布小说文本。创刊号连载了佐佐木让的《骏女》和服部真澄的《最胜王》两部可读性极强的长篇小说，还收录了高桥义夫充满神奇色彩的短篇小说《若草姬》。目前，《WEB小说中公》已在日本全国27家主要书店出售。该杂志的一大特色是实现了纸媒体与互联网、手机网上阅读的共存。据悉，用个人电脑或手机上网阅读整份月刊的收费为150日元，阅读单部作品则为50日元。同样的内容"一女三嫁"，自然带来了可观的收益。不过，对于出版方来说，最为欣喜的莫过于找到了一条可以真正实现"零库存"的捷径。

7月19日

中央电视台"读书时间"栏目邀请嘉宾评论家白烨、作家莫言以及春树、李傻傻、彭扬、张悦然等80后作家，制作了一期名为"恰同学少年——关注'80后'的一代"的专题节目，80后开始进入官方视野，俨然成了21世纪初的文化宠儿。

7月24日

阎真在《文艺理论与批评》的《互联网与后文学时代》一文中认为，人不可能总在狂欢中寻求到精神满足，大众文化的消费特点也易于引起审美疲劳。人的生存状态不可能总停留在平面化、物欲化的层面。同时，这也许只是在时间之流中泛起的一些易碎的泡沫。可能在大众文化消费浪潮过后，人类文明又会回溯到一种追求终极意义的状态。

7月26日

欧阳友权在《曲靖师范学院学报》的《网络文学的"粗口秀"（vul-garity show）叙事》一文中指出："粗口秀"是网络叙事学中一个重要的理

论范畴。戏嘲崇高、拼接凡俗和渎圣思维形成的脱冕式俗众狂欢，感觉分延、宣泄逻辑、谐谑炫技和短句陈示等演绎的平庸崇拜，是网络文学"粗口秀"叙事的鲜明表征。网络"粗口秀"叙事源于"E 媒体"语境的修辞方式——网络写作依托电子技术书写着"赛博空间"里自由的修辞社会学、民间话语的修辞媒介学和自娱以娱人的修辞美学。

8 月 3 日

中国领先的新媒体、通信、电子商务及移动增值服务公司，搜狐正式推出全新独立域名专业搜索网站"搜狗"（www. sogou. com），成为全球首家第三代中文互动式搜索引擎服务提供商。第三代中文搜索引擎"搜狗"的问世，是搜索技术发展史上的重要里程碑。搜狐不仅成为首家拥有自主开发搜索技术的门户网站，并且一步跨到搜索技术的最前列。

8 月 21 日

"2004 红袖文学对话论坛"活动在北京友谊宾馆举行，作家、文学评论家、红袖作者等就文学在新时期的网络技术语境中的发展等相关议题进行讨论。

8 月

搜狐读书频道成立。最初主要以书库的形式运作，根据网友需要，书库主要有四个分类：文学、艺术、人文和社科。搜狐后来发现资讯对行业作用更大，也尝试以资讯为主题。搜狐的重点图书分两类，一类以畅销书为主，另一类是适合网友阅读的网络原创作品。他们根据重点图书确定嘉宾或连载，同时与出版社合作，进行征文大赛，这种借力合作使出版社、网站和网友都能从中受益。

8 月

短信写手戴鹏飞的作品集《谁让你爱上洋葱的》，以"中国第一部短信体小说"由中国电影出版社出版；汉语大词典出版社推出一本将手机文学编辑成册的小说集《又寂寞又幸福》。

8 月

刘猛的网络小说《最后一颗子弹留给我》由中国社会出版社首版。全书主要讲述的是 17 岁的大学生小庄，为了追随初恋女友而暂时休学参军，于是他有了一段异于常人的绿色军营经历。《最后一颗子弹留给我》被海外读者誉为"中国第一部真正具有国际意义的军旅小说"。整个故事围绕着爱情、战友兄弟情、父子情展开，是一部真实地记录了中国陆军特种兵成长的心路历程的作品。

刘猛，毕业于中央戏剧学院，青年新锐作家，著有长篇小说《狼牙》《冰是睡着的水》。其作品在传统小说的写作方法之中加入了蒙太奇的处理方式，更具有现代感以及镜头感，倾倒了众多读者，《最后一颗子弹留给我》一书更是被评论家称为"在敏感题材领域手法大胆挥放自如的经典之作"。

8 月

"澳纽网"在新西兰注册，网址由澳大利亚和新西兰的英文简称 aus 和 nz 组成，以澳洲地方信息为主，包括留学生及华裔移民的生活服务信息。

8 月 30 日

朱一平在《重庆工学院学报》中论述了网络副刊在互联网兴起后的现状。随着网络的兴起，网络副刊类的版面进入各个网站，每个文学爱好者都可以在此展示才华或信手涂鸦，这就导致了网络副刊的强烈的"个人化写作"倾向，以致"鱼龙混珠"的热闹景象。可以说，网络副刊和任何年轻新锐一样，活力有余，严谨与成熟不足。但毕竟这一全新的副刊现象，包含的爆破性和建设性都是不可小觑的。

9 月 1 日—3 日

第三届中国互联网大会在北京国际会议中心召开。会议期间，围绕多个产业增长点、热点和细分市场领域展开的主题报告和分论坛、交流合作等活动，举办了中国互联网高层峰会、亚太数字娱乐峰会、2004 年国际反垃圾邮件高层论坛、中国网络资本年会、中国互联网技术论坛、中国互联网应用论坛、中国网络与信息安全论坛等，得到了参与各方的热烈反应和高度评价。

9月17日

红袖添香中文原创文学家园在北京国林风书店举办了老那"生活流"小说研讨会，老那新书《面朝大海》、《城市蜿蜒》签名售书活动亦同时展开。研讨会由孔庆东教授主持，知名评论家张柠等做了精彩发言。

9月25日

首届北京文学节颁奖典礼在北京市首都剧场举行，首都文学界500余人出席了颁奖典礼。王蒙、刘恒、白先勇三位著名作家分别获颁终身成就奖、文学创新奖和北京作家最喜爱的海外华语作家奖。同时还向来自山东临清的初二学生刘古雪颁发了首届儿童文学网络大赛一等奖。北京文学节是中国内地举办的第一个文学节，其目的是为了给热爱文学、献身于文学及在文学领域里常年耕耘的作家提供一个自我展示、相互交流的平台，以期在社会中重塑文学的神圣感。

9月28日

刘俐俐在《兰州大学学报（社会科学版）》中提出了与网络文学批评原则相关的几个理论问题，即虚拟空间与物理空间的关系及民族文化认同问题，网络文学与传统文学的关系与批评原则确定的问题，网络文学的批评标准与传统文学批评标准的同构问题，超文本网络文学对既有文学理论和传统批评原则的挑战问题等。

9月29日

《社会科学辑刊》2004年第5期编发了"网络文学：社会沟通与诠释话语"一组文章。作者有黄鸣奋、杨新敏、欧阳友权等。黄鸣奋在《比较文学视野中的网络文学研究》中说，我们可以发挥汉语网络文学在社会沟通中的优势，让它为增强中华文化的凝聚力服务，并使之成为创建有中国特色的文艺理论依据之一。杨新敏在《网络文学：与谁交流？交流什么？怎么交流？》中表示，超文本文学使读者进入一种选择的困惑中，这种强烈介入性的阅读与人生经验形成一种隐喻关系，可控性/随机性、线性/非线性，读者就在与文本的这种博弈中体验着各种不同的人生状态。欧阳友权在《话语平权的新民间文化》中指出，互联网的话语平权模式，创造了数字化时代的"新民间文化"，刷新了原有的文学社会学。民间本位是网络作者秉持的写作立场，平庸崇拜是网络写作的认同理念，感觉撒播则成就了网络文本的话语狂欢。于是，话语平权的新民间文化成为网络文学的一种形态描述和价值诠释。

9月30日

王岳川在《四川师范大学学报（社会科学版）》的《网络文化的价值定位与未来导向》中指出，网络文化是在后现代社会中发展起来的文化形态，具有多元性、众声喧哗性和非权威性。媒体时代的文学写作强调一种"非审美"的倾向，网络写作使得个体化写作得到了最大的表现平台并提供绝对自由表达的机会和场所，也因为无边的写作导致了文学权威的缺席和意义的平面化。因此，知识分子必须面对网络话语平台，对"媒体伦理"和"媒体精神"进行哲学反思。

9月

腾讯读书频道上线，分为四大板块：资讯、评论、专题、书库，后来增加了论坛和视角。腾讯网读书频道主编江能超发现，网友更倾向于青春类的文字，因此他们无论在页面设置还是内容方面，都力求做出自己的青春特色。第一个月的访问量就突破了20万，目前不包括论坛，访问量稳定在300万左右。

9月

汕头大学出版社与台湾城邦商周出版社联手，集中推出了台湾新一代网络作家的"凤凰网络小说系列"：《大度山之恋》（穷风著），《暗恋》（坚果饼干著），《不穿裙子的女生》（布丁著），《斗鱼》《小雏菊》和《夏飘雪》（洛心著），《只在上线时爱你》（Yuniko著），《遇见你》（Sunry著）《没有爱情的日子》（Kit著），《那个人》（Skyblueiris著）等，为推动两岸网络文学的交流起到了积极的作用。

10 月 9 日

中国最大的在线游戏运营商"盛大"宣布，该公司全资收购了原创娱乐文学门户网站——起点中文网，掀开了文学网站发展史上新的一页，宣告了纯以文学特色、诸强并存的文学网站时代结束。此后，一系列收购、兼并、合作、资源整合等行动纷纷出台，资金大面积进入文学网站，网络文学产业化的苗头出现。

　　附：起点中文网是独立作家发布原创文学的一个著名的论坛网站，该网站的文学作品涵盖了科幻、魔幻等领域，一些作品是以在线游戏为基础创作的。起点中文网提供的信息表示，起点目前已经发布了大约 14000 部文学作品，总字数超过了 12 亿。此外，起点网还获得了大约 300 部畅销作品的电子版权。起点网管理层表示，目前已有大约 1 万名作家授权起点中文网出版他们的作品。"盛大"多年经营网络游戏所构建的覆盖全国的付费平台给"起点"带来更多便捷，它逐渐发展为"全球华语第一原创文学网站"。

10 月中旬

大陆汕头大学出版社和台湾城邦商周出版社共同拉开首届"凤凰网络文学大奖"序幕，北大中文系教授、著名作家曹文轩及台湾作家张曼娟、网络畅销作家藤井树、"榕树下"网站主编李寻欢等组成评审组。汕头大学出版社社长胡开祥认为，大陆和台湾出版界首次合办大型网络文学竞赛对于两岸文学及出版交流意义非凡，该社将努力为大陆读者提供一流的网络文学图书。

10 月 22 日

日本新潮社推出《电车男》单行本，成了日本年轻人的热门话题。单行本面世仅仅 3 天，就增印了 4 次，订货量高达 12.5 万册，其在亚马逊网上书店的销量排名也迅速蹿升至第一位，连美联社也发专文报道了该书热卖的盛况。令人意想不到的是，这部小说的内容竟全部来自 BBS 网站上的留言板。是继手机小说《深爱》销量突破百万之后，BBS 留言板再度"贴出"的超级畅销书。日本评论界认为，像《电车男》这样一个"网络时代的古典爱情故事"之所以能够从 BBS 留言蜕变为超级畅销书，是因为"电车男"的烦恼、困惑，以及他那纯粹的感情，正代表了网络时代年轻人的普遍心态。

新潮社虽然戏谑地将《电车男》一书的作者署名为"网上的单身汉"——中野独人，但像这样的作品与其说是个人创作，还不如说是网络的集体创作。该书还一改日本图书千年不变的直排方式，采用了与网络留言相同的横排体。厚达 364 页的书中罗列了各式各样的网上流行语，以及风趣幽默的"面部表情文字"，是纯粹的"BBS 体"网络文学。

10 月 27 日

"清淡天地"在美国弗吉尼亚州注册。含文学、历史军事、生活、社会、餐饮等方面的论坛。

10 月 28 日—31 日

第二届中国国际网络文化博览会在北京展览馆举行。本届博览会以"网融世界，创意中国"为主题，以"繁荣网络文化，创造美好生活"为目标，根据我国网络文化自身的特点和优势，通过规范网吧等互联网上网服务营业场所、搭建国际信息文化交流平台等方式，引导中国网络产业和中国传统文化产业更好地融合和发展。10 月 29 日，有关领导同志参观了网博会，并现场对数字内容产业及网络文化作出重要的批示，同时还参观了盛大、EA、瑞得等一批行业内知名企业，在展会现场对相关的企业工作做出了肯定。

10 月 30 日

第三代诗人理论家刘诚在"诗选刊"、"扬子鳄"、"诗江湖"等九大论坛首发长篇诗学论文《后现代主义神话的终结——2004 年中国诗界神性写作构想》，正式提出"神性写作"概念。主张"神性"写作，亦即向上的写作，有道德感的写作和有承担的写作，神性写作是对生活永恒价值的悲壮坚守。

10 月

"网络电台"（China BBS）在英国注册。是英国首家留学生在线网络电台。以华语广播面向全球华人，为世界各地的中国留学生提供网络音频互动平台。China BBS 网络电台的节目多元化，涵盖了音乐、文学、娱乐、情感、专题、讯息等节目类型，从英国时间每天中午 12 点到晚上 12 点，全天候 12 小时在线播音。电台拥有多名专业主持人和工作人员。

10 月

起点中文网为了争取更多的作者，不断降低 VIP 的签约标准，造成 VIP 泛滥成灾的现象。《欢喜缘佛》前后总共写了不到 2000 字就登上了幻剑新书榜榜首，然后闪电签约幻剑 VIP。

11 月 1 日

"纵横大地"在美国创建。

11 月 6 日

中国首届全球通手机短信文学大赛颁奖典礼在海口举行，共有 37 篇短信文学作品获奖。四川作者布衣的《墙上的马》和深圳韦俊的《年龄》，分别获诗歌类和散文类一等奖。小说类一等奖空缺。本次大赛引起国内社会各界广泛关注。全国 20 多家媒体进行了报道和讨论，认为此举"开辟短信文学新时代"。同时，大赛还引发国内文学界对短信是不是一种文学的争论，有评论称短信只是一种文学书写方式上的变化，尚谈不上是一种文学新品种。

11 月 15 日

号称"中国第一部真正意义上的手机小说"的《距离》，在上海和北京通过高科技手段同时首发。作为掌上灵通推出的无线阅读业务"梦幻书城"的首部作品，台湾作家黄玄的《距离》再一次把"手机小说"推进了人们的视野。

11 月 15 日

欧阳友权在《文学评论》的《网络文学本体论纲》一文中运用本体论哲学方法，瞩目于网络文学合法性的"在场"追问和表征文学本体的显性与隐性的双重结构，从现象学描述其存在方式，从价值论探询其存在本质，解释网络文学的形态构成及其意义生成问题，以图完成网络文学的艺术哲学命名，探讨建构网络文学学理范式的可能性。该文被人大复印资料和《新华文摘》全文转载，产生了较大影响。

11 月 23 日

欧阳友权在《文艺争鸣》的《网络文学的"比特叙事"》中指出，与传统文学写作的语言相比，比特数码语言有三个显著特点：无限贮存、软载体传播和压缩转换。从符号本体的存在方式上说，用于网络写作的电子数码语言具有双重形态，即隐性形态和显性形态。这两种形态的相互作用共同构成电脑网络的语言出场。在修辞方式上，网络写作常表现为"粗口秀"叙事。在符号思维上，传统的文字思维方式发生了改变，从线性体认思维演变为技术逻辑思维，从"身体"的体验与感悟变成了机器的遮蔽与符号的延异。更为重要的是，比特语符的显性书写是一种主客体的"临界书写"，这必将从本体上改变传统的写作观念。

11 月 25 日

王粤钦、鲁捷在《理论界》撰文对网络文学与传统文学进行了比较：一、从传播者要素看，网络媒介打破了传统文学中的作家职业霸权，文学创作成为真正意义上的群众文化运动。二、从传播内容看，网络文学轻于对社会、人生的关注，较之传统文学略显狭隘。三、从传播对象要素看，网络文学的受众远不如传统文学那样普及。四、从传播效果要素看，网络媒介能够促成写作者与阅读者及时有效的双向沟通，但又难以达到传统阅读方式对文学作品的深刻体验。

11 月 25 日

司宁达在《江西社会科学》的《论网络文学的自觉》中认为，网络文学欲实现自觉还需要多种因素的积淀和准备：首先，有待于计算机的普及、上网人数的增多以及大众文学修养的提高；其次，要注意保持与传统纸质文学的适当关系；第三，理论界亟须开展对网络文学的理论研究与争鸣。

11 月

世纪文学网成立。主要提供玄幻小说、言情小说、网游小说、武侠小说、网络小说、科幻小说、魔幻小说等免费在线阅读。

11 月

腾武数码邀请网络作家沧月代言《墨香》，后来沧月又为《墨香》写了外传《大漠荒颜》与《帝都赋》两部网络小说。这可以算是网络文学与游戏之间的第一次亲密接触。

12 月 7 日

北京市一中院对郭敬明与庄羽著作权纠纷案作出一审判决，判令郭敬明、春风文艺出版社立即停止《梦里花落知多少》一书的出版发行，共同赔偿原告庄羽经济损失 20 万元，在报纸上公开向原告庄羽赔礼道歉，被告北京图书大厦有限责任公司停止销售《梦里花落知多少》一书。

12 月 9 日

"足迹网"在澳大利亚注册。这是一个以生活在澳洲的新一代华人为主体的网上社区。

12 月 15 日

《网络文学教授论丛》的出版在学界引起强烈反响。黄鸣奋认为，这套丛书是网络文学首次从理论上证明自己的存在；王岳川认为，该丛书较好地回答了网络文学的文学性问题；敏泽认为，丛书给发展中的网络文学带来了全新的理论定位和学理构建；王德胜认为，该丛书开启了 21 世纪网络新文学的理论大系。何志钧认为，该丛书堪称学术界网络文学研究的一次阵容严整的集体亮相。

12 月 17 日

盛大网络在上海宣布：其旗下的起点中文网与多位网络原创文学作者正式签订个人稿酬协议，个人最高年薪将突破 100 万元人民币。目的是在维护网络作家知识产权的前提下，促使中国原创网络文学加速融入传统文化领域。而众多获得尊重的网络文学原创作家收益的提高，也将为盛大的网络娱乐研发事业提供更多更好的内容保障。国内网络文学界著名的原创作者血红（刘炜）、雪域倾情（范剑英）、大秦炳炳（张乐）、碧落黄泉（廖俊华）、流浪的蛤蟆（王超）等都在这次签约仪式上首次露出了"真容"，其中最小的是位在校学生。在市场经济充斥文化市场的今天，类似盛大网络的举动无疑是对网络文学的一种鼓励，对网络文学的发展将会起到推动作用。

12 月 18 日

起点中文网在上海召开"盛大起点 2004 年原创文学之旅"，请来了网络上最有人气的写手们（如血红、蓝晶、赤虎、流浪的蛤蟆、碧落黄泉等），根据作者以前的表现和"起点"未来发展的综合考评，以年薪的方式买断作者一年所写的作品出版权，并与他们正式签订了百万元代稿酬协议。

12 月 30 日

李涛在《皖西学院学报》的《网络文学的后美学身份——兼谈我国网络文学发展中的若干问题》中说，网络文学日益显露出它的后美学身份：技术性与艺术性的有效融合，是其血缘基因；文化解构与后文化播撒，为其精神表征；公共对话与语言狂欢，乃其话语上的印证。而从大洋彼岸传输到我国的网络文学，若以后美学的身份考察，它还面临着这样的困境：创新与单一；革命与堕落；招安与归顺。

是年

◆博客中国成为博客门户网站。

◆2004 年，黄鸣奋教授出版了《网络传播与艺术发展》和《数码艺术学》，前者由厦门大学出版社出版，后者为学林出版社出版。

◆2004 年，于洋、汤爱丽、李俊出版了《文学网景：网络文学的自由境界》，由中央编译出版社出版。

◆2004 年，专门的文学博客网站起步，主要为青年文学爱好者的集聚地，鲜有文学名人参与，其影响远不如门户网站的文学博客群，目前运行比较成功的文学博客网站有：文学博客网、博客文学网、文学博客、中国文学博客、一抹微蓝文学博客等。

◆天下电子书成立于 2004 年，于 2011 年底改版，是一个专业的小说下载和在线阅读网站，也是国内知名的中文综合门户网站。为读者提供优质小说的同时也致力于原创文学的发掘和作者的培养，以其独特的风格受到广大小说爱好者的推崇，网站所收作品内容丰富，题材涵盖多方面。

◆网络文学第一次整风。2004 年无疑是网络玄幻文学发展最快最迅猛的一年，然而正是由于这种飞快的发展，造成了网文内容良莠不齐，于是第一次网络文学作品清查工作在各省网监的要求下悄无声息地展开了。诸多个人站在这次网络作品清查过程中被勒令关站，其中尤以天鹰文学为最。2004 年天鹰的关站数月的处分，也注定了天鹰未来的命运。

◆2004 年，台湾网络文学界再掀浪潮，有"女痞子蔡"之称的女作家王兰芬扛起了属新一代网络写手的大旗。她的新作《寂寞杀死一头恐龙》于 2003 年首度在网络上亮相，引起多方关注，2004 年达到高潮，被喻为最值得期待的网络爆笑小说。台湾女作家张曼娟把它列入 2003 年度 TOP12 的选书单中。而在北大"一塌糊涂"网站，甚至还有热心的学子做了份详细的"寂寞恐龙小百科"，对书中的名词进行一一注释。

◆董晓磊的《我不是聪明女生》可以说是 2004 年度网络人气最旺的小说，也是目前唯一在国内还没出版便被韩国引进的网络小说。小说在韩国一经发行，便龙卷风般席卷整个韩国图书市场，发行量在短短两周内迅速突破300万册，稳据韩国图书排行榜榜首。令韩国炫酷新生代为之疯狂，据不完全统计，每两个韩国炫酷新生代中就有一个看过。在韩国，炫酷一族没有听说过《我不是聪明女生》的，被看作"另类"。封面绘制更是由日本动漫大师藤原薰及我国动漫高手刘亚平、刘馨两地强强联手为小说量身绘制。小说甚至在韩国产生"哈唐族"新名词，引发中国留学潮，大批韩国学生拥向东北学习汉语。

◆2004年，被书友们戏称为"网络时代的赛车手"的唐家三少开始了网络创作。从2004年开始至今，已经创作了《光之子》《狂神》《善良的死神》《惟我独仙》《空速星痕》《冰火魔厨》《生肖守护神》《帝琴》《斗罗大陆》等9部长篇小说。他的创作速度是每月30万字，风格基本是玄幻、神魔类型。在网络的时代，这位80后作家可谓是真正领悟了"快"字真谛。唐家三少说："起点，创造机会的地方，无数作者梦开始的地方。这里给了我机会，使我步入了稳定写作的过程，虽然它不是我真正的起点，但是，我希望能一直在这里继续下去，让它变成我写作经历的终点。"

◆2004年，血红的《升龙道》创造了一书兴站的神话。升龙道的故事从一个伦敦黑帮的混战开始，教会、骑士、吸血鬼、狼人、修真者、电脑天才及异能少女逐一出场，将读者带进一个纷繁绚丽的网络虚拟世界中。《升龙道》的神话，给起点带去了数万VIP读者，带去了几十万忠诚的粉丝，而血红也凭《升龙道》的超高订阅，一跃成为起点第一名也是唯一一名百万年薪作者。

◆2004年，烟雨江南的《亵渎》走红。在网络小说日益浮躁和商业化的时代，《亵渎》可谓是一个异数，无论是情节设计、语言风格、世界观构架、讲故事的方法、埋伏笔的深度，都达到了极高的境界，这部作品历时三年完成，共两百来万字，实可称之为厚积薄发的典范。在此书发布的日子里，无数的书评如雨后春笋般不断出现，几乎形成了一种小范围的文化现象，盛况之空前可见一斑。而至届时完本，已达到1200多万点击量，550多万推荐，高居推荐榜榜首，收藏更是高达13万之多，足见火热程度。

◆步非烟成为年度网络文学风云人物之一。步非烟原名辛晓娟，2004年起，在武侠刊物《今古传奇·武侠版》《今古传奇·奇幻版》《武侠故事》《新武侠》上发表作品。短短一年间已总共发表作品上百万字，代表作有《武林客栈》系列、《舞阳风云录》系列、《华音流韶》系列、《人间六道》系列等。其作品亦真亦幻，情节曲折，受到读者的广泛认同和追捧，是那个时期最具实力和号召力的新锐青春偶像作家。

◆《花的原野》和《回族文学》两本少数民族文学杂志将视线投向网络，搭建自己的网络平台。前者在2004年率先推出网站，采用蒙、汉双语形式实现了蒙古族文学与网络时代的接轨；后者也建立了网站，为广泛联系本民族作者开启了快速通道。民族作家的创作情况和民族地区的文学活动，以图文并茂的方式通过网站迅速得到传播，对初学写作的民族作者产生了强烈的吸引力。

◆2004年旺秀才丹创办的藏人文化网是比较活跃的网站之一，吸引和聚集了一大批藏族作家、诗人，一批青年诗人如刚杰·索木东、嘎代才让、王小忠、维子·苏努东主、仁谦才华、德乾恒美、尕旦尔、卓仓·果羌、巴桑、道吉交巴等人，活跃其间。这一动向已引起文坛关注，《诗选刊》从藏人文化网和个人博客浩瀚的诗歌中选出10位藏族青年诗人的作品，刊出了藏族青年诗人汉语诗歌专辑。

此外，人气旺盛的民族网站（论坛）还有：中国最大清真寺联盟、蒙古文化网、中国羌族文化信息网、昭通文学艺术网、苗族在线、锡伯人论坛、云南富宁百越网、壮族在线、中国裕固族论坛、彝族人网、甘肃文学网、西域风（新疆）网、西藏文化网、延边大学学而文学网、广西文联网等。

◆从2004下半年到2005年，"北京女病人"的《病忘书》、"董事长"的《特别内向》、舒飞廉的《飞廉村庄》、"梅子"的《恋人食谱》、上海在校大学生"乔乔"的《乔乔相亲日记》等十多本"博客图书"相继出版，并获得不俗的销量，博客图书的活跃表现令人刮目相看。

◆幻剑书盟与腾讯建立起初步合作关系。二者在知名门户网站搜狐开辟了幻剑作品专区，组织新浪"绝对现场"栏目对作者进行专访，与《电脑商情报·游戏天地》共同举办"九城杯"全国游戏文学大赛，与易趣网联合举办了两场手机拍卖活动等。

◆2004 年，《我们是冠军》首发起点中文网。小说从张俊开始步入职业足坛一直写到他退役。以他的眼睛，他的经历给读者勾画了一幅中国足球发展的历程。

◆2004 年，看书网创立。看书网一直致力于原创文学的挖掘和作者的培养，通过多种渠道向读者展示优秀作品，通过多种平台向作者提供优质服务，目前为超过 300 万注册用户提供涵括玄幻、都市言情、网游、历史军事、侦探推理、武侠修真等不同体裁的高品质创作和阅读服务。

◆2004 年，很多有眼光的网络运营商们开始探索开拓新的运营模式。如中国学术期刊（光盘版）电子杂志社在运营过程中，根据数据库网络出版大规模、集成化和快速传播的特点，根据形势发展的需要，适时推出面向单位和个人的知识服务：以建立镜像站点和包库服务的方式，通过提供数据和软件，收取服务费用，其在国内一年收入达 1.5 亿元，海外收入达2000 多万元人民币。

◆新浪网在运营过程中根据用户的需求，在《读书》栏目中设立"原创特区"，并在拥有大量原创作品的基础上，适时将其中反响较大的作品转化成纸质出版物，如网络校园文学作品《此间的少年》《毕业那天我们一起失恋》的成功运作就是例子。

2005 年

1 月 1 日

起点中文网在网站经营方面与签约写手约定：每一毛钱的收入，按照三七开的比例进行分配，作者拿七份，网站拿三份。到 2005 年 5 月止，起点中文网继创造出日 PV 近 6000 余万的流量奇迹后，单月发放稿酬首次突破 100 万人民币，有逾 20 位作者稿酬过万，真实开创了娱乐小说写作的一个奇迹。

1 月 5 日

马永利在《山东社会科学》的《休闲的网络文学》一文中称，网络文学是时代的产物和文学领域的新客：由于人的生存现实与个性的冲突，网络文学提供了一个可以远离现实的家园；由于心灵的烦恼和倾诉的愿望，网络文学为心灵提供了可以自由的空间；网络文学还提供了一个使压抑的心灵得到解脱的自由游戏的场所。

1 月 6 日

《文汇报》称：盛大网络旗下的起点中文网与网络原创文学作者日前签订百万元稿酬协议。网络文学《神魔》的作者血红、《商业三国》的作者赤虎等 6 位原创作者成为首批签约作家。根据协议，视作品的数量和质量，作者将获得最高超过百万元的稿酬。另签约作家之一碧落黄泉的《仙魔战记》，将在本月以书本形式上架销售，也将成为网络游戏行业"试水"传统出版领域、拓展产业链的重要一步。

1月12日

"网络文学研究基地"落户中南大学。从 1998 年开始，中南大学文学院就组成了一支网络文学研究团队，率先在国内开展对网络文学与文化的研究，并在网络文学研究领域创下了 8 个第一：全国高校中第一个成立"网络文学研究所"，第一个获得湖南省网络文学研究社科规划资助项目，第一个获得教育部人文社会科学研究"十五"规划项目网络文学研究课题，第一个获得国家社科基金资助的网络文学研究项目，出版了我国第一部有关网络文学基础理论的学术专著——《网络文学纶纲》，出版了我国第一套网络文学与文化研究的学术论丛"网络文学与文化研究丛书"，建成了国内第一家专门研究网络文化的"网络文化研究"网站并成功举办了全国首届"网络文学与数字文化"学术研讨会。

1月15日

《求是学刊》组织了"当代文学思潮前沿问题探讨——网络文学的价值论思考"笔谈，本组笔谈从价值论的视角来审视网络文学观念，以触发对它的进一步思考。欧阳友权的《网络文学的人文底色与价值承担》，提出了网络文学应该具备文学逻各斯原点的人文底色和价值承担问题；李衍柱的《网络文学：通向自由理想境界的艺术形式》，认为网络文学是通向自由、民主的理想境界的艺术形式，它必将以自己多媒体、超时空等优势健康地成长在世界文学的百花园之中；白寅的《网络文学的社会学价值》，从文学创作、文学接受、文学批评和自由互动等方面论析了网络文学的社会学价值；李自芬的《当下文化生态与网络文学的价值》，则从当下文化生态的角度提出，网络文学所体现的自由精神和"个人化"诉求，预示了由精英知识分子开启的启蒙形式的终结和一个利于"个人"成长的自由、民主、平等的开放性社会文化结构的形成。这些问题事关网络文学的学理根脉，引起了广泛关注。

1月19日

新浪第二届华语原创文学大奖赛终于尘埃落定，千里烟的《爱情豆豆》获此次大赛一等奖，何小天的《谁说青春不能错》以 0.41 分惜败千里烟，但在最大奖项——青春互动大奖的评选中，得到了三家投资方——北京出版社出版集团、北京紫禁城影业有限责任公司、北京信通传媒发展有限公司的一致认可。

主办方新浪网副总编侯小强说，大赛邀请了海峡两岸及香港、澳门地区的著名学者、评论家为顾问，权威性超过了其他同类赛事，本次活动的投资达50万元人民币，且使网络文学和电影相结合，增设了青春文学大奖。

1月20日

《江苏社会科学》2005年第1期发表一组文章，欧阳友权《网络文学审美导向的思考》认为，给网络文学这一快速发展的文学样态以学理性关注和建设性审美引导显得格外重要而紧迫；王岳川《网络文化的价值定位》认为，网络写作的内容无所不包而遁入"无物之词"，使媒体写作全面更换了主体并丧失召唤读者接受符号信息的互应关系；黄鸣奋《从网络文学到网际艺术：世纪之交的走向》认为，网络文学在经济全球化与媒体网络化的历史运动中崭露头角；陈定家《身体缺席的精神盛宴？——关于网络文学的反思》认为，"在线听阅"不知不觉中褫夺了读者理性鉴别的雅意和耐心。

1月25日

涂苏琴在《当代传播》的《网络文学的兴起与传播》一文中对"文学的终结"这一命题进行辨析。她说，文学入主互联网，催生了一种新的文学样态——多媒体文学。多媒体文学具有文字、声音和图像等综合特征，有助于解决传统诗学话语中言、象、意之间的矛盾，其立体化表达方式也满足了人们的多感官需求。但是，文学的多媒体性也致使文学想象性韵味丧失，导致了人们艺术欣赏感觉钝化和产生惰性，这从一个侧面反映多媒体文学消解历史深度的后现代特征。

1月25日

郑坚在《当代传播》的《网络空间中的小资形象》中说，网络传播中的小资情调成功地掌握了中国都市小资率先进入新的消费时代之后所出现的一些城市感性。一方面是现代性对人性侵犯所引发的个人私域情欲空间神经质的自恋和自怜，另一方面则是后工业时代资本主义商品美学的精致化、创意化、品位化，还一方面就是小资由进入发达资本主义生产体系和全球化想象培育出后现代的"先锋感"、"另类感"。这一切都在网络空间弥散、传播开来，满足着当下中国的小资社群的文化消费的需要和自身形象认同的饥渴。

1 月 27 日

"西唐社区"在美国加州注册。这是一个综合性论坛，包括北美旅游、文化生活、移民留学、交友等信息。

年初

幻剑、龙空、逐浪、爬爬、天鹰、翠微六个各具特色的网站联合组建了"中国原创文学联盟"（CCBA）。

年初

《本周，妻子红杏出墙》由日本中央公论新社出版，写一个男子明知自己的妻子在搞婚外恋，却不知如何应对，情急之下在网上发出 BBS 求助，不料收到了 100 多条回复，网友们在献计献策的同时，还袒露了各自的爱情哲学，两周之后，夫妻间的感情终于从"破局"走向"再生"。《本周，妻子红杏出墙》在日本成年男女中产生了极大的共鸣，当时，这部超越《电车男》的"成年人爱的物语"几乎成了婚后爱情教科书。

该书责任编辑山本春秋在接受《读卖新闻》记者的采访时说，此书于烦恼和混沌之中唤起人们对真实的夫妻之爱的思考，网络的匿名性促使人们大胆地表达自己率真的心情，相信今后会有更多来自于网络的新型作品。

1 月

由华夏出版社倾力打造的《Kiss 中毒症（1）》一经推出，就引发了书市抢购热潮，这是以出版《TEDDY 男孩》轻易跻身为最畅销作者行列的女高中生"银戒指"（刘贞雅）的第二本长篇小说。该书作为银戒指的网络处女作，曾受到达恩咖啡屋"戒指迷"们的狂热推崇。就阅读率来说，甚至超过了《TEDDY 男孩》，并迅速被其他网站转载，成为超人气网络小说。这本书可与 70 年代的《亚热狗》，80 年代的《CANDY》和打开了 21 世纪之门的《我的野蛮女友》等一较高下。网评惊议 2005 年将是"银戒指年"。

1 月

大型文学月刊《十月》推出了新栏目"网络先锋"，由著名作家陈村主持，先期为读者推出了盛可以和舒飞廉的两部网络作品。《十月》杂志副主编宁肯对《中华读书报》说："随着网络媒体的快速发展，大批年轻而有实力的作家开始活跃于网上，一批批作家从网络中涌现，我们再也不能无视网络的存在。"

1 月

日本诞生了第一家"博客出版社"。这家名为"Ameba Books"的出版社打出的旗号是：把因特网上的感人之作放入你的书架，而这些"感人之作"来自于时下流行的网络日志——博客。尽管不少人并没有将博客这种个人网上信息发布方式视为一种文化，博客上的许多内容也确实乏善可陈，但该社主编山川健一则旗帜鲜明地把博客称为"新的语言文化"。眼下"Ameba Books"将自己的经营战略定位于"博客出版社"，也被认为具有相当大的胜算。该社率先推出的两部作品中有主编山川健一的博客新著《Easy Going》，这部随笔集旨在为疲于奔命的现代人"疗伤止痛"，从纷乱的生活中找回"实实在在的自我"。《插翅高飞》则是一部用色彩学来激励成年人勇于追寻幸福的绘本，它同样来自于极富人气的博客，早已在网上拥有不少潜在购买者。

2 月

欧阳友权著《数字化语境中的文艺学》一书由中国社会科学出版社出版，读书为中南大学文学院网络文学研究团队完成的"文艺学前沿丛书"中的一部，后来获第四届鲁迅文学奖·文学理论评论奖，成为我国第一部获国家级文学大奖的网络文学成果。

2月18日

盛大宣布，盛大与其控股股东已通过在二级市场交易，持有新浪公司总计19.5%的股份，并根据美国证券法的规定，向美国证券交易委员会（SEC）提交了受益股权声13—D文件。在这份文件中，盛大坦承购股目的是战略投资，并意欲取得实质性所有权，进而获得或影响新浪的控制。

3月1日

红袖与《芳草》网络文学选刊等媒体联合主办的首届青春文学大赛正式启动，大赛历时5个月。

3月10日

李慧波在《北京邮电大学学报（社会科学版）》的《反思网络文学的两个维度——网络技术与公众意识》中，从网络技术和公众意识两个维度对网络文学进行思考、研究，探讨网络文学不同于传统意义上文学的诸多特点，反映了数字化生存时代社会发展对网络文学的影响和不可磨灭的烙印。

3月15日

欧阳友权在《理论与创作》的《网络文学：消费意识形态的文化表达》一文中指出，网络写作可能一时消解他律但不能永久失去自律，网络文学世界允许大众狂欢但最终还是得靠"诗人与诗意"来支撑起"网络诗学"的平台。网络文学无论表达什么和怎样表达，都应该装备人文审美的"母题"，在数字化技术空间设置艺术承担的价值杠杆，而不仅仅是感性欲望的意识形态消费。

3月23日

《文艺争鸣》从2005年第2期起开辟了"新世纪文学"的讨论专栏，国内知名评论家和一些文艺学的研究生参与了讨论。杨扬在《影响新世纪文学的几个因素》中谈到了文学书写和传播空间的问题；邓集田认为，网络对现有文学具有颠覆性作用，从根本上动摇了现有文学的写作和传播方式的基础；李相银认为，虽然网络写作方式与原有传统方式不一样，但文学观念并没改变；韩袁红认为，不排除网络文学在新技术支持下，会有更新更快的变化。王鹏飞谈到了网络文学的语言问题，"网络出现后，形成了一个独特的表意系统，如果不懂这些网络词汇，就无法体会其中的美学成分"。

3月30日

《中华读书报》报道：首届凤凰网络文学大奖日前在北京尘埃落定，大陆作者杨露凭借文字成熟、人物立体、细节精到的长篇小说《蜘蛛之寻》勇夺本次大赛高达人民币10万元的首奖，并有望由汕头大学出版社与城邦商周出版社在大陆和台湾同步出版。

3月31日

起点中文网正式推出"起点职业作家"体系，其公告声称"起点职业作家体系"将对有志向成为职业作者的优秀作者实行"保底年薪制"，根据不同的写作任务以及作品质量，实行不同层次的保底年薪。成为起点职业作家后，作者可以选择专业写作，也可以保持业余写作，除获得极其稳定的年薪收入外，还拥有盛大公司及统一印制的起点中文网职业作家名片以及享受年度国内外旅游休假机会。职业作家体系的出台预示着起点在坚决贯彻商业写作的道路上又迈进了一大步，然而职业作家的协议也暴露出了很多问题，以至于协议到期后竟让有半数以上职业作家签约外站。对起点来说，2005年的职业作家体系未必是成功的，但是职业作家体系为起点带来的回报却绝对是超值的。

3月

第二届中国最具投资价值媒体评选结果在中国传媒投资年会上揭晓。经过网站评选、投资年会现场代表和专家评选等层层遴选，博客中国网站在众多明星媒体中脱颖而出，被年会评为中国最具投资潜力媒体。

4月13日

《京华时报》报道：近日，由作家出版社和腾讯网联手举办的首届

"QQ作家杯"征文大赛组委会公布了大赛最终、也是最重要的两个类别——"长篇小说组"和"中篇小说组"的获奖名单。小说《大声》获得"长篇小说组"优秀奖，《我的苦难，我的大学》荣获增设的"长篇小说组"特别大奖，《冷兵器时代的水：高手入门》《非常态》获得中篇小说组最佳作品奖。至此，此次大赛八大类别的150多个奖项全部评出。

据悉，此次大赛的部分获奖作品和优秀作品的系列图书一套共12本将由作家出版社于5月份在天津全国书市上推出，包括7篇获奖的长篇小说、中篇《非常态》的单行本、中篇小说集《打伞经过世纪末的夏天》、短篇小说集《橄榄项链》、散文集《我爱的黄金是你们》、诗歌集《相爱或者离开》。腾讯网与作家出版社定于5月中旬在京举办颁奖仪式。

4月25日

司宁达在《郑州大学学报（哲学社会科学版）》的《网络文学评论管窥》中说，网络文学评论经历了"自言自语"和"众声喧哗"两个时期，当前的网络文学评论主要存在以下几个方面的问题：研究对象的不确定性和模糊性、研究学院化倾向突出、批评标准缺失、对载体的关注不够等。

4月30日

钱建军在《世界华文文学论坛》的《美华网络文学》中认为北美网络文学的独特性是：最大限度地向更多的人表达自己的理念和情绪，后来竟形成了一个有深远意义的世界性网上汉语文化之先锋。

4月底

中国互联网络信息中心（CNNIC）透露，到4月底我国上网用户已经突破1亿，中国网民数仅次于美国居世界第二位。

4月

博客网向市场推出了"播客"电台博客，就像博客颠覆了被动接受文字信息的方式一样，播客颠覆了被动收听广播的方式，使听众成为主动参与者。播客可能会像博客（Blog）一样，带来大众传媒的又一场革命。

5 月 11 日

红袖就"联想调频"下属网站"联想经典时空"侵权案向司法机关递交了诉状，北京市海淀区人民法院正式受理此案。

5 月 15 日

由"网络版权联盟"主办，红袖倡议发起，天涯、搜狐、新浪、TOM文学、21CN 等二十多家网站和论坛共同参与的"维护网络著作权益联合大签名"活动正式开始。

5 月 15 日

第二届北京文学节启动第一项活动——首届未成年残疾人儿童文学网络征文活动。这是一项在全国范围内，迄今为止首次面向未成年残疾人开展的一次文学创作征文活动，本届文学节还将举办首届少数民族文学发展论坛、文学作品表演赛、成立京西文学研究会等活动。文学节提出的口号就是："21 世纪，人人都能写作。"

5 月 20 日

欧阳友权在《北京大学学报（哲学社会科学版）》的《数字化的哲学局限与美学悖论》中指出，尽管文学走进网络或者网络接纳文学是数字化时代的必然选择，但文学"在线"在很大程度上并不是为了文学，而常常是源于游戏、休闲、表达、交流、"孤独的狂欢"等。此时，文学性（Literariness）不仅可能被遗忘或遮蔽，还将被"祛魅"（disenchantment）和消散。

5 月 23 日

雷达在《文艺争鸣》的《新世纪文学初论》一文中，从传播媒介的变化的角度直接将网络文学定义为多媒体文学。他认为网络文学从多方面颠覆着传统文学的规则和范式：约束不再，体现个性，取消意义，削平深度，以平面、时尚、随意、游戏、狂欢为特征；从传播方式而言，网络写作打破传统文学的编辑审稿出版机制，以点击率决定价值，私人话语在文化公共空间得以最大限度的释放；从接受方式来看，新一代读者以读屏的方式成为文学的读者。网络消解着传统文学文本信息意向传播以及单线型叙述的局限，从而呈现出双向交流，非线型叙述以及多媒体化的新特征。而且出现了跨文体、超文体写作，开创着文学新的可能性和生长点。

5 月 30 日

刘绪义在《扬州大学学报（人文社会科学版）》的《存在抑或虚无：网络文学研究的学理悖论》中认为，网络文学的研究随着网络作为一种媒体出现，在中国铺天盖地席卷而来，大有取代传统文学研究之势。然而，这种所谓的"网络文学研究"日益呈现出概念与学理上的混乱、矛盾，这样一种研究现状，实际上反映出当前文学研究上的流行时尚，即所谓的"大文化"研究，或者说"后现代"情结。这就是那种"不讲审美，只讲文化，不讲艺术，只讲主义"的流行时尚。

5 月 31 日

湖南作协在开通湖南作家网的同时，成立了全国首家地区性的网络文学会。省作协副主席水运宪当选为主任，何立伟、欧阳友权、余艳当选为副主任。

5 月

"言情小说吧"成立。秉承为用户提供最好的言情小说阅读体验平台、打造全球华语言情小说阅读基地的理念，在网络文学界走出了一条专业化的独特发展道路。2009 年 7 月，言情小说吧推出付费阅读业务，实现了业务飞速发展，并向着网络言情小说写作首选平台的目标前进。

5 月

"起点女生网"创立，其前身为起点女生频道，致力于对原创女性作者的培养和挖掘，已成为国内最领先的女性长篇文学阅读与写作平台。

作为女性原创行业的领军者之一，首创设立阶梯形全勤制度，在针对知名作者进行全方位宣传和包装的同时，兼顾原创新人，一视同仁享有签约作者人身保险计划、VIP 作品基本福利基金、优秀作品各类奖金发放、文艺类非市场向作品等鼓励政策，使得网站作品以个性鲜明、风格多变著称，并兼顾作者电子与出版平行发展，推出有《致我们终将腐朽的青春》《狐颜乱欲》《无盐妖娆》《相公是只猪》《绾青丝》《外滩十八号》《金枝玉叶》《平凡的清穿日子》《涩女日记》《家有妖夫》《猫游记》《八夫临门》等各类题材的畅销书籍。与国内多家出版社达成长期合作协议。

5 月

大众文艺出版社在图书资讯网上，为龙人玄幻小说《轩辕·绝》做了一次零成本的网络发布会。

5 月

"榕树下"网站与北大方正结成战略联盟，推出了 CEB 电子书，开始进入电子书这一朝阳产业，读者不仅可以读到榕树下出版的图书，更可以读到精心制作的网络杂志。自此，"榕树下"将有更多的原创作品可以通过互联网实现网络出版，更多作者的作品将体现它的价值。

6 月 9 日

红袖添香在北京召开新闻发布会，就起诉联想集团下属网站联想经典时空读书空间侵权案向媒体公布事件详情。

红袖方面称，2005 年 1 月起，红袖添香网站在数月内接到 10 余起网友举报，称联想经典时空读书空间未经授权擅自转载自己的作品，并采用收费的方式供其会员在线或下载阅读。红袖在调查中发现，联想经典时空读书空间本次侵权涉及作者 10 余人，侵权作品 12 部，共计近 200 万字。5 月 10 日，红袖将联想集团推上了被告席，要求被告赔偿经济损失费等共计 177600 元，同时向有关司法机关进行了公证和申报。红袖委托律师陈志华认为，根据相关作者的授权，原告享有本案所涉 12 篇文学作品的独占性的专有使用权。被告未经原告许可，擅自使用并收取费用的行为，侵害了原告对作品享有的专有使用权，理应承担相应的民事责任。

据了解，北京市海淀区人民法院已受理此案，并即时开庭审理。该案为国内首家原创文学网站为作者维权案，也是 4 月 30 日《互联网著作权行政保护办法》出台实施后的第一起维护网络著作权的大案；此案涉及作品之多、作者之广都是多年来较为罕见的，就规模而言当时堪称中国网络著作侵权第一大案。

6月22日

Blog CN 在北京召开博友会，正式推出"Rabo"（Blog 客户端）、"MRabo"（移动博客）、"Music Blog"（音乐博客），标志着 Blog CN 步入商业化之路。

6月30日

欧阳友权在《湖南师范大学社会科学学报》撰文《网络文学前沿问题的学术清理》指出，随着网络文学的快速发展和理论反思的日渐自觉，汉语网络文学研究的前沿问题得以凸显。学院派对网络文学的本体定位、艺术嬗变、发展缺憾、审美导向以及网络文学的研究立场等问题的学术清理，将有利于规范网络文学的健康发展，并将为建构数字化语境中的文艺学提供理论资源。

6月30日

欧阳友权在《求索》撰文《网络文学研究的视角与热点》指出，理论研究的日渐自觉将网络文学的学理反思推向学术前沿。历经几年积累以及学院派的介入，我国的网络文学研究的视角与热点，更多地聚焦于网络文学的历史定位、文学变迁、艺术局限、未来走向和研究立场等问题。

6月

广东商学院人文与传播学院主办"新世纪，新文学"学术研讨会，与会者对21世纪头5年文学进行了宏观探讨，对新媒体与文学关系的思考构成了本次多声部研讨会的主旋律，文学的自律性与他律性也受到充分关注。通过讨论大家一致认为，文学在新世纪仍然具有生命力，大家对新世纪文学的未来发展充满信心。张炯、马相武、钱蓉、江冰、司马晓雯、胡健生、孙辉、王文捷等专家、学者出席了本次研讨会。

7月1日

博客网正式更换域名，原域名"Blog china.com"正式更名为

"Bokee.com"，中文名称"博客中国"也更为"博客网"，标志着互联网第二代门户时代的来临。

7 月 7 日

二十一世纪出版社开始陆续推出《女子十七字坊》网络文学系列丛书。该套丛书由"榕树下"版主李寻欢全力打造，旨在倡导一种"青春健康写作"的理念，宣扬健康阅读的风气。策划方向作者代表颁发了"阅读使者"聘书，希望她们以健康向上的姿态，宣扬健康阅读的风气，"阅读阅美"系列主题活动也将展开。

7 月 8 日—10 日

首届中国数字出版博览会在北京举行。这次博览会由"数字出版趋势与技术高峰论坛"和"中国数字出版与网络传播展览"两大板块构成，会议围绕网络文学、学术著作和网络游戏等热点话题进行探讨、交流。

数字出版是当今世界高速发展的朝阳产业，目前，全球数字内容产业年增长率为 33% 以上。在我国，使用互联网的用户连年大幅增加，截至 2004 年底，我国上网计算机超过 3600 万台，网民数量超过 9000 万。同时，各种可供下载、阅读或收听收看的手持设备也越来越多。如此之大的市场空间吸引了许多企业投入数字出版产业，至 2005 年，我国每年大约问世 5000 多种数字出版产品，其中在数字出版中占据较大比重。

7 月 23 日

《文艺争鸣》举办"数字化时代的文学变异研究"笔谈，刊载欧阳友权《与文学历史节点的延伸》、阎真《网络文学价值论省思》、钟虎妹《手机短信文学的特征和价值》、谭德晶《"冒犯"与"躲避"——网络文学批评主体的精神向度分析》等文章。

7 月 27 日

在第六届茅盾文学奖·当代长篇小说创作研讨会上，来自全国的长篇小说方面的著名作家、专家、学者等分别就当时的长篇小说创作、茅盾文学奖评选改革等问题提出了自己的看法。本届茅盾文学奖评委雷达介绍说，目前长篇小说的创作数目越来越大，"去年一年的长篇小说就有1100多部"，更可怕的是，另外一股势力还在上升："我参加一次网络小说评选，5个月贴到网上的小说就有3800部"。针对这样一个"人人都能写长篇小说"的时代，他提出："少年写手和网络力量，也应该引起茅盾文学奖的关注。"

7月

国内第一部全面描述手机无线网络社区生态的出版物《手机不夜城》由大众文艺出版社出版，该书被称为"中国第一手机文学手抄本"，收录了国内最大的手机社区——"不夜城"社区的手机文学的原创作品、论坛经历，以及三百万会员中的部分经典生活和情感故事，同时对手机文化所衍生的社会学意义进行了全方位的探讨。《手机不夜城》第一次完整阐述了手机文学的发生发展状况，也为探讨流行文化提供了一个宝贵的参考文本。

7月

新浪推出了面向一般网民的"博客"服务。

8月3日

叶永烈在《中华读书报》的《奇幻热、玄幻热与科幻文学》中曾这样解释过"玄幻小说"一词的来源。他认为出自香港："'玄幻小说'一词，据我所知，出自中国香港。我所见到的最早的玄幻小说是1988年香港'聚贤馆'出版的黄易的《月魔》。当时'聚贤馆'也准备出版我的作品，出版商赵善琪先生送给我一本香港作家黄易的小说。赵善琪先生在序言中写道：一个集玄学、科学和文学于一身的崭新品种宣告诞生了，这个小说品种我们称之为'玄幻'小说。"这是"玄幻小说"一词首次亮相。

8月19日

由北京双城印象文化、红袖添香原创文学网站和朝华出版社共同打造的青春魔幻小说《拯救天使》，上市之前即被韩国某大型传媒集团的网游开发公司相中，相关改编权转让报价已超过15万美金。同时，该小说的韩语版权也已被该传媒集团的出版公司抢先买断。

8月23日

《新京报》称，教育部有关官员日前表示，网络语言不应该出现在高考作文中。他认为，高考作文检测的是学生与教材结合的语文应用能力，考的是书面语表达形式，应该遵循平面语体的规范。

8月

为了向不良信息挑战，为大众提供健康有益的手机文学产品，中国移动通信联合《天涯》杂志、天涯社区，于2005年开发建设了基于无线业务的文学创作与传播平台——"e拇指文学"，在无线通信领域打造出的一个"新文学平台"。"e拇指文学"指通过短信、手机上网、互联网（www.emz.com.cn）、彩信四种业务平台，开发手机文学艺术产品，为手机文学爱好者提供了一个作品发表、作品欣赏、作品交流的平台，旨在倡导推动并实践清新、健康、高格调的手机文学艺术创作和传播。这种新鲜的方式将给社会生活带来一场新的阅读革命——人们按键不停并非只是在发短信，而是忙着把灵光一现的念头付诸手机上的文字，或者阅读最流行的手机小说。

8月

"飞库网"成立。这是第一家集网上在线阅读、多种格式下载移动阅读、手机WAP上网阅读于一身的大型电子书网站，与网络上许多引导潮流的网络原创文学站点有所不同，飞库网为用户提供大量的免费手机读物。倡导手机阅读，引领阅读新时尚——这一口号一直是飞库网的发展目标。

8月

长篇魔幻小说《拯救天使》和长篇都市小说《有时爱情徒有虚名》（原名《单身女子的双人床》）分别作为红袖添香"书香红袖"品牌图书"创世纪之魔幻系列"、"风之语之情爱系列"之一由朝华出版社出版。

9月1日

主题为"拓展区域合作，把握产业机遇"的 2005 年中国互联网大会召开。包含国际互联网产业合作洽谈会、国际互联网高层峰会、中国互联网高层年会等 10 余个特色论坛，并针对各论坛邀请到政府领导和众多业内著名专家、学者，在会上与参会者形成互动，为业界的人士提供了多层次、多领域的交流平台。同时，互联网公益企业的表彰也成为这次大会的一个亮点。

9月2日

红袖网站正式开通免费 WAP 站点。具有上网功能的手机用户可以输入网站 wap. hongxiu. com 访问，中国移动用户也可以通过发送短信 2005 到 285813 访问。红袖 wap 站栏目包括：魅力小说、纵论天下、情爱画廊、心情日记、精品书库等栏目，每日和网站同步进行更新，更新文章达 3000 篇以上，这将是中国第一家最具规模的专业文学免费 WAP 站点。

9月15日

"第三届新浪原创文学大赛——2005 新浪原创文学擂台赛"正式开赛。这次擂台赛融网络创作、出版、影视于一体，从 2005 年 9 月到 2006 年 4 月，历时 8 个月，奖金高达 40 万元人民币，由金庸、海岩、温瑞安、张抗抗等两岸三地名家组成超豪华评审团，将选拔出最优秀的通俗小说作家。据悉，新浪网这次率先推出"打造通俗文学"概念，在于通俗文学的想象力、活力和商业性现已构成一个日渐成熟的文化产业。中国正在进入一个成熟、稳定、富裕的社会，读者需要的正是最好的通俗文学作品，目前网络的普及也给通俗文学的发展提供了良好的土壤。

9月15日

"多来米中文网"正式成立了第一个互联网上的书籍搜索引擎——"多来搜书"，并邀请潇湘书院、红袖添香等超过 40 家较有名的文学网站组成搜索联盟，真正实现了资源共享。目前，"多来搜书"书籍数据量已近百万，成为互联网最受欢迎的网络图书搜索工具，以每日不断攀升的点击率博得许多用户的喜爱。

9月20日

金振邦在《东北师大学报（哲学社会科学版）》的《新媒体视野中的网络文学》中认为，从传播学新媒体的视野，来重新审视网络文学的艺术特征、符号载体以及传播的艺术效应，可以深入揭示网络文学的本质特征，为网络文学的研究提供一个全新的视角。这是网络文学和传播学研究新的探索空间和热点课题。

9月25日

未成年残疾人儿童文学网络征文颁奖活动在北京举行。未成年残疾人儿童文学网络征文是在今年5月15日"全国助残日"启动的，是为残疾青少年儿童献上的一份特殊关爱。征文得到广泛的响应，共收到来稿2000余份，稿件内容积极、健康、向上，情节感人。大赛共决出一等奖2名，二等奖1名，三等奖6名。史铁生、毕淑敏、邹静之等著名作家高兴地为孩子们颁奖。

9月27日

"阳光法国"在法国注册，有自助旅游、学校简介、申请手续、网友原创、娱乐等板块。

9月27日

"人在英国网"在英国注册，是英国留学论坛，包括生活服务信息，学校简介等。

9月

新浪打响博客"名人战役"，全力邀请知名人士加盟新浪博客频道，并为他们提供全面的技术支持。著名作家余华成为第一个吃螃蟹的人，在新浪开"博"一个月，余华的专属"博客"的点击率就已接近百万，初步印证了新浪"名人博客攻略"的成功。随后，张海迪、陈染、徐静蕾、吴小莉、闾丘露薇、张靓颖、郭敬明、潘石屹、韩寒等人，陆续成为新浪博客的座上宾，并每天抽出固定的时间在博客专栏上撰文。就这样，越来越多的网民由起初对名人言行的关注，逐渐爱屋及乌地喜欢上了博客并踊跃加入其中，成为忠实的追随者与实践者。据不完全统计，新浪网目前的"名人博客"所开专栏已接近300个，这其中除了前述的名人外，有不少写作者属于在日常生活中并不知名的纯粹的"网络名人"。这股强力的博客之风迅速席卷网上的各大知名网站，一时间，网站争相开设专门的博客频道，成为2005年中国网络发展的一大景观。

10月3日—6日

第三届中国国际网络文化博览会在北京展览馆开幕。本届展会的宗旨为"推进中国网络文化产业发展、促进国际间交流与合作、构建中国网络文化品牌"，展会为网络文化网吧行、数字盛典、网管技能大赛和网吧俱乐部比赛四项大赛设立了专门的展示区域，这些活动都将在网博会现场进行角逐并颁奖。同时，第三届中国国际网络文化论坛将在本届网博会期间举办。

10月13日

全国首届短信文学研讨会在海口"E拇指文学艺术网"拉开帷幕。此次研讨会旨在多角度探讨短信文学、手机文化，为短信文学发展献计献策。两小时的虚拟会议中，共收到全国网友600多个帖子，在线浏览人次逾40万。另有两千多人在E拇指网申请注册手机文联会员。有关统计数据显示，目前全国手机用户3亿多，每人每天平均短信量2.5条，人均短信量居世界第二位。2004年，中国移动海南公司等率先在全国举办短信文学大赛，"短信文学"旋即引起社会各界关注。

10月21日

新疆经济报的第二版刊发了一篇稿件——《深秋的田野》，这是用短语短句把平常的消息切换成新闻画面的一次尝试，引起了广大读者的热切关注。根据雷人诗歌的命名惯例，新疆经济报社社长苏继常"荣获"该类型"诗歌体新闻"命名权，简称"鸡唱体"。

附：深秋的田野（节选，记者巴立）深秋／艳阳／汽车向呼图壁棉区行驶／大地显出灰黄、暗黄、焦黄／白杨被剥得赤裸裸的／苍劲的榆树还努力保持着团团绿色／公路上／汽车一辆一辆驶过／有的装棉花／有的装糖萝卜／这是秋收的记录／天空／没有飞鸟／空蒙蒙的／给人一种遗憾

10 月 23 日

"酷风网"在加拿大渥太华注册，设有新闻中心、生活空间、贴图影音、忧天文苑等板块。

10 月 25 日

徐静蕾在新浪"名人博客"上开博。自称"老徐"的徐静蕾每天用文字创造了一个又一个奇迹：开博 112 天创下 1000 万点击率，刷新中国互联网的历史纪录；5 月 4 日凭借点击率登上全球知名博客搜索引擎 Technorati 的排行榜首，成为第一个登上该搜索引擎榜首位置的中文博客。迄今为止，"老徐的博客"一直稳居新浪博客排行榜榜首，无人能撼。

10 月 26 日

宋玮在《河南社会科学》的《网络文学的主体缺省视野》中认为，网络文学的交互性和虚拟性特征造成了文学主体的缺省，即主体的显性消失与隐性在场。这主要表现为孤立的个体主体变为主体间的共在、对话和交往，文学主体性成了被虚化的"夕阳"概念，由此给网络文学的创作观念与形式带来了革命。

10 月

博客网推出博搜（booso. com）这一全球第一中文博客搜索服务。

11 月 1 日

阿越的"历史幻想小说"《新宋》被四川科学技术出版社推出，其繁体字版稍后则由台湾鲜鲜文化出版社推出，这是海峡两岸出版机构首次同

时推出同一华文小说。在小说中，作者安排一位21世纪的历史系大学生回到了北宋熙宁二年，在那个时代播下了文化启蒙与工业革命的种子。由于作者对小说历史细节——从官制到礼仪，从庙堂到勾栏，甚至当时开封的大街小巷的名称与位置——都进行了精致的推敲和打磨，该小说成功地将北宋时期世间百态惟妙惟肖地展现出来，从而带领读者身临其境于1069年的大宋江山。

> 附：历史幻想小说，又名"架空历史小说"，即描写"并非真实发生的虚构历史"，包括历史背景及未来。架空历史的设定是有一人或一群人去到一个与现实中某个历史朝代在背景大人物上大致相似的平行世界，把这个世界介于现实与虚幻之间，独立于现实世界，但又和现实世界在客观事件上大同小异。并非是没有源头和后续，可能有与现实相同的，这种作品大部分都是或在某个时期发生的某些事导致故事中的历史与现实不一样。后续大部分是独立于现实的，也有少数是顺应现实历史世界，如《寻秦记》。

11月6日

"燕山飘雪"写了《网络文学批评的特点》一文。文章认为网络文学批评有以下几个特点：一、从批评对象来看，改变了单打一的局面，批评者容易陷入重围；二、从欣赏习惯来看，网络文学是即时创作即时批评；三、从内容上看，网络批评的内容多带有强烈的个人情感色彩；四、从批评标准来看，"点击率高就是好作品"，点击率代替了传统的批评标准；五、从形式和方法上看，形式自由，长短不限，有的只是嘘寒问暖，批评变得可有可无。文章最后呼吁："应该加强批评，用批评引导创作走上康庄大道。"

11月12日

针对"传统写作和网络写作，谁能走得更长久"，慕容雪村这样预言，"我认为文学死亡是指日可待的"。慕容雪村的观点，遭到导演王超、作家北村等人的激烈反驳。北村认为，慕容雪村的这种说法会使所有对文学仍然存有理想的人因绝望而窒息，"他的观点实在偏激，只要人类存在，文学就不会消亡。对于一个真正的作家来讲，他不会因为谁阅读他的作品而写作，更不会因为被后人惦记才创作。用文学的力量引导人们摆脱无知和偏见，正是作家的责任。"导演王超指出，慕容雪村一方面宣告文学必将走向死亡而且正在走向死亡，一边又积极地进行文学创作，这是令人很难理解的。

11 月 17 日

《人民日报》刊登杨文雯《"点击率小说"：出版方式的变革》的文章。文章说，与早些年兴起的网络小说不同的是，现在网络写手、网站与出版社之间通过磨合，找到了一条新的"三赢"出版运营模式：无名作家在网上连载自己的作品，读者在网络点击阅读，书商和出版社跟踪观察，当网络作品获得高点击率时，则正式出版并可望成为书店的畅销书，"点击率小说"在网络小说的基础上脱颖而出。今年最火爆的网络小说《我总是心太软》就是因为超人气和高点击率而得到出版社的青睐。

11 月 19 日

由腾讯网读书频道发起的"网络文学精英会"之"掌门论剑"在北京大学正大国际会议中心隆重举行。来自"起点中文"、"幻剑书盟"、"红袖添香"、"天涯"、"榕树下"等著名原创文学网站及知名作家、学者、网络写手集于一堂，就我国网络文学的起源、生存状况、盈利模式以及未来的发展，如何在"包容、创新、合作、成长"的氛围中打造专业、健康、富有活力的网络文学平台，推动我国网络文学事业的健康发展等重点话题展开讨论，并共同签署发表了《中国网络文学阳光宣言》，标志着一场原创网络文学净化与规范运动全面展开。

11 月 19 日

"05 之夏"首届手机微型小说大奖赛评选结果在上海揭晓，大赛共收到来自全国各地的参赛稿 2100 多篇，所有的作品一律不得超过 5 屏（即手机屏幕，每屏 70 字）350 字。这些作品将微型小说的"短小精悍"发挥到极致，并以简练的语言、精巧的构思打动了评委。共有近 20 名文学爱好者获奖，其中一等奖的作品为《郭秘书纪事》和《他被赶出了演讲大厅》，二等奖和三等奖的作品为《吃鱼》《客房》等 5 篇。著名作家王蒙在颁奖仪式上说，"我觉得这是对语言能力的一种挑战，能不能用最短的字数，说出一段话来，这段话既有故事，又有世态人情"。

12 月 21 日

由中国移动通信主办、《天涯》杂志社、天涯社区协办的"首届 e 拇指文学研讨会暨首届手机文联会员代表大会"在海口举行。研讨会认为，开放性、草根性和互动性成为"e 拇指文学"显著的招牌，但它的原动力仍有赖于主流精英文化。这次会议上，何立伟、刘齐、周晓枫、李西闽等 6 位作家成为国内首批为手机文学创作的签约作家。会上还成立了"手机文联"这一民间组织，手机用户可通过短信、WAP 及"e 拇指文学"网站注册成为手机文联会员。

11 月 25 日

"2005 北京文艺论坛"开幕。会上，著名文学评论家、北京大学教授张颐武称"80 后"为"尿不湿一代"。他说"尿不湿"的逐渐被采用其实自有其象征意义，说明了一个中国历史上最丰裕的一代人的出现和中国的全球化和市场化的进程其实是异常紧密地联系在一起的，"尿不湿一代"有他们自己的游戏规则，在自己的游戏里玩得很开心，不需要作家的身份来标榜自己，也不需要文学界的认可。

11 月 25 日—26 日

由北京大学中文系、北京大学二十世纪中国文化研究中心、日本中国三十年代文学研究会联合主办的"左翼文学的时代"国际学术研讨会在北大召开。北大钱理群教授在会上提出，网络文学的兴起在一定程度上给弱势群体以发言的机会。对于方兴未艾的网络文学，钱理群认为它有两面性的：一方面，它让人们有了另外的发言方式，比如打工者文学的兴起就是一个很好的例子；但是网络由于其责任的不明确也显得很混乱，一个人不须要为自己所说的话负责，当他把自己内心最阴暗处也肆无忌惮地表现出来的时候是会影响到潜在的读者的。

11 月 26 日

司宁达在《南阳师范学院学报（社会科学版）》的《迷惘与清醒——网络文学批评初探》中认为，网络文学评论经历了"自言自语"和"众声喧哗"两个时期，当前的网络文学评论主要存在以下几个方面的问题：对象的不确定性和模糊性，学院化倾向突出，批评标准缺失，对载体的关注不够。

11 月 30 日

廖祥忠在《河南大学学报（社会科学版）》的《走向未来的网络文学》中认为，网络文学作为文学与数字化革命交融的一种主要形式，它正在改写文学这一古老艺术的历史。超文本创作与接受，使文学活动变成一种交互指涉的快乐游戏。

11 月

中国青少年网络协会在北京发布《中国青少年网瘾数据报告（2005）》，这是我国首次正式发布的有关青少年网瘾问题的调查报告。调查显示，网瘾现象的严重程度在云南最高，在该省调查人群中，比例高达27.9%，北京排名第二为23.5%。这一现象已引起北京市各社会阶层的高度重视。

11 月

由北京铁血科技有限公司主办，修正文库、凤凰网和新浪读书频道等协办的"传统写作和网络写作，谁会走得更长远"作家座谈会在北京举行，传统作家北村、诗人宋琳、评论家朱大可、导演王超与网络写手慕容雪村、卫悲回、张轶、卜小龙等人就这一话题进行了探讨和对话。

12 月 6 日

《解放日报》文娱版发表《网络小说："免费午餐"变有偿阅读》一文，文章小标题是"挖个大坑吊胃口，欲知后事请买书"，再一次引起网友们关于网络文学中"挖坑"现象以及网络文学本身的讨论。这里的"挖坑"是一种比喻，是指网络写手在网上更新小说，当写到中间某章节，甚至是就在结尾时，突然停止更新，留下个悬而未决的"尾巴"，吊网友的胃口，心情也郁闷得"好像掉进一个深不见底的大坑里，想爬也爬不出来"，于是这种写手行为被网友们称为"挖坑"。

12 月

朱凯在华龄出版社出版的《无纸空间的自由书写——网络文学》一书中，对网络文学的发展前景持乐观的态度，并指出网络文学要实现良性发展：一是要防止片面追求数量，着力提高作品质量；二是要充分利用网络优势，增强作品的原创性；三是要突出个性，办出特色网站；四是要聘请作家与批评家到网站当顾问或签约作家，让他们充当领路人或榜样；五是要与出版界联姻；六是创新。

12 月

博客网推出博客邮箱 Bmail 服务，是全球首个邮箱与博客服务的结合。

截至 12 月 31 日

我国各地版权部门在当地公安、电信主管部门的大力配合下，共查办网络侵权案件 172 件，其中国家版权局确定重点案件 28 件。依法关闭"三无"网站 76 家，没收专门用于侵权盗版的服务器 39 台，责令 137 家网站删除侵权内容，对 29 家侵权网站予以 78.9 万元罚款处罚；移送司法机关涉嫌刑事犯罪案件 18 件。其中，查办境外权利人及权利人组织举报的案件 14 件，占 28 个重点案件的 50%。

是年

◆2005 年被称之为"中国博客元年"。中国以惊人的速度进入了全民博客时代：几乎是每秒 10 个的博客增长速度和 4000 万以上的博客注册用户。年底，一批"明星博客"初具规模，印证了 2005 年博客的勃兴，宣告博客时代的来临。

◆随着中国博客热的兴起，精明的出版界找到了一条博客与出版相结合的新路径：既然博客有与读者互动的功能，出版社就索性将编校过的部分书稿在博客上连载，以网民反馈的意见作为参考，对标题、内容等进行调整。于是有了《修炼——我的职场十年》这样的博客图书的出版。当下，博客出版虽然还没能够形成规模，但它至少打破了传统出版的"黑箱"边界，让出版透明化，也让博客群体的力量得到了最大程度的体现。

◆新年伊始，根据江国香织同名小说改编的电影《东京塔》火爆上映，由此奏响了新一轮影视改编热的序曲。该部作品描述的是青年男子与比自己年长 20 岁的有夫之妇间发生的不伦之恋，可谓对时下纯爱热的反拨。此外，是年还将有多位直木奖获得者的作品出现在银幕上，其中包括角田光代的成名作《空中庭园》、奥田英朗关注现代人精神疾患的《In The Pool》、京极夏彦的代表作《姑获鸟之夏》，以及金城一纪描写高中生与中年男性"奇妙交流"的《Fly，Daddy，Fly》等，上述小说自问世之际就被预测，有成为是年超级畅销书的潜质。

◆谢楼南开始网络创作，先后在晋江原创网、九界文学网、四月天原创网发表作品。墨舞碧歌，红袖添香小说网大神级作者，新穿越小说八大代表作家之一。永正图书公司在 2013 年踏足青春文学领域，建立了以青春文学为主线的"时光纪"系列出版物产品线，推出《情在，不能醒》和《你若不来，我怎敢老去》。

◆2005 年，济南市文联专业作家王金年（当时已 51 岁）在新浪第三届文学擂台赛征文中，把刚刚创作的长篇小说《百年土匪》在新浪文学网站上贴出，表示愿意参赛。《百年土匪》在新浪上贴出后，反响强烈，点击率一直居高不下。看到自己的作品在网上被众多读者不断地点击和善意地评论，作者欣喜地说："我写了 30 年的作品，也没有赢得这么多的读者。看来，现在的作家如果拒绝网络就像是 50 年代拒绝自行车一样，是很不明智的。"

◆2005 年网络小说日渐火热，电影投资方紫禁城影业在新浪网举办了一次互动电影题材票选，当时列出了《梦里花落知多少》《晃晃悠悠》《此间的少年》《毕业那天我们一起失恋》和《谁说青春不能错》几部热门小说，吸引了 360 万人次参与投票，最终《谁说青春不能错》以 100 多万人次的投票数胜出，制片方给这部新片起了个很有网络感的片名《PK. COM. CN》，成为中国历史上首个完全以英文命名的电影。

◆网络小说《亮剑》改编成电视剧。《亮剑》是军人出身的作者创作的一本战争小说，描写一个男人从抗日走到"文革"的经历，小说曾因文笔粗糙、内容有不合政策导向之处，多次被出版社拒绝。作者被迫将其发到网络上，网络读者对其独特的故事细节和草根情绪做出强烈反应，作品被到处转载，形成了一大批忠实拥趸。随后该书经过多次删节后出版，然后拍成电视剧。这部由李幼斌主演，曾在央视和 9 家地方台同时播放的电视剧，是电视剧艺术史上的一个传奇。

◆艾米开始在文学城连载纪实性长篇故事，《山楂树之恋》使她名声大噪，短短几月便迅速成为海外读者追捧的"网络时代的手抄本"。随后传入国内，顷刻间引发无数个人博客、论坛、贴吧的热议，形成奇异的"山楂树现象"，王蒙、刘心武、苏童、熊召政等著名作家也纷纷加入了"山楂"阵营，对作品赞不绝口。

◆2005 年，明晓溪最具代表性的作品《会有天使替我爱你》一出版就成为各大网络及传统书店的宠儿，为 2005 年十大畅销书之一。山东卫视与中国移动 M-ZONE 合作的同名青春偶像剧已经拍摄完成，而为该剧的选角活动"天使任务"也成为 2006 上半年度最为热门的娱乐事件之一。

◆2005 年网络文学进入了高速发展期，在付费阅读模式越来越被读者接受的同时，盗版现象也愈演愈烈。从最早期的截取 VIP 图片到手打团再到使用技术对图片进行模糊识别。盗版站的手段层出不穷，而正规网站对盗版现象深恶痛绝，但是无论使用怎样的防盗系统，都没办法完全杜绝盗版现象。

◆在 2005 年前后，网络奇幻文学（有时也叫"奇幻文学"、"魔幻文学"）创作，在保留了天马行空的构思，自由自在的叙说方式，以及在故事情节上紧张、刺激的特点的同时，又普遍具有了较高的艺术价值与思想水准，从而令作为文学类型的奇幻文学本身逐渐告别了文字快餐的地位而登堂入室。"玄幻文学"发展到年均5000万人民币的市场，并呈逐年递增之势，压过了同属于大众文学的武侠和言情类。新浪网评选出年度"最佳玄幻文学"的前三名：《诛仙》《小兵传奇》《坏蛋是怎么炼成的》。

◆ "中国网络文学社联盟"成立。联盟是由各网络文学社自愿结成的行业性非营利性社会组织，现有会员社团10余家，包括校办、实体、网络等多种创办形式的文学社，囊括了许多优秀的中国原创文学社。

◆ "新诗歌"在美国创建。

◆ "蓝袋鼠"在美国创建。

◆ "常青藤诗刊"在美国创建。

◆2005年，与《我不是聪明女生》相映成趣的是，最初在韩国并未产生影响的网络小说《惹我你就死定了》，却成为中国广大青少年读者追捧的对象，作者"韩国超级美少女作家"金贤正在中国一夜走红。就在成年读者还没有回过神来的时候，《惹我你就死定了2》和《惹我你就死定了3》迅速出炉面世，紧跟着金贤正的另一本网络小说《迷恋》——她一口气在中国出了三本系列书。据市场反应，金贤正是年网络小说销量突破百万。

◆2005年网络风云人物——明晓溪。2003年，当一名少女把写给自己的小说贴在晋江，同时成为晋江第32位原创作者时，没有人知道她将成为女性华语小说的天后级作家。随着《明若晓溪》系列的火热连载，简单却动人的校园故事，纠结了所有读者的心。系列故事《水晶般透明》《冬日最灿烂的阳光》《无往而不胜的童话》《雨夜里的星星沙》也获得了出版商的赏识，顺利出版。

2006 年

1 月 15 日

可承载千万级用户的新 BSP 博客服务系统上线，同时博客网发布以博客个人价值为中心的"新生活方式"战略。

1 月 15 日

欧阳友权在《文学评论》的《用网络打造文学诗意》一文中指出，文章的体裁文类、文本构型的改变和后审美范式的置换，是网络在解构文字旧制时开辟的文学性返魅途径，同时也是文学在网络虚拟空间中试图重构的电子诗性。网络对文学诗性的技术祛魅与艺术返魅就是在这个过程中逐步实现的。

1 月 15 日

斯炎伟在《理论与创作》的《文化生态视野中的网络文学》一文中说，我们要承认网络文学的生存机会和权利，我们也要尊重网络文学与传统文学间那种"复调"式的对话关系。对于文化生态视野中的网络文学，著名的生态学家戴维·埃伦费尔德的一个呼吁值得我们借鉴："保持自然的全部多样性吧！因为我们不知道哪些方面的多样性是我们长期生存所依赖的。"

1 月 20 日

由人民网"中国博客草根 50 人"评选，名列首位的阿南的"博客＋播客"小说《十年光阴·梦想带我去飞翔》，经过改版后由东方出版社推出，并成为唯一列入是年"北京高校就业指导书目"的职场励志小说，被称为"给毕业生、上班族的最好礼物"。

1 月 25 日

杨中举在《淮阴师范学院学报（哲学社会科学版）》解析了"手机小说"的大众化表征。他说，"手机小说"是网络文学的变种，字数虽短但不失文学性，它以手机为载体，内容符合手机族口味，能下载转发达到即时互动，反映着手机网络传播的快餐化、大众化特点，符合数字化时代人们的情感心理和审美要求。

1 月 25 日

杨延生在《新疆社会科学》的《网络文学：后现代文化语境中的自由书写》中指出：网络文学是在后现代文化语境中产生、发展和壮大起来的，由于后现代主义的影响，网络文学呈现出四大特点：回归民间的写作姿态，娱乐至上的审美向度，立体模糊的文体特征和人际互动的文本存在。

年初

胡戈的《一个馒头引发的血案》在互联网风行，引起国人广泛的争议，也让我们接触了这样一个新名词——网络恶搞。

2 月 15 日

国新办举行新闻发布会，国家版权局副局长阎晓宏介绍近期我国查处网络侵权盗版行动等方面情况，并通报了陆小亮、陈亮团伙网络侵权盗版案、"云霄阁"网站非法转载文学作品著作权案等 12 起网络侵权盗版重大案件。

2 月 15 日

《文艺争鸣》2006 年第 4 期发表了邓国军《网络文学的定义及意境的生成》、马季《网络文学写作断想》、单小曦《电子传媒时代的文学场裂变》、欧阳友权《网络媒介与新世纪文学转型》、杨雨《新世纪文学焦虑的纾解与网络媒介的力量》、柏定国、苏晓芳《论新世纪的网络仿像文学》、蒋玉斌《网络翻新小说试论》、聂庆璞《web2.0 时代的文学地图》等一组文章。

2 月 20 日

二月丫头——一位戴着蓝色隐形眼镜、留着长发、长得有点像莫文蔚的女孩，在其博客贴出了一组自己的性感照片，引来"狂蜂"无数。博客开张仅短短的两个多月，点击率已近 130 万。但仔细浏览其博客就会发现，与其说二月丫头因其照片火辣而走红，不如说她是写手型——因文章笔锋犀利，有自己独到见解而走红。不可否认，二月丫头是争议人物，但支持她的人却远远多于反对她的人，其有别于靠脱、靠脸蛋、靠出丑、靠自恋走红的博客红人，这恰恰说明有思想的文字内容才是在网络上立身生存的根本。

2 月 24 日

白烨《80 后的现状与未来》的评论引起了以韩寒为代表的"80 后"的强烈反应。

3 月 2 日，韩寒回应的《文坛是个屁，谁都别装逼》的千字短文，拉开了其与白烨的论战。随后，白烨在其博客上发表了《我的声明——回应韩寒》一文，表达自己的不满。而韩寒也立即发表了《有些人，话糙理不糙；有些人，话不糙人糙》和《辞旧迎新》迎战白烨。两人的论战引起了广大学者与网民的关注和讨论，其火热程度绝不亚于前一段时间的《一个馒头引发的血案》。此时，网上关于这场论战的讨论并没有结束，反而有愈演愈烈之势，包括解玺璋、王晓玉、陆天明、古清生、陆川和高晓松等卷入。这场论战并不仅仅是纯粹的两人之间的问题，它更反映了正在走上社会主流舞台的80后的一代和上代人的迥异思维。这不得不引发我们的思考并去追寻藏在论战背后的两代人的差异与促使两人论战的原因。这场始于网络的"韩白之争"，历时 1 月之后，以多位当事人关闭博客走向尾声。

3 月 1 日

红袖添香与中华书局（香港）联手举办首届新武侠小说大赛——"2006 新武侠小说大赛"，奖金总额超过 20 万元，单项奖金高达 5 万元，获奖作品将由中华书局（香港）面向全球同步出版发行。

3月7日

"Acosta——极地阳光"开博。Acosta 的文字显出他与众不同的经历和内心，作为背景音乐的神秘歌手 Vitas 的歌声又使这个博客增添了一股摄人心魄的力量。"极地阳光"的内容被不少网友四处转载，点击率于是节节攀高，由于博主"Acosta"既不是像韩寒、郭敬明等早已红透半边天的青春写手，也不是像徐静蕾等娱乐圈中炙手可热的当红人物，而是一个身份一直没有明晰的"隐形人"。单纯凭借图片所呈现的平面化的"帅气"，和文章所流露的虚无的"小资"，引起了网友疯狂的喜欢和崇拜。到 2006年 6 月 2 日，他的博客点击率达到 1000 万。这是新浪第一个点击率过一千万的平民博客（草根博客）。

3月8日

两个很受欢迎的中国博客——《三联生活周刊》记者王晓峰的"按摩乳"和中国博客圈中的著名娱乐记者袁蕾的"奶猪"，突然变成空白页，上面只能看到一行字："因为众所周知不可抗拒的原因，本博客暂时关闭。"路透社的记者获悉此事后，在最短的时间内向全世界发布了新闻报道："中国又有两个言辞大胆的博客'按摩乳'和'奶猪'被下令关闭，这是中国在控制整肃互联网的新一轮行动。"随后，西方各大新闻媒体如 BBC、"美国之音"和"记者无疆界"组织等，也都一窝蜂地跟进报道。但事实上，这两个博客"被关闭"只是王晓峰和袁蕾的恶作剧。在看到有关报道之后，他们马上道歉并说明了真相，同时称西方媒体在报道前并未找他们核实情况。《联合早报》将西方新闻界所做的这一假新闻称为"中国博客门"事件。

3月8日

中国社会科学出版社为著名专栏作家黄集伟的新作《语词笔记第五卷·习惯性八卦》举行了中国首次 MSN 移动新书发布会。这场发布会以"2006·语词联欢"为主题，用 MSN 作为网络在线平台，辅之以手机短信传输，主会场设在北京中国社会科学出版社，而分会场则邀请了来自上海、广州、海口及美国等认识与不认识的朋友，大家同一时间准时在线，采取即时发布、即时提问、即时回答的方式进行交流。这次新书在线移动发布是我国出版界新书发布会的一个新形式，它被一些业内人称为"里程碑"。

3月13日

无线互联网门户 TOM 在线（Nasdaq：TOMO）公布，收购中国原创文学网站"幻剑书盟"80% 股权，取得控股地位，其价格为人民币 2000 万元。此次并购是目前数额最大的原创文学网站并购案，高于盛大前一年全资收购起点中文网的价格。同时也是截至是年 SP 进行的首笔针对文学网站的收购。新的资本注入幻剑书盟，不仅使这个老牌书站焕发生机，也使网络文学旧格局发生了变化，使一家独大的旧局面悄悄地开始改变，"起点"、"幻剑"、"17K"三足鼎立的局面正在形成。

3月15日

红袖添香与北京人类大成教科文研究院联合举办首届"和慧杯"科幻小说大赛。大赛将于 2007 年 2 月 15 日截稿，奖金总额超过 12 万元，单项奖金高达 5 万元。获得本次大赛一、二、三等奖的作品将获出版。

3月23日

2006 年《文艺争鸣》第 2 期在显要位置刊出了欧阳友权的《路上的学人与前沿问题》一文，在他看来，"媒介"研究无疑位于文学研究中的前沿地带，但要进入"学术前沿"则尚需努力。他反思道："一些研究者把人文学术做成纯粹的技术分析，在概念和符号中兜圈子，其成果除了令人头痛的科技新名词的狂轰滥炸之外，对学术推进不多，对文论学理阐发很少。"分析原因，他认为这是"技术决定论"的表现，是研究者缺乏"人文精神"的表征。这确实一针见血地道出了"媒介"研究中的另一致命伤。与重视考据与个案研究的思路相反的是侧重宏大叙事，滥用西方理论的"媒介"研究，其动不动就是"媒介诗学"、"后现代"与"媒介帝国主义"，只见思想的流动而无事实的根基，浮夸之气毕现。

3月28日

李畅在《网络文学的后现代情结》的硕士论文中认为，网络文学这种后现代特征明显的文学样式，在文学题材、形态、语言等诸多方面都表现出了与传统文学迥异的特性。这些特性消解着传统经典的一元中心，消解着权威，他向我们提出了一种全新的文学评判价值体系。

3月30日

王哲平在《南昌大学学报（人文社会科学版）》的《网络文学的审美特征》中认为，网络文学呈现出自由言说的快乐审美、虚拟世界的临场审美和读写交互的动态审美等审美特征，进而向传统文学发起了挑战。由"第四媒体"引发的文学革命，则有可能从整体上改变文学格局，乃至打造出崭新的文学社会学和文学美学。

3月

当年明月的《明朝那些事儿》在天涯社区的"煮酒论史"论坛开始连载，到5月中旬两个多月时间，点击量就已经越过20万，然后直奔百万，回帖也接近上万条。同时，当年明月"白话历史"的手法也引起广泛争议，甚至引发了令人惊愕的"刷尸屏"与"倒版"事件，导致该版块的三位版主被迫先后离职，使作者选择了在新浪与搜狐建立博客，进行连载更新，并继续保持着极高的人气。

《明朝那些事儿》是一本以作者自己的观点讲述历史，并借用历史事件折射现实问题的故事集成。它的主线完全忠实于《明史》，从核心人物到重要事件，都是有影有形的，和所谓的戏说、"大话"又不一样。作者以"把历史写得好看"为原则，用通俗诙谐的语言解读明史，叙述之中加入个人评论，获得了网民的追捧。其写作观念、方式与传统写作存在一定的不同之处，它充分利用了网络的共生性特质和民间亲和力，产生了新的历史叙事方式。缘此，《文艺争鸣》主编张未民呼吁加强对"新世纪文学"的研究：当今的文坛之广阔盛大，如果不包括"网络写作"、"新表现写作"、"打工者文学"等文学现象，那就不是一个符合今日文学社会趋势的真实文坛。这种主流写作加若干边缘写作的文坛格局，其盛大性表征乃是新世纪以来中国文坛的最大变化。

3月

安徽"若缺诗社"由陈先发、汤养宗联合倡议成立，主张在传承汉诗传统特有品格之同时完成汉诗的当下性。

3月

2006《中国网络诗歌年鉴》由环球文化出版社出版，该书主编小鱼儿、陈忠村已经连续3年编辑出版年鉴，本次年鉴收录了2006年内100位重要网络诗人的佳作和网络诗歌研究者理论的文章，并对全年网络诗歌大事件进行了梳理，推荐了46个网络诗歌论坛与网站，作为年度选本，厚度达2.5厘米。

4月1日

敦煌文艺出版社同时推出了洛艺嘉的《一个人的非洲》的纸版、网络版和手机版，这在国内尚属首次。针对出版撞车的疑问，洛艺嘉认为，在网上看书的人和买纸版书的人不是同一个族群，两者相交的部分只有10%。像当初《第一次亲密接触》在网上已经相当流行了，可纸版发行了，仍然销售很好。

4月13日

"榕树下"被国内知名的民营传媒集团"欢乐传媒"收购，被认为是国内民营传媒企业收购新媒体的第一案例，该收购耗资超过500万美元。

"欢乐传媒"看中"榕树下"的原因，首先是该网站已拥有500万的注册用户，每天8000篇原创文章的更新频率。同时网络已经成为一种新的视频传播渠道，"欢乐传媒"今年已把重心转移到新媒体业务的研发上，把文学作品影像化，将是"欢乐传媒"收购"榕树下"之后的新方向。

4月15日

欧阳友权在《中南大学学报（社会科学版）》的《网络文学的虚拟真实》中指出，探讨网络文学的虚拟真实须要从艺术美学上廓清其学理维度：即虚拟真实的图像化呈现方式，将引发互联网上语言文本与多媒体文本的互文性审美新变；虚拟真实所蕴含的虚与实的超越逻辑，将创设人与对象之间的新型审美关系；虚拟真实所依凭的时空内生性，将达成人的开放性与未完成性的技术化审美拓展。

4月15日—16日

"幻剑书盟"的"网络文学发展与出版高峰会议"在北京举行，这是国内网络文学与平面出版、动漫、有声读物产业全面合作的第一次盛会。会上，"幻剑书盟"体现了自身在网络作者与传统出版机构之间的桥梁作用，为网络作者提供了众多平面出版的出口，同时还就网络原创与传统出版的合作发展如何获得一个双赢的结局进行了有益的探讨。

4月20日

翟东明、李伟在《当代经理人（下旬刊）》的《网络文学价值论》中认为，网络文学起源于技术的进步，但这种技术进步向价值领域的渗透、传导，形成了网络文学独特的文学观念和价值体系。因此网络文学不仅是一种技术性存在，也是一种价值论存在。网络文学不但应被作为一个技术性事实被审视，更应被作为一个文化哲学的事实被审视。

4月26日

旨在解决数字作品版权确认问题的北京数字作品版权登记平台正式启动，标志着今后数码照片和彩铃等都可以受到版权保护。长期以来，数码照片、彩铃彩信乃至博客和网络文学等数字作品，由于没有底片、底稿等，一直存在难以判断版权的问题。为此，北京市版权局与企业合作，通过应用数字水印加密和图像自动检索两项技术，开发建设全国首个数字作品版权登记平台。

4月

架空历史类小说《随波逐流之一代军师》由人民文学出版社首版。《一代军师》在读者的支持下占据推荐榜首席多日，可以说是读者的热情成就了这本书。作者笔名随波逐流，原名刘雪林，从来都觉得最美妙的文章就是流传至当代的诗词歌赋、史书传记，不过最爱看的还是各种武侠、历史和玄幻小说。看的书多了便自己动笔写起来，最大的快乐就是看着自己笔下的人物逐步丰满起来，最大的痛苦就是为了写书还要搜集数倍的资料，最大的遗憾就是自己不像江哲那么聪明逍遥，最大的满足就是看到读者们的热情回应。

5月1日

弯弯著《可不可以不要上班》由北方文艺出版社出版。本书是台湾网络日志的奇迹，"百万人次连锁爆笑推荐之，是学生及上班族必备抗无聊、提神秘籍，是震撼台湾的出版奇迹。"

弯弯，台湾绘本小天后，上班族最佳心情代言人。博客开站至今，累计浏览人次超过一亿，是台湾当时浏览人次最高及第一个破亿之博客，荣获第二届华文博客大奖"最佳生活趣味部落格"，金石堂书店"2005年度出版风云人物"，并被书店及媒体票选为两岸当时最重要之十大作家。三本个人创作《可不可以不要上班》《6868，一起翘班去》《可不可以不要上学》，总销售已突破100万本，掀起狂热的"弯弯风潮"。

5月10日

著名作家王蒙在"海珠讲坛"上谈到网络文学的利弊，并提倡大家多读好书，少接触网络文学。对于网络文学，王蒙首先认可它存在的合理性。他指出，网络文学和手机短信笑话一样，是一种快餐文化，无论是内容还是形式都比较随便，"逗人一笑而已"。事物发展都会出现悖论，因为"它（网络文学）太方便了，太容易了，那就会出现贬值，会出现垃圾。当然，我们不能因为出现垃圾，就取缔了这种方便，也不能因为大家都欢呼这种方便，就不把垃圾说成垃圾"。

王蒙还坚决否定将在以后推出自己的博客，"我没有这方面的打算"。对于博客是网络里的"超女现象"，是一种自娱自乐，王蒙表示深有同感。他虽然不愿对"超女"作出任何评价，但王蒙将流行的卡拉OK现象与博客做了个对比。他说，卡拉OK起源于日本，是一种大众对待音乐的自娱自乐形式。但在意大利，卡拉OK是被禁止的，为什么呢，因为意大利很注重音乐教育，他们担心卡拉OK会影响大众对音乐的欣赏和理解。"同样，博客这种网络文学形式对人们的文字和语言认知能力形成破坏的可能性也是大大存在的。"王蒙认为对待博客，应该采取趋利避害的态度。

5月10日

范小伟在《中州学刊》的《对超文本网络文学创作的思考》一文中说，超文本文学作品的创作是集文学创作与多媒体技术于一体的艺术创造过程，是网络文学创作的未来。超文本文学作品具有自身的特质，这不仅体现在超文本网络文学作品与传统文学作品的体式具有质的区别，而且也表现在寄生方式的根本性变化。超文本网络文学的创作势必改变传统文学的文本、形象等构成模式，也将导致其阅读方式的彻底变革。

5月13日

博客专栏（即博客中国）进行第三次改版，正式把博客中国定位为：中国思维第一集散地，知识者的梦工厂，思想者的聚乐园；倡导自由、平等、分享、互动理念；以评论性、思想性、尖锐性见长；以人为本，以文会友，汇聚国内精英群体；以传播思想、汇聚知识、洞察时事为己任。

5月17日

幻剑书盟和起点中文网因《诛仙》等小说的版权问题产生争议。

幻剑书盟发表声明，称起点中文网刊载了幻剑书盟独家拥有网络收费刊载权的《诛仙》和《飞翔篮球梦》两部书的部分章节。幻剑书盟称，4月25日他们在起点中文网阅读到一个关于萧鼎作品《诛仙》的最新连载声明，声称《诛仙》简体电子版将在起点中文网连载。当日幻剑书盟即就此向起点中文网发出正式警告，律师要求"起点"在网上醒目位置公开道歉，并赔偿因侵权和不正当行为而给幻剑书盟造成的损失共计人民币100万元整，否则将会提起上诉。"起点"表示："目前本书版权受到部分人士争议，秉承'起点'一向尊重作品版权的原则，所以暂时停止本书VIP内容的发布，待事态明晰后再行发布。"

负责出版《诛仙》的朝华出版社副总编张宏宇认为，知识产权保护并非只是对实体图书，它也牵涉到网络文学的发展。他说："目前在互联网上侵犯网络文学作品版权的问题很突出，网络文学作品版权保护是一项庞大的社会系统工程，只有版权所有人的努力远远不够，还需要社会各界的共同努力。"

5月22日

隶属于中文在线的"17K"小说网创建。自此，www.17K.com 与手机小说网 wap.17k.com 共同构成中文在线的互联网数字平台。"17K"始终秉承"打造全媒体数字平台"的理念，不断地追求进步，创办至今，拥有注册网络作者 40000 余位，销售图书超过 40000 册，日均访问量超过 2000 万，签约作者包括酒徒、流浪的军刀、烟雨江南、失落叶等，凸显了"17K"小说网在内容上的强大优势。目前已与新华网、人民网等近千家门户网站合作，协同打造互联网阅读平台。2006 年 12 月收费阅读系统（VIP付费）正式开始运营。

5月

房忆萝（杨海燕）开始在天涯网上连载《东莞打工妹生存实录》，短短几个月该帖跃为天涯第一帖，月点击量超过百万，后来以《我是一朵飘零的花——东莞打工妹生存实录（一）》出版，并成为手机阅读最受读者欢迎的网络文学作品之一，单日信息费最高收入突破 5 万元。

6月5日

新浪第三届华语文学大奖赛落下帷幕。19 岁少年林千羽的悬幻小说《逍遥·圣战传说》和女写手楚晴的言情小说《挽云歌》获并列第一，探花则被安齐名的《肉鸽：东京的生死恋情》摘走。在颁奖典礼上，文学评论家白烨认为，本届大赛与前两届最大的不同在于，前两届的作品还是没有脱离传统小说的模式，而这次的作品是网络文学与传统文学的分离，开始另立门户，更有网络小说和通俗小说的特点。

6月18日

首都师范大学教授陶东风在博客上发表了《中国文学已经进入装神弄鬼时代?》，直指当下走红的玄幻类文学，引起了一次火药味十足的文坛论争。文章说：装神弄鬼作为一种掩盖艺术才华之枯竭的雕虫小技，只有在想象力严重贫乏或受到严重控制的情况下才会大量出现。可以说，装神弄鬼已经成为当今中国文艺界的一个怪象，不独玄幻文学如此。它所表征的恰恰是我们这个时代艺术想象力的极度贫乏和受挫。文中还对玄幻文学作品中的价值观体系进行了批评，认为80后玄幻写手本人价值观的混乱，导致了作品缺乏人文精神。

陶东风的批评很快招致反批评，其中张柠的声音格外引人注意。张柠在其博客中撰文认为，当代文学批评的矛头应该指向商品生产背后的资本运作的秘密。无论是"80后文学"、"青春小说"，还是"玄幻"、"奇幻"、"武打"等等，都不是单纯的文学问题，而是文学商品生产领域里的事情。今天在年轻人中流行的那些读物，首先应该当作商品市场中的生产、消费、流通问题，不应当把它们当作封闭的美学整体来分析，并试图从中发现思想深度、人文精神等价值问题。

萧鼎则在自己博客上作出题为《究竟是谁在装神弄鬼？——回陶东风教授》的回应。萧鼎说，不过是三部玄幻作品和几部影视作品，就根据这个得出中国文学进入了装神弄鬼时代的结论，逻辑上成问题。

在萧鼎作出回应的当晚，陶东风再次在博客上贴出了《中国文学已进入装神弄鬼时代》的修订版。在修订版中，陶东风依然坚持自己的观点，并且认为，"80后"感受世界非常突出的特点是网络游戏化，是道德价值混乱、政治热情冷漠、公共关怀缺失的一代。所以可以把神出鬼没的魔幻世界描写得场面宏大、色彩绚烂，但最终呈现出来的却是一个缺血苍白的技术世界。

6月20日

张晓光在《理论学刊》的《论中国文学传播的三种历史形态》中指出，中国文学在历史上的几次重大转型，都是伴随着语言及传播工具的革新而向前发展的。"言文疏离"代表着中国古代文学传播形态或者说是中国古代文学的形态样式；现代以来，白话文的文学范式体现了具有"言文合一"特征的现代精英文学传播形态；大众媒体出现之后，有了电影文学、电视文学、广播文学、报刊文学，而网络媒体的出现，有效地催生出以电子传媒为载体、具有"精英"与"草根"相融合特征的文学传播形态。

6月25日

董希文在《海南大学学报（人文社会科学版）》的《互文性与网络文学》中认为，网络文学就是网络中"在线写作"和阅读的文学样式，是计算机网络媒介与互文本观念联姻的产物。无论就其外在活动方式还是内在精神而言，都体现出明显的互文迹象，它最明显地反映了互文性的特点，是有史以来互文性的最高典范形态。

6月26日

武汉成立了全国首家地区性的网络文学委员会，委员会由武汉市作家协会和武汉工业学院工商学院网络文学研究所组成，依托《芳草》杂志社网络文学创作基地展开创作实践及"网络文学"理论研究，这表明已有一些半官方半民间组织开始介入对"网络文学"进行开发性研究。

6月26日

中信出版社通过QQ群组的形式进行了网络上流传数年红猪侠的虚构历史小说《庆熹纪事》的发布。与会人员包括作者红猪侠、媒体记者、作家、评论家、读者等34人。在发布会过程中，每个人向主持人申请，经允许后发言。大家围绕着"红猪侠谈《庆熹纪事》与网络文学创作"这一主题畅所欲言，整个发布会持续了两个多小时，取得了非常好的效果，达到了预期的宣传目标。这次发布是中信社网络新书发布的处女作。

6月28日

《中华读书报》消息：由白烨主持的《中国文情报告（2005—2006)》，近期已由社会科学文献出版社出版。主持人白烨除评述了2005年文学的主要成果与基本走向外，还就文学所发生的新变动和出现的新问题，发表了自己的几点看法。他认为，与过去的以意识形态为主流，专业作家为主体、文学期刊为主导的总体格局的文学相比，进入新世纪之后的文学正在出现一种结构性的调整，这就是基本上以文学期刊为主导的传统文坛，已逐渐分化出以商业出版为依托的大众文学（如"80后"写作等），以网络媒介为平台的网络写作（如写作网站、名人博客等）。他认为，虽然这些新的文学板块已有一些初步的互动，但存在的严重"分离"的问题依然不容忽视。

6月30日

傅其林在《中国文学研究》的《网络文学的理论建构"三部曲"——从〈网络文学论纲〉到〈数字化语境中的文艺学〉》一文中，从共时性和历时性维度评析欧阳友权网络文学研究的三部著作《网络文学论纲》《网络文学本体论》《数字化语境中的文艺学》，剖析其网络文学研究的逻辑思路，以揭示其对网络文学的理论建构的基本维度及其价值。

7月1日

国务院颁布的《信息网络传播权保护条例》开始实施，《条例》的实施对于我国的版权保护事业和互联网的发展都具有深远的意义。如何平衡权利人、网络服务提供者和作品使用者之间的利益是网络时代一个非常重要的课题，《条例》对于三者之间的利益平衡做了恰到好处的处理，充分利用了网络的传播力量，保护了权利人的利益，并满足了广大用户的阅读需要。

7月1日

"骚路风情"在加拿大创建。

7月1日

许鹏在由高等教育出版社不久前推出的《新媒体艺术论》中说，"场"可被界定为一个微观系统化的合力结构，作为文学写作的环境，它分为三种类型：小场、大场、中场。小场和大场是传统写作的一个系统化合力结构。中场是网络文学运动的一种情态，是一个由作者、读者，以及网络提供的虚拟场所——BBS所构成的一个形态结构。在这个结构里，BBS作为"场"的载体，提供一个各种元素相互作用的整合平台。

7月10日

与玄霆公司结束了职业作者合同的云天空，携新书《混也是一种生活》加盟"17K"。这是一本转型之作，用作者的话来说，在疲倦地写作了一年半，每天更新一万字之后，是他自己真正想写的书。

7月11日

起点中文网（玄霆公司）一次性解禁了云天空《邪神传说》全部 VIP 章节，共 197 章 100 余万字。在云天空试图寻求解答的时候，这一以他的名字命名的事件，已经震惊了网络。网易、新浪等媒体都给予了详尽的报导，关于作者权益如何保障的话题，一时间也讨论得异常火爆。9月，在与玄霆公司沟通未果的情况下，云天空毅然拿起了法律的武器，将侵害他合法权益的玄霆告上了法庭。12月，上海市浦东新区人民法院一审判决玄霆公司败诉，赔偿云天空经济损失 12 万元。云天空的官司暂时告一段落，但是这一事件背后的故事还远远没有结束。就在一审判决宣判后不久，玄霆公司下属网站起点中文网的作者专区多了这样一段话：本站所有签约作品操作权限均归属于起点中文网，包括但不限于作品的上传、发布和解禁。为方便日常维护，本站可将此操作权限授权给作者本人，但本站保留随时回收调整该操作权之权力。

7月18日

一手发掘和打造了"亿元女生"郭妮的聚星中文网总经理路金波在当时的新闻发布会上披露，郭妮今年图书销售目标将冲刺 500 万册，销售码洋力破 1.2 亿，勇夺中国第一。

据主办方称，上半年，总共推出郭妮的小说《麻雀要革命》（1、2）和《天使街 23 号》（1、2、3）以及《恶魔的法则》等 6 本书，几乎每本的发行量都在 40 万册左右，而即便是这一数字也是不完全统计的，因为郭妮的书不仅通过新华书店、民营书店等发行渠道发行，更大量的还是集中于书报亭、礼品店、零食店以及校门口的租书摊等，所以其发行量可能被远远低估。随即，路金波宣布了郭妮当年上半年的销售战绩为 205 万册，胜过了韩寒的《一座城池》（57 万册），安妮宝贝的《莲花》（47 万册），也超过了上下两部加起来超出 100 万册的余华的《兄弟》，甚至比半年中《哈利·波特》在中国的销量还高，引发了出版界的诧异。

7 月 19 日

当天公布的第十八次中国互联网络发展状况统计调查数据表明，2006年上半年中国互联网在整体上保持增长态势的同时，网民特征结构、上网途径、上网行为等各方面也出现了一些较为明显的变化。上网用户总数已达 1.23 亿人，其中使用宽带上网的人数达到 6430 万人；上网计算机达到5450 万台，国际出口带宽总量为 214175MB，连接的国家有美国、俄罗斯、法国、英国、德国、日本、韩国、新加坡等。网站数达到 78.84 万个。在网民的特征结构方面，学生、专业技术人员仍然是主体，其中学生网民的比例和半年前相比有所上升。年轻、知识层次较高、意识前卫，成为网民的主要特征。从上网途径来看到，家中成为网民上网的主要地点，比例已达 70%。上网更加方便，在网上的时间更加随意和充足，除浏览新闻，检索资料外，网上休闲活动日益增多，网民越来越意识到自己才是网络的主人。而文学网民正是这支浩浩荡荡的网民大军中最为活跃的一个群体。新的传播手段给了他们施展才能的广阔空间，促成新文学形式的出现，对于这个群体，严格意义上的文学概念已经不复存在，它的变化——泛化或称其为边缘化——已经不可逆转。网络时代，传统意义上的小说、散文、诗歌和戏剧的界线将越来越模糊，无法确切界定。

7 月 23 日

白烨在《文艺争鸣》的《新世纪文学的新格局与新课题》中指出，一分为三的文坛，在被动应变和主动求变的两种动因之下，文坛开始发生结构性的变化。虽然网络文学总体来看还在成长与发展之中，但其影响必将越来越大和越来越广。该期还刊载欧阳友权《网络媒介与新世纪文学转型》，单小曦《电子传媒时代的文学场裂变——现代传媒语境中的文学存在方式》，杨雨《新世纪文学焦虑的纾解与网络媒介的力量》，柏定国《论新世纪的网络仿像文学》，邓国军《网络文学的定义及意境生成》，蒋玉斌《网络翻新小说试论》，聂庆璞《Web2.0 时代的文学地图》，马季《网络文学写作断想》等一组文章。

7月25日

哑丫的《秦姝》在红袖添香驻站。这个故事讲的是一个21世纪的25岁平凡女会计，一次与同事在江边玩，偶然发现了一个玉镯，一下子被带到两千多年前的秦代。与前几年红极一时的《寻秦记》和《穿越时空的爱恋》不同的是，这个女子的灵魂附在了秦朝巴蜀一个15岁的名叫"清"的屈氏少女身上，她那来自21世纪的聪明才智，使她有了一个传奇的人生。最后，她死去了，并不可能再回到21世纪了，因为在古代的二十多年，她经历了无数的悲欢离合和人世冷暖，她已经融入了那个世界，不可能再回来了。

7月25日

欧阳友权在《文艺理论研究》的《网络写作的主体间性》一文中，从"主体间性"概念出发，认为网络写作"是间性主体在赛博空间里的互文性释放，这是对传统主体性观念的媒介补救"，加大了相关研究的深度。

7月25日

赵婧、李军晶在《湖南城市学院学报》的《重写经典：继承，抑或背叛——网络文学创作中重写经典文本现象分析》中说，受社会文化及理论背景、民间文化等方面的影响，重写经典文本呈现出多元化倾向。这种文学现象以俗文本、新界面为其主要特点，起着"跳接"文化传统和改变文化流向的双重作用。

7月29日

福建"突围诗社"由本少爷、雷黑子、易涵联合倡议成立，明确主张以百年中国新诗、外国诗歌、千年古典诗歌三大传统为源头，立足现代生活，糅合、尝试、展现现代诗歌更为广阔的表达方式及可能性。2006年举办第一届"突围年度诗歌奖"评选，冷盈袖、小衣获第一届"突围年度诗人奖"，王微微、杨略获"年度新锐奖"。

7 月

由深圳市文联、深圳市作家协会主办的"我和深圳"原创网络文学拉力赛自 7 月启动以来，共有四千多部作品参赛。从本届比赛开始，深圳网络文学拉力赛计划连续举办 4 年，并将与中国作协、中共深圳市委联合推出的"改革开放三十周年文学创作工程"相衔接，每年举行年度作品评选，选出网络文学拉力赛年度冠军，2009 年将举行总决赛，选出拉力赛的总冠军。

8 月 3 日

《军事文艺专刊》上刊登了成都军区《西南军事文学》编辑部通过军营网络"下网捞文"的消息，《西南军事文学》随即决定与"军网榕树下"举行首届"军网杯"网络征文大赛，短短 3 个月，来稿五百多篇，刊物连续 3 期推出网络征文作品，影响力和知名度直线上升，而网站的点击率也大大提高，吸引了更多有实力的网络写手。此后，《西南军事文学》又与"全军政工网"等大型军队网站合作，通过担任网站特约编辑的形式进行组稿，凝聚了军内一大批天南地北的作者，"捞"出了一大批优秀作品。至此，在全军文学期刊中，《西南军事文学》率先实现了两个"第一"：第一家利用网络组稿，第一家举办网络征文——初步探索出军事文学与军营网络结缘发展的新模式。

8 月 7 日

首届东北三省网络出版节在长春开幕。本届网络出版节在历时一个多月的时间内将进行东北三省网络出版宣传日、网络出版高层论坛、动漫FLASH 设计大赛、网络原创音乐评选、网络文学征集评选、网络游戏大赛、博客网页评选、优秀互联网出版网站精品栏目评选等活动。

8 月 7 日

郭敬明正式成立"上海柯艾文化传播有限公司"，并亲自担任该文化公司的董事长，成为"80 后"作家中的第一位"老板"。郭敬明表示，新文化公司并不算是运作两年之久的"岛"工作室的"升级版本"，他对于投资关系等情况则显得极为回避，而春风文艺出版社明确透露，郭敬明自己筹资成立了新文化公司，原本由春风文艺投资的"岛"工作室目前隶属于该公司。

8月15日

吴卫华在《江汉论坛》的《文学的泛化与短信文学的勃兴》中指出，文学的泛化已然是当代社会一个重要的特征，短信文学的勃兴既与手机短信的技术优势相联系，也是时代的审美特点所使然。形制上的短小，内容上的平面，传播上的快捷，亦即"短"、"平"、"快"构成了时下短信文学最为显著的特征。短信文学赓续着传统文学的特征，又不乏某些新的质素，在某种程度上使文学获得了对时空限制的超越，带来了文学发展的新契机。

8月15日

谭德晶在《中南大学学报（社会科学版）》的《网络文学批评与中国古代神韵批评》中认为，网络文学批评和中国古代文学批评一样，具有一种"神韵"特性。这种"神韵批评"主要由三个方面的特性构成：第一，是由一种欣然自得的生活态度所决定的评点式的批评方式；第二，是主观感悟，而非客观的有体系的逻辑分析成了对艺术作品的把握方式；第三，由这种主观感悟所决定的诗意的语言成为神韵批评的言说方式。

8月15日

欧阳友权、汤小红在《中南大学学报（社会科学版）》的《论网络小说的叙事情境》中指出，网络小说作为一种新兴的叙事文学，它的叙事情境有三个特点：舍弃传统的第三人称叙事而主要采用第一人称，抛开现代小说叙事偏好的内聚焦和外聚焦模式而采用零聚焦，运用讲述的叙事方式。

8月25日

上海社会科学院社会学所心理学教授张结海在博客中发出《网络追逐流氓老外大行动》的文章。该文一经贴出，即被天涯、猫扑等网络社区广泛转载，网友纷纷声讨文中所指的"流氓老外"。这个网名 Chinabounder（中国暴发户）的"老外"，自称在上海某大学担任外语教师。他以"欲望上海"为题，用赤裸裸的语言描述了自己如何利用外国人的身份玩弄中国女学生，极尽所能地羞辱中国女性和男性。正当人们激愤之际，却有消息称："欲望上海"的博主是五个"行为艺术家"，目的就是为了测试中国网民的反应，他们想调查"现代中国到底改变了多少"。这场戏剧化的声讨，已成为博客文化传播中的一个经典案例。

8 月 26 日

流浪军刀、刘猛同为网络军文名家，其地位比肩，深受军文爱好者欢迎。但随着刘猛在个人博客上指控军刀发表在"17k"网站的军文《愤怒的子弹》抄袭了自己的《最后一颗子弹留给自己》，立刻在网络上引起了一场轩然大波。无数读者纷纷口诛笔伐，一边倒的声讨令刘猛几乎没有还手之力，只好关闭博客避战。这是一场本来不应发生的闹剧，只是由于刘猛在盛名之下过于自信、自负才自讨其辱，以至于一句"为人不可太刘猛"在网络上流传起来。人品重于书品，是这一事件留给网络的教训。

8 月

猫扑、天涯、西祠等互联网论坛、网站争相转载赵丽华的部分作品，网友带着讥讽口吻惊呼"中国文坛出了大诗人！"，意在指责其作品毫无诗味，或曰"口水诗"。有网友甚至发起了模仿赵丽华诗歌的"后现代诗大赛"，点击量迅速越过 10 万大关，"赋诗"回帖千余条。更有甚者，有好事者还成立了"梨花教"（"丽华"谐音），称其为"梨花教母"、"诗坛芙蓉"，进行歪批，引起诗坛纷争。自此，赵丽华的诗歌风格和模仿她诗歌风格的诗歌，被人们称为"梨花体"。

（附）赵丽华诗《一个人来到田纳西》：毫无疑问/我做的馅饼/是全天下/最好吃的；《撒哈拉沙漠上的三张纸牌》：一张是红桃 K/另外两张/反扣在沙漠上/看不出是什么/三张纸牌都很新/它们的间隔并不算远/却永远保持着距离/猛然看见/像是很随便的/被丢在那里/但仔细观察/又像精心安排/一张近点/一张远点/另一张当然不近不远/另一张是红桃 K/撒哈拉沙漠/空洞而又柔软/阳光是那样的刺人/那样发亮/三张纸牌在太阳下/静静

地反射出/几圈小小的/光环

8 月

"17k" 网编第一期训练营开营，这个简陋的网编培训体系在之后的半年中却为网络文学输送了大量专业人员，此后各大网站中都有当初 "17k" 网编的身影。

8 月—10 月

"2006 首届网络文学经典盛会" 系列活动于 2006 年 8 月—10 月隆重举行，这是第四届中国国际网络文化博览会的重要活动。组委会通过对文学作品、优美朗诵、优秀原创网络文学作品的征集，由网友推荐和专家甄选评出 "百篇网络美文、百位网络美音、百部网络美片" 精彩作品。同时，开办网络文学高峰论坛活动，邀请有关专家学者就网络文学的现状和发展，以及网络文学创作、推广等网络文学爱好者关心的相关问题，举行专题讲座。

9 月 15 日

赵丽华开出自己的博客，随即贴出《我要说的话》一文，文章对 8 月以后网络上出现的 "恶搞" ——"赵丽华诗歌事件"——作出了回应。赵丽华说，网上被恶搞的诗歌是她 2002 年刚刚 "触网" 时期的即兴之作，当时是想卸掉诗歌众多承载、担负、所指、教益，让她变成完全凭直感的、有弹性的、随意的、轻盈的东西，或者说是 "尝试"，而且她宁可走偏或走岔路，也不会重复陈腐和八股的旧路。所以，当时只在网上随意贴了下就收起来，知道它们不成熟就没有发表出来，但是没有想到某网站专门挑出这几首出来做文章，有些诗还刻意丢掉几行，显得更不完整，因此遭网友批评，在情理之中。她表态说："如果把这件事件中对我个人尊严和声誉的损害忽略不计的话，对中国现代诗歌从小圈子写作走向大众视野可能算是一个契机。"

9 月 25 日

长沙的软件编程员猎户（网名）专门推出了一个网站 "猎户星免费在

线写诗软件"，从此让诗歌在网上"批量生产"。9月30日，网易与之合作推出"中秋赛诗会"，短短几天就产生"诗歌"15万首。

9月30日

曾洪伟在《广西社会科学》的《短信文学与网络文学的比对与前瞻》中认为，短信文学是继网络文学之后诞生的一种新媒体文学样式。从泛众性、时空的自由性、民间性、诗学重建的重要性以及经济属性等多维度对两者进行比对，可知短信文学即将超越网络文学而成为新媒体文学主潮的发展前景。

9月

纷舞妖姬的《弹痕》开始在网上连载。《弹痕》向读者们展现的是一支神秘特殊的第五类部队，这是一群悍不畏死的绝密尖兵，原始丛林、高原戈壁、冰山雪地、荒凉大漠是他们与死神决斗的战场，咸水鳄鱼、孟加拉猛虎、毒蛇野猪、密林蟒蛇时常如影相随……纷舞妖姬的小说血性十足，男人的不屈斗志和阳刚之气跃然纸上。字里行间总是透出阵阵来自军营的角铮狂鸣之气，精心编织锐气十足的文字读起来惊心动魄。这在悍文林立的军事小说领域可谓游刃有余、挥洒自如的长篇佳作。

9月

《鬼吹灯》第一本实体书《精绝古城》出版。

10月10日

孙敏在《四川警官高等专科学校学报》的《近年来网络文学研究之一瞥》中对近十年来网络文学的研究进行了一般性的介绍和概括，主要表现在四个方面：一、什么是网络文学，二、网络文学的特质研究，三、网络文学的语言研究，四、网络文学的审美研究。并将近十年来的网络文学的研究大致归纳为以下几点：一是网络文学的研究还处在肇始时期，二是由最初的批评多于肯定逐渐发展到肯定多于批评，三是由网络的技术分析逐渐转变为网络的图像和文本分析，四是网络文学的研究与创作仍然处在相互隔离的状态。

10 月 13 日

由新闻出版总署主办、中国出版科学研究所承办的"2006 中国数字出版年会"在京开幕。年会将进行 16 场主题演讲和两场分论坛。集中围绕当前被广为关注的数字出版产业的发展方向、发展趋势问题、数字出版产业的标准化问题、数字版权保护问题、传统出版向数字出版领域的转型问题以及图书馆的数字化建设与服务等问题展开研讨。

10 月 13 日

"网络里没有人知道你是一只狗"，这个潜规则正在被打破。2006 年 10 月，中国博客实名制走上日程，中国互联网协会证实已成立"博客研究组"，成员包括国内 13 家网站单位和 5 位专家，专门研究博客实名制的工作。10 月 13 日，研究组围绕 6 个议题讨论，认定开博要先登记身份信息，其中包括身份证。目前考虑实行的是后台实名，前台仍允许"马甲"存在，方案还停留在探讨阶段。此前，实名制 2004 年底正式写入高校校园网络管理意见，清华水木清华、北大未名等高校 BBS 在去年开始实名制，年底腾讯被强令要求实名登记 QQ 群创建者和管理员，未果，2006 年 6 月网终游戏开始实行实名制。

10 月 15 日

第二届腾讯网"作家杯"原创文学大赛开赛，平均每天收到 80 多部小说投稿。与去年新浪网的文学大赛邀请了金庸、余秋雨、余华、海岩等大批名家评委不同，腾讯网"作家杯"此次的评委团由 12 位资深出版人组成，他们有长江文艺出版社北京图书中心主编安波舜、春风文艺出版社副总编辑常晶、接力出版社副总编辑黄集伟、漓江出版社副总编辑庞俭克、博集天卷图书公司常务副总经理王勇、磨铁文化公司总策划沈浩波等。很显然，这个评委班子更注重评奖带来的市场效应。

10 月 15 日

蓝爱国在《艺术广角》的《媒介发展与文学的形态变迁——网络文学的文化起源与书写立场》中认为，对于传播媒介影响文学的方式，首先我们可以从物质技术的层面加以理解，其次我们可以从生存环境的角度理解，再次我们可以从麦克卢汉"媒介即讯息"的角度理解，最后我们可以从文化的角度理解。

10 月 23 日

"酷风网"在加拿大创建。

10 月 24 日

著名诗人、学者、文化批评家叶匡政在其博客"文本界"上贴出了《文学死了！一个互动的文本时代来了!》。当天，就有讨论的跟帖和文章出现。5 天后，新浪博客以"叶匡政投下 2006 中国文坛重磅炸弹：文学已死！中国现代文学从 2006 年已不复存在"为题，在首页头条隆重推出，并分"支持"、"反对"、"思考"三个板块"配发"了 12 篇回应文章，并加了倾向明显的《结束语：一切才刚刚开始》。于是网上讨论迅速蔓延，纸质媒体也随后跟进。

10 月 24 日

悦读网创立。该网拥有独立研发的自主知识产权的软件技术，与近千家刊社、出版机构正规签约上线，对近千种大众流行刊物进行高清数字发行，涵盖财经、管理、时事、时尚、汽车、家居、体育、数码等 30 多种类型，且能百分百完整呈现纸刊内容，原汁原味地展现期刊出版行业的精华和积累。作为中国第一家针对杂志 B－C 市场阅读提供解决方案的专业公司，悦读网为白领和学生群体搭建了一个开放的数字期刊阅读平台，深受读者认可。

10 月 26 日—29 日

第四届"中国国际网络文化博览会"在北京展览馆举办，博览会主题为"网络连通世界，创新引领未来"，宗旨为"引导网络文化产业的发展方向，引领数字内容产业的创新趋势"。

10 月

起点中文网对外宣布 PV 量突破 1 亿，成为中国第一的 Web2.0 网站。

11 月 7 日

电子杂志平台 ZCOM 正式宣布收购多来米中文网，交易价格为 450 万美元。

11 月 15 日

宋宜贞、黄健在《电影评介》的《网络文学与文学功能跨时代的嬗变》中说，网络写作充满了神奇魔力，典型的网络文本是集体的创作，网络的开放性与共享性，凸现出"创作—续作—讨论"三位一体的全新创作模式。网络阅读使文学接受者具有了绝对自由和超凡创造性，读者彻底摆脱了被动接受的弱者身份，可以根据自己的感受和愿望进行发挥，甚至再创作，他们成为文学活动真正的主体。

11 月 30 日

长沙市作协一次吸收了 18 名网络写手入会，这是我国首次将网络写手吸收到作协组织。一时间，网上网下议论纷纷。

12 月 2 日

龙源期刊网在北京师范大学英东学术报告厅召开了"媒体变局中的期刊蓝海战略高峰论坛暨 2006 龙源期刊网络传播 TOP100 排行发布会"。中国期刊协会张伯海会长、清华大学新闻与传播学院崔保国教授以及 100 多家期刊的代表共同出席了本次论坛。

"2006 期刊网络传播 TOP100 排行"是龙源期刊网根据与之合作的 1600 多家媒体在网站的读者阅读情况统计出来的。在"国内读者阅读榜"上，《当代》《收获》《北京文学》和《十月》进入了前十名；"国外读者阅读榜"上，《北京文学》《当代》《长江文艺》《十月》《收获》《人民文学》包揽了第一至第六名；而在"国内外双栖榜"上，《北京文学》《长江文艺》《当代》也进入了前十名。

12 月 13 日

光明网消息：由百度所整理统计的 2006 年网络小说排名尘埃落定，起点中文网成为年终盘点最大的得益者，在前 10 部小说中包揽 8 部，排名前三位的小说全是起点中文网的作品。这次统计，证明了以 Web2.0 为方向、以互动阅读为特征的新一代文学网站的崛起，以起点中文网为代表，确立了中国网络文学站点的领导地位。

12 月 15 日—17 日

中国文艺理论学会第八届年会"大众传媒时代的文学生产"学术研讨会在华东师范大学举行。会议共收到 118 篇论文，内容涵盖广泛，围绕着大众文化与传媒的复杂关系及其对文学的影响进行了深入探讨。

12 月 18 日

新一期的美国《时代》周刊推出当年年度人物。"他"不是一个具体的人，而是一群人。这群人被用"一个白色的键盘和一个计算机显示屏"来代表，它所表示的是"互联网上内容的所有使用者和创造者"。这一年，距离 1993 年互联网对中国公众开放已有 13 年，距离 1996 年中国互联网个人主页服务开始已有 10 年，距离 1995 年 8 月"水木清华"网站建立大陆第一个互联网上的 BBS 已有 10 周年。

12 月 18 日—19 日

北京市文联和北京师范大学艺术与传媒学院联合主办的"传媒与文艺：2006 北京文艺论坛"在京举行。来自全国各地的近百位文艺专家学者和媒体资深人士聚集论坛，就大众传媒空前壮大的时代背景下的文艺生存与发展问题进行了多角度和深层次的研讨。北师大文学院教授张柠认为，我们面对的只是一种文学媒介（传播文学的载体）的变化，由印刷媒介变成了电子媒介。传播媒介形式的变化，可能会导致文学表达形式（语言风格、词语搭配方式和节奏等）的变化，但"文学性"的最基本内核不会因此而变化。

12 月

诗歌网站"界限"改组，女诗人西叶出任新一届站长。改版后的界限网站，全部实现动态化网页。分级管理的模式，有利于网站编辑快捷地发布信息。新的网站，不仅有传统的界限品牌栏目，还增加了只供界限诗人使用的博客。只有当人们已经跨越了界限，才能感到这种界限。

12 月 21 日

爬书网上线。爬书网作为最大的小说下载基地，提供电子书下载，TXT、JAR 等多种格式的小说均可下载。并且是国内最大的小说同步更新小说网，在第一时间更新热门小说的最新章节。爬书网定位于专业的电子书下载网站，经过 5 年的运营，在电子书下载领域拥有较高人气，一度被hao123、360、2345 等国内知名导航网站免费收录。2011 年 3 月更名为"怕输网"。2011 年 3 月，爬书网转型为专业的单机游戏网站，故更名为"怕输网"。怕输网定位于国内最全面的单机游戏网站，提供单机游戏下载、单机游戏攻略等。

12 月 25 日

连城书盟测试。"全球华人原创社区：人性阅读，至诚创作！"是LCREAD 孜孜以求的原创新形象。凭借精专的职业素养，LCREAD 为每位爱好文字的人提供关于青春幻想、玄幻奇幻、都市言情、恐怖灵异、武侠仙侠、历史军事、科幻推理、游戏体育、耽美、短文专栏、剧本同人、漫画等全方位的阅读、创作服务，引领广大书友的时尚阅读生活。LCREAD所提供的是一个专属于文字爱好者的互动空间，是所有爱读书写文的人展现自信风采的地方。

12 月 26 日

起点中文网日最高浏览量已经突破 1 亿人次，其流量可与主流门户等量齐观，2006 年的收入已突破两千万元大关。在文学已经边缘化的今天，这无疑是一个令人惊叹的奇迹。尽管"起点"流量过亿也曾引发一些争议，但由"起点"开创的网文阅读模式是一个创造，当是不争事实。流量过亿表明了网络文学的良好发展势头和强大的生命力，表明了人们的阅读习惯正在发生着变化。

截至 12 月 31 号

根据中国互联网络信息中心（CNNIC）发布的最新《中国互联网络发

展状况统计报告》，中国网民共有 13700 万，其中：男性占 58. 3%，女性41. 7%；未婚的占到 57. 8%；35 岁以下的网民所占的比率是 82. 5%，18岁以下为 17. 2%，18—24 岁的为 35. 2%，25—30 岁为 19. 7%，31—35岁为 10. 4%。其中，网民受教育的程度分布如下：高中以下的 17. 1%，高中（中专）31. 1%，大专 23. 3%，本科 25. 8%，硕士 2. 3%，博士 0. 4%。网民在职业分布上，学生和企业单位工作人员占了总比重排名前两位，分别是 32. 3% 和 29. 7%。收入分布上，月薪 2000 元以下的人群占了68. 2%。综上所述，当时我国的网民以男性、未婚者、35 岁以下的年轻人为主体，大学本科以下受教育程度的人以及低收入者占据网民的大多数。

年底

全球中文博客数量达到 5230 万，用户数达到 1987 万，平均每个博客用户拥有大约 2.6 个博客（也就是说，通过 BSP 或搬家功能，不少博主在不同网站拥有几个博客）。

是年

◆2006 年，是博客十分红火的一年，新浪、雅虎、网易、搜狐等争相开通了博客业务，博客已经成为一种时尚前卫的自媒体形态。与之相关的诸如博客广告、博客搜索、博客经济、博客出版等新的商业模式已经出现并形成一条以博客为核心的价值链条。常见的有战争博客、日记博客、知识博客、新闻博客、专家博客、技术博客、群体博客、移动博客、视频博客、音频博客、图片博客、法律博客、文摘博客等种种类型。

◆该年网络写手赵赶驴以一部超级轻松愉快的都市言情小说《赵赶驴电梯奇遇记》（网络原名《和美女同事的电梯一夜》），席卷整个网络。该作者语言诙谐幽默，令人捧腹，适合作为都市白领的休闲读物，除了给人带来大量的快乐以外，赵赶驴也给我们提供了一个真实、可爱的爱情想象空间。赵赶驴也因为这部小说，成为当下网络最具人气的超级写手。据统计，仅仅在猫扑网站上，就获得了超过 2 亿的惊人点击量，网络连载小说的点击量已经达到创互联网历史纪录的 4 亿。这等于宣布，至少有几百万读者参与进了赵赶驴《赵赶驴电梯奇遇记》所营造的阅读狂欢盛宴当中。

赵赶驴，原名聂海洋，自由职业者，曾出版《偶让校花爱上偶》《我在成都火车站拣了个彝族美女》。在网络上拥有数以万计的粉丝，《和美女同事的电梯一夜》更是达到了他个人人气的最高峰。毫无疑问，他是2006网络上最红的超级写手。

◆《鬼吹灯》是2006年在网络上迅速流行起来的一部糅合了现实和虚构、盗墓和探险的网络小说，可以说是"盗墓文学"正式诞生的标志和重要代表作之一。主要讲述了"摸金校尉"（盗墓者）的一系列的诡异离奇故事。其在网上大受追捧，说明求新求变的网民对"鬼话"的兴趣在逐步上升。4月，百度出现两个"鬼吹灯"吧，"鬼吹灯"开始为网络所广泛了解。7月，北京某报整版报道并采访作者天下霸唱，掀开了媒体报道的盛况。年底，安徽文艺出版社出版了图书版的四册《鬼吹灯》，这部书也迅速成为图书销售排行榜的榜首。2007年6月，《鬼吹灯》第一部漫画杀青，并先后被韩国、日本等国引进。2008年4月，在郑州书市上隆重揭榜国内首个针对畅销书作家和网络原创作家的"中国畅销书作家实力榜"、"中国网络原创作家风云榜"，天下霸唱双双入榜。后来，该小说已由导演杜琪峰将其拟作脚本，拍成影视剧。

天下霸唱原名张牧野，学美术出身，对于《鬼吹灯》的火热现象，天下霸唱认为："原因很简单，一是新奇，读者没有接触过，二是悬念，读者猜不到情节。如果小说都像有些国产电视剧就很没意思了，大家一看开头就能猜到结局，无法提起读者的兴趣。如果作品缺少了想象力，就难以给读者带来阅读的快感，也就很难说是好作品了。"

◆2006年网络恶搞，在客观上引发了人们对传统文学许多积蓄已久的问题的思考。这已经不单单是一场关于诗歌的论争，而是关于历史转型期的中国文学走向何方的大讨论。不只是网络媒体，上百家传统媒体也纷纷从不同角度加入对这一事件的分析报道，就连一向不参与此类论争的《人民日报》也发表了文章，记者李舫认为，汉语诗歌在"回归本位"的过程中丧失了自我。她还借中国人民大学教授陆贵山的话说，"诗歌已经从少数人的自娱自乐变成网络的集体狂欢。诗歌的审美已经很难达成共识，诗评家对文本的审美评价变得日益艰难，焦虑、浮躁、娱乐浸透了今天的诗歌创作与阅读，中国诗歌传统中那种追求宁静、澹泊、旷达的终极诉求被焦灼感和游戏的快感取代，优秀的诗歌篇章被偷梁换柱，我们浩荡的诗歌传统面临着前所未有的危机。"

◆ "网编"这个词很早以前就诞生了，不过在 2006 年，随着"17k"推出来网编训练营，"网编"成了当年的一个热门词汇。当我们在两年后再看当年的网编成果，各大文学站点的新任编辑中，有相当一部分出身于当年的"17k"网编训练营。所以，在人才储备上，"17k"的网编训练营确实做出了自己的贡献。

◆悠悠书盟正式上线。悠悠书盟（uuxiaoshuo. net）是一个专业的小说下载和在线阅读网站，致力于发展 TXT 格式的小说下载，本站可提供 TXT 等多种格式的小说下载。

◆2006 年，"伊甸文苑"在美国创建。

◆贝塔斯曼在 2006 年以 500 万美元将"榕树下"转卖给欢乐传媒。"新榕树下"将在 6 月正式上线。

◆据估算，到是年为止，全国诗歌站点有 400 个甚至更多，形成了网络文学中的诗歌群落。按保守计算，每个站点平均每天发诗量 20 首左右，年产量差不多在 300 万首左右。各网站、论坛都在全力以赴打造自己的品牌特色："诗生活"以规模著称，多栏目设置；"诗通社"五百多位诗人加盟，四十多位诗评家常驻；"诗歌报网站"以活动为龙头，从大展到评选到讲座，十分活跃；"中国诗人"保留较多传统色彩，以平和姿态倾向于诗歌普及工作；"第三说"使"中间代"命名终于赢得相当认可；"女子诗报"堪称全国第一大女性诗歌网，劲头正足；"哭与空"的"诗人救护车"，多次举办募捐救助，成为国际上少有的"诗歌红十字会"；"现在"倾注"打工"；此外，"诗家园"、"露天吧"、"丑石"、"不懈"等等，都办出自己的特色。

◆从网络文学起家的 80 后女作家，广西桂林女孩辛夷坞创作的一批"暖伤青春"系列女性情感小说，累计销量突破 300 万册。《致青春》是辛夷坞 2006 年开始创作的一个青春校园爱情故事，讲述女主人公郑微与青梅竹马的"大哥哥"林静、建筑系风云人物陈孝正三人之间的故事。该书气质感伤、文笔清新，书迷众多。

◆在关站风波之后改名为"天逸文学网"的原天鹰文学终于再也支撑不住老迈的身躯，倒在了网络文学蓬勃发展的 2006 年，与之相关的一切也全部变为历史。天逸文学的正式关站，也代表了一个时代的结束，从 2000 年开始小作坊式的个人网站终于走到了尽头，取而代之的是在收购浪潮中被注入了强大资金支持的商业网站。至此，网络文学终于脱去了青涩，迈入了艰难的成长期。

2007 年

1月1日

欧阳友权的《数字媒介与新世纪的文学转型》由社会科学出版社出版。书中指出：无论文学还是文学研究，它是活着还是死去，并不一定由某些现实条件（如电信技术）所决定，也未必取决于我们的一味乐观还是忧心忡忡，重要的是，要有对文学与人永恒依存关系的深刻理解，同时还要有一种与时俱进、顺势变通的开放性态度。若此，就有可能使文学和研究绝处逢生，获得新的生机，开辟新的前景。

1月1日

台湾网络作家九把刀的自传体小说《那些年，我们一起追的女孩》由花山文艺出版社出版，《那些年》与歌德的《少年维特之烦恼》有一定的相似之处。其独特的叙述方式和自传体的故事结构，引起了广大青少年的共鸣。

1月2日

4家诗社、23家网站共同发起了"不信东风唤不回"——首届迎春网络诗词大赛。据不完全统计，在6个星期的时间里，共有17600余人次访问，700余人次回复，270余位诗友唱和诗歌500余首。12月22日，颁奖仪式在北京中国现代文学馆举行，大赛提名作品汇编《风铎集》首发式同时举行。

1月6日

安徽"大象诗社"成立，发起人阿翔，出版了三期同仁刊物。"大象"，源于"大音稀声，大象无形"之意，体现了一种生存的艺术价值倾向。

1 月 10 日

《光明日报》讯，在社科院文史哲学部召开的学术动态报告会上，文学所研究员白烨认为，文坛在上个世纪（20 世纪）90 年代以来发生的分野、分裂与分化，基本上使当代文坛出现了一分为三的新的格局，即以文学期刊为阵地的传统文学，以图书出版为依托的市场化文学，以网络传媒和信息科技为平台的新媒体文学。这三大板块，各自为战，互不相干，没有形成应有的互动，甚至还没有得到应有的认识，这是比分化本身更让人忧虑的问题。

1 月 10 日

欧阳友权在《中国社会科学》撰文《数字媒介与中国文学的转型》指出，新媒介使文学的审美构成、表意体制和时空观念产生了根本性变化，也对文学传统的赓续造成伤害甚至异化。前者表现为用平民化的叙事促动文学向"新民间写作"转型，用技术方式赢得更大的艺术自由度，为文学体制更新探索了新路；后者则表现为技术对文学性的消解，作家主体责任担承的弱化，技术复制导致对文学经典信仰的消退。新世纪的中国文学仍需立足人文性的精神原点，使数字媒介对传统的挑战变成文学新生的契机，让新媒介成为新世纪中国文学发展的强大动力和有效资源。

1 月 10 日

杨剑虹在《河南师范大学学报（哲学社会科学版）》的《网络文学特性分析》中认为，网络载体的物质特性使网络文学拥有自由性、开放性、大众性、互生性和超文本性，这使得网络文学可以成为最具活力的文学形态。

1 月 12 日

由中国出版科学研究所主办的首届"网络原创作品出版研讨会"在北京召开，这是全国研讨网络原创作品出版的第一次盛会。与会者对网络原创作品出版的一些基本情况和趋势达成共识：一是网络原创作品出版持续增长，市场仍有很大的扩展空间。二是出版机构对图书选稿日趋冷静，同时也将对网络原创图书出版采取"类型细分市场"策略。三是出版社和原创文学网站联手做包装、推广和销售将成为一种趋势。四是网络原创作品低俗倾向有所抬头。这些问题应该引起业界的注意。

1月15日

陈宁来在《学术交流》的《网络文学审美的特殊性及其审美缺陷》中说，网络文学因其存在方式的特殊性，显示出不同于传统文学的审美特性：互动性的审美方式，快感式的审美体验，生命本真的审美内涵和艺术欣赏的多维审美角度。网络文学在具有一定的观赏性的同时，也有不可回避的审美缺陷：创作主体的缺失性动机，媚俗取宠的审美心态，低迷颓伤的审美取向。至于它的审美缺陷，还需要网络文学创作者的修正与努力，更需要假以时日与足够的宽容。

1月15日

张登林在《绵阳师范学院学报》的《"网络文学"：命名的草率与内涵的无区别性》中认为，"网络文学"是近年来出现的颇热门的概念，但究竟什么是网络文学，没有出现有说服力的看法。网络主要是从技术层面改变了文学的书写和传播方式，并没有从根本上改变文学什么。所谓"网络文学"，充其量不过是一些网络写手和理论家们一厢情愿构筑的让他们能进能出的理想"小菜园"。

1月15日

欧阳友权在《当代文坛》的《新世纪以来网络文学研究综述》中指出，新世纪以来的网络文学研究，最受关注的当属概念之争、特征之辨、价值评估、缺陷认知、道德审视及研究的局限等问题。

1月16日

"2006—2007中国网络文学节"在北京拉开帷幕。本届网络文学节的主题是"网络文学与青春校园"。期间，将通过中国校园文学杂志、搜狐网、各联办文学网站和相关新闻媒体，对 2006 年度网络作家、原创作品、文学网站和出版策划人进行宣传展示、评选表彰，并举办网络文学作品的版权合作和深度开发等活动。

1 月 23 日

陶东风在《文艺争鸣》撰文《文学的祛魅》指出，网络在第二次"祛魅"中起了极其重要的作用，当然，"祛魅"还得力于中国社会文化的日益世俗化、多元化，媒介社会或信息社会的出现。被"祛魅"以后的文学，再也没有了先锋文学对形势迷宫的迷恋，没有了严肃的政治主题和沉重的使命感。"祛魅"以后没有作家，只有"写手"；"祛魅"以后没有文学，只有文字；"祛魅"以后的读者不再是精英知识界的，而是真正的大众的。

1 月 23 日

王一川在《天津社会科学》的《泛媒介互动路径与文学转变》中，考察泛媒介互动路径与文学的转变。认为中国文学的泛媒介互动路径主要有四条：一是纸媒借影视复魅或还魂，二是与影视同步到纸媒，三是从互联网到纸媒，四是从移动网络到纸媒。

1 月 25 日

欧阳友权在《文艺理论研究》的《网络文学的本体追问与意义体认》中指出，网络文学要使自身成为一个有价值的文学历史节点，须要经受"存在论"、"本原论"和"文学性"的三个追问，并达成对它的意义——解放话语权、艺术自由精神和改写文学惯例——的三重体认。对这些问题的思考有助于探询网络文学与数字技术时代文学转型之间的内在关联，重建第四媒介变革下的文艺美学。

1 月 25 日

李红秀在《西华师范大学学报（哲学社会科学版）》的《网络文学对主流意识形态的消解》一文中说，游戏性消解"主旋律"，全民写作嘲笑"把关人"，语言狂欢戏说文学功能，"超文本化"突破传统观念等，是网络文学消解主流意识形态的具体表现。要重构网络文学的意识形态，须要树立"寓教于乐"意识，提高写作水平，关注现实生活，同时还要积极实现网络文学的纸面化。

1月

据2007年1月公布的"2006年中国畅销书排行榜"（虚构类）显示，网络文学作品落地势力日益增大，已占去了至少三分之一的文学图书市场份额，成为中国畅销书的中坚力量。这些下载版的网络作品畅销书的作者，大都是近年涌现的网络新人，如郭敬明、唐家三少等。

1月

中国发行量最大的期刊《读者》杂志开通了自己的网站，进入网络媒体领域。与此同时，读者出版集团又以旗下的3本《读者》系列杂志，与TOM在线下属的幻剑书盟合作推出了"2007原创短信文学总评榜"，这是一次"传统媒体和网络媒体具有突破性意义的合作"。

2月10日

范小伟在《信阳师范学院学报（哲学社会科学版)》的《理性与感性——网络文学语言现象研究》一文中指出，网络文学语言平面化、俗化以及极度的煽情使其语言的感性色彩得到了夸张的体现，但与此同时却造成了语言理性成分的削弱甚或缺失，这是由于其先天的不足以及大众文化心理的介入所致，这种现象阻碍和抑制了网络文学的深层掘进。

2月15日

王粤钦在《理论界》的《网络文学创作动机分析》中，从网络文学的产生、创作内容、写作技巧，以及网络文学的生存现状、研究成果几个方面探讨分析，认为纯粹的诉说欲望应该是网络文学创作最单纯、最原始的目的。

2月25日

谭洪刚在《湛江师范学院学报》的《论网络文学接受美学特征》中认

为，网络文学作为一种新兴的文学样式，在其接受过程中有着独特的美学特征。接受对象具有确定性与不确定性的统一，接受对象的"第二文本"是对话与交流的体现；接受主体具有高度自由性、接受心境与参与创作冲动的统一，情感还原与异变的并存；接受过程是审美差异性与统一性的互补，个体性期待与集体性期待的同一，接受动机与接受延留效果的一致性。

2 月

莆田市版权局接到上海玄霆娱乐信息科技有限公司报案，称该公司原创文学门户网站"起点中文网"登载的该公司享有专有著作权的文学作品，近期被设在莆田市的"云霄阁"网站未经许可非法转载，并提供在线阅读从中非法获利。莆田市版权局调查发现，2004 年 1 月来，"云霄阁"网站先后刊载文学作品近 9000 部，有的作品刊载一段时间后，被自动移除，至案发时尚有在线作品 5334 部。网站吸引了众多网民浏览，曾一度成为中文网站访问量排名第二，案发前仍居中文文学类网站排名第七，日访问量达 20 万独立 IP。

2 月

花山文艺出版社正式出版吴雪岚（笔名流潋紫）的 50 万字长篇小说《后宫·甄嬛传》三部，吴雪岚由此崛起于网络文学界。

2 月 28 日

王璞在《中国石油大学学报（社会科学版）》的《论网络文学创作的游戏审美特质》中认为，网络文学具有与生俱来的游戏审美色彩，其游戏化倾向是不是网络文学的审美特质，对这个问题的回答，关系到网络文学的发展前景。后现代主义的价值观和互联网的特性铸就了网络文学的游戏审美特质，这使它区别于传统文学创作。网络文学游戏审美不但是它自身的特质，而且让文学回归了它的本质要素。

3 月 7 日

"盛大"向起点中文网增加 1 亿注册资本。由此，起点作家群重新塑造了网络文学"作家—创作—作品—读者—阅读"的新关系模式，这使得网络作家的生存不再完全依赖纸质出版，极大地激发了网络文学作家的文学创作和创新热情。

3月9日

起点中文网推出国内网络文学最大规模的作者培养与激励计划——"千万亿行动"，就是"千人培训"、"万元保障"和"亿元基金"等活动的统称。"千人培训"即起点每年投入一万多元与上海社科院合办作家班，为"起点"优秀的作者提供培训；"万元保障"则照顾到了所有签约作者，为站内所有签约作者提供最低1万元的年薪保障；"亿元基金"是指"起点"为作者团队提供各种奖励基金、年金等，包括每年提供百万奖金按月发放，年终还设立汽车大奖，采用类似养老金的形式额外提供年金等，以免除作者的生活之忧，优化他们的写作环境。

3月15日

光明网讯：我国第一个"网络作者文学创作高级研修班"于近日顺利完成招生工作，全国只招40人，分4学期授课，共40天，前后历时两年，学费2.1万元。北京大学教授、文学评论家张颐武说："我十分看好这个班，相信这对促进网络文学健康发展，特别是网络文学和传统文学的交流沟通有极大好处。""网络作者文学创作研修班"是起点中文网近期启动的"千万亿计划"的一部分，之后"起点"还会陆续出台更多扶持作者发展的计划和措施。

3月18日

花腰彝族网正式运行，每天大约有200次的独立IP进入量，总点击率将近20万，是当地点击率最高的网站，为花腰彝族文化的传播带来了一番新景象。

3月20日

王卓斐在《甘肃理论学刊》的《我国网络文艺学研究热点的回顾与反思》中指出，通过对近些年我国网络文艺学研究热点的粗略回顾，可以发现，对于网络文艺这一信息时代的新事物、新现象，学界经历了一个从质疑、认同到批判性思考的转变过程，从中折射出我国网络文艺学日趋理性化、成熟化的前进步伐。回顾我国网络文艺学研究的热点问题，分析得失，指出优劣，对其当前及今后的发展，无疑具有十分重要的理论与现实意义。

3月20日

《河北学刊》2007第2期组织"数字媒介时代文艺学转型问题"的研讨。欧阳友权从艺术活动主体审美动因的改变、电子化文本对书写语言诗性的解构、技术语境对艺术经典的消解等三个方面进行了深入阐述。黄鸣奋认为，由电脑和网络带来的文艺学转型冲动，带来了范式更迭、观念革命、界碑毁弃和传统批判，为文艺学推陈出新创造了不可多得的契机。张晶指出，媒介数字化使人进入到前所未有的时空形态，产生了前所未有的审美关系，使得人们不得不对虚拟与真实、主体与客体、创作与接受等重要审美理念进行重新考量。白寅认为创作者身份隐匿消解了文学话语的公众性，而接受者身份的隐匿则阻断了正常的反馈路径，促使文学的传统构成形态出现变异。欧阳文风认为，与网络文学相比，短信文学进一步消解了传统文学惯例，进一步张扬了文学的自由本性，进一步推动了文学向民间的回归，并带来了文学观念的悄然转变。

3月

沉浸在古典诗词解读里的网络当红女作家安意如，推出新作《陌上花开缓缓归》。

4月1日

陈丽伟在《论新世纪初的网络文学》的硕士论文中，以新世纪以来的网络小说以及网络上的两次文学批评论战为主要考察对象，从宏观文化和微观文本的双重角度剖析网络文学的网络文化印记，揭示其独特的精神内涵。

4月1日

周秋红在《网络文学批评：现状及其走向》的硕士论文中认为，网络文学批评的基本形态有以下三种：即兴式的"跟帖"批评、体悟式的诗话评点、博客评论。其特点具体表现为：批评权利的扩散，批评过程的开放互动，批评话语的幽默生动和对理论化的反拨。存在的问题主要表现为：网络的开放性和自由性导致了网络文学批评的随意和肤浅，网络批评主体的草根化和年轻化导致了网络文学评价体系的混乱，批评方式的跟帖式和连锁性导致了网络文学批评功能的削弱等。

4月3日

《光明日报》刊载对欧阳友权的专访《让网络成为建设核心价值体系的健康力量》。欧阳友权认为：首先，我们要认识到传统文化的精神资源与社会主义核心价值体系的关系；其次，网络是个文化载体，又是先进的传播方式，它有开放、便捷的优势。所以利用网络来传播传统文化，对于传承和弘扬中国优秀的传统文化，利用古代文明资源建设社会主义和谐文化，建立社会主义核心价值体系，无疑会具有"承前"和"助推"的双重意义。

4月8日

红袖添香网站"新武侠小说大赛颁奖典礼暨新言情小说大赛启动仪式"在北京举行。"新武侠小说大赛"是首次在网络上举行的以武侠为主的华语文学大赛，奖金总额高达20万元，成为目前各类网络文学大赛中奖金额最高的奖赛。出生于台湾、现居香港的女作家郑丰夺得大赛"中华武魂"桂冠。她的作品《多情浪子痴情侠》，被认为"大气磅礴而内蕴深厚，深得金庸以来武侠小说之精髓"，并同时荣膺"最受欢迎作品奖"。周翔的《放纵剑魂》、娇无那的《我的江湖 谁的天下》分获红袖双侠奖，上官飞雪等十位作者分别获得武林七剑客月度冠军、最具影视改编潜力奖、最佳故事创意奖和最佳文字奖等奖项。

活动还拉开了"2007首届华语言情小说大赛"序幕，大赛为期一年，提供高达5万元单项奖金及多种出版机会。这是首次在网络举办的专业性中文言情小说大赛，旨在联合网络平台，出版媒体和影视传媒机构三大渠道的力量，大力推动言情小说新秀的发展。

4月10日

邓时忠在《西南民族大学学报（人文社科版）》的《追求网络文学与传统文学的和谐发展——新世纪网络文学现状简论》一文指出，网络文学自20世纪90年代诞生以来，在促进文学回归、文学大众化和文学反馈机制形成等方面作出了积极贡献。同时，网络文学也存在着诸如审美与非审美、功利与非功利等诸多矛盾。我们期待网络文学正视矛盾，解决问题，与传统文学建立互学互补、共存共荣的和谐关系，在新世纪和谐文化建设中发挥更大的作用。

4月14日—15日

为期两天的中国网络文学节在中国现代文学馆开幕。开幕式上，文学评论家白烨做了《近期青春文学之我见》的演讲报告，鉴于当下青春文学创作群体尚不为主流文坛重视的势态，他建议中国作家协会应该成立一个青春文学工作委员会，以加强作协与作者们的沟通与交流。当天，组委会公布了本届网络文学节包括年度原创作品、最佳文学网站、最佳原创文学图书出版人等在内的十九个奖项。其中，晴川的长篇小说《宋启珊》获得"年度原创作品"特等奖，红袖添香、天涯社区等四家网站获得"最具成长性文学网站"奖，上海文艺出版社总编辑郏宗培与"榕树下"总编辑路金波等三人获得"年度最佳原创文学图书出版人"称号。

4月15日

《文艺争鸣》2007年第4期刊登了一组关于新世纪文学研究的文章。包括李红秀的《新世纪文学与大众传媒》、李静的《影视小说："读图时代"的文学"宠儿"》、陶东风的《游戏机一代的架空世界——"玄幻文学"引发的思考》、孔庆东的《博客，当代文学的新文体》、田忠辉的《博客、"80后"与文学的出路》等。

4月27日

鲁迅文学院青年作家座谈会在北京召开。本次会议是本世纪80年代青年作家群崛起之后，中国作家协会鲁迅文学院组织和主持的规模最大，作家阵容最为整齐，与会专家、学者人数最多的一次大型青年作家座谈会，此次会议充分体现了中国作家协会对青年作家群的成长的高度关注，也是对八十年代青年作家群崛起五年历程的一次梳理和回顾，总结。中国作家协会党组书记金炳华主持欢迎仪式并针对80后青年作家的整体形势和发展思路做了重要讲话。

4 月 27 日—28 日

全国"新世纪文学批评的建构"学术研讨会在浙江召开，40 余位学者和批评家与会。会上，有学者提出，网络非常便捷地实现了读者与作家、读者与读者的广泛交流，这种交流使最权威的批评家也被还原到普通读者的位置，作为专业的批评家在这里失去了位置，失去了存在的必要性。另外，网络文学传播的视频阅读，也拒斥了那种精英化、复杂化的可写性文本，从而使训练有素的专业批评家无用武之地。网络促使了专业文学批评家的衰微，批评家们被挤向学院体制内自我循环，学院成了批评家退缩的最后活动场所。

4 月 28 日

著名网络作家慕容雪村在他的新浪博客上，发出一篇名为《关于2006—2007 中国网络文学节的几点声明》的文章，对该网络文学节擅自将其在自家博客和天涯社区等网站上连载的《请原谅我红尘颠倒》（又名《谁的心不曾柔软》）列为参赛作品表示不满。慕容雪村称："我与该网站没有任何联系，从未投稿或报名参加比赛，也没有授权任何人以我的作品参赛；该网站未经本人同意使用我的作品，侵害了我的合法权益，希望该网站向我说明情况并公开致歉，另外，我会另找时间将此类评选的黑幕和真相一一公之于众。"

5 月 2 日

广东网友"月黑砖飞高"开始在天涯杂谈陆续发布"俺见识过的不寻常女人"系列，很快吸引了众多网友；一批"砖迷"还组成"沙发帮"，每天守候，先睹为快。次年 8 月，"月黑砖飞高"最后把这篇网络作品写成了长篇小说，以《职场战争》为题出版，引发热潮。

5月10日

陈定家在《中国社会科学》的《"超文本"的兴起与网络时代的文学》中指出，在"数字化生存"的时代，"超文本"作为网络世界最为流行的表意媒介，它以"比特"方式更大程度地唤醒了文本的开放性、自主性和互动性。"超文本"以"去中心"和不确定的非线性"在线写读"方式解构传统、颠覆本质，在与后现代主义的相互唱和中，改变了文学的生存环境和存在方式。"超文本"的崛起，不仅是当代文学世纪大转折的根本性标志，而且也是理解文学媒介化、图像化、游戏化、快餐化、肉身化和博客化等时代大势的核心内容与逻辑前提。更重要的是，"超文本"正在悄然地改写关于文学与审美的思维方式和价值标准。

5月23日

蓝爱国在《天津社会科学》的《网络文学的民间性》中认为，网络文学的民间性是它区别于其他文学种属、立身文学世界的基本根据，也是它未来发展的文化维度，离开民间性，网络文学也就丧失了网络空间赋予的宝贵的实践空间；如果网络文学的民间立场、姿态、话语和精神得不到充分的体现，就会成为虚伪的民间写作。自我生存的纯真表达，是网络文学继承民间文学精神传统使自己成为网络时代"新"民间文学的核心语词。

5月25日

欧阳友权在《江西社会科学》的《网络文学的虚拟真实与艺术本体》中指出，网络文学超越传统的生活真实与艺术真实的逻辑预设，以时空仿真和灵境互动在赛博空间里演绎虚拟真实，以实现艺术本体的诗性创生。网络文学的学理构建须要探析符号中介与艺术本体、技术语境与诗意创生、数码生成与主体创造等层面的异变方式与逻辑关联，以廓清"虚拟与真实"的艺术边界，解决其艺术存在论问题。

5月底

据中国互联网络信息中心（CNNIC）发布的首次 WAP 发展调查报告称："截至 2007 年 5 月底，国内手机上网用户人数为 5900 万，而手机在线阅读成为用户使用得较多的几大服务之一。"报告中还总结了手机在线阅读的用户规模：通过 WAP 在线阅读和下载电子图书的比例为 54.9%，这意味着通过 WAP 在线阅读/下载电子图书的用户约为 1560 万人，占上网用户群体总数量的 1/3。据原信息产业部统计，截至 2008 年 2 月，我国约有 5.65 亿手机用户，其中超过 3000 万用户通过手机进行阅读，近两年以年均 80% 的速度增加。

5 月底

中国移动梦网宣布与 17K、TOM、空中网、美通、幻剑书盟、红袖添香等服务提供商和原创文学网站联合，共同打造"梦网书城"。目前经营得比较好的手机阅读网站有爱书网、飞库书城、空中小说、风语小说网、灯火书城、百阅网、起点中文网、梦网书城等，但能盈利的网站还不多，"梦网书城"就是其中之一。

5 月

红袖添香网站已拥有文学版作品 220 万篇，日记作品 60 万篇，长篇小说 6 万部，论坛综合发帖量 400 万篇，注册作者 110 万。中国作家协会副主席、著名作家张抗抗说：盛大公司每一个数字都"令人感到眩晕"，都是非常庞大的数字：几十万，几百万，上千万，"在这种眩晕当中我就觉得，我们会感受到我们整个民族对于文学的喜欢和参与程度，我们这个民族，我们年轻的一代，能够参与到网络写作当中来，这是多么让人欣喜。"

5 月

中国移动在京宣布"梦网书城"计划，这个由中国移动旗下卓望科技运作的项目将于今年底将其打造为一个万本以上图书的平台。卓望科技负责移动梦网的技术支持、计费系统等。

6 月 1 日

杨建兵在《文艺评论》的《"人人都可以成为作家"吗?》一文中对网络作家的身份提出质疑。他说，从 1958 年的"全民皆诗人"，到当下"人人都是作家"，历史发生了惊人相似的一幕。颇有讽刺意味的是，1958

年没有产生一位真诗人，"网络文学"界也没成就一个真正的作家——即使红透全国的痞子蔡、李寻欢、宁财神等人，批评界仍以"网络写手"名之。网络文学是 21 世纪文学的裂变，是对传统文学的一种更新与重构、挑战与超越，但文学不是靠网络技术来实现的。倘若网络文学只在"网络"技术上花样翻新，而不注重"文学"的审美机制和价值内涵，想在未来文坛称雄一方，恐怕只是一个自欺欺人的梦想。

6 月 2 日

截至当天下午 17：00，由光明网举办的"网友文学大赛"（第一期）全部赛事结束。按照本次大赛《征文启事》中的有关规则，经过参赛作品浏览量统计、网友投票、光明网《学术论坛》注册用户投票三个阶段的评选，大赛所有奖项均已产生。其中，四川作家刘靖安的作品获"网友文学大奖"；孙洪波等 9 人的作品获"网友文学奖"；马焕志、张丽华、戴宝罡等人的作品获得"百强作品奖"。

6 月 12 日

陆志坚在光明网发布"别让网络文学垃圾污染公众心灵"呼吁，时下的社会，光怪陆离，眼花缭乱，出错也出位。特别是网络的发展，将人价值的多元演绎到了淋漓尽致、形形色色的地步。而网络文学的"异军突起"，诸如"下半身写作"、"胸口写作"、"咸湿文学"、"叫喊文学"、"青春疼痛文学"等，更是将庸俗与高尚、低级与尊贵、审美与逐俗完全颠倒起来，冲击社会道德底线，污染公众眼球。尤其是网上令人作呕的小说题目铺天盖地，如《透过内衣抚摩你》《玩遍美女》《脱光了等你》《和日本女生多夜情》《艳体缠绵》《美女护士上了我的床》《张开你的双腿》《我的禽兽性爱生活》《在高潮中死去》等等。面对如此混浊的网络环境，有网友气愤地指责，该治治那些垃圾作家了。

6 月 16 日

幻剑书盟第二届网络文学峰会在北京开幕。今何在、阿月、三十、李雪夜、雨魔、心梦无痕、狂笑的菠萝糖等 50 位网络当红作家及网易、华文天下、完美时空、金山软件、光线传媒、上海影球、北大星球、漫友等多家知名游戏、影视娱乐公司的主要负责人与会。与会代表一致认为，网络文学即将迎来盛世。

6月26日

《光明日报》载文称：贝塔斯曼直接集团近日与湖南魅丽优品文化发展有限公司、华文俪制国际传媒有限公司达成战略合作，共同致力于国内优秀青春文学作品的海外出版计划。这是贝塔斯曼自从将《中国读本》成功推广海外之后，为国内作品拓展海外市场的又一举措。在合作中，贝塔斯曼将通过自身在全球24个国家的书友会、3500万会员以及成熟的发行网络，将内地优秀青春文学逐步推介至香港、台湾地区乃至亚、欧国家和地区。"魅丽优品"和"华文俪制"作为青春文学的内容提供者，在文学和漫画培养方面拥有大量原创性人才和资源。目前，国内青春文学市场火热，但市场规范却极不成熟，此次三方合作，冀望于形成完善的作者培养机制和有影响力的品牌并向国际化方向发展。

6月28日

由中国作家协会主办的网络文学作品研讨会在北京举行，这是中国作协成立六十多年来首次对网络文学作品进行研讨，也可谓一次网络文学的"京都论剑"。中国作协党组成员、书记处书记陈崎嵘出席研讨会并讲话。

7月15日

李盛涛在《淮阴师范学院学报》（哲学社会科学版）的《论网络文学写作主体的新质》中认为，在后现代主义文化语境和大众消费文化的支配下，写作主体特别是网络写作主体具有了一些新质：身份的民间性、文化人格的低态、空间性的文本构思和超现实的文学理念，并使得写作主体的实践行为成为一种符号操作游戏。

7月15日

谭洪刚在《乐山师范学院学报》的《论网络文学学科构建及其特质》中认为，网络文学作为一种新兴的文学形态出现，网络文学的学科建设就很必然了。网络文学的学科建构包括认识论结构和本体论结构两个相互影响的逻辑局面。网络文学依赖网络技术，网络文学学科建设同样也要依赖现代网络技术。

7月16日—19日

以"数字创新出版，网络改变世界"为主题的第二届中国数字出版博览会在北京国际会议中心隆重开幕。本届博览会历时4天，由2007数字出版高峰论坛、2007数字出版展览展示和数字出版年度示范企业、推荐品牌、创新人物、优秀作品评选推介活动3部分组成，其中数字出版专题展览全天对社会开放。开幕式上，新闻出版总署副署长、国家版权局副局长阎晓宏作题为《我国数字出版产业的现状、问题及对策》主题报告。

7月18日

中国互联网络信息中心（CNNIC）在京发布的《第20次中国互联网络发展状况统计报告》显示：截至2007年6月30日，我国网民总人数达到1.62亿，半年来平均每分钟就新增近100个网民，半年的增长接近前年全年的增长量，互联网普及率也达到了12.3%；宽带网民数达1.22亿，手机网民数较去年翻了2.6倍，已有4430万人；国内域名总数达到918万，其中CN域名注册量大幅度增长，已达到615万个，巩固国内主流域名的地位；我国网站数量达到131万个，目前".CN"下网站数已达81万，年增长率达到137.5%，CN网站数首次大幅度超COM网站数。

7月24日

欧阳友权在《吉林大学社会科学学报》的《数字媒介对文学性的消解与技术建构》中指出，数字媒介带来的中国文学转型需要有文学性的价值确证。电子数码技术对文学诗性的技术"祛魅"和对艺术经典观念的消解，使传统的文学性理念失去了存在的基础；而信息科技本身蕴含的科学诗意化境界、数码叙事对文学性的形态置换等，成就了文学性的建构方式。因而数字媒介下的文学性异变是一个解构与建构相统一的辩证过程。

7月25日

《中华读书报》报道，作家出版社近日签下了《木槿花西月锦绣》

《鸾：我的前半生，我的后半生》《迷途》《末世朱颜》四部"穿越"图书，12%的版税，各 10 万册的首印量，按平均定价 25 元计算，作家社将为此支付至少 100 万元人民币。它们是被百万网民评选出的"四大穿越奇书"。

7 月 31 日

欧阳友权在《中国文学研究》的《网络主体的感性修辞学解读》中提出，网络文学在线的快意而悦心、自娱以娱人，生成了行为主体特殊的感性修辞学。主要表现为：身体铭写中的感觉撒播，临场表达时的欲望消费，我说故我在的狂欢与对话。这样的主体构成作为新的文化组织原则，正改写着文学主体性的审美观念设定。

8 月 13 日

"电脑报"从有关方面得到独家消息：国家有关部委即将对国内网络文学进行一次全面整肃运动，而在这次整肃中，对象不仅仅是网络小说，还包括当时火爆流行的电子杂志、手机 WAP 网站等新兴产业。

8 月 14 日

新闻出版总署、全国"扫黄打非"工作小组办公室联合发出了《关于严厉查处网络淫秽色情小说的紧急通知》，共同对境内 348 家网站登载的 40 部网络淫秽色情小说进行了查处，相关网站已经受到或将于近期受到严厉处罚。各地"扫黄打非"办公室要按照属地管理和"谁主管、谁负责"的原则，对照上述通知公布的《四十部淫秽色情网络小说名单》和《登载淫秽色情小说的境内网站名单》，责令辖区内有关网站立即删除名单中所列淫秽色情小说，禁止任何网站登载、链接、传播相关信息。

8 月 28 日

"2007 北京国际出版论坛"在北京举行，与会代表围绕"当代青年阅读新趋势与出版业的发展"这一备受关注的话题，热议当代青年阅读四大趋势。阅读新趋势一：从纸质到电子与纸质并存；阅读新趋势二：从学习性阅读到休闲性阅读；阅读新趋势三：从被动接受到主动参与；阅读新趋势四：深阅读减少，浅阅读增加。

8 月 29 日

由新浪读书频道主办的第四届新浪原创文学大赛落下帷幕。大赛共颁出最具全球意识合作伙伴奖、最具创新意识合作伙伴奖、才情奖、奇思奖、博学奖等 8 个奖项，文学评论家白烨获得大赛终身顾问奖。颁奖仪式上，著名评论家雷达说，网络除了开放、互动的特性外，还有草根性，"如果评奖对象是有名的作家，无形中会影响我们的投票。但是网络不行，评委们不知道他是谁。所以某种意义上我认为是公平的。"白烨、解玺璋、陈晓明、雷达，青年作家蔡骏、孙睿、江南等以颁奖嘉宾的身份出席会议。会上，新浪读书频道联合幻剑书盟、红袖添香、铁血等多家知名阅读网站及长江文艺出版社、人民出版社、博集天卷等出版机构，共同组建了"新浪阅读联盟"。这标志着新浪网在线阅读收费正式启动。

8 月 30 日

盛大网络起点中文网在上海宣布将《鬼吹灯》的影视改编权转让给华映电影。华映电影宣布将斥巨资，把《鬼吹灯》打造成为中国首部惊悚探险大片，并有意拍摄系列电影三部曲。香港导演杜琪峰出任该系列电影的监制，并将亲自执导其中的一部。

8 月 31 日

方正阿帕比"书"赢天下大型网络征文大赛在爱读爱看网开赛，仅仅百余天时间，就收到作品将近 1500 部，部分作品点击率达到数十万，得票数已经超过 10 万。目前，已有多部作品和出版社达成出版意向，如《餐桌上的植物史》《千古一相王安石》《历史选择了这十个人》《听南怀瑾讲孟子》《盛世如莲次第绽放》等，分别将由中信出版社、鹭江出版社、石油工业出版社等出版。网络写手许庆元、于海英、闫寒、许长荣成为出版社的签约作者。

"书"赢天下大型网络征文大赛为方正阿帕比联合国内外百家出版社共同举办，目的一方面是为了"寻找最优秀的中文作者"，希望更多的出版社和出版机构能够从此次征文活动中寻找到更多的优秀稿源和优秀作者，另一方面，也是希望网络文学可以突破网络的局限，与传统媒体多方合作，错此平台整合各种渠道，为网络写手们的作品改编或出版做推荐，在网络原创与传统出版、周边产业开发之间，逐步形成完整产业链。

8 月 31 日

旨在保护作家权利的"全线维权工程——百家专项援助计划"在北京启动。该计划以名家名作为核心，整合律师、行政执法部门和"中文在线"网站资源优势，以法律咨询、纠纷调解、诉讼援助等多种形式，为各地作协推选的百位作家提供维权服务，协调解决著作权纠纷，维护他们的权益。

援助计划的具体内容包括：聘请专职律师，为作家提供著作权维权方面的法律咨询服务；接受著作权人的委托对其作品及时监控，开展侵权调查，提请行政保护、诉讼等法律方面的服务；结合作品维权方面的大案要案，借助新闻媒体进行知识产权方面的宣传和推广等。

9 月 1 日

李可的网络小说《杜拉拉升职记》由陕西师范大学出版社首版。该书的成功绝非偶然，它切合了职场女性的心理特点，可以算是为职场女性量身定做的成功学，和以往写给男人看的职场小说有很大的区别。杜拉拉是"职业的一代"，草根出身，外企白领，做着一份不高不低的人事行政经理的工作，拿着一份不高不低的薪水，经历着职场的跌宕起伏。这是 20 世纪 70 年代出生的人的标本式特点，也是第一代跨国外企人的生存境况的展现。

9 月 12 日

郭敬明与长江文艺出版社宣布联手推出阅读新概念的 POOK 书系列。所谓 POOK，意为 pocket book 口袋书的缩写。这是继成功推出青春文学杂志《最小说》后，郭敬明创意设计的又一重量级青春文学读物。POOK 书由《最小说》原班人马打造，此次共推出 6 部。所有作者均为《最小说》和《岛》中的当红人气作者，由独立完整的中长篇组成，以青春题材小说为主。

9月12日

起点中文网对外宣布，与MSN及网易正式建立战略合作伙伴关系，由起点中文网提供内容和服务，MSN、网易提供平台，携手共建"MSN读书频道"和"网易读书频道"。这两个频道目前已经正式上线。为了适应MSN、网易的整体平台需要，起点中文网为合作伙伴设计了全新的导入页面。广大书友将能通过更多的渠道和平台，体验起点网原创小说的精彩内容，享受到更多创作、互动与阅读的乐趣。

9月15日

罗义华在《当代文坛》的《"新世纪文学"：历史节点、异质特征及其他》一文中认为，就作者的观察而言，伴随着一批成熟的老中青作家开始将自己的作品嵌入网络，网络文学的写作与传播功能和意义开始泛化。网络工具的日常化已经初步实现，这在强化网络传播功能的同时，却弱化了网络的"异质"书写功能。更何况，网络文学也不是今天的事物，而大量的文学"杂质"充斥其中，也在一定程度上削弱了网络文学的"陌生化"意义。

9月20日

张莹在《陕西师范大学学报（哲学社会科学版）》的《网络文学的表现形式与传播特征》中说，网络文学是随着互联网技术的发展而催生的一种新的文学形态，它传播形式可变、形式多样、创作自由，体现出传播内容平民化、传播方式互动化、传播速度快捷化、传播媒介多样化的特征。网络文学改变了传统文学的创作方式、交流方式和传播方式，是这个时代极具活力和生命力的一种话语表达方式。

9月22日

新浪第五届原创文学大赛举行开幕式，本次大赛以"促进文学和影视的结合，探索文学产业链条的开发，引导文化产业发展，满足大众文化需求"为宗旨，暂开通都市情感、悬疑推理、军事历史三大赛区。每个赛区将遴选50部作品进入初评，共150部；再从每个分类分别遴选出10部进入复评，接受名家评委的评点，冲击各赛区的最终大奖。

9 月 23 日

谭旭东在《学习时报》的《电子媒介时代文学的三个转变》中认为，当代中国文学经历了三次转型：一是 1949 年新中国成立之初，适应新社会新时代的要求，追随主流意识形态而定位于"塑造社会主义新人形象"。二是 80 年代，中国文学在思想解放浪潮中重新回归文学家园，这也是文学重新回归五四传统的时期。三是 90 年代后，随着市场经济体制的建立，电视、网络等电子文化媒体的渗透，个体完全从集体中解放出来完成了创作主体的解放，文学开始重新整合、诉说自己的话语，然后朝着多元化世界迈进。其中第三次转型的语境最复杂，电子媒介时代的文学发生了以下三个方面的转变：一、与商业文化接轨，二、审美现代化向后现代化转型，三、参与到全球化语境中。

9 月 24 日

2007 年中国互联网大会举行，本次大会以"专业细分、内涵发展、创造价值、立体互动"为基本指导思想。

9 月 25 日

由北京作家协会主办的"第三届北京文学节"，当日以颁奖典礼的方式在京胜利落幕。百余位北京著名作家、评论家、学者共聚一堂，为林斤澜和史铁生颁发"终身成就奖"、"杰出贡献奖"两项大奖。

10 月 1 日

付丹在《从中国现代文学语言的三次转型看文学语言的发展模式》的博士论文中说，中国的现当代文学史拥有众多绚烂的片段，从文学语言的角度看待这一时期的文学，会发现三次明显的语言现象转变，分别为五四文白革命、先锋派小说语言实验和网络文学语言的出现和发展。文学语言在这一次次的转变背后遵循着自身固定的规律，从转变的角度分析现象中会更容易接近文学语言的本质。论文最终确定了语言和文学关系是：文学语言是文学体系四要素、文学生产活动所有关系的总和。

10 月 13 日

在"原创·原典·原生态：全球化语境下的中国文艺"理论研讨会上，批评家朱大可在检讨"文学已经走向衰败"观点时说："文学是个伟大的幽灵，它到处寻找寄主，第一次它选择了人的身体，用舌头语言展开，而第二次它选择了平面书写，催生了文字文学。如今，它又进入了第三次迁居，寻找新的寄主。"这个新寄主的宿体便是网络，包含了网络小说、手机短信等多种形式。朱大可称，文学正在进行一场蝴蝶蜕变，然后重返文学现场。

10 月 15 日

廖高会在《中北大学学报（社会科学版）》的《网络文学的青春期症候》一文中说，网络文学的青春期心理症（征）候，具体表现在排除孤独、寻找娱乐和尝试冒险的写作动机中，表现在超文本性、多媒体性、交互性的网络文学特征与好奇、叛逆、惰性等青春期心理特性的对应中，以及内容和修辞方面体现出来的叛逆性、情绪性、模仿性、狂欢性、游戏性等。

10 月 15 日

詹珊在《福建论坛（人文社会科学版）》的《在线与非在线网络文学批评之比较》中说，对网络写作与网络原创文学现象进行探讨批评，有非在线网络文学批评和在线网络文学批评两种批评形式。这两种批评形式的差异形成了宏大与琐碎互补、崇高与庸俗共存、精致与芜杂同行、网内网外联袂出击的局面，这种局面必将为网络写作的繁荣昌盛开辟出一条光明的大道。

10 月 20 日

成秀萍在《江南大学学报（人文社会科学版）》的《网络文学的后现代文化解读》中认为，网络文学是伴随着西方"后现代化"的诞生而孕育、萌芽、成长和繁荣起来的，因而不可避免地带有后现代主义的特征，诸如认知上的媚俗主义、道德上的犬儒主义和感性上的快乐主义。

10 月 23 日

《中国社会科学院院报》刊载《好中有忧：我看近年文学走势——访中国社会科学院学部委员张炯》文章。张炯指出，近年文学走势的一个特点是文学在图像时代的挤压下力图与电子技术相结合，实现艰难而卓有成效的突围。从上世纪 90 年代起，文学走向边缘的危机感，使有些人感叹"文学已告终结"。但至今文学不但以种种新的题材、主题、形式和风格的开拓吸引读者，而且许多作家自觉地走向与电影、电视相结合，像张平、周梅森、陆天明、柳建伟等密切关注现实脉搏的作家，他们的长篇小说几乎每部都被拍成电影或电视剧。而把自己的作品贴到电脑网络上，甚至开辟博客专栏发表自己的文学作品，以求迅速扩大自己作品对读者的覆盖面，诗歌和散文被制成与音乐、图像相结合的光碟，甚至将新诗通过书法艺术得到更广的传播，等等。这表明文学已在成功地突围。借助电子技术正是文学传播不可避免的时代选择，或者说，它宣告文学从口头传播、文字传播开始过渡到了电子传播的新时代。

10 月 25 日

第五届中国国际网络博览会在北京展览馆开幕，来自二十多个国家和地区的企业参展。本次网博会以"新技术、新文化、新生活"为主题，包括应用技术展示——以 3G 为重点的应用品展示、mp3/mp4/ipod 等数码产品展示、网吧专用设备展示及交易，网络新文化展示——门户网站、搜索引擎、交易网站、生活服务类网站、博客、论坛、互动交流软件、文学作品、教育培训机构展示，数字新生活展示——游戏、原创民族动漫娱乐产品、网络音乐、网络视频等。本届展会除了保留往年最具专业性和影响力的网络音乐赛事外，还新增设了针对大学生群体的 COSPLAYDV 大赛，并将举办"网络文化建设与创新发展"为主题的网络文化发展高峰论坛、以"创建绿色网络、创意网络、和谐网络"为主题的中国青少年网络发展论坛、以"网吧增值及广告业务趋势分析"为主题的中国网吧产业与网吧文化发展论坛、以"列线娱乐无线沟通"为主题的 3G—无线娱乐创新发展论坛和以"网吧整体内容提升"为主题的网吧产业大会等 5 个主论坛，以及由参展厂商自主举行的 8 个分论坛。

10 月 25 日

由中国作家协会主办的第四届鲁迅文学奖在北京揭晓，欧阳友权教授的《数字化语境中的文艺学》一书从 1113 件入围作品中脱颖而出，喜获"鲁迅文学奖·优秀文学理论评论奖"。《数字化语境中的文艺学》一书于2005 年 2 月由中国社会科学出版社出版，全书 28.8 万字，共十三章，分为"数字化时代的文艺语境"、"数字技术下的文艺转型"和"网络文学的学理解读"等三个板块，是作者承担的国家社科基金项目的前期研究成果。这部原创性的理论专著探讨的是以互联网为代表的数字媒介对当今文学艺术的巨大影响，其核心的学术理念是寄寓作者对"高技术与高人文"的期待与思考，以此表达对数字化时代人文精神的忧患与理解。鲁迅文学奖评委会认为：《数字化语境中的文艺学》，"围绕网络的勃兴与普及以及它对文学发展的影响，面对新科技对文艺的挑战，回答当前文艺事业面临的新问题，是一部兼有前沿性、现实性、批判性的建设性文艺学著作"。此作获奖，可以被看作主流意识和传统文学对网络文学理论研究的首次高调褒奖。

10 月 26 日

由新浪网读书频道青春馆与各原创网站举办的年度青春文学"四小花旦"评选活动拉开帷幕。结果，李歆、桐华、顾漫、薇络成为青春文学当家的"四小花旦"。

10 月 26 日

媒介文化与网络文学研讨会暨国情调研课题"全国文学网站年度调查报告"专家咨询会在京举行。与会者认为，面对着媒体时代的到来，媒体影响的扩大，网络文学蓬勃发展，文学界又一次面临着新的撞击和挑战。这种挑战带给文学的不仅仅是传播方式上的，也包括创作动机、手段及理念等一些方面上的影响。

10 月 26 日

中国网络文学节始于 2007 年 10 月 26 日。中国网络文学节由中国国际版权博览会组委会、中国出版集团、中国作家协会等共同举办，将以整合、提升网络文学版权价值为核心，充分挖掘网络文学版权资源，通过各环节的有效衔接为网络文学的持续发展创建良好的发展环境，也为网络文学的市场化运营提供有益的借鉴。旨在繁荣网络文学创作，整合现有专业网络资源，规范并建立网络文学版权保护体系，促进网络文学积极、健康、有序、和谐地发展，实现网络文学与影视、动漫等其他各产业的有机结合，最大限度地挖掘市场价值；通过每年一度的对中国网络文学的整体盘点，使之成为中国文化创意产业的年度盛事以及实现网络文学作品价值的专业化平台。

10 月 31 日

蔡朝辉在《求索》的《网络文学的青年亚文化意义研究》中认为，网络文学与青年亚文化存在着内在的姻亲关系。网络写作特点所表达的一些文化要素鲜明地体现了一种青年亚文化的意义，网络文学自始至终都恣意着青春化的写作姿态，其内核为青年特质，其属性体现了青年亚文化的特点。它的内容与形式以及趣味表达是别于传统的其他艺术类型，它是青年这个特定文化群落的独特表达。网络文学走向市场的必然彰显了青年群体旺盛的亚文化需求和强大的亚文化建构能力，同时也意味着它被市场整合和收编，交融到大众文化的生产机制之中。

11 月 25 日

詹珊在《山西师范大学学报（社会科学版）》的《在线网络文学批评类型探析》中认为，批评文章首发于网页上是在线批评区别于非在线批评的一大标志。由于在线匿名特性和无编辑把关带来的自由和在线即时评论，在线网络批评以俏皮、调侃、幽默的话语点评，啸聚网民，营造出旺盛的人气，其所具有直觉性、特指性、明晰性、生活化、短小犀利、批评客体边缘化等特征，推动了网络写作的兴旺和网络原创文学的发展。

11 月

新浪网为知名作家贾平凹开博客，然而贾平凹只同意在网上发表一篇《怀念路遥》，还是别人给编发上去的，贾平凹在博客上严肃声明，他自己不会用电脑，博客不适合自己。

12月1日

首届中国网络文学发展研讨峰会在中国现代文学馆举行。中国作家协会副主席陈建功在会上指出，所谓"结绳时代"、"甲骨时代"、"钟鼎时代"，乃至"网络时代"，已经成为人类不同文化时代的象征。为了推动网络文学健康发展，大会还宣布成立了"中国网络文学促进委员会"。并在以下5个方面开展工作：出版发行《中国网络文学年鉴》，推动网络文学批评，组织网络文学评选，整合网络文学资源，加强网站与传统文学期刊的合作，保护网络文学工作者权益。峰会向网络文学界和社会发出了《倡议书》，并为由中国国际经济科技法律人才学会等相关社团和网络文学界联手合作的专门工作机构、交流服务平台——中国网络文学促进委员会——的活动，创造了新的互动发展条件。

附：《中国网络文学发展研讨峰会倡议书》：

一、以科学发展观推进网络文学创新、增强网络文学发展活力，坚持党的十七大指出的文化建设的正确方向和道路："在时代的高起点上推动文化内容形式、体制机制、传播手段创新，解放和发展文化生产力，是繁荣文化的必由之路。"

二、树立高度社会责任感，正视网络文学作品的实际，坚决抵制违犯国家法律法规，肆意宣扬色情、暴力的网络作品；鼓励格调高尚、内容健康、满足人民群众新的阅读需求的网络文学作品，构建网络文学规范有序创作出版机制，联手倡导、推广优秀网络文学作品。

三、努力促进文学网络相互之间，网站和政府管理部门之间，网站和作者、读者之间，网络文学界和传统文学界以及社会各界的相互交流，互动合作，形成网络文学建设、管理的良好社会市场环境。

四、强化诚实守信意识，逐步建立信用管理体系，切实维护网站、作者、读者合法权益，共同打击侵犯版权等合法权益的行为。

五、开展网络文学界和社会各界合力促进网络文学发展的活动，进一步健全并充分发挥由中国国际经济科技法律人才学会等社团和网络文学界交流合作服务平台——中国网络文学促进委员会——的作用，共同实施评定、推荐、出版优秀网络文学作品、版权保护、权益维护等活动，并在北京大学中国信用研究中心和全国市场信用共建联盟支持合作下，开展文学网站信用评定活动。

中国网络文学的发展，任重道远。让我们加强团结，为了网络文学又好又快发展，开拓进取，不懈努力！

12月1日

陕西省作家协会网络文学委员会第一次会议召开，来自省内文学界、网络界、新闻界的委员们共聚一堂，探讨网络文学的发展和走向。陕西省作家协会网络文学委员会主任陈长吟介绍，陕西网络文学委员会的成立在全国都是走在前列的，具有前瞻性。网络文学是年轻的文学形态，更富青春活力，它必将对陕西文学的繁荣发挥积极重要的作用。

12月1日

欧阳友权主编的"网络文学新视野丛书"由中国文史出版社出版发行，这套丛书1套6本：杨雨的《网络诗歌论》，舒晓芳的《网络小说论》，李星辉的《网络文学语言论》，欧阳文风、王晓生的《博客文学论》，蓝爱国的《网络恶搞文化》，柏定国的《网络传播与文学》。作者皆为中南大学文学院网络文学研究基地团队成员。

12月11日

"批评与文艺：2007北京文艺论坛"举行，来自全国各地数十位文艺评论家、作家、艺术家聚集一起，共同探讨在文学艺术大繁荣大发展的时代，文艺批评如何更好地发挥积极作用问题。不少专家学者在会上提出文艺批评要坚持用先进文化引领、坚持社会主义核心价值观等观点，传递出文艺批评自我历史反思、自觉站到时代精神高度的信息。

12月12日

《中华读书报》载文称：近日，以时尚青春读物引领青少年阅读潮流的接力出版社将推出"镜花云影"四大系列共23部力作，全力打造中国原创青春文学"e 小说文库"。该系列已经上市的两种图书为《英雄狩猎计划（第一卷）》和《仙魔经纪人（第一卷）》，在 2008 年 1 月前即将推出 11 部新作，分别为："镜系列"一种、"花系列"、"云系列"五种以及"影系列"两种。四大系列的后续 12 部作品也将相继面世。

随着网络文学整体热销，与多媒体互动的网络文学资源成为焦点出版资源，接力社的"e 小说文库"应运而生。据"e 小说文库"项目主管介绍，随着起点中文网、晋江文学网、新浪网、腾讯网等文学网站的影响力逐渐扩大，日趋成熟的在线阅读和较高人气促使新的出版板块趋向成熟。接力社密切关注网络文学的新热点和新动向，采取更加务实和认真的态度，经过周密的市场调研和分析推出"e 小说文库"。他们希望在这个新的出版平台上培养出一批优秀作者，将网络上有实力的作者介绍给读者，构筑一个网络文学精品新的出版舞台，为原创青春文学注入新的血液。

据了解，"镜花云影"四大系列将以优质化、特色化、多样化三大特性锻造接力出版网络文学的核心理念。"镜系列"主要收录历史军事类小说，"花系列"荟萃都市校园言情类小说，"云系列"以奇幻武侠类小说见长，"影系列"则专门汇集悬疑类小说。

12 月 20 日

欧阳友权在《贵州社会科学》撰文《网络媒体对文学经典观念的解构》指出，网络媒体话语平权的表意机制在本质上是"去经典化"的。数字化拟像、复制与拼贴技术造成的艺术独创观念的淡化，"字思维"向"词思维"转变对创作经典的思维范式的消解，电子文本用"展示价值"对艺术经典"膜拜价值"的置换，以及网络作品"易碎性"使得经典写作与评判失去存在的空间等，是网络媒体解构文学经典观念的基本缘由。

12 月 31 日

小说《佣兵天下》是一部网络玄幻小说，首发是在 2003 年 4 月 7 日，完结于 2007 年 12 月 31 日。作者笔名说不得大师，小说以三个小佣兵的角度，描述了一场跨越诸个大陆、十多个国家的旷世大战，战火甚至蔓延到神界。

12 月

"网络文学新视野丛书"由中国文史出版社出版。该丛书由欧阳友权主编，中南大学网络文学研究团队完成，一套6本。它们是：杨雨《网络诗歌论》，苏晓芳《网络小说论》，李星辉《网络文学语言论》，蓝爱国《网络恶搞文化》，欧阳文风《博客文学论》，柏定国《网络传播与文学》。

12 月

欧阳友权的《网络文学的学理形态》由中央文献出版社出版。该书的主体按网络文学的生成背景、存在方式、文学变迁、媒介叙事、主体阐释、文学性辨析、精神表征、文化逻辑、人文价值、研究理路的顺序编排，从10个方面辨析了网络文学基本学理的逻辑框架。作者在思考网络文学的学理形态时，始终坚守了一种可贵的人文立场，对各种文化现象秉持一种批判眼光，在热心呵护新生的网络文学的同时，也冷静地剖析了它的稚嫩、局限和困境，认为数字传媒时代中国文学的转型最需要的不在技术媒介的升级换代，而在于借助新媒介提升作品的艺术水准和审美价值，这正是网络文论建构时所需要的科学态度和学术眼光。

年底

中国社会科学院文学所主持的国务院委托项目《全国文学网站年度调查报告》拉开帷幕。这项工作的目的是对全国文学网络的内容、发布机制、作者队伍、读者群体、社会影响、与传统出版之关系及文学网站产业发展等做出全面的摸底与分析，形成权威的调查数据，面向社会发行"全国文学网站国情调研报告蓝皮书"，推进网络文学健康发展，为政府部门制定相关政策提供重要参考资料。可以预见，其结果对网络文学、网络文化乃至整个互联网产业将产生深远影响。

年底

马季的《读屏时代的写作——网络文学10年史》一书由中国工人出版社推出，比较全面地介绍和评价了网络文学的发生、发展，对网络文学存在的问题也做了理论分析，迈出了整体评论网络文学的第一步。

是年

◆2007 年"非马艺术世界"在美国创建。

◆2007 年，微型小说和寓言作家马长山、程思良在天涯社区"短文故乡"发起了"超短小说征文"，6 个月时间收到的作品总量逾 3000 篇，参与作者 200 多人。关于这类超短小说的命名，经过众多作者、专家审慎甄选，最后决定采用"闪小说"这个名称。

◆2007 年，"TOHANwebsite"公司公布了日本最畅销文艺书籍调查结果，在当年最畅销的 10 部作品中，网络小说占了 5 部，其中前三名均为网络小说，网络小说表现出不俗的人气。该次对书籍销量的统计期限为 2006 年到 2007 年 11 月，第 1 位是累计 200 万部销售量的美嘉的《恋空》，这部作品已经被拍成电影，上映 1 个月就有 240 万人前去观看。第 2 位是销售量 100 万部的メイ的《红线》，第 3 位是美嘉的《君空》。

◆2007 年，在"起点"获得总榜第一的是月观的《回到明朝当王爷》。《回到明朝当王爷》是一部能够完美地诠释商业化写作的作品：论更新，一天 1 万字；论 YY，覆盖整个大明王朝；论背景，选择了 2007 年大火的明朝。抽离了历史的背景，它更像一本玄幻文，依靠金手指取得了领先于他人的能力，成长时间更短，而且不用担心主角的发展前途。有志于玄幻商业写作的作者，可以读一下这本堪称教科书的网络小说。

◆下半年，酒徒创作了历史小说《家园》，是作者第一次正说历史的作品，计五卷，一百多万字，获得四项网络文学大奖。据调查，喜欢酒徒的历史小说的读者，最欣赏其中的热血精神和民主救国思想。这也正是酒徒历史小说的魅力所在。

◆《窃明》成为 2007 年度最具影响力的历史架空小说。它以主人公黄石的个人经历，串起了明末的政治、经济、军事、农业、气候等各方面的史料。黄石是由现代穿越进入明末的，他压根儿是一网民，或者说是作者看待历史的一双眼睛。由于现代人物的介入，历史的进程得以改变，这是架空小说的惯用手法，《窃明》也不例外。例外的是，大量的对历史事件的描述体现了作者独立的写作思想。这本是值得赞誉的，但也容易引起误读。

◆到 2007 年，各大出版机构总结并提升了网络出版理念，随着资金大批注入，形成了新一轮网络小说出版潮。《明朝那些事》《鬼吹灯》《绾青丝》《活祭》《凤凰面具》等纷纷出世，市场效应已经达到长期霸占实体畅销书排行榜的地步。这说明网络小说的娱乐化路线符合当前读者需求；也说明类型化题材终于在网络上成熟，迈出欧美日本早已经走过的、向主流领域进军的步伐。

◆2007 年起，国内各大门户网站如网易、搜狐、新浪、腾讯等，纷纷开设或者重视起各自的文学板块，并开始实行 VIP 线上收费阅读制度。谷歌更是传出要收购某家文学网站的消息。这意味着原创网络文学从这时起，将不再是一个只属于"内部"竞争的小群体。随着这些门户级网站的加入，越来越多的人了解到网络原创作品的价值，并积极参与到其中来。门户类站点的加入，从另一个角度看，促进了网络文学更进一步的发展。

◆"小白文"自 2007 年后开始流行，代表作有我吃西红柿的《星辰变》《盘龙》。小白文来源于"小白"这个词，而小白文是形容文章的，一般来说是形容小说。小白文没什么深度，内容简单，读起来很放松，符合年轻人的口味。

◆2007 年，青春文学风向突变，出现了"穿越小说"这一概念。一时间，"穿越小说专题"在各大网站纷纷推出，形成继玄幻、历史、盗墓等三波网上阅读热潮后的最新网络阅读势力。

◆著名的文艺理论杂志《文艺争鸣》在 2007 年率先开辟了"新世纪文学研究"专栏，对包括网络文学在内的新的文学形式予以高度重视。雷达、陈思和、白烨、张颐武、张未民、宗仁发、张清华、王干、李静等一批专家学者分别在文论中阐述了对网络写作的理论观点。

2008 年

1月1日

欧阳友权主编的《网络文学概论》由北京大学出版社出版，是我国第一部网络文学原创教材，该书对网络文学进行了系统而扎实的理论研究，从基础学理上系统地阐述了网络文学的学科性质，表明网络文学成为一门新的学科的现实性和可能性。

该书是中南大学文学院网络文学研究基地在 2007 年末推出的 8 部网络文学系列论著之一，其余为《网络文学的学理形态》《网络诗歌论》《网络小说论》《网络文学语言论》《网络传播与文化》《网络恶搞文化》和《博客文学论》。这是该基地继此前出版"网络文学教授论丛"（1 套 5 本，中国文联出版社 2004 年）、"文艺学前沿丛书"（1 套 5 本，中国社会科学出版社 2005 年）之后，在国家级出版社出版的第三套专题丛书，向学术界展示了中南大学网络文学研究团队的整体实力。

1月1日

《官路风流》开始在盛大文学旗下起点中文网连载，总点击超过千万，总推荐 70 多万。5 月，凤凰出版社将其更名为《侯卫东官场笔记》出版，很快受到广泛关注和好评，随后，之二、之三、之四接连出版，本本畅销。《侯卫东官场笔记》的走红再次证明：网络文学已经成为出版富矿，只要用心挖掘，就必能有所收获。同时，它也说明网络文学与传统文学之间已经不再是从前泾渭分明的情形，优秀的作品无论在哪里，都会受到欢迎。

1月8日

方正阿帕比利用数字技术优势与天津科技出版社、中国对外翻译出版公司共同推出了国内第一批"手机、电子、纸质"三种形式同步发行上市的书——《吃什么，怎么吃》和《眉姐》。此举对于开拓国内手机书业务市场，推进传统出版业变革起到了强有力的冲击作用。此次活动是我国出版行业首次采用纸质书与电子书、手机书联合出版、同步上市的方式，标志着我国传统出版业开始走上了与多种出版形式同步发行、相互促进、互为补充的发展轨道。

1月9日

天涯论坛一位网友在浏览到姜岩的 MSN 空间后，在"天涯八卦"义愤发帖，标题为《看到一个 MM 自杀前的博客：因为小三……她从 24 楼跳下去了好惨》，帖子全文转载了姜岩自杀前的博文。1 月 10 日晚，一个自称姜岩的朋友的朋友的网友发了题为《哀莫大于心死，从 24 楼跳下自杀 MM 最后的 Blog 日记，是我朋友的朋友》的帖子。2008 年的第一场网络风暴由此展开。网友在谩骂谴责之后，动用了所谓的"人肉搜索"。公布了王菲和第三者的详细资料，在网上号召其所在行业驱逐他们，激动的网友甚至找到了王菲父母的家，在其门口用油漆写下了"逼死贤妻"等字样。王菲不堪网络舆论的压力，将博客北飞的候鸟、大旗网、天涯社区告上法庭，讨要被侵犯的名誉权和隐私权。

1月15日

李盛涛在《淮阴师范学院学报（哲学社会科学版）》的《论网络文学的中产阶级文化趣味》中说：网络文学在打造物质乌托邦盛世图景、为现代人提供情感庇护和为现存图景提供另类镜像方面，具有着不可忽视的文化功能；但网络文学主体的"消费性"、网络文本的情色性以及网络文本的信息化语境也内在地消解着网络文学的文化功能。这使得网络文学的中产阶级文化趣味变得非常暧昧而又复杂。

1月18日

央视《经济信息联播》播出：第二次中国青少年网瘾数据报告显示，在全部被调查的30岁以下青少年网民中，网瘾人数为9.72%，男性青少年网瘾比例高出女性青少年7.18个百分点，18—23岁青少年网民中网瘾比例较高，为11.39%。与2005年11月发布的第一次报告相比，青少年网瘾比例有所下降。

年初

一部长达120万字、关于西藏的探险小说《藏地密码》在网络上迅速流行开来。它不仅仅是一部小说，还是一次旅途、一次探险；不仅仅是一个故事，还是这个季节能够撼动心灵的传说。一口气读完网上连载的文字，带给我们的绝不仅仅是震撼二字，更是对西藏那片神秘土地的无限神往，它会唤醒记忆中那些失散了很久的原始的纯真和野性，也会让你为生命中最真实的那些感觉去感慨。作者何马，该作品使作者被称为2008年网络文学界中的一匹"黑马"。

1月

马季《读屏时代的写作——网络文学十年史》由中国工人出版社出版。该书的特点是现场感十足，马季从网络文学初见端倪时就开始了网络文学的史料记录工作，视野广阔、材料翔实，与欧阳友权对网络文学理论系统的建设不同，本书更具个人观点。

1月

欧阳友权在《网络文学概论》一书中说：就我国网络写手发展状况来看，从20世纪90年代汉语网络文学诞生到现在，依时间顺序，活跃在互联网上的网络文学写手有三批代表人物。

第一批网络写手是在20世纪90年代就进入网络原创文学创作，并产生了一定影响的创作者，代表人物主要有：台湾网络写手痞子蔡（蔡智恒），他创作的畅销小说《第一次的亲密接触》被视为网络原创文学的经典之作；台湾的苏绍连，主要创作了一批多媒体和超文本的实验之作；邢育森，代表作《活得像个人样》；宁财神，代表作《缘分的天空》，他和痞子蔡、安妮宝贝、李寻欢、邢育森五人被称为网络文学界的"五驾马车"。其他还有黑可可、恩雅、玫瑰灰、韦一笑、王猫猫、俞白眉、朱海军，在大陆有较大影响的台湾写手叶慈，以及从海外归来的方舟子、少君等人。

　　第二批网络写手一般是在新世纪之交介入网络文学作品写作的，代表人物主要有：今何在（代表作《悟空传》）、宁肯（代表作《蒙面之城》）、慕容雪村（代表作《成都，今夜请将我遗忘》）、李臻（代表作《哈哈，大学》）、何员外（代表作《毕业那天我们一起失恋》）、龙吟（代表作《智圣东方朔》）、尚爱兰（代表作《性感时代的小饭馆》）、云中君（代表作《我一定要找到你》）、漓江烟雨（代表作《我的爱慢慢飘过你的网》）、蚊子（代表作《蚊子的遗书》）、老榕（代表作《大连金州没有眼泪》）、陆幼青（代表作《死亡日记》）、深爱金莲（代表作《成都粉子》）、黎家明（代表作《最后的宣战》）以及顾城（代表作《金陵十二钗的网络生活》）、雷立刚（代表作《秦盈》）、王洛兵（网名"心有些乱"，代表作《秋风十二夜》）、江南（代表作《此间的少年》）、沙子（代表作《轻功是怎样炼成的》）、玉骨（代表作《蝴蝶准去死》），还有创作《蛋白质女孩》等网络畅销小说的台湾写手王文华等。在这个时期，网络作家王小山、男琛、小 e 和今何在，被称为网络文学界的"四大写手"；还有以制作 Flash 动画作品的多媒体网络写手"闪侠三剑客"——老蒋（本名蒋建秋，代表作《新长征路上的摇滚》）、BBQI（本名齐朝辉，网名比比齐，代表作《恋曲 1980》）和小小（本名朱志强，代表作《过关斩将》），"天涯社区"的网络红人西门大官人（代表作《你说你哪儿都敏感》）等。

　　第三批网络写手是那几年在互联网上崭露头角的网络新人，这个队伍越来越庞大，发展特别快，其人数众多，难以尽述，他们中的许多人创作成就引人注目，不可小觑。如网络写手萧鼎的玄幻小说《诛仙》一路走红，2005 年下载出版后，以百万册的惊人发行量问鼎文坛；赵赶驴的《赵赶驴电梯奇遇记》的总点击率超过 2 亿次，网名为天下霸唱的惊悚小说《鬼吹灯》持续走红，将被拍摄为影视作品。还有如青斗的长篇围棋玄幻小说《仙子谱》，恐怖悬疑写手离创作的鬼魅文字《福尔摩斯密码》，在新浪和腾讯两大网站连载爱情体裁都市小说《寻找跑跑》的网络写手东方月，"从外企经理到悬疑写手"并以《天眼》成名的景旭枫，"写武侠的女建筑师"沧月（代表作《听雪楼》），以《人生若只如初见》一举成名的安如意（网名"如冰恋枫"），以玄幻小说《搜神记》而引人瞩目的树下野狐，起点中文网的创始人林庭锋（代表作《魔法骑士英雄传说》），还有出手不凡的"武林大侠"凤歌、步非烟、王晴川，写军事题材网络小说的刘思清、老克，以《梦续红楼》引起红学界关注的胡楠（网名"雨山雪"），还有如雪红（《神魔》）、烟雨江南（《亵渎》）、蓝晶（《魔盗》）、赤虎（《商业三国》）、流浪的蛤蟆（《天地战魂》）、碧落黄泉（《逆天》）等都成为文学网站（起点中文网）的签约写手。2007 年 6 月在幻剑书盟第二届网络文学峰会上，阿月、三十、李雪夜、雨魔、心梦无痕、狂笑的菠萝糖、玄雨等 50 位网络当红写手齐齐亮相，显示了这一代网络写手的整体实力。

2 月

2008 年 2 月，万方数据赢得中华医学会旗下 123 种期刊的独家网络传播权。

2 月 15 日

陈定家在《文学评论》的《市场与网络语境中的文学经典问题》中指出，时下关于文学经典及其所体现的技术主义、商业规则和娱乐趣味等问题的讨论，正在以理论所特有的方式悄然影响着当代文学的生存状况和发展方向。在以全球化、现代性为基本特色的产业化和数字化背景下，利润法则与媒介霸权对文学经典产生了前所未有的冲击，但同时也给文学经典的承传与赓续带来了全新的机遇。

2 月 15 日

欧阳友权在《文学评论》的《网络审美资源的技术美学批判》中指出，网络作为当今最具影响力的数字化新媒体，文艺美学建设不能不关注网络审美资源。网络审美的逻辑原点应该是人文审美，须要确立起一种人文本位、价值立场和审美维度，消除技术崇拜和工具理性，避免艺术生产对数字技术的过度依赖，让网络技术的文化命意成为与人的精神向度同构的意义本体，达成高技术与高人文的协调与统一。

2 月 15 日

吴宝玲在《文学评论》的《本质与技术：网络文学研究两种倾向的反思》中指出：网络文学的研究要以动态生成的思维突破本质主义单一的、静止的思维方式，从事实、功用、人的主观能动性以及价值目的等多角度探究网络文学创作，确立其合理的身份地位；无视技术工具自由的"有限性"，夸大网络技术对文学的作用力，忽视创作主体在现实生活中的生命体验，不利于网络文学创作的健康发展。

2 月 15 日

范玉刚在《文学评论》的《网络文学：生成于文学与技术之间》一文中指出，介质的飞跃带来了文学生产—传播—消费方式的变化，但以媒介载体论还不足以构成网络文学何以可能的充分必要条件，技术和文学的"之间"成全了网络文学。

2 月 21 日

马季在《文学报》的《网络文学：没有航标的河流》中指出，文学是对自由心灵的表达，网络文学使文学这一基本特征回归到本真状态。目前，网络文学犹如一条"没有航标的宽阔河流"。良莠不齐的现状光靠排斥无法改变。既然不能拒绝，就应让其美好与强大。

3 月 1 日

张晶在《社会科学战线》的《媒介数字化的审美体验转换》中指出：由于网络写手在网上的身份大多是虚拟的，而且常常是多元参与的，因而传统的审美主体的观念意识大大淡化；作为传统的文学创作，一般来说，作家或诗人的创作态度是颇为认真、严肃的，网络写作却给主体带来很明显的游戏感。与之相关，人们的接受心态从游离物外、达到心灵的净化一变而为感官享受，审美体验即由超越心态转向消遣心态。

3 月 10 日

《江苏行政学院学报》刊登了丁国旗《对网络文学的传播学思考》、卢政《网络文学的民间性诉求》、陈定家《寻找网络时代的艺术"灵光"》三篇文章：其一认为网络的出现使受众从传统大众传播媒介的桎梏中解放了出来，文学的自由性得到了充分的彰显，但网络文学仍须遵循文学自身的创作和发展规律；其二认为网络文学作为民间文学的一种新样式，具有强烈的民间性诉求，并且注入了新的时代特色和民间情调；其三认为形形色色的创作软件作为技巧的变革者，已在观念层面对艺术创作产生了深刻影响，但网络时代新生艺术未必注定与"灵光"无缘。

3月10日

王莉、张延松在《沈阳师范大学学报（社会科学版）》的《新世纪文学之网络文学研究述评》中认为，网络文学明显带有命名上的多重性和接受上的争议性，这反映了新世纪文学现象的产生超出了以往文学的观念和运作法则，超越了传统的文学批评框架和批评家的阐释经验。笔者将这种状况称之为"亚流派研究"。新世纪网络文学的亚流派研究在命名、特征、类型、功能等方面的研究上取得了一些成果，但同时还存在一些问题。

3月20日

2008年网络文学发展高峰论坛暨2007年国情调研项目——全国文学网站年度调查报告合作网站遴选及签约活动在北京召开。活动的目的是架设一座桥梁：让传统文学的人了解网络文学，让网络文学的人发出自己的声音，让传统文学的人了解文学网站在做什么。参加会议的学者从各自的角度肯定了网络文学健康发展的重要意义。

3月20日

国家新闻出版广电总局发布了《互联网视听节目服务抽查情况公告》，公布了一系列违规播出互联网视听节目并受到处罚的网站，其中"猫扑视频"等25个网站被责令停止视听节目服务，"土豆网"等32个网站受到警告。《公告》对网络恶搞起到了较大的制约作用。

3月27日—28日

在福州召开的中国作家协会七届三次全委会上，"充分认识新的生活形态和文学传播手段给作协工作带来的新课题，重视和关心青年作家和网络作家"被列入中国作协 2008 年的工作要点。中国作协副主席陈建功表示，将采取适当方式吸收网络作家参加作协。中国作协主席铁凝说，网络文学创造新鲜词语和充满活力的语言方式，它颠覆了纸质传统媒体的话语霸权。不过网络文学的创作也存在良莠不齐的现象。对网络文学的界定不能过于简单化，不能把所有在网络上发布的文字都当成文学。

参加会议的部分委员建议，中国文学的发展应该与时俱进，中国作协的相关工作也应该适时调整。据了解，目前使用的出版两本书才能申请加入作协的标准已经不能适应网络文学的发展，中国作协对网络作家采取热忱欢迎的态度，并将在是日随后对相关标准作出调整。

3 月 28 日

中国出版科学研究所联合银河传媒启动"中国手机出版服务平台"——一种基于二维码的移动多媒体出版平台。该平台为读者提供的是一种延伸信息服务，读者通过自己的手机扫描二维码，即可上网获得更多内容和服务，相对于固化到书籍上的图文信息来说具有更丰富、更具时效的内容。

3 月 30 日

朱述超在《东南传播》的《网络文学文本的"陌生化"形式》中认为，网络文学文本的陌生化主要是指网络文学超文本技术对线性文本的陌生化。网络文学文本符号的陌生化主要在两个层面上展开：一是与传统文学一样，主要是语言组合形式的陌生化；另一个是利用网络技术造成直接不同于传统文学语言陌生化的一种反常化。

3 月

以《鬼吹灯》系列成名的网络作家"天下霸唱"以年收入 385 万元入选"福布斯 2008 中国名人榜"，成为网络作家入选该排行榜的第一人，《明朝那些事儿》系列的作者"当年明月"则以 225 万元的年收入也跻身榜内，位列刘心武、石钟山等传统作家之前。

4月1日

王菊花在《论网络文学的狂欢色彩》的硕士论文中认为，网络文学有着独特的文学艺术特性，它一直弥漫着浓厚的狂欢色彩，是当代人类试图交流、沟通、宣泄、调节，从而获得愉悦的产物，它以多姿多彩的文学形式揭示了当代社会潜伏在民间大众之中的原始生命力。毫无疑问，在今天人类的生活环境逐步向便捷化、智能化转变的电脑时代，在文学艺术领域中，网络文学艺术化的生活将会是人们主要的文学艺术形式，网络文学的前景无限广阔。

4月1日

郝珊珊在《大陆网络文学的十年发展和现实反思》的硕士论文中，采用史论结合的方式评说网络文学。本文共分为上下篇和结语三个部分，上篇侧重史的描述，从网络小说、网络写手、文学网站等三个方面关注网络文学十年历程。下篇注重论的阐述，对网络文学的现状进行反思。结语部分探讨了网络文学与传统文学和谐发展的可能，对网络文学的发展给予期待。

4月9日

一个名为 Webook 的网站正式上线。它是一个以维客为内核的协同写作平台，运作方式与维基百科类似，旨在集合社群的力量进行文学创作。Webook 网站目前已有 700 多名会员，他们正在从事共 60 个项目，这些项目包括由旅居国外的人写的旅行游记和《男人应学会如何去做的 101 件事》等。Webook 网站的绝大多数内容由群体创作，但这并不意味着它完全排除一些纯文学性的创作。作者也可以借助该服务平台进行个人创作，仅仅邀请部分朋友登录阅读并发表评论，还可以让所有网民阅读其创作的内容并打分，但不必进行编辑或增加新内容。但 Webook 还是希望使尽可能多的内容来自公开创作活动，这样它才有权进行出版。

通常一部书能否出版主要取决于网民的决定，因此 Webook 自信地认为，其成员将会掀起类似于《美国偶像》连续剧观众掀起的热潮。

4月15日

严军在《咸宁学院学报》的《网络文学的"游戏性"本质探源》中说，作为网络文化组成部分的网络文学，因传播的网络化和创作立场的游戏性，从一开始就体现出其本质特征——游戏性。以自由的心态和解构的手法对已有的价值观进行重新审视后，形成了网络文学游戏性的后现代表征。采用嘲讽、调侃的手法，通过对传统文学的颠覆和解构，反叛传统和经典。通过欲望化的本色表达和关注日常生活体验来解构深度，让人看到生活最本真的状态，为读者提供了一种阅读的自由和精神的自由。

4月21日

云南作家余继聪在新浪博客上贴出了《我为什么还加入不了中国作家协会》的博文，称自己从2003年初期涉足网络文学至今，已经是一个有五年多网龄的网络作家了。近年来，共在中国作家网、中国文学网等陆续发出了百篇左右的散文、杂文和随笔评论，小说处女作、中篇小说《山茶花》也被中国作家网发表出。但作为一名普通的中学教师，一直无缘中国作家协会。因此呼吁："我不知道中国作家协会、陈建功的表示会不会是干打雷不下雨。但愿他们能够真的抛弃等级观念，正确认识网络文学的影响，一视同仁地为我们这些网络作家，为我们基层作家打开中国作家协会的大门。"

4月26日

国内首个针对畅销书作家和网络原创作家的"中国畅销书作家实力榜"、"中国网络原创作家风云榜"隆重揭榜。"中国畅销书作家实力榜"榜单来自对北京开卷信息技术有限公司2007年的数据分析，是一个靠销售数据说话的榜单。"中国网络原创作家风云榜"则以各大文学原创网站的点击量为基础，由各大网站分别推选10位网络原创作家候选者，评委根据其作品的内容、创作风格和影响力、作品的创新性等因素加以认真筛选评出。揭榜活动现场，进入榜单的作家、专家评委以及各出版社代表汇聚一堂，对"中国阅读市场"和"中国网络文学成长、问题及未来"进行了专题研讨，并提出了许多积极的建设性的意见。

5月1日

崔曼莉的网络小说《浮沉》由陕西师范大学出版社出版。这是一部真实地展现外企职场成长与商场智慧的小说。主人公乔莉在赛思中国刚由前台转做总裁秘书，突然接到一个意外消息：一手提拔她的总裁决定退出赛思！乔莉遇到了职业生涯中最严重的危机。同时，一个价值7亿的大单与她不期而遇……女主人公乔莉，以及陆帆、狄云海等几个青年男女的爱情历程，被巧妙地嵌入错踪复杂的企业竞争之中，细腻入微地表达出当代人或无奈、或迷惑、或平静等各种情感态度与爱情故事。

5月8日

《文艺报》用整版篇幅刊出了国内多所高校著名教授撰写的对中南大学文学院《网络文学的学理形态》等8本著作的系列评论，作者分别是北京大学博士生导师王岳川教授、南京大学博士生导师赵宪章教授、武汉大学博士生导师陈望衡教授、山东大学博士生导师马龙潜教授、首都师范大学博士生导师陶东风教授、华中师范大学博士生导师黄曼君教授、湖南师范大学博士生导师罗成琰教授和中南大学文学院副院长、著名作家阎真教授。《中华读书报》《中国文化报》也相继发表了书讯、书评和对欧阳友权教授的专访。专家们对这种"集团冲刺"的标志性成果给予了高度评价，引发了新一轮的"网络文学研究热"。

5月10日

吴宝玲在《理论导刊》的《网络文学创作自由性与无功利性之辨析》中认为，网络技术给文学的发展带来了新的契机，网络空间使文学创作者挣脱了传统文学发行体制的束缚，获得了自由传播与言说的权利，但网络的自由是"有限性"的，网络文学创作的自由同样也受到外部环境与个人素质的制约，网络的自由性也不能保证网络文学创作具有无功利特征，忽视创作主体在现实生活中的生命体验和文学修养的提高，则不利于网络文学创作的健康发展。

5 月 15 日

胡素珍在《论少君的创作观念和他的网络文学》的硕士论文中：以少君的创作观念为研究入口，论述少君"文学为我"创作观念，并从作家对自己生活、内心、语言、发展四个方面的遵从来说明这种"文学为我"的具体体现；进而分析少君在"文学为我"的创作观念之下作品所呈现出来的特征：作为共性的流放性和体现作家个性的直面性、世俗性等。

5 月 15 日

《理论与创作》刊载了禹建湘《网络文学，一个新学科的建构预想》，马为华《网络历史小说：传统、现代欲说何?》，陈立群《网络"古典神话"：现代性症候的中国式救赎》系列文章。

5 月 15 日

欧阳友权在《福建论坛（人文社会科学版)》的《数字媒介文学转型及其学术理路》中指出，以互联网为标志的数字媒介以不可逆转的发展势头引发了新世纪文学的历史性转型，并由此衍生出文艺学新的研究热点。面对持论者新的学术姿态，我们须要从学术理路上辨析转型期文学的理论形态、逻辑原点和价值本体问题，以揭开数字媒介文学的学理症结，廓清新媒介文学由学术资源向学理建构提升的思维路径。

5 月 23 日

TOM 集团非全资子公司北京灵讯将以 500 万元人民币收购幻剑书盟所持 25% 股份。此前（2006 年 1 月 4 日），TOM 集团另一家子公司北京雷霆亦曾以 2200 万元人民币收购其 75% 股权。至此，原创中文小说网站幻剑书盟全部股权都被 TOM 集团所收购，这表明了国际资本市场对国内网络文学市场依旧信心十足。

5 月

腾讯开始发展手机阅读。用户可以使用手机通过无线网络（中国移动、中国联通等）访问 QQ 书城（手机访问 http：//ebook. 3g. qq. com/g/

s）。QQ 书城所有非 VIP 书免费，VIP 书籍可开通 10 元包月的快乐旅行读书服务，开通服务后可同时享受 QQ 书城（手机）与腾讯读书频道（电脑）上的 VIP 服务。

5 月

小伙伴分级阅读网（简称小伙伴网）正式开通。该网由南方报业传媒集团旗下南方分级阅读研究中心主办，是国内首家专注于青少年分级阅读研究的网站。网站作为分级阅读第一服务平台，为不同年龄段读者的心智发展需求设定并提供具有科学性与系统性的分级阅读读物，并为小伙伴提供读书游戏、博客、论坛等社区交流服务平台。

6 月 6 日

"新浪第五届原创文学大赛·军事历史、悬疑推理、都市情感文学奖"在京揭晓并颁奖，三个类别的文学奖各评出金、银、铜奖各一名。颁奖仪式上，作为本组大赛评委的作家毕淑敏，对悬疑推理类的获奖作品给予好评，并称有兴趣向获奖作者们学习悬疑推理小说的写作技巧。据了解，本届大赛共收到 5933 部作品，为历届参赛作品数量最多的一次，其中军事历史类金奖为《青盲之越狱》、银奖《倾城乱》、铜奖《军婚》，悬疑推理类金奖《野外生存》、银奖《禁区》、铜奖《江湖特工》，都市情感类金奖《青花瓷》、银奖《女人突围》、铜奖《三十情事》。大赛还特设了影视特别奖（获奖作品《青盲之越狱》《青花瓷》《军婚》），影视评委更多地介入到整个评选环节的中间，文学和影视进一步联姻。

6 月 21 日

2008 年起点作家峰会在上海隆重召开。本次峰会以"启航·文学新梦想"为主题，会议期间将进行中国文学奥斯卡——百万年薪作家颁奖典礼，并邀请众多业界知名人士参加以"论网络文学的生命力"为主题的网络文学高峰论坛等活动。中国作协副主席张抗抗表示，历经多年的对立与融合，网络文学近年来已得到主流文坛的关注。"中国作协今年的工作计划，就特别强调要发展网络作家协会。"并且坦诚地表示："我们的很多偏见，都是在发展过程当中逐渐克服的。"

6 月

"17K 手机图书网"签约作家云天空,启用"云天空"、"混也是一种生活"两个无线网址,累计实现了 3 亿的页面阅读量,并在手机小说市场成功赚到 120 万元。17K 趁热打铁相继启用了更多无线网址,如"图书"、"17K",复制云天空的赢利模式,借无线网址打开手机小说市场。无线网址实现了对 WAP 网站的便捷访问,打开了手机书这个巨大市场的大门。

6 月

江苏省公布了《江苏省第一届中小学网络读书活动方案》,组织者在网站上提供百种中外经典名著目录,孩子们将读书感受通过网络上传,通过公开评选及网络投票、专家评审等方式,评选出优秀的读后感作品。这一次网络与纸质图书的"亲密接触",为拓展阅读形式,扩大网络阅读影响力开辟了一个颇具创意的方式。

7 月 4 日

起点中文网、晋江原创网、红袖添香网站整合而成的盛大文学有限公司宣布成立,原新浪副总编侯小强出任盛大文学 CEO,起点中文网创始人吴文辉出任盛大文学总裁。盛大新业务板块"盛大文学"至此正式揭幕,标志着盛大正式进入集团化发展的轨道,致力于成为中国网络文学领域的领跑者。

7 月 10 日

《绿风》诗刊于 2008 年第四期推出"网络诗歌精品专号",集中编辑力量精心打造、倾情奉献,全方位、大容量展示各路诗家最新的优秀作品。尤其注重诗歌的原创性、新锐性,力求兼收并蓄,推出各种风格的精美之作。

7 月 15 日

周兴杰在《暨南大学学报(哲学社会科学版)》的《场域分析:探讨网络文学性质的一种途径》中认为,对于网络文学的性质判定,存在两种对立性认识。悲观论者的思想依据乃是近代的文学性认识，体现了一种保守、静止的文学本质观。乐观论者的判断依据建立在网络媒介——这一新的文学生产工具的技术优势之上，也有落入技术决定论之嫌。故此，我们提出一种场域分析，确认网络文学场的权力本质，并对其在整体性社会权力场中的位置进行勘定。

7月20日

张建在《黑河学刊》的《网络文学的后现代审美趣味》中认为，中文网络文学在中国发展的速度极快，成为一种让人无法忽视的重要文学现象。由于写作者的身份，所处特定年代的缘故，网络文学身上表现出很强的后现代主义倾向：亵圣化和平面化叙事策略。

7月21日

由一起写网站主办，近百家文学网站、知名文化公司及出版社参与联办的"2008一起写首届网络文学大赛"启动，旨在提高国民的文学素养，活跃文化生活，培养文学新人，营造健康、活泼、向上的网络文化环境。

> 附："一起写"作为国内首创的基于wiki的协同写书平台和出版人互动社区，自成立以来，已协作出版包括小说、社科、金融、教育等在内的数百部图书。其率先提出的协同写书理念，进一步关注了图书的长足发展，体现社会进步，凸显了对新型的图书操作模式探索。本次大赛的征稿主题类型多样，除了文学原创类外，还包括社科、经济管理、教育、生活文化，以及影视剧本、动漫卡通类作品等类型。大赛的奖项设置也十分诱人，特等奖将获得8万元丰厚奖金。另外，大赛还单独增设了2008年度网络作家人气奖、新锐奖、成就奖等，总奖金共17万元整。

7月23日

艾庄子在《中华读书报》的《十年，网络文学改变了什么?》一文中说，网络文学阅读潮流的演变，其实就是中国人在时间、空间、人际关系与自我的变化中变化的轨迹。一、零距离：阅读·表达·分享"一体化"。或许《第一次的亲密接触》开启网络文学大门时，那个书名已经象征了互联网给我们带来的最直接的改变：亲密接触，零距离，距离消失。由此，我们迎来了阅读·表达·分享"一体化"的时代。传统意义上作者——编者——阅读者的距离逐渐消失。于是，网络文学十年征程，就是一种"距离"的演变史。二、时间流：穿越文中的过去、现在和未来。2006—2008年的穿越文学热，可以说充分体现了网络文学阅读·表达·分享"一体化"的"距离"演变。三、空间感：平行世界中，一切历史均可以重来。伴随着时间观念改变的，是互联网正在重塑我们的空间感。

7 月 24 日

张颐武在中国作家网的《网络文学与纸面文学》一文中指出：十多年前在海外留学生的网站上发表，引起留学生高度关注的小说《白雪红尘》似乎是一部真正严格意义上在网络上首发的长篇小说。这部表现加拿大留学生生活的作品，其实是一部具有传统纸面文学一切特点的作品，由于其对于留学生生存境遇的逼真的描写而引发轰动。张颐武表示 1997 年在美国第一次接触这部作品，就是留学生们推荐的。它的作者是张的北大同班同学阎真。

7 月 27 日

"2008 全球华文武侠小说大赛颁奖礼暨武侠小说创作名家谈"活动在香港会展中心举行。本届大赛共颁出冠、亚军，及最佳创意奖、最佳影视改编价值奖、最佳文字奖五个重要奖项。其中，北雁凭借《江湖封侯》一举夺冠；郯城的《狮子山》、叶洁辉的《逍遥游》、寂月皎皎的《幻剑之三世情缘》并列亚军；翔子凭借《殇之物语》获得最佳创意奖，最佳文字奖由隐逸龙的《落梅惊风》获得，最佳影视改编价值奖则被郯城的《狮子山》二次获得。大赛以中国、东南亚、北美地区为主，面向全球华人征稿，历时 4 个月，共收到征稿 837 部。

7 月

新闻出版总署的新"三定"规定中，内设机构由原来的 11 个增加到

12 个，其中新设立"科技与数字出版管理司"以加强对新闻出版领域内的新媒体、新业态的研究、开发、利用和发展，制定互联网和数字出版的相关行业标准，加强对网络文学、网络书刊和手机书刊、手机文学的监管。目前，该司正在开展对部分省市科技、数字出版、网络出版和全国省级管理机构设立等情况进行调研了解，并着手筹备全国科技与数字出版专题工作会议。

8 月 4 日

马季在《中国新闻出版报》的《网络类型小说拓宽新世纪文学之路》中指出，区别于传统文学的"个体写作"模式，"集体写作"模式是网络文学的重要特征之一。也就是说，网络文学所表现出的集体力量远远超出了个体力量，这无疑为类型写作提供了广阔的舞台。近年来相继脱颖而出的架空小说、穿越小说、新历史小说、新军事小说，以及幻想类小说等，一浪超过一浪，就是很好的证明。马季甚至大胆认为，网络类型小说作为一股新的文学力量，在不断壮大的过程中，将有可能以"集体写作"形式丰富当代中国文学的谱系。目前，人气旺盛的"架空小说"和"穿越小说"类型化已经较为完备，不仅网络上广为流行，落地出版后同样在传统阅读中产生了广泛影响，这应该说是新世纪文学中一个值得关注的现象。

8 月 31 日

孙云帆在《江汉大学学报（人文科学版）》的《网络文学文本的话语方式与结构形式》中说，网络文学文本是由网络传输的具有完整表达系统和富于动感性修辞特征的语言产品，体现着当下社会语言生活的重大变革。通过对网络文学文本进行分析，我们可以将网络文学文本分为电子化文学文本、文学超文本和多媒体文本三个部分。网络文学文本具有区别于传统文学文本的独特的话语方式和结构形式。

9 月 10 日

"全国 30 省作协主席小说联展"正式启动。蒋子龙、刘庆邦、杨争光、谈歌、储福金、秦文君等来自全国 30 个省、市、自治区作协的主席（副主席），从 9 月份开始在起点中文网上连载自己的中长篇小说，提供给网民付费阅读，同时主办方将根据网民点击率和网络评委的评审进行评奖。此次活动主办方盛大文学 CEO 侯小强强调，"我们希望作家们的作品内容越宽广越好，因为网络的优势就在于它的包容性"。30 位知名作家共同参与这一网络小说活动，无疑是传统作家对网络文学、网络阅读的一次集体"试水"。

9 月 15 日

周志雄在《文学评论》的《追溯网络小说的传统》中指出，当代网络小说大量吸取了通俗小说的写作经验，主要表现在小说主题的通俗化、故事的程式化、情节的曲折性等方面。网络小说不仅受到影视剧和港台通俗小说的影响，还受到中国当代主流文学的全面影响。

9 月 18 日

新浪网《十年文字狂欢的网络写作》中称，十年网络文学"传统类"代表作为安妮宝贝《八月未央》，"无厘头类"代表作为何员外《毕业那天我们一起失恋》，"都市情感类"代表作为慕容雪村《天堂向左，深圳往右》，"青春校园类"代表作为孙睿《草样年华》，"武侠玄幻类"代表作为"诛仙"系列，"盗墓悬恐类"代表作为天下霸唱《鬼吹灯》，"穿越类"代表作为金子《梦回大清》，"草根说史类"代表作为当年明月《明朝那些事儿》，"职场商战类"代表作为王强《圈子圈套》，"铁血军事类"代表作为纷舞妖姬《弹痕》。

9 月 22 日

纵横中文网宣布开站，致力于本土优秀文化的传承、鼎革、激扬与全球化扩展，力求打造最具主流影响力与商业价值的综合文化平台，扶助并引导大师级作者与史诗级作品的产生，推动中华文化软力量的崛兴。业内人士预测，这家网站拥有"纵横中文"、"纵横动漫"、《幻想纵横》《九州幻想》《九州志》等诸多优质品牌与资源，有可能成为网络文学的重要阵地之一。

9 月 23 日

盛大文学 CEO 侯小强在接受记者采访时透露，起点中文网将邀全球网友"重建中国神话殿堂"，并说"邀请网民编撰中国神话谱系，是起点中文网作为中国网络文学重要阵地当仁不让的责任，希望网民能够热情参与进来，把这项活动当作中国文化复兴的一块奠基石来看待，让古老神话在网络时代借助互联网技术重新焕发新的生机"。起点中文网将在起点主站和海外站上，同时放置由其自主开发的中国神话谱系编辑系统。这套利用维基百科技术开发的系统，可以接纳用户对神话谱系进行词条编辑，内容完善，起点将集合网民的智慧，最终完成这次具有划时代意义的集体创作。

9月25日

许道军在《文学报》的《何为"架空历史小说"》中指出，从现有作品来看，"架空历史小说"主要有三种模式。一种是模仿历史演义语体语貌小说，叙说王朝兴废、帝国征战、宫廷斗争、政治风云故事，塑造帝王将相、草莽英雄、才子佳人形象，但所"演"人物，无论是主角还是次要人物，完全不见于正史记载，所"演"历史也完全是虚构的历史时空，或在过去，或在未来。这类小说主要有《一代军师》《楚氏春秋》《庆余年》《极品家丁》《时光之心》《大汉骑军》等，它们主要模仿日本作家田中芳树的代表作《银河英雄传说》。另一种是虚构一个现代身份或具有现代意识的人，由于种种原因，或是由于失足落水，或是误入时空隧道，或是转世重生，或是一枕黄粱，回到正史记载的历史时空，凭借自己的现代知识、民主观念和世界视野，一己改变了历史的进程。这类小说虽然选择的背景是正史记载的真实历史，主要角色也是正史上记载的知名人物，但是它们却主要作为被影响和被改造的对象而存在，他们的命运和历史的发展方向将因主人公的原因而发生改变。主要代表作品有《新宋》《明》《二鬼子汉奸李富贵》《中华再起》《回到明朝当王爷》《1911年新中华》《共和国之怒》等，它主要模仿美国作家菲利普·迪克的《高城堡里的男人》和中国作家黄易的《寻秦记》。当然还有两者交叉的作品，即设置一个现代人主人公以某种方式回到一个正史上不存在的历史时空，充分发挥现代人的文明积累和智慧优势，改变了既定的历史轨迹。如《秦姝》《我在古代发家记》等。

9 月 30 日

田士威在《宁夏大学学报（人文社会科学版）》的《从媒介角度解读网络文学的快餐性》中认为，以数字媒体为切入角度分析网络文学同数字媒体的关系发现，数字媒体开放、互动的传播方式赋予了网络文学快餐性，从而使网络文学成为大众喜闻乐见的一种文学形式，网络文学的快餐性具有一定的社会意义，并给当代文学创作带来越来越广泛影响。

10 月 1 日

孙伟在《网络文学对文学性的拓展》的硕士论文中认为，网络文学视域下的"文学性"成为语言创造活动中，由读者与作者交互完成的以游戏体验为目标的表意过程。这种新的文学性是在大众心理和文学生态的共同作用下形成的。

10 月 8 日

陶东风在《中华读书报》的《新时期文学三十年：少数作家"倒下去"，千万"写手"站起来》一文说，大量"网络写手"和"网络游民"不是职业作家，但是往往比职业作家更加活跃。这是人人可以参加的文学狂欢节，是彻底的去精英化的文学。由于媒介手段的普及，今天的文学大门几乎向所有人开放，作家不再是什么神秘的、具有特殊才能的精英群体。于是文学被"祛魅"了，作家被"祛魅"了。笼罩在"作家"这个名称上的神秘光环消失了，作家也非职业化了。在少数作家"倒下"的同时，成千上万的"写手"站了起来。

10 月 9 日

张英等在《南方周末》撰文说，10 年里，作家陈村目睹了网络文学从过去的星火燎原到今天的兴旺发达，却对网络文学充满了失望。

陈村说：我开始还认为，围绕网络，总会有一群人结成不同的圈子和团体，默默坚持他们的信仰和趣味，写出不同于以往、风情各异的文学作品来。我的希望落空了，我没等到很多在小说观念和形式上的努力，网络很快把文字拖入一次性消费中，变成快餐。网络文学里那些俏皮、幽默或者说另类姿态的作品开始曾经被普遍看好，也迅速被大量模仿消解。

写作本是安静的事情，在网上写则容易浮躁。在商业网站介入以后，网络文学马上商业化，文学价值的判断标准由艺术变成了商业，衡量一位网络作家成就的尺度变成了点击率和能否转化为纸质出版，是否畅销，版税是否高。成名的网络作家马上放弃网络，向传统的文学杂志和图书出版"投诚"，不在网络上首发作品。

至是年为止仅仅10年，我们在网络上看到的东西还没能超越传统文学中的那些顶尖作品，从网络文学看，它的文体是有变化的，但是在艺术手法上它很少创新，只是消耗以前的观念和手法，对人的认识还是太浅薄。网络的哪些作品比我们以前大师们的作品更加能让我们知道人是什么呢？我（陈村）没有看到。

10月19日—20日

由新闻出版总署作为支持单位、中国出版科学研究所主办的"2008中国数字出版年会"在京开幕。本届年会以"从规划到方案，从认识到落实"为主题，将进行十五场主题演讲和两场分论坛。集中围绕当时广为关注的数字出版产业的发展方向、发展趋势问题、传统出版向数字出版领域的转型问题、数字出版技术发展现状和研究方向问题以及图书馆的数字化建设与服务等问题展开研讨。来自全国出版界、报刊界、影视界、图书馆界、新闻界以及高新技术企业等各方面的代表四百余人参加了此次年会。

10月20日

《贵州社会科学》发表了欧阳友权、傅其林、聂庆璞等的一组文章。欧阳友权在《网络文学行进中的四大动势》指出，网络文学在快速裂变与发展中日渐形成的四大基本动势值得我们予以关注，即多种文本形态和传播形式并行互补、多元共生，在技术性与艺术性的两极之间寻求平衡，文化资本的商业运作介入网络文学，网络文学的理论研究趋于自觉和理性。傅其林在《文学网站的产业化与中国网络文学的发展》中说，中国具有影响力的原创文学网站逐步跨进产业化的进程，通过整合传统文学制度因素形成新型的文学制度模式，为网络文学的发展与繁荣提供了前所未有的机遇。然而产业化可能给中国网络文学发展带来诸多陷阱，使之失去文学发展的内在自律性，从而错过网络文学的实验性机遇，因此建立产业化与网络文学发展的良性机制势在必行。聂庆璞在《传播媒介的嬗变与网络文学的发展》中强调，媒介传播是文学发展的中枢，有什么样的媒介就有什么样的文学，文学的样态围绕着媒介的特性起舞。对文学来说，互联网不是一个无关痛痒的媒介，而是一个以文字符号为主兼容各种符号介质的传播载体。这样一种载体势必带给文学革命性的变化，尽管这一变化我们还不尽了然，但已有的萌芽已经为我们展现了她自己无穷的魅力。

10 月 22 日

起点中文网签约获得了 18 位作家的作品首发权，其中包括海岩、都梁、周梅森、赵玫、虹影、严歌苓等传统作家。盛大此举显然试图倚重一批已经成功的传统作家，增强网络文学的竞争实力。

10 月 23 日

第六届中国国际网络文化博览会在北京展览馆开幕。本届网博会的主题是"网络连通世界，创新引领未来"，宗旨是"引导网络文化产业发展方向，引领数字技术应用创新趋势"。将开展中国网络文化发展高峰论坛、我最爱的网络音乐颁奖典礼（网络音乐盛典）等活动，全方位多角度地展示网络音乐、网络游戏、网络文学等丰富内容。特别值得一提的是，为了更好地提高网博会的良好形象和品牌影响力，网博会与杭州御天恒信网络科技有限公司最终选定的吉祥物"小 e"也于第六届网博会开幕前夕与广大公众见面。

10 月 27 日

由国家版权局和北京市人民政府共同主办的"2008 原创网络文学评选"活动揭晓。《我们的师政委》等作品荣获优秀网络文学作品奖，知名网络写手唐家三少等人获选"十大杰出人物"。此外，组委会还评选出了"2008 原创文学网站优秀奖"，红袖添香、搜狐读书、腾讯读书、晋江原创、逐浪文学、四月天、潇湘书院等国内知名原创网站榜上有名，新浪、17K、起点中文网还分别获得了"2008 原创网络文学传媒奖"、"2008 原创网络文学维权奖"和"2008 年度文学网站"等奖项。

2008 年

10 月 27 日—29 日

"2008 中国国际版权博览会"在北京举行，这是我国首次举办国际版权博览会。主题是"交流、合作、创新、发展"，内容包括国际版权论坛、主题展览、主题活动等三大板块。

10 月 28 日

在中国作家协会指导下，中国作家出版集团《长篇小说选刊》和中文在线 17K 文学网联合主办了规模空前的"网络文学十年盘点"活动。《人民文学》《中国作家》《长篇小说选刊》《十月》《中国校园文学》《作家》《中篇小说选刊》《南方文坛》《中华校园文学》《北京文学》《青年文学》《大家》《山花》《西湖》等二十余家文学名刊的资深编辑参与了"十年盘点"的审读和评点。这次盘点是对网络文学 10 年发展的一次整体性检阅，搭建了文学期刊与网络作家及网络阅读者相互交流的信息平台。经过半年多的评审和讨论，一批优秀的网络文学作品浮出水面，从中我们可以发现网络文学的一些重要特征：一是网络文学从作家群体到写作方式的更替非常迅猛，二是网络文学在发展中逐渐形成"集体写作"的话语特征，三是网络文学内容与形式的流变异常迅猛，四是对话有利于传统文学与网络文学的共生。盘点的结果还显示出，到当时为止，网络文学的发展大致可分为三个阶段。第一个阶段：1998—2002 年，写作者与网络的平行、交叉。第二个阶段：2003—2007 年，写作者在网络中成长。第三个阶段：2008 年至今（2008 年 10 月），写作者与网络共生。

10 月 30 日

福建省莆田市中级法院对全国首例网络文学——"云霄阁"侵权案作出终审判决，维持涵江区法院一审判决，被告人姚国祥、刘开山以侵犯著作权罪分别被判处有期徒刑 1 年 6 个月，并处罚金 10 万元。法院认为，姚国祥、刘开山以营利为目的，未经著作权人许可，复制并通过在互联网传播方式牟利，情节严重，其行为均已构成侵犯著作权罪，遂依法作出上述判决。据了解，此案系全国首例网络文学侵权案。此案的成功告破，既是对网络侵权违法犯罪活动的严正警告，更是对执法部门执法能力的实战检验。

10 月

经过长期的产品改造和技术开发，博客网未来发展战略步入实施阶段。整体业务兵分两路：分离博客中国（Blogchina）和博客网（Bokee）两个品牌和域名，不同的定位下进行双品牌发展。博客中国凭借积累的影响力和内容优势，继续主打高端，强化媒体影响力，打造中国网络媒体第一品牌。

11 月 15 日

欧阳友权在《学习与探索》的《数字传媒时代汉语文学的建设维度》中指出，媒介革命已经成为催动新世纪中国文学转型的技术引擎，但这一语境中的汉语文学能否真正延伸成为一个文学发展的历史节点，推进转型中的文学健康前行，还需要确立起它自身发展的建设维度，如调整对文学的理解方式、注重艺术质素的价值赋予、重视"换笔"后的艺术创新等。只有这样，我们才有可能用新的技术传媒重铸文学历史，在媒体的新变中创造文学的新景。

11 月 15 日

安文军在《兰州学刊》的《后现代主义与网络文学》中认为，后现代主义与网络文学是近年来学术界关注较多的两大学术焦点，文章系统地论述了后现代主义思潮与网络文学的关系，并从去中心与自由、平面化与游戏、复制性与互文、消费性与狂欢四个方面分析了网络文学的后现代主义文化逻辑。

11 月 15 日

杨雨、白寅在《铜仁学院学报》的《网络诗歌创作主体论》中认为，广义的"网络诗人"是指"上了网"并且在一定程度上受到网络影响的诗人。"受到网络影响"主要是来自两方面的：一方面是网络技术，如多媒体、超文本链接技术对诗人创作的影响等等；另一方面则是网络诗歌受众的文学素养、审美趣味反过来对诗人将在网络上发表什么样的作品、得到什么样的反响起到了相当大的影响。"一举成名天下知"是众多网络诗人的角色期待，但网络诗人只有洗涤了急功近利的尘障之后，才能最终沉淀下来，穿透一切浮躁和喧哗的表象，以"绝假纯真"的心灵倾诉在网络诗坛中找到属于自己的位置。

11 月 20 日

王琰在《科技信息》的《解读网络文学的狂欢化》一文中，通过对巴赫金狂欢化理论的分析和价值开掘，认识到任何文学的发展都离不开民间文化的大环境，来自民间文化的狂欢化理论以其全民性、平等性、颠覆性在文学的发展中起着重要的作用，随着时代发展，网络文学成为狂欢化理论的民间文化代表性方式。

11 月 21 日

盛大文学在北京为韩寒加盟起点中文网举办新闻发布会，并宣布韩寒与起点中文网白金作家格子（刘嘉俊）进行网上写作擂台赛的活动将于 12 月展开，韩寒以新作《他的国》拉开了文坛重量级作家与网络作家进行巅峰对决的第一季帷幕。

11 月 26 日

蓝爱国在《社会科学战线》的《网络文学的题材类型》一文中说，网络文学题材广泛，主要有言情、都市、幻想、军事、推理、游戏、历史、同人耽美、竞技 9 大类别。作为网络时代文化新变化的反映，幻想性、内在性、消费性、衍生性等网络题材新特征，表明网络文学更为注重文学书写的内在心灵表达，同时也具有潜在商业、市场写作倾向。网络文学正在成为一个当代大众文化的大本营，一个趣味通俗的文学领地。

> 附：网络文学的题材分类并没有固定的标准，各大文学网站基本是按照各自对于写作题材的理解进行类别划分。红袖添香网站把网络文学题材分成"言情、都市、武侠、玄幻、惊悚、悬疑、科幻、历史、军事、游戏"10 个大类；书路的题材分类包括"游戏世界、玄幻修真、奇幻魔法、超级能力、架空历史、武侠异侠、现代都市、边缘

小说、虚拟军事、竞技体育、推理小说、恐怖灵异、科幻小说、同人小说、浪漫言情、耽美小说、美文随笔"17 种；91 文学网的分类包括"奇幻魔法、现代都市、玄幻修真、边缘小说、古典浪漫、都市风情、耽美专区、菁菁校园、爱情都市、心灵漫笔、百味人生、暗地文学"12 种。起点中文网的分类包括"穿越、搞笑、玄幻、都市类、校园、武侠、盗墓、悬恐、历史类、军事"10 类。

11 月底

截至 2008 年 11 月底，中国博客空间达到 1 亿个，博客作者规模已达到 5000 万，这意味着平均每 26 个中国人、每 3 个网民中就有一个博客作者。其中，活跃博客作者数量占博客作者总数的 40%，近 2000 万人；活跃博客用户的有效博客空间数为 3675 万个。博客的兴起，以其不同于早期网络的诸多特点，正在迅速地改变着信息传播的方式乃至人们的整个生活方式。

12 月 1 日

莫言在《人民日报》撰文《网络文学是个好现象》指出，网络的出现改变了中国文学创作的格局，文学的门槛降低了，走向文学的道路变得更加宽阔和多样。我们过去认为"全民写作"是神话，可是现在，"全民写作"逐渐变成现实。有这么大的一个写作群体，上世纪 80 年代那种所有人的目光集中在少数几个作家身上的情况必然会发生改变，文学的神圣性也因为网络消解了。

12 月 4 日

中国社会科学院举办了第二届媒介文化与网络文学高层论坛，来自中国社科院、中国作家协会、中国人民大学等单位的专家学者和"红袖添香"、"晋江原创网"、"17K"等著名文学网站的主编参加了会议。与会者就"媒介文化语境下文学研究面临的挑战与策略"，"跨文化视界中的网络文学与媒介批评"，"网络社会的崛起与文学的身份危机"，"网络学术资源的开发与应用"，"'博客写作'与媒介批评"，"网络时代的文学生产与消费"，"文学网站的私人空间，民间视野及公共领域"，"媒介文化冲击下的文学创作与批评"，"文学网站在 2008 年度的发展趋势和影响"等作了重要阐述。与会者大多认为，文学网站在 2008 年的发展势头迅猛，文学类网站及其发布的各类文学作品正成为广大网民尤其是青年阅读群体的重要关注对象。网民群体规模、网络文化影响、网络文学质量均有新的变化和发展趋势，网络文学与传统文学的关系正发生实质性变化，网络文学在未来的发展及其广泛影响值得全社会予以高度关注。

12 月 9 日

《中国新闻出版报》在头版位置刊发了《网络文学写手冲出"山寨"主流开始"招安"》一文，形象地证明了"山寨"这一早已存在的事实。2008 年，一股"山寨"旋风风靡网络，再度引发草根文化热潮。网络文学虽无"山寨"的明确提法，却直接参与了这一网络文化概念的形成，为人们所熟知的"无厘头搞笑"、"恶搞梨花体"、"名著戏访"等无疑都可以纳入"山寨"意境之中。

12 月 10 日

刘丹在《重庆科技学院学报（社会科学版）》的《论网络文学的未来走向》中，从价值取向、语言特点、写作方式与体裁等方面，分析了中国网络文学的变化发展情况。非功利的、追求自由的精神，曾经是网络文学的一大亮点，但逐渐被商业社会物质利益的巨大诱惑所淹没，这使得网络文学作品难以实现水平上的超越。语言方面从"恶搞"到"恶俗"的发展，使其面临被艺术殿堂遗弃的危险。写作方式和体裁方面的变化创新，趋向却是从"时尚"到传统。逐渐改变原有的"浪漫"气质，回归传统文学的怀抱，这应是网络文学的一个必然归宿。

12 月 15 日—17 日

"传统与文艺：2008 北京文艺论坛"在北京举行。论坛分为文学、电影、舞蹈、戏剧、影视、音乐、民间文艺、美术书法等几大单元，近 80 位作家、评论家、专家、学者在讲坛上深度讨论当前我国文艺事业各个门类与传统文化的碰撞和摩擦、继承和颠覆。北京市文联副秘书长张恬表示，这些对于"传统"的讨论，在中国文化价值体系面临剧烈变动和重新建构的今天，是具有特殊意义的一项工作。

12 月 26—28 日

中国文艺理论学会第九届年会暨"批评理论与当代文学生产"学术研讨会在暨南大学召开。会议由中国文艺理论学会、《文学评论》编辑部主办，暨南大学中文系海外华文文学与华语传媒研究中心承办。网络时代，电子媒介使得文学的存在方式发生了质的变化，这对文学批评提出了新的挑战。精英文学与通俗文学之争、大众批评与学院批评之争、传统批评与新媒介批评之争，引起了对文学经典标准、文学生态问题的反思，这些成了此次会议最热烈和最具争议的主题。

12 月 31 日

超过 10 万的读者发现，他们每天追着看的网络小说《星辰变后传》突然停止了更新。这一天晚些时候，刊登《星辰变后传》的书生读吧网贴出了一份官方声明，称由于作者受到盛大文学公司的胁迫，暂时停止了创作。此事成为网络文学领域的焦点事件。

12 月

欧阳友权主编的《网络文学发展史——汉语网络文学调查纪实》由中国广播电视出版社出版，该书首次以调查纪实的方式，以实征史，对汉语网络文学的发展做了一次全面的清理，以丰富而翔实的资料和数据，全面记述了网络文学的发展现状和走向。这部原创性的网络文学史，开拓了网络文学的史学新范式，不仅确证了网络文学在文学史中应有的地位，也为文学史开创了新的疆界。

是年

◆汶川大地震引发网络诗歌风潮。汶川大地震牵动了人类的爱心，救援之手从地球的各个方向伸来，网络诗歌是其中最珍贵的援助方式之一。据统计，"草根作者"在地震之后的短短两个月内，发表在网络上的诗歌逾 10 万首，十多种诗集、诗选相继出版问世。

◆广东省作协专门成立网络文学创作委员会，密切关注本省网络作家作品和国内网络文学大局，开始出台一系列扶持政策。

◆《瓦砾上的诗》成为本年度最具影响力的诗集。其中的三分之二作品来自民间诗人和网民，他们以饱含热泪的笔触，讴歌灾难降临之际的爱心、救援、奋进、团结……孩子和母亲成为反复出现的主题。在民族的巨大灾难面前，诗歌以其语言短小精练、节奏明快和长于抒情的特点，记录和表现了人性大爱的光芒，承载和寄托了全国民众汹涌激荡的强烈情感，形成了一次空前绝后的"岩浆"喷发。

◆从年初到岁末，针对网络文学十年历程的各种总结、盘点活动此起彼伏。《中国新闻出版报》《中华读书报》《中国图书商报》《中国文化报》《出版商务周报》《新京报》《中国青年报》等数十家媒体，以及各大门户网站和众多地方报刊纷纷开辟专版、专栏，对网络文学的发展和现状给予分析、评价。多家官方机构与民间组织，以不同方式联手举办了一系列回顾与展望活动，肯定了网络文学对当代中国文学作出的贡献，并对它的未来充满了信心。

◆网络文学十年盘点 TOP20 名单：老猪《紫川》、阿越《新宋》、酒徒《家园》、刺血《狼群》、更俗《官商》、大爆炸《窃明》、叶听雨《脸谱》、烟雨江南《尘缘》、雪夜冰河《无家》、燕垒生《天行健》、魔力的真髓《真髓传》、蘑菇《凤凰面具》、范含《电子生涯》、宁芯《琴倾天下》、无语中《曲线救国》、出水小葱水上飘《原始动力》、江南《此间的少年》、可蕊《都市妖奇谈》、晴川《韦帅望的江湖》、月关《回到明朝当王爷》、慕容雪村《成都，今夜请将我遗忘》等。

◆网络文学十年盘点之 2008 年最佳网络小说：何马《藏地密码》、崔曼莉《浮沉》、酒徒《家园》、晴川《韦帅望的江湖》、无罪《流氓高手二》、血红《巫颂》等。

◆继 2006 年"白韩之争"之后，青年作家韩寒今年再度"奚落"体制写作。起点中文网"全国 30 省作协主席小说联展"启动不久，韩寒以《领悟》为主题在博客上撰文，称"这活动只是为平时赋闲在家的作协主席们整了点事情做，从活动筋骨和延年益体上来说都有很大的意义"，引发了郑彦英，赵凝，淡歌等的不满，引发骂战。

◆综合考察"起点中文"、"世纪文学"、"晋江"、"红袖添香"等文学网站，2008 年流行的网络文学类型依然是玄幻和穿越，但是题材进一步多元化，类型更加混杂化，2008 年度点击率较高的是《神墓》《盘龙》《不灭星辰诀》《江山美人志》等作品。2008 年耽美题材在网络（如晋江文学网）形成风潮，如《月上重火》《乐医》《当土鳖遇上海龟》等。

◆2008 年，在日本文坛素以"门类齐全"著称的第 59 届"读卖文学奖"揭晓，小说、戏剧、随笔纪行、评论传记、诗歌俳句及研究翻译 6 大奖项花落各家。上一年度空缺的小说奖首度颁给了网络小说——49 岁的女作家松浦理英子的作品《犬身》，对于向来正统的"读卖文学奖"而言可以说是赶了一回时髦。

◆云计算（Cloud Computing）作为 2008 年的流行新名词，它的含义当时并没有形成统一认识。按中文维基百科中的定义，狭义云计算是指以 IT 为基础设施的交付和使用模式，指通过网络以按需、易扩展的方式获得所需的资源（硬件、平台、软件）。提供资源的网络被称为"云"。广义云计算是指服务的交付和使用模式，指通过网络以按需、易扩展的方式获得所需的服务。这种服务可以是 IT 和软件、互联网相关的，也可以是其他的服务。通俗地说，现实中最常见的"云"就是互联网，云计算就是方便地利用互联网上的软件、数据和服务，而对接入设备的要求将大大降低。有了云计算平台，只需要一台笔记本或者一部手机，就可以通过网络来实现我们需要的一切，比如超级计算等。

◆北美华文网络文学延伸期（1997—2008），活跃的网络写作者有：王伯庆、少君、魏亚桂、东来石、雪阳、啸尘、皇甫茹、唐涨、大召、高枫、大力、马悲鸣、拙子、羽醇、文方、隐地、气肖每、舒伊、玉禾、刘海翔、段罗绞、梁岸合、慕风、赵无眠、徐名扬、南微子、徐滇庆、南方、刘海翔、滴多、孙涤、夏维东、思羽、欧阳明、思宁、雪娃、华华、唐夫、维一、夏阳、韩首、谭茗、常琳、假洋鬼子、游志平、常静、菊子、拙心、小脚板、珍藏、江岚、则安、白雪、李舫舫、顾晓阳、阿城、薛海翔、秋尘、木愉、水影、白广、风在吹、水影、陈谦、李树明、笑言、杨明、施雨、李彦等，这个时期的写作主体以两个群体为主：一是女性作者群，二是一直坚持下来的理工科留学生作者群。

◆本年度最具影响力的网络作品：

诗集《瓦砾上的诗》：其中的三分之二作品来自民间诗人和网民，他们以饱含热泪的笔触，讴歌灾难降临之际的爱心、救援、奋进、团结……孩子和母亲成为反复出现的主题。在民族的巨大灾难面前，诗歌以其语言短小精练、节奏明快和长于抒情的特点，记录和表现了人性大爱的光芒，承载和寄托了全国民众汹涌激荡的强烈情感，形成了一次空前绝后的"岩浆"喷发。

历史玄幻小说《巫颂》：这是一部杂糅玄幻、穿越和神话色彩的历史玄幻小说。以往的历史玄幻小说，多数以政治、军事等国家重大事件的发展变迁为叙事主体，小说人物只是其中必要的陪衬"角色"，人物的成长脉络和生命历程容易被历史事件笼罩。《巫颂》则以个人成长史为主线，这是血红作品不同于一般历史题材玄幻小说的独到之处，也是其能吸引以年轻人为主体的广大网民的原因之一。但作者的立意没有跳出近代以来"中体西用"、民粹主义、义和团运动等的局限和窠臼，这也许是本书最大的缺憾。

历史架空小说《家园》：这是酒徒的最新作品。工于人物刻画是《家园》最主要的特点。《家园》的故事情节并不复杂，它只是力求写一个人物的命运，这样的思路在网络小说，尤其是历史小说中并不多见，有好多网络历史小说枝蔓众多，人物成堆，难免顾此失彼。酒徒的手法似乎更接近传统写作，在叙事上比较严谨，情节发展上也比较有节制。但问题也在这里，近200万字的《家园》通篇只围绕主人公李旭单一线索叙事，视角过于狭隘，限制了在同一时间上并行发生事件的叙事可能。

历史架空小说《窃明》：大爆炸的《窃明》是2007年网络大红大紫的作品，它以主人公黄石的个人经历，串起了明末的政治、经济、军事、农业、气候等各方面的史料。黄石是由现代穿越进入明末的，他压根儿是一网民，或者说是作者看待历史的一双眼睛。由于现代人物的介入，历史的进程得以改变，这是架空小说的惯用手法，《窃明》也不例外。例外的是，大量的对历史事件的描述体现了作者独立的写作思想。这本是值得赞誉的，但也容易引起误读。

历史玄幻小说《尘缘》：烟雨江南的《尘缘》与《西游记》有异曲同工之妙，可是再往下读就会发现，《尘缘》显然是避开了《西游记》留给大众的巨大影响，另辟蹊径，独创了一个仙界，完全不同于《西游记》中天界的那套游戏规则，这使《尘缘》同样具有吸引力。事实上，《尘缘》是一场世俗意义上的青梅竹马和非世俗意义上的日久生情之间的较量。作为历史玄幻小说，《尘缘》充满了尘世的烟火气息，幸而不幸，悲而不悲，作者既保持了这段尘世间情感的冲突，又有适度的理性制约，显示出了较强的叙述能力。

◆2008 年，虹桥书吧脱离虹桥门户网重新使用新域名。虹桥书吧在原先百度文库还未出现时为众多小说爱好者提供了珍贵资源，在小说控中享有较高声誉。

◆随着侯小强抢占传统文学领域，17K 主办网络文学十年盘点，门户网站进攻网络文学等 2008 年一系列行动之后。网络文学已经并非独立于传统媒体之外的非主流事物。包括人民网、新华网、西安日报等五十多家主流媒体的连续跟踪报道，网络文学已经充分展示在平面媒体的舞台上。

◆"网络文学十年盘点活动"由中国作协作为发起者和指导单位，由中国作家出版集团和中文在线主办。形式是两线并行，即专家点评和读者点评的并行的方式运行。专家点评路径上，以百年来形成的文学审美观作为推举标准，在读者点评线路上，以读者喜好作为推举标准。活动优胜者以加入中国作协和就读于鲁迅文学院作为报偿。活动一开始以海选方式缩小专家点评范围，入围作品由轮值评委预评一次。在 100 部入围作品产生以后，将以传统文学界最习惯的交叉审读方式反复推选和淘汰，直到选出最终优胜者。

2009 年

1月2日

丁国旗在《中国文化报》的《网络传播与文学的解放》一文中说，网络的出现极大程度地解放了受众，解构了传统大众传播中传播主体的机构性、权威性。网络文学作为网上社区献言的重要方式，打破了过去长期形成的写作权力过分集中的模式，满足了人们发表观点、抒发情感的愿望，消解了作家的权威，解放了传统意义上的读者。

1月6日

中国互联网协会在首届中国网民文化节上宣布，确定每年9月14日为中国网民节。为了充分调动网民的积极性，发挥网民的创造性，鼓励网民更多地参与到互联网的建设中来，网民节组委会决定由网民亲自选取网民节的日期、徽标等活动构成要素，历时3个多月时间，参与征集评选的网民人数近50万人次，调查显示66.8%的网民希望设立网民自己的节日，43.97%网民支持9月14日为网民节。

1月7日

起点中文网在其网站首页发布了"《星辰变后传》作者的致歉信"，致歉信表示创作《星辰变后传》是侵权的，为此向原著作者和"起点"道歉。

1月8日

"首届青春文学大赛颁奖典礼"在中国国际展览中心举行。大赛颁出长、短篇小说特别大奖，金、银奖等五个重量级奖项。程婧波以短篇小说

《赶在陷落之前》获得大赛特别大奖，马小淘以长篇小说《朱颜改》获得长篇作品金奖。

1月9日

由盛大文学举办的"一字千金——首届全球华语手机小说原创大展"决出结果，四位手机小说家以70字的小说创意，从8000余名参展者中间脱颖而出，分别获得了7万元的版权交易金，让历史典故中的"一字千金"故事变成现实。

附：最终获得版权交易的四部手机小说创意作品分别为：《纸上荼蘼》（仲熙著）获"金牌写手大奖"，这部小说以第一人称的视角续写，电影视角的画面感十足，再现都市版的《如果·爱》。《寻找脑啡肽》（丸子格格著）获"故事创意奖"，这是一部体育题材的励志小说，笔法诙谐，呼应全民运动的励志意义。《馥馥解语》（吴小雾著）获"最佳文笔奖"，这是一部都市轻喜剧，情节轻松另类，文字活泼生动，形象地描绘出一对欢喜冤家的爱情轻喜剧，非常具有感染力，且已签约出版，图书版的《馥馥解语》即将面世。《广院3号出名方案》（韦多情著）获"最具人气奖"，小说设计了替身女友，楚门人生等另类情节，也添加了当今网络热议话题，使得剧情诙谐，引人入胜，广受好评。

1月10日

盛大文学旗下的起点中文网在京宣布：以100万元售出签约作品《星辰变》的游戏改编版权。《星辰变》这部网络热门奇幻小说，在其签约网站起点中文网上的点击率已逾3600多万，并登上2007—2008各大搜索引擎小说搜索排行榜的第一名。2009年，其阅读热度不散，仍然是最热门的网络小说之一。

1月13日

北京地区网络出版行业整治互联网低俗之风专项行动工作会议在京召

开。会上，北京市出版工作者协会负责人宣读并倡议北京地区出版网站签署《北京市网络出版单位抵制互联网低俗之风自律公约》，标志着北京地区网络出版领域整治互联网低俗之风专项行动正式启动。

1月13日

中国互联网络信息中心（CNNIC）在京发布了《第23次中国互联网络发展状况统计报告》。报告显示，截至2008年底，我国互联网普及率以22.6%的比例首次超过21.9%的全球平均水平。同时，我国网民数达到2.98亿，宽带网民数达到2.7亿，国家CN域名数达1357.2万，三项指标继续稳居世界排名第一。同时，随着3G时代的到来，无线互联网将呈现出爆发式的增长趋势。而在网络求职、网络购物等实用型互联网应用率大幅增长的同时，网络音乐、网络视频等娱乐型应用的使用率则呈现下行趋势，我国互联网正经历着由娱乐化应用向价值应用的时代转变。相对于在线互联网的快速增长，中国无线互联网的增幅也相当惊人。CNNIC报告调查数据显示，随着运营商的重视和手机硬件成本的不断降低，2008年使用手机上网的网民较2007年翻了一番还多，达到1.17亿。手机上网已逐渐成为一种主流的网络接入方式，并悄然流行起来。

1月15日

刘绍军在《时代文学（下半月）》撰文认为，网络文学较之于传统文学，最大的差别就是创作客体的虚拟化。网络写手的创作客体并不针对完整的现实，他们在潜意识中认同虚拟世界的客观存在。网络文学真正的功能是安抚人类的精神和满足人类的愿望；其创作材料、结构和语言也符合梦材料的选择以及梦的工作原理，具有明显的梦属性。

1月15日

《长春理工大学学报（社会科学版）》刊载蒋於缉《论网络时代文学的冲突与走向》、于佩学《谈网络文学的几个基本特征》、王文兴《网络文学对当今审美发展的负面效应》、蔡鹏飞《网络语境与文学的未来》一组网络文学研究文章。

2月9日

亚马逊在纽约举行记者会,正式发布其手持电子书阅读器 Kindle 的第二代产品 Kindle2,较其第一代,它有多项重大改进:更轻,更薄;采用 3G 无线上网,下载图书速度更快;16 级灰度显示,使文字和图片更清晰,也更近于真实纸张的阅读感受;电池寿命亦有 25% 的提升;更大的容量,可存储 1500 余本电子书,更快的翻页速度,提升了 20%;同时新加入了文本朗读功能。目前在亚马逊网店,可购的 Kindle 电子书已达 23 万种,包括绝大部分《纽约时报》畅销榜的上榜图书,以及多种报纸、杂志。

此前数日,网络搜索引擎巨头 Google 也宣布,将开发自己的电子阅读器硬件,并同时推出手机版的图书搜索服务。这意味着,Google 现有的 150 万本免费扫描图书,将很快可以通过新的手机阅读软件到达用户手中。

2月15日

程细权在《黄石理工学院学报(人文社会科学版)》撰文认为,从文学伦理学的角度看,狂欢、净化、良知和审美是网络文学伦理和谐的四个维度。这四个维度指向不同方向,承担不同任务,共同构成网络文学肌体。网络文学能否健康发展,发展前景如何,关键看肌体是否协调、是否有张力、是否有再生性。

2月18日

在北京召开的中国作协七届四次全委会上,中国作协党组书记、副主席李冰向与会的百余位作家介绍中国作协是年的工作思路时,提到重点调研五项新课题:研究作家的需求,研究中国作协出版集团的改革,研究作家深入生活的新形式,研究拓宽团结和联系作家的视野,研究新技术给文学带来的挑战。

2月18日

《成都商报》独家报道网络女作家 Vivibear(张薇薇)涉嫌大规模抄袭他人作品,在圈内引起巨大反响,19 日,曾连载 Vivibear 作品的晋江原创网已经将其作品删除。

附：Vivibear 抄袭之事发生于是年春节期间，一位网友在天涯发帖《网络原创作家风云榜首青春畅销书教主 Vivibear 竟是极品抄袭狂!》，这位网友调侃地写道："在她的文字中，你可以忽而看到简体，忽而又看到繁体，充满了让人心脏怦怦直跳的审美体验！（因为直接从繁体网站上拷贝下来的片段）"随后，越来越多的人加入这场搜寻抄袭证据的队伍中来，截至目前已经查处 Vivibear 的作品涉嫌抄袭173位作者的203篇作品，无怪乎有人称 Vivibear 为"用鼠标写作的抄袭女神"。而 Vivibear 在博客中对此一直保持沉默。

网友们在搜索 Vivibear 的抄袭证据时，无意中发现一篇中学生的作文里，错将"笑盈盈地竞相怒放"打成了"笔盈盈地竞相怒放"，这么一个错别字随后有无数的人照抄了，网友查证发现，在《女娲神石》《琴怡馆》等至少8部作品均有"笔盈盈地竞相怒放"这样的字句。至此，"笔盈盈"迅速成为形容抄袭的网络热门词。

Vivibear 生于浙江宁波，后嫁入瑞典，她曾是冠军作家，出版有《阴阳师物语》《兰陵缭乱》等十多部畅销书。因为擅长写穿越历史的小说，Vivibear 被视为穿越女王和新一代少女作者旗手，去年（2008年）的首届中国网络原创作家风云榜中，Vivibear 在20位入榜的网络原创作家中排名第一。

2月25日

《江西社会科学》2009年第2期发表《媒介文化与文学创作》笔谈。本组笔谈从媒介文化的角度对网络文学及相关问题进行了富有启发性的理论思考。《新媒介新机遇新挑战——网络文学刍议》围绕如何理解媒介文化，如何界定网络文学，如何认识网络写作、网络文本等问题进行了相关探讨。《互联网的发展与网络文学在当代文坛的地位》认为网络文学作品就其数量、质量以及社会影响而言已经可以和传统文学分庭抗礼。《电子文化语境与文学类型化趋势》认为，类型化当然给创作带来了一定的自由，但我们同时也须要警惕"类型化"带来的消极影响。《市场与网络语境下的文学祛魅问题——以〈浮士德〉的改编与戏仿为例》一文认为，市场与网络是文学经典祛魅的两大动因，它们在颠覆文学经典既有价值范式的同时，也为经典的新生开辟了重建审美理想的数字化生存之境。

2月26日

"中国原创网络文学版权保护"研讨会在京举行。在京版权保护组织、业界知名专家学者、律师、媒体人士近百人参加了研讨会。大家一致认为，网络文学盗版已经形成产业化趋势，初步估算，每年盗版市场规模高达50亿元，而同期正版市场的规模为1亿多元。这一现状严重阻碍了网络文学的产业发展。

附：在这场研讨会中，盛大文学有限公司首席执行官侯小强称，起点中文网是遭受盗版危害程度最深的新媒体之一，以搜索引擎中起点中文网当时人气非常高的网络小说《星辰变》为例，这部小说的搜索结果体现在 Google 上是 2,720,000 项，体现在百度上是 9,870,000 项。每年因盗版行为给起点中文网带来的潜在损失无法计算。侯小强表示，1. 盛大文学年前曾与 Google 进行多方交涉，要求对具有盗版嫌疑的链接进行必要的提醒和标注，但一直未得到 Google 的正面回应，下一步，盛大文学拟对 Google 提起诉讼。2. 对盗版网站采取开放合作的态度，只要盗版网站放弃继续剽窃使用盛大文学作品，那么完全可以通过正规合法路径进行合作，实现共赢。3. 盛大文学以后不但要反对盗版，更要引导大家阅读正版，目前，盛大文学正在研究引导消费正版文学作品的方案，或会借鉴现在网上流行的"答题捐大米"活动，将阅读正版作品和公益事业结合起来。

3月3日

全国"扫黄打非"工作小组副组长兼办公室主任、新闻出版总署副署长蒋建国表示，目前，总署正在加快互联网出版监管系统一期工程的建设，建成后可以实现对国内约60万家网络出版网站的网络学术文献、网络文学、网络教育读物、网络报纸、网络期刊、网络图书、博客出版、手机出版等8类互联网出版物中的中文文本信息内容的监测，达到每日监测

1100 家出版网站，日处理 600 万以上网页的网络出版物中文文本信息的能力。

3 月 10 日

湖北省作协公布了新加入的 123 名作家名单，"猫郎"成为以网络作家身份加入省级作协的国内第一人。与此同时，湖北省作协还率先出台了网络写手加入作家协会的标准，写博客 50 万字或者担任文学版版主 3 年以上者，都可以申请成为作协会员。按照惯例，要想成为省一级作协的会员，必须得在省级以上文学刊物上发表超过 20 万字的作品，或者出版两部以上的图书，还得通过作协评委会的投票。但是湖北作协的这个标准，使出版传统的纸质作品不再是入会的唯一条件。中国作协副主席陈建功肯定了湖北省的尝试。

3 月 10 日

邹买梅在《理论界》撰文，从"QQ 顺口溜"的定义和特征谈起，挖掘出其所蕴含的网络草根文化精神，概括出网络草根文化的基本特征。并指出，网络草根文化对现实社会造成了不可忽视的影响，如何引导其更好地发展值得我们深思。

3 月 15 日

梅琼林在《东方丛刊》撰文认为，网络写作实际上对于写作主体自身也有着重要的功能。这一功能的实现深刻地奠基于网络写作的"超位性"之上，这一特性源自于网络写作的"在线性"和"对话性"，但又超越了它们，成为提升并丰富主体特质的核心动力。

3 月 15 日

陈静在《艺术百家》撰文认为，网络文学的"新"特质恰恰在于计算机及网络作为一种新媒体在再媒体化过程中对文学形成的影响，而其所具有的"新民间文学"精神也恰恰是在此过程基础上的一种大众文化指向下的传统回归。同时，文学体制与商业力量对这种过程起到了推波助澜的作用。

3 月 16 日

红袖添香正式发布"2009 移动阅读计划"的发展项目，为众多红袖作者提供了一种新的作品推广和版权增值方式，其中促进手机阅读是项目内容的重要环节之一。

3 月 17 日

《福布斯》中文版发布"2009 中国名人榜"，郭敬明是上榜的两位作家之一，也是连续六年上榜的 25 位明星中唯一的作家。得知自己再次登上"中国名人榜"，郭敬明表示，"我想我的出现改变了大家对作家的一些看法，之前作家只是文化圈小范围的一个概念，但是现在作家得到了更大范围的关注。"

3 月 20 日

刘利凤、李丹丹在《长春师范学院学报（人文社会科学版）》撰文认为，孤独情绪是人类普遍存在的心理体验，网络文学作品中的孤独情绪与现代社会的现状紧密相关。在网络文学作品体现出了物质文明高度发达的今天，人们的孤独来自于缺少交流、友谊和真挚的爱情，以及社会大环境下物质文明和精神文明发展的失衡。

3 月 25 日

由人民文学出版社和商小说出版策划工作室主办的"2009 首届'商小说'原创文学大赛"在天涯社区、新浪博客启动，这是国内首个由线下出版社主办的网络原创文学大赛，也是第一个以职场小说、商场小说为主题的类型小说征稿大赛。最终，孔二狗以《江湖，那个别样的江湖》夺冠，凌语嫣的《争锋——世界顶级外企沉浮录》和孙力的《猎狼》获二等奖，路过天涯的《流血的职场》、Ubossminder 的《夺位》和燕五的《乙方》获三等奖。作家刘震云出席了颁奖礼。谈及现在流行的职场小说，刘震云说这其实并不是新鲜的小说品种，中国古典小说其实也有很多行业或职场小说，比如《红楼梦》写的是爱情职场，《水浒传》是江湖职场小说，《史记》则是最早的职场小说。

3月26日

由盛大文学起点中文网站主办的"首届全球华语原创文学大赛"在北京大学百年讲堂拉开帷幕，本次大展平台全面开放，全球任何华语文学写作者和爱好者均可以参加比赛。主办方称该活动"旨在打造一个中国文学与文化产业界结合的重要赛事，成为改善中国文学原创面貌的文化事件"。为将本次大展涌现出的优秀作家和作品成功推向市场，盛大集团号称斥资一千万元人民币奖励各类创作，并以"一字千元"的高价征集手机小说，打造中国首批"手机小说家"。与此同时，还将推出首批"十大金牌作家经纪人"，打造中国版权工业完整的产业链，创造版权运营的新模式和新典范。盛大文学在经济低迷期的大手笔，也成为当时创意产业的一大亮点。

3月

2009年3月起，盛大文学斥资千万，启动了"全球写作大展（SO大展）"。至11月截稿时，已收到了7万余件作品。大展评委代表兴安评论说，很多作品已经达到令人惊喜振奋的程度。

3月

中国移动正式对外宣布在浙江建设手机阅读基地，计划5年内在浙江投资5亿元。基地刚刚试运行几个月，就有500万活跃用户，目前已经有6万册图书上线。中国电信也计划2010年在浙江建设移动阅读基地。

4月9日

新浪网读书频道携手河南省委宣传部、河南省作协、河南省文学院在郑州文学院举办"文学豫军签约新浪"仪式，郑彦英、杨东明、孙方友、墨白、焦述、乔叶等33位河南籍作家集体签约新浪，近60部作品将通过网络连载、出版和影视推荐等多种方式与3亿新浪网友见面，文学豫军率先实现集体网络生存。中国作协副主席陈建功对此举高度赞赏。

4 月 15 日

张艺在《黄冈师范学院学报》撰文认为，就网络文学对传统文学的影响，从积极方面说，信息的数字化改变了文学的存在方式与活动方式，键盘敲击代替执笔书写改变了创作主体的思维模式，网络世界拓展了文学题材的表现范围，文本表达的丰富多样打破了文学类型之间的界限，网络的开放性有利于促进文学的创作与交流。从消极方面讲，浅俗化写作削平了文字的意义深度，具象化写作堵塞了文学的想象空间，传播空间的拓展一定程度上挤占了纸墨文学的出版发行市场。

4 月 15 日

周志雄在《理论学刊》的《网络文学与中国当代文学的发展》中认为，当下，网络文学不再是一个受争议的概念，而是一个不断发展的文学现实。网络文学冲击了中国当代文学体制，提供了新鲜的写作经验，带来了通俗文学的繁荣，为当代文学艺术的多元化发展赢得了生机。虽然当代网络文学还存在着各种缺陷和不足，但网络文学已备受关注，众多网络文学作者已经有很好的写作基础，我们有理由期待中国当代网络文学的美好未来。

4 月 16 日

马季在《人民日报》撰文《网络文学的现实意义》指出，最近，有关部门对网络文学进行盘点，获得以下共识：一是代际缩短引发的写作方式的变化，二是已经形成"集体写作"的话语特征，三是网络写作通过不断尝试，读写磨合，海量更新，迅速淘汰，产生了一些有别于传统文学的新的表现形式和手段。并对网络文学的现实意义作出如下判断：其一，网络文学的出现具有划时代的重要意义。其二，网络文学的交互性和超文本特性导致书写和阅读方式产生变革，及其全民参与的形式，对提高民族文化素养具有积极意义。其三，作为新的文化产业链的开端产品，网络文学比传统文学更具可塑性、开放性和延展性。其四，传统文学一直以关注现实生活为己任，而网络文学侧重于对幻想世界的描述。网络文学发展过程中出现的若干问题也不容忽视。一方面网络写作是对作者发表、出版权的解放，实现了"每个人都是艺术家"的平民梦想，使文学写作进入了一个全新的时代；另一方面它也暴露出标榜多元、对抗主流、疯狂复制、杂乱拼凑等严重问题，耗散了文学写作的精神价值。

4月14日—16日

由中国作家协会儿童文学委员会主办，接力出版社、中共桂林市委宣传部承办的"2009全国儿童文学理论研讨会"在广西桂林召开。浙江师范大学儿童文化研究院副院长方卫平教授在会上说，儿童文学界有必要更加关注新媒介给儿童文学发展带来的弊与利，尤其要加强对其积极意义的研究，尽可能开创一个互惠的良性格局。

4月20日

书生公司专门召开记者招待会，向媒体通报上海第一中级人民法院已经受理书生公司告盛大起点（盛大文学下属网站）垄断一案，并称此案是"上海首例以反垄断法为诉讼请求依据的反垄断纠纷案件"。

4月20日

景志萍在《论网络文学的通俗化特征》的硕士论文中，选取作为网络文学地形图的一隅——新浪网四届原创文学大赛及其作品的特征进行梳理和反思，阐述了其通俗化的特质，并将这种特质进行了文化的阐释，即大众文化的兴起，当代传播媒介的变迁，网络文学的"生产者式文本"特征，使文学逐渐迈下"神坛"，走向"大众"，从而勾勒出在大众化阅读时代，通俗化的网络文学为文学的多元化发展提供了契机。

4月22日

中国出版科学研究所全国国民阅读调查课题组发布第六次全国国民阅读调查。调查显示，在线阅读、手机阅读、手持式阅读器阅读等数字媒介阅读开始普及。成年人各类数字媒介阅读率为24.5%，各类数字阅读中，"网络在线阅读"排第一，比例为15.7%，其次是通过"手机阅读"，比例为12.7%，另外约有4.2%的人通过PDA、MP4、电子词典阅读，有3.3%的人通过光盘读取，还有1%的人通过其他手持式电子阅读器等数字方式阅读。从比例上看，各种数字阅读形式中，手机阅读所占的比例远超过其他专用的手持电子图书阅读器，仅次于网络阅读。另外，调查表明，全国约有 2.8% 的成年人只阅读各类数字媒介而不读纸质书。获取便利是国民选择数字阅读的主要原因，比例为 60.1%。

4 月 24 日

土豆新作《斗破苍穹》发布第一章。一经发布即席卷各大榜单，土豆也因此奠定了在网络原创界难以动摇的顶级作家地位。因经常"拖更"，所以被网友戏称为"拖豆"，但它在"起点"的点击数仍持续攀升，截至当日，高达一亿三千万之多。《斗破苍穹》除了网上连载获得惊人成绩之外，实体出版也正在火热持续中，累计销量突破 300 万册。

5 月 1 日

何兰香在《网络文学的文体分析》的硕士论文中认为，在网络文学中，不仅纪实文学与虚构文学、文学创作与生活实录、文学与非文学之间的界限被逐渐抹平，而且传统的戏剧、小说、诗歌、散文"四分法"也逐渐变得模糊和淡化，这种分类方法显然已经不能完全表达网络文学的文体特征。

5 月 1 日

顾宁在《网络社会环境下的当下中国文学研究》的博士论文中，从 4 个主要方面对当下网络环境中的文学形态加以论述：1. 数字化媒体戏剧性地验证了 20 世纪 60 年代由麦克卢汉提出的"地球村"的大胆想象。2. 电子媒体催生"世界图像"文化转型。3. 数字化媒体时代后现代主义在中国的撒播，带来文化纳受或拒斥的对立心态，后现代对中国当下文化症候的阐释困境愈发凸显。4. 网络使用者在享受大自由度的创作空间的同时，"文责"与"自律"成为无可回避的问题所在。

5 月 4 日

秋轩在"光明网——光明观察"发表的《网络文学评析》中说，网络文学盛行的创作方法是穿越和架空。所谓穿越，就是人物穿越到异时空。

这并非网络文学首创，文学影视作品早已有之。但把穿越作为主要创作方法，几乎人人穿越，篇篇穿越，是网络文学的一道风景。所谓架空，是指架空历史。历史是由时间、空间、人物、事件构成的，架空历史则釜底抽薪，抽调历史真实的基石，由穿越到历史空间的现代人冒充历史人物任意创造历史。他指出，网络文学作品内容可以归纳为三种心理情结：霸权情结、发财情结和纵欲情结。网络文学要进入文学殿堂，还必须迈上"文学性、社会性和知识性"三个台阶。

5月11日

中国当代文学研究会副会长、著名评论家白烨在《中国文情报告：2008—2009》新书发布会上总结2008年的文学发展格局时指出，2008年的文学，在进入新世纪由整一的体制化文学分化为传统文学、市场化文学和新媒体文学之后，三分天下的格局基本成型并日益稳固。在这种结构性的巨大变化之中，不同板块都在碰撞中有所变异，有所进取，但发展较快、影响甚大的，是新兴的以文学图书为主轴的市场化文学、以网络文学为主体的新媒体文学。

附：白烨主编的《中国文情报告（2008—2009）》4月1日由社科科学文献出版社出版。全书分长篇小说、中短篇小说、纪实文学、散文随笔、诗歌、戏剧、网络文学等10个部分，分门别类地对2008—2009年的中国文学和文坛的发展与走向、现象与成果、经验与问题等各类情况，进行了系统的梳理与细致的扫描。

5月15日

欧阳友权在《南方文坛》2009年第3期的《网络文学：前行路上三道坎》中说，这"三道坎"包括"文学"膨胀与"文学性"匮乏的落差，写作自由与承担虚位的矛盾，"艺术正向"与"市场焦虑"的困惑等。

5月11日—13日

由江苏省作家协会、无锡市作家协会主办，新浪网、搜狐网、天涯社区协办的"中国网络文学研讨会"在江苏无锡举行，来自 14 个省市的 60 多名代表就中国网络文学主题进行交流和研讨。与会者认为，网络最大的贡献是对舆论空间的开拓，对民意的疏通，对社会变革具有积极的作用，但同时不应将这个新媒体的作用无限夸大。对网络文学目前的情况，须要保持清醒的认识，希望网络文学和网络作家不要成为没有根基的飘浮物，要永远保持鲜活的生命力，并呼吁文学界、理论界重视对网络文学理论和学术体系的构建与完善。

5 月 18 日

著名作家王蒙受聘为盛大文学公司顾问，并题词寄语网络文学"文以清心，网更动人"。据悉，王蒙一直关注网络文学的发展，他表示，现在对网络文学存有一些争议也是好事，有利于促进网络文学的发展。王蒙曾对网络文学作过肯定性评价，2005 年在中国现代文学馆参加一项网络文学颁奖活动时，他曾幽默地说，"与自己同时代作家的作品，具有更多的责任感，有时甚至故作高深，而网络文学的写作姿态比较放松、自在，有一种精神上的自由感。网络文学题材丰富的多样性与精彩的内容，激活了我的思维"。据了解，为展示王蒙五十年的创作成果，起点中文网策划推出了"王蒙创作五十年精品展"，囊括了他的大批优秀作品，总字数达 300 万字。

5 月 20 日

张涛在《黑河学刊》撰文认为，"读屏"时代似乎意味着文学命运的转机，甚至是文学改朝换代的开始。不过网络文学作为高科技时代文学的一种新变，既是对传统文学窘境的救助，同时也须要有对"读屏乌托邦"的省思与自救，因为那些登上网络快车的文学在实现生存突围的同时，正面临自我表征的悖论。

5 月 20 日

陶东风在《学术月刊》的《去精英化时代的大众娱乐文化》一文中说，上世纪（20 世纪）90 年代以后，写作与发表不再具有垄断性，而是普通人也可以参与的大众化活动，"网络写手"形成了对原有的精英化文学和文化体制的巨大冲击。这一现象表明当代中国文化进入前所未有的"去精英化"时代。网络文化或文学的积极面是大众化和民主化，但它的消极面是泥沙俱下，即所谓的"网络排泄"。

5 月 23 日

索邦理在《安徽文学》撰文认为，网络文学不仅仅是文学作品，而且是新的文学活动，并从网络文学的基本现状、网络文学的大众文化价值、网络文学的文化时尚价值、网络文学对文化发展的负面影响等方面对其进行了详细的阐述。

5 月 23 日

马汉广在《文艺理论研究》撰文回顾了 20 世纪中后期西方学界对"什么是作者"和"什么是写作"的争论，结合文学实践活动的发展演变，探讨了"作者"概念的提出，是与近代理性主义文化传统和主体性建立同步的，因而体现了人的主体性原则。但到了后现代语境之下，作为主体的作者已经"死亡"，剩下的则是体现了话语的存在、传播和运作特征的写手而已。于是文学变成了一种纯个人性的私密体验和狂欢式的话语游戏。

5 月 25 日

枫叶不红创作的网络小说《随身带着俩亩地》在网上开始连载，发布了数十章之后，网上即涌现出大批设定相似的跟风之作。一时间掀起了一股"随身流"旋风。

5 月 25 日

张艳方在《大众文艺（理论）》撰文认为，面对网络文学，虽然不同的人持不同的意见，但网络文学都具有自由性、开放性、互生性、超文本性的特征，从其特征中可以看出网络文学并没有违反文学的本质。并且网络文学的出现还具有一定的积极意义。

6 月 3 日

《光明日报》消息：白烨当时在接受记者采访时指出，从发展趋势来看，网络文学在类型化的过程中进一步做强做大，对整体文学产生越来越大的影响，这应引起主流文坛更多的关注。白烨建议作家协会建立新媒体文学工作委员会，专门负责联系网络、手机等新媒体文学领域中的创作人才，关注现状，研究问题，从而对这类作品的写作、出版和阅读等各个环节产生积极影响。

6月3日

中国作协创研部主任、著名评论家胡平在《中华读书报》撰文指出，小小说应该与网络进一步加强密切的合作。现在当然已经结合了，已经有小小说作家网。但是我们不能不看到现在网络以及一切的电子数码媒体对于文学创作的一种深刻的影响。小小说应该尽快适应这种网络传播的形式，以加强自己的传播力度，比如说手机短信和手机小小说。胡平认为如果做好的话，在手机等这种便捷媒介上，小小说比短、中篇小说能得到更快更好的传播。

6月4日

《光明日报》消息：中国作协《长篇小说选刊》编辑部主任马季近日在接受记者采访时指出，当代中国文学的新路极有可能出现在"网络文学"与"传统文学"的互补与融合之后。马季认为，差异性其实是好事情，如果两者类似的话，也就失去交流和互补的意义。网络文学的积极意义在于它是为当代中国文学探寻新路。从本质上讲，网络文学仍然是用汉字抒情和叙事，仍然是通过阅读提供给读者审美愉悦，这说明它仍然沿袭了传统文学的基本功能，但是我们也不能忽视它在传播方式与写作形式上对写作产生的巨大影响，否则很难把握它的发展方向，只能对其做出简单或粗鄙的解释。总的来说，网络文学10年发展凸显了集体经验和民间智慧，对当代中国文学的撞击是令人欣喜的，在未来的岁月里，它将有可能重组中国文学的格局，使中国文学产生新的造血功能，创造出新的文学空间。

6月6日—8日

"新世纪文学研讨会暨江苏省当代文学研究会理事会议"在江苏淮安

召开。在论及新世纪重要的文学现象这一议题时，江苏省作家协会汪政研究员首先对新世纪网络文学的兴起作了详细剖析。他认为网络时代是一个文学狂欢的时代，人人都可以成为作家。网络文学改变了我们的写作方式、写作制度与阅读方式，我们要正视它给文学经典带来的正面的冲击。淮阴师范学院李相银博士认为，当下自由便捷的网络为许多无名写手作品的面世提供了可能——获得被人赏识乃至出版的机缘，但必须注意到网络文学由于缺少"把关人"而鱼龙混杂、泥沙俱下的现状。

6月10日

中国作家协会副主席、书记处书记陈建功在《人民日报海外版》撰文《网络文学之我见》指出：在人类文化发展的历史上，任何一次传播方式的革命，都给人类生活带来了巨大的冲击。所谓"结绳时代"、"甲骨时代"、"钟鼎时代"乃至"网络时代"，已经成为人类各个文化时代的象征。而网络时代，网络文学，由于它广泛的群众性和鲜明的美学特征，成为网络文化冲击波中最为强劲的浪头。第一，是它超强的传播能力，使纸媒文学瞠乎其后。第二，是它无"门槛"的发表自由，使网络文学成为最丰沛的创作资源的拥有者。第三、是它所特有的作者与读者之间的交互性，大大增强文学创作过程的民主性。第四，是它独具特色的语言，已经并将继续为我们的汉语注入新鲜的元素。第五，网络将为版权的贸易与保护提供丰富的信息、快捷的通道。

6月11日—12日

由中南大学文学院、吉首大学文学院、首都师范大学文学院和中国社科院中国文学网联合主办"网络·网络文学·公共空间"全国学术研讨会在湖南凤凰举行。张炯、陆贵山、欧阳友权、简德彬、田茂军、刘中树、陶东风、肖鹰等来自全国文学界以及网络研究领域的一百多位知名专家学者参加了会议。与会专家学者就网络文学的发展趋势、当下网络文学的定位及社会功能进行了广泛的探论。此外，对网络作为公共空间的现代特性及社会影响力也进行了较为深入的争鸣。

6月15日

由《文艺报》和盛大文学共同主办的"起点四作家作品研讨会"在北

京举行。与会专家对中国网络文学的发展进行了总结和梳理。从 10 年前的李寻欢、宁财神和邢育森，到现在的我吃西红柿、跳舞、唐家三少和血红，网络文学从文体到写作风格发生的变化引起大家的热烈讨论。"四驾马车"的创作风格与之前的网络作家有很大的不同，他们的写作范围更为宽广，其最大的特点是想象力得以最大程度的发挥。会议形成基本共识：随着网络文学和传统文学的不断融合，两者之间的界限在逐渐模糊，主流文学评论家对网络文学不应持失语状态，应当为网络文学输入来自传统写作和评价体系积累形成的价值观念和审美要素，使网络文学得以健康发展。同时也呼吁年轻一代评论家更多关注网络创作。

6 月 15 日

刘绍军、陈咏梅在《黄石理工学院学报（人文社会科学版）》撰文认为，借助网络资源的巨大优势，网络写手将网络文学创作变成了意义符号的组装和组合。写手在理论上认同了生活的无限可能性，环境描写出现了时空重组，人物形象出现了人兽糅杂，玄幻小说中的情节和魔法，许多都来自于虚幻的网络游戏。网络小说的符号组合化创作，是创作客体虚拟化的必然结果。

6 月 15 日

杨剑虹在《河南科技学院学报》撰文认为，网络文学作品特有的物质载体，使其生产方式和存在方式与传统文学作品有显著差别，对纯正的网络文学作品进行微观研究可以发现，网络文学作品的存在形态具有明显的动态、楼态、场态和链态特征，这是传统文学作品无法具备的。

6 月 20 日

蒙星宇在《华文文学》的《网事如烟——北美华文网络文学 20 年》中，发掘北美华文网络文学优秀文本，结合北美华文网络文学作家口述资料，展开对北美网络文学 20 年发展历史的研究。从网络技术、作者群体、文学主题等三方面，论述北美华文网络文学 20 年来经历的借船出海、造船环游、四海欢腾三个阶段的发展变迁和特点。

6月24日

《中华读书报》消息：鲁迅文学院副院长白描日前率21位高研班作家学员与新浪读书频道签约，新浪将通过作品连载、出版和影视推荐等多种方式，推荐"鲁院"学员的作品，此举使得"作家触网热"再度升温。白描将此次签约比作给青年作家"添翼"，认为网络提供给青年作家强大的平台，"比起之前作家只接触纸媒，这次与网络的合作使得鲁迅文学院的学员由一只翅膀变成了两只翅膀，可以让更多的读者阅读到好的作品，并了解作家的创作成果"。

6月25日

中国作协公布当年作协新会员名单，金庸等7名港澳作家、当年明月、千里烟等网络写手，都在名单之内。

6月25日

由中国作家出版集团、《长篇小说选刊》杂志社和中文在线共同主办的"网络文学十年盘点"经过7个月的推举和评选，当日在京揭榜。《此间的少年》等十部作品被评为"十佳优秀作品"，《尘缘》等十部作品被评为"十佳人气作品"。作为主流文学与民间写作融合的一次盛会，此次活动约有1700部作品参评，基本囊括了十年来网络创作的活跃人群。参与投票海选的读者更是高达五十万人，其中大部分是有多年阅读体验的资深读者。参与作品审读和点评的专家、文学期刊资深编辑多达五十余人，撰写了110篇作品评论。中国作协副主席高洪波表示，这次活动是传统文学界与网络文学界一直以来最大规模的一次交流，对推动网络文学的繁荣和发展具有深远意义。

"网络文学十年盘点"十佳优秀作品：

《此间的少年》（作者：江南）

《成都，今夜请将我遗忘》（作者：慕容雪村）

《新宋》（作者：阿越）

《窃明》（作者：大爆炸）

《韦帅望的江湖》（作者：晴川）

《尘缘》（作者：烟雨江南）

《家园》（作者：酒徒）

《紫川》（作者：老猪）

《无家》（作者：雪夜冰河）

《脸谱》（作者：叶听雨）

"网络文学十年盘点"十佳人气作品：

《尘缘》（作者：烟雨江南）

《紫川》（作者：老猪）

《韦帅望的江湖》（作者：晴川）

《褰渎》（作者：烟雨江南）

《都市妖奇谈》（作者：可蕊）

《回到明朝当王爷》（作者：月关）

《家园》（作者：酒徒）

《巫颂》（作者：血红）

《悟空传》（作者：今何在）

《高手寂寞》（作者：兰帝魅晨）

7月1日

匡文波在《对外传播》的《网络文学版权走向世界》中认为，网络文学在我国发展非常迅猛，从单纯的个人兴趣写作、分享发展到初见盈利的商业性文学网站，现在已经形成了集团化、专业化的以版权交易为核心的网络文化产业链。网络文学的发行范围可以突破地域的限制，成为全球性的出版活动。出版内容一旦上网，便可快速传递到网络遍及的每一个角落，使"出版物"在第一时间向全世界公开，促进不同民族文化的理解与交流。

7月4日

"新浪河南文化之旅"举行，刘震云、阎连科、李佩甫、李洱等4位河南籍作家对话河南性格，还进行了"校园写作财富计划"、"大国医与中医文化"、"诗酒禅意"等与网络写作、传统文化有关的系列活动。

7月9日

第三届中国数字出版博览会在北京落幕。会上，数字出版领域近年来的新技术、新成果，新的服务和运营模式及相关解决方案都悉数亮相，15位嘉宾分别从数字出版战略布局、全媒体出版、出版集团企业管理信息化、数字出版技术创新、数字化运营与盈利模式、网络出版与运行实践等方面进行主题演讲，10场分论坛则分别针对数字出版时代的全媒体营销，数字出版产业中的法律关系及解决方案，3G时代电子书领域的商业研讨，数字复合出版系统技术的发展和应用，数字阅读、数字出版创新等业界普遍关注的话题。

7月10日

杨剑虹在《河南师范大学学报（哲学社会科学版）》撰文认为，汉语网络文学的发展，经历了初兴期、初潮期和盘整期，并逐步确立了其在汉语文学中的主流地位。对汉语网络文学的分期，有助于我们更清晰地审视汉语网络文学的发展现状和发展趋向，促进汉语网络文学及整体汉语文学的健康发展。

7月10日

陈献兰在《学术论坛》撰文认为：网络文学一方面和传统文学有着血肉相连的关系，它扩张了文学的话语权，客观上扩大了文学创作的多元共享空间，为文学的发展提供了更加广阔的天地；另一方面其特立独行的"非主流"创作状态、日常生活审美化的创作追求，是其发展到一定阶段而集中出现的两大趋势，是网络文学在新的社会形态下对传统的有意识的逆反和消解。

7月14日

长江出版集团和新浪网读书频道等主办方联合召开第一届"THE NEXT·文学之新"新人选拔赛北京冠军总决赛现场颁奖仪式。历时一年多的赛程，来自中国传媒大学的学生萧凯茵夺得桂冠。

7 月 15 日

鲁迅文学院与盛大文学携手举办的为期 10 天的"网络文学作者培训班"（第一期）开班，经中国作协党组审批，鲁迅文学院与盛大文学重重遴选、审核，最终确定唐家三少、任怨、秋远航、张小花等 29 名知名网络作家作为鲁迅文学院"网络文学作家培训班"首批学员。该班在具体的教学设置上体现出了很强的现实针对性，开设了"当前文化建设所面临的问题"、"迁徙文化与城市文学"、"小说创作谈"、"现代社会与文学的抒情和叙事"等一系列专题讲座。授课教师包括周熙明、陈建功、蒋子龙、马季、胡平等多名作家、评论家。

7 月 15 日

甫玉龙、陈定家在《江汉论坛》的《比特化：网络时代的文学巨变》中说，当数字化的图像与声音叙事变得比写字更简便、更经济、更普及的时候，崛起于印刷时代的小说王朝必将在这个新兴声像帝国面前土崩瓦解。在这种背景下，由"原子"转向"比特"，必将成为新世纪文学生产与消费的最为重要的特征。

7 月 16 日

"贾君鹏事件"是网络贴吧中的一次恶搞事件，被戏称为"一句吃饭引发的血案"。7 月 16 日，有网友在百度贴吧"魔兽世界吧"发表了一篇题为《贾君鹏，你妈妈喊你回家吃饭》的帖子，帖子内容只有"RT"两个字母，意思为"如题"，居然引来超过 1.7 万条回复。贾君鹏事件可以理解为一次互联网行为艺术与贴吧文化的狂欢，但在这场网络大狂欢的背后也难掩亿万网名内心深深的寂寞。

7 月 20 日

朱寿兴在《合肥师范学院学报》撰文认为，网络空间的公共性不仅意味着进入的自由性、信息的共享性、交流的民主性，还应符合诉求理性化、表达人性化、论争有序化等要求。因此，网络文学公共空间的建构不但有利于文学自身的繁荣以及其他艺术的发展乃至当代美学建设，而且对于整个网络公共空间较高程度或较大范围的真正形成有着某种示范作用或启迪意义。

7月23日

在第七届中国国际数码互动娱乐展览会上，盛大文学与盛大游戏宣布，将把网络小说《盘龙》活化成客户端、web、手机三大类型游戏，转让价格达到破纪录的315万元。盛大文学CEO（首席执行官）侯小强表示："盛大游戏与国内几家网游巨头竞购《盘龙》网游改编权，最终，盛大游戏以微弱优势胜出。315万元的价格，也创造了网络小说游戏改编权转让的价格纪录。"

7月23日

由北京网络媒体协会、北京文联共同启动"首届网络文学艺术大赛"，率先推出"网络小说创作大赛"。起点中文、新浪原创、红袖添香等15家网站共同出任承办网站。

8月13日—19日

2009上海书展在上海展览中心盛大开幕。全国470余家出版单位、百余位名家大家，420多项读书文化活动与读者一起共同演绎了"我爱读书，我爱生活——与世博同行"的主题。并且，此次上海书展设立网络数字出版馆，虽展出了多种电子纸技术和"辞海"、EDO、汉王、盛大等品牌电子阅读器产品，也引来不少读者在购书的同时到数字出版馆体验无纸化数字阅读的新奇和乐趣。

8月15日

张颐武在《探索与争鸣》的《当下文学的转变与精神发展——以"网络文学"和"青春文学"的崛起为中心》中说：当今出现的网络文学和青春文学迅速发展的新格局，一方面是新的消费意识和新的公民意识结合所产生的结果；另一方面，它也是受众和作者基于自助文化紧密合作的结果。这当然更是整合后的"公民消费者"带来的新的精神生活样态。它极大地拓展了文学的空间，也为文学在"新世纪文化"历史条件下的存在和发展提供了新的可能。

8 月 15 日

欧阳友权在《探索与争鸣》的《网络文学：盛宴背后的审美伦理问题》中指出，未来的网络文学，须要提升自身品质。这主要包括：解决好"文学性"匮乏的"短板难题"，提升网络文学的艺术审美价值；避免文学对技术的过度依赖，在艺术与技术之间寻求更好的平衡方式；健全"他律"与"自律"并存的约束机制，通过市场和技术的双重手段建立甄淘与遴选并存的激励机制，强化网络行为主体的素质提升和道德自律。

8 月 15 日

周志雄在《兰州学刊》撰文认为，网络文学的创作群体大多是理工科出身的，没有受过正规的文学训练，但他们发自内心热爱文学，网络激发了他们的文学潜能，他们作为一个创作群体的出现冲击了当今的文学体制。对于他们来说，超越商业化，不断地更新自我，让创作有所创新和突破，是他们面临的挑战。

8 月 18 日

在由文艺报社和中国作协创研部联合主办的"当前文学发展状况研讨会"上，如何充分利用网络平台、拓展文学影响，成为与会评论家谈论最多的话题。有评论家提出，面对迅速发展的网络文学和青春文学：一方面要有紧迫感，要看到我们惯常的阅读习惯正受到严峻的挑战，传统文学的生存面临严峻挑战；另一方面也不宜把这些新生事物评价过高，要保持对他们的批判性。也有评论家认为，网络文学其实是伴随着现代汉语的变革而出现的，新的语言特征、语言习惯会形成新的文学样式。未来的文学格局应该是现代汉语文学与网络文学两峰对峙、相得益彰、相互影响、相互渗透，在提高网络文学创作质量的同时，应进一步加大和利用网络对传统文学的传播作用。

8 月 18 日

盛大文学与《文学报》合作启动仪式在上海举行，根据双方协议，由

《文学报》主办的《微型小说选报》通过起点中文网和盛大文学无线平台，发布并推荐给广大读者。《微型小说选报》将组织大量优秀作品提供给盛大文学无线平台的 3G 手机小说平台，成为该内容最有力的内容支持方。

8月23日

周慧虹在《光明日报》的《"博士买驴"式网络写作》中说，网络写手们挖空心思地肆意拉长篇幅，纯属受经济利益驱使。如果经常在各个文学网站溜达，你不难发现，许多受到热捧的网络文学作品不是白看的，它们会被网站放上"VIP 书架"，每看一定字数都是要收取相应的阅读费用。所收取的费用，则由网站与网络写手进行分成，在此情况下，点击率就是硬道理，网络文学写作随之演化为不折不扣的"码字比赛"。"注水"、"浅薄"绝不该是网络文学的代名词。爱读、爱写之人同心协力，都来做网络文学领域的"环保者"，特别是对于网络写手，写作别再如博士买驴洋洋洒洒不着边际，因为愚弄了读者，将来怕是要还的。

8月26日

湖北省作家协会主席方方在回答《中华读书报》记者关于湖北作协招纳网络作者的事情时说，作家协会本就是一个把文学爱好者团结在一起的群众团体机构，让一群志趣相同的人在一起活动、交流，彼此间相互促进，它没有必要设一个高门槛。当然，有许多网络作家不屑于作协，那也没关系呀。这跟玩一样，玩得到一起去，就一起玩，玩不到一起去，不也就算了。网络作家入会的标准跟以往非网络作家入会标准差不了多少。之所以设一个标准，至少让我们知道申请者是一个文学爱好者。

8月29日

中国作协创研部与广东省作协共同在京举办谢望新"手机短信长篇小说"《中国式燃烧》研讨会。

《中国式燃烧》因被称为"中国乃至世界第一部"日记体手机短信长篇小说而引起评论界的广泛关注。广东省作家协会主席、党组书记廖红球把《中国式燃烧》的问世看作改革开放 30 年来广东文学创新的一个典型，他赞赏作家以手机短信充当文学载体的勇气和贡献，并支持以此代表的多种形式的文学载体。评论家贺绍俊说，虽然手机短信体小说早就存在了，但那不过是借用手机短信作为载体，适应手机短信容量小的特点而创作的极短的小说。虽以短信方式出现，但其叙述方式和构思与传统小说没有太多差别。《中国式燃烧》则对叙述方式进行了彻底的颠覆，作家完全以手机短信式的叙述思维方式进行构思，发明了一种"手机短信"式的叙述方式来讲述故事。其特别意义就在于，作品提供了一个借助新的叙述方式来保护主题内涵不走失的成功样板。《中国式燃烧》是信息时代的"柳毅传书"，它在虚拟的世界里充分展示着爱情的高贵和神圣。

8 月 31 日

历时一年的"30 省作协主席小说巡展"在经过网络综合评分和评委打分后得出最终结果，吉林省作协主席张笑天凭其作品《沉沦与觉醒》以2383383 的总点击量、17853 的总推荐量、16502 的总评论量以及"一部很大气又很浑厚的小说"的评委点评成为"小说巡展"的第一名获得者，河南作协副主席郑彦英的《从呼吸到呻吟》、青海作协副主席风马的《你走不出你的鞋子》分获第二、三名。

9 月 1 日

网易读书频道在京宣布正式上线，由其发起的"公民阅读"活动也宣布启动并发布了"公民阅读"首期推荐书单，《真话：1978—2008 中国壮语》《七十年代》《金融的逻辑》《可爱的洪水猛兽》位列其中，对网络阅读现状的回顾与反思是此次活动的一大主题，网易读书频道邀请了多位文学界、出版界人士就此话题展开讨论。

9 月 4 日

"中国作家网改版暨中国作协与新浪网战略性合作签约仪式"在中国作协举行。中国作协党组书记、副主席李冰，中国作协副主席张抗抗，中国作协党组成员、书记处书记陈崎嵘，新浪执行副总裁、新浪网总编辑陈彤共同点击启动新版中国作家网，以红色为基色，配以金色系的中国作家网正式上线。这标志着中国作协关注和推动网络文学的发展进入一个新的阶段，中国作家网跨上了一个新的发展台阶；也表明中国作家协会及中国作家网今后的发展，得到了一个具有广泛影响的网络媒体的强力支撑。

9月10日

由阿里巴巴集团和浙江日报集团共同打造的《淘宝天下》面市，启动阶段每周基本发行份数为50万份。除采编之外，《淘宝天下》的发行、广告模式也都颠覆了传统报纸的模式，产生了一个全新的网络模式。

9月14日

《光明日报》消息："全球华语原创文学大展"评委孙甘露日前在盛大文学论坛上说："网络文学不应靠向传统出版。"他认为，网络文学本身的商业模式已经开始凸显出来，这种模式和传统的出版模式并不相同，以盛大文学网为代表的新的网络文学模式更注重的是通过网络本身来获得效益。这其中就须要解决和传统模式的关系问题。对于当时很多出版社都热衷于出版网络流行小说的现象，孙甘露认为："其实网络文学成功于网络，把它搬到传统出版社效果并不好。"他说，网络的传播方式、连载方式影响着写作方式。现在长篇小说一部动辄几十万至上百万字，多的有两三百万字，是海量的。把盛大文学网的小说完全搬进纸媒，先不论质量，全部印刷出来，不可能有人读。海量阅读只能在网上存在，因为上网阅读等于是"打包"的行为，读者也看其他东西。他强调，网络文学的发展必须和时代传播特质结合在一起。

9月15日

孔帅在《中国社会科学院研究生院学报》撰文认为，文学的发展史就是媒介技术的发展史。20世纪末出现了网络文学、手机文学、博客文学、赛博文学、多媒体和超文本文学等许多新的文学样式，它们的出现强烈冲击着传统的纸质文学。随着数字媒介的深入发展，文学出现了新的存在方式，文学的新发展导致旧有的文学理论出现了阐释危机。

9月15日

蔡登秋在《淮海工学院学报（社会科学版）》撰文认为，文学历来是文化的重要元素，建设和谐文化离不开对中国文化中文学所包含的社会和谐思想观念和文明素养的探索和考察，因此注重从时代的脉冲线上把握网络文化和网络文学的源与流，分析其利与弊，甄别其浊与清，乃是我们作为文学研究者理应给予高度重视和认真思考、深入研究的大课题。

9 月 15 日

许苗苗在《重庆社会科学》撰文认为，当前网络文学存在题材的类型化使阅读体验变成读者按照口味进行的选择，在线写作和阅读对海量文本的需求引起作品内容拼凑、抄袭，产业化运作和快速浏览的阅读习惯是网络作品节奏缓慢的根源，等等问题。原因在于研究主体身份的困惑，研究对象的模糊、文本到达的困难以及因作者、网站与研究者目的不同所带来的文本选择差异。

9 月 16 日

《中华读书报》消息：近日，由几位诗人发起的"中国网络作家协会"成为网络热门事件。活动发起不到一个月，已有 500 多名网络写手、网络作家申请加入。草根们成立"网络作协"的消息见诸媒体后，中国作协书记处书记、新闻发言人回应说，"中国网络作家协会"要按照国家相关法规来申报。

9 月 16 日

华语圈首部多线互动式手机小说《我读过你的邮件》正式发布，这是正在迈向移动互联网的诺基亚在今年推出的又一个针对互联网生活方式的创新营销事件。这部由诺基亚和盛大文学联合出品的手机小说带来了在读者体验和业界营销上的诸多新鲜视点：华语地区互动式手机小说创作概念；华语圈第一支"手机小说团队创作班底"，班底由一位创意主策划和三位创作风格迥异的青年女性作家组成；多线互动式小说结构供读者选择27 个小说版本；小说跨越都市职场题材和穿越历史题材；品牌及产品营销首次关注国内庞大的网络小说阅读群体；内容以植入产品（诺基亚 E63 和诺基亚 Ovi 邮件）为主线；读者通过电子邮件（诺基亚 Ovi 邮件）触发多线互动式体验。

9月21日

阿耐的长篇网络小说《大江东去》获全国"五个一工程"奖，这是网络小说首次跻身国家级文艺奖项。

《大江东去》是一部全景表现改革开放三十年来中国社会、经济、生活变迁历史的长篇小说，小说以经济改革为主线，全面、细致、深入地表现了1978年以来中国改革开放三十年的伟大历史进程，展现了中国改革开放三十年来经济领域的改革、社会生活的变化、政治领域的变革以及人们精神面貌的改变等方方面面，生动描写了改革开放实践者们的挣扎、觉醒与变异，完美展现出历史转型新时期平凡人物的不同命运，编织出一幅工人、农民、小市民、个体户到企业主、政府官员、知识分子纵横交错的社会网络。作为中国第一部荣获"五个一工程奖"的网络小说，《大江东去》不仅为网络文学的发展、繁荣提供了广阔对照，更为网络文学如何提升自身社会、历史、文学的深度和广度指明了某种途径。

9月21日

新版《辞海》（第六版）21日起面向读者发行。《辞海》始编于1915年，出版于1936年。新中国成立后，《辞海》重新修订，1965年出版征求意见稿，1979年正式出版。此后，每十年修订一次。此次新修订的《辞海》共收录了18000余个单字字头、127000多条词目、2300余万字，16000余幅图片。新增收的常用或流行的近现代汉语和网络用语（如"互联网"、"网站"、"网民"、"BBS"、"网络文学"、"博客"等），展现了新中国成立六十年来我国社会生活方方面面的变化和辉煌成就。

9月28日

欧阳友权在《湖南社会科学》的《网络传媒艺术的文化消费性》一文中指出，网络传媒艺术暗合了消费时代的文化逻辑，具有鲜明的文化消费性。新媒体艺术不仅成为技术性的艺术品或者艺术化的技术品，而且成为真实表征技术媒介时代消费意识的有效方式。由于传媒文化逻辑成为生活的逻辑，消费意识支撑了网络大众的意识形态，对于这种意识形态的网络文化表达就成了网络空间消费母语的内在动力和文化底色，成为高扬时尚化消费意识和人生态度的一种新的权力话语的工具。因而，数字化网络在线民主所构筑的世俗文化或"新民间文学"不过是网络传媒的文化消费工具。

9 月 30 日

《中华读书报》消息：盛大文学主办的全球写作大展最近非常活跃，继改了 SO（SNDA ORIGINAL）这个名字之后，宣称要打造汉语文学的"布克奖"，现在又与北京大学中文系合作"中国作家北大行"，邀请第一流的中国作家到北大讲座，并邀请网络作家到场对话。盛大文学研究所所长、SO 大展执行人黎宛冰介绍，之所以要组织网络作家和中国一线作家交流，其实就是想澄清两个误解。其一，把网络文学狭窄化、类型化，认为网络文学就是以商业取向为中心的，不讲究文学性，而冠之以传统文学与网络文学的划分。其二，认为 SO 大展是一次网络文学大展。"严格地说，我们是在全球范围内征集汉语原创文学作品，只不过首发是在网络上，其后对作品的包装、出版、版权经营都有完整的流程，而这次 SO 大展在对作品的审核和评分上充分地考虑了文学标准。"

9 月

在贵阳举行的"联网四重奏"第六届年会决定：挑选六位有潜力、有影响的网络作家，请他们为《作家》《大家》《钟山》《山花》四家著名文学期刊离线写作一万字左右的短篇小说，并请作家、评论家对其作品作精彩点评，分别在四家刊物同期推出；与一家网站达成协议，将四家刊物推出的作品再返送网上发表；年终举办一次评奖活动，分设专家奖和网络奖。专家奖由四家刊物共同颁发，网络奖由相关网站筹资颁发；该年度"联网四重奏"所发作品及相关点评，结集后将由云南人民出版社出版。

10 月 1 日

欧阳友权的《比特世界的诗学——网络文学论稿》由岳麓书社出版。《比特世界的诗学》是作者从自己近年来发表的众多网络文学论文中，以诗学的理论建构为逻辑经纬所遴选而成的新著。纳入全书的 22 篇论文，分别发表于《中国社会科学》《文学评论》《文艺研究》等期刊。在理论结构上该著作分为三个部分，一是从"史"的维度辨析数字传媒下的文论转型，二是从"论"的维度探讨网络文学的本体与本性，三是从"史"与"论"融合的维度反思"比特世界"的学理症结和诗学创生空间。通过这些有机联系的文论，系统而多角度地解读了网络文学的诗性蕴含，从纵向（史）和横向（论）的不同视野阐释了网络文学的审美可能和诗学限度。

10 月 13 日—18 日

在 2009 年法兰克福书展中国主宾国活动上，盛大文学和中文在线作为国内数字出版业的代表参展，向世界集中展示了中国网络文学的发展成果。盛大文学的盈利模式在法兰克福书展上引起广泛关注，被业界权威评为"世界数字出版三大主流模式之一"。基于这种盈利模式的存在，在盛大文学的平台上，年收入 100 万以上的作家达 10 多名，年收入 10 万以上的作家达 100 多名。中文在线在此次书展则以全媒体出版展现中国数字出版发展的最新成就，其《非诚勿扰》《贫民窟的百万富翁》《见证奇迹的人生》《我的兄弟叫顺溜》《也该穷人发财了》《爱·盛开》等全媒体出版图书让人甚为惊叹。

10 月 15 日

欧阳文风在《福建论坛（人文社会科学版）》撰文认为，博客作为一种新兴的传播形式，最大限度地拓展了文学创作方式的普适性和自由度，进一步提升了交互式文学创作的程度和频度，从技术层面上解决了作者对作品随意进行修改的难题。这从很大程度上颠覆了传统文学创作的职业性和功利性，进一步拉近了文学写作者与欣赏者的距离，使得文学文本成为了一种开放的变动不居的"活性文本"。

10 月 15 日

王列耀、蒙星宇在《广东社会科学》发表《北美华文网络文学的发展与网纸两栖写作》一文。文章在梳理北美华文网络作家组成、演化的基础上，论述了北美华文网络文学二十余年以来的发展和分化之路：在英文网络系统中发泄苦闷、在汉化网络系统中回望故国、在全球化华文网络中多元创作，并分析了网纸两栖写作现象的发展与特征，尤其是其给北美华文网络文学带来的变化，及其模式化趋势可能带来的困境。

10 月 19 日

由简明、薛梅著《中国网络诗歌前沿佳作评赏》研讨会在承德召开，《人民文学》副主编商震、《诗刊》编辑部主任杨志学等出席会议。与会专家认为，在当今网络诗歌蓬勃发展之际，简明和薛梅以宽阔敏锐的学术视野、审慎独到的评价体系，历时三年，遴选出当下活跃在网络的 169 位诗人的优秀诗歌作品，并进行了极具个性的评价和赏析。诗评家陈超认为，这是一部真正的内行编选、评赏的佳作，有内行的点到为止，内行的直取要端，内行的深度会心，内行的舒放有致和快意引申。

10 月 20 日

新闻出版总署、全国"扫黄打非"工作小组办公室宣布，2009 年以来，两部门对互联网出版的低俗内容进行全面清理。截至当时，共有包括网络小说、手机小说在内的 1414 种淫秽色情和低俗网络文学作品被查处，20 家传播淫秽色情文学的网站被关闭，累计删除各类淫秽色情文学网页链接 3 万余个，网络文学低俗内容整治工作取得显著成效。从总体监测情况来看，当时网络文学作品中的低俗问题主要表现在以下几个方面：一是部分网络文学作品明目张胆地宣扬淫秽色情内容；二是用挑逗性的标题，或带有侵犯个人隐私性质的内容吸引网民点击阅读；三是部分网站不顾社会公德的约束，大肆宣扬一夜情、换妻、"SM"、血腥暴力等内容；四是部分网站为了牟取片面经济利益，屡教不改多次登载淫秽色情和低俗问题的网络文学作品，或为其提供下载链接服务。

10 月 20 日

新闻出版总署有关负责人表示，在整治网络文学低俗内容工作方面，总署将与工信部一起尽快出台《互联网出版服务管理规定》，并会同国新办、广电总局、工信部等部门共同发布《手机媒体服务管理办法》。此外，总署还将进一步扩大网络出版专家审查委员会，尽快组建"新闻出版总署网络出版监测中心"，加快制定网络文学、手机出版等相关管理办法，以便于规范网络文学出版行为，形成分类管理、有效监督、依法行政的管理体制。

10 月 20 日

网易的历史与博客频道联合《中华读书报》等媒体 20 日起推出历史写作有奖征文活动，面向学界和历史学爱好者重金征文，入选征文可获得最高一字一元的稿酬，并有机会争夺 20000 元的最终奖金。征文活动将以中国历史时段为序，夏、商、西周、春秋战国、秦、西汉、东汉、三国、两晋、南北朝、隋、唐、五代、北宋、南宋、元、明、清，每个朝代一个主题，共 18—20 个主题（题目由网易编辑、顾问评委、网友共同拟定）；题目必须为具体史实的考证、推理，以叙事的手段得出结论——不论是带有重要问题意识的历史考察，或者单纯好奇心驱使的对历史中存疑之事的破解分析，或者对一件众所熟知的历史史实的全新解读均可；征文邮箱为 historyzw@ 163. com。

10 月 22 日

起点中文网签约第 7 届茅盾文学奖 21 部入围作品的网络传播授权，同时与海岩、都梁、周梅森、兰晓龙、郭敬明、天下霸唱、宁财神、饶雪漫、慕容雪村、当年明月、沧月、陈彤、赵玫、艾米、虹影、春树、陈凯歌等 17 位作家签订网络版权，实现网络文学传播的越界融合。

10 月 23 日

"第六届中国国际网络文化博览会"在北京展览馆举行。本届"网博会"以"网络连通世界、创新引领未来"为主题，以"引导网络文化产业的发展方向、展示数字内容产业的创新趋势"为宗旨，坚持以发展事业、引领产业、规范行业、服务企业为主导方向。

10 月 21 日—24 日

由中国世界华文文学学会、暨南大学海外华文文学与华语传媒研究中心等联合主办的"北美新移民文学国际学术研讨会"在广州举行。

10 月 24 日

以"交流合作、创新发展"为主题的第二届中国国际版权博览会在京开幕，本届博览会共分"国际版权论坛"、"产业展览"、"主题活动"和"文化演出"四大板块，包括"中国文化产业项目投融资洽谈会"、"中国网络文学节"、"中国国际数字娱乐领袖峰会"等七项主题活动。四天会期内，将以中国版权"走出去"战略为契机，围绕"版权影响世界"展开深入交流和研讨，并重点突出版权产业交流、交易环节，为全球版权贸易合作提供全方位服务平台。中外版权管理机构、版权投融资机构、版权企业、专业版权服务机构及相关国际组织代表数千人共襄盛会。

10 月 25 日

中央电视台新闻频道当天的新闻报道充分肯定了"一起写"网的版权新模式（即"版权自助协议"，简称"SCA"协议，是由"一起写"网与北大国家数字版权研究基地、北大法学院互联网版权研究中心创立制定的基于互联网的版权解决方案），称其为全媒体网络文学出版的新方向。

"一起写"网致力于把网络文学出版—版权交易的权利从网站和中介人的手里还给作者，以使网络文学出版—版权交易更加公平、透明化。"一起写"网针对"SCA"协议为该项目专门设计了"版权自助管理内核"，并与北大国家数字版权研究基地保持版本同步。

10 月 25 日

欧阳友权的《数字化语境中的文艺学》获得"中国第四届鲁迅文学奖·文学理论评论奖"。作者在获奖后指出，当前，我们的文学面临着两次巨大冲击，一是文学的"边缘化"倾向，二是"数字化"媒介造成的文学嬗变。面对数字媒介下的文学转型，我们的文艺批评和理论研究如何应对之，已成为一个亟待解决的重大理论问题。这本书获得鲁迅文学奖，说明学术界已确证了网络文学所带来的"范式转换"，认识到了文艺理论在数字化语境中重构的必要性，并且意味着主流学术对于网络文学研究这个新领域的认可。

10 月 25 日

王浩在《广西师范学院学报（哲学社会科学版）》撰文认为，近年来网络文学中所表现出的性别倾向十分明显。男性在自我崇拜的同时，似乎显得很"传统"。主要表现为大男子式的英雄意识，强者意识。女性所创作的网络文学，一个明显的特征是个体性别意识空前高涨，这也是开放环境下女性得到前所未有的自由的必然表现。

10 月 26 日

由中国国际版权博览会组委会、中国作家协会主办的"中国网络文学节"在国家会议中心举行。会上，作家、学者、出版界人士和网络写手就"传统出版与数字出版的博弈"、"网络作家与文学网站的利益共赢"等议题展开讨论，从不同的角度论述了网络文学的经营和传播理念。在此次网络文学节上，盛大文学旗下《温暖的弦》作者安宁被评选为年度最佳作者，一起看小说网推荐的职场小说《精变》脱颖而出，全面超越《杜拉拉升职记》，荣获中国网络文学节最佳作品奖，盛大文学旗下的起点中文网、红袖添香、晋江原创网等获评年度最佳文学网站。

10 月 26 日

盛大文学及旗下各网站、中文在线、搜狐读书、新浪图书、腾讯图书等 13 家主流阅读网站联合发出倡议：将每年的 10 月 26 日设立为"数字阅读日"，倡导在线"健康阅读"、"主题阅读"及"深度阅读"、"互动阅读"及"正版阅读"。相关资料显示，2006 年数字出版行业总产值 200 亿元，2007 年为 360 亿元，2008 年达到 530 亿元，2009 年预计为 750 亿元。3 年的平均增长速度达到 56.2%。中国数字出版产业正成为新闻出版业强势增长的重要动力和新的经济增长点。

10 月 26 日

在"第 12 届庄重文文学奖"颁奖典礼上，评委会透露曾考虑在该年的"庄重文文学奖"评奖时评上几位网络文学作家。为此，还请中国作家网、盛大文学、中文在线、新浪读书和搜狐读书 5 家网站（频道）推荐申报参评"庄重文文学奖"的作家及其作品，但专家评委阅读讨论后认为，这届推出网络作家尚不够成熟，只好暂付阙如。

10 月 27 日

由中国互联网络信息中心（CNNIC）主办的"2009 年中国移动互联网

与 3G 应用"高峰论坛顺利召开，工业和信息化部及 3G 产业链的代表机构如华为、谷歌、诺基亚、空中网、3G 门户等参会共论 3G 发展。会上 CNNIC 联合北京华瑞网标信息技术有限公司（CR-Nielsen）发布的《2009 年中国移动互联网与 3G 用户调查报告》显示，截至 2009 年 8 月底，中国手机上网用户已达到 1.81 亿，呈现出稳定增长的趋势。牌照发放近 8 个月以来，3G 已经受到较高认可。2009 年因此被誉为"中国 3G 元年"，由于 3G 的成功推出，手机阅读市场也将进入成熟的拐点。

10 月 27 日

新闻出版总署、全国"扫黄打非"办公室开始对四大类低俗网络文学内容进行查禁：一是部分网络文学作品明目张胆地宣扬淫秽色情内容；二是用挑逗性的标题，或带有侵犯个人隐私性质的内容吸引网民点击阅读；三是部分网站不顾社会公德的约束，大肆宣扬一夜情、换妻、性虐待、血腥暴力等内容；四是部分网站屡教不改多次登载淫秽色情低俗网络文学作品，或为其提供下载链接服务。

10 月 28 日

MSN（中国）联合红袖添香共同举办的第二届华语言情小说大赛颁奖典礼在京举行，大赛共颁出 17.5 万元的高额奖金。红袖添香写手涅槃灰凭借《逃婚俏伴娘》一书摘得桂冠，莲赋妩、寂月皎皎分别凭借《凰宫：滟歌行》《胭脂乱：风月栖情》摘得亚军，拓拔瑞瑞、秦赢儿、薇若洁茹分别凭借《惹上首席总裁》《王的宠姬》《云画扇，红泪未央》夺得季军。主办方表示，欲将作品创作引向适合手机阅读的创作，欢迎适合手机阅读的作品，尤其是短篇小说。多家"数字阅读"产品制作商对记者表示，"手机小说"市场越来越热，借这一东风，短篇小说有望迎来阅读和创作上的"复兴"。

10 月 29 日

中共中央政治局委员、中央书记处书记、中宣部部长刘云山同志在中国作协召开的文学创作座谈会上讲话指出，现代传媒对文学创作有着广泛而深刻的影响，特别是影视文学、网络文学、手机文学等建立在现代传媒基础上的文学样式，在文学创作的很多方面都进行了新实验，对文学的创作观念、创作方式、传播方式、传播范围等产生了巨大影响。要高度重视利用影视、网络等传媒手段，借助电影、电视剧、视频、动漫、网络等样式，不断增强文学作品的吸引力、感染力、影响力。经过十多年发展，我国网络文学已经具有相当规模，尽管它还在发展变动中，不那么成熟，但毕竟出版数字化是个大趋势，网络文学有海量的作品、广泛的读者，而读者又以青少年为主体。对于网络文学这样的新事物，要积极研究，大力扶持，加强引导，使其健康发展。

10 月 29 日

中国新闻网消息：日前，中国邮政邮票公司正式出版了五套邮票，将64 名网络知名作家印到了邮票上，这 64 位作家均属于盛大文学旗下网站以及战略合作伙伴的签约作家。据悉，此次作家邮票的公开发行在中国是第一次，登上邮票的这 64 位作家，均属于网络原创文学领域内的佼佼者，他们的作品点击率在网上数以千万计，在网络上的影响颇广，也都出版过纸质图书，且销量可观。

10 月

人民网舆情监测室发布 2009 网络文化热点排行榜：迈克尔·杰克逊引发乐迷怀旧潮、《喜羊羊与灰太狼》、"不差钱"捧红小沈阳、《中国不高兴》大热、网瘾标准与治疗、"富二代"、季羡林任继愈去世、"贾君鹏，你妈妈喊你回家吃饭"、开心网"偷菜"等纷纷上榜。

11 月 5 日

肖锋在《西北师大学报（社会科学版）》撰文认为，手机的阅读方式与网络的阅读方式之间存在本质化的不同，"移动性"是手机阅读的最重要特点。手机文学的发展植根于手机技术的发展，它的出现是技术力量的又一次胜利，新技术的出现必然导致手机文学向更深、更广的层面发展，同时其独特的阅读方式也会影响到现代人的审美方式。

11 月 8 日

以"净化网络环境创新赢利模式"为主题的 2009 全国出版业网站年

会在北京举行。主办方发布的 2009 年出版业网站排行榜及百强榜和各单项奖名单显示，在数字化大背景下，出版业网站建设快步发展，在出版业数字化转型中的作用被越来越多的业界人士所认识。《2009 年中国出版业网站创新报告》显示，出版业网站正面临着嬗变：出版业网站内容资源建设和扩充速度加快；部分区域出版业网站整体表现突出；出版业网站内容资源呈现出整合趋势；3G 推动了移动互联网的发展，为手机阅读提供服务的网站数量急剧增加。

11 月 12 日

空中网当日正式宣布收购国内著名的互联网原创文学网站——逐浪网。不过，空中网并未透露本次收购逐浪网的金额。空中网称将充分利用其在无线互联网领域强大的资源整合力量，为全国的手机用户提供跨互联网和手机双平台的小说阅读及创作服务。

11 月 20 日

欧阳友权、蒋金玲在《河北学刊》撰文指出，改革开放三十年来的文学阅读与这个时期媒介变迁之间有着相依相生的关联。从"读文"转向"读图"，从"读书"过渡到"读屏"，从"在线冲浪"移至"拇指阅读"。不同媒介文本多重阅读方式的并存，不仅彰显出文学形态的时代变迁，更需要有新的文学观念的建构；技术媒介对文学阅读的影响，折射出的是社会变革期的文化冲突，最终影响到文学审美之于"文学性"的祛魅。

11 月 28 日

欧阳文风在《湖南人文科技学院学报》撰文认为，文学作为一种与社会生活密切相关的意识形态，在网络民主的作用下发生了一系列新变，主要表现在：其一，从创作主体看，文学走向了"泛话语权时代"；其二，从创作内容看，由底层叙写的"底层文学"迅速崛起；其三，从文学接受看，形成了一种"交互主体性"。

11 月

起点女生网（www.qdmm.com）成立。其前身是"起点女生频道"，致力于对女性网络原创文学及作者的培养和挖掘。起点女生网依托起点中文网的成熟运作机制，成功实现了女性网络原创文学的商业化发展模式。

起点女生网首创阶梯形写作全勤制度，在针对知名作者进行全方位宣传和包装的同时，兼顾对新进作者的培养。无论是知名作者还是新人写手，均享有签约作者的专属人身保险计划、VIP作品基本福利计划、分类优秀作品奖励计划、小众类型作品的扶持计划等。在起点女生网丰富多样的福利设置吸引下，培养激励了众多优秀作者，使得网站内容呈现出个性鲜明、百花齐放的良好发展趋势。版权运作方面，起点女生网的海量女性题材小说成为影视改编剧的剧本摇篮。现如今，起点女生网囊括了《步步惊心》《搜索》《毒胭脂》等多部热门影视剧的原著小说版权。起点女生网依托领先的电子原创阅读平台，在未来将继续引入移动阅读、实体出版、影视改编等多元拓展渠道，建立海量版权交易库，形成一个集版权运作、原创阅读为一体的综合性女性原创文化品牌。

12月1日

网络文学作家无罪（本名王辉）创作的小说《罗浮》在纵横中文网上首次发表后，得到了读者的普遍好评，累计点击量已超过2000万，读者好评率达98%。有意思的是，起点中文网于2010年4月15日推出了一部《罗浮》，作者署名为"黄鹤九曲"，并在刚刚推出之际就获得推荐阅读。与此同时，起点中文网为了推广自己的《罗浮》，购买了百度推广链接中的关键词"罗浮"，网民如果在百度上用"罗浮"搜索，排在第一位的就是起点中文网的《罗浮》。该网站上的此本网络小说的点击量超过10万，但是读者好评指数是零。《罗浮》作者无罪称，由于起点中文网在搜索引擎购买了推广关键词"罗浮"，"起点这种行为既损害了我的经济利益，又误导读者看到了冒牌的《罗浮》，影响了读者对我和我作品的评价。"

12月1日

贺天忠在《江汉大学学报（人文科学版）》的《网络文学无厘头与恶搞探析》中认为，无厘头与恶搞同网络空间的自由和无拘无束是紧密相随的，是为了适应读者的阅读口味和精神休闲放松的需要而产生的。其表现手法主要运用亲昵化、嬉哈无常的幽默搞笑方式，通过大众化的、放诞不羁的话语言说，广泛采用夸张、变形、挪用、反串、调侃、嘲讽、自谐与戏仿等手法，显露庸常小人物群体的真实人性意识，往往把那些极其严肃的问题用最市井、最艳俗的语言机智诙谐地展现出来，表现了浓厚的后现代反精英主义倾向。无厘头与恶搞的正负效应要辩证地看待，正确地加以引导，使其健康发展。

12 月 4 日

中国当代四位实力派作家苏童、余华、毕飞宇、刘醒龙应邀与暨南大学学生展开一场关于"文学与人生"的对话，现场引发了一些争议。有媒体报道，文坛四腕因拒答"如何看待 80 后 90 后作家"的追问，被暨南大学学子批"没礼貌"。12 月 6 日，四作家接受记者专访，回应了这一批评，并畅谈眼下文坛热点，一致认为当下"文学进入一个好时代"。

12 月 6 日

以出版青春文学和影视剧改编见长的图书公司聚石文华对外宣称，以 100 万册起印数、20% 的版税签下了韩寒的新小说，该条件若兑现，韩寒将有数百万元的收入，也将成为继郭敬明、易中天、于丹和钱文忠之后，第五个"百万起印俱乐部"成员。该公司还放出"韩寒'改嫁'聚石文华"的消息，称韩寒已从老东家万榕书业"转会"。

12 月 11 日

《中国新闻出版报》消息：中国文字著作权协会（简称"文著协"）常务副总干事张洪波在分析数字网络环境下文字作品的使用现状和版权问题时认为，目前愈演愈烈的谷歌数字图书馆版权纠纷一事激发了中国广大著作权人的版权保护意识，唤醒了使用者和社会公众的社会责任意识。对国内数字出版产业的发展问题敲响了警钟。授权、权利保障、资源重复建设问题十分突出，建立国家级统一数字出版资源平台、建立市场规范，已经刻不容缓。

12 月 14 日

由北京市文联与北京大学中文系联合主办的"现实与文艺：2009 北京

文艺论坛"在北京大学召开。本次论坛就文艺关注现实的伟大传统，当下文艺创作与现实的关系，现实生活与艺术想象，"底层写作"的现实关怀与问题，文艺与社会公共事务，宏大叙事的解构与重建，文艺怎样与社会建立联系，如何评价当代文艺的娱乐性狂欢，现实主义文艺在新时代的发展，文艺的"大叙事"与"小叙事"等数十个专题进行了讨论与对话。

12月17日

由中国文字著作权协会、盛大文学主办的"网络文学版权研讨会"在京召开。会议上，盛大文学合作律师事务所律师代表宣布将对百度提起诉讼，该案成为中国创意产业维权第一案。本次会议上发起的"反盗版宣言"活动得到了张抗抗、莫言、韩寒、石康、虹影、陆天明、王宛平、石钟山等百名著名作家和网络作家的签名支持。中国文著协在会议上发表了支持盛大文学"反盗版"的声援信。

12月17日

多维度跨界才女田原新作《一豆七蔻》"全感官发布会"在京举行。紧扣书中7个故事，知名音乐人张亚东、导演张扬、名模春晓、"飞鱼秀"主持人小飞、"根与芽"代表何莉嘉、未来脚踏车乐队、简迷离乐队7组特邀嘉宾揭晓并展示田原亲手绘制的七个卷轴。《一豆七蔻》锁定"Teen-agers"——13岁到19岁，以7个既相互独立又微妙关联的故事，展开半熟女孩超越时空跨越真幻的成长史，是田原"微幻磁场小说"系列中的第一部作品。小说超越了奇幻、玄幻、魔幻和科幻的界限，是一种将"幻"最大化、游走于现实和幻想之间的新型小说。

12月17日

由盛大文学8000万营销平台鼎力推荐、聚石文华图书公司策划、大众文艺出版社出版发行的著名编剧、畅销书作家陈彤（春日迟迟）的最新力作《我愿意》，在京举办新书发布会。一直对婚恋题材游刃有余的陈彤，此次推出的是展现目前社会普遍存在的剩男剩女现象，并对已成为社会关注的"剩"问题进行了深度剖析。特约著名评论家白烨，情感畅销书作家、主持人曾子航出席并成为本次新书发布会的特邀嘉宾。

12 月 18 日

由甄子丹、王学圻、梁家辉等超豪华明星阵容组成的本年度第一贺岁大片《十月围城》将在全国各地影院登陆，届时将为观众带来不一样的感官盛宴。与此同时，《十月围城前传》（简称《前传》）也将由上海文艺出版集团联合中文在线以全媒体方式同步出版。

《前传》系上海文艺出版集团银狮影视文学系列的开篇之作，其制作班底一流。中国移动手机阅读基地在第一时间获悉《前传》即将出版时，不仅给予了高度的认可与充分的肯定，还向广大无线手机阅读用户大力推广这本书：中国移动用户只需使用手机登陆 WAP. CMREAD. COM 就可以进行阅读，同时，还能赢取电影票、明星签名书、G3 阅读器等丰厚奖品。作为《前传》的数字出版方，中文在线将通过手机、互联网、手持阅读器、CD、MP3 等终端数字设备进行同步全媒体出版。这是中文在线首次涉足"有声小说"领域。

12 月 24 日

盛大文学和欢乐传媒为新榕树下的正式上线在北京举办了隆重的改版上线启动仪式，创立 12 年的榕树下成为盛大文学战略规划重要一环。新上线的榕树下定位于集中展示现实题材类的文学作品，所开设频道也只有简单的"长篇、短篇、读书、生活、论坛、社团"六类，其中以聚合形式体现的论坛，将会有郭敬明、饶雪漫等大批具有影响力的作家进驻。新榕树下在延续其先前所具有的友好性、互动性等特色外，还会着力提高用户体验，使榕树下成为文学创作者和爱好者新的精神家园。盛大文学 CEO 侯小强说，如今的榕树下，已经和起点中文网、红袖添香网、晋江原创网等优秀中文网站一起，构成了中国文学新的景观。

12 月 29 日

郭敬明做客当当网，举办《小时代 2.0》预售图书签售仪式。这是在全国范围内第一次实现大规模的网络书店签售，郭敬明也成为在网络书店签售的全国第一人。《小时代 2.0》是郭敬明的"青春五部曲"之一，是一部反映 80、90 后心灵成长史的作品，起名为"虚铜时代"。

12 月

朱家雄推出小说集《毕业前后》，得到北京市新闻出版局"出版原创推新工程"政府专项资助。书中收入了作者多年来陆续创作的《不能没有你》《花开的时候》《彷徨青春》等多个中篇小说，以及近期发表于《中国作家》杂志上的热点题材小说《房客纪事》。北京大学中文系教授张颐武在该书的序言中指出："我以为他最为生动地写出了他们这一代的一种独特的'过渡'和'夹缝'状态，并认为他的小说所写到的生命非常像某些贾樟柯电影中的人物。

12 月

第五次打击网络侵权盗版专项治理行动顺利结束，国家版权局、公安部、工业和信息化部及各地相关部门认真组织落实，严厉打击网络侵权盗版行为，专项治理行动取得了显著成效。截至 11 月 20 日，各地共对 3029 家重点网站实施主动监管，各级版权行政执法部门及公安、工信部门共查办网络侵权案件 541 件，关闭非法网站 362 个，采取责令删除或屏蔽侵权内容的临时性执法措施 552 次，罚款总计 128.25 万元，没收服务器 154 台。

是年

◆网络创作引发"第三次诗歌浪潮"，截至 2009 年，诗歌网站、论坛、专栏和博客超过 1 万家。总体来讲，网络诗歌的写作特点是大众化、即时性和非商业性。网络诗歌的写作人群分布最广、年龄差距最大、作者数量最多，每年产生约 20 万首作品。诗人于坚认为，互联网的出现，使得传统的诗坛日益被抛弃，当代诗歌最有活力的核心已经转移到网上。网络时代的到来，使编辑们发表的特权受到严重的威胁，也使被编辑制度保护着的平庸作品的命运受到了威胁。

◆广东作协着手打造新版广东作家网。在改造作协大楼局域网和更换中国电信光纤网络的前期配套工程基础上，新购了完全属于自有的网站服务器和相关软、硬件。新版作家网改变了以前依托其他网站服务器、系统平台及其人员的间接管理模式，由省作协在编人员掌握了全部网站设置和网页信息的管理权，并且形成了一套规范化、程序化和科学化的日常管理运作流程。

◆2009 年，涅槃灰凭借《逃婚俏伴娘》这部都市童话，获得第二届华语言情小说大赛年度总决赛总冠军的头衔，随后的《穿 PRADA 的皇妃》《隐婚》等作品得到了越来越多关注。2009 年她的包含网络连载、实体出版、大赛奖金等在内的全版权运营收入就超过 50 万，被喻为"网络言情小说人气天后"，作品日订阅连续破万，拥有粉丝数百万。

◆我吃西红柿的《盘龙》成为本年度最热门的玄幻类小说。《盘龙》是一个励志故事，主要讲述龙血战士后代林雷·巴鲁克的成长历程。他从一个平凡的人类，到成为玉兰位面最好的恩斯特魔法学院的学生，超越学校的天才少年迪克西，修炼成为圣域强者，最后突破成为神级强者，地狱成为他通往巅峰的路。

◆唐家三少的《斗罗大陆》成为本年度最热门的玄幻类小说。故事讲述了唐门外门弟子唐三，因偷学内门绝学而为唐门所不容，于是只身跳崖明志，却来到了另外一个世界，一个属于武魂的世界——斗罗大陆。这里没有魔法，没有斗气，没有武术，却有神奇的武魂，而其中一些特别出色的武魂却可以用来修炼，这个职业，是斗罗大陆上最为强大也是最重要的职业——魂师。《斗罗大陆》作者唐家三少以虚拟手法表达了他所理解的人及其在某个特定环境下的成长历程。

◆烟雨江南的《狩魔手记》成为本年度最热门的科幻励志小说。故事发生在核战之后的地球，讲述一个少年"苏"在魔兽丛生、人心崩坏的环境里自力更生，通过个人的奋斗来争夺生存空间的故事。《狩魔手记》具有积极向上的价值取向，是一部情节曲折震撼，富有超群想象力的励志类科幻小说。烟雨江南在谈及《狩魔手记》时没有作更多解释，只是形象地说，"当欲望失去了枷锁，就没有了向前的路，只能转左，或者向右。左边是地狱，右边也是地狱。"

◆凌语嫣的《争锋——世界顶级企业沉浮录》成为本年度最热门的职场小说。《争锋》讲述一个关于欲望以及如何实现的故事。女主角衣云，既无家世背景，又孤身在大都市奋斗，从单纯懵懂的女大学生，迅速成长为全球最顶级公司的 TOP SALES（顶级推销员）。自投身职场的那一天起，她就身不由己地卷入了一场场明争暗斗。读者能够从女主角一路飞速上扬的故事中看到化解职业危机、规划个人发展的智慧、经验和教训，获取处理商业道德问题的方案。

◆孔二狗的《黑道风云 20 年》成为本年度最热门的黑道小说。小说以毫无修饰、平铺直叙的方式，讲述了 1986 年至今二十余年来东北某市黑道组织触目惊心的发展历程。尽管不乏惨烈，这却是一部让人温暖，甚至让人会心一笑的小说。作为一部网络小说，《黑道风云 20 年》基本上保持了文学作品的严肃性，避免了庸俗化，同时又有很强的可读性。该书得到了余华、刘震云、阿来等作家的高度评价。

◆方想的《卡徒》成为本年度最热门的幻想小说。小说建构了一个全新另类的幻想世界——一个由卡构成的后现代社会。在这里，人类用卡的技术解决了新能源问题，一切都离不开卡。卡片级别的高低和力量的大小象征着一个人的地位、财富和荣誉，所有人都以拥有一张高级卡片或力量强大的卡片为荣。男主角陈暮是一个孤儿，依靠制作大量的低级别卡片挣回微薄利润勉强度日，他渴望接受正规的教育，渴望学习，然而，现实却没有给他这个机会。机缘巧合下，他得到了一张古怪的卡片，从此开启了他不一样的人生之路。

◆"传史玉柱涉足网络小说，开辟巨人文学"成为本年度最大最可笑的骗局。自称是星空文学网站长的人发布一个帖子，自称已经获得史玉柱巨人公司的赞助投资，将要开办一个"巨人文学网"。随即便贴出《2009巨人文学网编入职必读手册》，开始大肆招募网编和征集稿件。但没过多久，这个声称三月底就将开站的网站突然被关闭。公告中赫然写着"关闭理由"：大肆虚假宣传，招募网络编辑，非法营运。

2010 年

1月1日

新闻出版总署出台《关于进一步推动新闻出版产业发展的指导意见》，再次彰显了行政主管部门力推新闻出版产业发展的决心和力度，引起了行业内外的高度关注。《意见》首次为我国新闻出版产业所包含的内容进行了定义，包括：图书、报刊等纸介质传统出版产业，数字出版等非纸介质战略新兴出版产业，动漫、游戏出版产业，印刷复制产业，新闻出版流通、物流产业等五方面内容。《意见》还提出了新闻出版产业发展的"五大目标"和"六大措施"。

1月1日

昆仑出版社推出了少女作者田维生前的博客文集《花田半亩》，爱、感恩、坚韧、真诚，是全书主旨。文集在没有大力宣传的情况下，出版后短短一个半月，印数从800本到5000本，再到25000本，直到居于全国青春文学类读物销售排行榜第二名。越来越多的人被田维所感动，中央电视台《子午书简》特将其和子尤的生命绝唱对比播出，引发了人们对青春文学精神内涵的深切关注和检视。《读者》今年第20、22期分别刊登书摘《提前的祝福》，介绍田维生平的《花田半亩》，又一次感动了成千上万的人。

附：田维15岁时被确诊患上一种类似血癌的绝症，直到离世的前一天，她始终用一颗感恩的心在写作。著名作家梁晓声在田维遗作《花田半亩》出版后，写下了对自己学生真挚的哀思和怀念："我们教中文，是主张从良好情怀的心里发芽的中文。这样的一颗心，田维无疑是有的。现在我终于明白了，她目光里那一种超乎她年龄的沉静，对于我们都意味着些什么了。经常与死神波澜不惊地对视的人，是了不起的人。田维作为中文女学子，之所以对汉字心怀庄重，我以为也许还是基于这样的想法——要写，就认认真真地写。"

1月4日

第四届榕树下原创文学大展正式启动，这是榕树下由盛大文学控股重新上线后的第一个大动作。此次大展距上一次赛事，已经过去了9年时间。历经一个月的评选，庹政的《青铜市长》、右耳的《西泠》获长篇作品特别大奖；夜黠《青春事》获最佳人气奖；跳舞的脚《破碎的玻璃渣》、霍小绿《北海道的小村姑》获短篇小说一等奖等。

1月10日

盛大文学全球写作大展（SO）作品版权交易意向书签署活动在京举行，作家出版社、星光国际等出版、影视机构一起参加了此次"千万资金开创华语文学新纪元"活动。

1月13日

Google公司作出声明，称他们将考虑取消google.cn的内容审查，引发中国互联网对"谷歌退出中国"的大讨论。谷歌中国总部员工的内部消息基本证实Google即将退出中国。

1月14日

聂庆璞、旷新年在《文艺报》撰文称，初创时期的网络文学，民间文学的性质非常明显。但时移势易，互联网时代的民间文学终究不是口头表达时代的民间文学。其创作群体之巨大，人员成分之复杂，以及内容之纷杂、题材之广泛、写法之怪异、水平之参差，也不是过去时代的民间文学的范围能够和之比较的，也许将其称为"新民间文学"或"泛民间文学"更为恰当。

1月17日

鲁迅文学院与中文在线合作举办的第二届鲁迅文学院网络文学作家培训班正式开班。中国作协党组副书记、书记处书记、鲁迅文学院院长张健，中文在线董事长兼总裁童之磊等出席了开班典礼。林静、失落叶、骁骑校等20位网络作者入班受训，授课教师包括著名作家蒋子龙、曹文轩，著名文学评论家贺绍俊等。在10天时间里，共计安排课堂教学39课时，内容分为"国情时政"，"文学态势"，"创作知识和技巧"，"作家的素质与培养"和"研讨、交流、自修"几部分。26日，培训班举行结业仪式。张健希望各位学员今后在文学之路上戒骄戒躁，勤奋创作，要有大视野、大胸怀、大境界、大气魄；要建立起承传、创造、担当、超越的意识，为人民而歌，为时代而歌，自觉把自己的创作汇入中华民族复兴的伟大历史潮流之中，写出无愧于伟大时代的精品佳作。

1月20日

国家版权局、公安部、信息产业部今天联合举行新闻发布会，向媒体通报2009年打击网络侵权盗版专项行动成果。此次专项行动从去年8月1日开始，将网络影视和网络文学传播中的侵权盗版行为作为重点打击对象，加强了对互联网企业和网站的主动监管。在为期4个月的专项行动期间，各地共对3130家重点网站实施主动监管，各级版权行政执法部门及公安、通信管理部门共查办网络侵权案件558件，关闭非法网站375个，采取责令删除或屏蔽侵权内容的临时性执法措施556次，罚款总计1337500余元，没收非法服务器163台。此外，向司法机关移送25起涉嫌构成刑事犯罪的重大案件。专项行动取得了明显的成效，有效遏制了网络侵权盗版行为。

1月20日

王小英在《云南社会科学》撰文认为，文学网站在组织网络文学的生产与销售中发挥着越来越大的作用，它给写手们提供作者操作系统，以工厂化的方式组织文学生产，以量化的标准衡量产品质量，同时有专业的营销系统，力图以戴尔式的互动系统设置来营销，形成文学产业链和迪斯尼化的消费环境。文学网站作为生产和销售平台以结构性的力量渗入文学写作过程中，促进或造成网络文学作品（尤以网络小说为代表）浓厚的大众化色彩、类型化、超长化或"太监"、"烂尾"等文学景观。

1月27日

《中华读书报》报道：清华大学哲学系教授肖鹰在与北京大学中文系教授陈晓明的一次讨论中称"网络文学"是"前文学"，"网络文学"本身就不存在。肖鹰表示，为什么说不存在"网络文学"而只有"网络写作"，我们今天使用的"文学"这一概念起源于18世纪西欧，特别与当时德国的启蒙思想有关。肖鹰说："我所说的文学，应该表达人类具有普遍深刻意义的人文情怀，它的标杆是一个时代一个民族人文理想和艺术水准。""文学就是严肃的，一个作者的写作如果真是文学，那他一定要有为文学献身的精神，而不是把文学当作谋生的手段。"他认为，现在很多签约网络写手为了"生计"被逼日产数千字，甚至上万字，的确做的只是"码字的文字民工"。网络写手的"作品"普遍是动漫画、连环画的"看图说字"，破碎、怪诞、空洞，缺少文学之为文学的灵魂。因此，他们只能算是写手，他们写出的是文字，但不是文学。

1月27日

《中华读书报》消息：近日，天津出版传媒集团、番薯网、中大文景文化传播有限公司三方正式达成战略合作，将在天津建立"微型小说基地"，并共同构建中国微型小说"数字航母"。"航母"起航的第一步，就是蔡楠、侯德云等100余位微型小说作家，携万部作品入驻番薯网。天津出版传媒集团董事长荣新海表示，传统出版社一直在寻找切入数字出版的最好模式，此次合作，涵盖出版社、数字出版商、原创作者、数字内容服务平台四方，实现了产业链各个环节的融会贯通，希望能以微型小说为突破口，在数字出版产业中找到传统出版业的赢利模式。

1月28日

红袖添香联合中华电信旗下爱书网在台湾召开新闻发布会，宣布双方将达成电子书无线业务的战略合作，将在未来三年内将红袖添香的授权作品提供给广大的台湾中华电信的用户。此次双方的合作，将主要集中在电子书的合作，由红袖添香提供内容，在中华电信旗下爱书网进行宣传、推广、运营。双方透露，达成协议后的首批上架作品将达到1000部。

1月29日

首部微博小说《围脖时期的爱情》在新浪微博连载，正式宣告微博体小说诞生。

1月

起点中文网与台湾城邦原创合作，成立起点中文网台湾分站。

年初

上海卢湾区法院将盛大起诉百度案正式立案。在诉讼中，盛大文学列举了七条起诉百度的理由，分别为：1. 百度侵害了盛大文学签约作者的版税收入，2. 百度导致盛大文学重点作品的被盗链、盗用现象严重，3. 百度操纵排行榜，无故屏蔽盛大文学小说进入热点搜索排行，4. 百度贴吧成网络文学盗版重灾区，5. 百度对要求删除盗版内容反应迟钝，6. 百度对盗版网站的纵容破坏整个创意产业发展秩序，7. 百度导致盛大文学损失严重。

2月2日

《2009中国青少年网瘾报告》今天上午发布，青少年网民中网瘾群体比例为14.1%，人数约为2404.2万。这一比例与2005年基本持平。在城市非网瘾青少年中，约有12.7%的青少年有网瘾倾向，人数约为1858.5万。

2月4日

刘叔明在《中国社会科学报》上撰文说，网络文学"新媒体文学"的独有特征，加速了当下中国文学的转型：一是文学创作从专业化向"新民间写作"转型；二是文学传媒由语言文字向数字化符号转型，实现文学由硬载体向软载体转变；三是文学传播方式的转型，由"推传播向拉传播，单向传播向多向传播，延迟性传播向迅捷性传播"；四是作品内容和艺术形式的转型，现实社会的内容与网络虚拟空间的感受对立、渗透和转换；五是思维观念的转型。

2月10日

淘宝网推出文学频道，这是阿里巴巴集团10年以来首次进入网络文学领域。业内人士对此认为，淘宝网此举的目的主要是为了吸引流量，以解决业务扩张与流量不足的难题。如果"淘宝"能够成功搭建区域性B2B或C2C平台，获取网络文学市场份额，这将是网络文学产业化迈出的第三步。

2月22日

盛大文学将小说阅读网收购至旗下。小说阅读网成立于2004年5月，是中国最大的原创小说网站之一，网络内容主要是女性文学、古代现代言情及青春校园类文学作品，有较大的校园用户群，网站日最高访问量约6000万，日在线用户数约200万。

2月28日

一部被认为是广西来宾市烟草专卖局局长韩峰的日记在网上引起极大轰动，被各大网站疯传。该日记被网友公认为是"香艳日记"，很多篇日记提及性事。韩峰最后以受贿罪被判处有期徒刑13年，并处没收个人财产10万元。

2月

升级改造的新版广东作家网正式开通。新增"文学风"等一系列精品栏目和内容，"文学风"目前有"网络文学"、"校园文学"两个子版和"校园文学大赛"专区，并创办了网刊"《作品》网络版"、"《新世纪文坛》网络版"，坚持每月按时上线发布。

3月1日

号称"中国首部个人博客诗集"——《现实的背影》由内蒙古人民出

版社出版。该书是青年诗人陈立红同名博客的新诗选，有意透过匆忙繁复的生活表象，以诗性的目光探究现实的本质与内涵，揭示盛世繁荣表象之下的浓重阴影和沉痛隐忧。

3月6日

新浪第六届原创文学大赛在中国现代文学馆揭晓并颁奖。本次大赛历时6个月，共收到各类投稿3655部，最终评出军事历史、悬疑推理、都市情感三个类别的金银铜奖共八名。孟庆严的《一个人的战斗》、谌建光的《热血兄弟连》、宋睿的《单身女人志》等8部作品分别获得金、银、铜奖项，韩涛的《秘藏1937》获得最佳影视改编奖。中国作协书记处书记、新闻发言人陈崎嵘在颁奖会上称，已正式启动的第五届鲁迅文学奖，在征集范围中增加了网络文学，这是官方文学奖项首次向网络文学敞开大门，也称之为破冰之旅，对中国的文学界对网络文学都是标志性的事情。

3月7日

周绍谋到北京市第一中级法院起诉詹姆斯·卡梅隆，称《阿凡达》抄袭其小说《蓝乌鸦的传说》，并索赔10亿元人民币，北京市一中院已决定受理此案。据周绍谋介绍，1991至1997年间，他撰写了《蓝》一书，但一直未能出版。2000年4月，该小说开始在新浪、网易等网站上连载。2007年，长达359万字的《蓝》参加"'书赢天下'网络文学大赛"，获得30万次的点击率。他推断，这次比赛就是卡梅隆看到《蓝》的途径。但电影《阿凡达》出品方之一的美国福克斯公司大中华区工作人员表示，《阿凡达》剧情早在1995年就已成型，时间早于《蓝》，卡梅隆不可能抄袭。

3月10日

《中华读书报》消息：盛大文学日前在京发布，推出"一人一书"计划（One Person, One Book），发布电子书战略。

会议宣布，经过一年多时间的筹备与推进，盛大文学已完成了电子书产业链各个环节的规划与布局，盛大文学为电子书产业提供的这套解决方案的核心关键词为"开放"。首先，海量版权内容开放。盛大文学宣布推出"云中图书馆"，旗下五家原创文学网站，目前累计500亿字的内容储备，其中包括300万部网络小说，近万部传统图书，同时每天有6000万字的新增原创内容将接入"云中图书馆"；其次，图书分销资源开放。盛大集团将会为电子书战略提供强有力的资源支持，开放1亿活跃用户、1100万付费用户、30多万销售终端、62万推广会员、完善的版权保护体系、全球领先的支付平台及覆盖全国的营销体系；第三，电子书软硬件解决方案开放。盛大提供历时一年多、耗资千万、近百人专业团队研发的电子书系统解决方案，开放给所有硬件厂商使用，为电子书市场的蓬勃发展提供了良好的土壤。

3月10日

陈定家在《中州学刊》撰文指出：尽管我可能是一个不可救药的保守主义者，但在景观社会日新月异的技术革新面前，对文字和文学永世长存的信心似乎也渐渐动摇起来。我甚至开始对技术至上主义的"后文学"理论放弃了批判立场，并倾向于相信这样一个听起来匪夷所思的论断——人类总有一天会像今天的人庆幸自己没有生活在结绳记事的年代一样，庆幸自己没有生活在文字阅读的时代。

3月10日

陈国雄在《中州学刊》撰文认为，以互联网为标志的数字媒介造就了新世纪的文学转型，引发了文学创作、传播、欣赏和批评方式的改变，文艺学边界位移与内涵嬗变在数字媒介时代成为新的理论聚焦点。为了应对新世纪中国文学转型和文艺学的边界位移，文学批评必须确立新的批评边界，从而构建有效的批评标准。

3月15日

《学习与探索》2010年第2期邀请了欧阳友权、曾繁亭、傅其林、白寅、何志钧几位网络文学研究的前沿学者，从"主流认可度"、"签约写手"、"付费阅读"、"文学产业化"和"类型化写作"等角度，探析网络文学发展的新动向，揭示这些新变化的成因或后果，汇集成《网络文学发展的新动向》（笔谈）。笔谈中指出，技术和市场的双重力量已经使互联网成长为"宏媒体"和"元媒体"。时至今日，中国上网人数已逼近 4 亿，文学网站的签约写手超过百万，而通过网络、手机等数码终端阅读网络作品的读者已接近 5000 万。这样的传媒语境已经使网络文学超越文学本身的影响力而成为备受关注的社会文化现象。有鉴于此，切入网络文学现场，把握其发展脉络和动态走向，不仅是文学认知的需要，也是时代文化建设的课题。

3 月 25 日

汉王科技联手各大媒体，探讨与平面媒体的合作方向和重点。其最新推出的 N618 可谓是报刊无纸化变革的先行者。报刊可以在 N618 平台上同步发行，这样既节省了大量制作成本，又符合低碳环保的发展趋势。对于传统报业来说，将不仅是一次媒体形态的变迁，也是一个重启价值链条的破冰之旅。据了解，N618 除了预装 2000 多册畅销图书之外，还可随时登录汉王无线书城，阅读和下载最新新闻资讯。

3 月 25 日

盛大文学、红袖添香联合百合网开展的"我爸我妈的爱情故事"征文活动圆满落幕，在众位作者及网友的大力配合下，再现了父辈们艰苦岁月中不离不弃、耳鬓厮磨的生活经历，篇篇爱情故事呈现在读者面前。此活动共收到超过 2000 部作品，共有 35 部作品入围，其中《山无陵，天地合，乃敢与君绝》是一篇带有纪实性的作品，透过汶川大地震背后的故事深刻地描绘出父母的真情实感，不少读者表示读过以后"泪流成河"，无法不为这份跨越生死的情感动容。

3 月 30 日

世纪出版集团发布首款辞海悦读器，这是全球第一款由传统出版机构自主研发和设计的电子阅读器，定位于"领道者无可替代的选择"，不仅有独家自主创新的内容，更有全球领先的搜索引擎、手写输入等优势，旨在为中高端爱书人带来完美的新读写体验。

辞海悦读器，独家内置《辞海》和《中华文化通志》，拥有世纪出版集团旗下 27 家出版机构的新书、畅销书、经典书等数万本图书资源，实时更新的 44 种期刊、5 种报纸等新闻资讯。此外还有台湾数位出版协会 880 家出版社及两岸三地其他众多出版机构的海量正版图书资源支持。

3 月 31 日

盛大正式宣布收购潇湘书院。潇湘书院始建于 2001 年，是一家以女性阅读为特色的原创文学网站。书院拥有 10 万名驻站作者，日更新字数达 1000 万字，日访问量达 100 万人次，日浏览量逾 2500 万次。

4 月 1 日

《京华时报》消息：中国作协主席铁凝近日表示，网络文学的兴盛是文学生态多元化发展的必然，她说："网络文学的兴盛颠覆了传统写作的话语霸权，给了每一个想通过写作来表达自己或证明自己的人一个非常便捷、也更平等的平台，这是好事。"铁凝说，她在读那些网络文学作品时，感受非常多，他们文字里流露出的率真和情感的真挚，还有跟他们内心贴得那么近的鲜活的语言，恰恰是传统作家缺少的，应该改进的。她说，今天的文学生态应该是多元化发展的，网络文学和传统写作应该是相互促进和受益的。两者都是文学，只要是文学就有自身的标准，就有读者的评价，最好的状态就是两者共同发展和繁荣。

4 月 1 日

一部被卓越网、当当网等图书网站联名推荐的图书《为什么我们越来越"穷"》（中国发展出版社）在网络上热销。讲解的是通货膨胀导致老百姓财富被稀释，分配制度导致人们两极分化的问题。作者用生动的小故事为读者分析了货币、中央银行、商业银行、政府、主权债务等关键词背后的联系，诠释了通货膨胀的前因后果，告诉我们为什么会感觉自己越来越"穷"。

4 月 1 日

白烨在社会科学文献出版社出版的《中国文情报告（2009—2010）》中认为，"类型在崛起"是当年文坛的四个焦点之一。他说，类型小说过去主要流行于网络，但 2009 年转化为纸质出版的力度很大。这类作品起印就是 5 万、10 万，累计起来有的达到 50 多万，有的则到一二百万。类型化作品当然并不等于低俗，但靠题材类型与故事类型取胜本身，就使它天然的属于通俗文学、大众文学。在这背后，是阅读的分化，趣味的分化，甚至是"粉丝"文化的表现，再进一步说，是关系文化、利益文化，有人提出要研究"粉丝经济"，这确实是一种越来越显见的事实。

4 月 1 日

刘攀在《网络文学产业化发展模式研究》的硕士论文中，通过梳理网络文学从非产业化到产业化过程以及盛大公司发展历程，试图提炼出文学产业模式，主要按照四条基本思路：第一，高起点、高规格的集约化分散经营，重视人才，实行现代管理的管理理念。第二，内容为主，依托完善而成熟的相关产业，建立有效利益分配模式。第三，要拓宽融资渠道，与相关领域企业合作，优势互补，强强合并。第四，根据时间的不同制定不同时期的产业链发展模式，逐步引导网络文学产业形成产业发展的内生集中生产机制。

4 月 3 日

苹果 iPad 的上市引发了出版界和阅读界的又一次震动。从根本上来讲，这是人们生活方式改变下的副产品。在新技术带动下的多媒体成长以及消费时代和泛娱乐时代到来的共同作用下，阅读趋势早就发生了变化：从纸质时代进入了纸质与电子并存的时代；阅读内容趋向以休闲为主；深度阅读减少，浏览式的浅阅读增加；读者从以往阅读中的被动接受变为主动参与。

4 月 7 日

在"网络时代的文学处境"座谈会上，作家麦家"如果你给我权力，我要消灭它。我认为网络上的文学作品 99.9% 都是垃圾，0.1% 是优秀的"的言论引起争议。麦家后来出面回应，称某些报道是"断章取义"，表示"无奈甚至愤怒"。

4 月 8 日

首届网络小说创作大赛当天在北京电视台举行了隆重的颁奖盛典。中国文联副主席、书记处书记李牧，北京市委副秘书长肖培出席颁奖盛典，并为获奖者颁奖。

作为国内迄今规模最大、规格最高的网络文学盛会，本次大赛自启动以来，得到了全国各地及海外近百个国家和地区的文学爱好者的广泛关注和支持。新浪读书、央视网、晋江原创网、红袖添香、起点中文网、幻剑书盟和第一视频等15家承办网站为广大文学爱好者搭建了便捷的参赛平台和作品阅读平台，承办网站共收到4万余部参赛小说，符合参赛条件的作品10777部，总字数超过12亿，作品总浏览量突破31亿人次。其中，单部作品最高浏览量超过1270万人次。19部获奖作品内容涉及军事、历史、情感、传奇、童话等多个题材。其中，贴近生活、探讨新时代爱情观、婚姻观的《王老五相亲记》荣获本次大赛特等奖，描写抗日战争时期我军战士英勇杀敌事迹的《遍地狼烟》和讲述我国飞行员成长故事的作品《苍穹》分享了一等奖。

4月9日

上海市作家协会举行上海网络文学青年论坛，论坛由上海作协副主席陈村主持，现场讨论有众多年轻网络写手参与，气氛热烈。网络文学在商业化的大背景下，跟风盛行缺乏创新的现状，引起了不少网络写手们对网络文学发展前景的忧虑；而收费阅读的运营模式，更引出了"为什么而写作"的争论。

4月15日

周志雄在《山东师范大学学报（人文社会科学版）》撰文指出，网络文学批评形式灵活、快捷互动，不用顾忌人情情面，以其鲜活的时代现场感、真切的自我参与感、普泛的民间性获得了生机。网络文学批评的主体是千千万万的大众网民，正是他们的参与，使少量优秀网络作品从网络文学的海洋中浮出水面。目前文学批评界对网络文学作者及其作品的关注还很不够，这将是文学批评领域的一个新的生长点。

4月16日

《杜拉拉升职记》公映，这部改编自同名畅销书的电影在两周内票房过亿，并且裹挟着话剧、电视剧、小说连播、有声读物在全国掀起了"杜拉拉"风潮——在国内，以往从没有一本图书卖出过如此多的改编版权，形成如此规模的文化产业链。其意义已不仅在于其图书销售码洋、电影票房、电视剧收视率，可贵的是，它提供了一种由图书作为起点，建立跨越多种媒体的文化产业链的本土范例。

4 月 16 日

马季在其新浪博客上发表《蹊径独辟的智慧与勇气——网络小说 10 部佳作述评》，作者根据时间的顺延和创作手法的变换，遴选出 10 部具有明显网络写作特征的佳作。它们是：《悟空传》（戏说、无厘头类，今何在著），《此间的少年》（情感类，江南著），《英雄志》（武侠类，孙晓著），《最后一颗子弹留给我》（军事类，刘猛著），《诛仙》（玄幻武侠类，萧鼎著），《随波逐流之一代军师》（架空历史类，随波逐流著），《明朝那些事儿（历史类，当年明月著），《鬼吹灯》（恐怖、悬疑类，天下霸唱著），《杜拉拉升职记》（职场类，李可著），《盘龙》（幻想类，我吃西红柿著）。作者指出，综观以上 10 部网络小说，它们有一个共同的特点，就是创新精神。

4 月 18 日

盛大文学首届全球写作大展（SO）盛典在西安举行。SO 大展的 100 万元版权交易金最终花落被评论家张颐武誉为"中国版《达·芬奇密码》"的悬疑灵异类作品《大悬疑》（作者王雁）。其他作品的获奖情况是：涅槃灰的《逃婚俏伴娘》摘得都市言情类最高版权交易金，金子的《我不是精英》摘得职场官场类最高版权交易金，刘猛的《最后一颗子弹留给我（终结版）》摘得军事文学类最高版权交易金，雎安奇的《北京烤鸭》摘得剧本类最高版权交易金，隐为者的《冥法仙门》摘取武侠仙侠类的最高版权交易金，卫风的《盘丝洞 38 号》摘得玄幻奇幻类最高版权交易金。剧本之外的各类作品最高版权交易金均为 30 万元，备受关注的 600 万元版权交易金也已经尘埃落定。

附：SO 大展是盛大文学全版权运营理念的一次全面实施，它的成功举办将打破以往出版界以"稿费"和"版税"对作品定价的单一模式。SO 大展中涌现的优秀作品，大部分将投入全版权链条的生产中去，为作家的作品增值，同时为版权交易模式的创新提供经验。SO 大展除了产业贡献外，对于华语文学在思维模式的转变、写作形式的创新、文学含金量的提升亦有着促进意义。

4 月 18 日

SO 盛典高端论坛在西安举行，这是中国首次以网络文学产业化为中心的高端论坛，盛大文学旗下的七大文学网站掌门人共同就"文学网站的迪士尼时代"这个话题进行了探讨。当日，《2010 中国网络文学蓝皮书》部分内容曝光。曝光内容显示，经过调查，超过七成网民认为网络文学会造就罗琳式的作家，八成网民认为网络文学面临严重盗版侵害，"有想象力和智慧性"成为网民喜欢网络文学最大理由。

4 月 20 日

夏德元在《学术月刊》撰文认为，出版业在向数字化转型的过程中，文化冲突是十分重要而又常遭忽视的方面。其内在原因主要源自新旧两种阅读方式的对立。这种对立的直接后果是：传统出版物日渐乏人问津，而读者对数字出版物的需求则与日俱增。

4 月 21 日

许苗苗在《文艺报》撰文认为，不同媒介各有所长，评判标准也应因文而异。电影出现时曾被视为杂耍，如果它一味向戏剧靠拢，而没有将"电"与"影"的神奇发挥到极致，就不可能有今天这样一个能深度揭示人类精神又震撼人类心灵的辉煌的艺术门类。纸媒体上的文学是严谨的、静态的，具有形式上的封闭与稳定，而电子媒介上的"文学"必将是立体的、动态的，具有丰富变化和无限延伸的可能。网络文学不等于网络上的文学，勇于区别以往的观念，积极探索自身的独特美学标准，使现有的文学形式更加丰富多彩，这才是网络文学的价值所在。

4 月 21 日

中国图书商报社与读吧网主办《2009—2010 年度中国电子图书发展趋势报告》暨电子图书排行榜新闻发布会在北京举行。报告显示，2009 年我国电子图书读者总数为 10100 万人，首次破亿。双方共同评选的"2009 年度十佳电子书"、"2009 年度十佳新锐出版社"、"2009 年度十佳网络原创文学"也在同期揭晓，《蜗居》《藏地密码 7》《好妈妈胜过好老师》《杜拉拉升职记》等获选"2009 年度十佳电子书"，接力出版社、重庆出版社、江苏文艺出版社等荣膺"09 年度十佳新锐出版社"奖。

4 月 22 日

中国网络文学女作家研讨会在京召开，来自起点中文网的云之锦、雁九，晋江文学城的吴小雾、余姗姗，红袖添香网的唐欣恬、携爱再漂流，小说阅读网的三月暮雪、魔女恩恩，潇湘书院的风行烈、苹果儿，榕树下的刘小备、米米七月等十二位作家代表与张颐武、白烨等众多位国内著名文学评论家，就她们的代表作品以及女性写作与城市生活等多个话题进行了深入研讨。这是国内首次针对网络女性写作召开的一次大规模研讨活动，向我们展示了不同以往的女性写作的自由与活力。据盛大文学首席版权主管周洪立介绍，盛大文学 93 万名作者队伍中，大概有一半是女性作者。

4 月 22 日

"榕树下"进行系统升级，定位为"华语文学门户"，新版在原来文学网站的基础之上，增加群组、书评人、出版物试读等新功能，并开通榕树下视频直播间、组建中国书评人天团，同时举办"榕树下民谣在路上"、"榕树下文学在路上"等多个大型文艺活动，致力于为读者、原创作者提供最好的评论、评价的网络平台，并将全面追踪、研究华语文学的发展。

4 月 22 日

王雁的《大悬疑》作为中国网络文学的最新代表作，出现在了 4 月 22 日—4 月 25 日举办的第 7 届希腊萨洛尼卡国际书展上。2010 年中国是第 7

届希腊萨洛尼卡国际书展的主宾国，盛大文学代表中国数字出版企业出席这次书展，带到书展的《大悬疑》《鬼吹灯》《老男孩》等图书，在希腊书展得到广泛关注。而盛大文学海外部总监张丽平将在希腊萨洛尼卡国际书展论坛发表题为《数字出版的神奇力量》演讲，演讲内容将会以《大悬疑》为例诠释盛大文学的全版权运营业务。

4月23日

《中华读书报》消息：针对"电子书阅读载体多，可看内容少"的问题，台湾出版人陈颖青认为，造成出版社没有授权电子书给平台厂商的第一个原因就是因为他们手上几乎没什么电子书的权利。第二个原因是出版社对电子书授权充满疑虑，他们担心自己被边缘化。作为一名老牌出版人，陈颖青认为电子书产业链基本上无法给编辑增值服务找到合理的计算比例，原因是编辑增值服务的大小，差异太大，每本书都不同。

4月24日

在成都第二十届全国图书交易博览会上，中国出版集团公司推出其自主品牌移动阅读器——大佳阅读器；同期，重庆出版集团与汉王合作推出"读点经典"阅读器；5月，《读者》电纸书首度正式亮相深圳文博会。

4月24日

作为第20届全国图书交易博览会最受瞩目的大型活动之一，4月24日，长江出版传媒集团在成都举行了"长江杯"网络小说大赛新闻发布会。百家讲坛当红主讲人鲍鹏山，知名畅销书策划人安波舜、台湾著名主持人郑匡宇和郭敬明旗下青春文学人气作家李枫共同见证了小说大赛的正式启动。

> 附："长江杯"网络小说大赛是湖北省第二届网络文化节的重要赛事之一。本次大赛首次设立由高校文学社团成员组成的大学生评审团，他们将与长江出版传媒集团的编辑一起参与初评，结合作品的网络人气指数、文学性、思想性等指标确定终选入围作品。大赛将持续到今年11月份，在此期间的参赛者可直接将小说作品（长篇、中短

篇小说均可）投稿到现在网。全球中文原创小说不受地域限制，均可参赛。大赛不仅为众多文学爱好者及网络写手提供了展示才华的机会，更设置了"百万元特别金奖"、"十万元特别银奖"。本次大赛的优秀作品将由长江文艺出版社等知名出版社出版。

4 月

全国文学网站签约作者的人数已经突破百万，约 5000 万读者通过网络、手机和手持阅读器阅读文学作品。值得重视的是，民众对文学的关注程度不亚于影视及其他艺术门类，其广泛性超越 20 世纪 80 年代文学黄金时代。

5 月 1 日

暨南大学蒙星宇完成博士论文《北美华文网络文学二十年研究（1988—2008）》。本研究主要包括四方面内容：第一，梳理北美华文网络文学二十年发展历程，论述北美华文网络文学两个总体特征——精英情结的大众写作、终极关怀的自由涂鸦。第二，从文学与网络互动的角度，归纳与论述北美华文网络文学三种典型写作模式——"自足写作"、"开放写作"、"网纸两栖写作"及各写作模式的主要特点。第三，从文学精神层面，论述北美华文网络文学带来的三种新精神——"技术精神"、"游戏精神"、"个体精神"的表现及内涵。第四，从文学脉络、文学内容、文学形式、文学精神等方面论证北美华文网络文学源自海外、反哺中国的总体特点，并从"游戏与使命"、"拿来与拿出"、"创作与批评"等方面对网络时代的北美华文网络文学进行了总结和反思。

5 月 1 日

《求职，从大一开始》由长江文艺出版社出版，可上市不到 1 个月，淘宝网上竟出现了近百家销售《求职，从大一开始》盗版书的网店。这些盗版书有的只是截取了原书的部分内容，有的则是在原作的基础上"添油加醋"，往往错字连篇，内容也不完整。为此，长江出版集团联手淘宝网打击盗版，两天内关闭了所有出售该盗版图书的网店。该书作者覃彪喜表示，为了防止盗版，正版《求职，从大一开始》事先就做好了防止盗版的准备，正版书中附赠一张价值50元的"取贝卡"充值卡。

5月5日

《光明日报》和光明网同时推出"光明聚焦·网络文化系列报道"，该系列共发表新闻报道、文章14组，对网络文化现状、建设与管理中存在的问题和解决办法进行了深入探讨，中宣部副部长，中央外宣办、国务院新闻办公室主任王晨同志发表了重要文章，就建设中国特色网络文化发表了重要见解。中央党校中国特色社会主义理论体系研究中心也撰写了重点文章，展开了一场规模空前的网络文化专题讨论。这批报道涉及范围之广、采访人员之众、研讨问题之深，是近年来关于网络文化的报道中所不多见的。

5月5日

宫承波在《山东社会科学》撰文认为，新媒体的文化精神主要体现在：强调互动，追求平权；回归"本我"，崇尚自由；标榜"草根"，抗拒精英；高扬感性，尊重个性。新媒体的文化精神代表了当代文化的潮流和方向。

5月9日

我爱电子书创建。我爱电子书是百度旗下互动式知识问答分享平台"百度知道"的优秀团队，目前隶属于文化与艺术分类。主要为大家答疑解惑，一直活跃在"知道"这个平台。

5月17日

赛迪网消息，继盛大文学正式起诉百度后，盛大文学旗下著名女性文学网站红袖添香也将于近日展开大规模维权行动，集中状告百家盗版网站，索赔总金额高达500万。

5月18日

以学生用户群为主的文学网站——小说阅读网启动了"首届青春励志

网络文学大赛"。本次参赛作品为小说、剧本和报告文学，获奖的学生、学校及社团将会得到一定资金奖励，获奖的作品将被收录到"全国高校青春励志文学图书馆"以及盛大文学"云中图书馆"，并合集出版。据主办方介绍，小说阅读网自 2009 年 4 月份新版上线以来，在不到一年的时间内就诞生了超过 100 位月稿酬收入过万的签约作家，其中有很大一部分是学生作者。

5 月 20 日

中国作协与广东省作协在京联合召开网络文学研讨会。中国作协党组书记、副主席李冰在会上简要分析了网络文学现状，论述了传统文学与网络文学的关系。对于网络文学今后的发展，他认为应从以下几个方面开展工作：一是大力倡导行业自律。二是加强网络文学作者、编辑队伍的培训，提高网络文学作家、编辑和其他从业人员的综合素质。三是开展网络文学的评论和评奖。四是旗帜鲜明地反对网络盗版侵权行为。

5 月

网络人气作品《大悬疑》代表中国网络文学参展第 7 届希腊萨洛尼卡国际书展以来，备受各国关注。近日，从希腊方面传来最新消息，这部作品已被好莱坞影视公司看中，如果合作成功，拍摄方表示将耗巨资，将《大悬疑》打造成以中国文化为背景的悬疑大片。好莱坞影视公司相关负责人表示，之所以看好《大悬疑》，是因为故事构架新颖、独特，融入了大量的收藏、历史、宗教、地质、考古、风水命理等领域相关的知识，使得作品在内蕴上体现出一种丰厚性。

6 月 1 日

为期一个多月的光明网第二届网友文学大赛开幕，本届大赛以"倡导积极向上的网络文化，抗击网络庸俗之风，繁荣网络文学创作，为广大网友构建施展文学才华的平台"为宗旨，吸引了国内外众多网友参与，共收到投稿六百余篇，日发帖量创下 9767 帖的新纪录。最终决出了"网友文学大奖" 1 名、"网友文学一等奖" 9 名、"网友文学二等奖" 20 名、"文学大赛入围奖" 120 名。其中白岩居士《白水之戒》获"网友文学大奖"，金帆《马蹄》等获"网友文学一等奖"。

6月1日

《青铜市长》（鹭江出版社）正式出版。《青铜市长》是网络作家庹政继《男人战争》《猛虎市长》之后的第三部官场小说，主要讲述了青州市新市长林云和以市委书记师北蓉为首的一个利益团体的博弈，道出了官员面对各种诱惑时的内心挣扎以及在人性与良知底线附近徘徊的茫然。庹政的黑道小说《大哥：中国版教父》系列，曾在新浪读书频道创下一天30万点击率的纪录，作者获得过"云中书城"金牌作家称号，《青铜市长》也荣获了第四届榕树下原创文学大展特别大奖。

6月7日

国家新闻出版总署相关负责人透露，2011年将出台有关网络文学出版服务管理办法。

6月8日

中国作家协会对外公示了拟发展新会员380人的名单，网络作家唐家三少（张威）等名列其中。

6月15日

王干在《文艺争鸣》的《网络改变了文学什么》中说，网络的出现，应该说不是文学所期望的，但网络还是无情地进入了文学，并且毫不商量地改变着文学。网络改变了文学的主体结构，使软文学出现，并使低碳生产成为可能。

6月16日

2010年北京中华诗词青年峰会在京举行，同时颁发"屈原奖"。中山大学学生闹莲花斋客（毛进睿）获本届诗组"屈原奖"，尘色依旧（沈双建）囊括本届词组"屈原奖"和"最受欢迎青年词人奖"，独孤食肉兽（曾峥）摘取了"最受欢迎青年诗人奖"。峰会负责人、首都师范大学文学院檀作文表示，"屈原奖"面向45岁以下的青年诗人，他们通常活跃在网络，因此本次大赛采用了网络投稿的方式。参评作品也较好地体现了网络诗词的特点，一类是大众化路线，一类是精英路线；同时出现了很多实验体。

6 月 17 日

宜昌网络作家曹宗国的长篇网络小说《巴山旧事》（原名《巴方舞者》）作品研讨会在三峡广电中心大楼会议室举行。《巴山旧事》是曹宗国十多年来倾注了巨大心血的作品，该作品荣获 2010 年湖北省第二届网络文化节"长江杯"网络小说大赛一等奖，前不久获得第八届茅盾文学奖提名。

6 月 17 日

光明网与人民网、新华网等 11 家中央主要新闻网站第一次联合发出"行动起来，为健康的网络文化添砖加瓦"的倡议。在倡议中，这些中央主要新闻网站提出，网络媒体要做高尚网络道德的实践者、健康网络内容的创造者、文明网络风尚的传播者，做网络信息安全流动的保障者、绿色网络秩序的维护者和新兴网络文化的建设者。他们共同向广大网友发出倡议：网络文化的大花园，需要我们每个人的耕耘和灌溉，让我们迅速行动起来，以满腔的热情、扎实的行动，抵御庸俗，传播文明！

6 月下旬

中国作家网等多家文学网站组成联合调研组，就网络文学版权现状、网络文学盗版形式和手段、网络文学维权的措施和方法等展开调研，最终形成了《网络文学维权问题专题调研报告》。《报告》指出，根据各网站情况汇总，所有原创文学网站均遭到不同程度盗版，实行付费阅读模式的文学网站受到的冲击尤为严重，VIP 作品几乎全部被盗。《报告》还列举了网络文学盗版常用的五种手段：其一是网络爬虫，其二是图片下载，其三是拍照或截屏，其四是手打，其五是网友自主上传。此外，随着传播介质发生变化，有线互联网、无线互联网以及客户端等发展势头迅猛，手机、手持阅读器也成为网络文学盗版的新方式。

6 月 29 日

阿里巴巴集团与华数电视传媒集团宣布共同投资 1 亿元组建合资公司华数淘宝，而淘花网正是华数淘宝旗下的两大业务之一，定位于数字产品分享交易平台。根据规划，淘花网将涵盖数字化产品的各个领域，包括视频、音乐、电子书、网络文学、教育资源、软件和小游戏等。

6 月

自 6 月小桥老树的《侯卫东官场笔记》出版上市，随后又出版 8 部该系列作品，积累了上千万的粉丝。不久，该系列的累计发货量已突破 300 万册。在网上，《侯卫东官场笔记》被誉为"官场必读的修炼小说"，是一部"新时期的《官场现形记》"。

7 月 1 日

《中华人民共和国侵权责任法》（简称《侵权责任法》）施行，其中第三十六条被业界称为"互联网专条"，首次明确了网络用户和网络服务提供商的法律责任。它在两方面作出了明确规定：网络用户或者网络服务提供者利用网络实施侵权行为担负的责任；网络用户利用网络实施侵权行为，网络服务提供者承担连带责任。目前很多网站提供的服务具有多样性，既提供技术服务，又提供内容服务。如何避免侵权行为的发生，特别是在"知道"的情况下，能够及时采取删除、屏蔽、断开链接等必要措施，是网站运作必须解决的问题，也是网站编辑应具备的法律意识。同时，在网络环境下，如何在保护权利人的合法权益与促进网络产业正常发展之间取得平衡，网络服务提供者运用好"责任避风港"原则，也是业界面临的重要课题。

7 月 1 日

马建梅在《名作欣赏》的《网络时代：文学的消解与突围》中说，网络时代的文学发生了根本变化。不仅由单一状态变为众声喧哗，世俗化、商品化使诗性传统退化为感性文化，也导致精品文学锐减而垃圾文学涌现，文学传统功能被极大消解。有人甚至认为文学终将消亡。这种悲观论调虽然极端，但网络对文学传统的消解显然严重。面对网络困境，文学的突围变得至关重要。

7月2日—3日

第8届世界华文微型小说研讨会在香港举行，来自海内外16个国家与地区的100多位微型小说作家、评论家出席了研讨会。与会者就各国微型小说的发展的不平衡性、这种文体适合时代的发展态势、文体自身的优势与局限、微型小说与新技术、新媒体结合的前景，以及手机小说迅速崛起等大家关注的问题进行了深入的探讨。

7月6日

由韩寒主编的文学杂志《独唱团》正式出版发行。虽然仅出一期便宣布解散，但在其发行的半年内，不管是销量上还是影响力上，都算得上是成功的。《独唱团》的成功，和网络媒体及网络文学的繁荣是密不可分的。其对于网络传播模式的运用，线上线下的互动宣传，以及开放的媒介观，对传统文学期刊的发展有一定的启示。

7月10日

由《文艺报》与哈尔滨师范大学文学院联合主办的"文学类型化及类型文学研讨会"在大庆市举行。与会专家认为，经典意识在类型文学中依然存在，一些类型文学从经典中汲取了营养。然而，类型文学与传统的精英文学创作是并行不悖的两种文学形态。类型文学应该有自己的评价标准，重视类型文学并不是要把精英文学的种种标准加到它身上，也不必用精英文学的标准去改造它。我们完全可以批评一部类型小说表达的思想价值不健康，但也要防止以教伤乐的倾向，因为娱乐性是类型文学的主要价值。

附："类型文学"是当时文坛正热议和研讨的一个新词，它大抵是指在传统的"精英文学"和"纯文学"之外的、更广泛和宽阔的文学形式，主要以"类型小说"为主，拥有众多读者。据有关统计，2009年全国出版长篇小说约3000部，其中"类型小说"占三分之二，至于网上读者的点击量更是动辄数百万甚至数千万。结合现有的作品类型与流行提法，它大体可以归为十大门类：1. 官场＼职场（如《杜拉拉升职记》《浮沉》）。2. 架空＼穿越（如历史题材、皇帝戏）。3. 武侠＼仙侠（如大量模仿金庸之作）。4. 玄幻＼科幻（如宇宙文学）。5. 神秘＼灵异（如《新西游记》之类）。6、惊悚＼悬疑（如侦探文学、盗墓文学）。7. 游戏＼竞技（如保健文学、药膳小说之类）。8. 军事＼谍战（如打仗、间谍、武器系列）。9. 都市＼情爱（如打工文学、爱情肥皂剧）。10. 青春成长（如中学生文学）。

7月12日

知名网络文学作者王辉，笔名"无罪"，在北京召开新闻发布会，称其原创玄幻小说《罗浮》被起点中文网"山寨"，他将以起点中文网用不正当竞争手段侵害自身合法权益为理由，起诉盛大文学旗下起点中文网的经营者——上海玄霆娱乐信息科技有限公司。因诉讼双方分别是是年最受瞩目的网络作家和中国最大的文学网站，这一事件立刻引起普遍关注，而被称为"中国网络文学第一案"。

7月12日

塔读文学正式上线。塔读文学是手机无线互联网原创文学先锋，精选海量精品小说，汇集各种经典读物，其中都市、穿越、玄幻、历史、武侠、灵异、军事题材等小说深受读者喜爱。塔读文学现已展开全平台运营，电脑读书、手机读书、客户端应用（Android、IOS、WP7、Symbion、Java），服务已覆盖7000多款终端，是国内最受手机阅读用户喜爱的无线阅读服务商之一。

7月12日—13日

由哈佛大学东亚系、复旦大学中文系、上海大学文学院和上海文艺出版社共同主办的"新世纪十年文学：现状与未来"国际学术研讨会在上海举行。来自国内各地、台湾地区、香港、美国、新加坡的100多位海内外作家和学者与会。这次研讨会分为"断裂的美学"、"新世纪文学的回顾"、

"新世纪文学的展望"、"传统文学期刊与当代文学"和"新媒体与当代文学"等主题。

7月15日

中国互联网络信息中心（CNNIC）在京发布了《第26次中国互联网络发展状况统计报告》。《报告》显示，截至2010年6月底，我国网民规模达4.2亿人，互联网普及率持续上升增至31.8%。手机网民成为拉动中国总体网民规模攀升的主要动力，半年内新增4334万，达到2.77亿人，增幅为18.6%。值得关注的是，互联网商务化程度迅速提高，全国网络购物用户达到1.4亿，网上支付、网络购物和网上银行半年用户增长率均在30%左右，远远超过其他类网络应用。

7月17日

鲁迅文学院网络文学编辑培训班举行开班仪式。来自新浪、网易、盛大文学、中文在线和部分省作家协会33个网站的41位网络文学编辑，将在鲁迅文学院度过为期半个月的学习生活。中国作家协会党组副书记、书记处书记、鲁迅文学院院长张健，党组成员、书记处书记陈崎嵘等出席开班仪式。这是中国作协在举办了两期网络作家培训班之后，举办的网络编辑培训班。本期培训班有60年代出生学员6人，70年代出生学员13人，"80后"学员超过半数，达22人。

7月20日—21日

"2010中国数字出版年会"在京开幕。本届年会以"推进数字出版跨越式发展"为主题，来自全国出版界、报刊界、影视界、图书馆界、新闻界以及高新技术企业等各方面的代表八百余人参加了此次年会。新闻出版总署副署长孙寿山在开幕式的主题报告中指出，推动数字出版跨越式发展是我国出版业的战略选择，数字出版作为转变出版业发展方式的重要着力点，已经具备快速发展、跨越式发展，与传统出版业并驾齐驱发展的基础，条件已经成熟。

7月25日

欧阳友权、吴英文在《文艺理论研究》撰文指出，微博客以其精微文本和多终端发布优势迅速成为网络写作的媒体新宠，微博客的亚文学审美、高度个人性和多媒共享性彰显出它的"软文学"质素，微博客写作的文学智慧体现在修辞革命、袖珍文本创意和意义的巧置等方面。其所带来的新媒体文学变化，可能唤起公众技术化审美的自我意识，使网络文学焕发出新的生命活力。

7月29日

第8届China Joy中国国际数码互动展在浦东国际展览中心开幕，盛大文学宣布推出电子书Bam-book，这意味着盛大文学正在构建"内容＋渠道＋终端"的移动空间，已形成完整的电子阅读产业链。

7月30日

靳瑞霞在《东南传播》的《网络小说产业化刍议》中认为，技术的发展、媒介的融合以及当下消费社会的资本诱因是网络小说产业化的外部基础，网络写作薪酬制度与阅读付费制度的建立是其产业化的内在基础。网络小说产业链的构成是指原创作品文字内容从线上向传统出版、影视业及游戏业等多方向融合流动。与此同时，网络小说产业化也面临着一些自身的发展瓶颈，如在线盗版问题、产业本身的单薄稚嫩以及市场化与文学性的冲突问题。这些问题我们要从创作者、读者及文学网站等几个环节入手加以解决。

7月31日

经营16年之久的广州第一家香港三联书店倒闭。这是继1月20日第三极书局、年初重庆经典概念书城及明君书店、思考乐书局、席殊书屋等名噪一时的连锁书局，纷纷因欠款、欠薪相继关门后，实体书店倒闭的一个引人注目的现象。据全国工商联合会书业商会统计，10年来，全国50%的民营实体书店关张。书业微薄的利润空间，高额的地租，网店的低折扣恶性价格战，是压倒实体书店的"三座大山"。

7月

由中国网络文学社联盟出资建立的面向全球网络文学爱好者的综合性

网站——网络文学网开通运行，网络文学网以其页面清新悦目，内容高雅纯净，功能强大精细，服务优质高效，深得网络文学爱好者的喜爱。

8月6日

"中国作协调研组深圳网络文学座谈会"在深圳举行，中国作协办公厅副主任、中国作家网主编胡殷红，老家阁楼等多位深圳网络作家，新浪网、Tom网等全国知名门户网站和深圳新闻网等多家深圳主流网络媒体的代表参加了座谈会。与会人员围绕深圳网络文学发展状况、深圳网络文学作家创作、权益保护等问题展开讨论。调研组表示，中国作协进行此次调研是基于对网络文学的关注，希望为网络文学作家的创作和权益保护做些工作，并为日后相关法规的确立提供事实依据，为网络文学争取更多的发展空间。深圳市文联有关负责人也表示，网络文学是种全新的文化形态，有着强劲的发展趋势，市文联将借此契机加强对网络文学的扶持，推动网络文学的繁荣发展。

8月7日

由广东省作家协会文学讲习所举办的首期专门面向网络作家的"广东网络作家培训班"和"青年作家培训班"正式开班，中共广东省委宣传部副部长顾作义出席了开班仪式。这次举办的网络作家培训班是继2009年4月和5月在广州召开"新媒体新人类新文学座谈会"、"广东省网络文学座谈会"以及是年5月在北京召开"网络文学研讨会"之后，广东省作协在加强网络文学建设方面推出的又一重要举措。本次培训班为期一周，广东省内四十余名作家和内蒙古作协推荐的5名学员参加学习。课程设置包括网络小说创作谈、文学创作的现代性、小说的叙述艺术、信息文化与感性主义写作以及手机与文学的互动关系等。蒋子龙、胡殷红等将为培训班学员授课，新浪、TOM等网站文学频道的编辑也将和学员们进行交流和互动。有关专家认为，此举体现了作协对引导和发展文学新业态的敏锐性和主动性。

8月8日

杜书瀛在《阅江学刊》撰文认为，在"全球化时代"，电子媒介、互联网等等对文学艺术产生了重大冲击，文艺学、美学必须在承认电子媒介的巨大冲击使整个社会发生广阔而深刻的变化的基础上，在承认生活与审美、生活与艺术之间关系发生新变化、出现新动向的基础上，研究这些变化和动向，适应这些变化和动向，并且做出理论上的调整。

8月12日

盛大文学在上海书展上发布了"双城记——京沪小说接龙"暨"寻找中国100座文学之城"十城揭榜活动，最终晋级的十座城市名单分别是北京、上海、广州、深圳、杭州、武汉、成都、重庆、天津、南京。

> 附："寻找中国100座文学之城"7月20日在盛大文学旗下网站正式上线，盛大文学旗下110万作者涵盖了中国3229个城市，根据作者IP地址的分布，得出了网络文学作者聚集最多的385座城市名单，网友在这385座城市中评选出中国百座文学之城，此后盛大文学根据网友投票占50%，专家、媒体评审团占50%的比例再评出了10座文学之城。活动中，主持人还宣布了"云中书城"成为"第101座文学之城"，理由是"云中书城"为全球最大的正版数字图书商城，有300万册、总计600亿字的版权资源，日更新破亿字，六十余家出版社参与其中，内藏一千余种期刊杂志、二百余位当代作家的版权作品，像一座蕴含无限的文学之城。

8月16日

葛红兵在个人网站撰文称，十年来，网络文学经历了几个阶段的变化：一、上网文学阶段，二、网上文学阶段，三、网化文学阶段。

8月17日

2010中国互联网大会在北京国际会议中心隆重举行。工业和信息化部副部长奚国华在互联网大会开幕式上表示，我国互联网的发展速度是非常迅猛的，而且在世界上达到了一个相当的规模和比例。互联网的价值在电子商务、网络媒体、网络社区、网络娱乐等等领域得到提升，未来移动互联网也将成为新兴市场。

8 月 17 日

2010 年《信息化蓝皮书》在京发布，书中数据显示，中国网络文学用户已经达到了 1.62 亿人。截至 2009 年底，中国网民规模达到 3.84 亿人，位居世界第一。近 4 亿网民的存在，为中国网络经济和新兴产业的发展创造了极为有利的环境。2009 年，搜索引擎用户达到 2.8 亿人，网络新闻用户达到 3.0769 亿人，即时通信用户达到 2.7 亿人，博客的用户达到 2.21 亿人，使用社交网站的网民数达到 1.76 亿，网络游戏用户达到 2.65 亿人，网络文学用户达到 1.62 亿人。

8 月 18 日

首届中国百诗百联大赛在长沙举行，收到作品 12 万件。令人惊叹的是，大赛以网络投稿为主，占来稿总量的 85%。

8 月 19 日

人民网——游戏频道报道：近日，盛大集团董事长兼 CEO 陈天桥、盛大文学 CEO 侯小强等多位高管在云中书城向 Bam-book 读者推出第一期推荐书单。十二本推荐书目分别是：《乱世铜炉》《宦海沉浮》《神游》《搬山》《重建文明》《庆余年》《余震》《小姨多鹤》《推拿》《冒牌大英雄》《野蛮王座》《官居一品》。

8 月 25 日

天方听书网加入盛大体系。天方听书网是一家以提供在线收听和付费下载有声小说的听书网站。业内人士分析，这一举动预示着盛大文学的触角已经伸向有声读物业务领域，并且已经开始战略布局前景广阔的听书市场。据了解，在被盛大文学收购之前，天方听书网就已成为听书行业的业内翘楚，这家拥有近十万篇有声读物的听书网站在海内外拥有了近百万名注册听众和上千名专兼职播客，集聚了极高的人气。早在 2007 年的幻剑书盟峰会上，他们就一举拿下了当红玄幻小说《诛仙》的独家有声小说版权，造成了当时业内不小的轰动。

8 月 25 日

欧阳友权、罗鹏程在《社会科学战线》撰文指出，中国庞大的博客网民为博客文学生产营造了巨大的发展空间，文学博客已成为网络文化的生力军和当代文坛的重要一翼。从作品的结构体式上解读博客文学，它有着自主写作的多文体性、互动书写的接龙体式和图文并陈的多媒体性等特征；从创生形态上把握博客文学的存在方式，须要廓清其文本纪实与文学虚构、写作私密性与艺术公共性、个性表达与文学规则、博客批评与艺术正向等一系列观念悖论。

8 月 30 日

新闻出版总署正式下发《关于促进出版物网络发行健康发展的通知（征求意见稿）》，拟对网络出版发行领域进行规范管理。

8 月 31 日

张才刚在《求索》的《网络文学：存在之思与价值之惑》中说，网络文学，是以传统文学的"反叛者"出现的。在与传统文学的对比中寻找发生和存在的"证据"，是网络文学研究最为常见的路径。正是这一思路，将当下的文学研究引入了"歧途"，也引发了关于"网络文学是否存在"的争议。对网络文学的审视，应在媒介与文学的关系史中进行，关注网络媒介参与文学生产的具体方式，而不是将其与传统文学对立起来。

9 月 1 日

马季主编的《21 世纪网络文学排行榜》由百花洲文艺出版社出版。全书精选了新世纪十年来的网络文学佳作，如《性感时代的小饭馆》《鱼为什么不在天上飞》《一个寻找天堂的人》等，梳理了网络文学这种文体的发展脉络，反映了我国新世纪十年来网络文学的创作趋势和整体面貌。书中还收录了安妮宝贝、杨判等人创作的故事。

9 月 7 日

由湖北省委宣传部、省文化厅等部门联合主办的湖北首届网络文化展览会开幕。本次展览以"绿色网络，品质生活"为主题，以"推动网络文化教育产业深入发展，促进华中地区数字内容领域广泛合作"为宗旨，整合了华中地区的网络数字技术，全方位多角度展示网络音乐、网络游戏、网络动漫、网络文学、网络视频、网络媒体等丰富内容，参展商家近百家，涉及网络游戏、IT数码、动漫及周边等三大类，还有国内外知名IT企业参展。有关方面负责人表示，将把此展打造成华中地区最高层次、最高规模、最具影响力的网络文化产业盛会。

9月8日

中国电信号称规模千万级的天翼阅读基地正式建成，并推出了天翼阅读应用。该平台将提供有别于普通手机阅读产品的阅读应用，推出多网络、多终端的阅读服务。用户可通过手机、PC、平板电脑、电子阅读器、IPTV、可视电话等载体实现无缝多屏阅读。年内将入库图书5万册、3年内将超过40万册，且天翼阅读的读物100%具有版权、80%属于出版类图书。随着天翼数字平台的上线，电信与移动、联通，终于在手机阅读市场，扎稳阵脚，三足鼎立。

9月8日

中国作家协会官网公布的第五届鲁迅文学奖备选作品130篇中，有一部发表在晋江文学城的网络中篇小说《网逝》入围。专栏作家韩浩月认为，这表明网络文学在经历十多年历练，尤其是近几年市场化的运营之后，已经具备了融入主流意识形态文学的条件，文学再无"传统"与"网络"之分就在眼前。鲁迅文学奖评奖办公室主任胡平标示，鲁迅文学奖吸纳网络文学参评，得到多数网名的肯定，说明网络文学越来越成为不可忽视的存在。中国作协新闻发言人、书记处书记陈崎嵘表示，"这是一次破冰之旅，带有试验性、标志性意义。"

9月9日

盛大文学宣布收购数字期刊阅读网站"悦读网"。"悦读网"是我国第一家数字原版期刊的发行网站，也是国内最具影响力的数字期刊阅读网站。它与八百多家刊社、出版机构签约，对近千种大众流行刊物进行高清数字发行，涵盖财经、管理、时事、时尚、汽车、家居、体育、数码等多种类型，目前注册用户超过300万，同时，与移动、电信、网通等三大运营商展开移动出版合作，可供七亿多手机用户、四亿多电脑用户在线阅读。至此，盛大文学旗下营运着包括起点中文网七家原创文学网站，拥有有声出版领域和数字期刊领域最大的网站，与四家出版策划公司达成深度合作，成为中国当时最大的网络文学平台。

9月15日

由中国作家网、新浪读书、TOM读书频道联合举办的第五届鲁迅文学奖竞猜活动举行启动仪式，这是中国官方文学评奖过程中首次启动网络竞猜活动。中国作协新闻发言人陈崎嵘表示，主流文学借助高科技走进网络和手机是大势所趋。9月15日—10月15日活动期间，中国作家网首页、盛大文学、中文在线为新浪、TOM读书设有奖竞猜专栏，用户可通过以上四家网站进行投票。同时会有座谈会、发布会、红书交流会等线下活动。

9月17日

因创作报告文学作品《大迁徙》而被陕西渭南警方从北京跨省错误拘押的作家谢朝平返京，第一时间开通微博："大家好，我已经返回北京，感谢关注此事的媒体，感谢律师，感谢网民及社会各界！祝大家中秋节快乐！"谢朝平被拘押近一个月时间，正是网友们在微博上发起的"解救行动"引起媒体和社会各界关注，才让事件有所缓解。

9月18日

诗人雪马在山东青岛黄海边饱含深情地朗诵了《我的祖国》，然后高呼"祖国——万岁"，再纵身跳入大海。雪马用爱国行为艺术结合诗歌创作来表达自己深沉的爱国情，随之而红极一时。一时间，"雪马跳海"在网络上沸沸扬扬，引发了不少议论。雪马的诗歌，我们暂且称为"雪马体"，这既是诗歌的先锋艺术，也是诗歌的爱国真谛，实际上就是中国传统爱国诗歌精神以及当代诗歌先锋艺术形式表达的结合，同时发出了诗歌的本原声音，体现了诗歌的艺术尊严。在快餐文学盛行的今天，传统的诗歌爱国表达已是历史，爱国的精神只能成为诗歌的灵魂。灵魂必须秉持，形式却要发生改变，诗人雪马正是看到了这一点。他巧妙的运用，做到了爱国诗歌的最大效率的传播，至少点击率说明了这一点。

　　附：《我的祖国》

　　"我的祖国／只有两个字／如果拆开来／一个是中／一个是国／／你可以拆开来读和写／甚至嚎叫／但你不可以拆开／字里的人们／不可以拆开字里的天空／不可以拆开字里的土地／不可以拆开这两个字／合起来的力量／／如果你硬要拆开／你会拆出愤怒／你会拆出鲜血"

9月25日

　　周淑兰在《大众文艺》撰文《网络写作的症候式分析》指出，文学创作具有游戏的性质，而网络创作则是最煞有介事的游戏。互联网给任何一个有表达欲望的个体提供了最便捷的平台，使当代网络文学呈现出草根创作的狂欢形态。网络创作表现的内容涵盖传统文学的任何领域，但最具特色的还是携有网络数字生存印象与娱乐精神的幻想类作品，这类作品极大地延展了人的想象空间。同时，网络在线创作方式又使得创作进程成为开放性可被干预的对象，丰富了网络写作的精神内涵。

9月26日

　　广东顺德北滘中学高三语文教师袁磊（网络笔名"天涯蓝药师"）因发表网络小说《在东莞》，被当地警方以涉嫌传播淫秽物品罪刑拘，被称为"东莞书案"。《在东莞》曾在新浪读书、天涯社区等网站都有转载，且点击率不低。袁磊妻阮海梅表示，《在东莞》描写了东莞桑拿行业，是一个现实批判性质的小说，不涉及色情。

9月29日

　　在当天举办的"2010 第四届全球传播论坛"上，华东师范大学传播学院发布了一项"上海女大学生对网络小说付费阅读倾向的调查报告"。调查显示，在所有接受调查的上海女大学生中，经常阅读女性向网络小说的人数为57人，比例为11%，有时会阅读的人数达到321，占比例59%，两项合计比例占受调查者总数的 70%，其中"言情"和"穿越"题材的阅读率位居前二。分析认为，近年来随着网络阅读的普及，女性向网络小说也得到迅速发展，呈现从小众走向主流的趋势，尤其在年轻一代的女性读者中深受喜爱和追捧；大学生具有文化程度较高、乐于接受新鲜事物的特点，无疑是女性向网络小说的重要读者群。

9 月

国内知名的中文综合门户网站新鲜中文网成立。该网站致力于给用户提供读书、休闲、娱乐等多方位体验。应众多的手机用户的需求，建立了无线互联网领域强大的渠道，将丰富的小说资源提供给日益壮大的手机阅读群体。

9 月

《李逵日记》发表于天涯论坛上，一日之内人气飞飙到 20 万点击量，回复 1086 帖。作者仅以短短的 3 万字在天涯两个月内创下 200 万的点击量，猫扑更是在一个多月点击超过一千多万，作者仓土也迅速成为最负幽默才华的网络明星。"日记"中的段子更是在天涯、人人网、新浪、搜狐等各大网站飞快传播，成为公务员、白领、退休干部等社会各阶层逗乐解压的"第三种消费"。

10 月 1 日

恋月儿的《九岁小妖后》由珠海出版社出版，作者用瑰丽的场景，天马行空的想象力，宏大的架构，鲜明的人物性格，迅速聚集 1400 多万的点击，掀起了"稚嫩女王"风潮，成为网络文学的创作新类型"幻情小说"的扛鼎之作，并使作者荣登上第二届华语网络言情大赛的第三季冠军的宝座。长期以来，这部作品仍是同类型文难以突破的高峰。

10 月 9 日

针对近年来我国电子书原创内容不足、编校质量低劣、相关标准缺失等问题，新闻出版总署下发《关于发展电子书产业的意见》。《意见》对电子书产业发展的重点任务进行了详细阐述，针对业界广泛关注的电子书标准和行业准入问题，《意见》强调，将组织成立电子书内容标准工作组，研究制订电子书格式、质量、平台、版权等方面的行业及国家标准，加强对电子书的质量检测、认证等工作，并对从事电子书相关业务的企业将实施分类审批和管理。《意见》还明确提出电子书产业发展的保障措施。

10月19日

"鲁迅文学奖"获奖名单公布，车延高的诗集《向往温暖》位列诗歌类获奖名单之中。当天夜里11点16分，一位名叫"陈维建"的人便在其新浪微博中发表一则名为《"梨花体"后"羊羔体?"》的短信，8分钟以后，他又作微博《车延高的"羊羔体"诗会红》，微博内容简单，只是转引了车延高的另一首诗歌《刘亦菲》的部分内容。此后，这两首诗作就被网友们热烈讨论，"羊羔体"一词不胫而走。（"羊羔体"源于车延高的名字，"羊羔"为"延高"二字的谐音，即延高体。）

（附）诗歌《徐帆》：

徐帆的漂亮是纯女人的漂亮/我一直想见她，至今未了心愿//其实小时候我和她住得特近/一墙之隔//她家住在西商跑马场那边，我家/住在西商跑马场这边//后来她红了，夫唱妇随/拍了很多叫好又叫座的片子/我喜欢她演的青衣/剧中的她迷上了戏，剧外的我迷上戏里的筱燕秋/听她用棉花糖的声音一遍遍喊面瓜/就想，男人有时是可以被女人塑造的//最近，去看唐山大地震/朋友揉着红桃般的眼睛问：你哭了吗/我说：不想哭。就是两只眼睛不守纪律/情感还没酝酿/它就潸然泪下/搞得我两手无措，捂都捂不住/指缝里尽是河流//朋友开导：你可以去找徐帆，让她替你擦泪/我说：你贫吧，她可是大明星//朋友说：明星怎么了/明星更该知道中国那句名言——解铃还须系铃人//我觉得有理，真去找徐帆//徐帆拎一条花手帕站在那里，眼光直直的/我迎过去，近了/她忽然像电影上那么一跪，跪得惊心动魄/毫无准备的我，心兀地睁开两只眼睛/泪像找到了河床，无所顾忌地淌/又是棉花糖的声音/自己的眼睛，自己的泪/省着点/你已经遇到一个情感丰富的社会/需要泪水打点的事挺多，别透支/要学会细水长流/说完就转身，我在自己的胳臂上一拧。好疼

（附）诗歌《刘亦菲》：

我和刘亦菲见面很早，那时她还小/读小学三年级//一次她和我女儿一同登台/我手里的摄像机就拍到一个印度小姑娘/天生丽姿，合掌，用荷花姿势摇摇摆摆出来/风跟着她，提走了满场掌声//当时我对校长说：鄱阳街小学会骄傲的//这孩子大了/一准是国际影星//瞥准了，她十六岁就大红/有人说她改过年龄，有人说她两性人/我才知道妒忌也有一张大嘴，可以捏造是非//其实我了解她，她给生活的是真/现在我常和妻子去看她主演的电影/看《金粉世家》，妻子说她眼睛还没长熟/嫩//看《恋爱通告》，妻子说她和王力宏有夫妻相/该吻//可我还是念想童年时的刘亦菲/那幕场景总在我心里住着/为她拍的那盘录像也在我家藏着/我曾去她的博客留过言/孩子，回武汉时记得来找我//那盘带子旧了，但它存放了一段记忆/小荷才露尖尖角/大武汉，就有一个人/用很业余的镜头拍摄过你

10 月 21 日—24 日

第八届中国国际网络文化博览会在北京展览馆召开，主题是"网络改变未来·文化妆点生活"，旨在进一步引导网络文化发展方向，展示数字内容创新趋势，为网络时代的人们展示网络生活的新景象、新天地。这次展会不仅汇聚了国内知名的网络文化企业、3G 为重点的应用产品企业、国内著名网吧企业、知名门户网站、搜索引擎、交易网站等；AMD、EA 等更多国际大企的加入，也充分展现了它的国际性。

10 月 22 日—25 日

中国文艺理论学会第十届年会暨"文学与形式"国际学术研讨会在南京大学隆重召开。与会学者提交了 150 多万字的论文，围绕"文学与形式"这一中心，共分"文学与形式的基本理论"，"文学与图像、文学与传媒"，"西方视野中的形式问题"，"中国文学与汉语言的形式问题"等四个专题进行大会发言讨论。文学形式研究是 20 世纪西方文艺理论的核心、主流，但国内文学理论界由于受到文艺载道传统的影响，长期以来强调文艺为政治服务，对形式问题的研究不重视、不充分。这次会议是建国以来

第一次把形式作为主题的全国性会议，有利于凸显文学理论的特性，推进中西方文学理论的深入对话。

10 月 26 日

由盛大文学发起的"双城记——京沪小说接龙"正式上线。本次活动顺延 20 世纪 30 年代文学史上"京海之争"的命题，由北京、上海各出五位有代表性的作家，围绕"城市新移民境遇与生活"主题，通过小说接龙的形式展现当今京沪两地文化的差异，表达对两座城市文化的理解，并展望现代都市生活理想。饶有意味的是，主办方宣布的在北京和上海故事里主人公的名字分别为"王绮瑶"与"张大民"——很易让人联想到"贫嘴张大民"和《长恨歌》里的"王琦瑶"。

10 月 26 日

"云中竹宴——Bam-book 上市发布会暨首届中国写作者大会"在京召开。来自全国各地的写作者们近一千人参会，成为网络文学十年多来参与人数最多的一次文学会议。本次大会设有两个网络文学论坛，分别是"网络小说与影视、游戏的关系"论坛和"网络文学与传统出版"论坛。与会嘉宾认为，网络文学跟传统文学，特别是纸质出版是相辅相成的，有互相促进的地方，是一种竞合的关系。传统文学和网络出版将来的合作只会越来越紧密。会上，盛大文学还宣布售价为 999 元的电子书 Bam-book 正式上市，让盛大在搜索上的战略布局得以首次曝光。继淘宝推出全网搜索"一淘网"涉足网购搜索后，盛大文学也宣布将正式启动小说垂直搜索引擎——云中搜索的开发。盛大 CEO 侯小强说，云中搜索不是单纯的图书搜索引擎，而是一个娱乐搜索引擎，并将朝向更为综合的方向演进。"盛大"将把搜索延伸至 iPad 终端，扩张产品线，形成完整业务链。

10 月 27 日

2010 华语言情小说大赛在京正式落下帷幕。唐欣恬凭借作品《裸婚——80 后的新结婚时代》从 8 个月、5 个赛季、2 万名参赛作者、24059 部投稿作品中脱颖而出，一举夺得大赛冠军。当人们还在质疑网络文学大赛究竟能不能够产生文学力作，《裸婚——80 后的新结婚时代》在书市销量一路狂奔，迅速占领2010女性文学畅销书榜；电视剧版权也遭八方机构争抢后尘埃落定，迅速投拍。这个由最大中文女性文学网站红袖添香运作的文学大赛也被喻为"最具商业价值"的女性文学赛事。

10月27日

新浪微博联合榕树下、天涯社区推出中国首届微小说大赛。无论是幽默、恐怖、科幻、爱情、悬疑等等类型，都可浓缩成140字以内的微小说，分享到微博。这次大赛与以往网络文学界举办的大赛不同之处在于字数的"微"，网友戏称微小说让千言万语的"灌水"变成了惜字如金的"蒸馏"。自微博推出后，立即引爆了140字快速随时随地分享的热潮，140字也可演绎人生百态。在短短的140字中营造出朦胧的爱情，诠释出深刻的感悟，表达出生活的苦乐，展现出睿智的幽默。

10月

截至2010年10月，全国网络小说作者约为120万人。累计创作网络小说200多万部，其中长篇小说60万部，按平均每部作品20万字计算，仅长篇小说一项总字数就达1200亿字。

11月9日

车延高在浙江绍兴第五届鲁迅文学奖颁奖典礼上，针对"获奖是属于被广泛质疑的'官权交易'还是正常获奖？""'羊羔体'的真相到底如何？"等诸多网络质疑，接受了新华社"中国网事"记者的专访。

车延高回应："我觉得官员具有诗人情怀不是坏事，诗人讲究真情流露，须要深入百姓，才能把真情赋予讴歌的对象。官员同样须要深入群众，了解基层情况，想群众之所想，用真情去对待工作、对待群众。从这一点来讲，官员既要有执政能力，也要有执笔能力。"

对于"羊羔体"，车延高回应："这是一场误会。网友把我给当地的一本通俗类的刊物《大武汉》杂志写的一组诗放到了网上，引发了大家对于我的作品文学水准的质疑。事实上，网上的诗作也只体现了我全诗的一部分。因为微博有140字的字数限制，因此，只上了我37行诗句中的8行。更重要的是此次我获奖的诗集《向往温暖》并不包括《徐帆》《刘亦菲》

等诗。"他说,"羊羔体"是网民对我名字的一种谐音,叫起来比较顺口,也没有恶意。如果因此而使大家可以记住我的诗歌,在网络时代的大背景下,我觉得挺正常,也是挺有趣的事儿。但"羊羔体"这三个字无法概括我诗歌的全部风格。

11月10日

"鲁迅精神与网络文学"中国网络类型文学高峰论坛在浙江绍兴举办,部分评论家、网络作家和出版人就"对目前网络类型文学的存在应持怎样一种态度?""如何引导网络类型文学走向主流化、文学化?""是否应该在鲁迅文学奖内设立网络类型文学奖?"等问题展开了讨论。在网络文学首次被纳入鲁迅文学奖的评选范畴,却又最终失之交臂的情况下举行,引起了网络作家、文学评论家、出版人等各界的强烈讨论。中国作协新闻发言人陈崎嵘表示,网络文学已成为一股不可忽视的力量,今后可能在"鲁奖"中对网络文学单独设奖。

11月10日

《人民日报》头版一篇名为《江苏给力"文化强省"》的文章引起网民的热议,2010年最流行的网络用语"给力"登上了严肃党报的头版,网民对此大加褒奖。

11月12日

盛大文学起点中文网举办了一场名为"倾听用户心声·让我们做得更好"的网络文学线下见面会。起点中文网总编林庭锋、副总经理罗立以及相关部门的资深编辑、用户经理等与包括起点白金作家、台湾幻想小说出版界连续数年销量冠军保持者骷髅精灵在内的十余名作家、读者代表面对面,以直接交流的方式倾听作者及读者的心声,希望能进一步提高与完善起点的服务质量。据悉,这次活动的总报名人数近千人,在经历了半个月的协调与筛选后,最终,热心读者、作家代表共计十余人与会。

11月12日

阿里巴巴旗下数字分享平台淘花网,因网站免费或有偿出售"未授权"的电子书，惹怒了众多出版界人士及多位作家。在持续施压下，"淘花"在 13 日凌晨发表致歉声明，将此次侵权行为归罪于"上传有礼"活动中上传用户版权意识薄弱，并表示"感到非常震惊"，称"已经删除了数以万计的文档"。

11 月 13 日

淘花网当日凌晨就该网站存在侵权内容发表致歉声明，称将删除所有侵权内容，并叫停了存在争议的"上传有礼"活动。

淘花网近期上线了"上传有礼"活动，允许用户上传文档并可获得奖励，许多用户为了获得奖励而上传了大量盗版侵权内容。对此，畅销书作家陆琪、《盗墓笔记》作者南派三叔联合 22 位作家通过新浪微博发表联合声明，称"中国所有的文字创作者已经到了最危险的时刻"，指责淘花网肆意盗取文字，利用原创者们的梦想向读者收钱。至截稿时，此微博已经被转发 4000 余次，并引发了激烈讨论。

淘花网随后紧急开通了新浪微博官方账号发表致歉声明，称将在 48 小时内勒令非法卖家下架侵权商品，并表示已经删除了数万文档，对于给原创者带来伤害深表歉意。同时淘花网已经于 12 日晚叫停了"上传有礼"活动，并对举报侵权数字内容者予以奖励。

11 月 15 日

《成都商报》联合《春城晚报》发布第五届《中国作家富豪榜》，杨红樱、郭敬明、郑渊洁位居前三，显示出青少年成阅读主力军，纯文学的影响力持续下降，成年人阅读则日趋实用。港澳台作家在大陆的版税收入，第一次被纳入中国作家富豪榜，李敖、金庸、龙应台，首度榜上亮相。就此，《人民日报》同样刊发了评论员文章称："'君子固穷'的陈旧理念可以抛弃，更多的中国作家应该努力创作，拿出过硬的作品打动读者。因为，读者不会亏待他们喜欢的作家。"

11 月 18 日

第三届中国国际版权博览会暨 2010 国际版权论坛在京开幕，将举办全球原创金曲演唱会暨世界知识产权组织版权金奖颁奖典礼、中国国际版权产业展览、中国国际影像文化节、中韩创意版权交流等活动。中国国际版权博览会是中国版权产业唯一综合性、常态化高层次的国家级展会，已经成功举办两届，得到了世界知识产权组织和各国参与者、参与企业的高度评价，成为具有国际影响力的文化创意及版权产业盛会。

11 月 18 日

全国电子书标准工作组交互平台专题组标准制定讨论会在盛大网络召开，本次活动由上海电子书产业联盟主办，盛大文学、果壳电子协办。会议旨在讨论如何发挥产业链上下游的协作机制，避免产业涉及企业的恶性竞争，从标准规范的角度将中国电子书阅读器的发展引向正确道路。

11 月 19 日

由中国国际版权博览会组委会、中国作家协会、中国出版集团联合主办，中国文字著作权协会等承办的中国网络文学节在京举行，将通过组织在原创网络文学领域具有代表性的多家文学网站参与一年一度的权威评选及颁奖，在保证参与作品覆盖面的同时，积极整合网络文学创作资源，充分挖掘原创网络文学作品市场潜力，为原创网络文学的市场化运行创建影视、动漫改编等多元化的发展渠道，促进网络原创作品与市场的紧密结合，推动中国原创网络文学的繁荣和发展。本届文学节还颁发了多个网络文学方面的奖项，其中晋江文学网获年度最佳文学网站，《微微一笑很倾城》作者顾漫获年度最佳作者，那川《上班族》获年度最佳作品改编奖，Bam-book 获年度互联网终端，汉王电纸书获年度最佳电子出版物推荐奖，木子喵喵《一起写我们的结局》获年度最佳作品推荐奖等。

11 月 19 日

著名作家、中国作协副主席、全国政协委员、国务院参事张抗抗日前在第三届中国网络文学节上呼吁，不保护版权，网络文学可能毁于一旦。她说，"网络文学的特点是传播面广、传播速度快、互动性强。目前正是网络文学发展的黄金时期。但是我们也看到很多让人痛心的事情，网络盗版非常猖獗。对此，我们必须提高作者、网民和网站的版权意识，提升企业的社会责任意识。如果我们的版权保护不能有力地实施，网络文学就可能被网络盗版毁于一旦"。她强调，"著作权是写作者最基本的权利。对著作人的权利保护是一个民族文化创新、民族文化拥有持久生命力的重要保证。如果连这种保证都没有，我们的民族文化进步就无从谈起"。

11 月 20 日

起点中文网与起点中文网台湾分站共同举办的"两岸文学 PK 大赛"，最终得奖名次当日在台北颁奖典礼上揭晓。上千部报名参赛的作品，经过两岸评审三个阶段的评选，最终拿下首奖的是台湾作品《新·企业神话》，作者"高普"夺得奖杯与奖金新台币 20 万元。比赛第二名是台湾作品《过度正义》，作者"语吕太"获得奖杯与奖金新台币 12 万元；第三名由大陆作品《捡到我的日本老婆》拿下，作者"依然饭稀特"获得奖杯与奖金新台币 8 万元。

11 月 22 日

湖北省第二届网络文化节之"长江杯"网络小说大赛终审大会举行。青春文学作家孙睿以长篇小说《跟谁较劲》获得特别金奖，奖金 100 万元，创下省内外同类赛事活动的新高。

11 月 24 日

唐家三少与余华、刘震云、陈忠实、贾平凹、莫言、二月河等 100 余名作家一道当选中国作协全国委员会委员。2010 年 6 月，唐家三少从第一个以网络写手身份加入中国作协，到以代表身份首次参加全国作代会，再到当选全委会委员，人们可以清楚地看到网络作家正逐渐被传统文学界接纳、包容。据悉，截至 2010 年 12 月，唐家三少已创作十一部网络小说，累计超过两千万字，其中包括《琴帝》《斗罗大陆》等多部大红大紫之作。早已著作等身的唐家三少，因为"码字"速度超快，数年如一日地保持着从不断更的"金身"，被誉为"网络文学界的舒马赫"，成为中国网络文学的一张"名片"，甚至是中国网络文学的代言人。

11 月 25 日

百度文库正式版刚刚上线，盛大文学首席执行官侯小强就在网络上发文，对百度文库未经作者同意提供大量文学作品的存储与下载服务表示极大愤慨，甚至发出了"百度文库不死，中国原创文学必亡"的呐喊。侯小强的言论得到了来自中国文字著作权协会和数十位作家的支持。文著协发表声明支持盛大文学联合出版界起诉百度的提议，要求百度立即开始对盗版链接、侵权作品进行自觉清查，立即做出相应的屏蔽、删除处理。

11 月

中投顾问的《2010—2015 年中国网络文学商业运营投资分析及前景预测报告》修订发布。全书共六章，介绍了网络文学的定义、分类、与传统文学的区别等，分析了中国网络文学产业的发展现状，具体介绍了文学网站、网络文学出版业、网络文学影视、网游改编市场的发展，最后分析了网络文学领域重点企业的发展状况。《报告》是对网络文学商业化发展系统了解的重要工具。

12 月 1 日

马季的《网络文学透视与备忘》由中国社会科学出版社出版。本书立足于网络创作现实，对网络文学的表现形式、审美特征及其与时代的关系进行了全面系统的分析、研究，对少数民族网络写作、网络类型小说的文本价值，网络文学与传统文学的区别和差异等也有细致、独到的论述。书中的许多前瞻性观点，如"网络文学或将是当代中国文学的拐点"、"网络文学可能重组中国文学"、"网络写作，中国当代文学第二次起航"、"网络文学十年三代"等被大众传媒广泛采用。书中收入的文章均发表于权威报刊杂志，同时收入最近四年的网络文学年度报告，具有重要文献资料价值。

12 月 1 日

2010 一起写网"鹊桥杯华语网络文学大赛"圆满落幕，众评委在几百部图书中精心筛选出不同称谓的获奖作品，三峡刘星的《三峡吹奏的单簧管》获精英奖，踪影的《摇曳的罂粟花》、宋小铭的《雪洒长城》获英才奖。

12月1日

国内第一部系统研究网络编辑职业的专著《解密网编——网络编辑职业调查与解析》由山东大学出版社出版。该书是北京市一项关于网络编辑职业调查的研究成果，课题组将处于中国社会转型期与急剧变化的信息环境中的网络编辑从业人员作为研究全体，对人民网、央视网、中国网、新浪、搜狐、网易、赛迪网、千龙网、新京报网、龙源期刊网等六大类22家网站的编辑进行了问卷调查，同时还专访了二十多位网站总裁、副总裁、总编辑或内容总监。

12月6日

谷歌电子书店 Google ebookstore 正式开张，300万册图书率先上架。谷歌面向全球的书店则将于2010年第一季度开放，可适用于任何一个带有网络浏览器的设备，但不支持亚马逊 Kindle。

12月7日

由中国武侠文学学会与台湾明日工作室举办的第六届温世仁武侠小说大奖赛颁奖典礼在京举行。施达乐的《浪花群英传》获得长篇首奖，奖金20万元，另外评出长篇评审奖4名，短篇3名及佳作3名。温世仁武侠小说大奖赛是为纪念台湾已故企业家、武侠小说爱好者温世仁先生而创办的，前五届在台北举行，自本届起正式移师大陆，希望能结合彼此资源，扩大参与层面，号召两岸写手共襄盛举。大赛是以网络为平台的赛事，本届参赛稿件是过去历届收件数的3倍。

12月7日

腾讯网联合上海最世文化发展有限公司、长江文艺出版社在北京举行了腾讯网郭敬明频道上线启动仪式。腾讯网郭敬明频道是国内大型门户网站首次为个人开通独立频道。该频道是以郭敬明为核心的大型社区频道，下设图书、新闻、作者等专区，集合了郭敬明本人及最世文化旗下所有签约作者的最新动态、最新图书发布以及最新活动的跟踪报道。

12 月 10 日

新闻出版总署下发《关于促进出版物网络发行健康发展的通知》,要求本通知发布前已经在国内正式运营且至是日仍从事网络发行的,应于2011 年 1 月 31 日前,到所在地新闻出版行政部门办理《出版物经营许可证》,规范经营活动。逾期未办理《出版物经营许可证》而仍从事网络发行的,新闻出版行政部门将依法取缔。

12 月 10 日

蒋原伦在《文艺研究》的《当代艺术与阐释性批评——多媒介语境下艺术评价机制之探析》中称,当代艺术是一个多媒体的复合品,无法用传统的规范和传统的批评来约束它。影响当代艺术的因素很多,相比传统艺术,当代艺术是他律的艺术,与这种艺术相对应,需要一种新型的阐释性批评,阐释性批评为形形色色的当代艺术作品寻找合法性和历史的合理性,因而也改变了批评的方向。

12 月 15 日

红袖添香推出了基于 iPad 的中文下载阅读器,并正式在苹果 App Store 发布。这是国内首款由原创文学网站推出的针对 iPad 的网络文学应用。该阅读器的推出,打通了网络文学和 iPad 等阅读终端之间的通路,用户可通过该阅读器免费阅读红袖添香网站上 90% 的内容,看到收费部分则跳转到网站支付费用。

12 月 15 日—16 日

由北京市文联研究部和北京文艺评论家协会承办的"新中国北京文艺60 年:2010·北京文艺论坛"在北京举行。本届论坛的宗旨是探索艺术人才的成长之道,探索文艺精品的创作之道,探索文艺发展的繁荣之道。

12 月 17

"第五届榕树下网络原创文学大展"正式启动。大赛分为"长篇小说"和"短篇作品"两大赛区。长篇区分列都市情感、青春言情、军事历史、悬疑其他四个类别，设置特等奖、单项奖、优秀奖、月度作品奖、最佳人气奖、出版签约基金等奖项，一百余个奖励名额，累计产生的奖金及版权金各项奖励约 100 万元。短篇区分列散文、短篇小说、生活随笔、书评四个类别，设置特等奖、单项奖、入围奖等奖项，约五十个奖励名额，短篇区奖金及稿费累计约 30 万元。

12 月 17 日—18 日

由一起看小说网（17K）主办的题为"创作改变人生"的第四届作者年会在北京召开。原创繁体销量第一人萧潜、免费互联网时代第一人玄雨、网游小说第一人失落叶、17K 点击最高作者骁骑校等来自全国各地的顶尖原创作者齐聚一堂，交流创作心得。据了解，这些网络作者中，多数都是 80 后和 90 后的年轻人，创作为他们开辟了全新的事业发展平台，原创文学也为中国文学创作的发展和繁荣开拓了更为广阔的空间。

12 月 24 日

作家贾平凹开通微博，首篇仅五个字：圣诞节快乐！瞬间网友围观如潮，短短两个小时，粉丝突破万人，到晚上八点，粉丝已达 26000 余人。

12 月 25 日

起点网首届金键盘大赛拉起帷幕。

12 月 28 日

"首届海峡两岸文学创作网络大赛启动仪式暨网络时代文学创作与发展研讨会"在福州举行。据大赛组委会介绍，大赛将历时 9 个月，分 3 个赛季。将特别关注表现中华民族伟大品格的辛亥革命题材，表现残疾人自强不息、奋发图强精神风貌，表现中国农村新面貌和面临新问题的农村、农业、农民内容，以及反映艰苦创业的进城务工者等相关题材。目的是为了让文学更加关注现实、关注民生、关注人的心灵。据组委会透露，本次大赛获奖名额将达到 106 名，总奖金金额超过 60 万，其中特等奖奖金高达 20 万。

12 月 28 日

郭敬明旗下高端杂志《文艺风赏》和《文艺风象》全面出版上市。

　　附：在上世纪（20 世纪）80 年代，一个市级的文学期刊发行量都曾轻松上 10 万份。而像《人民文学》最高的时候达到 140 万份。文学期刊在上世纪 80 年代非常红火，经过 90 年代的电视媒体的冲击，被缩了一次水以后，到了 2000 年以后，又被网络狠狠缩了一下水。有统计称，目前全国近千种文学期刊中，能维持正常循环的不到 100 种，发行量过万份的不超过 10 种，全国只有《人民文学》《小说月报》《小说选刊》《十月》《当代》《收获》这几本期刊月发行量可以超过 5 万册这条"生命线"。

12 月 29 日

　　杭州数字图书馆正式运营。通过与华数传媒、龙源期刊等多家社会机构的合作，杭州图书馆初步实现了以"三网融合"为基础的数字图书馆建设，将数字电视平台、智能移动终端平台与网站平台整合成综合性的杭州数字图书馆。

12 月 29 日

　　美涛特约·第五届腾讯网星光大典将在北京国家体育馆开幕，作家余华在第五届腾讯网星光大典中获"2010 年度最具影响力微博"这一奖项。截至 2011 年 2 月 15 日上午，余华发表微博 163 条，内容涉及时政、文化、生活等方方面面，他的微博正被 869 万多网友关注。

12 月 30 日

　　中国文联、文化部、中国民协在人民大会堂正式启动中国口头文学遗产数字化工程。数字化工程的第一步是把 60 年来全国各省、直辖市、自治区上报给中国民间文艺家协会的民间文学资料县卷本的文字和图片扫描上网，做成数据库；第二步再向 20 世纪初至 40 年代延伸，最终做成一个百年来中国口头文学资料数据库。此外，录音、录像等资料也要经过整理，发到网上。少数民族语言文字的材料在完整上传至网络的同时，还要翻译成汉语。

12 月 30 日

中国互联网络信息中心分析师王京婕在《2010 年年终盘点之网络文学阅读》一文中指出，2010 年，网络文学阅读在网民中的渗透率逐步扩大，到 2010 年上半年，网络文学已经成为所有网络应用中，用户增幅最大的一项。回顾 2010 年网络文学用户阅读行为，呈现出以下特征及趋势：一是阅读设备多元化，二是碎片化阅读渐成趋势，三是用户偏爱在线阅读，四是用户对阅读内容的"免费观"难以改变，五是阅读需求走向差异化。

12 月 31 日

作家史铁生病逝，毕淑敏、余华、周国平、汪国真、麦家、杨志军、石钟山等作家相继在微博上发表悼念文字，短短数语，感人至深，这些微博迅速被成千上万的网友转发。

12 月 31 日

第二届网络文学艺术大赛暨网络新民谣创作大赛在北京举行颁奖典礼。从近 1.5 万首参赛作品中脱颖而出的 60 首网络新民谣分享了 23 万元大奖。《旅游谣》《老奶奶》《作秀广告》《幸福歌》等 60 首作品获奖。北京曲艺团的艺术家用北京琴书、京韵大鼓等多种曲艺形式演绎了部分获奖作品，极具民族特色的配乐和唱腔让这些新民谣韵味倍增，更具传播力和感染力。

12 月

广东作家网接国务院新闻办公室网研中心《关于对广东网络文学发展状况进行调研的函》，根据对国内和广东网络作家、网站论坛进行的调研、座谈和研讨会所积累的材料进行了搜集、归纳与整理，形成书面报告，并向国务院新闻办公室网研中心工作组作当面汇报。

年末

萧潜、玄雨推出玄幻力作《秒杀》和都市新书《合租奇缘》，一经发布就风靡网络，仅仅在发布十来万字时，网络点击率就已达百万。

是年

◆这一年，网络文学的发展得到多方关注。新闻出版总署将网络文学纳入中国出版政府奖评选范围，网络出版物的国家级奖项即将产生。三家网站的三部网络长篇小说获得中国作协重点作品扶持。网络文学的专门奖项——"网络类型文学奖"正在积极筹备之中。出版机构对网络文学作品的认识逐步加深，出版日益理性化，但总量不减。文学网站开始注重编辑素质的培育和提升；网络文学成长途径更加开阔：新华网成立副刊频道，榕树下重点培育网络文学评论作者……无论是外部环境还是内部环境，都在助推网络文学向主流汇合和靠拢。如上所述，在保持其自身特性的同时，网络文学的理性发展则成为必然。

◆网络盈利模式浮出水面并日渐成型。欧阳友权分析，其表现形式主要有三个方面。一是签约写手：尤其是海岩、周梅森等知名作家与起点中文网签约，对传统专业作家有一定引领和启示作用；二是付费阅读：阅读付费慢慢被网民所接受，使文学网站找到了盈利模式，尽管付费不多，但1.88亿文学网民是一个巨大的阅读市场；三是网络文学产业链开发：一个作品经网络试水，可以进行二度、三度、N度开发，如出版为畅销书，改编成影视、动漫、网游作品等。产业化、市场化是网络文学的生存之道，也是网络文学发展的重要引擎。

◆自2010年开始，红袖添香网站打破惯例，率先实行"按质定价体系"，即不同级别作者，不同品质的作品按照市场化接受程度确定销售价格，首批推出的5位当红作者的5部"按质定价"作品，平均每千字提价一分钱。

◆是年，手机阅读最受读者欢迎的网络文学作品是玄幻小说《斗破苍穹》，其单日信息费最高收入突破 6 万元；都市小说《很纯很暧昧》为最高点击量作品和最高收益作品；纪实小说《我是一朵飘零的花——东莞打工妹生存实录（一）》区域推广效果最佳，单日信息费最高收入突破 5 万元。

◆2010 年持续火爆的网络小说依然是玄幻与仙侠类小说，如我吃西红柿的《九鼎记》、唐家三少的《阴阳冕》、天蚕土豆的《斗破苍穹》、跳舞的《猎国》、梦入神机的《阳神》、血红的《邪风曲》和辰东的《不死不灭》等。这几部作品的作者，也是玄幻与仙侠类小说写作目前水平的最好代表。此外，还有一种把都市情感与玩闹青春结合起来的，因为比较另类，也很受欢迎，如柳下挥的《近身保镖》《邻家有女初长成》、烽火戏诸侯的《陈二狗的妖孽人生》等。这种写作，可能还预示了类型小说跨越界限，逐渐融合的一些倾向。

◆2010 年度最具影响力的网络文学作品包括《斗破苍穹》（天蚕土豆）、《永生》（梦入神机）、《大悬疑》（王雁）、《橙红年代》（骁骑校）、《步步生莲》（月关）、《冒牌大英雄》（七十二编）、《罗浮》（无罪）、《步上云梯呼吸你》（涅槃灰）、《我不是精英》（金子）、《结爱·异客逢欢》（施定柔）等。

◆2010 年被媒体称为微博元年，这一年发生了太多因微博而被关注的大事。"日记局长"、"山西疫苗案"、"南平杀童事件"、"王家岭矿难"、"上海火灾"、"仇子明被通缉"、"微博问政"等等，这些事件的发生不仅引起了人们对微博的关注，更重要的是折射出微博的力量。

◆包括《宫心计：冷宫皇后》《宫杀：凤帷春醉》等在内的 2010 年度十大后宫小说平均点击超过 3000 万，深受女性读者喜爱，除此之外，穿越小说《再生缘：我的温柔暴君》《替身哑妻》等也持续受到关注。《裸婚》《蜗婚》等一系列具有社会影响力的婚恋作品，以及《一起写我们的结局》等畅销青春小说均榜上有名。

◆李嘉诚投资的加拿大电子书网 Kobo，在经过 1 年多的发展后，已拥有藏书 220 万部和 130 万注册用户，售出电子书超过 100 万台，增长速度不容小觑。

◆2010 年的俄语布克小说奖破天荒地被授予一部网络小说，表明网络文学作为艺术文本新的创造手段和流传方式，逐渐被主流文学认可。

◆数字出版大潮涌动，少儿出版纷纷试水。江苏少年儿童出版社和上海淘米网络科技有限公司深度开发"塞尔号"品牌，推出"塞尔号书刊"系列；童趣出版社和江苏美术出版社的"摩尔庄园"相关产品；酷噜网与新世界出版社共同打造"海底彩虹城"系列书刊；河北少儿社与香港港嘉国际科技有限公司签约，输出畅销电子图书版权等。

◆2010 年被称为日本的"电子书元年"，据日本矢野经济研究所推算，2010 年度该国电子书的市场规模达 670 亿日元，随着多功能电子阅读器和读书专用机的不断面世，预计 2014 年度电子书的市场规模将超过 1500 亿日元。

◆网络文学与电影改编的"蜜月期"始于 2010 年，这一年，内地女星徐静蕾自导自演了根据同名网络小说改编的《杜拉拉升职记》，影片在 4 月份上映并最终取得了超 1.2 亿元的票房，实现了网络小说与电影的第一次成功联姻。5 个月后，张艺谋执导的《山楂树之恋》全国公映并豪取 1.6 亿票房，这部根据同名网络小说改编的电影不仅刷新了国产文艺片的票房纪录，同时也拉开了名导涉足网络小说改编的序幕。

◆完美时空在 2010 年上半年宣布向旗下纵横中文网投资一亿元。纵横中文网随即向盛大文学旗下的领军网站起点中文网展开挖角行动，多位知名写手跳槽。文学网站的"圈地"运动就此拉开序幕。完美时空旗下纵横中文网对盛大文学旗下起点中文网展开挖角，事件、风波不断升级，甚至于最终对簿公堂，此事在网文界引起轩然大波，被媒体称为"文学网站开始圈地挖角"。

◆据易观国际最新发布的数据显示，2010年中国国内移动互联网市场规模达到637亿元，比2009年上涨64.2%，增速放缓。除去流量费之外，移动互联网服务收入达到342亿元。从收入构成来看，无线音乐、手机游戏、手机阅读逐渐成为三大主要移动互联网娱乐应用，手机购物增速明显。预计2011年移动互联网娱乐应用仍将保持稳定且高速的增长，占全年市场份额也将进一步提高。此外，2010年第四季度中国国内移动互联网用户规模达2.88亿，环比增长18.52%，相比前一年同期呈现41.48%的增长速度。

2011 年

1 月 1 日

慕容雪村的最新力作——《中国，少了一味药》由中国和平出版社推出。该书是慕容雪村的首部纪实文学作品。他用 23 天的卧底传销经历，揭示黑暗传销世界的无知与疯狂。他说，我有一个希望：让常识在阳光下行走，让贫弱者从苦难中脱身，让邪恶远离每一颗善良的心。本书首印 15 万册，引起了各大媒体、销售商、全国各地反传销组织、各省市工商部门的关注以及读者的青睐，市场期待大大超出出版方的预期。

1 月 1 日

2011 青春流行小说 PK 大赛正式拉开帷幕。本次大赛由盛大文学旗下起点女生网携手江苏凤凰文艺出版社有限公司共同举办。

1 月 3 日

新浪微博主办的"中国首届微小说大赛"公布评选结果，一等奖空缺，二等奖 6 名，三等奖 10 名，得主分获 2 万元和 8000 元奖金。在 6 篇二等奖作品中，组委会还重点推荐三篇作品，分别为"最具人气作品"（网友"信天云"创作）、"最佳催泪作品"（网友"夏正正"创作）和"评委会特别推荐作品"（网友"甲斐文"创作）。

      附 1：第一位在微博上进行微小说创作、并提出微小说概念以及创作规范的是作家闻华舰，代表作是长篇微博小说《围脖时期的爱情》，此后他创作了大量的 140 字的微小说，并发起了首届微小说大赛，挖掘、培养了大批微小说作者，被媒体誉为"中国微小说之父"。

附2："信天云"微小说作品：我因车祸而失明，所以我从不知女友长什么样。那年，她得了胃癌，临终前她将眼角膜移植给了我。我恢复光明后的第一件事就是找她的照片，然而我只找到她留给我的一封信，信里有一张空白照片，照片上写有一句话："别再想我长什么样，下一个你爱上的人，就是我的模样。"

1月5日

《IT时代周刊》载文《被列为网络淫秽源头，盛大疑借央视炒作》称：网络文学中掺入低俗内容，是网站取悦读者的一种手段；有关方面对网络文学的监控难以尽善尽美，使得低俗内容还将继续存在。央视对盛大文学问题的曝光，不会影响盛大文学的经营，相反，它还可因此提高点击率，盛大电子书产品"锦书"的销售也可能因此受到刺激性增长。

1月6日

社科文献出版社举办的"数字环境下传统书业的营销论坛"在京举行。社科文献出版社社长谢寿光认为，网络书店具有购书便捷、品种齐全、价格优惠等优势，对传统图书发行渠道构成了威胁。他建议实体书店通过与网络销售的差异化、多元关联销售、定制服务、提升卖场环境等策略来与网络书店抗衡。

1月7日

江曾培在《文汇读书周报》撰文指出，传统出版引入数字技术是不可逆转的趋势，出版人对数字出版要给予足够的重视，否则，就会落后于形势。但是，无论出版载体如何变化——金石、丝帛、纸张或是荧屏，也无论出版手段如何发展——石印、木印、机印乃至数字印刷，内容作为出版业的核心价值，则是不变的。

1月9日

全球最大的中文电子阅读网站——番薯网"源创"平台正式启动。此次番薯网推出的"源创"，旨在通过与出版机构合作，从源头对优质的图书进行数字化包装、推广，将优秀的纸质书作品在出版前进行数字首发，共同为读者提供提前预订、抢先预读、按需购买等服务，挖掘数字图书市场的巨大价值。安妮宝贝、沧月、蔡智恒、张宝瑞、卢文龙、饶雪漫六位知名作家的最新作品在"源创"首发。

1 月 9 日

北京图书订货会馆社合作论坛在京举办。论坛聚焦"数字出版时代出版产业链变化"，就数字复合出版工程对图书馆的影响、数字出版及其挑战等问题展开深入探讨。本届订货会一个显著特色是设立了数字出版专区，首次举办了"中国电子书产业峰会"。

> 附：百道新出版研究院首席顾问程三国解释说，电子书 1.0 即印刷数字版，是纸质书的电子版；电子书 2.0 为原生电子版，为先出电子版或者只出电子版的电子书；电子书 3.0 指除了文字、图、表等平面静态阅读要素以外，集成了声音、视频、动画、适时变化模块（如嵌入的网页等）、交互模块等要素的多媒体读物。这三个世界背后的商业模式和产业逻辑，都有着深层次、结构性的差异，不能混搭。

1 月 10 日

文化部公布了 2010 年全国文化市场十大案件。其中，网络文化案件所占比例大幅增长，基本上与传统文化市场案件"平分秋色"；涉及知识产权保护的案件有 5 起，占到总数的一半。

1 月 10 日

《最高人民法院、最高人民检察院、公安部关于办理侵犯知识产权刑事案件适用法律若干问题的意见》公布。《意见》规定，以营利为目的，未经著作权人许可，通过信息网络向公众传播他人文字作品、音乐、电影、电视、美术、摄影、录像作品、录音录像制品、计算机软件及其他作品，具有下列情形之一的，属于刑法第二百一十七条规定的"其他严重情节"：非法经营数额在五万元以上的；传播他人作品的数量合计在五百件

（部）以上的；传播他人作品的实际被点击数达到五万次以上的；以会员制方式传播他人作品，注册会员达到一千人以上的；数额或者数量虽未达到前项规定标准，但分别达到其中两项以上标准一半以上的。根据刑法第二百一十七条规定，以营利为目的侵犯著作权，属于"严重情节"的，处三年以下有期徒刑或者拘役，并处或者单处罚金。

同时《意见》对侵犯著作权犯罪案件"以营利为目的"的认定进行了详细解读。除销售外，具有下列情形之一的，可以认定为"以营利为目的"：以在他人作品中刊登收费广告、捆绑第三方作品等方式直接或者间接收取费用的；通过信息网络传播他人作品，或者利用他人上传的侵权作品，在网站或者网页上提供刊登收费广告服务，直接或者间接收取费用的；以会员制方式通过信息网络传播他人作品，收取会员注册费或者其他费用的；其他利用他人作品牟利的情形。

1月10日

王瑞婵在《学周刊》撰文认为，进入21世纪以来，网络文学迅猛发展，目前已经达到了与纸质文学平分天下的程度。网络文学与纸质文学最初可以说是相互排斥甚至敌视的，但现在已经进入到了和平共存时代。

1月12日

中国作家协会党组书记、副主席李冰在《求是》撰文《努力推出更多的文学精品力作》指出，我们正有意识选择一批优秀的文学母本进行转换，实现全媒体出版，全方位覆盖，努力形成文学、数字、影像、网络为一体的文学传播格局。同时，我们积极探索文学作品中介组织和作家经纪人制度，在实践中逐步研究文学作品走向市场、实现消费的多种途径，探索文学作品策划、签约、转让、拍卖、直销等多种形式，努力使文学报刊社网站形成独具特色、富有品位、充满活力、影响广泛的文学方阵。

1月12日19时58分07秒

刘翔在腾讯微博的"听众"（即关注他的人）人数超过1000万，超过世界第一大微博网站Twitter上的第一名Lady Gaga，成为微博历史上第一位拥有关注者超过千万级的博主，确立了全球第一微博主的地位。

1 月 14 日

张涛甫在《文汇读书周报》的《微博时代的新读写》中认为，刚刚过去的 2010 年被媒体称之为"微博年"。一种传播媒介要普及到 5000 万人，广播用了 38 年，电视用了 13 年，互联网用了 4 年，而微博仅用了 14 个月。据《2010 中国微博年度报告》显示，截至 2010 年 10 月，中国微博服务的访问用户规模已达 12521.7 万人，新浪微博用户数量已超过 7000 万。微博经过商业网站的成功推广以及微博用户的接力追捧，被迅速制造成一个巨大的媒介神话。

> 附：中国的微博来源于美国的 Twitter。Twitter 的英文原意是一种鸟叫声，创始人认为鸟叫是短、频、快的，符合网站的内涵，因此选择了 Twitter 为网站名称。Twitter 进入中国以后不仅名字变为"微博"，而且功能上也发生了本质变异。与美国的 Twitter 比较，中国的微博可以嵌入多媒体，增加回复、转发等多个功能，比较符合中国人习惯。微博的兴起，标志着中国自媒体时代的真正来临。

10 月 14 日

中国文坛重磅人物金庸再度被传"逝世"。一个名为"信 e 站"的网友在微博称"金庸先生于 10 月 14 日 3 点 12 分在香港尖沙咀圣玛利亚医院去世"。消息一出，在短时间内引起众多网友议论，纷纷求证传言。后经记者和金庸先生好友取得联系证实，该消息属谣言。2010 年前几年在国内的一些知名论坛和博客上，屡次出现金庸先生去世的谣言，特别是前两年微博逐渐兴起，金庸先生去世的谣言更是多次出现。据不完全统计，金庸先生逝世的谣言已经出现不下 20 次。仅 2010 年 6 月和 12 月，微博中就两次传出金庸先生"去世"的消息，均引起轩然大波，网友震惊并不顾消息真假性疯狂转发。

1 月 15 日

罗华在《作家》撰文指出，网络文学文本和传统文学文本相比，主要有超文本性和多媒体性两个特质。这两个特质对文学的意义重大：一是改变了文学的写作方式和阅读、接受方式；二是丰富了文学的表现手段和方式。

1 月 15 日

张纯静在《西南农业大学学报（社会科学版）撰文强调，在后现代的文化视野中，网络文学以其独有的"渎圣化"书写、平面化叙事策略、游戏主义和娱乐原则颠覆着传统文学在文学话语上的霸权，极大地解放了文学生产力。然而，网络写作过度的自由又造成了文学发展的新一轮禁锢。因此，网络文学为了自身的健康发展应当追求"深度和精美"，承担起人文关怀的责任。

1 月 15 日

宋婷在《大众文艺》撰文指出，网络文学批评中批评主体的身份、价值观、审美取向和评价标准都显示出不同于传统文学批评主体的新特征，主要表现为其审美取向的去中心化。这种去中心化首先表现在网络文学批评审美对象的非经典性，其次表现在解读文本角度、兴趣的中心和解读方式的去中心化。

1 月 15 日

黄雪敏在《淮南师范学院学报》撰文认为，网络文学要想摆脱是时的地位悬疑和身份危机，必须在当代文化转型和建设中，找到自己的终极性价值取向，在关注现实、民生与民族问题上找准价值评判的标准，才能够渐渐被精英文化与社会所认同。

1 月 19 日

中国作协党组书记、副主席李冰在"与鲁院学员谈心"中指出，社会的快节奏和商业化催生了大量"文化快餐"，一些网络文学作者经常是每天上传近万字，日复一日，这样的写作量和写作节奏，任何人都做不到精雕细刻。网络文学作品如何掌握创作速度、提高创作质量，是个有待解决的大问题。

1 月 19 日

由湖南省文化厅、湖南省作协联合主办，湖南作家网和湖南图书馆共同承办的湖南省网络文学作品联展暨湖南作家网 2010 年度总结表彰会在湖南图书馆举行。活动中，湖南作家网向湖南图书馆赠送了近五年来湖南作家网作家和文友出版的书籍，评选出"2010 年度湖南作家网分站目标管理奖"、"2010 年度湖南作家网分站最佳人气奖"、"2010 年度湖南作家网优秀编辑奖"、"2010 年度湖南作家网优秀版主奖"等 14 个奖项。

1 月 19 日

王觅在《文艺报》撰文认为，2011 年中国的电子书产业将出现不少新的趋势：可供下载的电子书品种将不断增加，电子书产业重心将从硬件销售向内容销售模式转变；电子书市场多平台的局面将进一步加剧，电子书资源会被众多电子书店分食，市场的碎片化依然严重；而技术优势和与出版者的信任关系将使得印刷商在电子书分销格局中扮演重要角色。同时，手机图书阅读将大大超过电脑在线阅读的市场规模，电子课本及电子书包的试点范围将进一步扩大，电子阅读器市场将继续呈现多元化格局，而定价与分成模式以及反盗版将依然是电子书市场的焦点问题。

1 月 21 日—22 日

第二届中法文学论坛在北京中国现代文学馆拉开帷幕。本届论坛由中国作家协会、法国驻华大使馆以及 L'Institut francais 共同主办，论坛主题为"新眼光"，两国作家、评论家、翻译家围绕"作家、文学、社会"等话题展开主题演讲，力图以新的视角发现和关注两国文学创作的现状。此次论坛还对外开放，并在微博上进行现场直播，扩大了民众的参与和互动。

　　附：论坛主要观点：
　　张炜：这种文学形势（指网络文学）在中国多少有点熟悉，这就是 20 世纪 50 年代出现的"文学大跃进"，当时曾经有"全民人人皆诗人"的趋向，这个运动除留下一本有趣的"红旗歌谣"外，大部分都化为了烟尘。时下这种局面有利于挖掘文学的民间力量，出现某些"文学大力士"。不过这样的"大力士"也应该具有内容上的经典精神、形式上的经典完美性，而绝不会是对经典的全面背离。

埃尔维·塞利：在这个图书界通称的"数字革命"中，文化产业中与数字化技术到来产生的相关变化不一定标志着会出现和不断形成我们想象中的、与过去彻底的断裂。即使是"革命"，它们也有着相互之间的联系和共性，我们不能把它们完全对立起来，并且，相对于出版社，电子书的市场份额也并不是很大。

1月25日

第四届老舍文学奖揭晓，徐坤的《八月狂想曲》、叶广芩的《豆汁记》等10部作品获奖。颁奖现场上，获奖者和评委们认为，在网络写作、泛工业化写作、类型化写作、减压写作等各种风潮甚嚣尘上的情况下，作品的精神内涵，仍然是衡量文学作品价值的核心标准。

1月25日

《中国社会科学报》载文称，据马季先生的调查，现在全国大约有一万家文学网站和社区，从事各种形式网络写作的人有千万以上，排除了重复注册等因素，经常写作、有签约的作者大概有100万，其中一万到两万人能从中获得经济收益，3000到5000人从事专职写作且收入稳定，月收入少则一两千，多则10万元以上，甚至有个别月收入20万元以上的网络作家。整体来看，专职作者及经济收益的分布呈梭形。另，传统写作者大部分居住在一线二线城市，而网络写作者分布极其广泛，很多在小县城，甚至边远山区。

1月25日

《山西师大学报（社会科学版）》刊登李盛涛《论网络小说的文学生态性》文章指出，在生态学视野下，网络小说表现为一种"灌木丛式的发展"方式。因而，从生态学视野出发研究网络小说，也许能更好地走进网络小说，发现它的生态性文学图景。

1月26日

在网络上拥有众多读者的新兴奇幻小说写手白饭如霜所著系列幻想小说由春风文艺出版社出版，该系列中包括《狐说》《家电人生》《非人世界漫游指南》等。

1月26日

陈定家在《中国文化报》撰文指出，2010年网络文学的发展如火如荼，主要体现在网络文学开始以融合传统文学、靠拢主流文化为发展趋势，并且呈现出打造产业、面向市场的新面貌。如今，网络文学成为网络游戏、电影电视等相关文化产业竞相争夺的重要资源，形成"网络文学—影视—网游"的"暗战"格局，从掌握内容的网站，到掌握终端的企业，乃至运营商，都以整合者的姿态出现在这个"江湖"中。

1月26日

北京市第二届网络文学艺术大赛暨网络新民谣创作大赛举行颁奖典礼，朗朗上口的60首网络新民谣从近1.5万首参赛作品中脱颖而出，其中10首作品荣获"2010年十大网络新民谣"称号。

1月30日

截至当日，军事小说《冷刺》创造了网络点击1300万的成绩，成为震撼力和影响力强大的军事作品。此前，著名军事评论家、凤凰卫视主持人马鼎盛先生连续两天在"开卷八分钟"节目点评《冷刺》，并在新浪网撰文评论，自此该作品畅销爆红，引起网络文学和实体文学在军事文学界的轰动。

1月30日

白烨在《海南师范大学学报（社会科学版）》的《新变、新局与新质——为新世纪文学把脉》中指出，经由80年代、90年代的不断演进与剧烈变异，新世纪文学已经逐步呈现出一种"三分天下"的新的格局，即以文学期刊为主导的传统型文学，以商业出版为依托的市场化文学（或大众文学），以网络媒介为平台的新媒体文学（或网络文学）。其特点可以概括为"繁盛性"、"新异性"与"外延性"。

1月

《中国版权》2011年第1期载文对著作权核心的复制权如何保护、如何取得进行分析，并探讨相应的解决方案：1. 加大版权宣传教育力度，改善版权环境，增强每个人的版权保护意识；2. 著作权集体管理；3. 版权法律的修订和完善。

年初

天津市写作学会新媒体写作分会正式注册成立，是国内第一家正式成立的以新媒体写作为研究对象的学术组织，藏策任会长。2011年6月举行首次学术研讨活动，来自北京、山西以及天津本地的著名学者、作家、编剧参加了研讨。

年初

在以穿越题材作为最大卖点的电视剧《宫》热播后，湖南卫视果断出手购买了由唐人影视制作的同题材作品《步步惊心》。《步步惊心》改编自网络作家桐华的同名小说，2005年起在晋江原创网连载，4年后湖南台购买这部作品，正是想延续《宫》的穿越剧风潮，继续拓宽该频道的核心观众群。

2月2日

蒋宏在《中华读书报》的《数字出版困惑》一文中，指出了传统出版社进军数字出版的七大困惑：一、出版社是互联网出版机构，这是新闻出版总署批的，但是很少有出版社拿到电信增值服务的运营权；二、数字出版权的归属问题；三、是否有能力进军数字出版；四、人们阅读习惯改变，是否能成为出版领域的实际收入；五、传统出版单位进入数字出版受到了人才的困扰；六、传统出版业的网络运营能力问题；七、谁能整合移动阅读。

2月2日

丁毅在《中华读书报》撰文指出，中国电子书产业的市场前景不容乐观，它的发展或早或晚会遇到产业的成长极限，这是一个由成年人低阅读率而决定了的成长极限。要突破这个极限：第一，中国电子书产业全面进入教育阅读市场和非成年人阅读市场；第二，大幅提高成年国民的（电子）图书阅读比率、鼓励他们增加更多的阅读时间和阅读数量。显然这两条道路都不可能在短时间内一蹴而就，电子书产业在中国的发展可谓是任重而道远。

2月8日

金雪涛、唐娟在《中国出版》撰文认为：对传统出版商来说，应坚持以其生产和组织优质内容的能力为核心竞争力，同时根据数字时代的读者群、阅读需求、阅读方式、消费模式等特点对内容进行数字化编辑；对平台运营商来说，应积极整合内容资源，同时拓展营销渠道，通过线上线下联动、全媒体运作等方式在平台上提供多种增值服务；对终端运营商来说，应在手机等普及率高、顺应阅读趋势的终端大力开展数字出版业务，并实现与各种网络有效的对接。同时，在合作过程中，产业链上相互联系的各环节之间应该权责分明，明确利润分配，尽量避免出现版权纠纷、点击欺诈行为等问题。

2月12日

台湾智傲对外透露，目前已获得台湾可米瑞智授权，预备以台湾知名人气网络小说家九把刀截至当时最满意的代表作《少林寺第八铜人》为基础立项研发 3D 网游版《第八铜人》。

2月14日

《人民日报》海外版刊发马季《网络文学遭遇"版权困境"》一文，阐述了当下网络文学盗版主要呈现出的特点：1. 朝着规模化、快速化的方向发展，具有很高的隐蔽性以及高扩散性；2. 相对于纸质盗版来说，减少了中间环节，比纸质盗版要快捷很多，无成本、传播快；3. 所采用的技术更为多样，主要方式有网络爬虫、图片下载、拍照、截屏和手打等；4. 给原创网站和网络文学的发展带来很大冲击，网络文学遭到大面积盗版，网站的 VIP 作品几乎全部被盗；5. 打击盗版在取证上非常困难，因此造成诉讼和执法盲点；6. 部分搜索引擎钻法律空子公开盗版，并有联手盗版网站共同谋取利益的嫌疑，但由于没有适用的法律依据，无法追究其盗版责任；7. 规避版权、变相侵权的方法层出不穷，比如在一部书产生影响之后，立即跟风续写，在其他网站发布。书名故意"撞车"的现象也时有发生；8. 相对于盗版网站来说，网络文学作者是弱势群体，不仅盗版方难以查找，而且维权门槛很高，作者自己很难实现有效维权。

2 月 14 日

马季在中国作家网撰文称，总有人担心"80 后"、"90 后"无力承担对文化传统的继承，这种担心实在是杞人忧天，他们并非脱离传统的一代。作家的艺术创作是自我审美的实施行为，世界上没有哪两个人的思维是相同的，因此作家主观的创作是在传统之下独特的个体劳动，尚无一种断代分类的方法能够完全概括哪怕是两个作家的创作特征，显然这种代际命名也不具备归纳、总结作家创作的实际意义，只出于研究的方便。

2 月 15 日

《光明日报》在介绍王蒙新著《王蒙演讲录》时称，作为当代文坛重要作家之一，王蒙始终在对中国的文学问题进行持续深入的思考。在这本书中，他关心文学的内外问题，从文学的观念、功能到个人对文本的解读、感受，从文学在市场经济大潮中的现状，到网络文学、多媒体介入后文学的未来，都表达了自己的观点，从而建构出自己独到的文学观。

2 月 15 日

Social Sciences in China 发表陈定家、欧阳友权、马季、张永清的一组文章。

陈定家在《网络文学文本的持守与创新》中指出，网络文学文本主要由传统文本和超文本组成。超文本以去中心和不确定的非线性"在线写读"方式解构传统、颠覆本质，在与后现代主义的相互唱和中，改变了文学的生存环境和存在方式。更重要的是，日益走向超文本的网络文学文本正在悄然改写我们关于文学与审美的思维方式和价值标准。

欧阳友权在《中国文学的世纪转型与数字化生存》中指出，数字化传媒的革故鼎新已成为推动中国文学世纪转型的强大引擎。这需要我们厘清数字化媒体在文学转型中"消解"与"建构"的双重功能，以便从不同的学理维度上为文论拓新建构数字化生存时代的文学观念，使数字媒介对传统的挑战变成未来文学别创新声的契机。

马季的《话语方式转变过程中的网络写作——兼评网络小说十年十部佳作》指出，中国当代文学阅读层面上的价值认同正在经受前所未有的挑战。十多年来，网络上产生了海量的小说文本，逐渐形成了二十多种类型。本文兼顾时间跨度和创作类型，遴选了十年中不同类型的十部佳作，并针对它们区别于纸质媒体的艺术审美和创作特点进行了述评。

张永清在《反思网络文学》中指出，网络文学在十余年的发展过程中，其文学实践与理论研究存在四个方面的突出问题：把互联网自身的技术特性简单等同于网络文学的特征，对网络文学的理解依然存在认识误区，未能真正区分网络写作与传统写作的基本特征，未能从理论上真正厘清网络文学文本与传统文学的根本性差异。

2 月 15 日

徐润拓在《廊坊师范学院学报（社会科学版）》撰文认为，信息时代的文艺在多样化的同时，更应保有一种精神上的高度，从而排斥全民性的狂欢与堕落（如"蠢文艺"、文学注水肉等）。处在传媒引导和信息包围下的受众，消费主义意识形态本身是社会发展产生出来的悖论性结果，人们应在消费主义的洪流中认清本真之我。

2 月 16 日

《中华读书报》消息：国内最大的女性文学网站红袖添香近期进行了网络文学年终盘点，公布了 2010 年度十大现代小说、后宫小说、穿越小说等 50 部颇具网络特色的年度优秀作品，2010 年度网络最佳原创作者、最佳作品也同时揭晓。十大后宫小说中的《宫心计：冷宫皇后》《宫杀：凤帷春醉》《碧霄九重春意妩》等是佼佼者，十大穿越小说中《再生缘：我的温柔暴君》《替身哑妻》等是精品，婚恋作品、青春小说中的《裸婚》《蜗婚》以及《一起写我们的结局》具有较强的社会影响力。寂月皎皎、Abbyahy、顾盼琼依、红了容颜、携爱再漂流、涅槃灰等知名网络作家受到广泛认可。获奖结果显示，类型化写作仍是网络文学的主流。

2月16日

美国第二大图书零售商鲍德斯集团（Borders Group）因资不抵债而正式申请破产保护。无人能够否认，正是一日千里的数字革命将鲍德斯逼上了绝路。对网上零售业务和电子书，鲍德斯的反应也极为迟缓。在这一增长迅猛的市场上，鲍德斯的比重甚微，不仅远远落后于亚马逊，亦无法与奋起直追的全美第一大连锁书店集团巴诺比肩。

2月25日

中国作协官网公布了修订的《茅盾文学奖评奖条例》，标志着第八届茅盾文学奖评奖工作开始启动。与往届相比，新修订的评奖标准中出现了两条醒目的变化，一是"推行评奖实名制投票"，二是"向持有互联网出版许可证的重点文学网站征集参评作品"。这是继去年鲁迅文学奖向网络文学张开手臂后，我国最高荣誉的文学奖项再度向网络文学敞开大门。很多业内人士都对此表现出积极和乐观的态度。

2月25日

《文艺争鸣》刊登的黄发有《网络文学的可能与限度》一文指出，在意识形态、资本、技术垄断、网民的集体无意识等强势话语的围困之下，网络文学的可能性正在幻灭成镜月水花。在时下的文学语境中，越来越多的人把网络文学视为左右文学前途的关键力量，其中不少人看重的是其中蕴含的巨大的商业潜能和全时空覆盖的传播优势，文学则蜕化成点缀在这一超大的利益蛋糕上的彩色奶油。

2月25日

贺绍俊在《东岳论丛》撰文认为，网络文学具有革命性的意义，它在审美形态上、语言思维上形成了一套与传统文学迥异的系统，从本质上说体现为后现代性。网络文学采取功能提纯的方式重新分配文学的功能承担，从而具有小说的娱乐化、诗歌的率性化、散文的载道化的特点。它在新世纪对传统文学构成了一种巨大的挑战。

2 月 25 日

陆山花在《广西民族师范学院学报》撰文认为，与传统文学相比，网络文学显示出明显的性别差异，主要表现在小说题材的选择和表现手法等方面。以安妮宝贝和宁财神的小说为例，在题材选择上有言情与言欲的不同，表现方法上有独语与讲述的不同，美学风格上有细腻感伤与粗豪搞笑的不同，在人生态度上有疏离与融入的不同。

2 月 28 日

中国咨询机构 China Venture 投中集团发布的权威榜单显示，以业内大型企业为主导的 TMT（科技、媒体、信息）行业战略投资及并购交易呈现逐年增长趋势，其股权投资活动也持续活跃，其中，盛大为最活跃战略投资者。

2 月 28 日

蒙星宇在《常州工学院学报（社科版）》2011 年第 1 期研究了美国华文网络文学蕴含的文学新精神："游戏精神"。结合文本分析，比较研究美国华文网络文学和中国文学的两种调侃，即流放的审视与流浪的游戏，以及两种娱乐：玩家精神与商家意识的同与异。论述美国华文网络文学融通东西文化精神，结合精英意识与大众写作，发掘出经典理想、商业追求之外的文学内驱力，即游戏精神的魅力与价值，为商业浪潮席卷之下的中国文学提供有益的启示。

3 月 1 日

《人民日报》刊载《文学批评如何重建》一文指出，随着网络新媒体和民间资本对文学的强劲介入，中国文学格局已经、正在、将要发生深刻的变化。但可以毫不客气地说，当下文学批评基本仍然在旧的文学格局中开展。和当下文学现场相比，文学批评龟缩在传统的所谓"纯文学"的领地，这直接影响着作家的文学创作以及中国文学的格局和走向。文学的大众化、世俗化对于习惯于将文学看作是少数人事业的精英文学观是一个很大挑战。

3月1日

马季在《中国图书商报》上，从作品影响力、读者追捧度、社区推荐度、影视和游戏改编等诸多因素综合考虑，历数当下正红的网络女作家及作品。她们分别是王雁《大悬疑》、Fresh 果果《琉璃般若花》、施定柔《江湖庸人传之暗香杯》、原园《错嫁良缘》、陶冶《傲风》、水流云在《冷总裁的退婚新娘》、鱼歌《错惹霸道首席》、唐欣恬《裸婚——80 后的新结婚时代》、白槿湖《蜗婚：距离爱情一平米》、安知晓《亿万老婆买一送一》。

3月1日

蒙星宇在《名作欣赏》2011 年第 9 期著文，纵向厘清了全球华文网络文学的源头——美国华文网络文学的发展历程，发掘出寄生期、自生期、延伸期等三个时期的标志性文学园地、重大文学事件、代表作家作品，并论述各阶段文学群体、文学主题等特点，填补了我国网络文学基础研究的空白。

3月4日

盛大文学 CEO 侯小强在微博公开叫卖 30 部网络文学作品版权，这些作品包括长期占据百度风云榜小说搜索排行榜前列、总网页请求数超过 1700 万的《步步生莲》、百度总网页请求数已经超过 1100 万、起点贴吧和百度贴吧帖子数超过 200 万条的《间客》、上线以来一直在百度风云榜小说榜前 10 位之内，日搜索量均在 10 万左右的《天珠变》等，引发网友大规模跟风转发。有分析人士指出，网络文学的荧屏元年或即将开始。

3月4日

全国政协委员、作家张胜友在社科、新闻出版界政协委员联组会上发言说，文学要书写和记录大变革时代，现在正是最有可能出大作品、大作家的时代。网络写作，无论从思想到内容乃至形式，我们都有理由期待出现一些新锐之作、大气之作。但是，毫无约束、毫无节制的海量写作，也必然会出现大量的非文学的文字垃圾。

3月5日

《光明日报》记者就如何加快发展战略性新兴文化产业问题，采访了全国人大代表、中国移动广东公司总经理徐龙。徐龙代表建议，发展战略新兴文化产业，应建立三个机制：分别是"新兴文化产业创新机制"、"新兴文化产业资本融合机制"和"新兴文化产业联合监管机制"。

3月6日

《羊城晚报》载文称，中国作协副主席陈建功在谈到对网络文学的看法时指出：在其看来，网络文学有点像中央电视台的"星光大道"节目，或者说，网络文学就是起到一个"星光大道"的作用。网络为文学的普及和提高都提供了很好的平台，网络文学为文学的群众化提供了很好的基础。由于网络文学有一个"无门槛"的发表领域，这种"无门槛性"使得思想的光芒和生活的感悟不再被遮蔽，同时也锻炼了我们民族的思考力和判断力。

3月8日

任思燕在《电影评介》2011年第5期探析了穿越类电视剧的热潮，认为曾经的历史剧风潮为其打下基础，网络文学的兴起为其提供了温床，对不同文化的拼贴与组装使其具有浓厚的后现代风格，新颖的题材迅速赢得观众的喜爱。但一味的恶搞和戏说只会让这类题材陷入新一轮审美疲劳，所以，开拓题材、保持感情的真挚并且创作出既有观赏美感，又有现实意义的作品，才是让穿越剧经久不衰的王道。

3月10日

张涛甫在《文学报》的《微博文学批评新生态》一文中指出，如今，在有声的中国，精英文学批评若要从低迷中走出：一方面，面对微博世界中的庶民批评，须要扮演"意见"领袖的角色；另一方面，面对精英文学，应当扮演精英文学身上的牛虻，叮住它，刺激它，使其不敢懈怠，始终有一种精神痛感。

3 月 15 日

贾平凹、刘心武、韩寒、郭敬明、麦家等近五十位作家联名发表了《三一五中国作家讨百度书》，指责百度已经彻底堕落成了一个窃贼公司，把百度文库变成了一个贼赃市场，抗议百度文库的侵权行为。他们在接受采访时都指出，百度文库侵权，第一是著作权人及其作品被任意宰割，第二是给公众造成了可以随意在网上免费阅读的错觉，第三是公然践踏国际通行的著作权法，使中国蒙上"侵权国家"的恶名，第四是挤走或挤垮了合法运营的网站。

3 月 15 日

马季在《南方文坛》2011 年第 2 期从网络文学的产业化、网络文学的侵权现象和文学期刊与网络文学的关系等几个问题入手，解析网络文学边缘性主体的特征。他指出，网络文学除了作品作家研究之外，市场和媒体研究也不可忽视，因为正是由于两者之间的相互作用，才形成了当下的网络文学现场。网络文学边缘性主体所包含的成分，一直存在变数，但大家共同关注的，对网络文学发展已经或正在产生影响的一些关键性因素，应该说已经浮出水面。

3 月 15 日

陈东妹在《黑龙江教育学院学报》撰文认为，网络文学具有自身独特的审美意义和价值：网络文学不仅完全打破了有史以来纸介质印刷文学独占文坛的垄断格局，而且以其区别于纸介质印刷文学的创作方式、存在方式、传播方式、接受方式及价值取向，呈现出主体交互的活性审美、游戏心态的快乐审美取向、后现代反讽的解构审美态度以及自由个性、彰显自我的审美态度。

3 月 15 日

贡少辉在《重庆邮电大学学报（社会科学版）》撰文认为，网络媒介的媒介属性塑造了网络文学的特质，这种形塑的路径具体表现在三个方面：一是距离感的消失，二是图像增殖，三是拟像、对话与播撒并存等，正是这些因素使网络文学表现出与后现代性相类似的特质。

3月17日

第二届中国出版政府奖评选结果揭晓，在新浪网读书频道首发的网络长篇小说《遍地狼烟》获得中国出版政府奖网络出版物奖。中国出版政府奖是中国最高荣誉的图书大奖，也是我国唯一的国家级政府图书大奖。该奖是"国家图书奖"的延续，网络文学作品首次列入评奖范围，是顺应出版事业发展新形势新要求的体现。

3月22日

红袖添香状告"自由看"网站盗版侵权案一审胜诉。广东省佛山市顺德区人民法院责令"自由看"网站立即停止侵犯红袖添香拥有包括《逃婚俏伴娘》《穿越：丑颜泪之下堂王妃》《调皮王妃》在内的、拥有独占信息网络传播权的 7 部作品，共计 7037251 字，并处以相应赔偿。目前该网站已关闭。

3月25日

蒙星宇在《世界华文文学论坛》对北美华文网络文学"网纸两栖写作"模式进行探析，指出此写作模式实现了网络文学范式的四大突破和升级："现实"到"现在"的转型、"私人化"到"公众化"转向、高雅与通俗同构。论述此写作模式与中国网络文学商业化写作的差异性特点：精英情结与大众文化需求的结合，为商业大潮之下的中国网络文学范式提供了有益的补充和值得深思的借鉴。

3月25日

罗朝辉在《视听界》2011 年第 2 期探讨了借路网络文学的电视剧题材创新的新路径，网络文学作品转变为电视剧本的优势、难点及建议：优势：1. 网络小说有群众基础，一部优秀的网络小说，在网民中有巨大的名气和号召力；2. 网络小说充分考虑受众感受，容易抓住观众的心。难点：

1. 网络小说受众群和主流电视观众群偏离；2. 改编难度大；3. 部分情节不符合现有法律及行业规定，很多精彩情节不能直接在电视剧中展现。建议：1. 玄幻类、历史类作品有待开发；2. 网络小说多为一个主角，改编后的电视剧须要寻找一位大牌主演，一位气场能压得住的主演；3. 网络小说改编的电视剧，要充分考虑原小说读者的感受，争取他们成为电视剧的"死忠粉丝"是成功的基础。

3月31日

由人民文学杂志社和盛大文学主办的"娇子·未来大家top20"在北京中国现代文学馆举行颁奖典礼。中国作协党组成员、书记处书记、《人民文学》主编李敬泽和部分活动评委为获奖者颁奖。冯唐、张悦然、笛安、乔叶、鲁敏、盛可以、魏微、葛亮、朱文颖、李浩、王十月、唐家三少、蔡骏、颜歌、计文君、滕肖澜、吕魁、路内、阿乙和张楚等青年作家位列其中，阿乙同时被评为年度青年作家，杨庆祥被评为年度青年批评家。

3月31日

《光明日报》就50位作家联名发表《三一五中国作家讨百度书》表明以下观点：中国的数字出版业正处在高速发展的过程中，难免会出现类似百度文库的侵权纠纷。要彻底解决此类问题，除了法律法规的完善，关键是要建立一种成熟的，兼顾作者、读者、网站三方利益的商业模式。希望未来百度能积极与版权方合作，探索出互利共赢的合作道路并为更多的版权方、互联网企业提供借鉴，促进数字出版业的长期健康发展。

　　附1："避风港"规则：《信息网络传播权保护条例》第二十二条规定，网络服务提供者为服务对象提供信息存储空间，供服务对象通过信息网络向公众提供作品，不知道也没有合理的理由应当知道服务对象提供的作品侵权，且未从中直接获得经济利益，不承担赔偿责任，但须在接到权利人的通知书后删除权利人认为侵权的作品。

　　附2："红旗原则"：最早规定在1998年美国版权法修正案中，中国的《信息网络传播权保护条例》也借鉴了这个原则。该条例中规定，网络服务商必须"不知道也没有合理的理由应当知道"盗版的存在，才能获得"避风港原则"的庇护。但如果侵犯信息网络传播权的事实是显而易见的，就像是红旗一样飘扬，网络服务商就不能装作看不见，或以不知道侵权的理由来推脱责任。

4月1日

由中南大学欧阳友权教授主编的《新媒体文学丛书》由中国社会科学出版社出版发行。该套丛书共有6本，它们分别是欧阳友权的《数字媒介下的文艺转型》（国家社科基金项目结题鉴定评优成果）、曾繁亭的《网络写手论》、欧阳文风的《短信文学论》、禹建湘的《网络文学产业论》、聂庆璞的《网络小说名篇解读》和苏晓芳的《网络与新世纪文学》等。这是国内文艺界第一套专题研究网络、手机等新媒体文学的理论丛书。

4月2日

文学报创刊30周年系列活动"新媒体技术下的文学生态及文学报刊转型之路"研讨会举行。来自全国各地数十位知名作家、评论家抨击了当下"商业扼杀文学"的消极现象。然而，在日前举行的"新媒体技术下的文学生态及文学报刊转型之路研讨会"上，《人民文学》主编李敬泽却认为，市场的重压之下，也可能产生经典：现在被视为"伟大的黄金时代"的西方19世纪文学，其实就是大规模市场化的产物；现在被奉为中国古代民间小说经典的话本小说，其实也是市场的产物。

4月7日

鲁迅文学院举办了第四期网络文学作家培训班开班仪式。本届网络作家培训班共有41名网络作家参加，其中有包括何常在、卫风、白槿湖、拓拔瑞瑞、金子、余姗姗、三月暮雪、紫月君、无意宝宝等多名来自盛大文学旗下的签约作者。本期培训班尽可能考虑网络文学创作的特性，围绕当前文学创作面临的基本问题设置课程和研讨课题，力图更加贴近大家的共性需求。

4月11日

号称"中国首部微博小说"的《围脖时期的爱情》（闻华舰著）由沈阳出版社出版。小说以"草根大叔"与"知名女星"之间的爱情故事为脉络，以微博发布的独特写作模式，展现了现代人对现实生活、对各类情感的困惑与迷惘。作者表示，小说以真实的微博网友为原型，随时吸收网友评论和留言，在某些事件和背景上，渗入真实的"脖友"故事、名字、热门话题等，创作互动性、参与性和沟通性强。

4月15日

欧阳友权在《文艺争鸣》的《文学研究的范式、边界与媒介》一文中指出，由于电子媒介引起的传播革命，无论研究文艺学的内涵还是辨析文学研究的边界，首先考虑的应该是回答现实生活和文艺嬗变中重要的、难以回避的问题，而不是用胶柱鼓瑟式的理论姿态把自己束缚在某一"边界"之上。文学理论应该正视现实，以通变的学术立场解读生活中新出现的文化艺术形态，及时调整、拓宽自己的研究对象与研究方法。

4月15日

刘超在《聊城大学学报（社会科学版）》撰文认为，网络玄幻小说已经发展成为网络文学中的主流，但理论研究存在着明显的滞后。以伊瑟尔的空白理论为基础，探究网络玄幻小说在读者群故事情节及发表形式方面的特点，不失为一个好的途径。

4月15日

王源正洁在《文学教育（中）》论述了安妮宝贝创作的一致性与转变。作者认为安妮宝贝的作品的女性意识体现在每一部作品中，作品主人公的成长与转变，也暗合着作家本人的成长与转变，并随着作家认识的深入不断地变化着。安妮宝贝的创作虽然在文学功能与创作模式上有自己的既成风格，但在后期创作中故事重心与思想主题都有了很大改变。

4月18日

盛大文学以非公开的方式向美国证券交易委员会提交了首次公开发行股票的登记草案。若成功上市，盛大文学将成为首例在美上市的中国在线文学公司。盛大在对外发布的公告中表示，希望通过 IPO，让盛大文学拥有更大的财务弹性空间，更专注于在线文学业务，进一步提升盛大文学的领先位置。若成功上市，盛大文学将成为盛大集团旗下继盛大网络、Actorz、盛大游戏、酷6 之后的第五家上市公司，又向着盛大集团"成为中国的迪斯尼娱乐帝国"的梦想迈进一步。

4月25日

王小英在《海南大学学报（人文社会科学版）》对《鲁迅文学奖评奖条例》修改的症候进行阅读：评奖条例的修订意味着网络文学影响的扩大与地位的提高，但由于其评奖程序设置了诸多把关人，遵循印刷文学的游戏规则，并且评奖标准体现了主流审美原则与精英审美意识的优势地位，因此客观上限制了网络文学获奖的可能性。要有效地加强鲁迅文学奖对网络文学的引导，设立网络文学专项奖或许是未来较为可行之路。

4月27日

第7届新浪原创文学大赛在京揭晓，网络写手裴新艳（网名无非由）凭武侠小说《引魂之庄》获特等奖，另有《纪委书记》《别了北京》等 15 部网络文学作品分获金银铜奖等奖项。此届大赛采用"全媒体发布"的全新作品营销模式，着重挖掘原创文学在出版和影视方面的多层次潜力，已有 10 部被上海文艺出版社签下并将陆续出版。相关人士表示，近年来网络文学与传统文学间相互沟通、相互交融，二者间界限已越来越模糊，并将共同构建丰富多彩的文学世界。

4月

中国互联网络信息中心发布了《中国青少年上网行为调查报告》。《报告》显示，截至 2010 年底，中国青少年网民规模达 2.12 亿人，占网民总体的 46.3%，同比增长 8.7%，中国青少年互联网使用普及率达到

60.1%。中国未成年网民规模达到 9858 万，占青少年网民的 46.5%。我国青少年网民中，观看视频者占 66.6%，用手机浏览网络视频者占 22%，从事网络文学活动者占 48.1%，玩网络游戏者的比例则高达 74.8%。

5月1日

张才刚在《华中师范大学》完成《数字化生存与文学语言的流变》的博士论文，整个论文有三个主要研究目标，构成全文的理论框架：首先，寻找文学语言流变的根源；其次，理清文学语言流变的脉络；最后，观察文学语言流变的效应。在充分论述的基础上，本文提出一个基本观点：数字时代人类生存状态的变化，推动了表意需求的全面拓展，从而在一定程度上带来文学语言发生的流变，由此形成了富有时代特色的文学图景。这一观点，已在数字时代文学实践中得到了有力的证明，展现出人类生存状态对文学语言产生的巨大影响。有了这一基本立场，我们将能够更加清晰地描绘数字时代文学发展的脉络。

5月1日

蒙星宇在《名作欣赏》撰文，研究中文网络第一人少君的网络文学"个体精神"。文章从美国文化核心精神"个人主义"和基督教人文主义教派的影响，分析其网络作品"个体精神"的源起。从"个体意识的文学关照"和"个体情欲的自然书写"两方面，论述其网络创作以突出的自我意识、本真的人性魅力和爱的哲学等与中国当代文学相比较而言的差异性特征，论析其网络文学对一贯以"集体精神"为核心精神的中国文学带来的有益启示。

5月1日

由白烨主编的《文学蓝皮书：中国文情报告》由社会科学文献出版社出版。据了解，在经济学、社会学、国际问题等领域的"蓝皮书"之后，本年度（2010—2011）开始，《中国文情报告》正式纳入"蓝皮书"系列。课题组由中国社会科学院文学研究所当代文学研究室部分研究人员、中国作家协会部分专业人员联合组成。本年度《中国文情报告》透露的主要信息是"中国文坛：对市场文学和新媒体文学的批评'严重缺席'"。

5月4日

马季在《中国艺术报》撰文《数字时代的大众阅读》指出，网络作品与阅读方式的多样化为读者提供了选择的便利，也让文学进一步走进了广大读者的视野，数字阅读平台已经成为我国文学阅读的主流媒体。近两年，由于无线用户（手机阅读）激增，网络阅读人群高达2亿，产业规模已近百亿元人民币。

5月7日

第九届"华语文学传媒大奖"在广州举办颁奖典礼，著名作家张炜凭借长篇巨著《你在高原》获得2010"年度杰出作家"奖项，魏微、欧阳江河、齐邦媛、张清华、七堇年分别获得2010年度小说家、年度诗人、年度散文家、年度文学评论家、年度最具潜力新人五大奖项。

5月7日

郭潜力在《博览群书》的《谈当代文学家的使命》中提及对网络文学的看法时认为：尽管我早已用电脑写作，但我更看重投稿出书。发表一部作品，经过编辑、一审、二审、终审，一校、二校、三校，发表出来有种神圣的感觉。不过，我也不抵触网络文学，如果有一天写手们能不狭隘地宣泄，快乐地堕落，更重要的是，不滥用自由表达的权力，我相信，这样的网络写手就会被自己的文字所打动的。

5月10日

盛大文学起诉百度公司侵权盛大文学旗下五部知名网络文学作品一案，由上海市卢湾区人民法院做出一审判决。法院判定：百度公司作为网络服务提供者，在明知涉诉作品的信息传播权仅归于盛大文学的情况下，依旧未及时删除侵权信息或断开链接，构成间接侵权；同时百度公司通过百度WAP小说搜索对WEB页面进行技术转码，并非只是引导用户到第三方网站浏览搜索内容，而是替代第三方网站直接向用户提供内容，属于复制和上载作品的行为，构成直接侵权。法院判令百度公司立即停止对涉案作品的信息网络传播权的所有侵权行为；同时，判决百度公司赔偿盛大文学经济损失 50 万元及合理费用 44500 元。

5 月 10 日

郝永在《新闻爱好者》2011 年第 9 期从《近九成人喜欢网络文学》说开去，指出网络文学和四大名著两者无论在内容上还是形式上都有一定的可比性：内容上，两者都有多样性和大众性即草根性等特点；形式上，两者都有语言鲜活而富于文采、作者读者互动方便等特点。但是由于内容和形式上的巨大差距，网络文学要想成为四大名著那样的经典之作还有很长的一段距离。

5 月 10 日

黄颖在《安徽大学学报（哲学社会科学版）》的《文学形态与媒介变革》一文中认为，数字化生存方式使文学整体创作机制发生了转型。网络文学借助新兴数字技术，遵循着大众传媒时代的文化逻辑，在形成自己的特点的同时造成了对传统美学观念的挑战与颠覆。网络文学的狂欢化民间化也带来难以避免的局限。

5 月 10 日

崔琦在《南都学坛》探讨新传媒环境下中国当代文学批评的嬗变，指出在新传媒环境下，文学批评更加泛化：在批评形态方面，产生了受众批评；在批评对象方面，被研究的文学文本多样存在；在批评形式方面，出现了视频、网络投票、电视采访等多种形式；文学批评也发生了批评主体的大众化转向和批评标准的非艺术性转向。针对这种泛化和转向，文学批评应在不丧失理性批评精神的前提下进行改变。

5 月 15 日

康桥在《南方文坛》探讨了网络文学的命名与功能问题。他说，网络小说反映的主要是人类的个体愿望，要求网络小说反映现实并符合常规的真实性标准，将是南辕北辙的事，这是进入网络小说世界的关键入口，而那些违逆网络小说功能的命名期望与引导将是不利于网络小说的发展的。

5 月 15 日

高金鹏在《文学教育（中）》研究了手机文学中的蒙太奇现象，指出手机文学因为其篇幅短小的限制以及语言经济原则，它更多地运用影视文学中的蒙太奇技法，对文本进行词语的重组与剪辑，通过平行式组合完成特定艺术空间的建构，从而达到立体化的表达效果。

5 月 15 日

安小兰在《出版科学》中对我国大型电子书城的内容资源、收费模式、运营模式进行分析，指出网络文学比重高、传统图书资源不足、定价模式和收费策略灵活、绑定销售是其基本特征，并就电子书城建设存在的问题提出看法和建议，包括与出版商建立共赢的分成机制、准确定位书城内容资源和慎用捆绑模式等。

5 月 25 日

盛大文学向美国证券交易委员会提交了 IPO 募股申请，计划在纽交所上市，最多筹集 2 亿美元资金。

5 月 25 日

欧阳友权在《文艺理论研究》的《网络时代的文学形式》中指出，文学形式的转型乃至整个文学理论观念的变异是网络时代的文学现实与理论逻辑相对接的结果。要在传统形式论的理论基座上赓续新形式的"学理链条"，应该回到当代文学现场，辨析新媒体语境中文学表意方式和构体形态的图像化范式，揭橥从"字思维"到"词思维"再到"图思维"变化的缘由，以获得对"形式"的价值判断和学理建构。

5 月 27 日

针对第八届茅盾文学奖评奖过程中网络文学被"主观排斥"等疑问，中国作协创研部主任胡平接受记者采访时指出："茅奖"的初步审核完全按照评奖条例中的硬性规定进行，此阶段不涉及文本质量问题，"网络文学遭排斥"的情况纯属子虚乌有。至于有人认为某些条例应该为网络文学

"网开一面"，胡平回应："茅奖、鲁奖有自己的审美取向，如果把重心同时放在纯文学和通俗文学上，同时强调文学性和发行量，就会失去自身的个性。"胡平还表示，"茅奖"面临的真正问题是纯文学与通俗文学的关系。"茅奖"是专家奖，相当于电影界的"金鸡奖"，有时难以顾全普通读者的口味。要解决这一矛盾，从长远来看，文学上还应设立"百花奖"那样的奖项，以适应大众文学不断发展的形势。

5月28日

欧阳友权在《湖南社会科学》的《网络文学的"比特赋型"》中指出，网络文学的存在方式源于"比特赋型"的技术功能。从原子到比特的媒介转换催生了文学本体的媒介置换，创生了全新的文学家园。比特复制、比特变形和比特速递让文学生产、作品存形和时空域传播实现了迥异于传统的历史性转型，媒介革命创造的文学景观改变了文学的美学呈现。

5月28日

周兴杰、童彩华在《湖南社会科学》倡导用"人民文学"的旗语引领网络文学，一方面固然是因为网络文学还不是"人民文学"，另一方面也是因为网络文学可以成为"人民文学"。基于此，向网络文学亮出"人民文学"的旗语，必须构建生成性的"人民文学"观，从媒介维度探索网络"人民文学"的生产方式，提炼网络文学中孕育的人民性精神形态。

6月1日

崔宰溶（韩国）在北京大学完成《中国网络文学研究的困境与突破——网络文学的土著理论与网络性》的博士论文，论文分五章加以论述和展开。第一章，提出中国网络文学研究的主要局限。第二章，进一步考察并阐述一些对网络文学的"常识"性研究成果及其结论，并指出其局限性。第三章，提出了两个主要概念："土著理论"和"网络性"。"土著理论"是某一种（大众）文化的原住民（native）自己的理论，它所强调的是对其文化的深刻理解和洞察力。"网络性"则指某一（超）文本或某个人的（文学）行为在网络中所获得的独特意义和特征。第四章，在对"土著理论"和"网络性"进行理论阐述的基础上，对中国网络文学的现实展开具体研究和分析，并提出自己的评价和意见。第五章，结论。作者指出，所有的网络文学行为，都是通过"时间"和"实践"发生的意义的生成过程。网络文学是只有在使用者的实际"经验"当中才能够存在的"事件"。

6 月 5 日

怡梦在《中国艺术报》撰文《当心"微文学"成了"被文学"》认为：为了厘清因传统文学概念引入微文学而带来的诸多混乱，我们有如下主张：第一，文体的划分是在文学产生之后，微文学目前发展尚未成熟，不宜以传统文学的概念称之。第二，网络时代令文学的接受者拥有了成为传播者的可能，但文学的品质却不可降低，故而我们欲将微文学纳入"文学"范畴须慎重，不加选择地照单全收只会导致文学这一指称越来越不"文学"。第三，网络微文学类比赛对于作品的选拔宜放宽视野，不可一概以传统文学的标准量度。

6 月 15 日

匡生元在《中华读书报》的《"茅奖"的门槛是对网络文学的不公》中认为，用传统文学的标准对待网络文学，显然是对网络文学的不公平。既然要对网络文学开门，那么就要适应网络文学的自身特点对规则做相应的改变。当然，即便取消这个门槛规定，网络文学作品也不可能获奖，一个很根本的原因是，很少或从没有接触过网络文学的评委们只能用评价传统文学的标尺来衡量网络文学作品。

6 月 15 日

杨佳、巢进文在《湖南工业大学学报（社会科学版）》探讨了网络时代文学价值认同的困境与出路问题，指出，网络时代文学生产的泡沫化导致审美精神钝化，文学传播的商业化导致人文精神淡化，文学媒介的数字化导致价值立场虚化，文学交流的虚拟化导致身份认同异化，由此造成人们对文学价值的认同产生了极大的困惑。积极引导网络文学健康发展，挖掘弘扬经典文学作品的艺术价值，建立适应时代发展的文学批评新标准，是走出网络时代文学价值认同困境的有效途径。

6月16日

第八届茅盾文学奖评奖办公室在京召开发布会，作协副主席高洪波主动解释了《盗墓笔记》的落选原因，"《盗墓笔记》影响力很大，我们也希望它能代表网络文学（参评），但遗憾的是它没有写完，这完全取决于作者本身的意愿。"有评委表示，网络文学的现状比较倾向于流行化、娱乐化，与主流文学欣赏品味尚有一定差距，短期内网络文学作品得奖的可能性还比较小，但随着网络文学的逐渐发展和成熟，不排除诞生优秀网络作品并获得大奖的可能性。

6月16日

新浪微博推出微剧本大赛，为配合这一赛事，新浪启用微视频官方微博，其选登的作品有以蒙太奇形式呈现的生活感悟、时空跳跃的古代故事、曲终奏雅的寓言性片段等。最后《远方的鼓声》力压群雄，获得第一届新浪微剧本大赛一等奖

附：《远方的鼓声》：

1. 街道灯火阑珊，刚下过雨。路口一家小餐馆的门铃响动，站在柜台后的女孩看到一个背着巨型旅行包的男孩站在面前，手里握着桨，还在滴水。"我们要打烊了。"女孩说，但男孩看上去很疲倦，身子打颤，或许还很饿。

2. "只有员工吃的面了，可以吗？"女孩问。男孩点点头，"请问有牛奶吗？"女孩："面汤不行吗？"窗外，霓虹灯灭去，行人跨过水塘。女孩背过身去整理头发，玻璃反光中男孩在看地图。"你要去哪儿？"她问道。厨师们下班离开。

3. "大概往南。"男孩回答。女孩拉开椅子坐下，撑着头看他，"往南？"他合上地图，"我有一天醒来，不，是被一阵声音吵醒，然后我就一直往南……""什么声音？""鼓声，咚咚，咚咚……"女孩醒来，擦了擦嘴角的口水，脸上还压着红印。

4. 墙上的钟已经过了十二点，男孩在厨房收拾餐具，看到她脱下的围裙，翻看了眼那上面的铭牌。女孩有些不好意思，她从柜台后拿

出外套和背包，关上音乐和灯。两人站在屋檐下，雨又下了起来。男孩套上雨衣，臃肿得像一只骆驼。

5.“你要去哪儿？”男孩问。“地铁站。再见。”女孩把包顶在头上，跑入雨中。男孩弓着背追了上去，“我可以送你。”穿过一片树丛，男孩解开岸旁的绳索，一只皮划艇顺着河流滑入水中。雨后，月色皎洁，两人坐在船中，男孩划动桨橹，一直向南漂去。静静地，传来隐隐的鼓声。咚咚，咚咚……

6月20日

“回顾90年岁月，记录点滴真情——庆祝中国共产党成立90周年网络作品征集活动”举行获奖作品揭晓仪式。该活动5月11日正式启动，短短35天内，7家承办网站共收到参赛作品10642件，其中文字类、图片类作品均超过5000件，视频类作品也达到456段，网民投票总数超过103万，专题总浏览量突破1000万人次。经过网民投票、初评组筛选和专家评审等层层把关，《七月的阳光》《爸爸的诊所》等6篇文章获得文字类一等奖，《看旗》《军人神圣的名字》等6幅照片获得图片类一等奖，《快乐的老年生活》《恒山脚下最美女交警》等6段视频获得视频类一等奖。另有60件作品获二等奖，90件作品获三等奖，150件作品获得优秀奖。

6月20日

中国中外文艺理论学会第八届年会暨“国外马克思主义文论与中国当代文论建构”国际学术会议召开，会议就国外马克思主义文论及其他文艺流派、中国当代文论建构、中西文论比较研究、现代传媒、网络文学与当代文艺理论建构等论题进行深入讨论与对话，对当前我国文艺理论建设将起到推动作用。

6月20日

白亚南在《阴山学刊》撰文指出，当代社会环境和网络环境开放、当代女性主义思潮以及大众传媒导向的影响等因素共同促成女性网络文学群体的崛起，女性写手的集体崛起从一定程度上扭转文学史中女性书写的尴尴境地。

6月23日

宋守富在《安徽文学（下半月）》对网络小说的 YY（意淫）谈了看法：YY 成就了网络小说，带来网文的空前繁荣；YY 也损害着网络小说，致使其错误百出。没有 YY，网络小说就失去了土壤；仅靠 YY，网络小说就葬送了前途。善待 YY，合理运用其心灵解放的潜力，发挥读写互动的优势，借助网络自由、开放的特长，是网络文学健康发展的当务之急。

6月25日

德国汉学家顾彬先生在深圳何香凝美术馆《什么是好的中国文学》的学术报告中表示：他今年 3 月份在 China Daily（《中国日报》）上看到了一篇非常有意思的文章，专门谈网络文学的发展和情况。记者报道，2010 年在中国内地一共有百万人说自己是作家、小说家、长篇小说家。他们在该年一共发表了 400 万部小说。他们当中的不少人一天能够写 6000 个字。记者根本没有思考：这么多人真的都能够写好的长篇小说吗？没有思考他们在网络发表的东西真的能够叫文学吗？在德国，一个真正的作家不会一天写 6000 个字。"大家听说过托马斯·曼，他是 1955 年去世的，他对自己的要求听起来很简单——一天之内应该完成一页文字。这也是我对自己的要求，如果写散文或者小说，我一天写一页就差不多了。柏林一个比较受欢迎的作家彼得·施奈德（Peter Schneider），他是 1940 年出生的。有一次我们在北京见面，他告诉我他一年才写一百页。这说明他三四天之内只能够完成一页，四五年才发表一部书。"

6月25日

李娟在《海南大学学报（人文社会科学版）》撰文指出，网络文学与纸质文学的区别既表现在形式上的差异，更表现在价值倾向上的根本变革。在网络作者的个体生命体验和生存感悟的感性渲染中，网络文学释放了人类的书写本能，彰显了文学的基本功能，颠覆了纸质文学的审美特质；在褪去了华丽的外衣以后，文学远离了崇高和说教，回归了文学自由、愉悦的"游戏"本质，表现出一种恣肆舒展、感性真实的生命价值。

6 月 27 日

江苏徐州中级人民法院下发了对从事网络文学盗版侵权行为的万松中文网及其主要责任人的刑事判决书。判决书认定万松中文网及其两名主要负责人犯有"侵犯著作权罪",分别判处该网站两名主要负责人三年及以上不等的有期徒刑,并分别处罚金 15 万元,责令关闭万松中文网。

7 月 4 日

姜申在《光明日报》的《手机文学:全媒体时代的文化畅想》中认为,随着手机 3G 技术和智能掌上阅读系统的日益整合与普及,手机文学逐渐突破了短信体裁的制约,其在线浏览方式和互动效果已显著增强。它不仅成为文字的"阅读"平台,而且透过电子书、博客、播客、微博、社交网络等新兴媒介在手机上的移植,手机文学正发展成一种集文学创作与发布、转载与传播、阅读与评论、反馈与回应、娱乐与监督等多种功能为一体的大众文学样式。

7 月 6 日—9 日

第四届中国数字出版博览会在北京国际会议中心举行。博览会以"传统与现代融合,内容与技术共生"为主题,充分展示"十一五"期间数字出版的丰硕成果。数博会组委会专门成立专家推介组,对近两年来数字出版业内具有示范作用的企业及影响力人物、优秀作品等进行了评选。中国移动通信有限公司手机阅读产品基地等 10 家企业成为中国数字出版年度示范企业,云中书城等 10 个品牌获得新锐品牌奖,《亮剑 online》《布奇乐乐园》、G3 手机书城入围优秀作品奖等。

7 月 14 日

喻国明教授应邀在人民网传媒频道解读微博。喻国明认为,微博与过去已有的通信形式相比,具有革命性、划时代的意义。在微博世界里,声音的强弱不由用户拥有的现实身份和社会地位所决定,而是跟他表达的话语本身的质量有关。在他看来,微博创造了一种可能:它对于人的身份要求是各种传播形式当中最低的,而它对内容本身的价值、趣味、关联的重要性权重最高，是各种传播形态当中最看重内容本身的传播平台。通过微博实现阶层与阶层、圈子与圈子、群落与群落之间的互联互通，既认识到个性化的存在，同时也认识到别人的诉求、意见和生存状态。在这种状态下，社会也就有了更多的关照和理解。

7月15日

由中国作家出版集团主管的权威文学网站"作家在线"网站启动仪式在京举行。中国作协主席铁凝、中国作协党组书记李冰等出席。"作家在线"拥有作家出版社、《人民文学》等在内的十几家国家级报刊社的作家作品资源，已有近200位文坛主力作家、评论家加盟签约，为读者提供一个了解文学动态、欣赏文学佳作和参与文学讨论的优质网络互动平台。

7月17日

由《人民文学》与江苏可一集团合作举办的"90后"星生代文学大赛在中国现代文学馆正式启动。大赛将以推出一代代新生文化力量为办赛宗旨，提供给他们表达自己，激扬文字的舞台，成就小人物的大梦想。进入决赛的选手们将得到依据选手个性的包装与推广，也将得到国内知名高校的关注与垂青。

7月18日

由光明日报出版社联手依家书院共同举办，以"寻找原创文坛最具潜力新人，打造原创文坛最耀眼新星"为主题的第二届网络文学原创大赛隆重启动。本次大赛设立五个"月冠军"，十个优胜奖，届时会由依家书院编委会选出优秀作品，由光明日报出版社独家冠名出版，并设立"红颜悦"系列图书。

7月19日

中国互联网络信息中心发布的《第28次中国互联网络发展状况统计报告》显示，截至2011年6月30日，我国网民总人数达到4.85亿。文学网民人数达2.27亿，约占网民总人数的47%；以不同形式在网络上发表过作品的人数高达2000万人，注册网络写手200万人，通过网络写作（在线收费、下线出版和影视、游戏改编等）获得经济收入的人数已达 10 万人，职业或半职业写作人群超过 3 万人。在网络作家队伍中，男女作者比例基本持平，18—40 岁的作者占 75%，在读学生约占 10%。网络作家分布相当广泛，边远落后地区占有一定的比重，这对提高全民文化素质具有重大意义，但优秀网络作家仍集聚在北京、江苏、广东等发达地区。海外留学生创作群体人数虽然不多，但整体作品质量明显处于领先位置，很多网络作家曾有国外留学经历。其中最突出的特点是，70% 以上的网络作家是理工科出身，而非传统的文科出身。业余作者从事的职业非常广泛，有公务员、教师、军人、工人、农民等。

7 月 20 日

路开源在《电影文学》撰文指出，古装剧《武林外传》最大的特点是"武侠"和"网络感"，它构建了一个十分另类的世界：一个被颠覆的江湖、一群被凡俗化的侠客。究其原因，一则是网络文学的共性使然，再则是用以释放大众的平民情怀。

7 月 21 日

由于美国股票市场状况不佳，盛大文学暂停了 IPO，直到市场状况改善为止。由于处于缄默期，盛大文学未就相关事项接受记者采访。

7 月 24 日晚

在"7.23"甬温线动车追尾事故发生 26 个小时后，铁道部召开"7.23"甬温线特别重大铁路交通事故首次新闻发布会，铁道部新闻发言人王勇平通报了事故情况，并回答了部分记者的提问。在这次新闻发布会中，铁道部新闻发言人王勇平的几句话："这只能说是生命的奇迹"，还有"至于你信不信，我反正信了"，在随后几日，被网友们在网上无数次地引用。还有网友开始用"×××是奇迹，至于你们信不信，我反正信了！"。这次较长时间的新闻发布会的副产品就是王勇平一手创造的"高铁体"。

7 月 25 日

张莹、付瑞雪在《中华文化论坛》对当时网络文化的内涵和现状进行了分析，总结出当前网络文化具有数字性、开放性、交互性、虚拟性和社会性五个特点，包括网络语言、网络文学、网络娱乐、网络新闻和网络通讯五个内容，具有知识共享、电子商务、娱乐服务三个主要职能，存在内容参差不齐、人际关系淡化、网络病、网络犯罪等四个主要问题。

7 月 27 日

由《最小说》杂志社、《人民文学》杂志社等共同主办的第 2 届"文学之新"总决赛在北京梅兰芳大剧院举行，冠军包晓琳获得了由《最小说》主编郭敬明和著名作家张抗抗颁发的 50 万元的预付版税，梅兰芳之子梅葆玖先生现场授权青年作家笛安创作关于梅兰芳题材的纪实小说。同时"文学之新"参赛选手的优秀作品可获得在《人民文学》上发表的优先权。张抗抗说："这几年无论从纸媒图书还是网络上，都能感受到一种咄咄逼人的青春文学的气息，看到新人辈出，是令人兴奋的事情。"

7 月 28 日

中国新闻网的《盛大文学清理穿越类网文，引导网络文学健康发展》，介绍了盛大文学旗下几家大型文学网站，采取积极有效的举措，清查、整顿"穿越"类文学作品的情况。穿越类的文学作品，尽管在时空纵横、时代转换方面充满自由感，但是它的思想性、价值取向，对青少年价值观会产生不小的影响。也正因此，加强对穿越小说的文学方向的引导，就显得具有重要的文学意义。

8 月 3 日

《中华读书报》报道，近期汉王科技业绩出现大幅亏损，方正、爱国者电子相继宣布退出电子阅读器硬件业务，盛大旗下的果壳电子宣布，推出近一年的盛大电子书锦书由 999 元下调至 499 元，相当于半价出售，国内电子书市场掀起了一波接一波的降价狂潮。

8 月 4 日

别具一格的"结对交友"见面会在中国作协举行——来自全国各地的 18 位著名作家、评论家与来自 7 家网站的 18 位网络作家欣然见面并结成对子。盛大文学旗下起点中文网签约作家《斗破苍穹》作者"天蚕土豆"（李虎）、"骷髅精灵"（王小磊）、"高楼大厦"（曹毅）、"格子里的夜晚"（刘嘉俊）、"七十二编"（陈涛）等人，与麦家、柳建伟、周大新、叶梅、东西等作家结成对子。中国作协党组书记李冰表示，网络作家与传统作家"结对交友"，是中国作协在东西部作协结对子之后，第二次倡导的"牵手"活动，希望网络作家与传统作家"结对交友"，互相学习，互相帮助，共同繁荣我国文坛。

　　附：在关注网络文学的成长，丰富网络文学的内涵，匡正网络文学的发展走向等方面，中国作协做了很多实际的、有意义的工作。第一，明确了中国作家网、盛大文学、中文在线、新浪读书频道、搜狐读书频道为网络文学重点园地，并建立起由这5家网站参加的联席会议制度，定期研究网络文学发展中一些带共性的问题，第二，加强对网络作家、编辑的培养。鲁迅文学院举办了4期网络作家和网站编辑培训班，第三，在中国作协重点作品扶持项目中，把符合条件的网络文学创作选题列入扶持范围，给予经费上的支持，第四，在鲁迅文学奖、茅盾文学奖等文学评奖中，向网络文学作品敞开大门，欢迎网络文学作品参评。

8月9日

《法制晚报》载文《南派三叔〈超好看〉出版，畅销作家当主编成趋势》称，主流文学期刊读者流失的主要原因不在媒介革命，而在机制危机。颇有代表性的是网络作家南派三叔主编的小说杂志《超好看》，其宣传口号赫然是"凡是不以好看为目的的小说就是耍流氓，做最好看的小说月刊！"据称首印50万册第二天即断货。郭敬明主编的《最小说》销量稳定，也在50万册左右，韩寒主编的《独唱团》、安妮宝贝主编的《大方》都有超过100万的首期销量。

8月10日

《中华读书报》载文称，"赫连勃勃大王"梅毅表示"我最讨厌人家说我是网络文学作家"。他解释说，自己原本就是中国作家协会会员、一级作家，是"作家入网络"，而非"网络草根"，他很反感充斥网络的"戏说历史"、"歪曲历史"的浮躁文风，不愿与"泡沫意义上的网络作家"为伍，"文艺作品终归是要承担教化作用的。历史尤其来不得戏说，我写历史普及作品主要是起让人警醒的作用，那些不负责任地歪曲历史、随意翻案，令我无法忍受。"

8月10日

门红丽在《学术论坛》解读电子传媒时代文学的碎片化现象，她说，后现代文化的特征之一是零散化、碎片化、缺乏连贯性，而在此背景下的文学也呈现"碎片化"现象，微博文学可以说是碎片化文学的典型代表。对微小说概念的梳理有利于我们发现微博文学发展的脉络，而对微小说作品进行文本分析可让我们理解微小说这一新兴文体——碎片化式的文学的特质。"微小说"带来的并不是"文学的终结"，而是网络文学发展的新的可能。

8月15日

《将夜》是起点白金作家猫腻第五部作品，继《间客》后又一全新力作。在2011年8月15日正式开通，在开通的短短几个小时内，点击达到1300多，零章节，零更新的情况下1000多推荐票，10分的评价。作者猫腻，曾用笔名北洋鼠，原名晓峰，七十年代生人，湖北夷陵人，曾就读于川大，因怠懒故被逐，处女作为《映秀十年事》，而《朱雀记》成为新浪年度最受欢迎的作品，获得2007年新浪原创文学奖玄幻类金奖。

8月16日

由广东作协、羊城晚报社、网易联合主办的"网络文学与传统文学的对接"在广东文学艺术中心举行，人气网络作家匪我思存和网络文学评论家邵燕君现身广州，跟电影《我的父亲母亲》小说原著作者鲍十、打工作家领军人物王十月、网络悬疑小说作家上官午夜进行了一场精彩纷呈的座谈研讨。

8 月 25 日

《文学界（理论版）》刊载岳媛媛、梅健、莫翠的一组文章。岳媛媛、梅健从网络文化的兴起、逃避当今女性社会角色的产物以及女权意识的复苏这三个方面入手，论述穿越小说"性别偏向"的原因，从而了解当前女性尤其是女大学生尴尬的生存状态，引起社会对当下女性成长的普遍关注。莫翠从穿越小说中女主人公"万能"的形象塑造着手，分析穿越小说女性阅读热、女性创作热的原因，以了解当前女性尴尬的生存状态，为女性身心健康发展提供必要的建议与对策。

8 月 26 日

张柱林在《中国艺术报》的《从好看到互动——大众传媒霸权下文学的可能出路》中认为，新媒体的出现使得"现代文学"的封闭式的写作与阅读状态发生了根本的变化，使作者和受众的概念变得相对化，从而开启了文学生产的新空间和新形式。在这种情况下，好看不好看自然不会成为问题，嫌不好看，自己动手好了。网上众多的《盗墓笔记》结局"大猜想"，就是最好的例证。

8 月 29 日

国内最大数字出版云计算中心——天津国家数字出版基地云计算中心正式投入运营。

8 月 30 日

2011 北京国际出版论坛在京举行。本届论坛的主题是"数字时代的国际出版业走向"，与会嘉宾就如何把握数字时代的出版发展动态、"技术的变革与革命"、"数字时代的创新业态与盈利模式"等话题作了精彩演讲，并与现场观众进行了互动，气氛十分热烈。

8 月 30 日

广东作协、羊城晚报社、网易联合主办"网络文学的产业空间"研讨会。盛大文学首席开放战略官、副总裁林华亲临羊城，与广东省文化产业研究中心主任谢名家和深圳大学副校长兼文化产业研究院院长李凤亮两位学者进行了一场妙语连珠的座谈。

8月30日

蔡朝辉在《求索》的《论网络文学的"自恋情结"》中认为，当下网络文学的情感表述某种程度上呈现出自恋化的倾向，这主要表现为自我情感的无限夸大，虚拟恋情的极致铺陈，身体写作的不断膨胀。这种特点的形成，既是人们生活中被压抑的情感在网络中集中释放的结果，也是当代社会人们的一种存在方式。

8月

一份关注网络文学发展、积极推动网络原创文学的期刊正式创立。该刊由江苏省镇江市文联《金山》杂志与中国当代文学研究会新媒体文学委员会合作，力争为网络文学打造一个专业化、杂志化的平台。该刊已与盛大文学、中文在线、纵横中文、天涯社区等重点文学网站以及新浪、搜狐、腾讯读书频道取得合作共识，逐步推动网络文学建立自己的审美标准和创作规范，旨在创建一个健康的网络文学创作环境。该刊将推介优秀网络文学作品作为办刊重点，同时以"网络文学蓝皮书"、"网络文学专题调研"、"创意产业商业模式"等作为重点研究课题，从文本演变、作家成长、网站现状、社会反应、读者需求等方面积极开展网络文学理论研究，以期创建一个全景式的网络文学阵地。

8月—9月

广东省作协"广东网络文学十年精品回顾"连续举办四场主题座谈，第一场"网络文学和传统文学的对接"拉开帷幕，讨论了网络文学能否得到专家肯定、网络文学作者是否被"招安"、网络文学夺得官方奖项可能性等争论点。第二场、第三场的主题，转入更宽广、更务实的网络文学产业发展空间与前景和"全版权运营"与版权保护等议题。第四场则深入探究网络作家和一线编辑的精神世界，敲打其灵魂砧铁。四场活动首尾相贯，引起了业界、文坛和媒体的高度关注。

9月1日

由中国作家协会、中国移动通信集团公司共同主办的"指尖传递，红色记忆"纪念中国共产党建党90周年手机文学征文活动颁奖典礼在北京举行，评委会最终评选出12位获奖选手。北京吴泰昌先生的《我们欢迎你们》获得散文组第一名，湖南黄鹤先生的《峥嵘岁月》获得诗歌组第一名。

9月1日

孟伟在《河南社会科学》撰文认为：微小说就其文本特征而言，与传统小说比较起来，具有"短"、"简略"、"碎片化"、"即时性"和文学"信息化"等五大显著的文本特征；微小说的传者和受者身份也发生了趋同性转换，呈现出多层次的互动合作可能；微小说的传播模式也呈现出开放性和集成性以及人际传播和群体传播的诸种特征。从传播学的角度解读微小说，可以发现微小说流行的内在原因、存在的意义。目前我们尚无法估计微小说到底是一种"短命文体"，还是小说的"革命文体"。

9月6日

阿布都海米提·吾尔尼克巴依在《中国民族》的《哈萨克阿依特斯艺术的最新形式——网络阿依特斯》一文中认为，哈萨克阿依特斯艺术是一种历史悠久的、传统的对唱形式，在网络文学盛行的今天，中国新疆少数民族中的哈萨克文网站上出现的网络阿依特斯这个特色栏目，日益受到中青年网民们的支持和喜爱。

9月8日

广东作协、羊城晚报社、广东省出版集团、榕树下联合邀请中国作家网副主编马季，广东省社科院哲文所所长钟晓毅，网络知名作家画龙三位嘉宾作客，就"网络写作现象和发展趋势"和"网络文学的全版权运营时代"两个议题展开对话。

9月10日

《济南大学学报（社会科学版）》2011年第5期刊发了《新传媒与新文学：一场看不见的文学革命》（笔谈）。周海波的《新媒体与新的文学革命》认为，新媒体的出现对传统的文学是具有挑战意义的、革命性的文学事件，必将引发新的文学革命，带来新的美学原则，标志着旧的文学时代即将结束，同时标志着新的文学时代的到来。李宗刚的《基于新媒体之上的文学生产与文学消费——一场新的文学革命在孕育》认为，基于新媒体之上的文学，正从文学生产与文学消费的变革向文学革命转化。但遗憾的是，截至当时，这种文学还没有真正地蜕变为新文学——一种区别于五四文学所奠定的"文学成规"、具有"新颖的文学形式"的新文学。李钧的《网络文学：新媒体革命与"新新文学运动"》认为，网络是人类文明进入后现代状态的一场新媒体革命，而依托网络而来的网络文学则是一场没有宣言的"新新文学运动"。贾振勇的《网络时代诗意如何栖居？》则不无忧虑地指出，网络世界作为精神的自然世界，其鱼龙混杂的境况实在是让人欢喜让人忧，以网络为代表的新传媒到底为现代中国文学带来什么，依然是一个前景暧昧的命题。

9月10日

刘晓兰在《现代出版》撰文指出，从非法获取、传播网络文学作品的方式和途径来看，网络文学的侵权方式主要为盗版链接、恶性搜索和内容复制。对此，可以从受众、技术、法律等角度对网络文学版权进行相关保护。

9月14日

王路在《中华读书报》撰文回应顾彬的观点：完成一个文学作品需要多长时间，这似乎是一个实践问题，也是一个经验问题。但是竟然能够用它作为评判作家好坏的依据，（是否含有评判好的文学作品和文学的依据姑且不论），他感到不可思议。中国早就有七步赋诗的故事，熟悉欧洲文学的人也知道，巴尔扎克的许多作品写作都是有期限的，他绝不可能像顾彬所说的那样一天写一页。也许在顾彬眼中，曹植、巴尔扎克算不得好作家。当然，"不一定"一词也可以使顾彬将他们排除在自己的结论之外。不过，须要排除的人若是多了，这个论断还有什么意思吗？

9 月 15 日

《光明日报》刊发刘彬《网络文学何时告别"快写快丢"》文章，对网络文学诞生 13 年以来专家的评说进行归纳。张颐武认为，中国网络文学发展 13 年来取得的成绩，证明其已经成为中国当代文学的一个独立分支，这在一定程度上可以说是网络文学对中国当代文学发展的一项重要贡献。马季说，中国当代文学发展 30 年来重要的变化之一，就是网络文学的出现。网络文学极大地拓宽了中国当代文学的疆界，丰富了传统文学所没有触及的领域。华文天下总编辑杨文轩则认为，中国网络文学缺少"爱"与"责任"的文化担当，而国际上一些畅销作品如《魔戒》《哈利·波特》即使也有玄幻、穿越等情节，但"爱"与"责任"贯穿始终。南开大学文学院教授周志强指出："网络文学写手只追求轰动效应，快写、快出、快赚钱、快扔掉，这是目前网络文学写作的致命伤。培养网络写手从普通人的生命处境出发写作，这才是网络文学的出路所在。"

9 月 15 日

夏忠宪在《俄罗斯文艺》撰文指出，早在 19 世纪下半叶陀思妥耶夫斯基就率先以个人媒体的角色进入了公共空间，可以毫不夸张地说，他的《作家日记》就是今天网络时评（及博客等）的原型，将它们联系起来考察会引发出众多值得探讨的问题。文章围绕"作者话语"与"非作者话语"、"作者形象"等问题探讨陀思妥耶夫斯基的叙事策略与话语建构等相关问题，揭示其重要的现实意义以及对网络文学健康发展弥足珍贵的价值和借鉴意义。

9 月 15 日

龚举善在《学习与探索》的《数字技术背景下的文艺生产》一文中认为，数字化生存语境下，以数字技术为核心的现代电子媒体已经并将继续影响我们的文艺生态。这些技术给后技术时代的文艺生产带来了真真切切的便利和实惠，并有力地促进了艺术生产的创新机制和转型路径。

9月15日

王晓明在《文学评论》撰文《六分天下：今天的中国文学》指出，自2011年的最近15年，中国大陆的文学地图明显改变。不但"网络文学"迅猛膨胀、急剧分化，纸面文学内部也快速重划领地：以《收获》《人民文学》为首的"严肃文学"的影响范围明显缩小，《最小说》一类"新资本主义文学"急剧扩张，《独唱团》更是异军突起，竖起"第三方向"的路标。文学地图的巨变背后，是社会结构、科技条件、政治、经济、文化机制及其相互关系的深刻变化。面对新的文学格局，评论和研究者必须放大视野、转换思路、发展新的分析工具。当代世界，文学绝非命定"边缘"之事，就看文学人怎么做了。

9月15日

《求是学刊》2011年第5期组织了一组新媒体艺术研究笔谈。欧阳友权的文章从中外数字动漫作品出发，较为系统地分析了数字动漫的创作规制和审美方式，认为技术的艺术化和艺术的技术性的融合与博弈是数字动漫艺术创生的关键；陈定家的文章提出，新媒介的发展对视觉的艺术甚至艺术的视觉产生了令人惊异的冲击和影响，这时候须要理性地区分和把握荧屏生活与视觉轰炸、视觉中心与读图时代、图腾文化与图像霸权的关系。聂庆璞的文章则从美学的角度讨论了网络游戏的诗性问题。

9月15日

欧阳文风、李玲在《云梦学刊》的《十年行程：网络文学研究的理论视域及其问题》中认为，十年来，研究者从网络文学的内涵、特征、文体、价值、传播以及网络文学与网络技术的关系、网络文学与传统文学的关系等诸多方面对网络文学展开研究，推动了网络文学的发展。当然，其问题也不容回避，诸如研究与创作严重隔膜、研究深度有待提升、理论研究严重滞后等，都是日后的网络文学研究所必须避免的。

9月15日

王圣在《西南交通大学学报（社会科学版）》撰文认为，网络文学的开放性主要表现为传播方式的开放性、生产方式的开放性、文学文本的开放性、网络文学消费的开放性以及文学生产与消费的互动性等。

9月15日

单小曦在《社会科学辑刊》的《当代数字媒介场中的文学生产方式变革》中指出，在经历了不同历史时期生产方式的演进变革和积累叠加之后，当下"新媒介文学生产方式"已经生成。新媒介文学生产力在生产工具、生产对象、生产技术和生产者生产能力等方面都体现出了被当代媒介建构的特点。新媒介文学生产关系主要展开为当代媒介参与形成的打破传统垄断性的文学生产资料占有关系、去等级化的文学分配关系和当代媒体组织的文学交往关系。

9月16日

《人民日报》刊发张贺《手机阅读不应成为"三低"集散地》文章：艾媒市场咨询集团基于各地1.5万个有效样本的抽样调查表明，中国手机阅读用户年龄比网民整体年龄要小，其15—20岁占40.4%，21—25岁也有38.3%。从学历水平看，中学（中专）占41.3%，大专次之，为34.6%，本科为17.2%。手机阅读受众的低龄化决定了最能吸引眼球的必然是玄幻、探险、情感类的作品。虽然手机阅读的图书不乏主流的优秀作品，但年轻的网络写手们囿于阅历，难以对现实做深度开掘。正如有人曾说的，手机阅读有"三低"，即低龄、低质、低俗。一位文学网站的负责人说：网络文学，一方面网站要把好关，选优去劣，把好的作品推出来；另一方面有关的专业部门也要加强引导，提高网络文学的素质。手机阅读不应成为"三低阅读"集散地。

9月23日

白洁在《硅谷》撰文称，在对已有的防盗文措施进行调查后发现，目前并没有一个切实可行的措施来规范网络阅读。因此，须介绍一种方法，通过改变一些同义词、空格数、标点符号等来提取盗文者的基本信息，并对其进行严惩，从而达到遏制盗文猖獗的目的。

9月25日

单小曦在《文艺理论研究》的《莱恩·考斯基马的数字文学研究》一文中认为，莱恩·考斯基马把充分使用数字媒介技术创作的交互性动态文学文本看成四种数字文学中的典型形态，他使用了超文本、赛博文本、遍历文学、赛博格作者等概念解释了数字文学的基本内涵。读者/用户通过诸种"遍历"行为实现"文本单元"向"脚本单元"的"跨越"是数字文学交互性的核心意义。读者/用户是超文本叙事中的"共同叙事者"。"本体渗透"既是数字文学的一种叙事策略，更是其重要的审美价值追求。数字文学中存在着时间性操作和模拟时间现象。考斯基马的数字文学研究对于将中国当代网络文学研究提升为数字文学研究具有重要的启示意义。

9月25日

单小曦在《上海师范大学学报（哲学社会科学版）》的《"网络文学"抑或"数字文学"？——兼谈网络文学研究向数字文学研究的提升》中指出，全球资讯科技和数字媒介催生出了一种不同于传统印刷文学的新型文学形态，其准确定位应该是"数字文学"，而非"网络文学"。西方、中国大陆和中国台湾地区的新媒介文学生产事实也说明，数字文学不仅包括一般而言的"网络文学"，还包括计算机单机、磁盘、光盘、手持阅读器为载体的非网络化文学。将"网络文学"解释为泛化的"Network Literature"的做法缺乏学理价值。立足于"网络"无法充分揭示出包括网络文学在内的数字文学的内涵和特质。将网络文学研究提升为数字文学研究，有利于网络文学研究突破当下的瓶颈状态，有利于当代文论全面深刻地把握数字新媒介带来的新文学现实，有利于弥补印刷时代建构起来的一般文论无法充分解释这一文学现实的缺陷。

9月26日

欧阳友权在《光明日报》撰文《网络文学，离茅盾文学奖有多远？》指出，网络文学与传统文学在茅盾文学奖中同台竞技，从目前的情形看是难有胜算的。究其原因在于，从评奖性质上看，这两大文学奖项说到底还是属于"专家奖"的范围，其评选的机制和遴选标准都是基于文学传统和社会期待而设置的，是纯文学的"精英奖"。如茅盾文学奖的评选要求作品拥有思想性与艺术性的完美统一，注重思想的深刻内涵，要有切入社稷民生的历史担当和人性温暖，以及艺术审美的精致与创新等。这些显然不是网络文学的强项。我们须要关注的也许是网络文学参评茅盾文学奖背后的意义，即对于优化当今文学生态的意义和对网络文学本身发展的意义。

9月29日

广东省作家协会、羊城晚报社、广东省出版集团、中文在线联合邀请中南大学文学院院长、国内首位网络文学专业研究生导师欧阳友权教授，知名网络作家骁骑校、贾志刚三位嘉宾作客羊城，就"网络自由与文学担当"和"文学商业化与网编功效"两个话题展开讨论。

9月

自9月《步步惊心》开播以来，三部由网络文学改编的影视作品收视率一路飘红：《步步惊心》收视率平均达到1.69，《倾世皇妃》最高单日收视率冲至1.9，创下国庆档期最高，《千山暮雪》也受到观众的热烈追捧。这些电视剧所造成的影响力、收视率和传播力都让湖南卫视的品牌有所提升。

9月

周磊在《作家》2011年第18期浅析专业女性原创文学网站的兴起，认为在网络文学世界中，女性才第一次真正拥有了与男性分庭抗礼的地位。大量"专业女性小说网站"及"女生频道"的出现发展，既体现了商业化背景下各中文原创网自我定位的调整，又与知识经济时代女性从事创作的条件改善相关，并且从深层次上反映了女性特殊的情感体验与表达方式。

9月

盛大文学旗下白金作家"跳舞"正式加入中国作协。这是继推荐唐家三少成功加入作协之后，盛大文学推荐的第二位旗下网络作家加入中国作协。"跳舞"原名陈彬，是起点中文网的白金作家和最具号召力的网络作家之一，也是最为成功的网络职业作家之一。"跳舞"自 2004 年创作《嬉皮笑脸》以来，已完成了《恶魔法则》等六部作品，作品网络总点击量超过 1 亿，相关网络搜索量高居各大排行榜前列。他的作品简繁体出版畅销海峡两岸，多部作品已完成网络游戏跨平台改编，读者遍布全球华语文化圈。

10 月 1 日

有着"职场小说第一书"之称的经典系列作品《杜拉拉》，历经四年终于推出收官之作——《杜拉拉大结局：与理想有关》。至此，杜拉拉事业与爱情的最终归宿都将水落石出，而作者李可则表示，她不会再续写"杜拉拉"，甚至不会再写职场小说。

10 月 10 日

欧阳友权在《高校理论战线》撰文《网络文学的价值取向及其自逆式消解》指出，网络文学用新的技术逻辑解构传统的价值理念，重塑自己新的意义模式。但这一"新民间文学"所张扬的平庸崇拜颠覆了价值原点的崇高与经典；"自娱娱人"的功能选择可能误导写作者放弃主体承担，淡忘应有的文学责任；资本权力追逐利润最大化的功利导向，可能消弭文学本该有的人文品格，造成文学的"非文学性"。网络文学对价值取向的自逆式消解是当下媒介文化的表征，也是我们认识和调适网络文学的一个重要维度。

10 月 13 日

在法兰克福书展上，来自中国最大的社区驱动的在线文学平台盛大文学的签约作家与来自德国的自出版作家展开了一场"中德网络作家分享成功故事"的高峰对话，双方共同分享了他们在不同国度、相同媒介上是如何取得成功的经验和故事，对话引发全球出版业界的兴趣，吸引了前来参展的各国参展商、图书经纪人、作家等参与，成为法兰克福书展的亮点之一。

10 月 15 日

张颐武在《探索与争鸣》的《"茅盾文学奖"亟需应对当代中国文学

的复杂处境》中指出，三十多年来，"茅盾文学奖"发生了三方面根本性的变化：首先，从反映文学的"全部"转化为反映文学的"局部"；其次，从反映文学的总体走向反映"纯文学"的特定趣味；第三，从汇聚公众的阅读倾向到向公众推介作品。虽然这些年"茅盾文学奖"力图扩大自己的领域，试图将网络文学、类型文学纳入其范围，但显然没有现实的可操作性。

10 月 15 日

欧阳友权在《福建论坛（人文社会科学版）》撰文《网络文学：从书页到网页的博弈》指出，以原子为载体的线性书页构筑起人类知识文明的大厦，由比特技术和虚拟空间构成的数字化网页，对以书页为载体的传统文学造成强大的冲击。书页与网页的博弈不只是媒介使然，也是文学历史转型在传媒变迁中的必然反应，我们应该借重从书页到网页媒介延伸的机遇，促使网络文学的观念审理和价值重建成为数字化时代的文化命名，让新旧交替的"文学洗牌"获得一种意义重建的自信。

10 月 15 日

马明明在《中南林业科技大学学报（社会科学版）》撰文认为，数字出版作为一种新的信息传播方式，在我国经历了出版成果数字化和出版过程数字化两个阶段。互动是数字出版的本质特征，借助于搜索引擎、社会化媒体、网络游戏和网络文学等数字化出版平台，互动出版作为一种碎片式出版，催生了数字出版时代的按需出版、个性化出版和自助出版等新型出版模式。

10 月 15 日

康桥在《文艺争鸣》的《网络小说中的民族国家想象》中认为，网络小说中的民族主义情绪成为其显著辨识特征之一，成为网络小说意识形态的组成部分。但是要准确把握这一波"民族主义"的脉搏却并不容易，大体上是既往民族主义思潮的堆积、世界范围内的民族主义历史实践的投射等。

10 月 15 日

刘燕在《佳木斯教育学院学报》的《巴特文本理论下的超文本文学》中强调，超文本文学是数字化时代网络文学发展的产物，它的出现是对旧有文学范式的突破，而法国文论家罗兰·巴特的文学理论尤其是他的"文本"理论似乎早就遇见了这一新的文学形式的诞生，而超文本实际上是对传统文学形式的一种解构和颠覆。

10 月 28 日—31 日

第九届中国国际网络文化博览会在北京展览馆举行。该博览会由中国文化部主办，是当时国内最高规格的网络文化产业盛会。会议通过高峰论坛、严肃论坛、客户端游戏、网页游戏、SNS 与 Social Game、第三方产业、网络动漫、网络营销、网络音乐等九大论坛，全面地展示了网络文化的各方成果，促进了学术交流，推动了网络文化健康发展。

10 月

陈凯歌执导的《搜索》在宁波开机，这部根据网络小说《请你原谅我》改编，探讨"人肉搜索"、"网络暴力"等话题的电影汇集了赵又廷、高圆圆、姚晨、王珞丹等当红影星，堪称网络小说改编电影截至当时的最大手笔。

11 月 1 日

"三湘读书月·大众文化讲坛"首场读书报告会在湖南省图书馆启动，欧阳友权教授应邀开讲，他从第八届茅盾文学奖与网络文学的尴尬、网络小说落选原因、网络作品参评的意义和网络文学须要克服的"短板"等方面入手，详细阐述了传统文学与网络文学之间的相互关系。

11 月 2 日

张魁兴在《中华读书报》的《鼠标能点击出文学的价值吗?》一文中表示，鼠标能点击出文学的价值吗? 回答应是否定的。"鼠标作品"应属于快餐文化，而什么样的文学作品都不属于快餐文化，因为文学是需要时间检验的，经不起时间检验的文学作品，其文学价值都不会很高，甚至谈不上有文学价值。网络文学的热闹与喧嚣是有目共睹的，但其成长或价值的升华，还需要评论家的指点与护航，还需要时间老人帮其成熟。

11 月 4 日

"沧月十年巡回庆典闭幕式暨中国网络文学经典十年高峰论坛"在北京举行，该活动评选出当代网络文学的十大作家和十大经典作品。十大作家包括南派三叔、安妮宝贝、沧月、匪我思存、蔡骏、萧鼎、江南、明晓溪、桐华、辛夷坞。十大作品包括《诛仙》《悟空传》《此间的少年》《盗墓笔记》《致我们终将逝去的青春》《成都，今夜请将我遗忘》《七夜雪》《步步惊心》《地狱的第十九层》《千山暮雪》。

11 月 6 日

由天津市写作学会主办的天津市写作学会（2011）年会暨"公共写作与新媒体的话语责任"学术研讨会在南开大学文学院召开，会议期间，与会代表围绕"新媒体写作影响下的新文体、新语体"、"当下社会的传统媒体写作"、"写作学研究的学科现状与发展前景"以及"文学教育中的写作教学与实践探讨"等议题进行了深入的讨论。

11 月 10 日

单小曦在《中州学刊》的《数字文学的命名及其生产类型》中指出，"数字文学"（Digital Literature）是近年来数字科技、数字媒介催生出来的一种新型文学样式。文学媒介构成文学存在性要素的相关研究构成了数字文学命名的学理依据，而当代数字文学的生产现实则是数字文学研究的现实依据。数字文学在所指范围上大于一般而言的网络文学，"数字"而非"网络"才是此类文学的最终媒介决定力量。较之于"网络文学"，"数字文学"的提法更具涵盖力，更能揭示这种文学的根本性质。按传播形态，数字文学可分为网络文学和非网络数字文学；按文本形态，数字文学可分为平面文本文学和立体超文本文学；按符号形态，数字文学可分为文字符号文学和复合符号文学。

11 月 11 日

《中国青年报》的调查称，作为网络文学重要组成部分的网络小说，已成功吸引了大批高学历用户。

11 月 11 日

根据同名网络小说改编的《失恋 33 天》在光棍节前后引爆影市，以不足千万的投资换回超 3.5 亿的票房。同样在 2011 年，《裸婚时代》《步步惊心》《后宫·甄嬛传》等根据网络小说改编的电视剧集也相继热播荧屏，引起了极大的社会反响。

11 月 15 日

《南方文坛》2011 年第 6 期刊载一组文章。邵燕君在《面对网络文学：学院派的态度和方法》中认为，越是在资本横行大众狂欢的时代，越须要建立精英标准。这就须要学院派能够介入性地影响粉丝们的辨别力和区隔，在点击率、月票和网站排行榜之外，重建一套具有精英指向的评价标准体系。黄发有在《消费寂寞——网络文学的游戏化趋向》中认为，网络娱乐在把寂寞转化成商业利润的同时，其强大的生产线也催生并强化了新的寂寞。这样，寂寞的再生产也就为网络娱乐的再生产提供了无限的空间和可能性。周善在《80 后与网络文学：传统出版的"新丝路"》中认为，网络文学在向传统出版发出挑战的同时，也让传统出版看到了网络文学所蕴藏着的巨大的市场潜力，特别是一大批网络文学脱颖而出之后，传统出版重振精神，掀起了一场网络淘金热潮。故 80 后及网络文学是传统出版的"新丝路"。

11 月 15 日

孙嘉咛、梅红在《西南交通大学学报（社会科学版）》撰文指出，网络文学的色情化主要体现在色情描写尺度大，传播错误性爱观和"耽美风"盛行三个方面。增强网络文学的监管和整治力度、提高网络写手的创作能力、转变网络文学的发表模式等是遏制网络文学色情化比较有力的几个措施。

11 月 17 日

著名作家张抗抗当选文著协副会长。近年来，张抗抗积极参与版权保护工作，2010 年向全国政协提交了《关于完善著作权法，加快著作权集体管理组织建设和发展的提案》和《关于加强网络著作权保护的提案》，2011 年向全国政协提交了《关于尽快修改著作权法的提案》和《坚决遏制互联网文学作品侵权的建议》，并被聘为第三次著作权法修订工作领导小组副组长。2011 年 9 月，张抗抗被国家版权局、国家工商总局和国家知识产权局评为"2010 年全国知识产权保护最具影响力人物"，还被中国版权协会评为"2011 年中国版权产业风云人物"。

11 月 20 日

广州综合频道率先开播《后宫·甄嬛传》，引发收视旋风，成为年度"霸屏电视剧"。该剧改编自流潋紫的同名网络小说，讲述一群后宫女人争宠夺爱的故事，"宫斗戏"出彩，"爱情戏"更感人。有评论说"看完《甄嬛传》，发现每个成功的女人背后都有一群愿以生命守护的男人"。据出版方介绍，《后宫·甄嬛传》旧版销售总量已超 150 万册，修订典藏版由浙江文艺出版社和蓝耳文学联合出品，全集 6 册并新增一本"番外"。

11 月 30 日

《中华读书报》刊登了舒晋瑜与邱华栋的访谈《谈发育低下、量多质劣的所谓"网络文学"》。邱华栋称，不存在网络文学，只有非文学和文学的区分。因为文学只有一个标准，这个标准不是以媒介来划分的，文学的标准之一就是不媚俗。好的文学说到底是要对现实人生和现实社会进行深刻观察和解析，然后利用观察、体验和想象所创造出来的、自足的语言的审美世界。这么一比较，网络文学在哪里？现在的网络文学，大都是五四时期鲁迅、陈独秀他们反对的东西，就是武侠、穿越、搞笑、鸳鸯蝴蝶、恐怖、黑幕、侦破等作品，都是比较低级的东西。当然，未来兴许会好些。毕竟电子媒介还在迅速发展，各种可能性都是有的。

11 月

中国第一家权威的网络文学批评杂志《网络文学评论》首期出版发行。该刊以首创的形式和创新的思维，通过联合评论家、作家、学者、媒体和网络作者，针对国内、省内的网络文学和通俗文化的动态、热点进行多方位、多角度的艺术鉴赏和理论研讨。杂志同时推出印刷版和电子版，希望在文化品位和读者接纳度两方面取得较好平衡，争取成为文化产业发展和群众文化娱乐消费的一个新的风向标。

附：《网络文学评论》创刊号载文称，中国网络文学中的耽美文学深受日本动漫影响。"耽美"一词最早出现在日本近代文学中，为反对自然主义文学而呈现的另一种文学写作风格，日文发音 TANBI，本义为"唯美、浪漫"之意，耽美即沉溺于美，一切可以给读者一种纯粹美享受的东西都是耽美的题材。

12 月 2 日

"首届中国百诗百联大赛"在长沙圆满落下帷幕，大赛共收到全国各地和海外 63 个国家和地区的华人华侨的参赛作品十二万多件。河北王少峰的《临江仙·北京奥运成功举办》获得诗词一等奖，湖北黄雍国的《海峡情思》获得楹联一等奖。本届大赛的一个特点是充分利用了网络平台。据悉，大赛官方网站的点击量超过 560 万人次，最高日点击量超过 10 万人次，被誉为中国诗词楹联发展史上的"标志性事件"，具有里程碑意义，是诗词楹联走向复兴繁荣的"分水岭"。

12 月 7 日

《中国艺术报》刊载周思明《新媒体文学也需接地气》一文指出，从某种意义上说，当下的网络文学还不是一种文学写作。读他们的作品，故弄玄虚的成分更多一些，好像"天外来客"一样，充满好奇与想象力，但是与我们的民族和文化，与我们生活的这块土地能够交融在一起的东西还太少，与读者真正实现内心交流的东西还太少。新媒体文学作家现在亟须要做的是，能够再多地与我们这块土地接近起来，与我们的人民接近起来，赋予作品更多的内涵，提供给读者更多属于心灵的东西。

12 月 10 日

由盛大新经典影视公司举办的"麦基对话中国电影"论坛在北京电影学院举行。此次对话围绕网络文学影视改编的前景、好莱坞制造与中国制造的异同、怎样让中国电影讲出好的故事三个议题展开，国内创作一线的编剧、导演侯小强、宁财神、芦苇、陆川等出席了论坛并发言。

12 月 13 日

广东省委常委、宣传部长林雄、中国作协党组成员、书记处书记陈崎嵘出席广东网络文学院挂牌仪式暨《网络文学评论》杂志首发式。据了解，广东网络文学院是由省委宣传部直接领导，省作家协会筹办的全国第一家网络文学院，其编辑出版《网络文学评论》是我国第一本专业的网络文学批评和理论刊物。

12 月 18 日

由社会科学文献出版社主办的第一届微博新闻创作研讨会举行。研讨会上，社会科学文献出版社社长谢寿光作了"微博：出版者的责任与传播功能"的主题演讲，大家就微博与新闻传播、微博的品牌建设、微博的个性化表达、微博与出版等热门话题展开了热烈的讨论。

12 月 20 日

王小英在《华北电力大学学报（社会科学版）》撰文认为，当下的中国社会，网络媒介以其在意图和释义语境方面的独特性而区别于传统媒介语境，这使得生长于其中的长篇小说在叙述上呈现出有别于主流小说的一些特征，即惊奇和悬念的频繁使用，直入主题与静止性母题的稀释，线索清晰与情节的顺时序编排等。这种叙述机制是近几年网络语境变化后的产物，是网络文学程式化趋向的体现，它与网络文学的商业化进程相适应。

12 月 24 日

网络超人气玄幻小说作家烟雨江南的《罪恶之城》在 17K 小说网连载

发行的小说，目前已出版。上线仅一个月，就已拥有超过 300 万读者，在 17K 小说网上获得超过 280 万张"贵宾票"，甚至创造了作者一天最高收入 7 万元的业界"神话"。烟雨江南，原名丘晓华，代表作玄幻类小说《亵渎》，烟雨江南本科毕业于复旦大学，毕业后进入新华社，任记者。数年后旅英留学，取得硕士学位后回国发展，加入北京一家特大型投资公司，从事资本市场业务。

12 月 28 日

王国平在《光明日报》的《影视"恋上"网络文学，这桩"姻缘"靠谱吗?》一文中指出，如今，网络文学与影视产业正处在"蜜月期"，而如何维持好相互之间的"姻缘"是个值得关注的话题。中南大学文学院教授欧阳友权表示，影视产业与网络文学"联姻"，可谓"情投意合"，成功实现产业链的延伸。但网络作品"热"得快，"冷"得也快，所以改编为影视作品的成功并非都是网络之誉，而是二度创作之功;并且，一时的热播、热映，只表明了市场反应良好，而不是对作品艺术生命和审美价值的终极确证。

12 月 30 日

齐鲁晚报、山东文学和网易联合主办的中国首届网络文学大奖赛落下帷幕，经过由包括 5 位茅盾文学奖评委在内的全国 13 位知名文学评论家、作家组成的终审评委实名投票后，21 项大奖新鲜出炉，备受关注的特别大奖最终被网络点击量超过三百万次的《乡党委书记》夺取。本次大赛共收到参赛稿件小说 9310 篇、诗歌 29102 首、散文 15200 篇，合计 53612 篇。截至大赛截稿，大赛专题网页网络点击量 85 万次，大赛参赛作品网络点击总量超过 4000 万次。

12 月

库宾（Kubin）、沃尔夫冈（Wolfgang）在《比较文学:东方与西方（英文版）》2011 年第 2 期撰文指出，高、低文化界限的消失并不一定是好现象。当代华语界缺乏对文学优劣的判断标准，网络文学的泛滥造成"文学"某种程度的贬值。好的文学绝不是"急就章"。真正的文学关涉风格的写作，是作家在遣词造句上的独具匠心之作。因此完全采用通俗的语言进行创作将丧失文学的风格性。仅以内容取胜或沦为政治工具的作品，都不是真正的"文学"，难有持久的生命力。

是年

◆盛大文学正在积极申请中国作协团体会员资格，一旦申请获准，将成为继33个省、市、自治区，解放军系统，以及11个行业协会等44个团体会员之后的第45个中国作协团体会员单位，也是首家以管理和运营网络文学、数字出版等新媒体文学为主的团体会员。

◆按照中国作家协会党组要求，中国作家出版集团与作家出版社共同投资成立了中作华文数字传媒股份有限公司，这是中国作协唯一一家专业从事数字出版的公司。

◆2011年，网络小说影视改编再推高潮，《失恋33天》《遍地狼烟》《步步惊心》《钱多多嫁人记》《甄嬛传》《裸婚时代》《白蛇传说》《倾世皇妃》《千山暮雪》先后公开播映，大量采用网络小说元素的影视作品《钢的琴》《宫》《画壁》等，引起观众广泛关注。《纳妾记》《刑名》《搜索》（原名《网逝》）《帝锦》《庆余年》等小说改编后已正式开拍，《九克拉的诱惑》《极品家丁》《回到明朝当王爷》《大魔术师》《熟女那二的私房生活》等一批作品，已被多家影视公司购买。超人气热门作品如《鬼吹灯》《斗破苍穹》等或将进入超级大片制作市场。

◆2011年度网络文学虽然没有惊世骇俗的神作，缺少绝对热门的作品，但总体水平却较以往有所提升，在类型化相对稳定的前提下，创作由平缓向纵深发展。除了原创文学网站力推的人气作品，如《吞噬星空》《遮天》《秒杀》《通天之路》《焚天》《如果巴黎不快乐》《玛丽在隔壁》《恨嫁时代》等，门户网站新浪读书推出的官场小说《二号首长》（黄晓阳著）、都市小说《交易》（亦客著），搜狐原创推出的官场小说《权力·人大主任》（周碧华著）、谍战小说《暗斗：国共在大陆的最后搏杀》（英霆著）等，也是值得关注的作品。

◆曾以《碎脸》等作品闻名的中国悬疑小说著名写家鬼古女，在蛰伏三年后，又携新作《锁命湖》在 2011 年盛夏重现悬疑舞台。早在 2006 年，鬼古女就以网选票数居首的优势被评为"国内最受欢迎的十位恐怖小说家"。就在他们继《碎脸》之后接连推出《伤心至死·轮回》《伤心至死·万劫》和《暗穴》等多本畅销作品，随后鬼古女隐迹江湖三年；而这一年，他们携新作重返，不少粉丝翘首以待鬼古女新作中的新悬念新配方。作为和世纪文睿一起精心策划的"罪档案"系列的开篇之作，这一次，鬼古女的《锁命湖》以一条精心设计的"纯悬疑"线索为主，并穿插了一条男女主人公爱恨纠葛的副线。而大打情感牌，注入浪漫元素，也成为《锁命湖》相对于《碎脸》最大的突破。

◆已经公布的台湾地区 2011 年阅读习惯调查结果表明，在台湾地区公共图书馆最常被借阅的 Top20 排行榜中，有 16 本属于奇幻、冒险小说，大陆起点中文网"白金"作家月关的《回到明朝当王爷》《步步生莲》《大争之世》三部作品均榜上有名。

◆百度推出的"2011 年十大梦想新职业"中，网络作家位居婚礼策划师之后，排名第二。

◆2011 年网络流行体呈现出频繁爆发的态势，自年初以来，先后走红的网络流行体有见与不见体（1 月）、淘宝体（1 月）、丹丹体（1 月）、咆哮体（3 月）、宝黛体（4 月）、遇见体（4 月）、挺住体（5 月）、私奔体（5 月）、有种体（6 月）、波波体（6 月）、决定体（6 月）、大概体（7 月）、高铁体（7 月）、蓝精灵体（8 月）、Hold 住体（8 月）、TVB 体（8 月）、海底捞体（8 月）、轻度体（9 月）、撑腰体（10 月）、秋裤体（10 月）、怨妇体（10 月）、青年体（10 月）、陆川体（11 月）、王家卫体（11 月）、本山体（11 月）、唤醒体（12 月）、方阵体（12 月）、李宇春体（12 月）等三十多种。网络流行体最初在网络上流行，其实质是一种"句式仿写"，因饱含新鲜、时尚、娱乐的因素而备受网友追捧。

2012 年

1月1日

郭敬明担任主编的全新青春校园杂志《放课后》创刊。《放课后》刊名来源于日语，意思是"放学后"、"下课后"。杂志专为年轻有活力、独立思考并且追求新鲜体验的学生群体而设，以青春校园为主要基调，加入类型阅读、绘本、漫画等多种形式。郭敬明旗下作者安东尼、Echo、卢丽莉等加盟创作。

1月3日

由山东文学、齐鲁晚报和网易共同主办的中国首届网络文学大奖赛评委会公布了8类参赛作品的网络人气奖。长篇小说人气奖由乌以强的《乡党委书记》摘得，中短篇小说人气奖由疯癫和尚的《庄子的 ABCDEFG》获得，精短散文人气奖由踏雪无痕的《祖国啊，我永远为你歌唱》获得，微散文人气奖由郝久增的《生活感悟》获得，单章诗歌的人气奖由"有爱真好"的《写给一株姓高的植物》获得，组诗人气奖则由踏雪无痕的《爱的断章》获得，微诗的人气奖由"七月椰子"的《明亮的晨星》获得，微小说人气奖空缺。

1月5日

中国作协副主席、中国文字著作权保护学会副会长张抗抗在《光明日报》提出加强网络著作权保护的四点建议。一、强化对"避风港原则"的法律解释，二、明确网络提供商的权责，限制侵权作品的再度上传，三、明确损害赔偿的计算方法，四、将打击网络侵权盗版专项行动制度化、常规化。

1月5日

雷柯、姚晓丹在《光明日报》撰文，他们依据一份某大学图书馆借阅次数排行榜，对当下大学生最爱看什么书作了回答：1.《蔓蔓青萝》2.《泡沫之夏》3.《潇然梦》4.《玥影横斜》5.《爱在唐朝》……前100名中，除第51名《宋氏三姐妹》和第100名《学英语规律338条》外，其余全为网络青春文学。全国人大常委、民进中央副主席朱永新以"恐怖"二字为这份排行榜作注。

1月6日

《文学报》总编辑陈歆耕在《光明日报》撰文，称对文学的未来始终充满信心和期待："我一直对所谓文学日益边缘化的说法持有深深的怀疑，不管文学的书写方式和载体如何变化，文学总是不断以新的形态，顽强地生存和生长着。只要看看当下网络上有多少人在从事写作，看看微博上、手机上有多少精粹、警世、让人拍案叫绝的段子，就可断言：所谓文学死亡论是多么荒谬！"

1月7日

由中国图书商报社、中华全国工商联合会书业商会共同主办的"第六届中国书业营销创新论坛"在京举行。论坛围绕"Web2.0时代下的书业营销"展开，融入了2011年中国市场营销界的热门话题——微博和网络营销。

1月8日

龚世学在《中国出版》撰文指出，进入消费时代，传统文学出版遭遇了来自各方面的挑战，这是传统文学出版的精英文化立场面对消费文学的大众文化立场的必然。作为传统文学出版人，只有与网络文学携手，与数字出版共赢，努力出版双效益图书，才是明智之举。

1月11日

台湾著名网络文学作家九把刀在西单图书大厦举办《那些年，我们一起追的女孩》新书发布会，并就纯爱小说《那些年》与同名电影的相关话题与全国各地媒体记者进行了广泛交流。据了解，该书刚刚上市，就在当当网上以惊人的销售业绩名列青春文学第一名，并迅速上升到当当图书销售总榜第十名。

1 月 12 日

"2011 国家产业服务平台"年终评选结果在京发布。红袖添香凭借在言情小说、婚恋小说等女性文学写作及出版领域的巨大影响力，被评为"2011 年度最佳女性文学网站"。这也是网络文学平台首次被纳入该项评选活动。

1 月 15 日

知名博主麦田发表了一篇《人造韩寒》的博客。文中，他称韩寒之所以能成为一个公共知识分子，完全是他父亲韩仁均和出版人路金波"人造"和"包装"的结果，该文在微博上掀起轩然大波。16 日，韩寒回应："如果任何人可以证明自己为我代笔写文章，哪怕只代笔过一行字，任何媒体曾经收到过属于'韩寒团队'或者来自本人的新闻稿要求刊登宣传，均奖励人民币 2000 万元。"随后，韩仁均、路金波、范冰冰、方舟子等纷纷加入"战斗"，而众多网友更是分为"挺韩派"和"倒韩派"，各执一词，以至于整个春节期间，网络最热的话题不再是春晚，而变成"人造韩寒"。

1 月 15 日

陆静怡在《青春岁月》撰文指出，作为网络文学的一个支流，同人文学有着网络文学所具备的利弊优劣和基本特性，然而受到创作内容和受众的限制，同人文学作为一种小众文学很少引起人们的重视；在与传统文学和主流网络文学相比时，同人文学的独特个性也是显而易见的。

1 月 15 日

曾繁亭在《文学评论》的《网络文学之"自由"属性辨识》一文中认为：网络文学的"自由"观念迄今仍大多停留在较为原始的放任无序状

态；在网络文学产业化持续推进的大趋势下，心灵和精神自由的缺席越发成为主流网络文学写作中刺目的文化现象。如何将数字化网络技术提供的写作与传播便利，经由秉有高贵人文内涵的那种"精神自由"转化为真正的"自由写作"，乃是当下亟待破解的一个时代课题。

1 月 15 日

禹建湘在《学术评论》撰文称，第八届茅盾文学奖首次接纳网络文学参评，最终结果是网络文学作品全部铩羽而归。茅盾文学奖收编网络文学是其向大众文化妥协的表示，是一种平衡策略，而网络文学的全部出局，折射出了体制内文学圈自我娱乐的事实，也是体制内传统文学对自身权威确证的一个方式。传统文学和网络文学的不兼容，是当前中国体制内文学与体制外文学两种文学圈关系的真实写照。

1 月 15 日

黄霄旭在《出版科学》对盛大文学版权纷争的分析考察的文章中，总结出网络文学侵权纠纷在诉讼理由、侵权方式、作品数量、法院判决等方面的特点，认为未来网络文学维权将呈现由单独向集体、由一方向各界、由舆论向诉讼发展的趋势。

1 月 16 日

中国互联网络信息中心（CNNIC）在京发布《第 29 次中国互联网络发展状况统计报告》。《报告》显示，截至 2011 年 12 月底：中国网民规模达到 5.13 亿，全年新增网民 5580 万；互联网普及率较上年底提升 4 个百分点，达到 38.3%。中国手机网民规模达到 3.56 亿，同比增长 17.5%，与前几年相比，中国的整体网民规模增长进入平台期。《报告》还显示，截至 2011 年底，中国网站规模达到 229.6 万个，较 2010 年底增长 20%。与此同时，2011 年底".CN"域名注册量达到 353 万个，较 2011 年中增加 2.6 万个。

1 月 16 日

由新浪亲子频道主办的首届"微童话"大赛开赛，大赛中优秀的微博将集结为国内首部"微童话"作品出版。"微童话"即是以微博形式创作的童话作品，不仅要适合幼儿的阅读特点与审美情趣，还要兼顾可读性强、主题鲜明、内容健康、情节完整。目前，已有万余部"微童话"作品参赛。从信息平台到"微小说"、"微童话"的创作，微博或将成为互联网时代的新型内容平台。

1 月 25 日

李鲲在《美与时代（下）》的《试析网络文学写作与传播过程中的媒介互动》一文中指出，网络文学的审美特性主要表现在网络文学的单向兴起、双向发展和多向互动三个历史阶段，因而形成了与之相适应的俗化、雅化和雅俗共赏三种审美特性。探索网络和纸质两类媒体优势的契合点，发掘两种媒体传播的能量，以最大可能地打造、传输、推广和宣传网络作家的创作，开创一条前所未有的、生机勃勃的集创作、阅读、出版、宣传、再创作一体化的新路，是当前文学和传播学研究的一个重要课题。

1 月 25 日

代湖鹃在《剑南文学（经典教苑）》撰文认为，网络文学产业化可能给中国网络文学发展带来诸多陷阱，使之失去文学发展的内在自律性，从而错过网络文学的实验性机遇，因此建立产业化与网络文学发展的良性机制势在必行。

1 月 30 日

《京华时报》消息，韩寒卷入"代笔门"。方舟子与韩寒之间的"辩论"，在春节期间已成为最受关注的事件之一。韩寒日前接受采访时表示：自己作为"写字人"可以容忍的底线不容触犯，方舟子认为其作品为代笔的言论对其名誉造成损害，因此已委托律师在上海提起诉讼，索赔 10 万元。方舟子则表示没有感到任何压力，他发表声明称："我本人不会出庭，我的律师会去应诉。我愿意在别的合适的场合（比如没有粉丝在场的直播）与韩寒当面对质。"

1 月 30 日

蔡爱国在《求索》的《论网络文学中被消解的作者》中认为，网络文学步入一个繁华的时代，但网络文学作者的主体性正面临被消解的危险。资本的介入，改变了网络文学的生态；类型化的写作，喻示着网络文学写作创新力的衰微；文学写作标准的降低，则是网络文学作者写作空间被挤压的重要证明。网络文学所代表的文学大众化，或许并不值得我们欢呼。

1月31日

欧阳友权在《光明日报》的《海量神话与精神短板并存——2011年新媒体文学创作概观》中指出，继前两年"博客热"后，2011年出现微博的爆炸式增长，有微博服务网站五十多家，并不断开发出针对智能手机和平板电脑的随身客户端技术。"热帖"不断、热点频仍的微博客传播创造了2011年最具社会关注度的"围脖文化"现象。他希望新媒体写作能对网络志存高远，对文学心怀敬畏，"打深井，接地气"，真正建立起文学承传、创造、担当和超越意识。

1月

拥有近100万粉丝的出版界微博第一人——王亚非的微博被整理成书《一个总裁的微思考》，由黄山书社出版，开创了出版集团总裁微博出书的先河。此书精选了王亚非的微博一千余条，从三个视角记录当代社会百态，改革与碰撞，进取与挣扎，从而思考社会的责任、人生的命题、职场的法则。读来不乏幽默，而且非常励志，生动诠释了"就算微博，也是媒体；就算微搏，也是心跳；就算微薄，也是力量"的微博精神。

2月1日

被誉为"女王朔"赵赵的首部职场小说——《穿"动物园"的女编辑》，由长江文艺出版社推出。《穿"动物园"的女编辑》是对《穿PRADA的女魔头》的戏仿，小说中的主人公程昕被公司同事称为"励志姐"，大学刚毕业来京"北漂"，生活、工作、感情诸事不顺，最终在自己的奋斗和同事帮助下走向成熟和成功。小说历数个人职场发展躲不过的各种潜规则、地域歧视、同事排挤利用，团队遭遇的被指控、撤资、跑单等等经历，赵赵用精彩的细节——做出智慧的应对。她赋予人物的幽默与睿智产生了四两拨千斤的效果，也使这本书意外成为读者追捧的社交实用指导。

2月10日

周保欣在《文艺研究》撰文指出，对网络文学的学理研究，亦应当从文学史的"常变"规律来看。网络文学的崛起，其文学史意义在于恢复文学被中断的民间起源，构造一种"文学社会"的底层结构，同时，也是对文学娱乐性原初叙事伦理的恢复。网络文学的兴起与发展，得益于网络的自由，但网络文学的悖论是：自由的道德在于创造，没有创造的自由是不道德的自由。网络文学的发展，必须解决好自由与创造的关系，创造出属于网络文学的经典。

2月10日

黄大军在《湖北社会科学》撰文认为，网络文学一方面承载着大量"网络写手"与"网络游民"的文学之梦与成名想象，一方面又在全民写作的艺术光环下沦为这个时代文化衰败的样本。实际上，文学的媒介特性与媒介环境并不是影响文学品格的唯一条件，而是更多地取决于网络文学主体，取决于写手的文学素养与创作态度。当下一些口碑较好的网络小说在题材、历史与道义等向度上的文学求索，依稀透露的就是网络文学良性发展的价值诉求与审美情怀。

2月15日

陈鸣鸣在《江苏社会科学》称公安内网网络文学不同于外网网络文学的纷繁复杂，其主要特征是具备了显著的"率真性"、"优美性"和"积极性"，显示了公安网络文学的艺术价值和现实意义。

2月15日

由中国当代文学研究会、沈阳师范大学中国文化与文学研究所主办的"2011文学创作及2012展望高峰论坛"在中国现代文学馆召开。专家学者对当下全国文学创作的整体情况进行了评估，并对日后的文学创作发展趋势进行了预期和展望。陈晓明、白烨、贺绍俊、李朝全、孟繁华等参加会议。

2月16日

中国作家协会在京举办第二批作家"结对交友"见面会，来自全国各地的16位知名作家、评论家与来自TOM在线幻剑书盟网站的8位签约作家及全国网络文学重点园地工作联席会议成员作家代表将共聚一堂。此次见面会由中国作家协会主办、TOM在线幻剑书盟承办，邵燕君、李洱、宁肯、张者、关仁山、龙一、彭学明、胡平等作家、评论家及TOM在线幻剑书盟签约作家参加此次见面会。

2月17日

全国版权交易共同市场理事长、中国版权保护中心主任段桂鉴在"全国版权交易共同市场"发展论坛上表示，全国版权交易共同市场将形成统一的版权交易制度、相关技术标准、认证体系，实现创新交易模式、版权交易资源及网络的共享，促进文化产业发展。全国版权交易共同市场是在国家版权局指导下的全国版权交易市场协同型联盟，于2009年底正式成立。目前，正式会员单位9家，列席单位7家。

2月28日

王国平在《光明日报》的《批评如何变得有效》一文中，对网络文学研究的现状引用了陈福民的观点，陈福民认为，至今还没有读到一篇关于网络文学文本的研究文章，文学批评家还习惯于用传统的文学眼光来看待网络文学，而没有深入了解网络文学创作运行的规则，只是满足于从外围观察，这样无异于隔鞋搔痒，这样的研究算不上及格。在他看来，批评家凭借既定的知识和观念来处理新的文学表达，其结果往往是无效的。

2月29日

程英姿在《东南传播》撰文指出，网络言情小说同样见证我们这个网络时代的人性和人的生存环境，即：人性中对立的"拜物教"，灰姑娘的童话梦想——"异域之爱"战胜"本土之爱"，浪漫之爱——女性化的爱，极大限度地制造感官刺激——本能冲动造反逻各斯的时代到来，"爱情是什么？"——对爱的永恒追问。通过分析小说的性态与情态，有利于观照我们的精神世界，并寻找解决爱情困境的出路。

3月1日

易薇在《出版参考》撰文称，未来，起点中文网的发展必然是以网络出版内容提供、网络文学付费阅读以及广告业务为主要赢利模式，同时，扩大版权延伸、无线增值服务、构建阅读平台等方面的赢利点，构成多元化的赢利与业务模式。

3月11日

由人民文学杂志社和盛大文学主办的"娇子·未来大家Top20"评选活动在北京中国现代文学馆举行颁奖典礼。中国作协党组成员、书记处书记、《人民文学》主编李敬泽和部分活动评委为获奖者颁奖。冯唐、张悦然、笛安、乔叶、鲁敏、盛可以、魏微、葛亮、朱文颖、李浩、王十月、唐家三少、蔡骏、颜歌、计文君、滕肖澜、吕魁、路内、阿乙和张楚等青年作家位列其中，阿乙同时被评为年度青年作家，杨庆祥被评为年度青年批评家。

3月15日

张清君在《内蒙古大学艺术学院学报》撰文认为，以艾布拉姆斯为代表的传统文学观念中，作品与世界的关系经常被表达为"文学来源于生活而高于生活"，但网络文学解构现实生活，虚拟生活情境，从另外一个角度反映出了现实世界中人们对普世生活的具有逃避性质的精神面貌，也充分说明了"作品与世界"这一关系概念在不同文学发展时期，同样具有开放性的理论指导价值。

3月15日

李盛涛在《淮阴师范学院学报（哲学社会科学版）》撰文认为，网络小说对叙事的故事性情有独钟，其中以网络盗墓小说《鬼吹灯》为翘楚。《鬼吹灯》以其精湛的叙事艺术，既历史性地激活了中国古典小说的叙事手法，使中国当代文学获得了本土性特色，又与当代非网络文学共同构筑着当代中国的文学图景，具有重要的文学生态意义。

3月16日

欧阳友权在《文艺报》撰文《网络文学研究的理论突围》指出，细读《比特之境》，给人留下的第一个深刻印象是作者"选点持论"的眼光和以"散点"成就"焦点"的学术智慧。不难看出，这些问题都是网络文学理论必须关注和解答的课题，貌似随意的"散点透视"，实为精心设计的"焦点运思"，全书选择的这几个"点"可谓"点"到了问题的要害，在理论突围中一步步触摸到了如苏格拉底寓言中的那支"最饱满的麦穗"。

3月18日

一个名为"走饭"的南京网友发出了一条微博："我有抑郁症，所以就去死一死，没什么重要的原因，大家不必在意我的离开。拜拜啦。"如此平静的言辞，倒像是一个网络上的玩笑。3月19日南京江宁公安在线发布微博证实，该女生已经于3月17日晚间自杀身亡。走饭的遗言是她在自杀前通过一种微博延时发送装置"皮皮时光机"发送的。许多人在走饭生前便是她的微博"粉丝"，在她走后逐一阅读了她留下的微博。从多达1896篇的微博中，我们在某种程度上触摸到了她的灵魂——她的才情，她的聪慧，她的骄傲与自卑、敏感与脆弱、爱与憎，她调侃自我与他人时的幽默，以及她刻骨的孤独。

3月25日

黄仲山在《石家庄铁道大学学报（社会科学版）》撰文称，网络文学的聚合处于无序的状态，人们期待网络文学从无序走向有序，选秀文化与文学博客的兴起给优化网络文学的聚合与遴选模式带来了许多现成的启示。

3月25日

陈海燕在《美与时代（下）》撰文指出，通行的观点是认为文学具有审美、认识、教育三大基本功能。如今，随着网络文学的兴盛，文学的功能也发生了巨大的变化，表现为娱乐功能凸显、情感功能提升、交往功能加强等。由文学功能的角度去审视文学的发展，会得出如下结论：文学不会终结，只要人存在，文学就将存在。

3 月 26 日

《甄嬛传》在安徽卫视和东方卫视全国播出。该剧改编自流潋紫所著的同名网络小说，讲述甄嬛从一个不谙世事的单纯少女成长为一个善于权谋的深宫妇人，是千百年来无数后宫女子的缩影，是一部宫廷情感斗争戏，并注重描写"后宫女人"的真实情感。

3 月

赵薇的导演处女作《致我们终将逝去的青春》开拍，这部电影同样改编自人气颇高的同名网络小说。

4 月 1 日

谭洪刚等在《科技致富向导》分析了网络文学回归纸质媒介存在的优势与不足。优势：点击量增加打响网站知名度，与出版社合作开创第二次收益，拓宽稿源降低成本，降低风险增加收益。问题以及不足：市场尚不规范，盗版侵权猖獗且维权困难，价值标准功利性问题渐渐明显。

4 月 1 日

邵燕君在《文艺研究》的《在"异托邦"里建构"个人另类选择"幻象空间——网络文学的意识形态功能之一种》中认为，"启蒙的绝境"和"娱乐至死"构成中国网络文学的现实语境和国际语境，也决定了网络文学在价值观上整体的"回撤"姿态。在"后撤"的总体态势下，网络小说《间客》的逆流而上特别值得关注。小说以幻想的方式在"第二世界"重新立法，以个人英雄主义坚持启蒙立场，在没有"另类制度选择"的总体困境下，坚持"个人另类选择"的权利。

4 月 1 日

袁琳在《中国数字图书消费市场研究》的博士论文中认为，中国数字图书的市场结构呈现出新的特点：在电子书 1.0 市场中，由于传统出版社仍是这个市场产品的主要提供者，这个市场仍然是垄断竞争的市场结构；

而在电子书 2.0 市场中，盛大文学虽然一枝独大，但却也不是没有竞争对手，体现出弱寡头垄断的特点；电子书 3.0 市场则是中国数字图书产业中最具市场活力的，在这个市场中，大企业和初创企业并存，良性竞争。因此，2010 年年底结束的中国出版体制改革还远远不够。通过市场机制，中国绝大多数的传统出版企业被淘汰出局，中国的数字图书出版产业才有希望。因此，中国传统出版体制的没落是对图书、对出版、对文化乃至对文明的一种救赎。

4 月 5 日

林雯在《论北美华文网络文学的第一个十年》的博士论文中，采取纵横两个方向的比较研究方法，在媒体理论的基础上论述网络文学与传统文学的共性和个性。纵向是以时间为轴线，研究几家具有代表性的北美网络文学社群（论坛、网刊和网站），对发表在这些网络媒体上文学作品，和作家进行个案研究与文本分析，梳理、归纳、总结北美华文网络文学的第一个十年的特点与成果。横向是以地域划分，把北美华文网络文学放入世界文学格局与中华文化概念中，与北美英文文学、大陆网络文学、东南亚文学等进行比较研究。论述北美华文网络文学创作者身处西方文化环境之中的这种跨文化、多元文化语境下的文学创作特色与意义。

4 月 11 日

云中书城店中店平台正式上线，该平台是面向各出版机构和各文学网站的全新开放平台。平台将为版权方提供内容录入、自主定价、营销推广、支付结算等一整套数字版权解决方案。这是国内首次将传统的店中店概念引入到数字出版行业中来，目前已有近 30 家出版社、出版机构及文学网站进驻云中书城开店。此外，盛大文学旗下 7 家原创文学网站为云中书城提供了 800 亿字的内容储备，拥有 500 万部网络和传统畅销书。除店中店功能外，云中书城 WEB2.0 也于同日正式上线，新版官网增加了在线 Flash 阅读以及智能推荐等多种功能。

4 月 13 日

李少君在《光明日报》的《狂欢的网络诗歌》一文中指出，作为最自由的文体，诗歌尤其深受网络的影响。网络解构了文化的垄断，使得诗歌更加普及，蔓延至每一个偏僻角落；同时，网络也改变了诗歌的流通发表形式，原来以公开刊物为主渠道的诗歌流通、发表体制，被无形中瓦解了。只要你的诗歌特点突出，就会在网络上迅速传播。网络诗歌还能够打破诗歌的地域限制，呈现更加自由开放的态势，非常适合诗歌天然地、自发自由地生长的特点。

4 月 15 日

陈中文在《文学教育（中）》的《也谈"作者之死"》一文中认为，现代西方美学有个贬低作者的一致趋势，从艺术本体论、作者、作品、读者及社会历史等五个角度宣告了"作者之死"。这是时代使然，也符合文学艺术和作者逐渐走向大众化的现实，有利于促进文学艺术的繁荣。但在这个人人可为作者的网络时代，无疑也会使真正有价值的文学作品淹没并死于大量的网络文学垃圾之中。

4 月 15 日

李钧在《东方论坛》的《自我启蒙·多元并存·面向世界》一文中"为网络文学辩护"：网络文学在形式、内容和审美追求三方面呈现出迥异于传统文学的新质，缝合了现代与传统、现代与后现代之间的断裂罅隙，破除了高雅与通俗、精英与大众等二元思维定势，确立了以市民文化为主流、以新传媒革命为界标的后现代艺术的牢固地位，也标志着融个性与民主、自由与开放、娱乐与审美于一体的后现代文学精神的诞生。

4 月 15 日

宋秋敏在《中国韵文学刊》撰文指出，虽然时隔千年，古典诗词中的经典之作，其灵魂和身影仍时时闪现在网络文化圈场中，且颇具"品牌效应"和实用价值。它们不但能给浮躁的网络文学带来一股清新典雅之风，也给当代读者以心灵上的抚慰，引发他们情感的共鸣，具有美学教育和爱心熏陶的功能。

4 月 23 日

多家媒体报道了盛大文学为知名网络作家唐家三少申请吉尼斯世界纪

录的新闻，"唐家三少"以连续 100 个月"不断更"、总阅读人次达 2.6 亿的惊人数字，再次引起关注。目前，有关他创作的各项数据已整理完毕送往吉尼斯世界纪录官方机构。

4 月 23 日

最新出炉的 2012 年上海少年儿童微阅读现状调研显示，一种借短消息、网文和短文体生存的"微阅读"方式，正在中小学生群体中盛行。超过四成的少年儿童经常进行"微阅读"，成为课外阅读的主要方式。

4 月 25 日

马季到中南大学文学院举办了"网络文学：中国当代文学的第二次起航"的学术讲座，并受聘为该院兼职教授。马季认为，传统文学的产生是从社会学意义层面开始的，其形成过程已经很难达成新的突破，而网络文学形成于"草根"，展现出平民化的特质。其开放、自由的创作行为，出现了当代文学新脉络形成的可能性，民间文化以网络文学的形式出现，呼应了世界的文化潮流。

4 月 26 日

禹建湘在《中南大学学报（社会科学版）》撰文《产业化背景下的文学网站景观》认为，网络文学由于自身发展的规律而走向了产业化道路，其盈利方式使得各种文学网站井喷式地增长，原创在线阅读文学网站成为主流。为了吸引眼球，文学网站在栏目设置上呈现各自特色，突出各自主题。文学网站还通过收费阅读、全版权运营、跨界拓展等方式形成产业链，前景乐观。但同时，由于文学网站产业化本身的风险及盗版等外部环境的干扰，其发展还有很多问题有待解决。

4 月 28 日

由中文在线主办的首届"金魔方杯"原创故事颁奖典礼暨中韩原创故事大赛举行，骁骑校作品《原始都市》脱颖而出并荣获一等奖。前五名的获奖作品还将被选送参加"中韩原创故事大赛"，与韩国方面选出的五部作品再进行评比。文化部民族民间文艺发展中心主任李松表示，民间故事、神话、传说等无疑是我们进行文化创造的源泉和基础，我们非常期待当下的文化创造能够具有既承接传统又面向未来的优秀品质，能够为文化的创造和交流提供条件。

5月1日

韩国首尔市立大学崔宰溶在《南方文坛》的《艺术界与异托邦——对中国网络文学研究的一些看法》中认为，网络文学已开始形成比较独立的新艺术界，但其中还存在旧的想象力。我们要注意的是，新的未必是好的，而旧的也未必是坏的，反之亦然。在网络文学这一广阔的文学空间中，将会发生很多有趣的文化现象，我们学者应该以开放的态度关注它。

5月3日—4日

由北京市文联、北京市作协组织召开的"文学繁荣和文化发展中的我们——北京青年作家座谈会"在京召开。参加座谈会的青年作家表示，他们在进入创作之初采用的都是自叙传式的写作路子，属于经验性的写作，这种青春期的经验到当下已经难以支撑，陷入了重复和自我重复的困局，这是困扰青春文学走上文学创作道路的最迫切的问题。批评家和编辑家们则非常诚恳地从文学发展规律和审美规则等层面对青年作家的创作进行了分析，指出80后作家们虽然在审美上能取得炫目的效果，但这种美是无生命的，速生也速死。尤其是在长篇小说创作中，文体的创新探索和突破固然令人欣喜，但对文体要求和规则的尊重则是创新探索成功的基础。会上，大家还就阅读与观察生活、捕捉现实生活的能力等交流了心得体会。

5月4日

单小曦在《艺术评论》的《"改编热"的虚妄与数字文学性的开掘》一文中认为，数字文学性的文化旨归可以称为"数字现代性"，即在经历了解构性后现代性质疑颠覆、建构性后现代性反思重建的洗礼后，以数字化话语叙事、数字化语义表征和数字化意义生产方式展现的数字化时代的现代性。中国网络文学要想获得长足发展，就应充分使用实时动态、超链接、多媒介、复合符号等数字技术，开拓以数字现代性为文化旨归的数字文学性，最终走向对新时代人文价值和人文精神的追求。

5 月 10 日

丁筑兰在《学术论坛》撰文指出，网络的强交互性和弱可控性使去中心化与双向交流成为网络文学的主要特征。从实际效果看，主要表现在：网络传播的自由性开拓了文学写作的空间，网络链接实现了文学内容的非线性组织，多媒体技术赋予作品图文并茂、旁征博引的能力，网络文学的双向交互建立了灵活开放的读、写者关系，引发文化意义的内爆。然而网络文学也出现了本体缺失和主体混乱的趋势。

5 月 10 日

王月在《文艺研究》的《新世纪中国网络写作的产业化》中认为，资本对于网络写作者和网络经营者的诱导，新媒体技术带给大众的新鲜体验与欲求，多种合力开启网络写作的产业化运作过程，影响传统的文学生产、传播机制，使网络文学的生产场变得异常复杂，甚至震荡整个文学生态。

5 月 15 日

张颐武在《人民日报》撰文指出，"四跨"（跨平台，跨群体，跨代际，跨文化）诠释新媒体时代。"四跨"既有新的可能性和机会，也带来了问题和困扰。它们所带来的新变化将会在未来相当长的阶段存在。这种变化会为社会带来一种"扁平化"和"发散化"的趋势，也就是原有的社会结构由于新媒体而出现直接互动和多样信息源的重要变化，这都给社会发展和社会管理提出新问题。

5 月 15 日

杨燕在《文艺争鸣》撰文指出，网络文学不仅成为人们生活的重要组成部分，同时也被学术权威所认可。现在人们须要反思的是，文学沾了网络这个光之后，是更有利于自身的发展还是产生了更多的惰性；须要做的是，在网络这个语境下，如何更好地规范和引导网络文学的健康发展。

5 月 15 日

邵燕君在《探索与争鸣》撰文认为,进入网络文学,在理解网络文学的基础上重建一套有效的精英批评标准和批评话语体系,是网络时代对当代文学研究者提出的新任务。要完成这一任务,我们必须先放下身段,进入人家的地盘,先学会"土著"的语言,再发出自己的声音。

5 月 15 日

孙剑在《青年文学家》浅议了微小说的传播特点:这种形式将博客书写和短信传递的个性优势进行嫁接,用户可以随时随地发布文本,并即时与他人阅读交流,形成了一种类似个人随身传话筒和记事本的便携方式。

5 月 15 日

王小英在《福建论坛(人文社会科学版)》的《网络小说的多样化传播研究——兼论网络小说经典化的可能性》中指出,在中国当下的网络文学语境中,网络小说的生成一般仍以屏幕文字为主,但其传播却不拘一格,如以有声小说、实体书、影视、游戏等形式传播。不同的传播方式各具特点,并对网络小说产生很大的影响,它们进一步加剧了网络传播的马太效应,并且使小说携带上了更多的符号资本。从文学经典的形成机制来看,在当下社会多样化传播环境中,网络小说将有可能跻身经典的行列,但这种经典的意义已不同于原来的经典。

5 月 21 日

盛大文学根据其运营平台云中书城 2012 年第一季度运营数据,发布了云中书城 Q1 数字图书销量排行榜,该榜单按传统文学与网络文学分类排名。传统文学榜单由严歌苓所著《金陵十三钗》拔得头筹,网络文学则由"我吃西红柿"所著《吞噬星空》夺冠。《步步惊心》和《斗破苍穹》分别摘得"2011 年度云中书城无线分榜(授权渠道——中国移动阅读基地)"出版作品冠军和原创作品第一名。

5月21日

胡疆锋在《光明日报》发表了谈马克思主义理论研究和建设工程重点教材《文学理论》的教学体会的文章，称这部教材没有回避文学所面临的危机，能从当下的媒介语境出发，对电子媒介时代的文学现实给予了及时回应，设想了新的艺术样式形成的可能性，提出文学生产要将社会效益放在首位，是对马克思主义文学理论的生动诠释。

5月23日

段华在《时代文学（下半月）》撰文指出，随着国有企业网络的普及，企业网络文学对当代青年工人价值观的形成产生着重要影响。搞好企业网络文学的建设和管理，有利于主动占领网络新阵地。

5月28日

上海市民数字阅读网站开通，作为上海市民数字阅读推广的服务平台，读者不仅可以方便快捷地浏览上海图书馆馆藏的千种报纸、万种期刊、百万种图书的数字资源，还可以在线免费阅读盛大文学"云中书城"的海量优秀原创文学资源。这意味着，一向被认为非主流的网络文学得以"登堂入室"，成为公共图书馆收藏的对象，也是公共图书馆数字化进程迈出的重要一步。

5月28日

盛大文学云中书城与上海图书馆交换签署了双方的合作协议文本，并共同宣布上海市民数字阅读推广计划网站——"市民数字阅读网"正式开通，标志着原生数字资源内容正式进入图书馆馆藏流通领域。该合作打破了网络文学网站赖以生存的"B（Business，企业）to C（Customer，用户）"的电子商务模式，形成了新的企业（B）通过图书馆（L）向读者（R）提供服务的业务模式，就是读者可以使用上海图书馆读者证登录"市民数字阅读门户"，选择网络文学板块，即可与盛大文学通行证绑定，选择喜爱的网络文学作品，进行免费借阅。

5 月 31 日

就网络文学的发展，《文摘报》的"世·声"栏目刊出了两个声音：

中国作协副主席何建明：现在还有多少人真正知道巴金和茅盾？又有多少人读过《家》《春》《秋》和《子夜》？越来越多的年轻人直接从网络上阅读和了解世界。我们必须迎接这一新的时代。

美国语言学家乔姆斯基认为：手机短信、推特之类的东西是极其快捷、非常肤浅的交际方式。这破坏了正常的人际关系，使人际关系变得更加肤浅、缺乏深度，而且会迅速消失且被人遗忘。

6 月 1 日

第 22 届全国图书交易博览会在银川开幕。"阅读与传承"、"数字时代阅读"等关系出版业转型的话题，成为博览会上中国出版发展论坛的关键词，表明网络文学、掌上电子书、电子杂志、手机媒体等新媒体，以其便捷、高效、实用的特性正被越来越多的人所接受。

6 月 1 日

王旭东在《名作欣赏》撰文，以修辞学家伯克的认同说来解读安妮宝贝的第一部长篇小说《彼岸花》，来解释网络文学流行的这一社会现象。

6 月 11 日

针对书评人是"书托"说法，盛大文学公关部回应称：招募书评人旨在引领网络文学创作，提升网络作家写作水平，新建网络文学评价体系。据悉，盛大文学云中书城自推出百位白金书评人招募活动后，截至 6 月 8 日已吸引 3000 余位网友提交自己撰写的书评，一方面是书评人的踊跃参与，另一方面也引来质疑。

6 月 11 日

网易首届原创文学大赛正式启动，本届大赛由网易云阅读、网易原创频道联合主办，国内多家知名出版公司共同协办。本届大赛设三个赛区，分别为悬疑小说赛区（此赛区包括悬疑、推理、恐怖、谍战、探险等类型小说）、男性小说赛区（此赛区包括历史、军事、官场、玄幻等类型小说）、女性小说赛区（此赛区包括都市、言情、穿越、青春等类型小说）。总奖金额超过五十万（不含出版版税），大赛优秀获奖作品将推荐给协办出版公司出版发行。

6 月 14 日

连载于起点中文网的血红小说《偷天》累计获得一千万点击量。血红，原名刘炜，笔名 Ricewhu（他的书迷称之为"猪头"），2003 年起开始从事网络小说的创作，先后创作《我就是流氓》《流氓之风云再起》《流花洗剑录》《龙战星野》《升龙道》《逆龙道》《邪风曲》《神魔》《巫颂》《人途》《天元》《道行纪》《邪龙道》等多部小说，已创作十余本网络小说，字数达到一千四百多万字。其中 220 万字的《升龙道》小说的仅在"起点"的点击率达到了 20662507 ，《巫颂》更是成为联想手机的定制小说。

6 月 15 日

姚景谦在《中国报业》撰文认为，到是日为止，网络文学自身的运作模式已经逐步形成，自身的特点也不断地呈现。一方面，网络文学延续了传统文学的写作方法以及叙事方式；另一方面，因为不断创新的传播及接受方式，使文学的传播空间以及接受空间都得到了一定程度的扩大。

6 月 22 日

第四届中国国际版权博览会在京开幕。版博会期间，将举办中国版权产业权威信息发布会、国际影视音乐版权论坛、中国网络文学数字出版论坛、推动中国演出市场版权保护及交易等多项活动。

6 月 26 日

中国首个专门从事网络文学研究的学术组织——湖南省网络文学研究会在中南大学宣告成立。中南大学文学院院长、著名网络文学研究专家欧阳友权当选研究会首任会长，季水河、赵炎秋、魏饴、谭伟平、余三定、胡良桂、阎真等当选副会长。

6月26日

《视听表演北京条约》缔结。该条约共 30 条，以中文、阿拉伯文、英文、法文、俄文和西班牙文签署，详细规定了"定义"、"保护的受益人"、"国民待遇"、"精神权利"、"复制权"、"发行权"、"权利的转让"等问题。这一条约的签订，标志着谈判了近二十年的视听表演者版权保护国际新条约终成正果，它将与"新加坡条约"、"马德里体系"、"伯尔尼联盟"等共同建构起国际知识产权体系。

6月27日

文学蓝皮书"《中国文情报告》（2011—2012）发布会暨专家研讨会"在京召开，谢寿先、陆建德、雷达、梁鸿鹰、彭学明、吴义勤、孟繁华、张志忠、解玺璋等专家参加了会议。文学蓝皮书共 22 万字，它是 2011 年文学概述和大事记，是"十二五"国家重点图书出版规划项目，由中国当代文学研究会会长、中国社科院文学研究所研究员白烨带领十多名成员作为学术课题完成。该报告认为 2011 年的文学走向"浅俗化"，长篇小说太盛行，中短篇小说受冷落，青春杂志书异军突起。

6月28日

中国作家协会在北京举行网络文学作品研讨会，研讨李晓敏《遍地狼烟》、天下归元《扶摇皇后》、酒徒《隋乱》、阿越《新宋》、杨蓥莹《凝暮颜》等 5 部网络文学作品。这是中国作协自 1949 年成立以来首次举行网络文学作品研讨会。评论家梁鸿鹰、欧阳友权、陈福民、白烨、邵燕君、马季等出席了研讨会。中国作协党组成员、书记处书记陈崎嵘在会上表示，网络文学已经呈现出与传统文学不同的特点，研究网络文学作品，不能简单照搬传统文学的理论体系和评价标准，而应当在坚持文学本质特征的前提下，寻找和发现网络文学与传统文学的不同，形成新的具有网络文学特点的审美评价体系。

6月底

据中国互联网络信息中心（CNNIC）最新发布的《第 30 次中国互联

网络发展状况统计报告》显示，我国网络文学用户数为1.9亿，较2011年底减少4.0%。十多年来，随着互联网用户数的增长，网络文学用户数一直在不断攀升，但2012年6月首次出现逆势减少。究其原因，作品质量未见显著提升、创新性萎缩是两大症结，具体表现在题材雷同、情节拖沓、文字累赘甚至涉及暴力色情等方面。

7月1日

为期4个月的2012年打击网络侵权盗版专项治理"剑网行动"在全国启动。本次专项治理行动主要围绕网络文学、音乐、影视、游戏、动漫、软件等重点领域以及图书、音像制品、电子出版物、网络出版物等重点产品进行，以遏制网络环境下侵权盗版违法行为的高发势头。

7月3日

亚马逊中国发布了2012年半年图书畅销排行榜。在总榜单前100位中，文学、少儿和经管类书籍名列前三，占榜单的近八成。八五后新锐作家考拉小巫的首部网络文学作品《考拉小巫的英语学习日记：写给为梦想而奋斗的人》，出乎意料地荣登榜首。

7月4日

Osprey集团图书品牌Angry Robot在英国"Mostly Books"书店进行了一项小规模"试验"，顾客每买走一份实体Angry Robot小说，可以得到一份免费的该书电子版本。自活动开始以来，该店的销售额已经翻了三倍。店主马克·索恩托表示，"过去，作为实体书店，我们必须要'装作'电子阅读器压根不存在似的，那样很尴尬。现在，我们把每位顾客都当作电子阅读器的使用者，我们可以与顾客更开诚布公地交流，与他们分享阅读电子书的体验。而这一过程中，顾客常能告诉我们如何在这个变化的时代生存。买实体书送电子书，让实体书店在现今的书业中也能占有一席之地。"

7月6日

由陈凯歌导演的电影《搜索》登陆各大影院，这部以"人肉搜索"为题材的影片改编自网络小说，实现了影视作品再一次从网络文学中"挖宝"，之前的《宫》《步步惊心》《后宫·甄嬛传》《裸婚时代》《失恋33天》等票房、收视率不错的影视作品也都改编自网络小说。

7月7日

武侠小说名家温瑞安的新作《少年无情正传》在网上连载，每据称这是国内成名写手将新作放在互联网上发表的首例，网易给他开出了每千字2000元的稿酬。这改变了网络文学的稿酬支付方式，不仅标准高，而且作者的酬劳能得到保障。

7月9日

全国"扫黄打非"办公室发出通知，部署从7月中旬至11月底在全国范围内开展集中整治淫秽色情出版物及信息专项行动，要求各地在专项行动期间查办一批重点案件，关停一批非法经营单位和窝点，关闭一批严重违规网站，严惩一批违法犯罪分子，曝光一批典型案件，切实解决群众反映强烈的突出问题。

7月12日

《书商》杂志称，英国业余女作家EL·詹姆斯的网络文学处女作《五十度灰》版权已外售41国，目前以荷兰语、西班牙语、意大利语、德语、罗马尼亚语、葡萄牙语和塞尔维亚语上市，另有27国的外语出版商预计在2012年年底前推出此书。《五十度灰》以女大学生的口吻，讲述自己"享受"跨国公司青年董事长暴力摧残的变态故事，通过电子书形式风靡美国，进而夺占所有主要畅销书榜的冠军宝座。该书读者以中老年家庭妇女为主。大多数文学评论家将它贬为黄色垃圾，但其市场狂潮不可阻挡。

7月17日

由广东网络文学院组织的"广东网络作家与外国学者对话"在广东文学艺术中心举行。旅美英国学者殷海洁和广东知名网络作家红娘子、无意归、蔼琳、猗兰霓裳、李伊、媚媚猫等进行跨文化学术对话。会议由广东作协副主席、创研部主任杨克主持。这是广东网络文学院继去年"广东网络文学十年精品回顾"四场主题座谈和"峰会"后的又一探索性活动，为网络文学在中国文化和西方汉学家之间搭起了双向文化交流的桥梁。

7 月 18 日

首届"西湖·类型文学双年奖"进入终评。该奖项执行副秘书长、评论家夏烈透露，在初评结束近两个月后，组委会最终确定了 11 位终评委，而名单上出现张一白、宁财神等影视界重量级人物，凸显了类型文学与影视的密切关系。据悉，小桥老树《侯卫东官场笔记》、孔二狗《黑道悲情1》、唐浚《男人帮》、李可《杜拉拉升职记：与理想有关的日子》、张大春《城邦暴力团》、流潋紫《后宫·甄嬛传》、六六《苏小姐的婚事》、桐华《步步惊心》、蔡骏《谋杀似水年华》、龙一《借枪》、刘慈欣《三体》等 20 部作品进入终评。

7 月 19 日

中新天津生态城启动网络文学创作无忧项目，联手已落户生态城的北京磨铁图书有限公司（以下简称磨铁数盟），为项目签约网络作家提供第一年免费公屋入住等扶持政策，吸引高水平网络作家来生态城创作发展。据了解，所有签约作家除在入住创作空间的第一年可免费入住公屋外，还将得到磨铁数盟提供的每月 500 元资助，如果其一年内在生态城创作出被市场认可的作品，创作空间还将与这名作家续约一年，继续享受资助。此外，经过创作空间孵化成熟的高人气作家如成立个人工作室或注册公司，生态城将依据动漫产业促进办法，将他们迁至动漫园，并给予其 5 年内个人所得税生态城地留部分，70% 返还和解决本地户口的扶持政策。

7 月 19 日

中国互联网络信息中心（CNNIC）在京发布《第 30 次中国互联网络发展状况统计报告》。《报告》显示，截至 2012 年 6 月底，中国网民数量达到 5.38 亿，增长速度更加趋于平稳；其中最引人注目的是，手机网民规模达到 3.88 亿，手机首次超越台式电脑成为第一大上网终端。

7 月 19 日

由新闻出版总署支持、中国新闻出版研究院主办的 2012 中国数字出版年会在北京国际会议中心开幕。本届数字出版年会主题是"数字出版：新发展、新举措、新期待"。新闻出版总署副署长孙寿山出席并作主题报告。

7月19日—20日

由中国作家协会儿童文学委员会、中国少年儿童新闻出版总社主办、《儿童文学》杂志承办的"中国幻想文学创作研讨会"在北京召开。中国作家协会副主席高洪波认为，目前中国这一批幻想文学，有童话、科幻、玄幻、穿越、武侠，涌现出了很多年轻的作家和作品，研讨这些作家和作品是我们的任务。尤其在国力强盛的今天，幻想文学有了非常大的空间，但影视的发达也对这类文学造成了一定冲击，如何把电视电影无法抵达的心灵深处的东西，用文学语言来表达，是作家们应该思考的问题。

7月21日

网络作家"我吃西红柿"的超人气作品《吞噬星空》正式上线。该小说是一篇关于武者成长的浩瀚史诗，讲述了在一个病毒肆虐，诞生无数变异怪兽的地球上，人类为了生存，将希望寄托于最顶尖的武者。作品一经推出便长期位居百度搜索风云榜小说类第一名，迄今为止，《吞噬星空》在起点中文网拥有7800万点击数以及七百多万推荐数的超高人气。

7月27日

盛大文学"从网文到网游——网络娱乐时代巅峰对话"在上海举办。盛大游戏制作人、北斗工作室总经理舒健，起点中文网副总经理、创始人之一罗立，起点中文网白金作家血红，青岛美天网络科技首席制作人兼副总裁王小书及91wan平台副总裁周东健等出席了此次活动。各位嘉宾及媒体就网络文学创作的现状、网游产业的发展前景以及网文与网游的共赢共进等话题进行了深入的交流和探讨。据统计，2011年盛大文学全年共计售出版权作品651部，旗下作品《斗破苍穹》《星辰变》及《兽血沸腾》等尤受欢迎。截至2012年第一季度盛大文学旗下拥有160万名作者，累计创作近六百万部原创小说，每日上传8000万字，这些都将成为网络游戏作品改编的重要来源。

7月30日

继韩寒被揭批后，方舟子又揭批蒋方舟。他在微博中说："看一本书做些摘录就成专栏文章，这个纽约时报中文网挂羊头卖狗肉。""不只是《正在发育》，蒋方舟早期的那些专栏文章几年前就被论证过是她母亲尚爱兰代笔的。她出道，她妈妈就退隐，大家熟悉的套路。由此靠特招在清华混了几年也没啥长进。"

8月1日

工人出版社推出雾满拦江新作《三国一点儿也不靠谱》，该书是其《清朝其实很有趣儿》《民国原来这么生猛》《推背图中的历史》《盗宝世家》之后的又一读史之作。雾满拦江原名崔金生，天涯论坛"煮酒论史"版元老级人物，人称"老雾"，擅长以幽默方式讲史。

8月15日

萧晓红在《中华读书报》撰文，对云端时代"文学编辑向何处去"提出自己的看法：在云端时代，平台力、服务力就是编辑的真正力量所在。它足以建构文学编辑的新身份，架构云端时代文学的新图景。

8月15日

史建国在《网络文学生态调查》中指出，当前，网络文学规模仍呈快速增长之势，其用户从2010年的19481万户，到2011年12月底增加到20267万户，绝对增长率为4%。青少年是网络文学最重要的用户群，其中15—24岁年龄段用户占51%，30—39岁占18.4%，50岁以上占1.8%。从职业构成看，学生群体比重最大，达39.9%，具有大专与本科学历的占54.3%；而网络文学用户的城乡比例是89：11，差别较大。史建国还将网络文学分为历史、官场职场、言情、奇幻、玄幻、武侠、性与暴力、儿童文学、其他共9个类别，发现不同性别、年龄段读者关注网络文学的类别存在差异。女性读者最关注的是言情作品，占22%；男性关注的是历史作品，占17.9%。另有62.6%的网民尝试过网络文学写作，还有3.9%的人向文学网站投过稿。史建国认为，未来几年互联网愈加向低学历人群扩散，会拉低网民网络文学使用率，网络文学的步伐将放缓，而商业化操作将愈加强大，必然会影响网络文学质量的提升。

8月17日

红袖添香携旗下知名网络作家涅槃灰、柳晨枫、殷寻、三千宠、冰蓝纱亮相上海书展，并举办了本次书展上首个网络小说集中推介活动"红袖添香出版影视网络小说推介会"。网络文学与影视制作的互动联姻，是近两年数字出版行业的持续热点。据了解，2011年改编自红袖添香小说的影视剧《裸婚时代》一炮走红创下收视奇迹之后，网络小说的影视改编已经成为数字阅读产业链中不可或缺的一部分。随后《步步惊心》《搜索》等热门电视剧、电影为网络文学版权运作推波助澜，网络文学正在成为影视行业的创意源头。

8月20日

日本中央大学文学部教授、著名翻译家饭塚容在第二次汉学家文学翻译国际研讨会上表示，面对中国繁多的杂志、单行本和网络文学作品，找到一部分能代表中国文学的作品不是件容易事。

8月20日

黄海蓉在《长春师范学院学报》撰文认为，网络为文学提供了自治开放的传播环境、即时交互的交流方式、客观公正的评判机制、虚拟真实并存的写作乐趣，因而引发了写手的乌托邦情怀，表现为作品中多重话语的异质共存、权威削弱的审美狂欢。但是，这样众声喧哗的狂欢反而湮没了各自的声音。对网络文学的环境进行规范，才有可能为文学的终极理想的不断接近提供可能性。

8月20日

吕本富在《管理现代化》的《信息产品的信息披露程度对成交量的影响——基于网络文学作品的实证研究》中，以网络文学作品为例，通过实证方法研究了信息披露程度对成交量的影响。检验结果表明，二者存在倒U型关系，最优信息披露程度存在。

8 月 22 日

《中华读书报》报道，近年来，网络小说改编作品频现，从实体出版到影视、游戏动漫改编等都获得了良好的市场反馈。从改编效果上来看，已经具备一定群众基础的网络文学改编成网络游戏也颇受玩家认可。盛大游戏制作人、北斗工作室总经理舒健认为，成功改编网络作品至少具备三大条件：一是独到的眼光，即能够发现一部小说的可"改编"性；二是丰富的经验，能够从小说中找到可"游戏"的亮点；三是要具备开发的实力，能够完美地再现"经典"。

8 月 29 日

《中华读书报》载文称，2012 年上半年，虽然国内网民人数继续增长，但网络文学流失了 800 万用户。书评人李伟长认为，网络文学行业也许面临洗牌，可能转入品质阅读时代。

8 月 29 日

《中华读书报》载文称，在网络小说《元红》走红之后，"网络写手"顾坚近年又陆续推出《青果》《情窦开》（江苏人民出版社），其中《元红》获江苏省"五个一工程奖"，《青果》获首届施耐庵文学奖。评论家汪政称之为"元红现象"，他认为顾坚的创作方式，开启了个人写作网络与纸质同步的先例。

9 月 1 日

我国首部《网络文学词典》由世界图书出版有限公司出版。词典收录词条 1081 个，按主题性质分为网络术语、网络文学产业、网络文学研究、网络文学事件、网络流行语等 11 个大类，涵盖了网络文学的各个领域、各种现象与问题。《网络文学词典》由欧阳友权教授主编，是其主持的国家社科基金重点项目"网络文学文献数据库建设"的阶段性成果。

9 月 1 日

新世界出版社推出风君（著）《网络新新词典》，该书对互联网进入中国以来的网络新词进行归纳，词条按照特征和使用范围分为网络入门、流行文化、社会百态、群体族群、事件人物等五大类，并延伸出 25 个主题，831 个词条。内容涉及职场、婚恋、价值观念等方面，整体生动地呈现了当下网络世界的现状。每一个词汇经过作者的详细考证，从"词义""考源""辨析"三方面进行文化内涵和社会意义的分析和探讨。

9 月 3 日

著名出版人路金波通过博客和微博宣布创办"果麦文化传媒"公司，并宣布公司将继续和作家韩寒、安妮宝贝、安意如、冯唐等深入合作，并已和学者易中天、骆玉明、张怡筠等签署了若干重大项目的合作协议。"果麦"的第一批图书将在 9 月底推出。此外，严歌苓、罗永浩也将与之合作。

9 月 4 日

《光明日报》载文称，山东大学黄万华教授撰写的《学校教育背景下的大学生文学阅读状况调查》指出：当前，全民文学阅读现状堪忧，大学生的文学热情值得呵护。有 97% 的理工科学生和 100% 的中文系学生有过网络文学创作的经历，这就提醒当前的文学教育亟待抛弃非文学性和非人文性倾向，放弃标准答案式的考核机制，让大学生充分享受到个人化的文学阅读体验，丰富他们的文学生活。

9 月 6 日

盛大文学旗下百位作者发表联合声明，呼吁搜索引擎应积极保护著作权人合法权益。声明中称：百度、360、搜狗、搜搜等搜索引擎（含 wap 等移动终端）应正视其社会责任、履行其法律义务、保护网络环境下著作权人的合法权益。声明中列出了操作层面的三条诉求：降低搜索引擎中盗版网站权重，进而屏蔽盗版侵权网站；希望文学分享类频道设立前置审核机制，具体来说，即根据盛大文学公布的版权清单，在贴吧、文库等文学分享类频道中设立前置审核机制，杜绝盗版内容被堂而皇之地上传；切实履行通知删除的法律责任，即要求搜索公司对于权利人的投诉在 24 小时内予以响应并处理，且每次处理后及时向权利人反馈删除情况及未删除原因。这份声明得到了包括天蚕土豆、我吃西红柿、唐家三少、忘语、猫腻等 112 名盛大文学原创网络文学作者的联合签名。

9 月 10 日

360 总裁周鸿祎在其微博上表示，将积极支持盛大文学呼吁搜索引擎屏蔽盗版侵权网站，至此，360 搜索和搜狗已表示将在此事上支持盛大，百度尚未回应。此前，盛大文学公布的数据显示，其网站中排名前十的小说，通过百度搜索引擎平均被盗链 800 万次以上，最受欢迎的小说有 5000 多万条链接，而这些链接中有 99% 都是盗版。

9 月 12 日

《中华读书报》载文《报告文学衰落不全是商业原因》认为，网络时代的到来，全面压垮了报告文学，网络时代所流行的虚构、戏谑、解构、颠覆等文学元素，与报告文学的风格格格不入，娱乐至死的全民氛围，也让大家失去了关注偏于严肃的报告文学的兴趣。在网络上写作穿越文学、盗墓小说会受到很大的欢迎，写作犀利的时评也会赢得大量掌声，但若写作报告文学，恐怕没有人会耐心去看。报告文学被时代抛弃了。

9 月 17 日

备受关注的作家维权联盟起诉百度文库侵权案在北京海淀区人民法院进行一审宣判。法院判决百度公司侵权成立，赔偿包括韩寒在内的 3 位作家经济损失共计 14.5 万元，但原告要求关闭百度文库、采取有效措施制止侵权行为、公开进行道歉等主张，均被法院驳回。

9 月 17 日

欧阳友权在《中国艺术报》撰文《近十年网络文学的六大热点》指出，如果从 1992 年北美华人留学生的网络写作算起，汉语网络文学走过整整 20 年，而近十年来的快速成长，已经让我国的网络文学成为一种备受关注的社会文化现象。热点一，网络"人气堆"创造了巨大的文学关注；热点二，网络类型化写作异军突起；热点三，网络小说影视改编风行荧屏；热点四，网络作家与传统作家互动交流；热点五，文学网站商业模式日渐成型；热点六，网络作品版权保护成为行业焦点。

9月18日

商务部、中宣部、财政部、文化部、广电总局、新闻出版总署等六部门联合发布《2011—2012年度国家文化出口重点企业和重点项目目录》。目录显示，共有485家企业入选《2011—2012年度国家文化出口重点企业目录》，108个项目入选《2011—2012年度国家文化出口重点项目目录》。网络文学以数字出版的形式首次进入国家订单集中出口，成为中国文化对外输出的重要产品。

9月19日

中国煤矿作协主席、北京作协副主席刘庆邦在接受《中华读书报》采访时指出，不赞同用网络为文学命名，因为网络只是一个平台，一个载体，它本身并不是文学。如同石头、竹简、羊皮、纸等，都曾是文学的载体但我们不能称之为石头文学、竹简文学、羊皮文学和纸文学一样。他还指出，无论文学载体怎样变来变去，天不变，道亦不变，文学的本质是不变的。归根结底，文学要求写作者怀抱人道理想，投入自己的生命，以真诚的态度去写人，写人的丰富感情，直抵人性的深处。作品品质的高下，取决于创作者创作水平和人格的高下，网络的出现给创作者帮不上多少忙。

9月20日

徐伟在《编辑之友》的《文学网络编辑人才培养策略探讨》中认为，文学网络编辑人才是网络文学发展的新生力量，在培养模式上要突出职业道德教育和复合型技能的培养。

9月25日

杨炳忠在《广西民族师范学院学报》撰文指出：从"影响论"角度看，网络文学打破了中国传统文学"一统天下"的格局、更新了中国作家队伍的结构、改变了中国读者的阅读兴趣、重新解释了文学本体理论的基本点；从"价值论"角度看，网络文学开拓了大众"在线写作、阅读、评论"的自由空间，见证了大众对文化多样性和对文学综合观赏价值的强烈追求，首开了文学创意产业之先河。从"影响论"和"价值论"出发，探讨网络文学学科理论体系构建，意义重大。

9月26日

关云波在《曲靖师范学院学报》撰文认为，网络文学因网络平台这一特殊载体，在不断繁荣发展的同时也带来了创作方式、创作主体、文本形式、阅读方式和读者群体等方面的改变，特别是读者借助网络平台广泛地参与到了网络文学的活动中，而网络文学由于自身的数字化、交互性等特性，使得读者介入到文学领域之后必然对文学创作形成一定的影响，逐渐形成了创作与阅读的群体性、主受体的双重肯定性、关系模式的变动性、生产与消费的自由性、创作的合作性等多元化的互动关系。

9月

贾平凹、杨红樱、尹建莉等六十余位作家近日再次从作家出版社收到2011年数字出版版税近百万元，这是作家出版社第二次向授权作家支付数字版税。目前已有十余位作家授权作品的数字版权年度收益接近或超过其纸质作品收益。与2011年向八十余位作家支付百余万元数字出版版税相比，此次支付版税总额略有下降，造成这种现象的原因：一方面是由于近年来各出版社、文化公司纷纷涌入数字出版领域，摊薄了市场；另一方面，虽然数字出版持续升温，但其主体仍是原创网络文学作品，传统出版物的数字产品在数字出版中的份额并没有大幅度提高，反而在一定程度上有所下降。

9月

1至9月，盛大文学旗下七家文学网站售出75部小说的影视版权。陈凯歌导演的《搜索》、湖南卫视收视率第一的《步步惊心》、江苏卫视收视率第一的《裸婚时代》、林心如主演的《美人心计》、何润东主演的《我的美女老板》都来源于网络小说。同时，佟丽娅主演的《涩女日记》、陈思成和小宋佳主演的《小儿难养》等作品已拍摄完成。而由杨幂、刘恺威主演的《盛夏晚晴天》以及《棋道军神》《一男三女同居》《宫心怨：素衣朱绣记》等正在筹拍中。据相关机构调研数据显示，网络文学用户中有79.2%的人愿意观看网络文学改编的电影、电视剧，网络小说正成为电影、电视剧选择题材的沃土。

10 月 1 日

清华大学出版社推出照心、赵莫呷著《微博是个神马玩意儿》，该书试图通过漫画的形式，用轻松、幽默、辛辣的方式让读者迅速了解并迅速玩转微博。作者照心力求紧跟时代潮流，贴近网站，贴近现代生活，力求以微博化语言全方位展示微博的内涵。该书同时提供超浓缩微博操作实用手册。

10 月 1 日

现代出版社推出九把刀新作《妈，亲一下》。本书首次呈现了九把刀不为人知的心路历程，穿插了九把刀在 2004 年至 2005 年在文坛迅速走红的心路历程：而这一切都离不开母亲在背后默默的支持与辛勤的付出。九把刀本名柯景腾，1999 年以中篇小说《恐惧炸弹》在网络上一炮而红，部分作品在台湾媒体连载，读者反应热烈，被读者誉为"网络文学经典制造机"，被台湾媒体封为金庸传人。2010 年导演电影长片《那些年，我们一起追的女孩》，获得台湾电影金马奖、香港电影金像奖等。

10 月 1 日

陈洁在《出版广角》撰文认为，原创文学网站为网络文学提供了发展的平台，原创文学网站实力不断提升的过程正是网络文学创作主体和接受主体不断壮大的过程，并出现一定的资源整合、产业化发展趋势，与此相伴的是版权保护、内容质量把关等一系列问题的存在。对传统出版业而言，原创文学网站既是竞争对手又是合作伙伴，因为两者拥有不同的资源优势，两者的结合早已不是新鲜事，原创文学网站的运营模式也能对传统出版业发展数字出版提供不少启示。

10 月 5 日

袁小毅在《互联网周刊》撰文指出，一个不容忽视的事实是，网络文学已经成为"全民阅读"的另类突破，不仅影响着整个互联网业态，也将影响整个社会。网络文学，这个与中文互联网同龄的年轻文学形态，一经诞生便一直处在风口浪尖。乐观者誉之为"新文明的号角"，悲观者斥作"言语的垃圾"。然而一个不可忽视的现象是，在不断创造着话题的同时，网络文学的覆盖人群和阅读时间占比已经成为"阅读"的最大子集。

10月10日

王丽丽在《学理论》撰文认为，2011年是穿越剧大放异彩的一年，从《神话》《宫》，到《步步惊心》，引发了一轮又一轮的收视热潮。在网络文学日新月异的今天，脱胎于网游体验的穿越剧以它鲜明的个性、自由性，完成了年轻人的一次情感梦游。然而，在华美的商业布景和几近疯狂的商业炒作背后，我们始终无法掩盖的是穿越剧创作的贫瘠与虚弱。

10月11日

瑞典文学院11日宣布，将2012年诺贝尔文学奖授予中国作家莫言。瑞典文学院常任秘书彼得·恩隆德当天中午（北京时间晚7时）在瑞典文学院会议厅先后用瑞典语和英语宣布了获奖者姓名。他说，中国作家莫言的"魔幻现实主义融合了民间故事、历史与当代社会"。瑞典文学院当天在一份新闻公报中说："从历史和社会的视角，莫言用现实和梦幻的融合在作品中创造了一个令人联想的感观世界。"英文颁奖词为："The Nobel prize in Literature 2012 was awarded to Mo Yan who with hallucinatory realism merges folk tales, history and the contemporary"。

10月15日

梁沛在《广东石油化工学院学报》的《网络语境下文艺的普及与提高——纪念毛泽东〈在延安文艺座谈会上的讲话〉发表七十周年》一文中，结合毛泽东的文艺"普及与提高"学说，从网络的草根性利于普及和网络的技术性利于提高两个方面，对网络语境下文艺的普及与提高问题进行探究。

10月15日

李静在《辽宁经济职业技术学院学报》撰文认为：目前，网络文学经典化以及"去经典化"时代下，网络文学作品经典化面临的困境及应采取的对策成为一个值得探索的课题。经典化在学理层面的合法性危机，网络文学的星丛化使它经典化的过程并非意味着话语霸权；可以看出研究实践层面的生存危机，提出边缘模糊与"异质合成"在解决这一危机中可能起到的调节作用。

10 月 15 日

徐洪军在《玉溪师范学院学报》撰文认为，网络文学研究在网络文学的概念、历史、特征、发展趋势与存在的问题及其与传统文学的关系等方面都取得了一定成绩，但也存在一些问题，主要表现为：主流学者与主流的学术期刊对网络文学研究重视不够，研究与创作严重隔膜，宏观研究重复较多，作家作品分析较少，研究流于表面，缺乏深度。

10 月 15 日

温儒敏在《中国国民的"文学生活"——山东大学关于"文学阅读与文学生活"的调查》一文中指出，2011 年底至次年初，山东大学文学院发动全院师生，在山东、湖南、广东、江苏等十多个省市，开展关于"文学阅读与文学生活"的大型调查，调查主要采取问卷和访问等方式，经分析形成报告。最近一期《中国现代文学研究从刊》（2012 年第 8 期），专门为这些调查新辟了"当代文学生活状况调查"专栏，集束式刊发了 7 篇调查报告。包括：《农民工当代文学阅读状况调查》（贺仲明），《学校教育背景下的大学生文学阅读状况调查》（黄万华），《近年来长篇小说的生产与传播调查》（马兵），《网络文学生态调查》（史建国），《茅盾文学奖获奖作品接受状况调查》（张学军），《当下文化语境中鲁迅作品的阅读与接受状况调查》（郑春、叶诚生），《金庸武侠小说读者群调查》（刘方政），等等。这些调查提供很多信息与数据，从某些方面帮助人们了解当前国民"文学生活"的真实状况，也引发对文学生产、文学批评与研究的许多新的思考。

10 月 22 日

中国作家协会公布了 2012 年度重点作品扶持项目名单。其中刘晔

（骁骑校）的《春秋故宅》、张院萍（院萍）的《风吹草动》、沙爽的《深的蓝，浅的蓝》、叶春萱（红茶叶）的《官场风云30年》、胡冰玉（白槿湖）的《新式8090婚约》、陈锦文（神七）的《晋升》6部作品均为网络文学作品。从2004年开始实施的这一重点作品扶持工程，已对数百部作品进行了支持扶助，催生了大量精品力作。

10月25日

"文学改编影视的第二次浪潮"论坛在北京召开，盛大文学CEO侯小强、著名导演李少红、著名编剧王宛平、导演阿年、知名网络作家文雨以及万达影业总经理杜杨、小马奔腾影视副总裁宗帅、欢乐传媒董事长董朝晖等几十名影视行业资深人士和数十名编剧，共同回忆了90年代文学改编影视的热潮，并将当下网络文学频频被改编为影视作品的现象命名为"第二次浪潮"。会上，盛大文学副总裁林华推介了第二季最适合改编影视五星级作品。

10月25日

盛大文学与百度、搜狗、奇虎360、腾讯搜搜四家搜索引擎公司在京签署《维护著作权人合法权益联合备忘录》，此举是为了维护著作权人合法权益免受侵权侵害，保护并净化原创文学的发展环境。目前，盗版正成为困扰原创网络文学产业发展的最迫切问题。据盛大文学的版权追踪系统统计，截至当时，已追踪到近14000个盗版网站，这些网站通过广告联盟等形式牟取非法利益，盗版链接数量高达一千二百余万条。近期，百度、360综合搜索、搜狗等几大搜索平台已采取了包括正版置顶、框架形式突出显示等举措，给予正版原创内容优先展示的维护措施。

11月1日

邵燕君在《南方文坛》撰文《网络时代：新文学传统的断裂与"主流文学"的重建》指出，如果说在新世纪的第一个十年间，网络文学对"主流文坛"的冲击还局限在文坛内部，经过被称为"网络文学改编元年"的2011年，随着《宫》《步步惊心》《后宫·甄嬛传》等一部部穿越剧、宫斗剧的热播、电影《失恋三十三天》（改编于豆瓣"直播帖"）的席卷，

"网外之民"也身不由己地"被网络化",文学网站开始取代文学期刊,成为影视改编基地。一位颇具洞见的新媒体研究者提出,随着"新中国"——2012年城镇人口首超过农村人口、"两基"(基本普及九年义务教育和基本扫除青壮年文盲)的历史性完成,"主流文艺"将进入"新文艺,新时代"——以来,以"工农群众"为核心受众的"人民的文艺"将转换为以城镇网民为核心受众的"网民的文艺"。网络不再是年轻的"网络一代"自娱自乐的亚文化区域,而将成为国家"主流文艺"的"主阵地"。

11 月 1 日

杨博在《当代文坛》撰文认为,文学艺术每一次大的变革和进步都与科学和技术的发展有密切关系。新世纪以来媒介不断更新,尤以网络为代表的电子媒介影响深远,其改变了传统文学的生产模式,引发了文学的深刻转型。如此文学实践层面的转型既成事实,只有从理论层面总结媒介变迁与新世纪以来文学的转型,才能更为理性地思考文学如何应对媒介化时代的到来。

11 月 8 日

《光明日报》载文《科学发展促繁荣,改革创新谱华章》称,党的十六大以来,出版业大力实施科技兴业战略,积极应用互联网、数字技术等高新技术,传统出版业产业结构调整升级步伐加快,电子书、手机报刊、网络出版等新兴业态发展迅速,涌现出中文在线、盛大、起点中文网、北大方正、龙源期刊网等一批网络文学、电子图书、电子杂志新媒体。2011年数字出版产业营业收入达到1378亿元,比2002年的200亿元年增长了近六倍,营业收入已占新闻出版全产业的9.5%。电子书出版发行规模已稳居全球第一。

11 月 10 日

樊柯在《中州学刊》撰文认为,网络小说走向产业化必须具备三个要素:付费阅读市场、专职作家和现代传播技术。网络小说产业化的流行模式以起点网为代表,彻底把传统作家转变成码字工人,采取商业化的市场导向，以网络连载为主要传播模式，对小说产业的发展产生了深远的影响。小说创作的类型化和同质化，超级长篇小说的出现，以网络小说为核心的综合文化产业链的形成，这些现象都是网络小说产业化的后果，并将影响着未来小说产业的发展格局和发展方向。

11 月 12 日

张抗抗在《人民政协报》撰文《新活力：文化现象一瞥》指出，十年文化大发展，十年文化大繁荣，文化艺术领域发生了巨大变化，"网络文学写作"当居其中。张抗抗认为，或许我们不能将来自网络的作品仅仅视为商业上成功的畅销书，它们对于其读者审美能力的塑造不可低估，在传统的严肃文学的旁边，形成了更有影响力的新阅读趣味，而后者至少带领更多的人进入了文学阅读的大门，在无形中为严肃文学的阅读培养读者。

11 月 12 日

白烨在《文汇报》的《混合形态的新型文学》中指出，文学创作进入21 世纪后，经十多年的发展，已经形成了以文学期刊为主导的传统型文学、以商业出版为依托的市场化文学（或大众文学）、以网络媒介为平台的新媒体文学（或网络文学）的新格局。

11 月 15 日

第六届老舍散文奖在北京颁奖。本届老舍散文奖采用了网络（微博）颁奖的新形式，这是国内文学奖首次革新传统颁奖形式，借助互联网强大的影响力，通过"微直播"，面向所有网友，公开颁奖。阎纲的《孤魂无主》、陈奕纯的《月下狗声》、凸凹的《山石殇》、马语的《一言难尽陪读路》、王十月的《父与子的战争》、耿立的《谁的故乡不沉沦》、毕淑敏的《马萨达永不再陷落》、凌仕江的《西藏的石头》、韩小蕙的《面对庐山》和雪小禅的《风中的鸟巢》等 10 篇作品获奖。

11 月 15 日

谢丹华在《编辑学刊》的《数字化出版对内容生产的逆向颠覆——以网络文学为例》一文中以网络文学为例，通过建立本体的/技术的、个体化/制度化两组对立概念，剖析了数字出版浪潮下，出版形态对出版内容构成了强大反作用力。指出数字化出版不仅是出版载体变化，更对出版内容造成了巨大的颠覆。

11 月 15 日

宋玉书在《文艺争鸣》的《网络文学：商业写作中的自由折翼》中认为，网络文学本是非功利的"自由的飞翔"，商业化写作损害了网络文学的自由精神。网络文学写作者为了商业功利，甘愿将自主自由收起悬置，遵从网站的"立法"，服膺于市场需求，依循商业逻辑，生产适销、畅销、快销的快餐式作品，将网络文学几乎完全变成商业文学。如何让被收编在商业战车上的网络文学重振自由羽翼，向着文学的审美高地飞翔，真正成为当代文学创作的主力？这是网络文学发展过程中必解的一个课题。

11 月 15 日

《湘潭大学学报（哲学社会科学版）》刊载一组文章。禹建湘在《网络文学产业化的文学征候》中认为，网络文学产业化推动了文学征候的变化，网络文学的商业写作成为主流，网络写作更新速度加快，主体间性更加凸显，读者的付费阅读成为新的时尚，这些变化将引领文学观念的重组。江腊生在《网络文学研究生态的检视与思考》中认为，探讨网络文学研究的发展历程，能够呈现当下新媒体视野下的文学生态，并从文学审美的视角出发，思考其身处精英与大众之间的焦虑状态和美学不足。欧阳文风在《短信文学的主要问题及其应对思路》中认为，短信文学问题产生的主要原因包括：后现代文化的渗透，创作主体生活体验的贫瘠，商业化的运作，手机技术的制约等。短信文学若要走得更远，依赖于手机技术的发展和短信写手综合素养的整体提升，批评理论家则须确立一种"大文学观"。吴华在《文学网站的现状和走势——基于五家著名文学网站的实证考察》一文中认为，通过对大陆著名文学网站的调查，我们可知文学网站的商业嬗变使得文学呈快餐化倾向，这须文学网站凭借其资本力量网罗精英作家，创作出文学精品。

11 月 15 日

曾庆雨在《云南民族大学学报（哲学社会科学版）》撰文指出，"扁平"时代是人们对网络时代的一种普遍的社会认同。在网络文学中，创作主体以往的文学精神引领性更多地受世俗受众影响而代之以迎合性；虽有对中国传统文学从内容到精神的部分继承，也充满着很多新鲜的元素，但也有对社会现实的疏离和冷淡以及前所未有的自我张扬等，这就是"扁平时代"的一种文学精神。

11 月 15 日

蔡清辉在《传媒》撰文认为，文学期刊如何发挥自身优势、与时俱进，在激烈的竞争中做大做强呢？一是打造"文学提供商"，不断推进内容创新；二是构建"文学加工厂"，不断推进技术创新；三是扩建"人才资源库"，确保未来核心竞争力。

11 月 15 日

刘春阳在《兰州学刊》的《消费社会语境下的网络玄幻小说》中指出，新世纪以来，融合了武侠、动漫、科技、网络游戏等多种艺术形式于一体的玄幻小说成为网络文学的领跑者。玄幻小说的一统江湖，与消费社会里文学作品的商品化、市场化逻辑密不可分，从某种意义上来说，它也是社会经济结构与文化之间断裂的一种表现方式。更为根本的是，玄幻小说的出现与繁荣，反映了社会整体世界观由现代到后现代的转变。

11 月 15 日

何明在《辽宁师范大学学报（社会科学版）》的《新媒体时代下微博文学的表现及传播方式探析》中认为，微博文学的群体传播模式是新时代写作多样化的表现，体现了互动与社交功能。微博文学便于传播、易于创作、短小精悍，既是一种大众自我镜像的外化表达，也是一种自我与社会连接的沟通方式。此外，微博文学的信息海量、碎片化，更替速度快，版权争议所带来的传播局限也值得深入研究。

11 月 16 日

康莉在《牡丹江教育学院学报》的《从"甄嬛体"热看网络文学对古典文学的靠近及其自身的缺失》中针对"甄嬛体"是否等同于"红楼

体"的争论，自《甄嬛传》入手，从词汇表现因素的角度分析《红楼梦》言语风格对《甄嬛传》的影响，探讨网络文学在靠近和传承古典文学过程中的优点和不足。

11 月 25 日

杨炳忠在《广西民族师范学院学报》撰文认为，网络文学从当初的"星星之火"演变为当今的"燎原大火"，以亿万读者争相阅读和互动参与的文学事实，堂而皇之地进入新世纪中国文学谱系，成为当代中国文学一支强而有力的新军，这是历史的必然，也是中国文学发展的必然。

11 月 26 日

《华西都市报》全国独家重磅发布"2012 第七届中国作家富豪榜"全新子榜单——"网络作家富豪榜"，该榜单首次将中国网络作家的生存状态和中国网络文学的发展脉络完整而清晰地呈现出来。著名网络作家唐家三少、我吃西红柿、天蚕土豆分别以 3300 万、2100 万、1800 万的版税收入荣登"网络作家富豪榜"前三甲。

11 月 29 日

"网络时代传统出版的未来"高峰论坛在成都举行。百度与众多作家、出版人共聚一堂，商议网络时代下的反盗版大计。据报道，百度首次对外公布了四大反盗版措施：寻找数字版权的合作模式，大部分收益给作家和出版方；正版置顶、框架形式突出显示正版原创；为版权方开通内容上传通道；断开并屏蔽盗版网站网页链接。

11 月

网上出现了一批所谓"网络小说生成器"，写手只要将小说要素输入，便可轻松获得一篇网文。有业内人士认为，"生成器"的涌现正是网络小说"格式化"日趋严重的反映，此类作品前途堪忧。

12 月 1 日

《鬼吹灯》最新系列由北京新华先锋文化传媒有限公司策划、金城出版社出版，目前第一季共四卷已经完结，分别是《圣泉寻踪》《抚仙毒蛊》《山海妖冢》《湘西疑陵》。这一系列继承了"鬼吹灯"原系列的风格与笔法，将东方神秘文化与世界流行文化融为一体，续写"鬼吹灯"跌宕起伏的惊险故事。

12 月 7 日

黄鸣奋在《学习与探索》撰文《西方数码文学研究的若干问题》指出，对于西方数码文学的研究成果，可以从符号性与身体性、天然性与人工性、语言性与情思性、体验性与表现性等多种角度加以考察。西方数码文学研究起步于 20 世纪 50 年代，开始时，从实验诗歌的角度关注随机文本的生成。60 年代之后，人工智能、人机对话和叙事的关系获得重视，相关研究主要是程序开发者的自我介绍，还有来自理论家的审视与批评。80年代电子超文本小说问世之后，超文本系统的相关研究才明显升温。封装型电子出版物一度因其超文本、多媒体或超媒体特性而成为艺术家之所爱，并为理论家所留心，但很快就因在线超文本系统"WWW"的兴起而失色。90 年代开始，研究者将主要注意力投向网络文学，探讨可编程媒体中的写作、阅读与嬉戏。21 世纪以来，人们比以前更关注数码诗歌美学、计算机游戏和数码文学的关系及新媒体叙事技巧等问题。

12 月 7 日

单小曦在《学习与探索》的《从网络文学研究到数字文学研究的范式转换》中认为，当下国内网络文学研究存在着研究对象小于新媒介文学实践、理论资源视野狭窄等问题。开展数字文学研究有利于当下国内网络文学研究突破发展瓶颈，以实现新媒介时代赋予的学术使命。开展沿着网络文学研究"接着说"的数字文学研究，应首先把网络文学观念转变为数字文学观念，应强调文本分析法和借鉴西方优秀数字美学、数字文化、数字文学研究成果的重要性。开展数字文学研究，须要在数字文学所独具的数字文本性与七层次文本形态、高技术化生产力与强势交互性生产关系矛盾运动的生产方式、身体融入式的审美范型、数字现代性的文化逻辑等方面深入探讨。

12 月 12 日

全国新闻出版信息化工作会议在北京举行。新闻出版总署署长柳斌杰在会上指出，到 2015 年，中国要建成网络互联互通、资源整合共享、业务有效协同、"两化"（信息化与工业化）深度融合、标准体系完备的新闻出版信息化新格局。这是中国新闻出版系统首次举行信息化专题会议。

12 月 17 日

《上海青年报》载文称，最近一段时间，陆续有著名纯文学杂志宣布"触网"，目前已实施或在计划"触网"的纯文学杂志不下七八家。包括中国作协旗下的《小说选刊》、老牌文学期刊《收获》等。这些杂志都有几十年历史，从来都是"几十页纸走天下"，所以此番赶时髦引发了众多围观。

12 月 20 日

马衡在《电影文学》撰文认为，为追求最大价值，网络小说与影视联姻经历几年的尝试后，在 2011 年呈现多重发展的局面。网络小说与影视共通的商品属性是彼此联姻的动力，而追求时尚化的书写模式则是其精神上的内在契合。网络小说与影视联姻现象的研究，有助于对当下社会及特定时代的精神状况和价值体系的认识，同时，亦能促进电影的繁荣。

12 月 20 日

亚马逊中国公布"2012 年度畅销图书作家榜"根据 2012 年度的销售数据，亚马逊中国给出的畅销作家排名依次为：杨红樱、沈石溪、莫言、白落梅、雷欧幻象、俞敏洪、韩寒、郭敬明、郑渊洁和金兰都。与 2011 年度该榜单相比，杨红樱、韩寒、郭敬明、俞敏洪依然稳居前 10 位的阵营；而莫言、沈石溪、白落梅、雷欧幻象、郑渊洁、金兰都则成为 2012 年度榜单 TOP10 的新贵。莫言与白落梅是该榜单上的两大"黑马"。刚刚获得诺贝尔文学奖的莫言位列探花，其作品《蛙》《丰乳肥臀》等都有不俗的销售成绩，而在前一年的最畅销图书作家榜单前 100 名中，都没有莫言的身影，可见诺贝尔文学奖的影响力不可小觑。传记类作家白落梅也凭借

《你若安好便是晴天：林徽因传》的热卖，从 2011 年度的榜单 74 位跃升至第 4 位，而该书也同时获得了亚马逊中国"2012 年度最畅销图书"第 1 名。

12 月 25 日

榕树下推出"2013 年榕树下千万福利计划"，宣布将斥资 200 万元运作"状元作家计划"，300 万元打造买断计划，600 万打造最完善作者福利体系和付费订阅系统，提高榕树下作者收入水平。这意味着，榕树下将正式进军网络文学付费系统，结束榕树下十五年未能通过 VIP 付费为原创者带来收入的历史。榕树下还推出了首款名为"榕树下故事会"的手机客户端软件，免费为手机用户提供超过 200 万篇小说、散文、诗歌等作品。

12 月 25 日

张黎明在《天津市社会科学界第八届学术年会优秀论文集（上）》撰文指出，进入 21 世纪以来，汉语文坛上最值得关注的现象首推网络文学的发展壮大。

12 月 25 日

李菁在《群文天地》撰文认为，目前很多热门网络文学所描述的自称小资、在异乡打拼的年轻人，他们虽然收入平平，却因为内心的失衡在物质上竭尽所能与都市小资看齐，他们不是追求生活的品味，而是为了填满心灵的空虚。这些"生活在别处"的年轻人，是现实生活中很多青年人的真实写照，或者，也正在潜移默化地影响着现实中年轻人的生活以及对待生活的态度。

12 月 31 日

刘志礼在《新媒体时代下的网络文学发展研究》的硕士论文中认为，回顾网络文学的发展历程，我们不得不承认，作为一种特殊的文化现象，一种方兴未艾的文学创作新体验，网络文学，它的发展使得沉闷不堪的文化事业有了一抹亮色，让黑暗中的文学活动重新萌生了希望的种子，并且日益成为许多人日常生活的一部分。在市场经济大潮涌动的今天，网络文学找到了立足点，找到了方向。如何引导和发展这一新型的网络文学传播模式，对于繁荣文化事业、推动和谐社会发展将起到积极的作用。

是年

◆据《中国新闻出版报》2012 年度的一项调查报告显示，近十年来，在数量与速度的驱动下，网络文学"疯狂生长"：以每年 20% 的速度增长，每年诞生 3 万余部长篇小说，存量超过当代文学纸质作品 60 年的数量；靠网络创作"吃饭"的写作者达三万余人，与体制内专业、半专业作家数量旗鼓相当；受众人群广泛，10 年间催生了上亿名读者，最受欢迎的网络文学网站页面日浏览量数以亿计。

◆继"咬嚼"央视春晚、《百家讲坛》、知名作家之后，《咬文嚼字》杂志 2012 年发动广大读者"围观名家博客"，以"新浪名人博客"为目标，包括方舟子、郭敬明、韩寒、黄健翔、郎咸平、李承鹏、李银河、马未都、钱文忠、徐静蕾、郑渊洁、周国平等名家。2 月被围观的博主是郭敬明，《咬文嚼字》副主编黄安靖称，围观的专家和读者惊讶于郭敬明的人气之旺，但认为他对语言文字缺乏敬畏之心。

◆2012 年是 17K 小说网高速发展的一年。据 17K 小说网负责人透露，17K 小说网的驻站网络作者数同比增长了三倍，日均 PV 同比增幅达 33.3%。伴随着网站的成长，从 2009 年至今，17K 小说网每年为作者发放的稿费数也保持了三位数的增长速度。

◆2012 年上映的国产影片中有 38 部改编自文学作品，如改编自盛大文学网络小说的《搜索》及麦家的《暗算》（影片名为《听风者》）、陈忠实的《白鹿原》等。报告引用了盛大文学的说法，称之为继上世纪 80 年代之后"文学改编影视的第二次浪潮"。

◆这一年，网络玄幻小说和仙侠小说依然是在线阅读颇为火爆的类型。由于移动（手机）阅读的有效覆盖，产业份额仍处在上升通道中——预计总体规模（直接收入）将超过 50 亿元。值得引起重视的迹象是，截至 2012 年 6 月底，我国网络文学用户数为 1.9 亿，较 2011 年底减少 4.0%。十多年来，随着互联网用户数的增长，网络文学用户数一直在不断攀升，但 2012 年 6 月首次出现逆势减少。究其原因，作品质量未见显著提升、创新性萎缩是两大症结，具体表现在题材雷同、情节拖沓、文字累赘甚至涉及暴力色情等方面。

◆时至今日，中国"网络文学"的生产数量已堪称世界文学史上的一大奇迹。仅起点中文网、红袖小说网、晋江原创网、榕树下等多家在线中文写作平台，每日更新的字数就近一亿，累计发布字数更是超过 730 亿。

◆起点中文网发布的《将夜》（作者：猫腻）、《神印王座》（作者：唐家三少），17K 文学网发布的《罪恶之城》（作者：烟雨江南），纵横中文网发布的《仙魔变》（作者：无罪），是 2012 年比较有影响力的玄幻类小说。它们的共同特征是结构宏大、篇幅超长，每部都在 250 万字以上，一般都是以小人物的奋斗史为小说主线，他们在艰难的条件下，通过不断学习和自身修为，从一个平凡的人成长为最终取得辉煌成就，甚至拯救了整个文明的英雄。

◆2012 年，新浪读书发布的《对手》（作者：姜搏远），搜狐原创发布的《黑白律师之山庄疑云》（作者：暂时无名），塔读文学发布的《妖孽保镖》（作者：青狐妖），榕树下文学网发布的《生死浮沉：急诊科的那些事》（作者：于莺、江南麦地）和红袖添香网发布的《盛夏晚晴天》（作者：柳晨枫）等，都是"接地气"的作品，是官场职场类和都市言情类小说中的佳作，对现实生活有较为深刻的认识和生动的描述。

2013 年

1 月 2 日

舒晋瑜在《中华读书报》撰文分析了传统文学期刊抢占电子阅读市场面临的三大难题，分别是文学生态恶化、著作权不明晰和市场拓展人才欠缺。

1 月 2 日

孟繁华在《中华读书报》评点 2012 年中国文学时指出：与崛起的网络文学比较起来，传统的长篇小说将越来越小众化，同时在创作上也将越来越个人化。

1 月 5 日

国庆祝在《学术交流》撰文指出，网络文学的起源可追溯到 1945 年"联想检索"概念的提出，西方网络文学的发展大致经历了"超文本"、"超媒体"和"制动文本"三个阶段。它的文本范式大致可分为超文本小说、网络小说、互动小说、定位叙事、场景作品、编码作品、生成艺术、动画诗和聚合等基本类型。

1 月 8 日

张政在《大众文艺》的《网络文学审美问题研究》一文中针对网络文学审美的特征、成因以及网络文学的缺陷进行了总结分析，对于进一步研究网络文学有着一定的参考意义。

1月9日

起点中文网创始人之一，副总经理罗立（黑暗左手）微博称：告别起点。罗立在微博上宣布："从今天起，我自由了。起点中文，盛大文学，再见！"圈子并不大的网络文学界，被这宣告激起波澜。罗立曾长期担任起点中文网副总经理。离开起点后，他旋即成立了一家影视制作公司，彻底告别了网络文学行业。这也让他成为起点创始团队中，首位"因兴趣转移"而离开的成员。

> 附：2002年，六个文学爱好者发起成立起点中文网。六人的QQ名分别是黑暗之心（吴文辉）、宝剑锋（林庭锋）、剑藏江南、意者、黑暗左手（罗立）和5号蚂蚁。这六个人也成为起点最重要的"黄金家族"。

1月10日

凤凰出版传媒股份有限公司旗下的"凤凰新华书业北京发行中心"在京揭牌，这是凤凰传媒由地域性企业迈向"构建中国书业第一网"的重要一步。据悉，凤凰新华书业北京发行中心首批合作产品已达三十余种，运营册数近百万册。

1月10日

刘慧玉在《湖北社会科学》的《网络时代：文学的除魅与价值消融》一文中指出，网络技术的迅速发展使得各种文本的传播方式发生了改变，文学网络化和网络文学的出现一改文学千百年来"精英创造"的烙印，使文学创作失去了原有的神圣魅力，更是消解传统文学"文以载道"的价值诉求。

1月11日

起点发布合作签约暂停公告：
起点中文网合作签约制度自实行以来，很多新作家由此起步，并取得了相当成绩，跻身主力作家之列。合作签约已经成为众多新人朋友检验自我和崛起的一大渠道。现在，基于起点全力展开的新作家扶持战略，总结合作签约的经验，为更好地服务新人，起点已展开全新的新人版权扶植策划，并以此替代现行的合作签约制度。为此，自 2013 年 1 月 15 日起，起点中文网将中止合作签约申请，直至新制度上线。"同时，现有的合作签约作品均按照所签协议继续执行，不受影响。各位合作签约作者依然可以随时联系您的责编获取帮助。愿起点的努力能够帮助更多新作家，愿有梦的你们更早取得成功！"

1 月 11 日

王蒙在《光明日报》撰文《警惕浅薄化与白痴化》指出，网络的发展，纸质的媒体开始受到挤压，读书的风气一再被上网浏览所削弱。但越来越多的有识之士提出，网络化的结果，除了各种方便与推进以外，也可能带来精神生活浅薄化、快餐化、碎片化与单一化的危机。因此，我们要善待科学技术与各种时尚产品，更要善待自身的头脑与古往今来的治学传统与经验。

1 月 11 日

王蒙在《光明日报》撰文《莫言获奖十八条》指出，信息科学的迅猛发展，视听、网络的冲击，传统的严肃的文学写作目前远非一帆风顺。这种情势下的莫言获奖，是大好事，瑞典科学院对于文学事业的坚守，也值得赞扬。顺水推舟，借力打力，我们何不趁此机会多谈谈文学。

1 月 13 日

"纵横"推出新的月票制度。为了建立更加完善的月票体系，满足除中文网会员用户外其他用户对月票的需要，中文网从 1 月 13 日起新增获取月票的途径，月票的获取方式有如下 3 种：1. 作品章节订阅，2. 作品捧场，3. 加入中文网会员。

1 月 15 日

徐洪军在《周口师范学院学报》撰文认为网络文学研究中存在的问题

主要表现为：主流学者与主流的学术期刊对网络文学研究重视不够；研究与创作严重隔离；宏观研究重复较多，作家作品分析较少；研究流于表面，缺乏深度等。

1月16日

许鹏在《中国人民大学学报》的《新媒体艺术研究的理论设定与网络文学的研究视野》中认为，以中国的网络文学为分析对象，一方面印证新媒体艺术学理结构的合理与适用，另一方面揭示中国网络文学的独特发展轨迹。

1月16日

国家版权局审议通过了《2013年版权工作要点》，其中特别提到2013年将起草颁布《教科书法定许可付酬办法》《互联网传播影视作品著作权监督管理办法》《版权行政执法指导意见》，修订颁布《出版文字作品报酬规定》《全国版权示范城市、示范单位和示范园区（基地）管理办法》5部规章。工作要点还提出，针对网络文学、音乐、视频、游戏侵权盗版开展专项治理等。

1月17日

美国《华尔街日报》中文网站上一篇文章说，美国出版商协会报告2012年电子书销售年增幅骤降至约34%，较之前四年的三位数增幅大幅下滑。Bowker Market Research 公司2012年进行的一项调查也显示，只有16%的美国人实际买过电子书，而高达59%的人说他们对买电子书没兴趣。

1月22日

马季在《光明日报》的《期待破网而出，原创仍需发力——2012年网络文学综述》一文中，分析了2012年度我国网络文学的发展特点：发展模式，趋向多元；创作题材，向两极发展；社会机构，加大关注力度；理论观点，喜大于忧。他还认为，起点中文网发布的《将夜》（作者：猫腻）、《神印王座》（作者：唐家三少），17K文学网发布的《罪恶之城》

（作者：烟雨江南），纵横中文网发布的《仙魔变》（作者：无罪），是 2012 年比较有影响力的玄幻类小说。官场职场类和都市言情类小说中的佳作，有新浪读书发布的《对手》（作者：姜搏远），搜狐原创发布的《黑白律师之山庄疑云》（作者：暂时无名），塔读文学发布的《妖孽保镖》（作者：青狐妖），榕树下文学网发布的《生死浮沉：急诊科的那些事》（作者：于莺、江南麦地）和红袖添香网发布的《盛夏晚晴天》（作者：柳晨枫）等。

1 月 23 日

起点发公告称 2 月 1 日起修改月票规则，遏制刷票。

1 月 29 日

由烟雨江南、酒徒、骁骑校等 10 名"大神"担任导师的首届网络文学联赛，经过三个多月的激烈角逐，联赛前十强名单已出炉，详细名单为：酒徒组《武御九天》（三俗青年）、渔歌组《蚀爱：撒旦总裁的替补妻》（晚夏）、失落叶组《网游之江山美人》（江山与美人）、求无欲组《幽魂之地》（忆珂梦惜）、骁骑校组《霸宋西门庆》（三王柳）、纯银耳坠组《寡情暴君：冷妃尚妖娆》（偶阵雨）、过路人与稻草人组《一宠贪欢》（白焰）、黑夜 de 白羊组《贴身保镖俏校花》（不吃猪）、sky 威天下组《极品特种兵》（世家农民）、烟雨江南组《绝品全才》（那边般若）。作为中国第一个把"导师制"引入网络文学的征文大赛，17K 小说网发起的首届网络文学联赛共收到全国八百多所高校校友近两万部优秀作品，签约作品数超过 600 部。本届联赛最终产生的冠亚季军三位选手，将受邀参加17K 小说网七周年站庆暨第六届作者年会。在年会上，三位选手将分别获得三万、一万五千、八千元的人民币奖励。

1 月 30 日

徐忆在《求索》的《卡斯特尔的网络空间理论与"超文本"文学表征》一文中认为，网络介入文学，彻底改变了文学的生产和消费，形成一种全新的"超文本"文学类型。它具有开放、流动、多变、去中心等特征，消解了传统文学的权威性和典范性。

1月31日

消息称百度有意涉及网文原创，百度多酷原创中文网公测。

1月

龙若中文网拖欠稿费事件持续发酵。

1月

由国内知名民营出版公司、2013福布斯中国潜力非上市公司排名第26名的新华先锋文化传媒投资的新华阅读网正式上线。

2月1日

李静在《名作欣赏》撰文指出，"虐恋"是一个刚刚兴起的网络言情小说模式，这一模式反映着多重的悖谬，然而最根本的还是体现了消费主义文化本身的悖谬。

2月1日

盛大集团自主研发出一套"文学作品指纹技术"及"版权追踪系统"，通过对网络文学作品进行指纹采集，并对各大盗版网站进行实时监控和数字指纹比对，使网络盗版真伪立现。

2月5日

李东华在《光明日报》撰文指出，儿童文学的网络化，不单单是文本从纸质到电子的一个承载媒介的改变，还有因此而带来的感知世界方式和艺术表达方式的改变。如在《植物大战僵尸武器秘密故事》中，文学赋予了游戏所没有的更为丰满的人物形象、内心活动、审美理念和道德情操，而游戏又赋予了文本一些程式化的表达。网络技术和理念的变迁，至少局部地改变着儿童文学传统的认知方式和表达习惯。

2月6日

《中华读书报》撰文介绍著名儿童文学理论家王泉根教授主编的《儿

童文学教程》时指出，对于以往教材从未提到过的文体样式，如幻想文学、网络儿童文学等，该教程加以新的阐释和构建。充分呈现了儿童文学学科自身的研究领域、艺术体系和研究方法。

2月7日

欧阳友权在《学习与探索》的《网络类型小说：机缘和困局》中提出，类型化长篇小说对文学网站的大范围覆盖，已成为网络文学的一大热点。在文学形态日渐多元化的今天，网络文学的技术化崛起已经演绎成新媒体时代的"文学神话"，而网络类型小说的蔚为大观更是把这个"神话"推向了网络文学前沿，不仅改写了网络文学的面貌，也改写着当代文坛——特别是小说创作——的整体格局。

2月7日

聂庆璞在《学习与探索》撰文认为，网络上的小说现在都很长，动辄五六百万字，这些超长的网络文学作品，许多人称其为"文学注水肉"，受到所有文学人士的诟病，成为当下网络文学的一个热点话题。

2月10日

周星驰贺岁大片《西游降魔篇》上映，同名小说《西游降魔篇》也于期间出版。该小说并非是对电影《西游降魔篇》的简单复述，今何在深度演绎了电影未展开情节，只保留了玄奘降服流沙河妖、猪妖和猴妖的主干情节，对剧本进行了妙趣横生的再度创作，是一个完全属于"文学"的文本构造。

2月13日

根据中国移动手机阅读基地公布的数据，截至2月13日，全国总共有396679种书上线，曾经被点击过的是229648本书，占总数的57.89%。网络文学的内容提供商最火，而传统出版机构则仅仅是配角。中国移动手机阅读基地的榜单分为三个：原创榜、女生榜、出版榜。

2月15日

周志雄在《浙江社会科学》的《关于网络文学入史的问题》一文中认

为，网络文学的发展历史和趋势表明，这是一个必然要进入文学史研究的领域。保持一份鲜活的网络阅读感受，面对面地与网络作家对话，对其中的优秀文学作品展开深入的文学批评，以一种包容和开放的眼光对作品进行评价，是网络文学入史的当务之急。

2月15日

赵悦青在《山东行政学院学报》撰文认为，网络文学对经典文本的戏仿成为一种重要的表现方式，网络写手们通过谐音、文字游戏、情节颠覆的方式，对大家耳熟能详的经典文本进行重新刻画，创造出一个个令读者耳目一新的新文本，既体现了后现代主义去中心化的影响，也表现出对小说叙事艺术的探索。

2月15日

禹建湘在《中州学刊》撰文认为，在新媒体语境中，文学的存在方式发生了显著变化，呈现出五种悖反式的征候：主体彰显与主体间性共存，超级长篇与文学零食齐飞，网络写手与传统作家互渗，线上收费与实体出版共享，小说改编与先影后文互动。

2月18日

盛大文学发布2012年审读报告，报告显示，2012年盛大文学旗下六家网站因含有违规内容而删除作品9643本，通过用户有效举报查处违规内容495处，删除含有不良信息的论坛、博客、书评等共计224896条。审核云中书城引入版权作品45166部，涉嫌违规内容驳回342部。审读报告称，针对目前网络文学作品良莠不齐的现象，盛大文学采取一系列措施：一方面提高作者和编辑的素质，提升网络文学内容质量；另一方面加强监管、审查力度，改善网络文化环境，推动网站的内容建设。

2月19日

正在读初一的13岁少女杨琲儿，凭借在网络上发表的两部十万余字的长篇魔幻小说《迷迷眼的生活日记》和《伊布的成长故事》，正式成为广州市作家协会会员，也是史上最年轻的作协会员。广州市作协副主席谢有义表示："希望她能成为标杆性的人物，引领年轻一代的网络文学。"

2 月 23 日

云中书城移动端用户总数已经突破 1900 万，被下载电子书种类则接近 70 万种。而截至 2012 年底，云中书城第三方内容合作商达到 198 家，签约第三方作品数逾 10 万种。目前，云中书城中拥有藏书数百万之多，并且这个数字还在快速增长中。

2 月 27 日

盛大发布财报，消息称其有意加大文学投入，收缩游戏业务。有消息称盛大文学计划年内赴美实行 IPO 计划。

2 月 28 日

曹华飞在《光明日报》撰文《作协吸纳年轻人也要保证含金量》指出：作家协会以吸收年轻会员为名，开始向网络文学倾斜，这种做法显得操之过急；仅以两部网络小说为由吸收一名未成年人，也与中国作家协会章程当中"发表或出版过具有一定水平的文学创作、理论评论、翻译作品者，或从事文学的编辑、教学、组织工作有显著成绩者"这一条对会员资格的规定有所违背。

2 月 28 日

时凤玲在《大众文艺》的《主体间性视角下网络文学的特征及意义浅析》中借用主体间性的视角，审视网络文学的特征和意义，认为网络文学的多主体性和多文本性促进了文学的平等对话和交流，是值得肯定的。

3 月 1 日

网友"小清新糖"在微博爆料："网络文学风波再起，近日有重量级人士传闻起点中文网总经理吴文辉即将离职，有大批编辑同时离职，传言这些编辑都是各个编辑组组长和核心编辑。"3 月 6 日，盛大文学 CEO 侯小强通过内部邮件表示，公司董事会已经批准部分旗下起点中文网员工的辞职请求。3 月 11 日，盛大集团 CEO 陈天桥首次回应"起点出走"事件，称侯小强作为 CEO "是称职的"，盛大会 "全力支持他继续做大做强"。3
月 14 日，侯小强在邮件中暗示吴文辉以及起点中文网 27 位中层以上的编
辑已经离职，且大半核心编辑追随而去。

3 月 1 日

起点中文网杭州会议，会议内容被意外泄漏，多位业内人士均得知会
议内容和纠纷。当天下午，网络论坛 "龙的天空" 网文江湖版爆出关键性
消息，引发大面积扩散。

3 月 1 日

由盛大文学与上海图书馆共同打造的移动端借阅平台 "云中上图" 阅
读应用触屏版正式上线内测，此次合作标志着原生数字资源内容正式进入
图书馆馆藏流通领域，这既是传统渠道对网络文学的高度认可，也使网络
文学作品被引入到馆藏内容，达到丰富馆藏内容以满足不同读者阅读需求
的效果。

3 月 1 日

江苏文艺出版社出版知名白金作家骷髅精灵的《圣堂 3·神格之秘》，
预计该书总共将出版 12 册。《圣堂》讲述的是一个修行少年融合了天降神
格，从此逆天崛起争霸小千世界的草根励志故事，该小说在起点中文网拥
有近一千两百万点击数。作者骷髅精灵，是截止是日起点中文网唯一一位
入选全部九届起点年度作家峰会的作家，曾出版作品有《猛龙过江》《海
王祭》《机动风暴》《界王》《武装风暴》和《雄霸天下》等。

3 月 2 日

盛大文学旗下起点中文网团队集体出走，核心团队出走人员达到 20 人
以上，侯小强直接接管起点文学，并写内部信件一封，直斥起点中文网提
出辞职的部分员工缺乏职业精神和商业伦理。

3 月 3 日

邵燕君的《网络时代：新文学传统的断裂与 "主流文学" 的重建》获

第 2 届"唐弢青年文学研究奖"。

3 月 3 日

消息称起点作品开始撤离第三方客户端。

3 月 5 日

全国开展网络淫秽色情信息专项治理"净网"行动：对落伍文学、下载楼等十余家登载淫秽色情信息的网站依法予以关闭；对澄文中文网、飞华健康网等二十余家网站下达整改通知，并将依法给予行政处罚；对爱情公寓交友、爱书网等九十余家网站管理人员进行约谈，责成迅速删除淫秽色情信息；对少数登载淫秽色情内容且涉嫌违法活动的网站，公安机关已立案查处。

3 月 7 日

中国作家协会副主席廖奔在"两会"上提出，促进网络文学的健康发展和传播，须要尽快制定文字作品网络付酬的国家标准。可以采取一次性付费的做法，比如网站转摘、摘编报刊的文章，可参照报刊转载、摘编其他报刊已发表作品的标准计算，也可以按照作品的字数支付稿酬。而对于在网络上发表的作品，可以将作品以字数为单位分章节或者篇目，按照点击率给付报酬，并由网络使用者与作者按照一定比例分成。

3 月 9 日

起点离职团队人员纷纷在"龙的天空网文江湖版"发言袒露心声，引起网文圈业内人士纷纷围观。

3 月 10 日

中国作家协会副主席何建明在《光明日报》撰文指出，网络文学的重要性不言而喻，但是网络文学作品良莠不齐，"妖魔化"现象严重、价值导向时有偏颇，很多网络文学作品社会责任感缺失。针对这些情况，我们可以成立网络文学管理服务机构对网站进行监管和指导，建立和健全网络文学规范法律；对网络作品的内容，各网站的编辑与内容审核要自律，制止为了访问量和点击量而不加审核、盲目发文的行为，要明确禁止"复制品"等网络文学垃圾。

3月11日

蒋子丹携新作《囚界无边》到深圳举行网友与读者见面会，与之前的作品不同，《囚界无边》是蒋子丹化名"老猫如是说"，在天涯社区舞文弄墨论坛即写即贴的网络小说。除了小说本身，蒋子丹这一从传统文学跨入网络文学的行为，充满着实验意义，让人们不断修正对她"传统作家"的定义。

3月13日

《南方都市报》报道，著名作家贾平凹新书《带灯》电子版于某网站上架销售一个多月后，创下了售出12000册的佳绩，成为传统作家里电子书卖得最好的一部。这则消息改变了传统作家在电子书领域没号召力的说法，说明数字出版商并非传统出版商的敌人，销售图书的数字版，竟然可以给传统出版商带来"非常高"（《带灯》责任编辑语）的收入。

3月14日

宝剑锋微博透露，"害怕被跟踪"，坦言希望明年还活着。并在网文江湖版发帖爆料。

3月14日

"纵横"公布千万基金签约计划。纵横准备了2000万资金，通过市场调研和读者问卷，初步选出月关、唐家三少、我吃西红柿、天蚕土豆、忘语、打眼、猫腻、耳根、卷土、逆苍天、林海听涛、辰东、跳舞、蝴蝶蓝、血红等15位大神让读者投票，选出最希望挖的大神，最后按排名从高到低去邀请最受欢迎的作者，来纵横中文网写书给大家看。

3月15日

芦珊珊在《出版科学》撰文认为：文艺出版社可以采取与传统出版力量合作、与优秀网络文学联姻和把好选择加工关，推出有品质的图书三种方式来充分整合内容优势；同时文艺出版社还应该致力于让优秀的内容与技术、产业融合，培养优秀的复合型人才，舞动优质内容。

3 月 21 日

原起点中文网总编宝剑锋在网文江湖版发帖称已正式离职，并总结了在起点十年工作，细述离职过程。

3 月 22 日

在盛大文学举报下，执法机构破获了多起盗版网站侵犯著作权集群案件，共抓获二十余名涉案人员。据了解，2012 年年底开始，盛大文学先后向执法机构举报了说说 520、靓靓小说网、风舞小说网等在内的 13 个侵权盗版网站，称其未经许可涉嫌大量复制传播盛大文学旗下"起点中文网"享有独家信息网络传播权的作品，侵权情节十分严重。警方已掌握了几家网站的详细信息，截至是日对 20 余名犯罪嫌疑人采取了强制措施。目前，案件在进一步审理中。

附：2011 年，盛大文学协助相关公安检察机构处理网络侵权盗版网站 11 家，共封停小说站 89 家，十余名涉案人员分别被判处有期徒刑十个月到三年半不等；2012 年，盛大文学在互联网和移动互联网端同时启动盗版打击行为，到目前为止，协助相关公安检察机构对近二十家盗版网站进行了处理，小说 5200、读小说网等网站负责人被判处一到三年有期徒刑，若雨中文网、最空网等网站负责人已被刑事拘留。

3 月 23 日

以《盗墓笔记》系列小说走红的网络作家南派三叔，突然宣布封笔。南派三叔称，"我决定，以后不再进行任何文学创作活动，我仍旧保有南派三叔这个笔名，但不会以此进行任何创作，已经完成的但未出版的作品仍会出版。抱歉，我扛不住了。"

3 月 24 日

金昭英在《文艺理论与批评》的《网络文学的非物质劳动性》一文中，通过分析网络文学——主要分析大型商业性文学网站的文学——生产与再生产过程中的非物质劳动性，观察作者—网站—读者这几个网络文学的主要环节及其关系，试图从中找出重新思考知识产权等私人财产概念的可能性。

3 月 26 日

中国社科院外国文学研究所傅浩在《光明日报》指出，被西方文学界公认为"天书"的《芬尼根的守灵夜》，不仅开创了后现代主义的手法，也开创了现代网络文学时代的手法。

3 月 30 日

首届"西湖·类型文学双年奖"颁奖仪式在杭州举行。该奖由浙江文学评论家夏烈、盛子潮等发起，重点关注的是大众性强、网络性强的类型文学。科幻作家刘慈欣的《三体》获得了首届"西湖·类型文学双年奖"的金奖。《城邦暴力团》《后宫·甄嬛传》《借枪》和《间客》获得银奖，《黑道悲情》《侯卫东官场笔记》《步步惊心》《腥》《杜拉拉升职记》《新宋》《华胥引》《两代官》《谋杀似水年华》和《海瑞官场笔记》获得铜奖。夏烈希望把它办成中国版的"直木奖"（日本著名的大众文学奖）。

3 月

"纵横"知名编辑"没有心的鱼"离职，就任凤凰网原创频道主编。数月后，就任百度多酷书库主编。

4 月 1 日

全国"扫黄打非"办公室、国家版权局当天在京共同启动了"绿书签行动 2013"，从 4 月 1 日至 4 月 26 日世界知识产权日期间开展系列公益宣传活动，提高公众保护知识产权意识。盛大网络公司所属的各个文学、游戏、视频网站，中文在线所属的书香中国、17K 小说网等踊跃加入"绿书签行动"队伍，承诺拒绝盗版，向广大网民提供正版的、优质的文化产品。

4 月 2 日

起点离职团队扬起 CMFU 大旗，多人微博更名，多人在龙的天空网文江湖版出现，打感情牌。

4 月 10 日

杨汉瑜在《西南民族大学学报（人文社会科学版）》撰文认为，网络空间的隐蔽性、交互化、边缘化特质培植了新的民间文学——网络文学，使文学创作回归本源。以网络文学为代表的新民间文学，沿着中国文学创作的民间传统，开创了自由宣泄、边缘化和自我书写的网络民间创作路线，使民间精神得以复活和拓展。

4 月 10 日

马季在《文化纵横》的《网络文学：文学的个人化与民间化》一文中，试图以"民间性"、"个人化"和"差异性"来把握这一新兴的文学样式，对其前世今生给予了全景式观照，并期待着我们在价值上对它进一步重估。

4 月 11 日

盛大文学编剧公司在京宣布成立。这是中国首家编剧培训公司，盛大集团将以 10 亿资金规模成立基金，助推编剧公司开展业务。并聘请海岩、王宛平、陆川、高群书、宁财神等为"编剧导师"，对首批签约的 100 位新编剧们进行指导。盛大文学 CEO 侯小强介绍，2013 年内将从盛大文学旗下作者中招募签约 100 位编剧，对他们进行"艺术 + 艺术 + 现代化工业流程"的立体培训。

4 月 15 日

李军学在《未来与发展》撰文认为，通过与网络的结合，文学改变了自我的形态而完成了本体的改造之路。这一改造之路就体现在：在创作方面，由作者的独白走向了作者与读者的间性对话；在叙事方式上，由文学的线性叙事走向文学的非线性叙述；在文学价值方面，由文本的价值建构走向文本的价值解构。

4月15日

周百义在《湖北第二师范学院学报》的《中外网络文学出版比较研究》中认为：从选题上看，我国的网络文学出版的内容十分广泛，长篇小说以历史架空类、都市青春类、官场职场类、游戏竞技类、灵异类、军事类为主；欧美网络文学的选题也十分广泛，并且注重内容和技术融合；日本以玄幻小说、都市小说和情感小说见长，韩国则是以青春小说见长。方式和运营模式上，中国网络文学出版以文学网站、手机付费阅读为代表；欧美则以自出版引起潮流；日本则以订单出版或手机小说出版见长。而合理的选题内容评价体系和完善的知识产权保护体系将为我国网络文学发展提供更好的环境。

4月20日

主题为"创新，个性，品位"的第二届塔读文学原创作家年会在北京举行，近百名网络文学原创作家参加了本次盛会。塔读文学总经理郭佩琳、总编栗洋与青狐妖、星辉、心在流浪、观棋、淡墨青衫、阿三瘦马、百世经纶、楚惜刀、沈璎璎、一缕相思等众多和塔读文学共同成长的知名新老作家齐聚一堂，共话移动互联网时代的"文学梦"。中国作协党组成员、书记处书记陈崎嵘，中国版权协会办公室主任马慧琴，中国作家网副主编马季等莅临出席本次盛会，高度肯定了塔读文学在原创网络文学取得的成绩，并赞扬了塔读文学坚持品质创作，倡导公平公正的作家培养机制等一系列引领行业健康正向发展的经营理念。此次作家年会，也同时是塔读文学首届"新人王原创小说大赛"正式启动仪式。

4月20日

房伟、周立民、杨庆祥、李云雷、梁鸿、张莉、霍俊明等几位青年评论家在《创作与评论》的《网络文学：路在何方？》中，从网络文学的形态、特质、经典化和研究方法等几个维度，对当下的网络文学进行了很好的总结和梳理，网络文学是文学的创新还是堕落？网络文学的路在何方？这也许是一个敏感而难以有定论的话题，有待大家的进一步研究。

4月20日

王娥在《东南传播》的《网络文学出版业质量管理问题初探》中从网络文学出版的基本模式出发，分析影响网络文学出版质量的因素，对网络文学出版各环节中存在的问题进行剖析并试图提出应对策略，以期对我国网络文学出版的质量管理有益。

4月27日

百度多酷文学 Beta 版公测。

5月1日

方颖艳在《多重语境中的微博文学》的硕士论文中，以微博文学在微媒体载体中的生存现状为切入口，将微博文学置于文学媒介化、文学泛化、文学快餐化等语境中，在透视三重语境对传统文学体制的冲击与重构的前提下，准确全面地认识微博文学这一新生文学现象。在此基础上进一步深入分析了微博文学作为文学新样式所独具的文本、创作、传播、接受等方面凸显的新特质。

5月5日

周百义在《编辑之友》的《出版集团开展网络文学出版刍议》中，从中国网络文学出版发展现状入手，对出版集团开展网络文学出版的市场机会、策略选择进行分析和探讨。文章认为，网络文学出版，已不再局限于网络出版，而是涵盖实体出版、移动出版，以及影视、动漫、游戏改编等跨媒介的多元出版体系，并通过版权的多元化运营实现了内容商业价值的放大。

5月6日

消息人士透露，以吴文辉为首的团队已确定入职腾讯。该团队将为腾讯提供读书频道下"男频"栏目的内容。腾讯与吴文辉团队达成投资合作协议后，已经在内部发出邮件，通知腾讯即日起停止任何形式的"男频"内容签约，包括买断和分成。原创文学网的主编狐王列那离职。

5月6日

"2013 互联网文化季"正式启动。2013 互联网文化季以"创意网络，美好生活"为主题，其中网络长篇小说和网络短篇小说大赛同步开始征集，文化季其他三项活动——微小说大赛、创意影像大赛和微电影征集令也将在 8 月初之前陆续上线。整个文化季活动将持续 7 个月时间，到 2013 年 12 月中旬，文化季活动全部结束时，将以展览形式集中呈现系列活动的丰硕成果。

5月7日

白烨主编的文学蓝皮书《中国文情报告（2012—2013）》在京发布。关于网络文学，《报告》认为：2012 年网络文学的规模持续增长，与以往相比，情节基本架空现实的玄幻小说和仙侠小说依旧是网络在线阅读最火爆的类型。尽管如此，2012 年网络文学最大的亮点还是在于异军突起的官场题材作品。根据"新浪·读书·2012 年小说类图书点击排行"显示，排名前 10 的小说中，有 9 本是官场小说。如《对手》《急诊科的那些事》《股神来了》，都是 2012 年点击量最高的网络文学之一。

5月7日

中国社科院发布的 2012 年"开卷"小说类图书畅销排行榜显示，去年的"莫言热"并没有改变文学作品的销售格局，畅销榜前 20 名中，网络文学、玄幻小说、官场小说瓜分了绝大部分的销售码洋，网络文学代表作家郭敬明仍占据"畅销书霸主"地位。白烨称，不仅图书，中国现在所有传统文学类刊物发行量加一起，才仅仅抵上郭敬明旗下 5 本杂志的发行量。

5月8日

由中国信息大学信风文学社主办，全国三百多家高校文学社协办，红袖添香文学网站、人人网等多家媒体赞助的第四届"信风杯"全国高校文学大赛颁奖典礼在中国信息大学举行。本届征文比赛以"爱"为主题，以爱之名，向文学致敬，得到了全国高校学子们的热烈欢迎和积极参与。到2013年3月20日投稿截止日，组委会共收到参赛作品投稿量高达32289部，稿件数量是上一届征文大赛的33倍。

5月9日

由河北省作家协会举办的网络文学创作座谈会在石家庄举行。中国作家网副主编、网络文学研究专家马季指出网络文学用实力展现出了自己的价值，网络作家通过书写正能量，承担了中国文学的使命；知名网络作家、《裸婚时代》作者唐欣恬提出，网络文学创作要把自己的坚持和读者的迎合结合起来；网络文学作家代表聂丹指出，建立自己的特色、引导读者的兴趣，为中国当代文学贡献更多的内容。

5月10日

神华集团旗下子公司收购潮流原创文学网重新公测上线。

5月10日

张可欣在《现代出版》撰文指出，在 iPad 市场表现日益强势的情况下，成长于网页形式的网络文学、图书销售等网站纷纷推出了配套于 IOS 系统的图书阅读 APP。云中书城、当当读书和豆瓣阅读这三家各有特色的 APP 在使用体验、资源建设、定价情况以及版权建设几方面各有不同。在内容资源区分不够明确的前提下，对于图书阅读 APP 建设，拥有鲜明特色是基本前提，良好的使用体验是不竭动力，重视版权建设是立足之本。

5月10日

李智在《理论界》撰文认为，当下"浅阅读"、"碎片式阅读"等阅读行为因其具备便捷性、时效性等特质，受到青年群体的认可。"微小说"以 140 字为限制而进行的文学创作，同时兼备与读者互动性的这种新兴网络文学形式的出现，既是对纷繁复杂的网络文学的补充，又将会对它产生重要的影响。

5月13日

由中国作协和现代文学馆联合主办的80后批评家研讨会在京举行。与会专家认为，80后青年批评家思维敏捷、眼界开阔、观点新锐，对当代网络文学、类型小说、青春文学等文学创作进行了及时研究，推动了当代文学的创作实践。

5月14日

盛大文学旗下起点中文网宣布斥资亿元全面升级作者福利。据起点常务副总编辑陈冲介绍，在原有福利计划的基础上，针对不同网络原创作者的不同生存现状，对基本收入保障、医疗保障、奖励制度、收益分成等方面都做了提升。此次福利计划调整将惠及起点中文网各类作者群体。这些基本保障类似盛大文学旗下的"小作协"，为网络写手开辟了绿色通道。

5月14日

盛大文学CEO侯小强当日带领起点中文网新管理层首次公开亮相，并宣布斥资亿元全面升级作者福利。此次亮相的高管包括盛大文学副总裁兼起点中文网COO崔巍、起点CTO司晋琦、盛大文学起点中文网副总经理周弈明、常务副总编辑陈冲、常务副总编辑廖俊华等。起点中文网新福利计划部分措施如下：一、利用作家福利引导建立新型内容生产模式；二、制度化保障作者获取更多衍生内容形态收益；三、强化基本保障。

5月15日

欧阳友权在《求是学刊》的《当下网络文学的十个关键词》中指出，技术与市场的双重催生，让我国网络文学呈现出前所未有的高产与人气。作品海量、类型写作、影视改编、互动交流、全版权、反盗版、去草根化、网络批评、排行榜及网络语文等关键词，大抵可以表征当下网络文学发展的基本面貌。

5月16日

网络文学江湖因起点创始团队的集体出走而引发动荡，出走团队的去向和产业的变局引发众多猜测。Donews 记者当天从出走的起点创始团队首次获得正式确认，他们已和腾讯达成深度合作，全权负责腾讯文学"男频"的运营。是时正在重新整合腾讯文学"男频"的架构和内容，并计划推出"创世"这一全新品牌。据了解，腾讯文学目前正在做系统的整合。最为引人瞩目的是，腾讯文学将纳入腾讯泛娱乐战略布局当中。在过去的一年里，腾讯已经对动漫业务进行了泛娱乐业务整合，推出了腾讯动漫平台，并陆续与迪斯尼、集英社等全球动漫巨头达成深入合作，并实现了最大规模的日漫电子版权引进，逐步奠定了其在中国动漫产业中的旗舰地位。

5 月 17 日

中文在线旗下 17K 小说网七周年庆典暨第六届作者年会在北京正式拉开帷幕。本届年会以"网络文学中国梦"为主题，盛邀求无欲、骁骑校、失落叶、鱼歌、纯银耳坠等众多网文大神、首届网络文学大赛获奖作者及读者代表出席。除重量级嘉宾外，本届年会还将呈现四大看点。一是发布数据盒子功能，实现后台数据透明化；二是作者福利再升级，"一个都不能少"；三是师徒面对面，续写首届网络文学联赛辉煌；四是"那些年，我们一起见证 17K 小说网的成长"。

5 月 18 日

中国作协和广东作协在京联合召开广东网络文学研讨会。白烨、欧阳友权等评论家与阿菩、贾志刚、无意归、边晓琳、丘晓玲和艾静等六位来自广东的网络作家现场对话交流，对网络文学作品进行了深入研讨。广东作为全国第一个创建网络文学院、第一个创办网络文学评论杂志的省份，正日益发展成为中国网络文学重镇。

5 月 20 日

肖丰在《长春师范学院学报》撰文认为，交互合作式网络文学写作教学模式是对传统文学写作教学模式的补充与拓展。该模式以人本主义学习理论为依托，对教学目的、教学策略、教学效果评测和教学实践建议等教学模式构成要素进行科学设计，从而达成网络文学写作教学的系统优化。

5 月 20 日

徐学鸿在《唐山师范学院学报》撰文认为，近二十年来，随着中国网络文学的平台增多、赛事频仍、运作多元等，中国网络文学得到了迅猛的发展。与传统文学相比，其在文本形式上的裂变和内容上的包容度、先锋性、批判性等特质，呈现出其鲜明的现代性特色，为中国文学的发展开拓了新的增长点。

5 月 21 日

起点新福利正式推出，主要内容：起点网站所产生的订阅，在去除渠道费（包括营业税 3.6% 和充值折扣，当时是 7% 左右）后，将会全额支付给作者。

5 月 24 日

腾讯科技称，腾讯正对旗下文学业务做全新整合，并与原起点创业团队达成合作，"腾讯文学"开始浮出水面。"腾讯文学"将划分为男频、女频等大类（男频针对男性用户内容，如玄幻、游戏竞技类题材；女频针对女性用户，如言情都市类）。从盛大文学出走的原起点创始团队在"腾讯文学"体系中负责男频运营，已签约一批优秀网络作家，其新网站近期即将推出，后续则会与"腾讯文学"资源打通。

5 月 24 日

尚静宏在《文艺理论与批评》撰文认为，与网络文学的兴起与发展相比，传统文学则似乎在逐渐走向凋零和衰退。由于受现代科技进步的影响，传统文学的地位正在遭到质疑和动摇，网络文学作为一种应运而生的新的文学样式，确实对传统文学秩序和地位形成了巨大的挑战。

5 月 25 日

中国现代文学馆在《当代作家评论》撰文《2012 年中国文学发展状况》指出，2012 年的网络文学呈现出与传统文学日益融合的趋势。豆瓣网通过阅读器，尝试为具有纯文学品质的作品提供空间；新浪、搜狐、新华网等门户网站的读书或原创频道中，传统文学的在线阅读份额有所提升。网络文学的构成主体是类型小说，年内获得广泛阅读的作品，既有网络色彩鲜明的玄幻、武侠等类型，如猫腻的《间客》、唐家三少的《神印王座》、陈怅的《量子江湖》等，也有较为传统的职场、言情小说，如于莺和江南麦地的《生死浮沉：急诊科的那些事》等。网络原创小说与纸媒出版及影视、动漫、漫画、网游的改编互为传播助力，在 2012 年蔚为大观。

5 月 27 日

与盛大文学分手不到半年的原起点中文网创始人罗立被拘捕。盛大文学公司内部人士透露，盛大文学举报罗立，是因为在罗立离职后，盛大文学发现罗立曾将版权价值上千万的作品，以 20 万元的低价卖给自己的壳公司，再进行高价转卖。盛大文学方面表示，目前已经向警方提交了相关证据。业内人士分析称，罗立遭到举报是盛大文学方面对吴文辉、罗立团队加盟腾讯的不满。因为腾讯今年明确表示，腾讯游戏将从单纯的网络游戏平台，转变为涵盖游戏、动漫、文学、影视等多种关联业务的互动娱乐实体。在这个时间点上，罗立身陷传闻之中，也被看作是盛大文学和吴文辉团队之间的再度交锋。

5 月 30 日

由起点中文网原创业与骨干团队精心打造的集阅读、创作、互动社区、版权运营于一体的全开放网络文学平台——创世中文网正式上线。据介绍，创世中文网将坚持基于平台作家自写作的发掘、扶持、培养为主的内容创造模式，打造自我生产运作的良性循环机制，确保开放、多元的内容策略，兼顾目前主流化阅读需求和小众细分阅读需求。上线当日，创世中文网也宣布与腾讯达成合作。

5 月—10 月

由北京市互联网宣传办公室及首都互联网协会联合盛大文学等 22 家网站共同举办的大型系列网络文化活动"2013 互联网文化季"，历时七个月完美收官。经过主办网站推荐、大学生评审团初评、专家评审评选，榕树下作者高崇的《大车间》以及起点作者疯狂的流水《放羊班的春天》等

20部作品分获长短篇以及微小说一、二等奖。

6月1日

凤凰网首届原创文学大赛启动，设置奖金100万，面向全球征集优秀中文网络原创作品。大赛设非虚构题材、男性小说、女性小说、故事赛区四大赛区，征集都市小说、乡土小说、历史小说、军事小说、职场小说、言情小说、悬疑小说、科幻小说、玄幻小说等，以及传记、回忆录、口述史、各类笔记、短篇故事等诸多题材作品。并邀请知名网络作家天下霸唱、猫腻，知名作家和评论家李敬泽、葛红兵等担任大赛评委。开赛以来，共收到近三千部稿件，经过编辑和评委们的严格甄选，其中男频《疯人传》、非虚构《相忘于江湖》获一等奖；男频《陕北闹红》、女频《胭脂落》、非虚构《一个村庄"被现代化"的背影》获二等奖；男频《平安扣》、男频《苍狼之城》、男频《我要当市长》、女频《灰色丛林》、女频《我的18个男友》、非虚构《我身体里的陌生人》、非虚构《灯下隋朝》获三等奖；男频《上林湖》、女频《风雨南洋未了情》、非虚构《成都万婴之母》等获优秀奖。在故事赛区，一等奖空缺，《金雕传奇》等获二等奖，《一分钱的故事》等获三等奖，《落实》等获优秀奖。

6月7日

新浪拆分读书频道成立文学公司，负责人为刘运利。据内部知情人士透露，去年底新浪架构重大调整后，新浪旗下业务也开始整合。与腾讯文学整合旗下腾讯网读书频道、基于QQ空间的社会化阅读平台"QQ读书"、WAP阅读平台"QQ书城"及手机阅读应用"QQ阅读"等平台资源类似，新浪在网络文学领域同样是将新浪读书频道、移动阅读内容进行整合。

6月7日

亚马逊Kindle系列产品在华首发，激起业内强烈反应，国内多家电子书运营商纷纷推出新品，以示不甘落后。当天，当当网电子书阅读器"都看二代"正式上线预售；电子书主流厂商汉王科技推出自主研发的新品黄金屋乾光，售价等同于Kindle Paperwhite。

6 月 8 日

起点中文网推出《网络原创文学写作指南》。《指南》从"网络原创文学行业现状和前景","网络写手的生存现状和必备素质","创意从何而来","金手指的三原则","开门三板斧：书名，简介，第一章"等多个角度解析网络写作。据介绍，起点中文网后续会根据情况，撰写更多科普性质的基础写作知识指导文件。

6 月 8 日

百度旗下百度多酷文学网是日悄然出现在 hao123 网址导航，这意味着百度也正式杀入网络文学领域

据了解，百度 2013 年挖来在线休闲游戏网 7k7k 前总裁孙祖德出任旗下公司多酷 CEO。从 2013 年 2 月底开始，百度多酷平台开始在各大文学论坛大力招募作者、编辑，4 月底百度多酷文学站低调上线并与手机版的数据打通，以分成模式展开推广。内部人士透露，百度多酷将 8 成的收入给予作者，并快速垫付稿酬。其次，百度获得的仅是作品互联网和无线版权，游戏、图书、影视、漫画改编权仍归作者，作者可自行销售。此外，依托百度资源背景，签约作品将在多终端获得推广：在 PC 端，签约作品在贴吧、百度阅读、百度多酷原创、文库、百科、知道上可以直接搜索置顶。手机端则在百度多酷书城、贴吧、文库中直接置顶。

6 月 10 日

李静在《北华大学学报（社会科学版）》的《网络文学批评——建构属于自身的标准》中认为，网络文学批评需要元批评研究，这种元批评研究须要避免陷入精英立场或大众立场的对立模式，从批评现象本身求解，做出尽可能客观的认识。

6 月 10 日

原创阅读网正式关闭。

6月15日

周平在《大连海事大学学报（社会科学版）》的《试论当下网络文学影视改编中的问题》一文在分析网络文学影视化改编的现实条件的基础上，探讨其中凸显的问题，包括改编难和对接难问题、网络文学低俗化与娱乐化取向对文学性的伤害问题，以及在多方竞争的混乱市场中影视化所面临的现实瓶颈等。这些问题的解决须要寄希望于体制、市场以及网络写手、媒体人、读者与观众的共同努力。

6月16日

网络写手十年雪落在起点中文网连载的网络小说《武布天下》更新了一章内容，几个小时后，十年雪落猝死。在去世半个月后，其死讯才由朋友发布，并在微博、论坛等媒介传播。这已是第二名因过劳而猝逝的写手，前一名是2012年离开的写手"青鋆"。网络写作"体力化"的问题开始引发人们的关注。

6月18日

日本BS富士台首播《后宫·甄嬛传》，剧名改为《宫廷の诤い女》（《后宫争权女》）。仅开播一周，就迅速成为热门话题。小主们的华丽造型和精湛演技受到日本观众的一致好评，日本著名华流刊物《Chinese STAR》连续开两期专题大幅报道《甄嬛传》，专访孙俪、李东学等多位主演，而剧中"霸气"台词的翻译也在国内展开热切讨论。将该剧引进日本的娱乐公司社长表示："可以说这是一部5年后、10年后都能引发话题的不朽名作。"

6月19日

中国作家协会公布2013年发展会员名单，包括起点中文网杨镇东（笔名"辰东"，代表作《神墓》）、王小磊（笔名"骷髅精灵"，代表作《圣堂》）、林俊敏（笔名"阿菩"，代表作《唐骑》）、红袖添香宋丽暄（笔名"携爱再漂流"，代表作《同城热恋》）等7名盛大文学网络作家入选，引起诸多关注。陈天桥表示，经过几年的努力，网络文学"非主流化"已经成为过去，网络作家不再是传统观念里的文学"野路子"，他们正越来越得到主流文学界的认可。

6月25日

起点中文网"起点秀频道"于当日正式上线。据介绍，该频道在盛大文学与YY战略合作后，通过资源整合推出实时互动性网络文学商业模式。自25日起，起点秀频道每天中午12点到凌晨1点，将直播说书、PIA戏、作家访谈及美女秀等十余档节目。盛大文学方面称，借助美女主播对盛大文学起点中文网原创作品的演绎，网络文学爱好者可以享受到全新的阅读体验，满足其阅读需求。同时，作者和主播可以收到用户的虚拟物品打赏，从而获得新的收益渠道。通过这种模式，能够激发更适合该节目的作品和主播的出现，对网络文学及YY平台的发展都会产生推动作用。

6月25日

国家版权局、国家互联网信息办公室、工业和信息化部以及公安部联合召开新闻通气会，四部门将利用4个月的时间，开展"2013年打击网络侵权盗版专项治理'剑网行动'"。一是提高查处案件的数量和质量，二是进一步加大刑事打击力度，三是突出重点工作领域。

6月26日

《中华读书报》载文称，乌克兰青年网络女诗人叶卡捷琳娜·阿达姆丘克赋诗歌颂"伟大中国"。

附：《伟大中国》：

作者：叶卡捷琳娜·阿达姆丘克，翻译：孙越。

有国家，升太阳/中国啊，多富强！/向世界，敞开神秘之窗/你知道有多少精神宝藏！/千百年的智慧/光明的灵魂多高尚/为创新发明/为写新辉煌/千年永铸/历久弥新/播种真理在心房/我们为了美好的理想/道路通向幸福的远方/为了生活真正的渴望/成为世界公正的力量/理论思想光芒万丈/人尽所知，我们的道路不寻常/回头之路，没有希望/勇往直前，没有彷徨/所有的疆界都已开放/为了世界累累硕果/我们要像鸟儿那样飞翔！/中国，伟大的中国/崛起吧，富强！/你用今天的辉煌/将历史来传扬/你的过去已成为阶梯，/脚步正攀登未来的时光/那里正在创建理想的世界/融入每一个伟大的思想

6 月 30 日

宋蓓蓓在《北京邮电大学学报（社会科学版）》的《网络诗歌本体研究》一文中，将目光重新聚焦网络诗歌本身：首先从其身份界定入手，借用"网络文学"相关定义，肯定其作为诗歌一种的合法性；同时将其常见形态划分为纸介质文本电子化后上传的诗歌、网民原创与网络首发的诗歌及超文本诗歌三种，并分别予以解读。之后从广义和狭义两个角度对网络诗歌的外在诗体与内在诗意进行深度剖析。最后对网络诗歌呈现出的口语化、讽刺性等语言特征进行阐释，试图还原网络诗歌最为本真的一面。

6 月

纵横知名编辑"听雨人独立"离职，就任新浪网原创频道主编，后因新浪文学业务发生变化，回纵横。

7 月 1 日

新浪整合旗下新浪读书、微读书、微漫画和无线读书业务成立新公司，正式进军数字阅读领域；同时，新浪微博读书产品上线，用户可以在微博中直接阅读、购买、收藏在线图书作品。

7 月 5 日

由中国作家协会创研部、全国网络文学重点园地工作联席会议共同主办的"青年创作系列研讨·类型文学的现状与前景研讨会"在京召开，会议充分讨论了类型文学的兴起、源流及背后的逻辑，类型文学的特点、想象力的生成，类型文学研究如何展开与深入，同时梳理了类型文学创作中存在的一些问题。

7 月 8 日

以"科技融合出版、技术提升业态"为主题的"第五届中国数字出版

博览会"在京开幕。本届数博会，由2013年度数字出版新成果展览，2013年度数字出版高峰论坛，2013年度数字出版示范企业圆桌会议，2013年度数字出版主宾企业系列活动，2013年度数字出版企业、品牌、任务、技术、作品推介，2013年度数字出版专题活动等六大部分组成。中国数字出版博览会是我国唯一以促进数字出版产业发展为目的的国家级大型交流会展活动。

7月9日

盛大文学在京召开"新机遇，新战略"发布会。发布会上宣布，盛大文学已通过私募融资总计1.1亿美元，投资方包括高盛集团及新加坡投资机构淡马锡。盛大网络总裁、盛大文学董事长邱文友表示，"此次融资所得资金主要用于实现盛大文学新的开放战略和移动战略"。据了解，在盛大文学的开放战略中，一个举措是平台开放，以盛大文学旗下起点中文网为承载平台，让作者的作品能够自主上架销售，包括自主决定上架、自主站内站外促销并享有分成和奖励。按规划，盛大文学还将向行业开放，接受各个出版社的非独家授权作品。此外，另一举措则是针对作者收益。此次盛大文学重塑起点中文网作者收益模式，连载订阅销售收入将通过"分成＋奖励"的形式100%返还作者。

7月15日

由中宣部、商务部、文化部、广电总局和新闻出版总署等五部门组织申报的2011—2012年度国家文化出口重点企业和重点项目名单揭晓，网络文学以数字出版的形式首次进入国家订单集中出口，成为中国文化对外输出的重要产品。

7月15日

李盛涛在《重庆社会科学》撰文认为，网络小说的先锋性赋予以往的"先锋"概念以不同的审美内涵，它既推动了中国本土性的尚虚类小说的发展，又推动了整个中国当代文学的发展和繁荣，对于中国当代文学的发展具有重要的生态学意义。

7月15日

康桥在《南方文坛》撰文指出，在网络文学实践中，作者与读者最为关心的问题，是读者能否对作品主人公产生"代入感"，亦即读者能否认同、融入主人公，经历、感受主人公的情感与行为，一起迎接故事情节的高潮，这种读者与主人公的融合感是作品成败的关键之一。

7月16日

新华新媒文化传播有限公司与盛大文学联合举办战略投资与合作备忘录签约仪式，宣布新华新媒战略投资盛大文学。这意味着继宣布获得高盛及淡马锡投资1.1亿美元后，盛大文学又获得新一轮融资。双方将聚合各自资源，在文化创意及新媒体领域，以资本层面合作和内容资源整合的形式开展全面战略合作，将在数字阅读、版权开发、信息服务和电子报纸杂志分销平台等领域推进合作，同时在网络媒体拓展上相互提供数据、技术等方面的支持。

7月17日

中国互联网络信息中心（CNNIC）是日发布《第32次中国互联网络发展状况统计报告》。报告显示，截至2013年6月底，我国网民规模达5.91亿，较2012年底增加2656万人。互联网普及率为44.1%，较2012年底提升了2个百分点。我国手机网民规模达4.64亿，较2012年底增加4379万人，网民中使用手机上网的人群占比提升至78.5%。

7月19日

中国作协副主席、书记处书记陈崎嵘在《人民日报》撰文呼吁建立网络文学评价体系。

7月20日

在由《人民文学》杂志社和江苏省作家协会联合主办的"紫金·人民文学之星"文学奖新闻发布会上，《人民文学》主编施战军认为，尽管有大量的网络作品呈现出百万字甚至千万字的海量体积，但是"只能翻，不能读"。

7月23日

盛大文学旗下负责移动阅读项目的云中书城进行裁员，被裁人数规模在50—60人，占云中书城员工数量80%，包括盛大文学的副总裁、云中书城的负责人柳强。云中书城和起点读书移动端进行全面整合。

7月

塔读文学首届新人王原创小说大赛正式启动，大赛初步计划分为男生季、女生季、短篇现实类、短篇虚构类等不同的赛季和创新板块，将为新人新作提供一个展示个性创作能量和个性价值观的舞台，将创造一个个"个性品质的精彩"，让移动互联网时代的网络文学更有味道。塔读文学与多米音乐实现完美跨界合作，边听边读版本上线。

7月

纵横中文网副总段伟离职，就任多酷书城总经理。

7月

纵横原总编邪月就任纵横副总。

8月10日

网文江湖版爆出腾讯和盛大就黑暗左手达成协议，协议内容为：创世签约的原起点十位大神级作者和创世解约，三年内不从起点挖作者，归还部分版权，作为释放黑暗左手的条件。

8月12日

纵横《星河大帝》诞生网文界第一个亿盟（百万打赏）。

8月13日

新浪读书正式发布"2013新浪原创作家福利体系"，进一步巩固与原创作者的合作。此次为作者提供最高可达每年六万元的全勤奖，作者签约奖、作品完本奖也同时推出。

8 月 14 日

百度全资收购网龙控股子公司 91 无线，总价为 19 亿美元（约合 116.636 亿元人民币），91 熊猫看书成为百度旗下阅读产品。

8 月 15 日

黑暗左手（罗立）释放后，更新微博首条内容："一切平安，谢谢大家！"

8 月 17 日

国务院下发《"宽带中国"战略及实施方案》，分阶段明确了"宽带中国"的发展目标与技术演进路线，并提出了重点任务与相应的政策措施。《方案》要求，2013 年固定宽带接入目标达到 2.1 亿户，3G/LTE 用户目标超过 3.3 亿户，用户普及率达到 25%。

8 月 12 日

根据唐家三少作品制作的唐门世界手机游戏开放下载，一小时内下载破万。

8 月 23 日

盛大文学与欧美两大著名制片人在京宣布，建立深度战略合作伙伴关系。按照战略合作协议，盛大文学首期提供了 20 部优秀网络小说，包括天蚕土豆《大主宰》、番茄《星辰变》、风凌天下《傲视九重天》、唐家三少《斗罗大陆》、蝴蝶蓝《全职高手》、辰东《遮天》等。盛大网络总裁、盛大文学董事长邱文友称，"盛大文学一直是电影事业的观察者、参与者和推动者，盛大文学在整个电影业中，更愿意扮演推动者的角色，为中国电影提供更多创意以及文本。"

8 月 23 日

网易云阅读"文学创作溯源之旅"暨原创作者年会在杭州举行。网易云阅读 20 位原创签约作者与著名武侠小说作家温瑞安齐聚杭州，"西湖论剑"，共寻文学创作灵感。网易云阅读业内独家首创 3 年内 100% 订阅收益归作者和内容提供方。

8 月

多酷原创文学网自动签约系统上线。多酷原创作品陆续登陆三大阅读基地，及当前主流第三方平台销售。

8 月

看书网《极品老板娘》《绝品透视》《神控天下》《天才邪少》《妙手狂医》5 部作品占据中国移动阅读基地无线周榜 top10。

9 月 3 日

《光明日报》从是日起开辟"网络文学面面观"栏目，先后刊登康桥《网络文学批评标准刍议》、桫椤《形式之魅：网络文学的新贡献》、黎杨全《警惕网络文学的"网游化"趋势》、吴长青《试论网络文学批评的困境》、张清芳《追求"俗不伤雅"的艺术趣味——试论网络穿越小说的文学价值》、马季《网络文学审美特征考察》系列文章，以求引发对这个问题进一步的探讨与关注。

9 月 3 日

创世中文网 vip 上线，订阅提价引巨大争议。

9 月 7 日

"网游图书热销现象背后的秘密"研讨会在京召开。来自中国作协、中国少年儿童新闻出版总社、宝开公司（Popcap Games，"植物大战僵尸"游戏开发商）的有关负责人以及著名儿童文学作家、儿童文学评论家和 40 家媒体出席此次研讨会。此次会上，"网游文学"第一次作为少儿文学的全新概念浮出水面，引进了业内人士广泛的关注和思考。

9 月 9 日

习近平总书记在全国宣传思想工作会议上的重要讲话，在宣传思想文化战线和社会各界引发积极反响和学习热潮。中国作协党组书记、副主席李冰当天指出，要进一步坚定理想信念，增强共产党人精神上的"钙质"，增强抵御各种诱惑的能力。牢牢把握导向，在关键时刻和关键问题上敢于"发声"，敢于"亮剑"。同时，当前要把引导网络文学健康发展工作纳入工作重点，做好有代表性网络作家的联络服务工作。

9月9日

创世中文网第一批作品悄然加入移动阅读基地。

9月10日

莫言、阿来、苏童、刘震云签约"腾讯文学大师顾问团"，为网络文学护驾。在发布会上，被问及传统文学与网络文学的关系时，莫言说，本质都一样，都是文学。社会的发展是不可阻挡的，可以对网络有这样那样的看法，但是必须客观面对现实。网络文学是文学的一部分，传统作家跟网络作家都是作家，之间没有不可逾越的障碍。借助网络平台写出更优秀的作品，奉献给读者，这是一个作家最重要的任务，也是我们面临的最大问题。

9月10日

腾讯在北京召开"文学新生态，成长大未来"文学战略发布会，备受行业关注的"腾讯文学"正式系统亮相。在本次发布会上，腾讯文学系统发布了涵盖"创世中文网"、"云起书院"、"畅销图书"以及QQ阅读、QQ阅读中心等子品牌和产品渠道的全新业务体系和"全文学"发展战略，并与人民文学出版社、作家出版社等众多知名出版社、发行商签约合作。同时，还与华谊兄弟等影视公司和机构达成战略合作，成立"优质剧本影视扶持联盟"（溯源联合基金池），致力推动文学作品泛娱乐开发。

9月12日

四川省作协主席阿来接受了读书报记者的专访称，现在人们可以公平地在网络上发表，这样的状态带来了便利，但同时容易使人们降低标准、放弃标准，这两者是可能的，我们不要因为这样而降低自己的标准。这也是我的期望，我希望文学的高标准没有消失，仍然存在，被追求和看重。

9 月 13 日

中国首个网络小说杂志《起点》亮相。杂志以起点中文网的内容为首，同时包括小说阅读网，盛大文学旗下的晋江、红袖、榕树下等一系列网络文学网站的优质资源。据盛大文学 CEO 侯小强介绍，首期杂志预订量已超 10 万本。据悉，《起点》杂志作者均为国内网络文学界资深写手，编辑团队则由《哲思》《星薇》等国内畅销杂志的编辑组成。

9 月 18 日

盛大召开内部会议，网文江湖版爆出会议中侯小强被停职。

9 月 23 日

国家版权局草拟的《使用文字作品支付报酬办法（修订征求意见稿)》公开征集修改意见。但《办法》能否落实，出版方、使用者等能否接受，不执行《办法》付酬标准是否会被处罚，网络使用文字作品付酬办法如何细化等一系列问题也随之浮出水面。

9 月 24 日—25 日

第七次全国青年作家创作会议在京召开，参加本届青创会的青年作家以"70 后"、"80 后"为主体，而最小的代表年仅 14 岁。青年评论家张莉认为，相较于"70 后"，"80 后"作家在文体拓展方面成绩斐然，作出了诸多努力，并且他们在网络文学、科幻文学、儿童文学创作方面都已经成为中坚力量。

9 月 29 日

今古传奇传媒集团在龙的天空网文江湖版发布官方声明，对 8 月份以来的"今古传奇李鬼事件"画上句号。

9 月 29 日

新浪原创男频、女频页面上线，男书、女书正式开始分频道运营。

10 月 1 日

百度整合 91 无线资源，成立以 91 熊猫看书为核心的阅读产品中心。

10 月 9 日

创世中文网与网易云阅读达成战略合作，网络用户打开网易云阅读，即可阅读创世中文网的最新文章。据了解，创世中文网自上线以来就受到业内瞩目，开站不到半年，已有近二百位网络"大神"加盟，每日更新作品多达 4000 部。

10 月 11 日

人民网 2.49 亿元收购成都古羌科技有限公司（看书网）69.25% 的股权，尝试外延扩张。古羌科技旗下看书网是国内著名的原创小说网站，拥有超过 2 万注册作者和 300 万注册用户，在移动阅读基地排名靠前。

10 月 11 日

第 11 届中国国际网络文化博览会在北京展览馆正式拉开帷幕。本届网博会将力求以加速发展文化创意、移动多媒体、游戏动漫等多元文化产业为核心，发挥市场在文化资源配置中的积极作用，创新文化走出去模式，为网络文化繁荣发展提供强大动力。互动娱乐产品、数码及网络新技术产品、原创动漫主题产品及网吧行业建设仍为此次展会中的主要亮点。盛大游戏、腾讯游戏、巨人网络、完美世界、搜狐畅游、世纪天成等国内知名网络文化企业都将在本届网博会闪亮登场。

10 月 14 日

腾讯科技消息，百度正在与完美世界探讨收购后者旗下的文学网站纵横中文网，以图通过收购加快网络文学业务的布局。

10 月 14 日—2014 年 1 月 19 日

创世中文网将联合腾讯、DNF 游戏、湖北少年儿童出版社、慈文传媒，共同举办首届全球 DNF 文学大赛。本次参赛要求参赛作者根据 DNF

游戏的故事背景创作玄幻、奇幻小说，也可创作以 DNF 游戏为主线的游戏小说、玩家故事。作品预计十万字。主办方为参赛者准备了最高 25 万人民币的现金奖励以及豪华游戏装备等。获奖作品可以得到创世中文网、DNF游戏、腾讯平台、媒体等全面推广。大赛优胜者作品将签约出版，也将会被优先推荐影视改编。

10 月 15 日

《人民文学》主编施战军在接受读书报记者采访时透露，明年（2014年）《人民文学》将在网络上寻找短篇精粹，发掘更具才情的网络作家。《人民文学》已确定在明年春天推出网络短篇小说专辑。据介绍，陆蓓容、纳兰妙珠等活跃在豆瓣网上的作者正是在《人民文学》"新浪潮"栏目亮相后被读者熟知，如今更有 90 后作者如温方伊、莫小闲、蒋在等在《人民文学》发表剧本、诗歌而广受关注。施战军认为应该重视网络作家，正常面对他们，《人民文学》开辟这样的栏目，就是容纳、发现更多的网络作家，为他们自网络起步通向经典文学提供广阔的平台。

10 月 23 日

撰写《很纯很暧昧》《校花的贴身高手》的起点中文网白金作者"鱼人二代"在上海松江大学城举办自己的首场大型官方书友会，与广大书友分享交流他的创作心路历程。此次鱼人二代首场大型书友会，也是起点中文网的继天蚕土豆之后，为白金作家举办的第二次活动。据介绍，目前盛大文学正在大力推行作家经纪人制度，将会根据不同作家的不同需求，提供一对一的经纪人服务，为作家量身定制各种推广宣传方案。而作家书友会的组织，也是盛大文学作家经纪人服务的重要项目之一，之后盛大文学将会定期为大神级作家组织类似的线下书友会活动。

10 月 25 日

《深圳晚报》称，浙江省作协网络文学创作委员会主任、杭州师范大学教授夏烈表示，中国作协将成立网络作家协会，此事作协已经在筹备。中国作协党组书记李冰近日在讲话中也曾表示："要推动筹建网络作家协会，联系一批重点网络作家，积极吸收符合条件的网络作家加入中国作协，探索研究建立网络文学评价体系。"

10 月 28 日

广受业界支持的艺恩咨询"紫勋奖"之文娱企业 50 强名单正式发布，盛大文学排名第 17 位，跻身 20 强，并位列"视频新媒体"第四位，以总评分 7.38，领先歌华有线、小马奔腾等诸多知名企业。

10 月 28 日

新浪第四届微小说大赛开幕，大赛分为主赛区和校园赛区，邀请麦家、饶雪漫、南派三叔、马伯庸、张嘉佳、张悦然担当评委。本次大赛共收到中短篇小说 9427 部，140 字微小说数十万篇。经过两个月编辑精心挑选和评委打分，没有产生能获得一等奖分数的作品，其他大奖获奖名单："二等奖 3 名：@傻雀 CHURCH《这个世界突然安静了》[微博]、@霜宸《谁是你的选择》[微博]、@老二婶一生推《好好学习》[微博]。三等奖 6 名：@江姝渃 [微博] @花开知夏叶落知秋的故事 [微博]、@树犹如此 –刘昱麟 [微博]、@水母瞪你 [微博]、@年少的少年事 [微博]、@青皮儿君 [微博]。人气奖两名：@伏枥斋 [微博]、@木晓文德堂 [微博]。"

10 月 29 日

央视新闻频道对网络文学产业进行了深入调查报道。其中，腾讯文学因亮相伊始便坚持不断开拓丰富电子阅读作品里的优秀题材，以及坚持提升旗下网络作品社会价值的业界表现，受到了央视重点关注。

10 月 30 日

中国首家培养网络文学原创作者的公益性大学——网络文学大学在北京孔庙国子监宣告成立，诺贝尔文学奖得主莫言担任名誉校长，中文在线董事长童之磊任校长，俄国留学生大卫成为网络文学大学的首位校园大使。网络文学大学是在中国作家协会的指导下，由中文在线发起成立，并联合 17K 小说网、纵横中文网、创世中文网、逐浪小说网、塔读文学网、熊猫看书、百度多酷文学网、3G 书城、铁血读书、17K 女生网、四月天小说网等知名原创文学网站共建，该校以"为网络文学培养百万作者，让网络文学新人更快走上职业道路，让网络文学成为社会主流，让网络文学从中国走向世界"为宗旨，每年将培训网络文学作者 10 万人次。

10 月 31 日

北京市文联北京作协网络文学创作委员会成立，开创了全国省级文联系统成立网络文学创作委员会的先河。北京市文联党组书记陈启刚表示，大量优秀的网络文学作品被改编成影视、戏剧、动漫、网络游戏等，这对于增加文学题材的丰富性、创作方法的多样化大有裨益。北京作协网络文学创作委员会将整合首都文学创作资源，尤其是体制外、非京籍的网络作者，探索网络文学创作和网络作家成长的特点和规律，推动文化创作的繁荣和发展。

10 月 31 日

小米网络文学平台上线，该平台将由多看科技运营。多看方面表示，小米网络小说平台将首先发布 Android 版本，该版本将植入到 MIUI 中。小米文学平台目前延续的是多看的版权分销玩法，根据官方资料，首批接入小米文学平台的版权文学网站将包括：新浪读书、永正图书、百度多酷、晋江文学、红袖添香、岳麓小说网、幻剑书盟等。

11 月 3 日

2012 年度"南方文坛"优秀论文奖颁奖会在广西桂林举行，邵燕君《网络时代："新文学"传统的断裂与"主流文学"的重建》等六篇论文获奖。从历年的获奖篇目可以看出，这个奖项从设立之初，一直很好地坚持了该奖项鼓励直面文学现场、鼓励青年批评家的宗旨。

11 月 21 日

搜狐 IT 消息，可靠业内人士透露，百度已经确定从完美世界手中全盘接手纵横中文网，但最终收购金额不详。根据此前听到的说法，百度全盘接手价格可能在 4 亿左右。收购纵横中文网后，百度已经有了三块网络文学业务：百度多酷、91 熊猫看书和纵横中文网。

11 月 21 日

盛大文学首席执行官侯小强在接受读书报记者采访时透露，该公司与上海视觉艺术学院共同筹办的小说学院已正式进入筹办阶段，双方已联合发布了公开招聘"文学策划与创作"方向师资的招聘启事。

11 月 27 日

《中华读书报》载文称，中国美学家、清华大学教授肖鹰近日赴加拿大作巡回演讲，在多伦多、温哥华、魁北克、滑铁卢、贵湖市等地所做的"当代普通中国人的生活与价值观"、"网络时代的艺术演变：美与丑"、"中国文化与中国文学"等多场主题讲座反响热烈。其中，肖鹰痛批了郭敬明《小时代》图书与同名电影的畅销与热映现象，认为此类作品的集中出现，助推了当代中国青年一代文化传统的断裂。

11 月 29 日

中国作协副主席、书记处书记陈崎嵘在中国作协举办的"起点中文网作品研讨会"上再次强调要推动网络文学研究。这一由中国作协牵头的全国网络文学重点园地联席会议，也是首次尝试与文学网站合作举办活动。

11 月

移动阅读基地 CP 份额进一步分散化，起点份额降至第二。第一看书网、第二起点中文、第三 3G 书城。

12 月 1 日

熊猫看书原创日收入已超过 10 万。

12 月 12 日

盛大文学 CEO 侯小强通过微博发布《我的告别信》，正式向外界宣布自己由于身体原因将辞去盛大文学 CEO 职位，转任盛大文学高级顾问。盛大文学未来将由盛大网络总裁兼盛大文学董事长邱文友掌管，盛大文学最核心的起点中文网将由盛大文学副总裁崔巍负责。

12 月 14 日

"网络与文艺: 2013 · 北京文艺论坛"在京召开。本届论坛以"网络与文艺"为主题,旨在贯彻党的十八届三中全会精神和全国宣传思想工作会议精神,强调对网络的阵地意识。在网络对当代社会产生巨大影响的新形势下,通过理论研讨,分析网络对当代文学艺术的深刻影响,把握网络条件下文艺发展的特点与趋势。团结和凝聚体制内外的积极力量,传播主流声音、弘扬先进文化,引领网络文艺健康成长,推动首都文艺事业的繁荣发展。

12 月 17 日

17K 小说网与创世中文网在京举行战略合作签约仪式,双方在版权合作与开发、作者及编辑培养、版权保护等方面达成战略合作。2013 年以来,网络文学产业呈现大变化、大发展、大融合的局面,标志性事件不断,如网络文学大学成立等,极大地激发了全民创作热情。本次两大网络文学原创网站的强强联手,将为行业发展注入新的活力,带来更大的想象空间。

12 月 19 日

由劳动报社携手上海市作家协会联合主办的"2013 中国网络文学年度好作品"评选活动在沪举行新闻发布会,共 11 部作品获奖。其中 3 部作品获得优秀奖,它们是《末日那年我二十一》《离魂记》《诛秦——揭秘中国第一宦官赵高》。另有 8 部作品获得佳作奖,它们是《烽烟尽处》《股神来了》《神医世子妃》《混到中年》《风月无边》《大官人》《云胡不喜》《宰执天下》。

附: 拔得"2013 中国网络文学年度好作品"(《末日那年我二十一》)头筹的是"90 后"作者张晓晗创作的一部短篇小说集。该书已在今年 6 月由上海人民出版社推出同名纸质书,进入传统文学出版传播的轨道。组委会主任兼终评委主任、上海作协副主席陈村称:"今天是网络文学一个小小的节点。在网络文学越写越长的趋势下,夺得大奖的是一个短篇集子。"

对于《末日那年我二十一》纸质书的出版，曾在 10 年前就断言"今后的文学都是网络文学"的陈村略感无奈。他对记者说："纸质出版是网络文学的一种不良倾向。"陈村认为，文学的潮涌应该是从网下往网上涌动，纸质书变成电子版才是"正方向"。之所以走上"反方向"，是受到了社会观念的挟裹。"那些大神级写手不出纸质本也可以，但出了纸版，就以为有了某种身份标识，得到了认可，得到了正名，和别的网络写手不一样了。"

12 月 19 日

据上海作家协会消息，上海网络作家协会正在筹备中。与此前广东省作协、浙江省作协及北京市作协 11 月刚成立的网络文学创作委员会不同，上海网络作家协会将是上海作协下属的独立法人资格社会团体。参与筹备网络作家协会的上海作协副主席陈村向记者介绍说，"拿公司打比方，创委会是作协下属的部门，网络作家协会则更像'子公司'"。

12 月 25 日

榕树下在京举行 15 周年庆典，现场发布了千万福利计划，吸引优秀作者进驻和创作。榕树下总经理张恩超坦言，网站目前最大困境是优秀作者流失严重，故推出"2013 年榕树下千万福利计划"。该计划包括 200 万元"状元作家计划"、300 万元买断计划、600 万元完善作者福利提醒和付费阅读系统的"无忧计划"。当天，榕树下第 6 届网络原创文学大赛结果也在现场揭晓，都市情感、都市生活、青春言情、军事历史、悬疑推理 5 大赛区特别大奖等 35 个奖项一一颁出，闭门才子、宝花满掬等作者获奖。

12 月 25 日

上海视觉艺术学院和盛大文学在上海宣布，双方联合创办的国内首个网络文学本科专业正式成立，将于 2014 年 2 月进行生源面试，并根据 6 月全国统一高考分数，进行首批录取工作。上海视觉艺术学院校长龚学平指出，"这是中国文学史和中国文学教育历程中的一大创新"。

12 月 27 日

完美世界宣布签署一项协议，将完美世界经营的中文在线阅读业务的实体——北京幻想纵横网络技术有限公司（下称"完美文学"）出售给百度。这一交易涉及总金额约 1.915 亿元人民币，用于完美文学的股权收购，以及偿还完美文学的借款。至此，百度在网络文学业务的布局逐渐显现——通过纵横中文网、91 熊猫读书、多酷文学网、百度文库等产品的多点开花，覆盖 PC、平板和手机终端，并将网络文学与视频、游戏、影视、社交等业务结合，在未来打造一条覆盖上下游的生态链。

12 月 30 日

盛大文学携手唐家三少共同成立工作室启动仪式在京举办。此次合作，也是盛大文学与旗下标杆网络作家展开的一次深度合作，这种作家工作室的形式，让盛大文学和作家成为实质意义上的合伙人，以达到版权价值最大化，以及作家品牌价值最大化。

是年

◆据中国互联网络信息中心的统计数据显示，我国现有文学网民人数达 2.27 亿，约占网民总人数的 47%。以各种形式在网络上发表过作品的人数高达 2000 万，各网络文学网站上的注册网络写手达 200 万人，每年有六七万部作品被签约。

◆盛大文学旗下优秀作品《光之子》（作者：唐家三少）及《浣紫袂》（作者：天下尘埃）入选"2013 年首都青少年最喜爱的十部网络小说"名单。据了解，《光之子》是"网络作家之王"唐家三少的处女作，创作于 2004 年，在起点中文网上，点击量过千万，收藏数破十万，被网友誉为"奇幻巨作"、"神书"；《浣紫袂》是红袖添香知名网络作家天下尘埃的"花语"系列作品之一，被中国作协收入"网络十年"书目，也为她敲开了作协的大门，得到了前往中国文学的最高学府——鲁迅文学院——深造的机会。两部作品都广受读者喜爱，在"2013 年首都青少年最喜爱的十部网络小说"评选活动中，脱颖而出。

◆据相关统计，2013 年中国网络文学市场收入规模达 46.3 亿元。盛大文学董事长邱文友表示，2013 年盛大文学的年收入达到了 11 亿至 12 亿元。刘英透露，2013 年 17K 小说网的收入过亿元，相比 2012 年增长近 40%。

◆2013 年，标志性事件集中出现：首先是政府高度重视网络文学，本年度中国作协吸收了 16 位网络作家入会，第七次全国青年作家创作会议共有 19 位网络作家代表出席，中国首家网络文学大学近日成立，目前网络作家协会正在筹备成立；其次是网络文学内部出现结构重组，起点中文网主要团队出走，与腾讯合作新建"创世中文网"，不久，"腾讯文学"高调亮相，宣告网络文学成为腾讯核心业务；再次是具有行业优势的网站看好网络文学，除了前面提到的腾讯，新浪将其读书板块独立，成立了新浪阅读公司，百度和凤凰网也先后创建了自己的文学网站和频道，百度在建立百度多酷之后，还计划并购纵横中文网，大举进军原创网络文学领域。

◆易观智库发布《中国网络文学产业年度研究报告 2013》，报告中提出网络文学产业"一起创"三足鼎立之势形成。据介绍，"一起创"是指：以 17K 小说网为代表的中文在线，以起点中文网为代表的盛大文学，以创世中文网为代表的腾讯文学。据易观智库预测，2014 年中文在线、盛大文学、腾讯文学将稳固"市场领先者"的地位，形成三足鼎立的格局。17K 小说网、起点中文网和创世中文网将成为网络文学原创网站的第一军团，与其他网站形成竞争壁垒。

◆据了解，截至 2013 年年底，盛大文学旗下 6 个文学创作网站共拥有作者 230 万名，创作了 700 多万部作品，这一群体所创造出的产值已经从 2008 年的几千万元发展到 2012 年时的十几亿元。知名网络作家可谓名利双收，2012 年 11 月 20 日至 2013 年 11 月期间，网络作家唐家三少版税收入高达 2650 万元，天蚕土豆、血红和我吃西红柿也分别收获了 2000 万、1450 万和 1300 万。

◆2013 中国网络文学年度好作品评选获奖作品梗概：

《末日那年我二十一》：只是三千字的小短篇，却很凸显当下的风潮，"我"，一个女大学生渴望获得稳定的物质生活，"我"很努力地和"高富帅"谈恋爱，很努力放弃自己的价值观，最后终究是"性格不合"谈崩。但是"我"重新成为"我"之后，虽然生活艰难，但那是最真实的。8个短篇小说集子，8万字。作品都以大都市青年人的生活为题材，语言率性、鲜活。共鸣，是作者写都市言情小说的最重要的特征。

《离魂记》：这本作品主要分为两大类，一是梦境为重要元素的现代生活作品，二是以历史故事、唐代传奇为范本的改写，结局多有反转。语言有点像王小波，但用词造句更富有个人特色。创作风格灵活多变，无论是细腻感人或是黑色幽默，都能较好驾驭。文字与题材都有个人特色，无过大局限，注重一定的先锋性，所创作的大部分小说都能以结局出彩。

《诛秦——揭秘中国第一宦官赵高》：赵高是中国历史上臭名昭著的宦官、奸臣，但是民间也流传着他是一代忍者的传说，"早年举誓欲诛秦，哪计为名与杀身，先去扶苏与胡亥，赵高功冠汉诸臣"便是南宋诗人贾翷翷对他的一生功业的肯定。本书从公元前260年秦赵长平（微博）之战写起，向读者重新展示了赵高一代书法大师、法学大师、政治忍者的真实面目。同时，也揭秘了"长平之战"、"徐福东渡"、"秦始皇之死"等历史谜团，让读者耳目一新。

《烽烟尽处》：山东省鲁城商贩张老财，养了一个聪明上进的好儿子，马上就要高中毕业，成为一个大家羡慕的文化人。然而，正当张老财踌躇满志替儿子张鹤龄谋划未来之时，张鹤龄却与山大高才生周珏、方国强等一道，离开了学校，去北平支援抗日。张鹤龄凭力挽狂澜的决心，一路转战大江南北、长城内外，谱下一曲《满江红》式的慷慨悲歌。

《股神来了》：都市职场类小说。作者很善于讲故事，内容充实，贴近生活，书中人物形象鲜明，绝不脸谱化，主角性格讨喜。小说的情节给人成熟平稳但是内部暗潮涌动的印象，人物的语言行为都很符合现实生活，夸张气味少。

《神医世子妃》：四川唐门第一百二十八代的传人唐沁，遭未婚夫的谋算惨死，灵魂重生，回到了古代的南璃国。国公府的嫡女楚琉月，代姐出嫁，却在大婚之日被靖王爷退婚，一头撞死在石狮上，女主借体重生，再不是以前那个懦弱无能的楚琉月。重生后的楚琉月，撕下了继母和嫡姐的伪善面孔，使得她们的丑态毕露在世人的眼前，而同时也在国公府内奠定了自己嫡女的地位，使得那些曾经欺凌她的奴才不敢再对她动主意，她的光芒逐步展开……

《混到中年》：金铁柱是一位生长在农村，未受过教育的粗暴、自私、愚昧的男人，其四个子女成年后性格差异极大，由于记恨父亲当年的粗暴，互相推诿照顾金铁柱的责任，亲情在长期的争斗中荡然无存。命运的安排又是那么让人意想不到，女儿金玉的第二次婚姻却拯救了金小米的灵魂，姐妹俩嫁给兄弟俩的闹剧，最终诠释了血浓于水的不变法则。在老父亲的葬礼上，当姊妹们看到曾经少年的兄弟姐妹已是满脸的沧桑，开始审视走过的岁月和亲情，明白了"家和万事兴"的不老古训。

《凤月无边》：一次意外，少女卢萦拥有了超常的直觉。于是，在一个繁华初定、儒风最盛的东汉初期，不想再仰人鼻息，也不想再贫困潦倒的卢萦，为了她理想中的富有和尊荣，开始了周全的算计、智慧的攀爬。只是她没有想到，这一路算计下去，她会遇到那么一个阴谋家……

《大官人》：背景定于永乐王朝，永乐大帝是位极富争议的大帝王，他不仅改变了大明王朝和华夏民族，也给后人留下许多数不清的疑团。《大官人》以一个普通小吏王贤的视角，将读者带入神秘的永乐王朝，拜谒那些或名垂青史或臭名昭著的历史人物，去揭开一个个谜团，一睹永乐盛世的风采。

《云胡不喜》：民国十六年夏，北平银行家之女、自幼已同陶家七少爷订婚的程静漪，正满怀憧憬地要与恋人戴孟元一道出国留学、继续她医学生涯。他们的恋情却遭到双方家庭的反对。戴孟元的秘密身份为学生运动领袖。在学运中遭到逮捕，程静漪为救戴孟元，答应履行与七少爷陶骧的婚约……作品时代感浓烈，有些慢热，讲述的并非单薄的男欢女爱——世间种种情，皆会令人动容。

《宰执天下》：因为一场空难，贺方一迈千年，回到了传说中积贫积弱同时又富庶远超汉唐的北宋。一个贫寒的家庭，一场因贪婪带来的灾难，为了能保住自己小小的幸福，新生的韩冈开始了向上迈进的脚步。在他的帮助下，国力日渐拓张的大宋，开始了统一天下的步伐。几番大战，西夏被灭，辽国也从攻势转入了守势。而韩冈在这其中，也如同中流砥柱，作出了不可磨灭的贡献，也由此成为了宰执中的一员。

◆塔读文学 2013 年度重点作品以桐华的《最美的时光》格外引人注目，这是桐华继《步步惊心》《大漠谣》之后，全新演绎的一部都市爱情小说，也是桐华唯一的一部都市题材作品，并被称作是"无悔青春付出，写给每个人爱的时光书"。其同名电视剧已由钟汉良、贾乃亮等明星主演，并在 2013 年 11 月登陆荧屏。

另外塔读文学的签约作家妖夜的《妖者为王》以总点击量 43690670、周点击量 788836 遥遥领先于同类玄幻作品，成为网络文学 2013 年的一匹黑马。小说讲述了一个妖气凛然的男子萧浪，为了心爱的姑娘、心中的道义，不惜举世皆敌、一路屠神的故事。他不是将神高高擎起地膜拜，或借神解决世间的劫难，而是将神回归到"人"的本位。

◆多酷文学以九龙逐日的《九天武帝》进入 2013 年度玄幻类的第一位次。楚小天，作为天马城一名小混混，夜闯鬼宅，巧得战神之戒，自此命运发生离奇改变，开启了一部"混混崛起史加无赖奋斗史"的神话。此类作品的书写是网络文学类型小说的长项，作者抓取底层元素和励志元素，这些都特别具有乌托邦式的精神安慰剂的特性，极易赢得基层读者的广泛关注，在吸引目光的同时，还能抚慰读者的内心。

◆以书写"玄幻"见长的作家骷髅精灵在 2013 年动笔的《星战风暴》，是又一部值得关注的作品。《星战风暴》是骷髅精灵继《机动风暴》《武装风暴》之后的"科幻三部曲"系列作品之一，作品讲述一个偶得魔方的少年，如何开始自己梦想的征战。骷髅精灵的小说充满了智慧，同时情节描写富于传奇色彩，这也是 2013 年网络小说文体创新的典型文本。

◆冷青衫的《替身侍俾乱宫闱》是搜狐原创频道在 2013 年的重点作品，创下了四千七百多万的点击量，历史言情小说在读者中一贯有着广泛的阅读基础，该作品既有同类型作品的看点，同时作为长篇连载作品已历经三年，也在接受长度的考验。

◆王小蛮的仙侠类小说《修仙狂徒》是2013年广东3G书城网的重点作品之一，主人公是一个街头混混，穿越异界，附身成为世家落魄少爷。王小蛮笔下的主人公脑子里带着一本时灵时不灵的残破符法，心眼里藏着点花痴色坏的小东西。《修仙狂徒》这部作品想象力与创造力并举，吸引了一部分有时间、有收入的读者目标人群，也正是这部分人群的群众基础，推动着网络文学类型化不断走向深入。

◆我本纯洁的《神控天下》作为旗峰天下网2013年的畅销力作，这一作品极尽玄幻文学之瑰丽奇异的想象力，讲述主角凌笑穿越到异界，破除荆棘，成就巅峰强者之路的故事。虽然故事中神阶强者为傀儡，神兽为坐骑，神女为妻妾的情节安排没有大的突破，但作为穿越小说，能拥有如此多的读者，足见穿越玄幻类小说仍有很大的市场。

◆起点中文网白金作家我吃西红柿的《莽荒纪》以4800万的点击量占据起点中文网的榜首，成为年度网络文学点击率最高的作品，该小说实体书已于2013年5月由江苏文艺出版社出版，已再版6次。故事讲述的是男主角纪宁为了守护家族、壮大部落，走上修炼的漫漫征途。目前该小说仍在连载中，由其作品改编的漫画也在连载中。

◆2013年一批网络文学重点作品相继出版或改编为影视作品。除了由新浪文化读书频道推出的李晓敏的《遍地狼烟》在2013年于湖南卫视热播之外，广东蔷薇书院在2013年主打的缪娟的《最后的王公》，已被改编为湖南卫视2014年暑期独播的穿越大剧《明月传奇》（《陆贞传奇》续集）。

后 记

自1991年在北美诞生以来，汉语网络文学已走过24年。随着互联网的迅速普及，这一文学在中国本土“野蛮生长”，时至今日，它已拥有庞大的写手群落、海量的原创作品、人气充盈的阅读受众以及不可小觑的影响力，由此构成了矗立于今日文化潮头的“网络文学现象”。

创作总是走在理论的前面，理论的自觉须要有理论资源的支撑。网络信息的流转不驻和传统学术对网络文献的隔膜，让这一新的文学草长莺飞却又处于理论批评解读无方、观念引导贫乏无力的状态。此时，及时对网络文学进行文献资源的收集整理和数据库建设就显得特别重要而紧迫。

2011年，我申报的国家社科基金重点项目“网络文学文献数据库建设”获准立项。该项目的研究目标是对新生的汉语网络文学文献资源进行系统搜集和清理，从“源”与“流”的纵向疏瀹到“史”与“论”的横向普查，从传统媒体文本到数字传媒信息，从海外、境外资料到国内相关文献，将网络文学术语概念、站点写手、作品文类、语言表达、文学事件、相关成果等，做出全面查证、辑录、整饬和厘清。这项系统性工程可以为走过的网络文学留下真实的历史记录，也可以为兹后的网络文学研究提供丰富的第一手资料，具有史源、史实、史料和史识的重要意义。2014年该项目以《网络文学编年史》、《网络文学词典》、《网络文学研究成果集成》、《项目在研期间阶段性成果》4部书稿以及1个“网络文学文献数据库软件”完成结题，并被全国社科规划办鉴定为优秀等级，本书即是该系列研究成果之一。全书将1991年汉语网络文学在北美诞生至2013年底这23年的发展历程，逐年、逐月、逐日进行搜集和清理，对其中的重要事件、主要人物、代表作品、各项活动等尽可能地作了完整记录，以保存汉语网络文学完备而原真的第一手资料，构建一部网络文学编年式发展史。

网络信息的迅速流转、显隐无定和去留难测，让这项工作难度不小。

我的研究生袁星洁博士承担了全书的信息辑览和资料整理工作，为此付出了辛劳和智慧；国家社科规划办专家对本成果的充分肯定，为本书整理出版提供了学术和信心支持；中国文联出版社的曹军军先生为本书出版竭诚尽力，在此深致谢忱！

欧阳友权

2015 年 7 月 15 日于长沙岳麓山下